Daniela Aring
Sterne über Berlin

AF288570

Dieser Roman wurde gefördert durch ein Stipendium des Bundeskulturministeriums in Zusammenarbeit mit VG-Wort und Neustart Kultur.

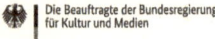

Über die Autorin

Daniela Aring ist typische Berlinerin. In jungen Jahren zugezogen, auf der Suche nach Freiheit und der großen Liebe – und dann geblieben. Seit zwanzig Jahren wohnt sie nun in Berlin-Kreuzberg, genau dort, wo sich die Nationen der Welt vermischen, wo sich fast jeder als (Lebens-)künstler versteht und verrückte Dinge zum Alltag gehören. In diesem bunten Treiben sind auch die Ideen zu STERNE ÜBER BERLIN entstanden.

DANIELA ARING

Sterne über Berlin

ROMAN

lübbe

Originalausgabe

Dieses Werk wurde vermittelt durch die Literarische Agentur
Thomas Schlück GmbH, 30161 Hannover.

Copyright © 2023 by
Bastei Lübbe AG, Schanzenstraße 6 – 20, 51063 Köln

Textredaktion: lüra – Klemt & Mues GbR, Wuppertal
Umschlaggestaltung: Kristin Pang
Umschlagmotiv: © Odua Images / shutterstock.com;
tomertu / shutterstock.com
Satz: Dörlemann Satz, Lemförde
Gesetzt aus der Minion Pro
Druck und Verarbeitung: GGP Media GmbH, Pößneck

Printed in Germany
ISBN 978-3-404-18869-7

2 4 5 3 1

Sie finden uns im Internet unter luebbe.de
Bitte beachten Sie auch: lesejury.de

Für alle Kinder auf dieser Welt,
deren Kindheit durch Gewalt und Krieg erschüttert wird
– und für ihre Eltern, die alles dafür geben würden,
das Leid von ihren Kindern abzuwenden

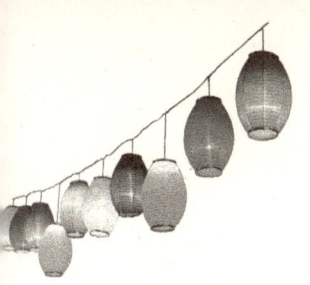

Prolog

Niemand hatte je herausgefunden, wann oder wo oder unter welchen Umständen Indica Lumina Stern geboren worden war. Manch einer behauptete sogar, sie sei gar nicht geboren worden, sondern einfach erschienen, dort auf dem Treppenabsatz im vierten Stock des Altbaus am Maybachufer, an jenem Sommertag 1985. Wie ein Gemälde aus Licht und Farbe hatte sie dagelegen, eingewickelt in bunte Decken, aber ohne Kleidung, ihr Gesicht beschienen von dem ersten Sonnenstrahl, der sich durch das Blätterdach der Straßenbäume fädelte und seinen Weg in den dämmerigen Hausflur fand.

An genau dem Platz neben der Wohnungstür, an der Nikolas Gustav Stern für gewöhnlich leere Farbtöpfe, eingetrocknete Pinsel und gefüllte Müllbeutel abstellte, ehe er sie zu den Mülltonen in den Hof brachte, lag nun das winzige Menschenbündel, als hätte es sich aus Farben, Licht und Fantasie zu einem atmenden Wesen zusammengesetzt. Doch im Gegensatz zu den Farbtöpfen und Müllbeuteln, deren Lebenszeit verronnen war, wartete das kleine Kind darauf, in die Wohnung eingelassen zu werden und ein Leben zu beginnen.

Indi hatte nicht geschrien. Das berichtete Georgios, der Grieche aus der Wohnung gegenüber, der sie an jenem Morgen fand. Ihre dunkelblauen Babyaugen, die angesichts ihrer Hautfarbe

7

ganz sicher einmal braun werden würden, blinzelten und begrüßten verwundert den wärmenden Lichtstrahl – und gleich
darauf den fremden Mann, der sich ebenso verwundert hinab-
beugte und es nicht wagte, den kleinen Findling zu berühren.
Stattdessen klingelte Georgios an Nikolas Sterns Tür.

Doch in der Wohnung im vierten Stock rechts blieb es still.
Nur im dritten Stock erhob sich Getümmel, als die beiden älteren
Söhne von Mehtap und Jusuf Mutlu die Treppe hinunterpolter-
ten, um zur Schule zu gehen.

In seiner Hilflosigkeit rief Georgios ein paar ungeordnete
Worte über ein ausgesetztes Baby nach unten, woraufhin Mehtap
alarmiert die Treppe heraufstürmte. Mehtap, erfahrene Mutter
von vier Kindern und momentan schwanger mit dem fünften,
wusste sofort, was zu tun war. Während sie das Baby auf den Arm
hob, instruierte sie ihre vierjährige Tochter, die ihr gefolgt war,
mit leiser Stimme auf Türkisch. Die kleine Elif irrte sich jedoch
zweimal in der Tür, an der sie klingeln sollte, und so kam es, dass
sich in Kürze sämtliche Bewohner aus dem zweiten und dritten
Stock auf dem Treppenabsatz vor Nikolas Sterns Wohnung versammelten. Mehtap konnte eine großzügige Anzahl an Helfern
jedoch gut gebrauchen. Während ihre Freundin Azra saubere
Babykleidung aus Mehtaps Beständen heraussuchte, machte sich
Gitti auf den Weg zum Drogeriemarkt, um Säuglingsmilch und
Windeln zu besorgen. Eigentlich musste sie bald zu ihrer Arbeit
auf der Sozialstation – aber das hier war immerhin ein Notfall in
ihrem Fachgebiet, und eine Verspätung wäre sicher entschuldbar.

Der Tumult im Treppenhaus lockte derweil auch die Bewohner aus dem ersten Stock nach oben. Selbst Jusuf, der bereits in
seinem Import-Export-Laden im Erdgeschoss gewesen war, kam
noch einmal die Treppe herauf, und schließlich entbrannte eine
wilde Diskussion darüber, woher das Kind stammen mochte.

Seine Hautfarbe weise eindeutig auf eine arabische Familie hin, meinte Azra. Jedoch wunderte sie sich, warum ein arabisches Kind hier oben abgelegt wurde, anstatt bei einem fürsorglichen Familienmitglied groß zu werden.

Vielleicht sei es ein Mädchen, mutmaßte Politikstudent Fabian aus der WG im ersten Stock und schloss die gewagte These an, dass das Geschlecht auch der Grund sein könnte, weshalb es in seiner Familie unerwünscht sei. Für einen winzigen Moment herrschte Sprachlosigkeit im Treppenhaus, während Fabian kopfüber aus dem sozialpolitischen Fenster der Neuköllner Achtzigerjahre baumelte.

Dann eilte ihm seine Freundin Kathrin zur Rettung. »Eigentlich sieht sie aus wie ein Latino-Mädchen«, behauptete sie hastig, und Kathrin musste es wissen, immerhin hatte sie ein ganzes Jahr in Mexiko verbracht.

Fast sämtliche Nachbarn nickten zustimmend, oder erleichtert, oder einfach nur deshalb, weil dies nicht der richtige Moment für eine sozialpolitische Diskussion war. Nur Annegret aus dem dritten Stock, die wie immer von einer leichten Räucherstäbchenwolke umweht wurde, brachte eine weitere Idee ins Spiel: »Ihr Gesicht ist nach indischem Abbild geschaffen.« Die Armbänder aus bunten Glassteinen klimperten, als sie ihre Hand über den Kopf des Kindes streichen ließ. Derweil murmelten ihre Lippen ein Gebet – oder einen Segen. Oder eine Zauberformel? Irgendetwas jedenfalls, das sich aus einer eigentümlichen Mischung von esoterischen, heidnischen und buddhistischen Glaubensfragmenten zusammensetzte. »Die Geister sprechen von dem Licht und der Freude, aus denen sich ein Engel materialisiert hat, um dem armen Nikolas aus seiner Verlassenheit zu helfen.«

Wieder verstummten sämtliche Stimmen im Treppenhaus.

Dann setzte sich die Diskussion in eine andere Richtung fort: Was nun mit dem Kind zu tun sei, ob die Polizei gerufen werden musste oder ob sich damit noch warten ließe, bis Nikolas Stern zurück war. Immerhin wäre es denkbar, dass er die Herkunft des Kindes erklären konnte.

Irgendwann, inmitten des Gewirrs, begann das Baby doch zu schreien. Weder Mehtaps mütterliche Arme noch das Wiegenlied, das die alte Frau Hoffmann aus dem ersten Stock anstimmte, konnten es beruhigen. Erst Gittis Rückkehr aus dem Drogeriemarkt, eine eilig auf den Stufen gewechselte Windel, frische Kleidung und warm zubereitete Milch ließen das Schreien versiegen – und bestätigten so ganz nebenbei, dass es sich tatsächlich um ein Mädchen handelte. Die glitzernden Tränchen und nassen schwarzen Wimpern umrahmten den Blick der Kleinen, während sie gierig an der Flasche sog.

Dies war der Moment, in dem Nikolas Gustav Stern von seiner morgendlichen Joggingrunde zurückkehrte. Als er wie immer die Stufen hinaufsprintete, um den Alterungsprozess seines Körpers noch vor dem fünfzigsten Geburtstag aufzuhalten, wurde er im dritten Stock ausgebremst. Fast sämtliche Hausbewohner hatten sich vor seiner Wohnungstür und auf den Stufen darunter versammelt. Während Nikolas verdattert auf dem Absatz unter ihnen stehen blieb, verstummten sie abrupt. Er entdeckte alle vier Bewohner der Studenten-WG, die alte Frau Hoffmann, die eigentlich keine Treppen mehr steigen konnte, und die esoterische Annegret, die an diesem Morgen aussah, als wäre sie von einer medialen Aura umgeben. Georgios von gegenüber schaute betreten und nickte vage in Richtung der Dachbodentreppe. Oder meinte er Nikolas' Wohnungstür? Mehtap, Jusuf und Azra hatten eben noch auf Türkisch miteinander geredet, traten nun aber schweigend aus dem Weg. Hinter ihnen auf der

Stufe spielten Mehtaps Töchter mit einer Barbiepuppe. Aber selbst die Mädchen rückten zur Seite und ließen Nikolas hindurchtreten. Irgendetwas Schlimmes musste geschehen sein, weshalb sie sich alle hier versammelt hatten. Oder etwas Schönes? Warum sonst sollte dieser sonderbare Zauber auf ihren Gesichtern leuchten?

Zögernd stieg Nikolas die letzten Stufen zu seinem Stockwerk hinauf – und dann sah er sie: Auf dem Treppenabsatz, der zum Dachboden hinaufführte, saßen Gitti und ihre zwölfjährige Tochter Susanne. Susi, die um diese Zeit eigentlich in die Schule gehörte, hielt ein winziges Baby im Arm und fütterte es mit einer Milchflasche.

Nikolas musste nur einen Blick in das Gesicht des Säuglings werfen, um zu ahnen, was hier vorging. Seit wann hatte er nichts mehr von Valeria gehört? Seit sie erwachsen war? Oder schon länger? Viel zu wenig hatte er sich um seine Tochter kümmern dürfen, und viel zu früh war sie in der Welt verloren gegangen. Konnte es sein, dass sie jetzt ein Kind bekommen hatte?

Zumindest war es die einzige Erklärung, die ihm einfiel.

In genau diesem Augenblick stieß die esoterische Annegret ein tiefes, urtümliches Keuchen aus, das alle herumfahren ließ. »Lumina«, stöhnte sie, und ihre Augen schauten in die Tiefen des Universums, aus dem sie den Namen empfangen hatte. »Die Leuchtende.«

An diesem Tag, in diesem Hausflur und in der Obhut einer ganzen Hausgemeinschaft begann also das Leben von Indica Lumina Stern. Indica war der Name, den Nikolas auf einem Zettel in dem Bündel fand, als er die Decken vor der Waschmaschine aufschüttelte, Lumina wählte er als Zweitnamen, weil in diesem einen Augenblick nicht nur Annegret, sondern auch er und der Rest der Hausgemeinschaft an die Macht des Universums glaubten. Und Stern wurde ihr Nachname, nachdem ein Bluttest ergab, dass Nikolas tatsächlich ihr Großvater war.

Indi war fünf Jahre alt, als Nikolas Gustav Stern die Erlaubnis erhielt, sie zu adoptieren, weil sich der Aufenthaltsort der Mutter nicht feststellen ließ.

Und so wuchs Indica auf, in diesem Altbau am Maybachufer, zwischen den Staffeleien und Farben ihres Großvaters und inmitten einer Hausgemeinschaft, die sich für sie so verantwortlich fühlte, als hätten sie an diesem lichtdurchfluteten Morgen 1985 alle gemeinsam ein Kind bekommen.

Indica liebte das Haus und die Menschen darin. Sie liebte die Farben und das Licht, ebenso wie das Wasser in dem Kanal vor ihrer Haustür. Sie liebte Berlin, ihre Stadt, und das Leben, das in ihr pulsierte. Indica liebte alles – und wurde von allen geliebt. Denn etwas in ihrem Inneren leuchtete und brachte die Menschen zum Strahlen – viele Jahre später noch genauso wie an jenem ersten Tag.

Und dennoch versteckte sich ein Schatten in ihr. Tief verborgen hinter dem einen Geheimnis, das sich nicht einmal im hellsten Licht erleuchten ließ: Indi wusste nicht, woher sie stammte.

Als sie fünf war, erzählte sie im Kindergarten, ihre Mutter würde als Piratin die Welt umsegeln, ungefähr so wie Pippi Langstrumpfs Vater.

Als sie in die Schule kam, konkretisierte sie die Herkunft ihres Vaters und bezeichnete ihn als Schatzsucher aus der Karibik. Die Piratengeschichte flog auf, weil irgendwelche Eltern sie für unglaubwürdig hielten. Fantasielose Eltern, wie Nikolas befand, denn Menschen könnten schließlich auch in ihrem Herzen Piraten sein. Aber fortan erzählte Indi ihre Geschichte in einer verständlicheren Variante. Sie berichtete von der Weltreise ihrer Mutter, und in sehnsüchtigen Momenten erfand sie Postkarten hinzu, die jeden Monat eintrafen und die sie in einer geheimen Kiste aufbewahrte.

Als sie ins Gymnasium kam, erschien ihr die Geschichte zu kindisch, und so behauptete sie, ihre Mutter sei Teil einer Sekte, aus der sie nicht entkommen konnte. Nur Indi hatte sie in Sicherheit bringen können, indem sie das Baby vor der Tür ihres Großvaters ablegte. Unter den Mitschülerinnen und Mitschülern sorgte die Geschichte zuerst für Aufsehen und dann für verächtliche Blicke, weil irgendjemand behauptete, Indi würde lügen.

Sie war dreizehn, als sie beschloss, einfach gar nichts mehr über ihre Eltern zu erzählen.

Später, nach einem Seminar über Rassismus, wusste sie endlich eine Antwort auf die Frage, woher sie komme. »Aus Deutschland« beendete seitdem jede Diskussion über ihre Herkunft. Und es war diese Einstellung, mit der sie endlich ihren Frieden fand. Ihr Großvater und das Haus am Maybachufer hatten ihr alles gegeben, was sie brauchte. Und nur das zählte.

Kapitel 1

1. JULI 2017

Der frühe Morgen schob sich mit einem feinen Dunstschleier über den Landwehrkanal. Die Sonne stand noch tief im Osten und sendete ihre Strahlen in einem flachen Winkel über das Kanalbecken und die beiden Straßenzüge, die das Ufer an den Seiten säumten. Enten und Schwäne plantschten im Wasser und schlugen ringförmige Wellen, in denen sich das Sonnenlicht fing, während die Möwen kreischend ihre Kreise flogen und die ersten Menschen am Ufer beäugten. Schon bald würde sich jemand finden, der sein Frühstück mit ihnen teilte und ihnen Brotkrumen zuwarf. Und wenn nicht, würden sie sich etwas aus den Kisten stehlen, die die Händler leichtfertig hinter den Marktständen stehen ließen. Vor allem die Besitzer der Streetfood-Stände am Ende des Marktes mussten aufpassen, dass ihre Gäste die Tiere nicht anfütterten.

In Indis Kindheit hatte es nur gelegentlich eine Möwe ans Maybachufer verschlagen. Doch inzwischen verbreitete ihr Kreischen und Kichern eine Atmosphäre, als wäre dies hier nicht ein kleiner Schifffahrtskanal inmitten Berlins, sondern die Strandpromenade eines Küstenortes.

Indi atmete tief ein, als sie aus dem Haus auf den Bürgersteig trat. Die Luft roch nach Seewasser und Tau, nach Lindenblüten und sommerlicher Wärme, die sich noch vom Vortag in den

Hauswänden hielt. Neben ihr klingelte die Türglocke des Cafés. Der Duft von frisch gebackenen Brötchen und Kaffee zog an ihr vorbei, während Ruven um die Ecke seines Türsimses lugte. »Lust auf Frühstück, Indi? Ich mache in zehn Minuten auf.«

Indi schüttelte bedauernd den Kopf. »Danke, Ruven. Aber ich muss mich erst um meinen Stand kümmern. Ich bin heute hier unten auf dem Markt. Vielleicht komme ich später und hole mir einen Bagel.«

»Oh, dann will ich dich nicht aufhalten.« Ruven grinste von einem fünffach gepiercten Ohr zum anderen. »Soll ich dir deinen Lieblingsbagel mit Hummus und getrockneten Tomaten zurücklegen?«

Indis Magen reagierte mit einem hungrigen Vibrieren. Aber tatsächlich würde sie auf das Frühstück noch warten müssen. »Gern.«

Ruven schob den Keil unter die offene Tür und begann damit, Tische nach draußen zu stellen.

Indi kannte die morgendliche Routine noch allzu gut – von ihrer Zeit, in der sie selbst in Ruvens Café gejobbt hatte. Vielleicht würde sie schon bald zu diesem Job zurückkehren.

Aber noch nicht heute. Heute war Markttag. Wie jeden Samstag war sie vom Scheppern der Klapptische und dem Rumpeln der Karren aufgewacht, mit denen die Buden zu ihren Standplätzen gezogen wurden. Etwa die Hälfte der Stände war bereits zwischen den Linden am Ufer aufgebaut. Auch die Fahrbahn war längst abgesperrt. Nur die größeren Händler, die ihre Stände selbst mitbrachten, bauten noch auf.

Indi überquerte die Straße und machte sich auf den Weg zur Marktleitung. Auch wenn sie schon ahnte, welches ihre Bude sein würde, musste sie sich erst anmelden.

Die Bewegung vertrieb die letzte Müdigkeit aus ihrem Körper. Während sie zwischen Ständen, Lieferwagen und Kisten hindurchlief, flogen ihr von überall Grüße entgegen. Die meisten der Aussteller kannte sie schon lange. Doch niemand hatte Zeit, um für einen Smalltalk stehen zu bleiben.

Indi fand den Marktleiter an der Absperrung zum Kottbusser Damm, wo er die Händler durchließ und ihnen ihre Standnummern zurief. Wie immer war seine Aufmerksamkeit überall gleichzeitig. Er beantwortete Fragen, gab Anweisungen und nahm Indi dennoch früh genug wahr, um ihr schon von weitem zuzuwinken. »Guten Morgen, Indi!«, rief er, während sie sich zwischen einer offenen Autotür und einem Kistenstapel hindurchschlängelte. »Du hast die 25. Bei dir gegenüber. Ich hab Nils und Ömer gesagt, sie sollen die Beleuchtung weglassen.«

»Hab ich schon gesehen. Danke.« Indi schenkte ihm ein Lächeln und wühlte nach den Geldscheinen in ihrer Hosentasche.

Der Marktleiter winkte ab. »Du kannst später zahlen. Bau erstmal auf. Ich komme vorbei.«

Erleichtert ließ Indi das Geld in ihrer Tasche. Später zahlen war immer gut. Mit Glück hatte sie bis dahin schon etwas verkauft. »Dann bis nachher.«

Sie hatte sich bereits abgewandt, als der Marktleiter ihr noch einmal hinterherrief: »Indi? Schön, dass du heute mal wieder dabei bist.«

Sie drehte sich noch einmal zu ihm und wippte auf den Zehen. »Ja!«, rief sie. Und es stimmte – es war schön, mal wieder hier zu sein, auf dem Markt vor ihrer Haustür. Dem Wunderland ihrer Kindheit und Jugend, dem Zauberkessel, aus dem immer etwas Neues hervorkam. Dreimal in der Woche gab es hier einen Markt. Dienstags und freitags verwandelte sich der Ort in einen türkischen Bazar, mit Gemüseständen und Gewürzhändlern, orientalischem Tee und Marktschreiern, die drei Beutel Orangen zum Preis von einem anboten oder Tomaten kiloweise verkauften, bis man weitaus mehr nach Hause schleppte, als man jemals essen konnte. An anderen Ständen gab es selbstgemachte Pasten und Hummus als Brotaufstrich, dazu Pide und Sesamringe und Oliven in Hülle und Fülle. Manchmal ernährte Indi sich wochenlang nur von dem, was der Markt hergab. Vor allem, wenn sie so viel gekauft hatte, dass sie das Gemüse einkochen musste, um es haltbar zu machen. Oder wenn ihr Geld so knapp wurde, dass es gerade mal für die Miete reichte. Indi tat es nicht gern, aber sie wusste, bei welchen Händlern sie kurz vor Marktschluss nur nett grüßen musste, um tütenweise Reste zu bekommen, die sonst im Müll gelandet wären.

Auch heute, auf dem Samstagsmarkt, würde es vereinzelt Gemüsestände geben. Doch eigentlich war dies der Stoffmarkt, und der war gänzlich anders. Denn außer den Stoffhändlern, die dem Markt seinen Namen gaben, kamen vor allem Designer. Es gab handgefertigte Kleidung und Patchwork-Decken, Taschen in allen Formen und Farben und etliche Schmuckstände. Dazwischen fanden sich handgemachte Seifen und Räucherstäbchen, Holzspielzeug, antike Fotodrucke und dekorative Kunst. Den Besuchern wiederum sah man an, dass sie ihre Röcke, Hosen und Mäntel selbst nähten. Hipster kleideten hier ihre Babys ein oder suchten individuelle Stücke für sich selbst. Und weil der Ruf des Marktes inzwischen weit gedrungen war, fanden sich auch zahlreiche Touristen ein, die einfach nur die Atmosphäre genossen.

Indi liebte den Stoffmarkt, seit sie denken konnte. Manchmal hatte ihr Großvater seine Bilder hier ausgestellt. Dann hatte sie ihm stolz am Stand geholfen und den Interessenten die Lasurtechnik erklärt, in der Nikolas malte und von der er so oft sprach.

Auch heute würden wieder ein paar Künstler hier sein, die kleinformatige Bilder oder handgezeichnete Postkarten anboten.

Doch mit der Kunst war es nicht so einfach auf diesem Markt. Hier kauften die Menschen zu niedrigen Preisen. Kleine Dinge, die sich als Mitbringsel oder Geschenk eigneten. Die Arbeitszeit des Künstlers wurde mit den erzielten Preisen nur selten angemessen honoriert.

Sosehr Indi diesen Markt liebte – an den meisten Wochenenden verkaufte sie ihre Lampen auf dem Kunstmarkt an der Museumsinsel. Dort gab es deutlich größere Chancen, von einem Kunstkenner bemerkt zu werden. Viele Interessenten reisten extra an, um junge Berliner Künstlerinnen und Künstler zu entdecken. Manch ein Sammler schien darauf zu hoffen, zufällig einen »neuen Richter« zu erstehen, dessen Wert in ein paar Jahren um ein Vielfaches stieg. Und wieder andere suchten einfach nur nach einem besonderen Dekorationsobjekt für ihr Wohnzimmer. Bei Letzteren hatte Indi gute Chancen, eine ihrer Lampen zu verkaufen.

Was die Einnahmen betraf, war der Kunstmarkt auf der Museumsinsel also deutlich lukrativer. Doch der Markt am Maybachufer war nach all den Jahren noch immer ihr Heimspiel, auch wenn sie nur am ersten Samstag des Monats hier ausstellte – immer dann, wenn sie abends im Hinterhof ihr Lichterfest veranstaltete.

Als sie auf ihre Hauseinfahrt zukam, stand Jusuf in der Tür seines kleinen Import-Export-Ladens und schlürfte an einem Tee. »Guten Morgen, Sternchen!« Ihr Nachbar hielt ein zweites Teeglas in der Hand und streckte es Indi entgegen. »Eine kleine Stärkung, bevor es losgeht?«

Dankbar nahm Indi das Glas entgegen. Es war noch so heiß, dass sie es am oberen Rand halten musste. Vermutlich hatte Jusuf den Tee gerade erst aus einem der Samoware gezapft, die er in seinem Laden verkaufte.

Vorsichtig probierte Indi von der dunkelgelben Flüssigkeit. Der Tee war stark, voller Aroma und unglaublich süß. »Zuckerschock«, murmelte sie. »Wie viele Löffel hast du da reingetan?«

Jusufs Lachen klang heiser und nach gutmütigem altem Mann. »Es muss so süß sein. Du brauchst doch Kraft für den Tag.« Damit winkelte er den Arm an und zeigte seinen Bizeps unter dem kurzärmeligen Hemd. Trotz seines Alters war er immer noch beachtlich.

Indi widersprach ihm lieber nicht. Jusufs Fürsorge folgte festgelegten Kriterien, zu denen man am besten nickte oder lachte. Mit dem nächsten Schluck hatte sie sich schon beinahe an den Zucker gewöhnt. Man musste Jusufs Tee einfach als Süßigkeit betrachten, dann war er lecker.

»Ich helfe dir aufbauen«, sagte er.

Indi setzte das Teeglas ab. »Das musst du nicht. Du wolltest doch bestimmt gerade deinen Laden öffnen. Und du hilfst ja auch schon beim Lichterfest.«

»Ach was!« Jusuf winkte ab. »Der Laden kann warten. So früh kommen sowieso keine Kunden.« Sein rundliches Gesicht strahlte wie ein Teddybär. »Nachher gehe ich mit Murat Grillfleisch kaufen. Was denkst du, wie viele Leute kommen heute Abend?«

Etwas hilflos zuckte Indi die Schultern. »Ich weiß es nicht. Du kennst das doch: Von null bis fünfzig ist alles möglich.«

Es war ihr jedes Mal unangenehm, weil Jusuf und sein ältester Sohn Fleisch besorgten, das sie dann zu Köfte verarbeiteten und bei ihrem Lichterfest an die Gäste verkauften. Doch es war immer schwierig, die Menge vorherzusehen. In der Regel ging Jusuf auf Nummer sicher, damit auch wirklich jeder satt wurde. Aber häufig kamen nur wenige Leute, weshalb bei den meisten Festen etwas übrig blieb. »Kauft nicht wieder zu viel, Jusuf. Die

Leute verhungern nicht, wenn euer Grill am Ende leer sein sollte.«

Jusuf brummte gutmütig. »Mach dir darüber keine Sorgen. Wir sind eine große Familie. Wenn etwas übrig bleibt, essen wir in der nächsten Woche davon. Und dich füttern wir auch noch mit durch.«

Indi unterdrückte ein Räuspern. Sie wollte sich nicht durchfüttern lassen. Auch, wenn es viel zu häufig vorkam. Mehtap und Beyza, Murats Frau, luden sie oft zum Essen ein. Indi mochte den Trubel der Großfamilie, in der drei Generationen unter einem Dach wohnten. Murat und Beyza hatten zwei kleine Töchter und einen Sohn, und eines der Kinder redete fast immer. Indi war wirklich gerne bei Jusufs Familie. Dennoch war es ein bisschen peinlich, dass das kleine Findelkind nach zweiunddreißig Jahren immer noch nicht für sich selbst sorgen konnte. »Ihr müsst mich nicht durchfüttern, Jusuf. Ich komme ganz gut allein klar.«

»Allein, allein.« In Jusufs dunkelbraunen Augen schimmerte Mitleid. »Du solltest nicht immer allein sein, *Yıldız*.« Er druckste herum, trank den letzten Schluck von seinem Tee und schaute auf den Kanal hinaus. Als er weitersprach, wurde seine Stimme sanft. »Du weißt, dass wir dich lieben, Sternchen. Das ganze Haus liebt dich, seit wir dich auf den Treppenstufen gefunden haben. Aber du solltest dir endlich einen Mann suchen. Einen, der für dich sorgt und mit dem du eine Familie gründen kannst.«

Jusufs Worte ritzten wie ein Messer in Indis Herz. Natürlich sagte er es nicht, um ihren wundesten Punkt zu treffen, vermutlich wusste er nicht einmal, wie wund dieser Punkt war. Dennoch zog sich der Schmerz wie ein klaffender Riss durch ihre Brust.

»Wie alt bist du jetzt?«, fuhr Jusuf fort. »Zweiunddreißig? Du solltest endlich Kinder haben. Bevor es zu spät ist. Schau mich an. Und Mehtap. Wir sind vielleicht alt, aber wir sind nie allein.

Und schau dir vor allem Mehtap an. Manchmal schimpft sie, weil alle Kinder durcheinanderschreien. Aber sie ist glücklich. Eine Frau braucht Kinder, um glücklich zu sein. Und sie braucht Enkel. Und ein Mann braucht das alles auch.« Als er Indi ansah, stand ein verräterischer Schimmer in seinen Augen.

Hastig wandte sie sich ab. Der Schmerz riss immer heftiger in ihrer Brust. »Ich habe kein Glück mit Männern«, murmelte sie. *Und mit Kindern auch nicht.*

Doch von dieser Sache wusste niemand. Nicht einmal die warmherzige Hausgemeinschaft, in der sie aufgewachsen war.

»Ach, Indi.« Jusuf seufzte. »Manchmal muss man an das Glück einfach glauben. Was ist nur aus unserem strahlenden, kleinen Lichtmädchen geworden?«

Der Tee war inzwischen nur noch lauwarm. Mit drei Schlucken kippte Indi den Rest hinunter. Sie wollte Jusuf nicht abwürgen, erst recht nicht, weil er sich immer so viel Mühe gab. Aber der Riss tat zu weh, als dass er noch länger daran kratzen durfte. Das Letzte, was sie jetzt noch hören wollte, war die Frage, warum sie Matthias damals nicht geheiratet hatte. Oder warum sie sich überhaupt getrennt hatten.

Auch ohne Jusufs Fragen war es schwer genug, nicht mehr ständig an ihn zu denken. Dabei sollte man meinen, drei Jahre würden ausreichen, um genügend Gras über eine gescheiterte Beziehung wachsen zu lassen …

»Das Lichtmädchen muss jetzt ihren Lampenstand aufbauen.« Indi reichte Jusuf das leere Teeglas. »Danke für die Süßigkeit.«

Jusuf brachte die Gläser zurück in seinen Laden und schloss die Tür noch einmal zu. Die nächsten zwei Stunden verbrachten sie damit, Kisten aus dem 4. Stock ihres Hauses hinunterzutragen und die Kunstwerke an Indis Stand aufzubauen. Damit die

Lampen trotz der Helligkeit zumindest ein bisschen leuchteten, hängte Jusuf die weiße Rückwand und die Seiten des Standes mit dunkelblauem Samtstoff zu. Obwohl von rechts und links auch noch die Linden Schatten gaben, war Indi unzufrieden, als endlich alle Lampen am Strom angeschlossen waren. Sie betrachtete ihren Stand von weitem, aber die Wirkung ihrer Kunstwerke war kaum zu erahnen. Sosehr Indi den Sommer mochte – für den Verkauf von Lampen war er ungeeignet.

Jusuf trat neben sie und schaute ebenso kritisch auf ihr Werk. »Schade, dass es nicht dunkler ist.«

Indi unterdrückte ein Seufzen.

»Hast du nochmal über meinen Laden nachgedacht?«, begann er vorsichtig. »Von meinen Kindern möchte ihn niemand weiterführen. Und ich werde langsam alt. Selbst im Sommer ist es da unten schattig genug für deine Lampen. Wenn du den Laden übernimmst, könntest du dir die anstrengenden Markttage sparen.«

Abermals hätte Indi am liebsten geseufzt. Sie sprachen nicht zum ersten Mal darüber. Aber ihre Gegenargumente blieben immer die gleichen. »Du weißt, dass ich mir die Ladenmiete nicht leisten kann. Unser Vermieter wird kräftig erhöhen, wenn er einen neuen Vertrag abschließt. Außerdem bin ich nicht bekannt genug, um Kundschaft in einen festen Laden zu locken. Und für Lampen gibt es einfach nicht genug Laufkundschaft.«

Jusuf nickte resigniert. »Ich weiß, ich weiß, *Yıldız*. Ich würde meinen Laden nur einfach so gern in deinen Händen sehen.«

Vielleicht, wenn es ihr gelang, die Idee mit der Hochzeitsbeleuchtung weiter auszubauen? Es war Judiths Idee gewesen. Ihre beste Freundin würde im August heiraten, und Indi hatte ihr eine phänomenale Illumination versprochen. Schon von ihren ersten Entwürfen waren Judith und Felix begeistert gewesen. Bei ihrem letzten Lichterfest hatte Indi die ersten fertigen Werke aufgehängt, und Felix hatte sie im Dunkeln fotografiert.

Jetzt hing ein großer Fotodruck an der Rückseite ihres Standes, mit der Aufschrift: *Beleuchtung von Hochzeiten und Events.* Darunter war die flimmernde Skulptur eines tanzenden Hochzeitspaares zu sehen, und rundherum hatte Indi eine Blumenlichterkette aufgehängt.

Tatsächlich hatte sie in den letzten Wochen zwei Aufträge bekommen. Mit Glück überstand sie dadurch ein bis zwei Sommermonate. Sie musste nur endlich mehr Werbung für ihre neue Idee machen.

»Dann bring mir wenigstens noch ein paar Lampen nach unten«, fuhr Jusuf fort. »Damit ich sie für dich verkaufen kann.«

Jusuf hatte immer einige ihrer Lampen in seinem Laden. Auch Ruven dekorierte sein Café mit ihren Kunstwerken, und ohne die Verkäufe der beiden hätte Indis wirtschaftliche Lage noch schlechter ausgesehen. Aber ein eigener Geschäftsraum wäre zu viel Risiko gewesen. »Ich weiß das zu schätzen, Jusuf, wirklich. Und vielleicht denke ich sogar nochmal über deinen Laden nach.«

Jusufs Teddybärlächeln strahlte auf. »Das sagst du jetzt nur, um einem alten Mann einen Gefallen zu tun.«

Indi stellte sich auf die Zehenspitzen und drückte ihn kurz. »Kann schon sein. Aber wer könnte einem alten Mann schon einen Gefallen abschlagen?«

Jusuf lachte leise. Sie beide wussten, dass alles Gerede über den Laden nur hypothetisch war, ganz egal, was sie sich wünschten.

Jusuf verabschiedete sich, als ein junges Paar vor seinem Schaufenster stehen blieb und auf einen der glänzenden Samoware deutete.

Auch Indis Stand war inzwischen fertig eingerichtet. Selbst einen der Klappstühle hatte Jusuf fürsorglich für sie aufgestellt. Doch Indi fand kaum Gelegenheit, sich hinzusetzen. Die ersten Besucher kamen, sobald der Markt geöffnet wurde, und kurz darauf zog ein Strom aus bunt gekleideten Menschen an ihr vorbei.

Im Prinzip gab es drei Arten von Marktbesuchern: Die erste Gruppe waren die *Zielstrebigen*. Sie wussten genau, was sie kaufen wollten und wo sie es fanden. Meistens suchten sie nach passendem Stoff, Knöpfen oder sonstigem Zubehör für ihr nächstes Kleidungsstück. Auf Indis Lampenstand warfen sie höchstens einen flüchtigen Blick – und wenn sie doch stehen blieben, dann nur aus Neugier.

Die zweite Art von Marktbesuchern waren die Touristen, die es auf diesen Markt verschlug, weil sie im Reiseführer oder online darüber gelesen hatten. Die Touristen wollten fast immer etwas Schönes finden, ein Andenken. Doch in der Regel mussten es Kleinigkeiten sein. Wie viel sie kosten durften, war von Person zu Person unterschiedlich. Wichtig war nur, dass es in ihren Tagesrucksack passte und weder zu empfindlich noch zu schwer war.

Für die Touristen hatte Indi ihre kleinsten Lampen mitgebracht. Besonders beliebt waren die Tassenlampen. Die Füße bestanden aus alten, bunt bemalten Kaffeetassen. Einst hatten sie zum *guten Geschirr* gehört, das nur sonntags oder zu Weihnachten aus der Vitrine geholt wurde und dessen Besitzerinnen geglaubt hatten, es sei eine Wertanlage. Bis all diese Tassen am Ende in einer Haushaltsauflösung gelandet waren. Indi fand sie auf Flohmärkten oder in Trödelläden, wo sie lieblos zusammengepfercht in Kisten standen und die Verkäufer froh waren, wenn sie noch ein paar Euro dafür bekamen.

Als Lampen schenkte Indi ihnen ein neues Leben. Jede Tasse

bekam einen kleinen Schirm, den sie mit einem farblich passenden Stoff bezog, und für jede töpferte Indi ein maßgeschneidertes Innenleben. Darin brachte sie nicht nur die Fassung und den Schirm an, sondern auch ein kleines Batteriefach. Die Oberfläche des Innenlebens glasierte sie in der Farbe von Milchkaffee, sodass es aussah, als würde der Lampenschirm darin stehen.

Auch heute waren die Tassenlampen die beliebtesten Objekte an ihrem Stand. Unermüdlich erklärte Indi den Gästen, wie sich das Innenleben herausnehmen ließ, um die LED-Birne mit einem kleinen Schalter an- und auszuschalten.

Bis zum Mittag hatte sie tatsächlich eine Handvoll ihrer Tassenlampen verkauft und in jedem Fall genug eingenommen, um die Standgebühr zu bezahlen und wenigstens mit einem kleinen Plus nach Hause zu gehen. Ein erfolgreicher Markttag sah anders aus, aber immerhin war es keine Katastrophe.

Der Grund, warum es sich überhaupt lohnte, ihre Lampen auf diesem Markt auszustellen, war die dritte Art der Marktbesucher. Indi nannte sie *Ausflügler*. Auf den ersten Blick waren die Ausflügler kaum von den Touristen zu unterscheiden, aber im Gegensatz zu diesen wohnten sie in Berlin. In der Regel kamen sie zu zweit und nutzten den sonnigen Tag, um einen Spaziergang am Kanal mit einem Marktbummel zu verbinden. Oftmals hatten sie gar nicht vor, etwas zu kaufen. Eigentlich wollten sie nur die Atmosphäre genießen. Aber hin und wieder flüsterten sie ihrer Begleitung zu, dass dieses oder jenes ein schönes Geburtstagsgeschenk wäre, und manchmal kam die Begleitung nach Wochen noch einmal zurück, um den Wunschgegenstand zu kaufen.

Damit waren die Ausflügler Indis größte Chance. Es ging nicht darum, dass sie heute etwas kauften. Wichtig war nur, dass ihre Lampen im Gedächtnis blieben – und dass sich jeder potenzielle Interessent merkte, wo Indi zu finden war. Damit die

Leute wiederkamen, sobald sie eine besondere Lampe für sich oder als Geschenk suchten.

Um die Ausflügler zu beeindrucken, hatte Indi ein paar ihrer besonderen Kunstwerke mitgebracht. Es gab Lampen, die aus einem Stapel von ledergebundenen Büchern herausragten, und andere, die aus altem, ausrangiertem Spielzeug bestanden. Der größte Hingucker waren ihre Puppen – eine kleine Sammlung von alten Porzellanpuppen, die Indi neu eingekleidet hatte. Sie sahen alle so aus, als würden sie mit einem Luftballon spielen. Doch in Wirklichkeit war der Ballon eine riesige, nackte Glühbirne. Manche Puppen hielten die Glühbirne im Arm, bei anderen schwebte der Luftballon an einer Leine über dem Kopf. Die meisten Leute sahen erst auf den zweiten Blick, dass die Leine eine starre Metallröhre war, die nicht nur den strahlenden Ballon in der Luft hielt, sondern auch das Stromkabel beherbergte.

Die Puppen waren der häufigste Grund, warum Leute stehen blieben. Viele fanden sie süß, manche sagten, sie seien gruselig, aber beeindruckt waren alle.

Am frühen Nachmittag verkaufte Indi eine der Puppen an eine Frau, die so aussah, als hätte sie nur zielstrebig etwas anderes kaufen wollen, bis ihr kleiner Sohn an Indis Stand stehen blieb und seine Mutter am Ärmel festhielt. Von diesem Moment an schienen sie beide wie gefesselt zu sein. Für eine lange Weile schauten sie die Puppen an und unterhielten sich darüber, ob sie gruselig waren oder nicht. Als sie sich endlich losreißen konnten, war jede Eile von ihnen abgefallen, und schließlich kamen sie aus der anderen Richtung noch einmal zurück. Der Junge aß einen Crêpe, und die Mutter legte ihren Kopf schief und hielt grinsend Zwiesprache mit der Puppe. Dieses Mal fragte sie nach dem Preis. Als sie dennoch ging, glaubte Indi, sie nie wiederzusehen. Vielleicht hätte sie doch eine zweistellige Summe nennen sollen – auch wenn sie sich geschworen hatte, ihre Arbeit nie wieder unter Wert zu verkaufen.

Doch dann erschien die Frau ein drittes Mal, ohne das Kind und sichtbar abgehetzt. Sie erklärte, sie sei extra noch bei der Bank gewesen, um Geld zu holen, und sie wolle die Puppe kaufen, genau *diese* und nicht eine der anderen.

Die Puppe war Indis gruseligstes Exemplar. Sie besaß nur noch ein Auge und schielte mit leicht verrücktem Blick zu ihrem Luftballon hinauf. Bis zu diesem Tag hatte Indi geglaubt, dass die Puppe zwar ihr bester Blickfang war, aber niemals ein neues Zuhause finden würde.

Doch die junge Frau mit den kurzen schwarzen Haaren warf Indi ein breites Lächeln zu, nahm die Puppe liebevoll in den Arm und stupste ihr auf die Nase. »Hugos neue kleine Schwester.«

Indi musste lachen. »Hoffentlich findet er sie nicht zu gruselig.«

»Och …« Die junge Frau lachte ebenfalls. »Er kennt mich. Er wird verstehen, dass ich sie adoptieren musste. Außerdem haben wir ein großes Herz für hässliche Kreaturen.«

Indi warf einen letzten Blick auf ihre schielende Puppe. »Ein bisschen hässlich ist sie wirklich.«

Nachdem die Frau gegangen war, zählte Indi in Gedanken ihr Geld. Vielleicht wurde es doch noch ein guter Markttag.

Den größten Teil des Nachmittags verbrachte sie damit, den Interessenten von ihrem Hoffest zu erzählen. »Wenn ihr heute Abend noch in der Nähe seid, könnt ihr gern zu meinem Lichterfest kommen. Es findet dort drüben im Hof statt«, sagte sie und deutete über die Straße auf die gegenüberliegende Toreinfahrt. Sie erklärte, dass sie noch deutlich mehr Lampen besaß, die sie am Abend in ihrem Hof aufbauen würde. Dazu würde es

Gegrilltes, Salat und Getränke geben. Und eine kleine Tanzfläche mit Musik.

Die meisten Leute wirkten interessiert, manche klangen so, als wollten sie wiederkommen. Doch erst heute Abend würde sich zeigen, wie viele Gäste erschienen.

Kurz vor Marktschluss tauchte Judith vor Indis Stand auf. Sie wehte mit der letzten, hektischen Besucherwelle heran. Jene Marktgäste gehörten fast immer zu den *Zielstrebigen*. Sie hatten es nicht eher geschafft, und jetzt musste eine halbe Stunde ausreichen, um einen schönen Stoff für die Sofakissen zu finden oder am Gewürzstand den teuren Pfeffer zu kaufen. In jedem Fall hatten die meisten nicht mehr genug Muße, um sich Indis Lampen anzuschauen.

Als Judith auftauchte, war sie die Einzige vor Indis Stand. Die Abendsonne fing sich in ihren rotblonden Haaren. Sie trug kurze Jeans und ein weites, geblümtes Top, das lose um ihre Hüften fiel. Die rosafarbenen Blüten tanzten mit Judiths Bewegung.

»Indi, Sonnenschein.« Sie schob sich an dem Samtstoff vorbei hinter den Stand und begrüßte Indi mit einem angedeuteten Kuss auf die Wange. »Tut mir leid, dass ich so spät bin. Eigentlich wollte Felix mitkommen, aber jetzt ist er doch nochmal ins Institut gefahren und wiederholt einen Versuch, weil das Ergebnis nicht eindeutig war. So ein Karrierephysiker hat echt kein Privatleben. Ich mache drei Kreuze, wenn er seine Forschungsarbeit bis zu unserer Hochzeit fertig hat.« Achtlos zog sie den Rucksack vom Rücken, warf ihn zu Boden und ließ sich neben Indi auf den zweiten Klappstuhl fallen. »Dabei haben wir den ganzen Nachmittag zu zweit gerechnet. Aber das Ergebnis wollte einfach nicht aufgehen.« Judiths Augen leuchteten, als spräche sie von einem Liebesabenteuer.

Indi musste lachen. »Gib es zu: Du bist nur deshalb nicht

mit ins Institut gefahren, weil du mir versprochen hast, heute zu kommen.«

Judiths Grinsen wurde noch breiter. Mit Felix hatte sie definitiv den einen Nerd auf diesem Planeten gefunden, der aus demselben Asteroidenstaub zusammengesetzt war wie sie.

»Als ob ich mein Sternchen bei ihrem Lichterfest jemals versetzen würde.« Judith deutete mit einer vagen Geste auf Indis Lampen. »Und? Wie lief der Markttag?«

Indi betrachtete den Platz, auf dem die schielende Puppe gesessen hatte. Um die Lücke zu schließen, hatte sie die anderen näher zusammengerückt. »Ganz gut.«

»Was heißt *ganz gut*?« Judith klang immer noch atemlos. Bestimmt war sie im Laufschritt hergekommen, um rechtzeitig zum Abbau da zu sein.

»Ich bin zufrieden.«

Judith verdrehte scherzhaft die Augen. »Lass mich raten: Zufrieden heißt, du musst in der nächsten Woche nicht verhungern?«

Indi lehnte sich demonstrativ gegen den Tisch und kreuzte die Arme. »Zufrieden heißt, ich bin im Plus. Dreistellig.«

Judith lachte. »Dreistellig hat eine große Spannweite.«

»Nicht so groß wie vierstellig oder fünfstellig.« Indi hatte dringende Lust auf einen Themenwechsel. Seit Judith als Physikerin ein halbes Vermögen verdiente, während Indi sich als Künstlerin durchschlug, waren ihre Vorstellungen von einem ausreichenden Einkommen in Parallelwelten auseinandergedriftet.

Judiths Lachen verwandelte sich in Unbehagen. »Indi? Da ist übrigens etwas, was ich dir sagen muss.«

Es klang wichtig. Aber der Moment war ungünstig. Soeben waren zwei Frauen an Indis Stand stehen geblieben. Eine der beiden deutete auf die Lampe, die in der Ecke vor dem blauen Samt stand. Aus einem Bücherstapel wuchsen drei lange gebogene Kupferrohre empor. Am Ende der Rohre befand sich jeweils ein Lampenschirm. »Die da meine ich«, erklärte die jüngere Frau der älteren. Vielleicht waren sie Mutter und Tochter.

Indi wandte sich mit einem Lächeln in ihre Richtung. »Kann ich euch helfen?«

Für die nächsten zehn Minuten war sie mit den Kundinnen beschäftigt. Sie lud sie hinter den Stand ein, damit sie die Lampe genauer betrachten konnten. Die Kupferrohre selbst ließen sich nicht verbiegen, aber Indi hatte Scharniere eingefügt. Die Frauen lachten, während Indi die kuriosen Haltungen vorführte, in denen die Lampe ihre drei Hälse verrenken konnte. Die beiden wirkten nicht einmal abgeschreckt, als Indi es wagte, fünfhundert Euro als Preis zu nennen.

Das hier war ein Moment, der ihr gesamtes Gespür als Verkäuferin erforderte. Fünfhundert Euro zahlte so gut wie niemand im Vorbeigehen auf dem Markt. Doch wenn sie die Kundinnen gehen ließ, war es ungewiss, ob sie wiederkamen. Deshalb brauchte sie einen Zwischenweg. »Wenn ihr möchtet, kann ich die Lampe für euch reservieren. Ich wohne gleich gegenüber.« Zum unzähligsten Mal erzählte sie von ihrem Lichterfest am Abend. Und tatsächlich schaffte sie den Spagat, mit den Kundinnen ihre E-Mail-Adressen zu tauschen, ohne sie zu bedrängen.

Bevor die Frauen gingen, versprachen sie, am Abend wiederzukommen.

Das hier konnte wirklich etwas werden. Als Indi sich zu Judith umdrehte, konnte sie sich ein triumphierendes Lächeln nicht verkneifen. *Siehst du?*, wollte sie sagen. *Ich komme schon klar mit meiner Kunst.*

Auch in Judiths Augen glitzerte ein Funke. »Fünfhundert Euro! Das wäre nicht schlecht. Ich drücke dir die Daumen.«

Indis Hoffnung schlug einen kleinen Purzelbaum. »Das mit der Hochzeitsbeleuchtung läuft auch gut an. Allein heute waren fünf Leute da, die jemanden kannten, für den das interessant sein könnte. Ich hab sie alle für heute Abend eingeladen. Außerdem sind schon zwei Aufträge fest.«

»Das klingt echt gut!« Für einen Moment hielt sich die Begeisterung in Judiths Stimme. Dann senkte sie mit einem leisen Räuspern den Kopf. »Also, was ich dir sagen wollte …«

Was auch immer es war, Indi wollte es nicht hören. Nicht jetzt. »Hast du was ausgefressen? Eine Bank überfallen? Oder einen Rosenquarz aus dem Naturkundemuseum mitgehen lassen? Mal wieder?« Letzteres hatte Judith tatsächlich getan, bei ihrem Schulpraktikum in der neunten Klasse. Am nächsten Tag hatte sie ihn reumütig – und unbemerkt – zurückgebracht und sich trotzdem zwei Jahre lang bei jeder Polizeisirene hektisch umgesehen.

»Das ist nicht witzig«, mahnte Judith.

Aber Indi hatte eine noch bessere Idee. »Oder nein, jetzt weiß ich, was du mir beichten willst: Du hast ein Stück Mondgestein aus dem Institut gestohlen, bei eBay verhökert und mir das Geld auf mein Konto überwiesen? Das wäre wirklich nicht nötig gewesen. Aber danke.«

Judith stieß ein verunglücktes Lachen aus. »Können wir bitte einen Moment ernst sein? Immer wenn es um Geld geht, weichst du mir aus.«

Also ging es tatsächlich um Geld? Judith hatte diese besorgte Art, sobald es um Indis Verhältnis zu Zahlen ging. Schließlich war Mathe schon in der Grundschule nicht unbedingt Indis Stärke gewesen. Während Judith jede Matheaufgabe im Rekordtempo löste und sich danach mit den freiwilligen Extraaufgaben beschäftigte, hatten sich die Zahlen in Indis Heft in tanzende

Figürchen verwandelt. Am Ende hatte Indi es nur deswegen aufs Gymnasium geschafft, weil Judith ein hohes Mitteilungsbedürfnis in Bezug auf spannende Mathethemen hatte und in der Regel nicht locker ließ, bevor Indi es ebenfalls verstanden hatte. Im Gymnasium hatte sich das Spiel mit Chemie und Physik fortgesetzt. Während Judith in allen Naturwissenschaften die Einserschülerin gab, hatte Indi darüber nachgedacht, warum Klassenräume so ungemütlich waren und welche Art von Einrichtung nötig wäre, um das zu ändern. Am Ende war es darauf hinausgelaufen, dass vor allem das Neonröhrenlicht eine Katastrophe war.

Nur die Sache mit dem Stromkreis hatte Indi interessiert, exakt so lange, bis die Glühbirne des Experimentierkastens leuchtete. Danach hatte sie nur noch überlegt, wie sie die leuchtende Glühbirne in ein Weihnachtsgeschenk für ihren Großvater verwandeln konnte.

Für Indis Geschmack hätte das Wissen um einfache Stromkreise vollkommen ausgereicht, um Lampendesignerin zu werden. Dass man jedoch eine Ausbildung zur Elektrikerin brauchte, um Lampen verkaufen zu dürfen, hätte ihren Lebensplänen beinahe den Garaus gemacht. Nur dank Judiths Nachhilfeunterricht hatte sie die Gesellenprüfung erfolgreich überstanden – während Judith mit spielerischer Leichtigkeit Physik studiert hatte. Jetzt forschte sie an irgendwas zum Thema Teilchenphysik und hatte vor kurzem eine Doktorarbeit beendet, von der Indi sich nicht einmal die Überschrift merken konnte.

»Hörst du mir eigentlich zu?« Judith schnipste mit den Fingern vor ihrem Gesicht.

Da war es schon wieder. Indis Gedanken schweiften einfach ab, während andere mit ihr redeten. »Entschuldige. Jetzt höre ich zu.«

»Ich weiß, dass du Geldprobleme hast«, begann Judith noch einmal. »Auch wenn du nicht gern darüber redest. Aber wie groß ist das Problem wirklich? Wie viel Geld fehlt dir im Monat? Wie viel Miete du zahlen musst, weiß ich ja. Aber deine anderen Fixkosten kann ich nicht einschätzen. Materialkosten für deine Lampen, Fahrtkosten beim Carsharing, Strom …«

Vor allem Strom. Der Brennofen fraß ein Vermögen. Aber Indi hatte ihn von ihrem Großvater geerbt. Und sie brauchte ihn. »Hauptsache, du fragst mich nicht nach der Feuerversicherung.«

»Feuerversicherung!«, wiederholte Judith, und es klang, als würde sie das Wort *Genickbruch* aussprechen.

Indi scharrte mit dem Fuß über einen höher liegenden Pflasterstein. »Die muss ich zwar nur einmal im Jahr zahlen, aber dafür …« Beim letzten Mal hatte der Lastschrifteinzug beinahe ihr ganzes Konto abgeräumt.

»Oh, Indi!« Judith stieß ein tiefes Seufzen aus. »Hast du eigentlich noch was von deinem Erbe? Das Geld, das dein Großvater für dich zurückgelegt hat?«

Indi presste die Lippen aufeinander. Der Pflasterstein unter ihrem Fuß war glatter als seine Nachbarn. Vielleicht sollte sie ihn ausgraben und einen Lampenfuß daraus bauen. Eine echte Kreuzberger Pflastersteinlampe.

»Indi? Das Geld deines Großvaters? Hast du noch was davon?«

Von dem Erbe hatte sie in den letzten drei Jahren gelebt. »Nicht mehr viel.«

Immerhin war die Zahl auf ihrem Konto noch dreistellig. Sie musste also nur diese Buchlampe verkaufen – und weitere Hochzeiten beleuchten. »Wahrscheinlich mache ich wieder den Minijob im Café. Ich hab gestern erst mit Ruven gesprochen. Er findet gerade keine Leute und sagt, es ist okay, dass ich samstags und sonntags keine Zeit habe.«

Judith räusperte sich leise. »Ich weiß, du hasst es, wenn ich mich einmische. Aber ein Minijob und an guten Markttagen das Essen für die nächste Woche? Wie lange willst du das durchhalten?«

Der Stoffhändler gegenüber hatte inzwischen seinen Transporter umgeparkt und die Türen geöffnet. Zu zweit fingen die Männer an, die Stoffballen einzuladen. Auch Indis Standnachbarin hatte begonnen, die selbstgestrickte Babykleidung in Kisten zu packen.

Nur Indi saß noch immer auf ihrem Stuhl. Ihr Blick fiel auf das Haus gegenüber. Ihr Haus mit der feuerroten Fassade. Das Haus, in dem sie aufgewachsen war, in dem die Nachbarn wohnten, die sie großgezogen hatten – die einzige Familie, die sie seit dem Tod ihres Großvaters noch besaß.

Es war undenkbar, dort auszuziehen, nur weil sie sich die Miete für die Fünf-Zimmer-Altbauwohnung nicht mehr leisten konnte. Abgesehen davon wäre eine neu gemietete Zwei-Zimmer-Wohnung kaum günstiger gewesen. »Ich habe einen uralten Mietvertrag. Ich schaffe das schon irgendwie.«

Judith atmete tief und langsam ein, aber dieses Mal lag seltsame Aufregung in dem Geräusch. »Ich hätte ja eine Idee, was wir gegen dein Geldproblem tun können. Sprechen wir nachher mal darüber?«

Eine Spur von Neugier verdrängte Indis Sorgen. Am liebsten hätte sie sofort nachgefragt …

Aber dann würden sie hier sitzen und palavern, anstatt für das Lichterfest aufzubauen. Und was sollte es schon für eine Idee sein? Ein Job als Elektrikerin? »Okay. Wir reden nachher. Aber bedenke, dass ich die mieseste Elektrikerin bin, die je einen Gesellenbrief bekommen hat. Wer mich einstellt, bereut das nach fünf Tagen. Also such die Lösung besser nicht in der Richtung.« Noch mitten im Satz zog Indi eine der Kisten unter dem Tisch hervor und begann, ihre Tassenlampen einzuräumen.

»Kein Elektrikerinnenjob! Versprochen!«

Für eine Sekunde wollte Indi doch noch nachfragen. Aber heute war ihr Lichterfest, und bestimmt hatten Jusuf und Murat schon den Grill aufgebaut. Gitti wollte Salate machen, und selbst Ismael, Jusufs jüngster Sohn, der nur ein paar Monate jünger war als Indi, würde nachher vorbeikommen und Musik auflegen. Es wurde also Zeit, dass sie im Hof auftauchte und ihre Lampen an den Bäumen und Mauern anbrachte.

Was auch immer das für eine Idee war, die Judith so plötzlich aus dem Hut zauberte – sie musste bis später warten.

Kapitel 2

Das Glück besaß die Farben des Sommers – das helle Blau des Himmels, das dunkle Grün der Bäume und das leuchtende Orange der Sonne, die allmählich hinter den Häusern versank. Es roch nach Lindenblüten und Milchspeiseeis, nach indischem Essen und der sommerlichen Wärme, die sich zwischen dem Asphalt der Straßen und den Häuserwänden fing. René hörte das Glück im Lachen der Menschen, im hundertfachen Gewimmel ihrer Stimmen, und nicht zuletzt in der Offenheit ihrer Worte, mit denen sie sagen konnten, was sie wollten. Und sie alle waren hier draußen. Frei. Unbeschwert. Nichtsahnend, wie wenig selbstverständlich ihr Glück war.

Bis heute hatte René beinahe vergessen gehabt, wie sich das Glück anfühlte. Aber nun war es überall. Mit jedem Schritt, den er durch die Straßen lief, erfüllte es seine Sinne, strömte durch seinen Körper. Er hatte sich verliebt. In das Kichern und Plappern eines kleinen Mädchens. In ihre kindlichen Worte, die so klug und so wahr und voll von wunderlicher Fantasie waren. Er war fasziniert von ihrem makellosen, glatten Gesicht, in dem jedes Detail so winzig war und das anzuschauen sich dennoch wie ein Blick in einen absurden Zeitspiegel anfühlte. Er erkannte sich selbst in diesem Gesicht.

Waren tatsächlich schon fünf Jahre vergangen? War er so lange fort gewesen? Es war ein Wunder und gleichzeitig eine Tragödie, dass so wenig Zeit ausreichte, um ein Kind heranwachsen zu lassen; ein Wunder, weil Lilja jetzt schon so ein vollkommener kleiner Mensch mit einem ganz eigenen Charakter war – und eine Tragödie, weil er seine Tochter heute zum ersten Mal gesehen hatte.

Den ganzen Tag hatten sie gemeinsam verbracht. Wie verabredet war Marei zwar dabei gewesen, aber sie hatte sich zurückgehalten. Während René auf dem Spielplatz mit Lilja spielte, hatte sie sich mit einem Buch auf die Bank gesetzt. Lilja wiederum hatte seine Anwesenheit nicht groß hinterfragt. Die Erklärung, dass er ein alter Freund von Marei war, hatte ihr vollkommen ausgereicht, um Vertrauen zu ihm zu fassen. Danach war sie glücklich gewesen, dass er ihr zuhörte und sich bereitwillig auf jede Spielaufforderung einließ. Natürlich hatte er anfangs noch nicht gewusst, was ein fünfjähriges Mädchen auf dem Spielplatz am liebsten tat. Als er vorschlug, eine Sandburg zu bauen, hatte sie stolz erklärt, dass sie dafür eigentlich schon zu alt war. Erst nachdem René entgegenhielt, dass selbst er noch nicht zu alt für Sandburgen sei, hatte sie voller Begeisterung unterirdische Tunnel gegraben und Wehrmauern gebaut. Anschließend hatte René sie auf der Schaukel angeschubst, bis sie kreischte und dennoch »Höher, weiter, schneller!« rief. Er hatte ihr und den anderen Kindern auf dem Karussell Anschwung gegeben, bis die ganze Bande kicherte und schrie und ihm vor Schwindel übel wurde.

Danach hatten sie in der Eisdiele eine Pause gemacht. Zum ersten Mal seit fünf Jahren hatte er wieder mit Marei an einem Tisch gesessen. Dass sie beide sich anschwiegen, war nicht weiter aufgefallen, weil Lilja genug für drei redete.

Für einen Augenblick hatte René befürchtet, Marei würde das Treffen nach der Eisdiele beenden. Doch Lilja rettete ihn, indem sie ihn hochzerrte und ihre Mutter anbettelte, noch einmal auf den Spielplatz zurückkehren zu dürfen. Dieses Mal waren sie

Seilbahn gefahren, immer wieder. Unermüdlich hatten sie sich zwischen den anderen Kindern angestellt, und René hatte die Minuten in der Warteschlange genossen, in denen er nichts anderes zu tun hatte, als Liljas munteren Geschichten zu lauschen. Sie sprach von ihren Freundinnen in der Kita, von ihren Lieblingskuscheltieren zu Hause und welche Spiele sie besonders mochte. Sie war stolz, weil sie nächstes Jahr schon in die Schule kam. Voller Begeisterung malte sie Buchstaben in den Sand und zählte auf Deutsch und Englisch von eins bis zehn. Auf Türkisch versuchte sie es ebenfalls, so wie manchmal in der Kita, wenn sie in allen Muttersprachen der Kinder bis zehn zählten. Aber ohne Hilfe kam sie nur bis *bir, iki, üç*. René half ihr mit den restlichen Zahlen bis *on*. Theoretisch hätte er mit Arabisch weitermachen können, aber er wollte es nicht übertreiben. Vermutlich wäre Marei weniger begeistert gewesen, wenn er schon am ersten Tag heraushängen ließ, wo er die letzten fünf Jahre verbracht hatte.

Nach der Seilbahn kehrten sie zu ihrer Sandburg zurück. Inzwischen war es früher Abend. Die meisten Eltern mit den kleineren Kindern waren längst gegangen. Die Wasserpumpe, an der am frühen Nachmittag großer Andrang geherrscht hatte, war mehr oder weniger verwaist. Unterhalb der Pumpe befand sich ein Netz aus hölzernen Bahnen, durch die das Wasser herabfloss, bis es sich in den Sand ergoss und versickerte. In einem Anflug von ritterlichem Eroberungswahn bauten sie Staudämme und sperrten die hölzernen Wasserläufe ab, bis der gesamte Wasserstrom zu ihrer Burg lief und den Burggraben flutete. Lilja jubelte, während René pumpte, kurz bevor die Burg in sich zusammenstürzte und in den Fluten versank.

Sie beide waren nass und voller Sand, als Lilja nach Renés Hand griff und ihn zu Mareis Bank führte. »Mama?« In ihrer

Stimme lag die ungetrübte Selbstsicherheit eines kleinen Mädchens, das nichts anderes als Liebe und Anerkennung kannte. »René ist der netteste Freund, den du je hattest. Kann er bitte mein Vater sein?«

Liljas Worte raubten ihm den Atem. Auch Marei wirkte für einen Augenblick sprachlos.

Lilja wusste nicht, dass er ihr Vater war. Diese eine Bedingung hatte Marei in Bezug auf das Treffen gestellt. Ihre Tochter sollte die Wahrheit erst erfahren, wenn geklärt war, ob und wie sich ein regelmäßiger Umgang gestalten ließ.

»Mal sehen«, antwortete Marei. Doch ihrem Tonfall war anzuhören, dass sie sich noch nicht ganz von der Sprachlosigkeit erholt hatte. »Hol bitte noch deine Schuhe, Kätzchen.« Damit wies sie auf die Wasserpumpe, wo die roten Sandalen halb versunken im Matsch lagen.

Während Lilja widerstrebend lostrottete, stand Marei auf, steckte ihr Buch in die Umhängetasche und bedachte René mit eisigem Blick. »Wenn du ihr Herz brichst, breche ich dir den Hals.« In ihrer Stimme lag eine unterdrückte Wut, die der Gefahr einer gerade entsicherten Handgranate glich. »Fünf Jahre, René. Und jetzt kommst du an und glaubst, ein sonniger Tag auf dem Spielplatz würde ausreichen, um ein guter Vater zu sein.« Sie warf einen prüfenden Blick auf Lilja, die neben der Wasserpumpe im Sand saß und ihre Schuhe anzog. Weit genug entfernt, um kein Wort zu hören. »Aber du kennst die Bedingungen. Such dir endlich eine Wohnung. Im Einzugsgebiet ihrer Schule. Welche Straßen das sind, hat dir der Anwalt geschrieben. Solange du in deinem VW-Bus haust, kannst du die Sache vergessen. Ich werde sie nicht bei einem Penner in Obhut geben.«

Eine Wohnung ... Im Einzugsgebiet von Liljas zukünftiger Schule. Seit René sich vor Mareis Haustür verabschiedet hatte, lief er durch die Straßenzüge, die er auf einem Zettel notiert hatte. Irgendwo hier, zwischen den prächtigen Neuköllner Altbauten, an der Grenze zu Kreuzberg, sollte er also eine Wohnung finden. Schon gestern hatte er nach Anzeigen geschaut. Doch das Ergebnis war frustrierend. Vielleicht waren die Mieten auf dieser Seite des Kanals günstiger als auf der anderen. Für einen arbeitslosen Journalisten, der gerade erst aus dem Ausland zurückgekehrt war, waren sie dennoch unerschwinglich. Zumal er die Alimente für Lilja weiterhin zahlen wollte, auch den Teil, der über seine Verpflichtungen hinausging. Zwar hatte er üppige Ersparnisse, die eine Weile reichen würden. Aber solange er keinen Job hatte, war es nur eine Frage der Zeit, bis ihm die Geldreserve ausging.

Und einen Job als Journalist anzunehmen war momentan undenkbar. Er war noch nicht wieder gesund genug, um über die Krisen dieser Welt zu schreiben.

Vielleicht konnte er Geld mit seinen Skulpturen verdienen. Er musste nur einen Weg finden, sie zu verkaufen.

Doch heute Abend wollte er sich das Glück nicht nehmen lassen. Die Sommerluft war zu schön und das Gefühl von väterlicher Liebe viel zu frisch, als dass er an die Knüppel denken mochte, die Marei ihm zwischen die Beine warf. Schon allein die Bedingung mit dem Einzugsgebiet war reine Schikane. Als ob er seine Tochter nicht auch mit der U-Bahn oder dem Auto zur Schule bringen konnte.

René tastete nach dem Zettel in seiner Hosentasche. Kurz blieb er stehen, um die Adressen mit der Karte auf seinem Handy abzugleichen. Unerschwinglich oder nicht, er würde sich die Wohnungen ansehen – und dann weiter überlegen. Vielleicht war ja doch eine dunkle Bruchbude dabei, die er sich leisten konnte.

Die Besichtigungstermine fanden erst in den nächsten Tagen statt. Trotzdem wollte er sich die Häuser schon einmal anschauen. Wenigstens Träumen war ja wohl noch erlaubt.

Der kühle Geruch von Seewasser ließ die Nähe des Kanals ahnen, noch bevor er das Ende der Straße erreichte und das dunkelgrüne Wasserband zwischen den Uferbäumen hindurchblitzte. Hier waren noch mehr Spaziergänger unterwegs als anderswo. Pärchen und kleine Gruppen saßen zwischen den Bäumen und ließen ihre Beine über das betonierte Kanalufer baumeln. Noch schimmerte ein Rest von Tageslicht im Westen. Doch schon bald würde es dunkel sein.

Eine huschende Bewegung. Am Himmel! Über den Häusern. Wie ein Blitz fegte der Schock durch sein Herz. Fassbomben! Er musste in Deckung gehen. Hinter den Bäumen, den Autos. Irgendwo.

Erst im letzten Moment unterdrückte er den Impuls. Es war eine Möwe. Einfach nur ein verdammter Vogel. Mit rasendem Herzschlag blieb er stehen. *Tsing, tsing, tsing.* Das Adrenalin pochte durch seine Adern, lebensrettender Instinkt aus fünf Jahren Krieg im Nahen Osten. Absolut unpassend und verrückt an einem lauen Sommerabend in Berlin.

René schloss die Augen und lehnte sich an eine der Linden. Erst, als die Panik nachließ, wagte er einen Blick auf den Kanal. Überall saßen Menschen am Ufer. Schwäne paddelten vor ihnen und bettelten um Futter, Möwen flogen kreischend über dem Wasser.

Am Fuß der Linde ließ René sich auf den Boden sinken. Er blieb sitzen und wartete, bis das Pochen des Adrenalins nachließ, bis sein Puls wieder ruhig ging. Nur seine Finger zitterten noch, als er sich den Schweiß aus dem Nacken wischte.

Erfahrungsgemäß musste er lange warten, bis das Zittern

seiner Hände aufhörte. Es wurde Zeit, dass er diese Sache in den Griff bekam.

Als er endlich aufstand und den Weg am Ufer fortsetzte, war es dunkel geworden. Nur die alten Laternen schimmerten zwischen dem Laub der Bäume hindurch. Die Menschen am Ufer waren noch immer da. Sie lachten und unterhielten sich, ebenso wie die Gäste in den Restaurants und Bars an der Häuserseite. So viel Frieden. So selbstverständlich und furchtlos. Es war eine Ruhe, die auch er endlich wiederfinden musste.

Im letzten Straßenabschnitt des Maybachufers versperrte ein offener Anhänger den Bürgersteig, auf dem sich die zusammengefalteten Gerüste von Marktbuden stapelten. René erinnerte sich an diesen Markt. Es hatte ihn früher schon gegeben.

Auf der Häuserseite weckte ein Leuchten seine Aufmerksamkeit. Die Toreinfahrt eines Hauses war mit einer Lichterkette umsäumt, die aus bunten Papiervögeln bestand. An der Ecke der Einfahrt war ein heller, dicker Pfeil angebracht. In seinem Inneren glomm das Wort *Lichterfest*. Die Buchstaben flackerten in einem bläulichen, unsteten Licht, das an tanzende Glühwürmchen erinnerte.

Da er den Anhänger mit den Marktbuden umrundet hatte, ging René ohnehin schon mitten auf der Straße. Das Licht des Torbogens lockte ihn näher, wie ein magischer Zauber. Kurz vor der Einfahrt stand eine uralte Frau in einem bunten langen Rock und mit hennaroten Haaren. »Tretet näher, tretet näher«, säuselte sie mit der Stimme einer Jahrmarkterzählerin. »Und lasst euch verzaubern in Luminas magischer Lampenwelt.« Die Glassteinchen an ihren Armbändern klimperten, während sie ihm einen Flyer entgegenhielt. Im Dunkeln war nicht mehr darauf zu sehen als ein leuchtendes Hochzeitspaar.

Gedankenlos nahm René den Flyer entgegen. Wie bei den

meisten Häusern in dieser Lage gab es zwei Geschäfte im Erdgeschoss. Doch sowohl das »Keks & Krümel« als auch »Jusufs
Import-Export« hatte die Gitter heruntergelassen. Zwischen
den beiden Läden trat René in eine breite Einfahrt. Rechts und
links war der Boden wie ein Bürgersteig erhöht. Darauf reihten
sich weitere Lampen und säumten den Durchgang zum Hinterhof. Sie hatten unterschiedliche Größen, doch alle bestanden
aus Bücherstapeln, aus denen ringsum kupferne Lampenarme
ragten. Die meisten mündeten in kleine, bunte Lampenschirme.
Wie schief gewachsene Pilze lugten sie René entgegen. Manche
schauten von oben auf ihn herab, andere blinzelten scheu um
die Ecke, wieder andere schienen sich vor ihm zu ducken oder
wirkten wie Schlangen, die über den Boden krochen und ihn von
unten beobachteten.

René erwischte sich dabei, wie er mit angehaltenem Atem
zwischen den Lampen hindurchschlich. In der Mitte der Einfahrt befand sich ein Treppenaufgang, der zu den Wohnungen
führte. Auf einer der Stufen stand ein alter Volksempfänger, aus
dem ebenfalls Lampenarme hervorlugten. Doch bei ihm waren
es nicht nur zwei oder drei Arme, es waren unzählige Tentakel,
wie die Schlangenhaare einer Medusa. Jeweils am Ende leuchteten nackte Glühbirnen.

Ein kühler Schauer erfasste ihn, als würde die Magie dieses
Ortes mit einem Finger über seine Haut streichen.

Doch es war nicht unangenehm. Er mochte die Magie. Sie
verband sich mit etwas Dunklem, das in seinem Inneren lauerte,
und führte es hinaus ins Licht.

Von wem stammten die Lampen?

Hinter der Einfahrt kam er in einen Hinterhof voller Menschen. Es duftete nach Grillfleisch und Holzkohlefeuer, nach
gebratenen Paprika und geröstetem Käse. Weiter hinten, unter

den Bäumen, spielte Musik. Auf einer kleinen Tanzfläche tanzten Männer und Frauen aller Generationen, manche mit Kopftüchern, andere ohne, manche zu zweit, aber die meisten in einem lockeren Kreis. Fünf oder sechs Kinder tobten zwischen ihnen hindurch, ließen sich etwas vom Grill reichen und rannten dann weiter in eine Ecke, in der sie sich unter einem Strauch eine Bude gebaut hatten.

Doch das Highlight waren auch hier die Lampen. Der ganze Hof war überfüllt von leuchtenden Objekten. Lichterketten aus Muscheln und Papierblüten hingen in den Bäumen über den Tanzenden. Vor der Mauer zum Nachbarhof schwamm ein Schwarm aus bunt glühenden Fischen, und in den Mauernischen drängten sich Objekte, die er vermutlich erst genauer erkannte, wenn er näher heranging. Auf der rechten Seite des Hofes schwebten die leuchtenden Kunstwerke auf einer dunkelblauen Wolke. Erst auf den zweiten Blick ahnte er, dass sich unter dem dunklen Stoff die Mülltonnen verbargen.

Wie gebannt wanderte René an den Lampen entlang. Auf einem Mauerabsatz neben der Kellertreppe saß eine Gruppe von Porzellanpuppen zusammen, die mit hellen Luftballons spielten. Auf einem Tischchen dahinter befand sich eine Sammlung farbenfroher Kaffeetassen, die nicht nur mit glänzendem Kaffee, sondern auch mit leuchtenden Lampenschirmchen gefüllt waren. Wie eine Glucke, die über ihre Küken wachte, stand eine ebenso beleuchtete Porzellankanne zwischen den Tassen. Alle zusammen sahen sie aus, als wären sie selbst eine schnatternde Schar von Kaffeetanten.

Unter einem der Hochparterrefenster lehnte ein mannshoher Spiegel, dessen Rahmen mit Gold gesprenkelt war und der von innen leuchtete wie ein Geist. Als René davor stehen blieb, schien sich auch sein Spiegelbild in einen Geist zu verwandeln. Sein

Gesicht wirkte weiß und seine Haare wirr. Direkt hinter dem Spiegel, beinahe ein bisschen versteckt, stand in einer schmalen Mauernische eine weitere Lampe. Zwischen all den spektakulären Leuchtkunstwerken wirkte diese wie ein Mauerblümchen – eine alte Lampe, vermutlich aus den 1950er-Jahren, mit einem hölzernen Fuß, einem Hals aus schwarz angelaufenem Messing und einem ausgeblichenen rot-blau karierten Schirm. Und dennoch hatte sie etwas an sich, das ihn festhielt. Nur ganz leicht neigte sie ihr Köpfchen zur Seite, als wolle sie ihn heimlich im Spiegel beobachten.

René war versucht, sich zu ihr zu beugen und ihren Schirm anzuheben, damit sie endlich den Mut fand, ihn anzusehen.

Doch es wäre unhöflich gewesen, die Lampe ohne Erlaubnis zu berühren.

»Was siehst du in ihr?« Eine ruhige Frauenstimme sprach ihn an. Er hatte nicht bemerkt, dass jemand neben ihn getreten war. Doch jetzt zeigte der Geisterspiegel eine dunkle Fee. Sie trug ein schwarzes Kleid, das ihre Gestalt in der Dunkelheit fast gänzlich verhüllte. Nur die aufgestickten, silbernen Sterne reflektierten das Licht der tausend Lampen und ließen ihre schmalen Konturen funkeln. Auch ihr Gesicht unter den hochgesteckten, schwarzen Haaren schimmerte bleich im Geisterlicht. Doch ihre Hautfarbe war weitaus dunkler als seine.

War sie die Lampenkünstlerin? Ihre kunstvolle Erscheinung aus Licht und Schatten machte es zumindest wahrscheinlich.

Bis jetzt schien sie seinen Blick im Spiegel nicht zu bemerken. Hastig sah er zurück zu der traurigen Lampe. Im ersten Moment wusste er nicht, wie er sie beschreiben sollte, ohne lächerlich zu klingen. Aber schließlich kamen die Worte ganz von allein. »Sie sieht aus wie ein schüchternes Kind auf dem Schulhof. Sie schämt sich, weil ihre Kleidung alt und abgewetzt ist. Sie glaubt, dass alle sie hässlich finden, weil die anderen viel schöner und talentierter sind als sie. Dabei würde sie einfach nur gern mit den anderen Kindern spielen. Aber niemand fragt sie. Also duckt sie sich in ihre Ecke, damit sie unsichtbar ist. Doch gleichzeitig ist sie traurig. Weil sie auf diese Weise niemals Freunde finden wird.«

Die dunkle Fee im Spiegel lächelte. Etwas Wehmütiges lag in diesem Lächeln.

René hockte sich vor der Lampe auf den Boden. Von hier unten konnte er erstmalig in ihr großes, leuchtendes Lampenauge sehen. »Darf ich sie berühren?«

»Nur zu.« In der Stimme der Frau lag ein aufmunterndes Schmunzeln. Sie musste die Lampenkünstlerin sein, spätestens jetzt war es sicher.

René strich mit dem Zeigefinger an der Unterseite des Schirms entlang. Nur vorsichtig drückte er dagegen, um zu prüfen, ob sich der Mechanismus kippen ließ.

Beim nächsten Gedanken musste er beinahe lachen. »Das klingt jetzt vielleicht sonderbar, aber irgendwie hab ich das Gefühl, ich müsste diese Lampe aus ihrer Einsamkeit retten.« Sein Finger fand den Kipppunkt des Lampenschirms. Plötzlich klappte er zur Seite, und die Lampe schielte ihn an wie ein neugieriges Huhn.

Dieses Mal lachte er wirklich. »Vielleicht braucht sie nur ein bisschen Aufmunterung.«

Auch das Lachen der Lampenkünstlerin klang belustigt.

René stand auf und drehte sich erstmals in ihre Richtung. Sie war einen knappen Kopf kleiner als er. Ohne das geisterhafte Gegenlicht des Spiegels wirkte ihr Gesicht noch dunkler. Die Lichter des Hofes funkelten im Schwarz ihrer Augen.

Vielleicht war sie doch kein Geist, sondern tatsächlich eine Fee.

Das amüsierte Lachen war von ihren Lippen verschwunden. Stattdessen deutete sie mit dem liebevollen Blick einer Mutter auf die kleine Lampe. »Ich hab sie vor ein paar Jahren in einem dunklen Trödelladen gefunden. Ihr Schirm war zerrissen und der Fuß vom Holzwurm durchgenagt. Sie stand in einer Kiste mit anderen kaputten Dingen, ganz nah an der Tür. Vermutlich, weil die Sachen in den Müll sollten. Ich wusste sofort, dass aus ihr niemals ein richtiges Kunstwerk wird. Aber ich hatte Mitleid. Vielleicht, weil sie mich damals schon so traurig angeschaut hat. Als hätte sie eine Seele, die nicht sterben will. Also hab ich sie mitgenommen und den Schirm geflickt. Seitdem ist sie so was wie ein vergessenes Findelkind in einem Waisenhaus. Alle Leute, die kommen, suchen sich nur die schönen und talentierten Kinder aus. Aber sie wird von allen übersehen – obwohl sie doch genauso dringend darauf wartet, von jemandem mitgenommen zu werden.«

Mit angehaltenem Atem lauschte René der Erzählung. Erst jetzt fiel ihm auf, dass seine Hände nicht mehr zitterten. Irgendetwas an der Gegenwart der Lichterfee hatte ihn ruhig werden lassen. Vielleicht die silbernen Funken, die in ihren Augen tanzten. Oder die sanfte Melancholie in ihrer Stimme? »Das Findellämpchen muss nicht länger warten«, erklärte er. »Ich adoptiere es.«

Die Künstlerin lächelte. Beinahe verlegen schaute sie zu Boden, während sich das Lächeln noch tiefer in ihre Wangen prägte. Oder waren es Grübchen?

Als sie aufsah, waren die Grübchen verschwunden.

»Was soll sie kosten?«

Die Künstlerin winkte ab. »Nichts. Sie hat lange genug auf dich gewartet.«

»Nichts?« René konnte das unmöglich zulassen. »Ich kann doch diese Lampe nicht einfach so mitnehmen.«

Wieder lachte sie. »Doch. Kannst du. Ich schenke sie dir.«

»Kommt nicht infrage. Du hattest Arbeit mit ihr. Zeit. Materialkosten.«

Nachlässig zuckte sie die Schultern. »Nicht viel Arbeit. Und kaum Material. Ich hab den Fuß behandelt, damit der Holzwurm nicht noch mehr zerstört. Aber das Zeug dafür hatte ich noch da.«

»Doch irgendwann hat auch dieses Zeug mal etwas gekostet.«

Die Künstlerin druckste herum und sah zu der Lampe. Wieder zeigten sich die Grübchen in ihren Wangen. »Na gut. Dann gib mir zehn.«

»Zehn?« Plötzlich wollte René ihr Lachen provozieren. »Du hast gesagt, du hättest sie vor ein paar Jahren gefunden. Seitdem hast du sie nicht nur verarztet, sie hat auch bei dir gelebt und gegessen!«

»Gegessen?« Dieses Mal lachte sie richtig. Laut genug, um die Aufmerksamkeit der anderen Gäste auf sie zu ziehen. »Eine Lampe muss nichts essen.«

»Doch!« René gab sich todernst. »Sie frisst Strom. Ich möchte wetten, diese ganzen Lampenkinder fressen dir die Haare vom Kopf.«

»Strom …« Ihre schwarzen Augen blitzten ihn an. Kurzes Erschrecken huschte über ihr Gesicht. Dann fing sie sich mit einem ironischen Lächeln. »Strom ist ein Argument. Vielleicht kostet sie zwanzig. Fünfundzwanzig, weil du es bist.«

Dieser Handel begann ihm Spaß zu machen. »Fünfundzwanzig? Willst du ihre Ehre verletzen? Das Doppelte muss schon sein, damit sie nicht ihr Gesicht verliert.«

Wieder lachte die Künstlerin laut auf. Die Sterne auf ihrem Kleid tanzten. »Fünfzig? Niemals! Wenn ich fünfzig nähme, würde ich mich schämen.«

Es wurde Zeit, die Strategie zu ändern. Wie ein orientalischer Händler, der so tat, als würde er den Deal jeden Moment platzen lassen, machte er eine bitterernste Miene. »Du hast recht. Fünfzig Euro sind zum Schämen. Schau sie dir an. Ihr trauriges Gesicht. Du hast mir ihre Geschichte erzählt. Wenn ich nicht mindestens siebzig zahle, kann ich nie wieder in den Spiegel schauen.« Damit deutete er auf den Geisterspiegel. Seine Finger waren noch immer ruhig, auch dann, als er die beiden Scheine aus seiner Hosentasche zog. Mehr als siebzig hatte er tatsächlich nicht dabei.

Verblüfft starrte sie das Geld an. »Das kann ich nicht annehmen.«

René hob die Augenbrauen. »Wollen wir noch einmal von vorn anfangen?« Herrgott, genau das wollte er! Für den Rest des Abends mit ihr scherzen, in ihre blitzenden Augen schauen und die Grübchen in ihren Wangen suchen.

Fast ein wenig hilflos biss sie sich auf die Unterlippe, während sie die Scheine in seiner Hand anschaute.

»Na los! Nimm das Geld und nutze es für die Speisung der anderen Waisen.«

Ihr nächster Atemzug war eine Mischung aus Seufzer und erleichtertem Lachen. »Du hast es so gewollt.« Demonstrativ schnappte sie die Geldscheine aus seiner Hand. »Aber beschwere dich nicht bei mir, wenn sie dir die Haare vom Kopf frisst.« Fast liebevoll zog sie den Stecker aus einer Steckdose, nahm die Lampe auf den Arm und reichte sie ihm wie ein zerbrechliches Baby. »Oder soll ich sie noch verpacken?«

René hätte zu allem Ja gesagt, was ihm einen Grund gab, noch länger zu bleiben. Dennoch schüttelte er den Kopf. »Das geht schon. Es wäre nur unnötiger Müll.«

Für einen Moment standen sie schweigend voreinander. Um weiterzureden, brauchten sie ein neues Thema.

Der Zettel in seiner Hosentasche, die Adressen, nach denen er gesucht hatte! Musste die eine nicht irgendwo in diesem Häuserblock sein? Als er in den Hof gekommen war, hatte er vergessen, auf die Hausnummern zu achten.

»Es gibt ja tatsächlich noch mehr von den Buchlampen.« Plötzlich standen zwei Frauen neben der Künstlerin. »Wie soll man sich denn da entscheiden?«

Die Künstlerin warf René einen Blick zu, den er nicht ganz deuten konnte. War es entschuldigend gemeint? Oder bedauerte sie das Ende ihrer Unterhaltung genauso wie er? Ihre Lippen bewegten sich wortlos. Flüchtig streifte ihre Hand seinen Arm. Dann wandte sie sich den Frauen zu und führte sie zu den Bücherlampen in die Einfahrt.

René blieb im Innenhof zurück. Vielleicht konnte er einfach hier warten, bis sie ihr Verkaufsgespräch beendet hatte. Er konnte sich die restlichen Lampen noch einmal in Ruhe ansehen oder mit den fremden Leuten unter den Bäumen tanzen. Die alte Frau, die ihm vorhin den Flyer gegeben hatte, war unter ihnen. Sie winkte ihm zu, als wollte sie ihn anlocken. Kurz war er versucht, ihrer Einladung zu folgen. Wenn es nicht so sonderbar gewesen wäre, sich mit einer Lampe im Arm im Takt der Musik zu wiegen, nur um auf eine Frau zu warten, von der er nicht wusste, ob sie tatsächlich noch einmal zu ihm zurückkehrte.

Er hätte sich auch etwas vom Grill holen können. Seit dem Eis am Nachmittag hatte er nichts mehr zu sich genommen.

Doch sein Magen sperrte sich gegen den Gedanken, etwas zu essen. Obwohl seine Hände ruhig waren, streifte ein nervöses Flattern durch seine Brust. Aber dieses Mal war es nicht der Dolchstoß, den das Adrenalin durch sein Herz jagte. Es war wärmer, sanfter. Vielleicht wie das Glück, das er am Nachmittag verspürt hatte. Und trotzdem eine Nuance anders.

Langsam wanderte er an den Lampen vorbei, schaute sich eine nach der anderen an, ohne sie tatsächlich wahrzunehmen. Als er die Runde beendete und wieder bei der Toreinfahrt ankam, waren weder die Künstlerin dort noch die Frauen, die sich für die Bücherlampen interessiert hatten.

Auch weiter hinten im Hof konnte er sie nirgends entdecken.

Es wäre töricht gewesen, jetzt noch einmal zurückzukehren und sich unter die Fremden zu mischen. Stattdessen ging er an den Bücherlampen vorbei zurück auf die Straße.

Inzwischen war es zu spät, um sich noch weitere Häuser anzusehen. Und ein Teil von ihm war müde, erschöpft.

Also entschied er sich für den kürzesten Weg zu seinem Wagen, auch wenn er über laute Straßen und unter der Hochbahntrasse am Kottbusser Tor herführte. Auf der runden Mittelinsel unter den Gleisen stank es nach Urin und Kotze. Neben dem Fahrstuhl lag eine Matratze, auf der jemand schlief. Dahinter, auf dem Platz vor einem Drogeriemarkt, war es auch um diese Zeit noch belebt. Ströme von Partymenschen kamen aus dem Treppenaufgang der U-Bahn. Die meisten trugen Bierflaschen, und einige waren bereits so betrunken, dass sie nur noch stolpernd vorantorkelten. Mindestens zwei Drogendealer boten ihm leise »Hasch« an, und in der Durchfahrt, die unter einem Hochhaus entlang in die Adalbertstraße führte, stritten sich zwei Männer. Sie schubsten sich und schrien sich an, bis weitere von den Seiten hinzukamen und sich einmischten.

Es war besser, nicht so genau zu wissen, worum es ging.

Als das Kottbusser Tor hinter ihm lag, blieb nur noch das Partyvolk an seiner Seite. Aber die meisten bogen in die Oranienstraße ab, um sich in Kreuzbergs beliebtester Kneipenstraße noch das ein oder andere Getränk zu genehmigen. Als René daran vorbei war, wurde es deutlich ruhiger.

Sein VW stand zwei Häuserblöcke weiter hinter dem Parkgelände des ehemaligen Bethanien-Krankenhauses. Hier, wo früher die Berliner Mauer gestanden hatte, war es in den Nächten still. Und hier wurde es geduldet, dass Wildcamper den Parkstreifen belegten und monatelang in ihren Fahrzeugen schliefen. Manche kamen sogar mit Wohnwagen und blieben den ganzen Sommer. Direkt nebenan war ein Bauwagenplatz, und tagsüber, wenn die Musikschule in dem burgähnlichen Hauptgebäude mitten im Park geöffnet war, hatte man Zugang zu einer öffentlichen Toilette mit fließendem Wasser.

René hatte schon deutlich schlechter gewohnt.

Heute Abend war es jedoch zu spät für die öffentlichen Toiletten. Zum Zähneputzen musste eine Wasserflasche reichen, und schließlich krabbelte er in den hinteren Bereich seines VW-Busses, der fast komplett mit einem Futon ausgelegt war. Wie immer schloss er den Wagen von innen ab, bevor er in seinen Schlafsack kroch.

Die neue Lampe stand neben dem Kopfende. Allzu gern hätte er sie angemacht, damit sie für ihn leuchtete – doch natürlich gab es hier keinen Stromanschluss.

Er hatte siebzig Euro für eine Lampe ausgegeben, die er nicht einmal benutzen konnte.

Fast musste er lachen bei dem Gedanken.

Trotzdem war es richtig so. Er wäre ein herzloses Monster gewesen, wenn er die Lampe nicht gekauft hätte. Behutsam streckte er die Hand aus seinem Schlafsack und strich über den karierten Schirm.

Er hatte vergessen, die Künstlerin nach ihrem Namen zu fragen! Auch das Flugblatt hatte er nicht mehr. Vermutlich war es auf den Boden gefallen, als er sich zu der Lampe gehockt hatte.

Hastig setzte er sich noch einmal auf, knipste die Taschenlampe an und betrachtete sein Findelkind genauer.

Unter dem Fuß war ein kleines Klebeschild angebracht. *Indica Lumina Stern* stand darauf.

Als René die Taschenlampe wieder ausschaltete, fiel das Licht einer Straßenlaterne durch das Fenster. In weiser Voraussicht hatte René den Wagen direkt darunter geparkt. Dunkelheit war etwas, das er nur noch schwer ertragen konnte.

* * *

Nachdem Indi die beiden Frauen mit ihrer Buchlampe verabschiedet hatte, konnte sie endlich wieder in den Hof zurückkehren. Ihr erster Blick huschte zu der Mauernische, an der sie eben noch den lustigsten Handel ihres Lebens geschlossen hatte. Doch der Gast, dem sie ihre traurige Lampe verkauft hatte, war verschwunden. Vermutlich war er ausgerechnet in dem Moment gegangen, als sie in ihre Wohnung gelaufen war, um eine ordentliche Rechnung für die teure Buchlampe auszustellen.

Leises Bedauern strich durch ihre Brust. Sie hätte gern noch einmal mit ihm geredet. Und wenn dafür keine Zeit gewesen wäre, hätte sie sich wenigstens bedanken und ordentlich verabschieden müssen.

Siebzig Euro. Er musste verrückt sein, so viel Geld für eine alte, wertlose Lampe auszugeben! Selbst jetzt musste Indi noch darüber lachen.

»Der war süß!« Plötzlich stand Judith neben ihr. Ihre Stimme klang verwaschen, vermutlich durch Gittis Bowle, von der sie reichlich genossen hatte. »Ich meine den, der diese hässliche kleine Lampe gekauft hat. Du hättest ihn küssen und mit in dein Bett nehmen sollen.«

Indi lachte und kniff die Augen zusammen. »Judith! Du bist betrunken.«

»Hör zu.« Plötzlich wurde ihre Freundin ernst. Schwankend legte sie die Hände auf Indis Schultern. »Ich muss mich bei dir entschuldigen. Womöglich hab ich Mist gebaut.«

Alarmiert rückte Indi von ihr ab. »Was meinst du damit?«

Nur mühsam gelang es Judith, sich auszubalancieren. »Ich hab das Atelier deines Großvaters annonciert. Zur Untermiete. Um endlich dein beschissenes Geldproblem zu lösen. Ich weiß, ich hätte dich erst fragen sollen. Wollte ich auch. Aber es war eine spontane Idee, und ich dachte … Ach, keine Ahnung, was ich dachte. Jedenfalls gibt es schon sechs Interessenten. Ab morgen kommen sie, um sich das Atelier anzusehen.«

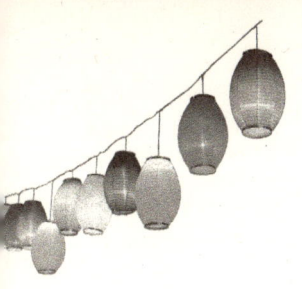

Kapitel 3

Den ganzen Morgen tigerte Indi in der Wohnung hin und her. Sie kochte Kaffee, aber aß nicht mehr als eine halbe Brotscheibe zum Frühstück. Stattdessen machte sie sich an die Arbeit, räumte die Lampen aus dem Flur und dekorierte sie planlos von einem Standort an den anderen. Auf nichts konnte sie sich richtig konzentrieren, nicht, solange Judith in ihrem Wohnzimmer lag und schlief.

Ihre Freundin hatte zu viel von Gittis Bowle getrunken, um mitten in der Nacht mit der U-Bahn nach Hause zu fahren. Also hatte Indi ihr die Schlafcouch angeboten – auch in der Hoffnung auf weitere Antworten. Doch Judith hatte nur betrunkene Andeutungen gemacht und war schon in Tiefschlaf gefallen, während Indi noch mit Hilfe der Nachbarn die Lampen nach oben trug.

In den nächsten Tagen würden also diverse Künstler vorbeikommen, um das Atelier ihres Großvaters zu besichtigen – und Indi hatte keine Ahnung, was sie ihnen zeigen sollte. Das große Altbauzimmer mit den hohen Decken befand sich noch in genau dem Zustand wie vor seinem Tod. Sein letztes Bild stand halbfertig auf der Staffelei, die Pinsel lagen sorgfältig ausgewaschen daneben. Nur das Terpentinglas und die Farbe auf seiner Palette waren inzwischen versteinert. Doch das größte Problem waren seine Bilder. Sie hingen nicht nur an den Wänden, sie lehnten auch dicht an dicht aneinander – viel zu viele, um sie alle aufzuhängen. Und zu kostbar an die Erinnerung geknüpft, um sie zu verkaufen.

Indi wusste nicht, wohin mit ihnen. Auch an diesem Morgen huschte sie ein ums andere Mal in das Atelier ihres Großvaters. Es lag im vorderen Teil der Wohnung, direkt neben ihrem eigenen Atelier und durch eine Tür damit verbunden. Durch die beiden großen Flügelfenster konnte man hinaus auf den Kanal und das Maybachufer schauen. Die hellen Kieferndielen waren mit Farbe bekleckert, und die Wände hüllten den Raum noch immer in das warme Orangerot ihrer Kindheit ein. An einer Seite stand das hohe Regal mit den Malutensilien ihres Großvaters. Es war eine gigantische Sammlung aus Leinwänden, Zeichenblöcken und Pinseln, Töpfchen mit wertvollen Pigmenten und anderen Zutaten, aus denen sich Farben mischen ließen. Die meisten davon waren eingetrocknet oder abgelaufen. Auch die leeren Einmachgläser, die ihr Großvater für seine Farben gesammelt hatte, hätte sie längst zum Glascontainer bringen können.

Aber das alles gehörte ihm – und solange es hier war, schwebte auch seine Seele noch in diesem Raum.

Indi konnte das Atelier nicht vermieten. Es ging einfach nicht, ganz egal, was ihr Bankkonto dazu sagte!

Doch im Grunde war Judiths Idee die einzig mögliche Lösung. Die Seele ihres Großvaters gegen einen fremden Untermieter einzutauschen, war nur das Zweitschlimmste, was Indi passieren konnte. Am schlimmsten wäre es zweifellos, die ganze Wohnung zu verlieren.

In einem Anflug von Tatendrang holte sie den Leergutkorb aus der Küche und räumte die Einmachgläser hinein. Eigentlich konnte sie gleich mit den eingetrockneten Farbgläsern weitermachen …

Ein heiseres Mauzen hielt sie davon ab, ihre Hand danach

auszustrecken. Wie immer hatte Marcia auf dem Sessel neben dem Fenster gelegen. Jetzt reckte sie sich, machte einen Buckel und sprang neben Indi zu Boden. Mit einem erneuten Mauzen strich sie um ihre Beine.

»Du vermisst ihn auch, oder?« Indi hockte sich zu der Katze auf den Boden und kraulte ihr Köpfchen. Erst vor sechs Jahren hatte Nikolas das abgemagerte Tier in Barcelona auf der Straße aufgelesen. Um sie zu retten, hatte er seinen Urlaub verlängert und alle weiteren Tage mit Bürokratie und Tierarztbesuchen verbracht, bis das Katzenbaby endlich mit ihm nach Deutschland fliegen durfte.

Inzwischen war Marcia eine stolze Schönheit, mit ihrem rauchgrauen Fell und den roten Tupfen darin, eine wilde Mischung aus diversen Rassen und Farben, wie sie nur die Straße hervorbrachte.

Und Marcia dankte es Nikolas noch immer, dass er sie gerettet hatte. Tag für Tag hielt sie ihm die Treue, indem sie auf seinem Sessel schlief und auf seine Rückkehr wartete. Doch dort, wo Nikolas früher so oft gesessen hatte, sammelten sich nur noch graue und rote Katzenhaare.

»Ach, Marcia. Was sollen wir nur tun? Wir können doch dieses Zimmer nicht vermieten! Wo schläfst du, wenn sein Sessel nicht mehr hier ist?«

Sie konnte ihn natürlich in ihr Atelier stellen – auch wenn es nicht einfach sein würde, einen freien Platz zu finden. Oder besser ins Wohnzimmer? Die Bilder wiederum ließen sich in Nikolas' Schlafzimmer stapeln.

Aber dann würde irgendein Fremder das Atelier ihres Großvaters vereinnahmen – und sämtliche Erinnerungen an ihn durcheinanderbringen.

Dumpfer Schmerz regte sich in Indis Brust. Auch Marcias

Schnurren verstummte. Für den Bruchteil einer Sekunde wurden die Augen der Katze wild – dann packte sie Indis Hand mit beiden Pfoten, riss ihre Krallen hindurch und rannte fauchend davon.

»Au! Verdammt!« Indi sprang auf. Fünf Kratzer fächerten sich über ihre Hand und färbten sich rot. »Hast ja recht«, murmelte sie dann.

Judith konnte die Sache vergessen! Sobald sie aufwachte, musste ihre Freundin die Bewerber anrufen und ihnen absagen. Was hatte sie sich überhaupt dabei gedacht? Einfach das Atelier zu annoncieren, ohne sie zu fragen!

Mit einem Fußtritt schob Indi den Korb vor das Regal. Die Einmachgläser klirrten und polterten durcheinander. Was damit passieren sollte, konnte sie später entscheiden.

»Reißt du mir jetzt den Kopf ab?« Judiths Stimme ließ sie herumfahren. Ihre Freundin stand mit zerknittertem Shirt und zerzausten Haaren im Türrahmen. Ihr Gesicht wirkte elend und bleich, als wäre sie einer Alkoholvergiftung nur knapp entkommen.

Oder hatte ihr schlechtes Gewissen sie so zugerichtet?

»Würde ich gern.« Indi hätte sie am liebsten angeknurrt. Stattdessen mischte sich Mitleid in ihre Stimme. »Aber leider kannst du dieses Schlamassel dann nicht mehr in Ordnung bringen. Wie stellst du dir das vor? Wie soll ich das hier zur Untermiete anbieten? Alles ist voll mit seinen Sachen!« Sie deutete in die Runde, auf die drei Staffeleien, den höhenverstellbaren Zeichentisch und die lebensechten Porträts, die an den Wänden hingen und sie beobachteten.

Nikolas hatte Menschen gemalt. Weinende, schreiende, lachende Menschen – oder die kleinen Momente, in denen sich die Gefühle nur in winzige Fältchen gruben. Jedes seiner Bilder zeigte, wie sehr er andere Menschen verstanden hatte. »Und was soll ich mit denen machen? Ich kann sie nicht verkaufen. Das bringe ich nicht über mich.«

Verlegen schob Judith die Hand in ihre Haare. Während sie sich umsah, zerrten ihre Finger an einem verfilzten Knoten. Dann räusperte sie sich. »Bekomme ich einen Kaffee? Wenn mir danach nichts Sinnvolles einfällt, darfst du meinen Kopf haben und eine gruselige Lampe draus machen.«

»Sehr witzig.« Indi schob sich an Judith vorbei und verfluchte ihre bildliche Vorstellungsgabe. Eine Lampe aus Judiths Skalp – mit leuchtenden Augen und durchscheinender Haut … »Vergiss es. So was Hässliches kauft keiner. Lebendig bist du deutlich schöner.«

Judith entkam ein erleichtertes Lachen. »Heißt das, du verzeihst mir?«

»Das überlege ich mir noch.«

»Es tut mir wirklich leid.« Judith folgte ihr durch den vorderen Flur der Wohnung. Schräg gegenüber lag die Küchentür. Wie so oft hing ein Hauch von Gewürz- und Knoblauchduft in der Luft – eine ferne Erinnerung an das Curry, das Indi vorgestern gekocht hatte und von dem noch immer Reste im Kühlschrank standen.

Wortlos nahm sie den kleinen Espressokocher, tauschte das nasse Pulver von vorhin gegen frisches und stellte ihn auf den Herd. Hamsun sprang neben ihr auf die Anrichte und schaute zu. Schon den ganzen Morgen folgte ihr der schwarze Kater von einem Zimmer ins andere. Einzig das Atelier, in dem Marcia lebte, betrat er nur selten.

Noch so ein Grund, warum Indi den Raum nicht abgeben konnte. Jede Katze brauchte ein eigenes Revier, und jede fremde Person in dieser Wohnung war eine empfindliche Störung ihres Ökosystems.

Es dauerte nicht lange, ehe sich der Wasserdampf durch das Pulver drückte. Kaffeeduft stieg auf und verdrängte das Curryaroma. Indi wärmte Milch, schäumte sie auf und verteilte sie zusammen mit dem Espresso auf zwei Tassen.

Als sie die Becher an den Küchentisch trug, stützte Judith ihren Kopf in die Hände. »Gittis Bowle ist wirklich lecker. Aber sieben Gläser waren einfach zu viel. Oder waren es acht? Keine Ahnung. Hast du eine Kopfschmerztablette?«

Indi seufzte, holte das Gewünschte aus der Medikamentenschublade und stellte ein Glas Wasser vor Judith auf den Tisch. »Noch was, damit dein Kopf gleich wieder funktioniert?«

»Nein, danke. Das sollte reichen. Du könntest mir höchstens kurz den Kater leihen.« Sie beugte sich nach unten und hob Hamsun auf ihre Knie.

Indi schob sich auf ihren alten, knarzenden Lieblingsstuhl und sah zu, wie Judith zuerst den Kater auf ihrem Schoß zurechtrückte, dann die Ibuprofen mit Wasser herunterspülte und schließlich an ihrem Latte macchiato nippte.

»Jetzt guck mich nicht so vorwurfsvoll an.« Ihre Freundin sah zerknirscht auf. »Ich weiß, das war nicht gerade mein Heldenstück. Ich hätte das vorher mit dir absprechen sollen. Aber es war eine spontane Idee. Ich war sowieso dabei, ein paar von unseren Möbeln zu annoncieren, die wir in der neuen Wohnung nicht mehr brauchen. Und da kam ich auf die Idee. Ich dachte, ich mache das schnell und spreche anschließend mit dir. Aber dann kam immer was dazwischen.«

»Wie praktisch.« Indi lehnte sich auf ihrem Stuhl zurück. »Du hast bestimmt gedacht, wenn du mich vor vollendete Tatsachen stellst, kann ich nicht mehr protestieren.«

Judith räusperte sich, nahm einen weiteren Schluck von dem Kaffee und kraulte durch Hamsuns Fell. »Was … was sollte ich denn sonst tun? Ich konnte nicht zusehen, wie du dich selbst in den Untergang manövrierst. Zuerst wollte ich dir einfach das Geld geben, das ich für die Möbel bekomme. Aber wie ich dich kenne, hättest du es nicht angenommen. Außerdem würde es nur für kurze Zeit helfen. Die einzige langfristige Lösung liegt darin, wenigstens ein Zimmer in deiner Fünf-Zimmer-Wohnung zu vermieten.«

Indis Herz klopfte schneller, wie ein tobendes, zappelndes Tier. Sie *konnte* keines der fünf Zimmer vermieten. Weder das Atelier ihres Großvaters noch sein Schlafzimmer am hinteren Flur, in dem sich seine persönlichen Sachen befanden. Und das Wohnzimmer war ein Berliner Zimmer, gefangen zwischen dem vorderen und dem hinteren Flur. Es war ein wunderschöner, gemütlicher Gemeinschaftsraum, aber vollkommen ungeeignet, um einen Untermieter darin wohnen zu lassen.

Und dennoch hatte Judith recht. Indi brauchte das Geld – und fünf Zimmer waren einfach zu viel für eine einzelne Person.

»Aber seine Sachen«, flüsterte sie. »Seine Bilder, seine Bücher, seine Fotoalben und Briefe … In diesen beiden Zimmern steckt sein ganzes Leben. Alles, was er geschaffen und geliebt hat. Ich kann das doch nicht aussortieren und weggeben!«

Sanftes Mitleid schimmerte in Judiths Augen. »Ich weiß, dass das schwer ist. Aber du hast es auch noch gar nicht versucht. Am Ende wirst du vieles finden, was du nicht länger aufbewahren musst. Was ist mit seiner Kleidung? Oder den Zeitschriften, die er abonniert hatte? Sie liegen stapelweise in seinem Schlafzimmer. Auch von den Büchern wird nicht jedes sein Lieblingsbuch gewesen sein. Wenn du genau schaust, findest du vieles, was du aussortieren kannst. Und der Rest passt bestimmt in ein Zimmer.« Judith streckte eine Hand über den Tisch, umfasste Indis Finger und hielt sie fest. »Und letztendlich sind das alles nur

Sachen. Das Wichtigste, was Nikolas Stern auf dieser Erde hinterlassen hat, befindet sich in deinem Kopf. In deiner Erinnerung und in deiner Persönlichkeit und in dem tollen Menschen, den er aus dir gemacht hat.«

Indi konnte nichts mehr gegen die Tränen tun. Sie lösten sich aus ihren Augen und tropften auf die dunkle Maserung des Eichentisches, in dem die Macken von drei Generationen zu sehen waren. »Du hast ja recht. Aber ich bin einfach noch nicht so weit.«

Seit drei Jahren war Nikolas jetzt tot. Und trotzdem wartete sie noch immer auf den Moment, in dem er die Tür aufschloss und in ihr Atelier kam, um ihr zu sagen, dass er wieder da war. Einfach so. Als wäre er nur kurz einkaufen gegangen.

»Ich helfe dir, okay?« Judiths Stimme klang rau. »Wenn du willst, schauen wir uns gemeinsam an, welche Sachen wir aussortieren können. Und seine Bilder – vielleicht findet sich ja ein Café oder ein Restaurant, das sie als Leihgabe nimmt. Du könntest Ruven fragen, ob er einen Teil davon haben möchte. Dann wären sie wenigstens noch im Haus. Oder du überlässt sie einer Galerie. Um sie in Nikolas' Atelier einstauben zu lassen, sind sie sowieso zu schade.«

Indi hatte schon häufiger über diese Möglichkeiten nachgedacht. Doch es lief immer auf dasselbe hinaus. »Wenn ich die Bilder ausstelle, dann wird es Interessenten geben, Leute, die sie kaufen wollen. Aber ich kann sie doch nicht einfach verkaufen!«

Judith seufzte leise. »Deine Lampen verkaufst du doch auch. Und Nikolas hat seine Bilder ebenfalls verkauft – um für euch beide den Lebensunterhalt zu verdienen. Ich bin mir sicher, er würde das so wollen. Er würde sich freuen, wenn seine Bilder auch nach seinem Tod noch für dich sorgen. Warum behältst du nicht die, die dir besonders viel bedeuten – und alle anderen gibst du an eine Galerie? Du kannst ja richtig fette Preise dranschreiben. Solche, bei denen es nicht mehr wehtut, wenn sie dafür verkauft werden. Und wenn sie nicht verkauft werden, gehören sie weiterhin dir. Aber sie müssen nicht länger hier rumstehen und werden endlich wieder von Menschen gesehen. Dafür ist Kunst doch da.«

Vielleicht ... vielleicht konnte sie all das wenigstens versuchen. In einem Anflug von Entschlossenheit wischte Indi die Tränen von ihren Wangen. »Mal sehen. Wir können ja mal ein bisschen sortieren.«

Das Läuten der Türklingel ließ sie zusammenzucken. Auch Hamsun schreckte auf und sprang von Judiths Schoß.

Es gab zwei verschiedene Klingeltöne. Dieser hier bedeutete, dass jemand unten vor der Haustür stand. »Für wann genau hast du den ersten Besichtigungstermin ausgemacht?«

Judith winkte ab. »Das dauert noch. Irgendwann heute Nachmittag. Vierzehn Uhr oder so.«

»Heute Nachmittag?« Indi rückte den Stuhl zurück. »Hast du mal auf die Uhr geschaut?«

Alarmiert sah ihre Freundin auf die Wanduhr mit dem kleinen Elefanten. Seit Indis Kindheit hing sie dort.

Es war Punkt vierzehn Uhr. »Scheiße! Schon so spät? Warum hast du mich nicht geweckt?«

Indi rollte mit den Augen. An der Tür klingelte es ein zweites Mal. Kam ihr das nur so vor, oder klang es ungeduldig?

Vielleicht sollten sie das Klingeln einfach ignorieren. »Wer kommt denn jetzt? Kannst du mir wenigstens ein kurzes Briefing geben?«

Ein drittes Klingeln. Dieses Mal klang es fast hysterisch.

Judith stand auf und wühlte sich durch die Haare. »Heute kommt ... Warte ... Ich hab so viel mit denen hin- und hergeschrieben. Ich glaube, das war eine ältere Künstlerin. Ingrid Soundso. Knapp an die sechzig. Macht irgendwas mit Seidenmalerei. Große Wandbehänge oder Raumteiler. So was in der Art. Vielleicht hast du ja Glück und sie ist der großmütterliche Typ.«

Das vierte Klingeln bekam den Tonfall einer Kreissäge. Großmütterlicher Typ … Judith und ihr Optimismus. »Klingt mehr nach hysterischer Nervensäge.«

»Und das hörst du an deiner Türklingel? Vielleicht solltest du mal aufmachen.«

Indi atmete tief durch – doch gleichzeitig wurde ihre Brust eng, als würde ihr die fremde Person bereits unten vor der Tür die Atemluft rauben. Nur widerstrebend hob sie den Hörer der Gegensprechanlage.

»Ach! Es ist doch jemand da.« Ihre Besucherin klang empört.

»Entschuldigung, ich konnte nicht sofort aufmachen. Aber kommen Sie doch hoch. Vierter Stock, ganz oben rechts.«

Als sie den Hörer auflegte, lehnte Judith in der Küchentür. »Jetzt schau dir die Leute einfach mal an. Vielleicht ist ja jemand Nettes dabei. Und wenn nicht, vertagen wir das Ganze.«

Indis Blick fiel auf den Kistenstapel, der seit gestern vor ihrem Atelier stand. Normalerweise trug sie die Lampenkisten auf den Dachboden, sobald sie wieder eingepackt waren. Aber heute Morgen war sie zu flatterig gewesen. »Judith«, zischte sie. »Hilf mir, die Dinger verschwinden zu lassen!«

Gemeinsam schoben sie einen Teil der Kisten in Indis Atelier und den Rest ins Wohnzimmer. Zusammen mit der Ausziehcouch und Judiths herumliegenden Sachen bildeten sie ein wildes Durcheinander.

Diese Ingrid konnte keinesfalls eine komplette Wohnungsführung erwarten.

Als Indi in den Flur zurückhuschte, knarrten draußen die

Treppenstufen. Judith winkte ihr zu und deutete abwechselnd auf ihre nackten Beine und auf die Wohnzimmertür. »Ich verdrücke mich mal.«

Indi nickte nur flüchtig, ehe auch schon Ingrid in der Tür stand. Graue, raspelkurze Haare, dicke Brille mit rotem Rand, den schlanken Körper in einen knielangen grauen Cardigan gehüllt. Vielleicht wäre sie Indi sympathisch gewesen, wäre da nicht ihr Blick ... Für eine Sekunde glitt er prüfend über Indi hinweg, über ihren blauen Arbeitspulli und die alte Jeans, die mit Farb- und Leimspuren übersät waren. An Indis Gesicht blieb er irritiert hängen. Indi kannte den Ausdruck, mit dem Menschen ihre Hautfarbe registrierten – und sie hatte die Nuancen lesen gelernt, die sich in diesen Blicken abzeichneten. Die meisten Menschen bemerkten die Hautfarbe, gingen dann aber zu einer freundlichen Begrüßung über, mit der sie vermutlich jeden begrüßt hätten. Bei anderen sah Indi etwas in den Augen aufblitzen, nur um danach eine *besonders* nette Begrüßung zu erleben. Für dieses Aufblitzen hatte sie lange nach einem plausiblen Grund gesucht, bis Judith ihre These dazu kundgetan hatte: »Ihre Augen blitzen, weil sie dich sympathisch finden. Ich glaube nicht, dass das mit deiner Hautfarbe zu tun hat. Sie mögen dich einfach sofort.«

Ob Judiths These nun stimmte oder nicht – mit solchen Leuten war es am einfachsten, und vielleicht hätte sie Ingrid gemocht, wenn sie zu dieser Kategorie gehört hätte.

Aber die fremde Künstlerin gehörte zu der dritten Sorte. Ihr Blick blieb im Prüfmodus. Sie zeigte nicht die Spur eines Lächelns – nur strenge Neutralität, mit der sie an Indi vorbei in den Flur schaute.

Ein Teil von Indi wollte die Fremde zurück in den Hausflur schieben. Doch deutlich zugewandter war das ehemalige Findelkind, das es sich angewöhnt hatte, fehlende Freundlichkeit mit dem eigenen Lächeln auszugleichen. »Kommen Sie doch rein. Möchten Sie einen Kaffee? Oder Tee?«

Ingrids prüfender Blick glitt im Vorbeigehen in die Küche – dorthin, wo noch schmutziges Geschirr vom Vorabend auf der Anrichte stand. »Nein, danke. Wo ist denn das Atelier?«

Indi wies auf die zweite Tür links. »Dort hinten. Das Atelier geht zur Straße raus. Zum Kanal. Hinter der ersten Tür ist mein eigenes Atelier. Ich bin Lampenkünstlerin.«

Mit einem nichtssagenden »Aha« folgte Ingrid ihr durch den Flur, in dem es ungewohnt dunkel war. Normalerweise standen die Türen offen und ließen das Licht von allen Seiten in den Durchgang. Nur jetzt hatten sie das Chaos hinter geschlossenen Türen verschwinden lassen.

Das Atelier ihres Großvaters war jedoch kaum besser. Als Ingrid den Raum betrat, hob sich ihre linke Augenbraue. »Ich dachte, das Atelier wäre frei.«

Indi räusperte sich. »Ja, ich weiß. Es ist auch bald frei. Ich muss nur noch …« Ihr gingen die Worte aus. Es gab eine ganze Menge, was sie noch tun musste, ehe dieses Zimmer leer sein würde.

»In der Anzeige stand, dass das Atelier zum 1. August zu vermieten ist. Schaffen Sie das denn?«

Indi wand sich. »Ja, ich denke schon. Also, ich muss mir noch überlegen, was ich mit den Bildern mache. Und mit den Staffeleien. Ideal wäre es, wenn mein Untermieter das Material gebrauchen könnte.«

Ingrid schüttelte vehement den Kopf. »Ich mache Seidenmalerei. Sehr großformatige Sachen. Dafür brauche ich Platz. Der alte Krempel müsste dann wirklich hier raus. Und die Wände …« Sie deutete auf das Orange, das noch die Klebespuren trug, die Indis Kinderbilder darauf hinterlassen hatten. »… Die streichen Sie bitte weiß. Dieses Orange verändert die Farben. Außerdem könnte es hier drin gern ein bisschen heller sein.« Damit wies sie zum Fenster. In Indis Kindheit waren die Bäume noch nicht so groß gewesen, aber nun reichten ihre Zweige bis in den vierten Stock.

»Das liegt vor allem am Nordlicht«, erklärte Indi hastig. »Beide Ateliers gehen zum Norden raus. Mein Großvater hat das immer sehr geschätzt, weil das Licht den ganzen Tag konstant ist und die Sonne keine Schatten auf seine Bilder wirft. Und für mich ist es auch sehr praktisch. Wenn ich Sonnenschein im Zimmer hätte, würde ich gar nicht sehen, wie meine Lampen wirken.«

Der Blick der Künstlerin prüfte Indi erneut. »Für meine Seidenmalerei könnte ein bisschen Sonnenlicht nicht schaden. Aber nun gut. Die Ausrichtung des Zimmers lässt sich nicht ändern. Hauptsache, Sie kümmern sich um die weiße Farbe.«

Indi schluckte das Ja herunter, das ihr über die Lippen rutschen wollte. Sie musste aufpassen, was sie sagte. »Wissen Sie, ich habe auch noch andere Interessenten.«

Dieses Mal lag die Irritation auf Ingrids Seite. »Ach so. Ja. Natürlich.«

Sie hatten sich inzwischen um hundertachtzig Grad im Raum gedreht. Direkt neben der Tür hatte ihr Großvater in jedem Jahr einen Strich an die Wand gezeichnet, um Indis Größe festzuhalten. Die Striche begannen auf Kniehöhe. Neben jedem war ein kleines Tier gemalt, dessen Größe in etwa Indis damaliger Größe entsprochen hatte. Das erste Tier ganz unten war ein gestiefelter Kater. Bei dem obersten Strich war Indi fünfzehn gewesen, und daneben hatte ihr Großvater die schwarze Friesenstute porträtiert, auf der Indi im Reitunterricht am liebsten geritten war. Mit einer vagen Geste deutete Indi darauf. »Meine Tiere werde ich ganz sicher nicht überstreichen.«

Dieses Mal lächelte Ingrid. Oder war es eine Grimasse?

Plötzlich erschien Judith in der Tür. Sie trug noch immer das Schlafshirt über einer kurzen Jeans. Auch ihre verstrubbelten Haare hatte sie nur notdürftig zu einem Knoten gebunden. Wie lange stand sie schon im dunklen Flur und hörte zu?

Ingrid zeigte auf die Verbindungstür zu Indis Atelier. »Und da drüben arbeiten Sie? Ist das Ihre Musik?«

Wie immer hatte Indi am Morgen eine Playlist ausgewählt, die ihrer Stimmung entsprach. Die heutige bestand im Wesentlichen aus melancholischen Klavierstücken.

»Wissen Sie«, fuhr Ingrid fort, »ich reagiere sehr empfindlich auf akustische Störungen. Und diese Musik macht ja depressiv! Könnten Sie bitte mit dem Vermieter klären, dass wir die Tür zumauern?«

»Ähm.« Der Laut entwich Indi anstelle einer Antwort. Warum ging diese Person eigentlich davon aus, dass sie das Atelier bekommen würde?

Judith gab ein vernehmliches Räuspern von sich, trat ins Zimmer und stellte sich dicht neben Indi. »Wir denken darüber nach.« Ihr Blick glitt in gekonnter Manier von oben bis unten an Ingrid herab. Ohne die Spur eines Lächelns wies Judith zur Tür. »Wenn Sie uns nun entschuldigen würden? Der nächste Bewerber kommt in einer halben Stunde, und wir möchten uns zwischendurch noch beraten.«

Den Rest des Gesprächs nahm Judith in die Hand. Mit wenigen, treffsicheren Spitzen dirigierte sie die Seidenmalerin zur Wohnungstür, schloss hinter ihr demonstrativ ab und kehrte dann zu Indi zurück.

Indi stand noch immer mitten im Raum, den Blick auf die schwarze Friesenstute geheftet. Sie konnte das nicht. Es war unmöglich, dieses Atelier abzugeben. Es war die Seele ihres Großvaters und die geballte Erinnerung an ihre Kindheit.

»Du lieber Himmel.« Judith sprach leise. »Diese Ingrid war ja schrecklich! Warum hast du sie nicht sofort vor die Tür gesetzt?«

»Keine Ahnung. Ich …« Sie war in die Defensive geraten. Lächeln und Ja sagen zur Verteidigung. Wie als Kind, wenn die anderen Kinder sich über ihre verschwundene Mutter lustig gemacht hatten. *»Deine Mutter ist eine Piratin? In der Karibik? Dann bist du wohl Pippi Langstrumpf.«*

Judith berührte sie am Arm. »Hey, Sternchen. Ich hab das Atelier nicht annonciert, damit du deine Seele verkaufst. Das ist dir hoffentlich klar?« Mit einer wegwerfenden Geste zeigte sie zur Wohnungstür. »Vergiss die Schnepfe. Du hast noch andere Bewerber. Und zwar erst ab morgen. Bis dahin machen wir ein bisschen klar Schiff. Felix kommt nachher auch vorbei. Wir könnten einfach ein paar Sachen in Nikolas' Schlafzimmer tragen. Und in den nächsten Tagen schaust du, ob die anderen Bewerber was taugen. Wichtiger Grundsatz: Du hast ein großes, hübsches Atelier zu vergeben, und die bewerben sich bei dir. Nicht umgekehrt. Okay?«

Indi verzog den Mundwinkel zu einer halbherzigen Grimasse. Judith hatte mal wieder recht.

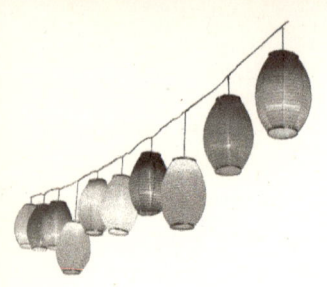

Kapitel 4

Es dauerte bis Donnerstag, ehe sich alle Atelierbewerber bei Indi vorgestellt hatten. Doch letztendlich war es nur eine Aneinanderreihung von Katastrophen.

Die Bewerberin an Tag zwei war Saskia, die Fröhliche. Ihr Lachen war laut, und ihr Geplapper machte nur selten eine Pause. Anfangs war es leicht, mit ihr zu lachen. Zumindest die mangelnde Freundlichkeit, die Ingrid, die Grimmige, hinterlassen hatte, war binnen weniger Minuten ausgeglichen. Aber je länger Saskia blieb, desto schwerer fiel es Indi, ihre überbordende Fröhlichkeit und den ununterbrochenen Redefluss zu ertragen. Irgendwann war es nur noch anstrengend, und nachdem Saskia endlich gegangen war, füllte sich die Wohnung mit so erholsamer Ruhe, dass Indis Entscheidung sofort feststand.

An Tag drei folgte Erich, ein älterer Herr mit ruhiger Stimme und fast schon großväterlicher Qualität. Doch der erste Eindruck entpuppte sich als Mogelpackung, in der sich chronische Besserwisserei versteckte. Alles, was Indi über ihre Kunst oder das Leben erzählte, veranlasste Erich zu ausufernden Belehrungen über höhere und vollendetere Kunst – oder über die vollendete Kunst, ein erfülltes Leben zu führen.

Hätte Indi einen Lehrmeister gesucht, wäre er vielleicht der Richtige gewesen. Aber ihre Suche galt einem Untermieter, und schließlich sortierte sie Erich, den Besserwisser, ebenso aus wie Ingrid, die Grimmige, und Saskia, die überaus Fröhliche.

Vielleicht hätte sie schon an jenem Abend aufgegeben, aber dann rief sie sich wieder ihr Geldproblem in Erinnerung. Also öffnete sie auch am Mittwoch noch einmal die Tür.

Der vierte Bewerber war Olaf, Mitte vierzig, nicht einmal unansehnlich. Auch dass er eine Flasche Rotwein zur Begrüßung mitbrachte, war vermutlich nett gemeint. Seltsam wurde es erst, als er die Flasche nach einer kurzen Begehung der Räumlichkeiten öffnete, um auf ihre zukünftige Ateliergemeinschaft anzustoßen. Obwohl es noch nicht einmal Mittag war, goss er sich immer wieder nach und leerte drei Viertel der Flasche allein, während Indi an einem halben Glas nippte. In den darauffolgenden zwei Stunden, die sie gemeinsam in der Küche saßen, referierte er nicht nur über die Kunst und das Unglück, aus der sie geschaffen wurde, sondern auch über die Liebe, und schließlich häuften sich die klebrigen Komplimente, mit denen er Indis *exotische Schönheit* bewunderte.

Als er die Wohnung endlich verlassen hatte, konnte Indi nur schwerlich entscheiden, ob sie die Begegnung als belästigend, belustigend oder verstörend empfand. In jedem Fall öffnete sie sofort das Fenster, um den Alkoholgeruch aus der Küche zu bekommen. Doch schließlich, als sie Judith am Telefon von ihrem neuen Verehrer erzählte, rettete sie sich in Galgenhumor.

Wie es mit Tiefpunkten so war, musste es danach zwangsläufig bergauf gehen – und tatsächlich folgte ein Lichtblick am Donnerstag. Anna war jung und noch mitten in ihrem Kunststudium. Sie suchte ein Atelier, weil ihr Zimmer in der WG nicht genug Platz bot. Indi und sie brauchten nur wenige Sätze, um zueinander zu finden. Das Gespräch hätte genauso gut mehrere Tage oder Wochen gehen können, und schließlich besprachen sie, welche Dinge Anna aus Nikolas' Atelier übernehmen würde. Sie konnte fast alles gut gebrauchen: die Staffeleien, die leeren

Leinwände, die noch verschlossenen Farben und Pigmente. Sie störte sich nicht einmal an den orangefarbenen Wänden und war entzückt von den kleinen Tieren und den Strichen neben der Tür, die wie eine Zeitmaschine in Indis Kindheit zurückführten. Natürlich würde all das bleiben, und Anna würde es in Ehren halten.

Sie war die Richtige. Mit einer herzlichen Umarmung am Ende des Besuchs versprach Indi ihr, noch heute den Vermieter anzuschreiben, um sich eine Genehmigung für die Unterver-mietung zu holen.

Doch noch am selben Abend kam eine E-Mail von Anna: Sie würde soooo gerne, aber sie habe nochmal nachgerechnet und könne sich das Atelier nicht leisten. Weder für den annoncierten Preis noch für einen reduzierten.

Einen Moment lang war Indi versucht, ihr das Atelier kosten-los zur Verfügung zu stellen, einfach nur, um nette Gesellschaft zu haben. Aber damit bliebe auch das Geldproblem weiterhin ungelöst.

Dieses Mal rief sie Judith an, um ihr zu sagen, dass die Idee gescheitert war. Es hatte keinen Zweck, absolut keinen. Dennoch blieb ihre Freundin optimistisch. Sie sprach von einem sechsten Bewerber, der sich erst heute auf die Anzeige gemeldet hatte. Er würde morgen kommen, noch eine sechste Chance auf den richtigen Untermieter.

Aber Indi hatte genug. Wenn er erschien, würde sie die Tür nicht aufmachen.

* * *

Der Wecker zeigte Punkt zehn Uhr, als es an der Tür klingelte. Indi zog die Bettdecke über den Kopf und presste ihr Ohr ins

Kissen. Prompt fiel das zweite Klingeln deutlich leiser aus. Ganz weit weg, am anderen Ende der Wohnung. Oder hatte sie es sich nur eingebildet?

Sie hob die Decke an und hörte das lästige Geräusch noch für eine Sekunde.

Also keine Einbildung. Vor der Tür stand der sechste Bewerber, und Indis Plan war fundamental gescheitert. Denn eigentlich hatte sie noch schlafen wollen, wenn der Besucher kam. Dann hätte sie später behaupten können, das Klingeln überhört zu haben.

Eine Ausrede, die jetzt nicht mehr funktionieren würde.

Nun war ihr letzter Bewerber also da. Und sie lag im Bett und war nicht angezogen. Auch ein Grund, um die Tür nicht zu öffnen.

Der Besucher klingelte noch ein drittes Mal – mit einem Abstand von fünf Minuten. Danach wurde es still.

Nur Marcia und Hamsun sprangen auf ihr Bett und schnurrten um ihre Ohren. Futterzeit. Schon allein deshalb konnte sie nicht länger hier liegen bleiben.

Indi stand auf, schlich durchs Wohnzimmer bis in die Küche und fütterte die Katzen. Danach ging sie duschen und bemühte sich, ihr schlechtes Gewissen abzuwaschen. Doch es ging nicht. Dinge, die wie knabbernde kleine Nagetiere in der Magengrube hausten, ließen sich nicht fortwaschen. Um etwas so Unangenehmes loszuwerden, brauchte sie mindestens eine Wurmkur. Oder Kaffee.

Letzterer half ebenso wenig. Sie goss sich gerade die zweite Tasse ein, als es noch einmal an der Tür klingelte. Inzwischen war es elf.

Bestimmt war das der Postbote. Ein neuer, der noch nicht wusste, dass man die kaputte Haustür einfach aufschieben konnte.

Indi nahm die Kaffeetasse und ging in ihr Atelier. Auf der Werkbank warteten bunte Porzellantässchen, die sie in Tassenlampen verwandeln wollte. Sie setzte sich auf den hohen Arbeitsstuhl und drehte eine der Tassen zwischen den Händen.

Sie würde Judith beichten müssen, dass sie die Untermietersuche verbockt hatte. Aber noch nicht jetzt. Erst brauchte sie einen Plan B. Indi schob die Porzellantasse von sich, holte den Laptop, der im Regal neben der Werkbank stand, und gab ein: *Jobsuche, Berlin.*

Die Auswahl an Jobs war riesig. Indi schränkte sie ein, indem sie *Lampendesign* hinzufügte.

In der Jobliste blieb nichts mehr übrig.

Was hatte sie erwartet? Sie startete den nächsten Versuch mit *Elektrikerin.* Einige hundert Stellenangebote erschienen auf dem Bildschirm. Indi klickte sich lustlos durch – dann löschte sie *Elektrikerin* und ersetzte es durch *Kellnerin, Café.*

Schon besser. Aber wozu? Für einen Job als Kellnerin müsste sie nur bei Ruven anklopfen.

Indi klappte den Laptop zu, ging in die Küche und öffnete die Balkontür. Die Pflanzen mussten dringend gegossen werden.

Hamsun stürmte an ihr vorbei, sprang auf seinen Ausguck neben der Balkonbrüstung und schlug mit dem Schwanz. Ein Eichhörnchen turnte durch den Walnussbaum vor der Hauswand, hielt inne und keckerte dem Kater empört entgegen.

Hamsun duckte sich tiefer. Nur das Katzennetz hinderte ihn daran, einen Satz auf den Walnussbaum zu wagen – und dabei vier Stockwerke in die Tiefe zu rauschen.

»Verrückter schwarzer Kater.« Indi kraulte ihm den Nacken. Sein Schwanz schlug mit einem lauten *Patsch, Patsch* hin und her. »Wenn du ernsthaft was fangen willst, darfst du nicht so laut sein. Jede Maus hört dich auf drei Kilometer Entfernung.«

Auch das Eichhörnchen stellte sich auf die Hinterpfoten. Dieses Mal keckerte es, als wollte es den Kater auslachen.

»Erklär mir lieber, was mit meinen Tomaten los ist.« Indi trat an die Brüstung und betrachtete die Tomatenranken. Zwei Pflanzen waren von schwarzen Flecken befallen. Vorgestern war es nur eine gewesen.

Bevor sie zu Ruven hinunterging, würde sie *Tomaten, schwarze Flecken* googeln müssen. Immerhin schien die Sache ansteckend zu sein.

Eine Bewegung im Hof weckte ihre Aufmerksamkeit. Dort unten war jemand. Ein Mann. Indi wusste nicht sofort, woran sie ihn erkannte – vielleicht, weil er an der Stelle stand, an der sie ihm die traurige Lampe verkauft hatte. Oder war es seine Haltung? Die rötliche Haarfarbe?

Bei ihrem Lichterfest hatte sie im Gegenlicht den rötlichen Schimmer in seinen Haaren bemerkt. Dabei waren sie nicht wirklich rot. Um seine Haarfarbe zu definieren, war dunkelblond die richtige Bezeichnung. Oder hellbraun? Oder etwas dazwischen mit ein bisschen Rot? Die Frage konnte wohl nur ein Frisör beantworten – oder ihr Großvater, indem er die Farbe mischte.

Ein dumpfes Stechen ging durch ihre Magengrube. Genau dort, wo noch das schlechte Gewissen saß.

»Hey!«, rief sie nach unten.

Der Besucher sah zu ihr hoch. Mit der Hand schirmte er die Mittagssonne ab, die nur um diese Zeit in den Hof drang.

Dennoch gab es keinen Zweifel. Er war es. Und Indis Gefühl war noch immer dasselbe. Sie wollte ihn festhalten, irgendeinen Grund finden, um mit ihm zu reden. »Hast du vorhin geklingelt?«

Wie kam sie darauf? Inzwischen musste es nach zwölf sein. Er hatte wohl kaum seit elf dort unten gestanden. Oder schon seit zehn?

»Ja!«, rief er. »Ich fürchte schon.«

Ernsthaft? »Komm hoch! Dieses Mal mach ich auf.«

Etwas in Indis Magen rebellierte, während sie durch die Küche in den Flur eilte. Er konnte nicht der Bewerber für ihr Atelier sein! Das wäre zu viel Zufall. Oder das Gegenteil?

Judith hatte die Anzeige schon vor ihrem Lichterfest geschaltet. War er deshalb an dem Abend hier gewesen?

Knarrende Schritte näherten sich auf der Treppe.

»Hier!«, rief Indi in den Hausflur. »Ganz oben.«

»Hey.« Seine Stimme klang verlegen, als er den oberen Treppenabsatz erreicht hatte. »Um ehrlich zu sein: Ich komme mir dezent aufdringlich vor, weil ich so lange da unten gewartet habe.«

Sein Gesicht wirkte jung, aber nicht zu jung. Etwa Mitte dreißig. Etwas an ihm sah verwegen aus, vielleicht der raue Dreitagebart? Oder seine Haare, deren Struktur weder glatt noch lockig war? Das rebellische Nagetier drängte sich von unten gegen ihre Rippen. Etwas Vergleichbares hatte sie nicht mehr gefühlt, seitdem Matthias …

»Entschuldige«, fuhr ihr Gast fort. »Ich dachte … Es hätte ja sein können, dass es ein Missverständnis mit der Zeit gab. Deshalb bin ich noch geblieben.« Er lachte leise. »Nicht, dass du mich jetzt für einen Stalker hältst.«

»Nein!« Hastig fuhr sie dazwischen. Er war kein Stalker. Er war … Was eigentlich? »Heißt das, *du* bist das? Der Bewerber für das Atelier? Bist du deshalb hier?«

Er nickte.

Und sie hatte ihn zwei Stunden vor der Tür stehen lassen. Ausgerechnet ihn. »Dann muss ich mich entschuldigen. Ich war da, aber ich hab nicht aufgemacht. Um ehrlich zu sein … Die letzten Bewerber waren ziemlich unerfreulich. Ich hatte keine Lust auf noch einen.«

»Kein Problem.« Er trat einen Schritt zurück. »Dann geh ich wohl besser.«

»Nein!« Diesmal geriet das Wort zu laut. »Das passt schon. Ich wusste ja nicht, dass du es bist. Komm rein!« Sie trat ein Stück zur Seite.

Ein überraschtes Lächeln flackerte über sein Gesicht. Für eine Sekunde verhakten sich ihre Blicke ineinander.

Das kleine Nagetier sprang aufgeregt hin und her. »Du hast also tatsächlich so lange gewartet?«

Er krauste amüsiert die Stirn. »Ich weiß selbst, wie verzweifelt das wirkt.«

»Gar nicht.« Plötzlich musste sie lachen. »Also doch, eigentlich schon. Wenn man darüber nachdenkt.«

Er stimmte in ihr Lachen ein. Für einen winzigen Moment. Danach folgte Schweigen, vollgesogen mit Verlegenheit. In seiner Gegenwart wirkte der Flur viel schmaler. Fast konnte sie seine Wärme spüren.

»Okay.« Indi straffte die Schultern. »Das Atelier. Hier entlang.« Das Nagetier in ihrem Magen wurde still. Nur ein sanftes Kribbeln meldete sich an seiner Stelle.

Das Atelier ihres Großvaters sah noch genauso aus wie am letzten Wochenende. Judith, Felix und sie hatten zwar eingetrocknete Farben und Malutensilien zum Müllhof gebracht – und eine Reihe von Bildern in Indis Schlafzimmer aufgehängt. Aber der Grundzustand war gleich: vollgeräumt und von der Seele ihres Großvaters bewohnt.

Marcia sprang von ihrem Sessel am Fenster, stolzierte an ihnen vorbei und legte sich auf die Türschwelle. Mit wachsamem Blick beäugte sie den Fremden.

»Es tut mir leid …« Indi deutete in die Runde. »Eigentlich weiß ich gar nicht, wie ich dieses Atelier vermieten soll. Ich bringe es nicht über mich, die ganzen Sachen wegzutun. Und woanders in der Wohnung ist kein Platz dafür. Deshalb … keine Ahnung. Vermutlich war es 'ne dumme Idee. Das ist der Hauptgrund, warum ich vorhin nicht die Tür aufgemacht habe.«

Der Blick ihres Gastes wirkte abgelenkt, als hätte er gar nicht richtig zugehört. Langsam ging er auf Indis Lieblingsbild zu. Es war ein dunkelhäutiges Mädchen mit Kopftuch.

Indi trat neben ihn. »Mein Großvater hat sie auf einer Reise nach Marokko fotografiert – und später gemalt. Bevor es mich gab, war er oft auf Reisen. Er hat Kontakt zu den Menschen gesucht, und wenn sie bereit waren, ihm ihre Welt zu zeigen, hat er sie gefragt, ob er sie fotografieren darf. Aber es ging ihm nie um die Fotos. Er wollte die Menschen nur malen, in Ruhe und mit allen Details. Als es mich dann gab, hatte er nicht mehr viel Zeit, um zu reisen. Von da an hat er nur noch gemalt. Er besaß so viele Fotos. Wahrscheinlich hätte er noch hundert Jahre weitermalen können.«

Als ihr Gast sie ansah, lag Beileid in seinem Blick. Er musste sie nicht fragen, ob ihr Großvater gestorben war.

Hatte Judith ihr geschrieben, wie dieser Bewerber hieß? Wenn ja, hatte Indi den Namen vergessen. »Entschuldigung, ich weiß gar nicht, wie du …«

»René.« Seine Antwort kam schneller als der Rest der Frage. »René Lasalle. Tut mir leid. Es wäre höflich gewesen, mich an der Tür vorzustellen.«

Hastig schüttelte sie den Kopf. »Wir entschuldigen uns zu viel. Ich hab mich ja auch nicht vorgestellt. Ich bin Indi.«

»Indi.« Er wiederholte den Namen, als müsste er ihn in einem besonderen Speicher ablegen. »Eigentlich wusste ich das schon. Es stand auf deiner Lampe: Indica Lumina Stern. Ist das ein Künstlername?«

Die Frage hatte sie schon oft gehört. »Nein, der ist echt. Selbst Lumina. Eine verrückte Nachbarin hat mich so genannt.«

»Eure verrückte Nachbarin hat deinen Namen ausgesucht?«

Dieses Mal lachte Indi richtig. »Laut meiner Schöpfungslegende hat sie den Namen von einer höheren Macht empfangen.«

Um Renés Lippen zuckte ein überraschtes Grinsen. »Und diese höhere Macht wusste damals schon, dass du mal Lampendesignerin wirst?«

»Keine Ahnung. Anscheinend ja.«

Sein Lächeln wurde breiter, ehe es in sich zusammenfiel.

Mit einem Ruck wandte René sich ab. Dieses Mal ging er an der Wand entlang und betrachtete die Porträts der Reihe nach. »Dein Großvater hat die Menschen gesehen. So wie sie wirklich sind.«

Indi widerstand dem Drang, wieder neben ihn zu treten. »Ja, das konnte er. Menschen sehen und verstehen – und für sie da sein.« Wehmut zog in ihre Brust. »Er war jemand, der verlorene Seelen einsammelte.«

René blieb stehen. Langsam drehte er sich zu ihr um. »Wann ist er gestorben?«

Schon lange hatte Indi nicht mehr darüber gesprochen. Eigentlich noch nie so richtig. »Vor drei Jahren. Es war ein Herzinfarkt, auf dem Weg zum Einkaufen. Er ist morgens aus der Wohnung gegangen und nicht mehr wiedergekommen.« Stattdessen hatte die Polizei vor der Tür gestanden. An jenem Mittag, an dem ihre Welt aus der Umlaufbahn gestürzt war. »Es fühlt sich heute noch an, als könnte er jeden Moment zur Tür hereinspazieren. Hallo, da bin ich wieder. Wie war dein Tag?«

René presste die Lippen zusammen, nur eine winzige Geste, in der sich sein Mitgefühl ausdrückte.

Für eine Sekunde tat sich das schwarze Loch auf. Tief und bodenlos, jederzeit bereit, sie noch einmal zu verschlingen und alles mitzureißen, was sie liebte. So wie damals.

Indi musste das Thema wechseln. »Welche Art von Kunst machst du?«

»Skulpturen.« René klang erleichtert. »Ich schnitze Skulpturen aus Holz. Bis jetzt hab ich in Brandenburg gearbeitet. Meine Eltern haben dort einen alten Hof gekauft. Mit einer Werkstatt.« Er senkte den Blick. Abermals lag etwas Verlegenes in seiner Haltung. »Ich würde nur gern wieder in Berlin wohnen. Meine Tochter lebt hier. Bei ihrer Mutter. Sie ist fünf.«

Er hatte eine Tochter … Das schwarze Loch breitete sich aus.

»Lilja.« Seine Stimme bekam einen weichen Klang. »Sie ist unfassbar, so viel kann ich schon sagen. Auch wenn ich sie gerade erst kennengelernt habe.«

Gerade erst?

»Ich war nicht hier.« Wieder gab er eine Antwort, ohne dass sie gefragt hatte. »Ich war im Krieg.«

Das schwarze Loch vibrierte. Doch dieses Mal war es anders als sonst. Vielleicht weil es mit seinem schwarzen Loch kommunizierte? Warum waren Leute im Krieg? Freiwillig? »Als Soldat?«

»Nein!« Er schoss das Wort wie eine Verteidigung hinaus. »Ich war Journalist. Kriegsberichterstatter. Das mit den Skulpturen mache ich erst, seit ich zurück …« Seine Stimme brach mit einem leisen Knacken. Danach veränderte sich etwas, seine Haltung, seine Gesten. »Entschuldige …« Er schloss die Augen und wandte sich ab.

Im Krieg … In welchem Krieg? »Möchtest du was trinken? Kaffee? Tee?«

»Wasser.« Er sprach leise. »Falls das möglich ist.«

»Nichts leichter als das.« Indi winkte ihn mit sich. »Davon

habe ich eine grandiose Auswahl: Leitungswasser oder gesprudeltes Leitungswasser.«

Er folgte ihr in die Küche. Doch Indi vermied es, ihn anzusehen. Er sollte nicht denken, dass sie den schwachen Moment beobachtete. Sie hatten also beide ein schwarzes Loch. Wie passend.

Im Vorbeigehen deutete sie auf den Küchentisch. »Setz dich ruhig.« Sie drehte sich zur Spüle und sprudelte Wasser. Ein zweites Glas füllte sie mit stillem Leitungswasser.

Als sie sich umdrehte, saß René am Tisch.

»Such dir eins aus.« Sie stellte die Gläser vor ihm ab.

Er wählte das stille Wasser. Während Indi sich auf den Platz gegenüber setzte, trank er das Glas zur Hälfte leer und stellte es vor sich ab. Seine Finger auf der Tischplatte zitterten kaum merklich. Am liebsten hätte Indi ihre Hand darübergelegt.

»Die Sache ist die«, begann er leise. »Du hast ein Atelier annonciert. Und ich könnte tatsächlich eins gebrauchen, für meine Skulpturen, hier in Berlin. Aber viel dringender brauche ich eine Wohnung. Deshalb hab ich die ganze Woche gezögert, ob ich herkommen soll.«

Hieß das, er wollte das Atelier gar nicht haben? Aber warum war er dann trotzdem gekommen? Wegen ihr? Um sie wiederzusehen?

Das Nagetier in ihrem Bauch biss zu.

»Meine Tochter, Lilja … Ich möchte das gemeinsame Sorgerecht für sie beantragen. Aber ihre Mutter hat Bedingungen gestellt. Nur wenn ich im Einzugsgebiet ihrer Schule wohne, lässt sie zu, dass Lilja zu mir kommen darf. Und überhaupt. Im Moment hab ich keine richtige Wohnung. Bei meinen Eltern bin ich zwar noch gemeldet, aber eigentlich wohne ich … in meinem VW-Bus.« Nervosität flatterte in seiner Stimme. »Ich hab mir die ganze Woche Wohnungen angesehen. Aber die Preise sind utopisch. Ich müsste meine ganzen Ersparnisse dafür aufbrauchen. Das wäre vielleicht okay, wenn ich wieder als Journalist arbeite. Allerdings ... Im Moment kann ich das nicht. Wenn ich schreibe ...« Er brach ab. »Nur mit der Kunst komme ich klar.«

Sein Blick wirkte nackt. Er hatte seine wundesten Punkte vor ihr enthüllt. Und nun lag es an ihr, darauf zu reagieren.

Nur wenn er eine Wohnung hatte, bekam er das Sorgerecht für seine Tochter ...

Plötzlich sprang er auf. »Tut mir leid! Keine Ahnung, warum ich dir das erzähle. Du hast ein Atelier zu vermieten. Aber ich brauche eine Wohnung. Es war dumm von mir herzukommen.« Er wandte sich Richtung Tür.

»Warte!« Auch Indi erhob sich. »Du kannst hier wohnen. Niemand sagt, dass der Raum ein Atelier sein muss. Du kannst da einziehen. Ich hab sogar noch ein zweites Zimmer, das ich nicht brauche, das Schlafzimmer von meinem Großvater. Du kannst beide haben.«

René war stehen geblieben. Mit einer Mischung aus Erstaunen und schlechtem Gewissen sah er sie an. »Ich wollte dir nicht deine Wohnung abschwatzen.«

»Es ist okay.« Indi sprach schneller, als ihre Gedanken vorausdenken konnten. »Es ist wirklich okay. Ich hab fünf Zimmer. Die brauche ich nicht allein. Ich weiß nur nicht, wo ich die Sachen von meinem Großvater hintun soll. Da wird also noch was rumstehen. Aber wenn dich das nicht stört ... Das Atelier kannst du sofort haben. Und das Schlafzimmer ... Da muss ich erst aufräumen – aber dann ...« Atemlos starrte sie René an. Was erzählte sie da? Versprach sie ihm gerade die halbe Wohnung? Die Zimmer ihres Großvaters? Mit all den Dingen darin, die sie seit drei Jahren nicht einmal anschauen konnte, ohne noch einmal in ihr schwarzes Loch zu fallen? Wie wollte sie das Zeug sortieren?

Die Ungläubigkeit in Renés Augen blieb. »Du meinst das ernst?«

Ja. Sie wollte es so. Unbedingt. Er sollte hier einziehen, damit er seine Tochter sehen konnte. Wenigstens *er* sollte eine Chance bekommen, sein verlorenes Kind wiederzufinden. »Ich würde es dir nicht anbieten, wenn ich es nicht so meine.«

Wieder flackerte etwas in seinen Augen. Eine Mischung aus Dankbarkeit und Rührung.

Indi atmete tief ein. »Wenn du willst, kannst du deine Sachen herbringen. Von mir aus schon morgen.«

Ein zaghaftes Lächeln erschien um seine Mundwinkel. »Ich hab nicht viel. Eigentlich nur die Skulpturen. Ansonsten eine Matratze. Keine weiteren Möbel.«

»Möbel hab ich mehr als genug. Da wird sich alles finden, was du brauchst.« Und sie musste es nicht entsorgen.

»Morgen«, wiederholte er. »Dann komme ich morgen.«

Und damit verschwand er. Mit einem kurzen Abschied, als hätte er es plötzlich sehr eilig.

Indi blieb an der geschlossenen Tür stehen. Was hatte sie getan? Hatte sie gerade einem fremden Mann zwei Zimmer vermietet?

Sie musste verrückt sein.

Und gleichzeitig war sie glücklich. Er würde wiederkommen. Morgen. Und seine Skulpturen mitbringen.

Schon morgen? Heute war Freitag. Wenn er tatsächlich morgen mit seinen Sachen hier auftauchte, war sie auf dem Markt.

Indi riss die Tür wieder auf, rannte die Treppe hinab und hielt erst neben den Tischen von Ruvens Café inne. Aber René war nicht mehr da. Und sie hatte nicht einmal seine Handynummer.

* * *

Mit einer seltsamen Gefühlsmischung aus Unruhe und Glück lief René durch die Straßen. Indi, die Lichterfee. Seit einer Woche ging sie ihm nicht mehr aus dem Kopf. Und jetzt sollte er bei ihr wohnen?

Während er die begrünten Straßenzüge entlangwanderte, streiften seine Gedanken zurück zu ihrem Lichterfest – und dann zu dem Gespräch, das sie eben geführt hatten.

In Indis Gegenwart war es warm und hell. Wenn sie ihn ansah, war es leicht zu reden und gleichzeitig schwer, sie nicht sofort mit seiner ganzen Geschichte zu überfordern. Oder überforderte er sich selbst? War es möglich, dass er Syrien jetzt schon hinter sich ließ?

In jedem Fall brauchte er einen Ausgleich, weitere Menschen, mit denen er reden konnte, nicht nur seine Tochter. Sonst war die Gefahr zu groß, dass er zu viel von seiner Dunkelheit bei Lilja ablud.

Und wenn es einen Ort gab, an dem sich die Dunkelheit des Krieges besiegen ließ, dann war er in Indis Nähe. Bei ihr herrschte nicht nur das Licht – bei ihr wohnte der Frieden.

* * *

»Du hast *was* getan?« Judiths Stimme schepperte durch den Telefonhörer. Indi musste das Gerät vom Ohr wegnehmen, um nicht taub zu werden. »Du hast ihm das Schlafzimmer deines Großvaters vermietet? Das heilige Mausoleum? Die Gruft des Nikolaos? Die staubige Stätte der unangetasteten Trauer?«

»Ja, hab ich!« Indi rief noch lauter, um Judith zu übertönen. »Du musst es nicht noch tausendmal sagen.«

»An den Typen von letztem Wochenende? Den Niedlichen?« Judith stellte Fragen, die Indi längst beantwortet hatte.

»Sag ich doch.«

»Du hast alles durcheinander erzählt. Jetzt nochmal der Reihe nach: Der sechste Bewerber ist der, der deine traurige Lampe gekauft hat – und du hast ihm nicht nur das Atelier vermietet, sondern auch noch Nikolas' Schlafzimmer? Und morgen zieht er schon bei dir ein?«

»Exakt.« Hatte sie das wirklich so durcheinander erzählt? »Er war Kriegsberichterstatter und ist gerade erst wieder nach Berlin gekommen. Deshalb hat er noch keine Wohnung. Aber er braucht eine, um seine Tochter sehen zu dürfen.«

Dieses Mal entstand eine Pause. So lange, bis Judith ein erleichtertes Lachen durch das Telefon schickte. »Indica Lumina Stern, immer wieder für eine Überraschung gut. Da habe ich wochenlang ein schlechtes Gewissen, weil ich einfach so dein Atelier annonciere, und was machst du? Du vermietest deine halbe Wohnung an einen Wildfremden. Und das, obwohl du bis gestern partout nicht wolltest, dass überhaupt jemand das Atelier deines Großvaters bekommt. Das ist von null auf hundert in drei Sekunden. Wie kann man sich so schnell umentscheiden?«

Kitzelnde Schweißtropfen bildeten sich in Indis Nacken. Hastig wischte sie darüber. »Frag mich bitte nicht. Ich kann das selbst nicht erklären.«

Judith lachte noch immer. »Ich dachte ja, da kommt dann ein netter Künstler für ein paar Stunden am Tag in deine Wohnung, und deine Geldprobleme sind gelöst. Und jetzt das. Dir ist schon klar, dass du dann Tag und Nacht einen Fremden in deiner Wohnung hast? Der kocht in deiner Küche, steht nackt in deinem Bad, lässt die Zahnpasta auf und stellt die Butter in den Kühlschrank.«

Treffer versenkt. Indi hasste es, wenn jemand die Butter in den Kühlschrank stellte.

Trotzdem. »Bei ihm ist das okay. Hätte ich ja auch nicht gedacht – aber ich mag ihn.«

»Du bist verknallt.«

Wieder meldete sich das Knabbern in Indis Bauch. »Ich weiß nicht. Geht das so schnell?«

Judith prustete leise. »Jetzt tu nicht so. Wie war das bei dir und Matti?«

Indi hielt erschrocken den Atem an. Für Matthias hatte sie monatelang geschwärmt, ehe sie auch nur ein Wort miteinander gewechselt hatten. Aber dann … »Kein Wort über Matthias. Sonst drücke ich sofort die rote Taste.«

»Seit wann nennst du ihn Matthias?« Judith imitierte Indis knurrenden Tonfall. »Sitzt der Stachel noch so tief?«

Tiefer. Mehr als nur ein Stachel. »Rote Taste«, drohte Indi.

»Willst du mir eigentlich irgendwann mal erzählen, was damals passiert ist? Warum ihr beide euch getrennt habt?« Eine Spur von Verletzung mischte sich in Judiths Stimme.

Vermutlich hatte sie recht. Seit drei Jahren schuldete Indi ihrer besten Freundin eine Erklärung. Aber es ging nicht. »Ich meine das ernst, Judith. Ich kann über Matthias nicht reden. Das hat nichts mit dir zu tun.«

»Schon gut.« Ihre Freundin lenkte ein. Für einen Moment herrschte Schweigen, ehe Judith ein hörbares Lächeln von sich gab. »Eins muss man deinem René lassen. Als er deine traurige Lampe gekauft hat, hast du endlich wieder geleuchtet. Wie unser Lichtermädchen von früher.« Sie räusperte sich. »Seien wir mal ehrlich, Indi. Seit dem Tod deines Großvaters … und der Sache mit Matthias … Es ging dir nie wieder richtig gut. Es ist, als wäre die Trauer in dir steckengeblieben. Keine Ahnung, wie man das am besten nennt. Jedenfalls hab ich mir schon ernsthafte Sorgen um dich gemacht. Ich hoffe wirklich sehr, dass dein neuer Mit-

bewohner dir guttut. Ob du nun in ihn verknallt bist oder nicht.«
Mit dem letzten Satz verwandelte sich ihr Lächeln in ein hörbares
Grinsen. »Sagte ich, dass er niedlich ist?«

»Sagtest du. Mehr als nur einmal.« Indi musste Judith aufhalten. Es war zu früh, um über Liebe zu schwärmen. »Eigentlich
habe ich ein ganz anderes Problem. Ich hab ihm gesagt, er kann
morgen einziehen. Aber morgen ist schon wieder Samstag. Ich
muss zum Markt. Das hab ich komplett verpeilt. Zumal ich auf
der Museumsinsel bin, also muss ich früh los. Könntest du herkommen und da sein, wenn er einzieht?«

Dieses Mal gab Judith ein vielsagendes Raunen von sich.
»Klar komme ich vorbei. Wie ich Felix kenne, sitzt er morgen
sowieso wieder den ganzen Tag an seiner Forschungsarbeit …«

»Und er braucht dich nicht, um romantische Gleichungen
mit dir zu lösen?«

Judith lachte auf. »Doch, bestimmt. Aber das können wir
auch auf den Abend verschieben. Und bis dahin schaue ich mir
an, ob dein neuer Mitbewohner ein Vagabund ist, der dir die
Seele stiehlt.«

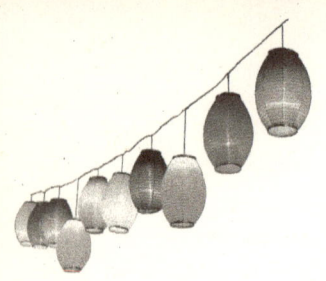

Kapitel 5

Die Sonne auf dem Blechdach des Autos weckte ihn viel zu früh. Es war erst kurz nach sechs, als er aus der Seitentür stieg und sich streckte. Das hier war der letzte Morgen auf dem Bürgersteig neben seinem Wagen. Noch diesen Vormittag würde er umziehen. Theoretisch konnte er jetzt gleich den Wagen umparken. Er musste bis zu Indis Haus nur wenige Straßen weiter fahren. Aber vermutlich hatte sie nicht sechs Uhr morgens gemeint, als sie den Umzug für heute vorschlug.

Wenigstens brauchte er nichts einzupacken und nichts vorzubereiten. Selbst seine Skulpturen waren hinten im Anhänger. Abgesehen davon besaß er nicht viel. In der Scheune seiner Eltern standen noch eine Handvoll Möbel. Dort lagerten sie, seit Marei ihn aus der gemeinsamen Wohnung geworfen hatte – seit er für fünf Jahre in den Nahen Osten verschwunden war.

Aber wollte er die Möbel tatsächlich wieder bei sich haben? Das graue Sofa und den Glasschreibtisch mit den Edelstahlkanten? Eigentlich war es Mareis Stil gewesen. Kühl und klar, ohne Schnörkel, nüchtern, vernünftig – passend für einen Haushalt ohne Kinder.

Mit einer kleinen Tochter wäre das Sofa längst gefleckt und die Glasfläche des Schreibtisches voller Handabdrücke.

Nein, die Möbel würden in der Scheune bleiben. Oder er verkaufte sie – falls sie nicht ohnehin schon von Mäusen zerfressen waren.

In Indis Wohnung wären sie vermutlich fehl am Platz. Zumindest in ihrer Küche und dem Atelier ihres Großvaters bestand die Einrichtung aus einem Sammelsurium von Antiquitäten und handbemaltem Holz. Alles, was er von Indis Wohnung gesehen hatte, war so bunt und quirlig wie ihre Lampen – und keinesfalls kühl und vernünftig.

Nein, er würde nur seine Kleidung in einen Koffer packen, die Matratze aus dem Transporter nach oben wuchten und dann die Skulpturen zwischen den Bildern von Indis Großvater unterbringen.

Doch nicht jetzt. Bis er bei Indi klingeln konnte, sollte er noch ein paar Stunden warten.

Warum hatten sie keine Zeit vereinbart?

Vermutlich deshalb, weil er hektisch davongelaufen war, damit er sich nicht noch tiefer in der Begegnung mit ihr verheddert.

Um die nächsten Stunden zu überbrücken, fuhr er ins Freibad. Das kühle Wasser spülte die Zweifel und die Sorgen von ihm ab und ersetzte sie durch das angenehme Gefühl, den eigenen Körper zu spüren. Hier im Schwimmbad tankte er Kraft und Ruhe – und mit der frischen Kleidung kam die Selbstsicherheit zurück. Zwischen ihm und einem Obdachlosen gab es ein paar deutliche Unterschiede.

Es war diese Gewissheit, mit der er Marei anrief. Wie immer wirkte ihre Stimme so kühl wie ihre Einrichtung. René musste sich zusammenreißen, um gelassen zu bleiben. »Ich wollte dir nur Bescheid sagen, dass ich ab heute eine Wohnung habe.«

»Eine Wohnung?« Jetzt klang sie erstaunt. »Das ging schnell. Wo ist sie denn?«

Darin vermutete sie wohl ihren nächsten Trumpf. Dass er im Einzugsgebiet von Liljas Grundschule nichts gefunden hatte.

»Am Maybachufer.«

Für einen winzigen Moment war es still. Dann pfiff sie leise durch die Zähne. »Ernsthaft? Womit bezahlst du eine Wohnung am Maybachufer?«

Das glaubte sie anscheinend wirklich – dass er in seinem VW-Bus schlief, weil er kein Geld hatte. Irgendein Teil von ihm antwortete kalt und zynisch: »In Syrien und Afghanistan lebt man gefährlich, aber nicht teuer. Ich konnte genug Geld sparen, um eine Weile klarzukommen.«

Marei stieß ein bitteres Lachen aus. »Verstehe. Job mit lukrativem Gefahrenzuschlag. Das würde dann auch erklären, warum du lieber dort sein wolltest als bei uns.«

René unterdrückte ein Fluchen. Für einen Moment war er versucht, darüber zu diskutieren, wie ihre Beziehung zu Ende gegangen war.

Aber dieses Telefonat galt einem anderen Ziel. »Ich würde Lilja gern bald wiedersehen. Meinst du, das geht?«

Wieder schwieg sie. Fast konnte er ihr Zähneknirschen hören. »Dafür muss ich erst in den Kalender schauen.«

Und den hatte sie nicht in der Nähe?

»Ich könnte spontan morgen.« Er musste ihr eine Zusage entlocken, bevor ihr ein Gegenargument einfiel. »Oder lieber am Montag? Falls ihr dieses Wochenende schon was vorhabt.«

Marei stieß ein leises Zischen aus. »Dass du eine tolle Wohnung am Maybachufer gefunden hast, glaube ich dir erst, wenn ich deinen Mietvertrag gesehen habe. Vorher müssen wir über ein Treffen gar nicht reden.«

René atmete scharf ein. Marei war Anwältin und wusste genau, dass sie diese Art von Bedingungen gar nicht stellen durfte. Andererseits konnte er sicher sein, dass sie jeden Trick finden würde, mit dem sie ihn loswurde. Und wenn nicht, würde sie es trotzdem versuchen. Der einzige Weg, ohne langwierige Gerichtsverhandlungen das gemeinsame Sorgerecht zu bekommen, lag also darin, ihren willkürlichen Forderungen Folge zu leisten. »Ich schicke dir den Mietvertrag, sobald ich ihn bekomme.«

»Also hast du ihn noch gar nicht.« Jetzt klang sie triumphierend.

René biss sich auf die Unterlippe. Er musste dringend mit Indi darüber reden. Zumal er noch nicht einmal die Höhe der Miete kannte. Zusammen mit dem Schlafzimmer würde es sicher mehr sein als die annoncierte Ateliermiete.

Doch das alles war kein Grund, sich von Marei in die Ecke drängen zu lassen. »Ich habe eine mündliche Zusage. Das zählt im Mietrecht. Solltest du wissen, Frau Anwältin.« Auch wenn Mietrecht nicht ihr Fachgebiet war.

»Okay.« Jetzt klang sie wieder kühl, so nüchtern wie ein graues Sofa. »Sobald ich den Vertrag gesehen habe, reden wir über Lilja.« Damit legte sie auf.

René kickte einen Stein vom Bürgersteig auf die Straße. Er holperte nur knapp an dem Reifen des VW vorbei, den er vor dem Schwimmbad geparkt hatte. Hastig trat er einen zweiten Stein hinterher, um den Reifen zu treffen. »Läuft echt großartig, René, wirklich. Du hast dein Leben von vorn bis hinten im Griff.«

* * *

Die Stimme in der Gegensprechanlage klang fremd. Gar nicht so wie René sie in Erinnerung hatte. Als er kurz darauf im vierten Stock ankam, stand nicht Indi in der Tür, sondern eine andere junge Frau. Er hatte sie schon einmal gesehen, tanzend bei Indis Lichterfest.

»Hey!« Sie streckte ihm die Hand entgegen. »Ich bin Judith,

Indis Freundin. Sie hat mich gebeten, hier zu sein, wenn du einziehst.«

Etwas in seiner Brust fühlte sich seltsam an. »Heißt das, sie ist nicht da?«

Judith zuckte die Schultern. »Sie lässt sich entschuldigen. Am Wochenende ist sie mit ihren Lampen auf dem Kunstmarkt. Und gestern hat sie verpeilt, dass heute Samstag ist.« Ihr entwich ein amüsiertes Lachen. »Ich bin hier, damit du trotzdem einziehen kannst.«

Unten auf der Straße war ein Markt. Allzu gern wollte er Indis Stand sehen. »Ist sie auf dem Markt hier unten?«

»Nein.« Judith deutete mit dem Kopf in eine Richtung, von der er nicht sagen konnte, ob es Westen oder Norden war. »Der Kunstmarkt ist auf der Museumsinsel. Aber ich kann dir beim Hochtragen helfen.«

In der nächsten Stunde trugen sie seine Sachen in die Wohnung. Am Anfang mussten sie weit laufen, weil er den Wagen nicht auf dem Marktgelände parken konnte. Aber dann gelang es Judith, den Marktleiter zu bequatschen, und schließlich durfte er zum Entladen vor die Tür fahren.

Für die Matratze und die größeren Skulpturen war es gut, dass sie zu zweit waren. Die kleineren Kunstwerke konnten sie allein tragen. Sämtliche Skulpturen waren in Tücher eingeschlagen, damit sie beim Transport nicht beschädigt wurden, aber Judith warf mehr als nur einen neugierigen Blick unter die Tücher.

»Die sind echt krass«, bemerkte sie schließlich.

René lächelte nur höflich. Sie sollte nicht auf die Idee kommen, nach den Geschichten hinter den Skulpturen zu fragen.

Als alles im Atelier war, versuchte Indis Freundin, ihre Neugier als Smalltalk zu tarnen. Und René bemühte sich um Antworten, die keine weiteren Fragen provozierten.

Judith schien nett zu sein. Trotzdem war er froh, als sie etwas von *mein Verlobter* und *Physikgleichungen* murmelte und sich verabschiedete.

Als er endlich allein war, sah er sich im Atelier um. Der Raum wirkte chaotisch und vollgestopft. Dabei fehlte noch die Werkbank. Er würde sie brauchen, um kleinere Objekte darin einzuspannen. Vielleicht sollte er sie noch heute von seinen Eltern holen.

Auf jeden Fall würde er die Bilder von Indis Großvater dicht an dicht an die Wände hängen müssen, damit die Skulpturen genug Platz fanden. Wenn er das alles bis heute Abend schaffen wollte, hatte er einiges zu tun.

* * *

Es wurde ein Markttag, wie er mieser kaum laufen konnte. Am frühen Nachmittag fing es an zu regnen, und nur wenige Kunden blieben an ihrem Stand stehen. Aber vielleicht war es auch besser so, denn Indi war ohnehin nicht bei der Sache. Ein ums andere Mal holte sie das Handy aus der Tasche und war drauf und dran, Judith anzurufen. Aber dann ließ sie es doch, weil sie auch ohne den Detailbericht ihrer Freundin aufgeregt genug war. Wenn etwas Wichtiges wäre, hätte Judith sich ohnehin von allein gemeldet.

Um Punkt 17 Uhr begann sie mit dem Abbau. Eine Dreiviertelstunde später lenkte sie ihren Carsharing-Transporter zwischen den Ständen hindurch auf die Straße und fuhr nach Hause.

Sie musste den Schlüssel in der Wohnungstür nur nach links klicken, um das Schloss zu öffnen. Nicht abgeschlossen! Doch dahinter blieb alles still. Nicht einmal Hamsun und Marcia kamen, um sie zu begrüßen. Aber hieß das, dass er hier war?

Irgendwo in der Wohnung? Oder war er gar nicht eingezogen? Womöglich hatte Judith die Katzen gefüttert und dann vergessen, die Tür abzuschließen.

Im nächsten Moment setzte ein Geräusch ein. Nur ganz leise. Wie Schmirgelpapier auf Holz, aus dem Atelier ihres Großvaters.

Langsam öffnete Indi die angelehnte Tür. Im Atelier herrschte das dämmerige Nordlicht eines grauen Regentages. Doch auf dem Rücken des Künstlers fing sich ein schwacher Lampenschein.

Er stand vor einer Werkbank am Fenster und beugte sich über etwas, das Indi von weitem nicht erkennen konnte. Einzig die helle Farbe des Holzes schimmerte zwischen seinen Bewegungen hindurch.

Erst jetzt betrachtete sie den Rest des Ateliers. Seine Skulpturen waren überall. Die größeren standen in losen Gruppen beieinander, die kleineren hatte er ins Regal und auf den Zeichentisch ihres Großvaters gestellt. Doch sie alle waren von weißen Tüchern bedeckt. Allein das Kunstwerk, an dem er arbeitete, zeigte sich nackt.

Indi wollte näher gehen, wollte es betrachten und berühren. Doch René hatte sie noch nicht bemerkt.

In die rechte vordere Ecke des Raums hatte er seine Matratze gelegt. Daneben stand ihre traurige Lampe. Er hatte sie mit einem Verlängerungskabel angeschlossen und eingeschaltet. Mit zur Seite geneigtem Kopf stand sie da und sah ihm bei der Arbeit zu.

René hatte Indi noch immer nicht bemerkt. Während er an der Skulptur schleifte, bewegte sich sein Körper kaum merklich vor und zurück.

Sie durfte nicht länger hier stehen und ihn heimlich beobachten. »Hey.«

Mit einem Ruck fuhr er herum. Seine Haare waren zerzaust und mit Holzstaub verziert. Nur kurz zeigte sich der Schreck in seinen Augen – dann siegte ein schiefes Lächeln. »Hallo, Indi.«

Wie ein Schauer rieselte seine Stimme durch ihren Körper. Ein lebendiger Mensch, der sie begrüßte, wenn sie nach Hause kam. Es war gut, dass er hier war. »Tut mir leid, dass du ohne mich einziehen musstest. Das war ziemlich schusselig von mir. Die meisten Leute wussten gestern schon, dass heute Samstag ist.«

»Alles okay.« In seinen Augen flackerte etwas. Eine Spur von Unsicherheit?

Ganz langsam trat Indi näher. Ihr Blick fiel auf seine Skulptur. Ursprünglich war es eine Baumwurzel gewesen. Jetzt war es eine Frau, die sich schützend über ein Kind beugte. Wie ein Umhang umhüllte die Rinde ihre Schultern, zog sich als Kopftuch in ihre Stirn. Ihr Gesicht war filigran gestaltet, voller Angst und gleichzeitig mit dem entschlossenen Löwenmut einer Mutter.

Vorsichtig streckte Indi die Hand danach aus. Sie wartete, ob René protestierte. Aber er sagte nichts, also strich sie über das weich geschliffene Holz, über die schützenden Arme der Frau und das Mädchen, das sich unter ihr duckte.

»Das war in Aleppo. Bei einem Luftangriff.« Leise begann René zu sprechen. »Die syrische Armee hat Fassbomben abgeworfen. Sie haben lange versucht, das zu bestreiten, aber zu viele Menschen waren dabei. Fassbomben sind billig. Jeder kann sie bauen, da braucht es keine internationalen Waffenlieferungen. Einfach ein Fass mit billigem Sprengstoff in der Mitte, rundherum Schrott und Metall. Abgeschossene Nägel und Schrauben sind sehr wirksam gegen Menschen. Wenn du den Hubschrauber hörst und wenn du dann siehst, wie die Fassbombe in deine Straße fällt, kannst du dich nur noch irgendwo hinwerfen. Diese

Mutter hat das Mädchen mit ihrem Körper geschützt. Ihren Blick werde ich nie vergessen.« Seine Stimme zerbrach an dem letzten Wort, nur ganz leise, wie ein winziges Knacksen zwischen den Silben.

Indis Blick huschte zu ihm. Mit gesenkten Schultern stand er da und betrachtete die kleine Skulptur. Dennoch wirkte er nicht gebrochen. Nachdenklich hob er die Hand und berührte eine kleine Narbe, die seine Augenbraue durchtrennte. Eine zweite Narbe zeichnete die Stirn darüber.

Fassbomben also. Billiger Sprengstoff und herumfliegende Metallteile. Das hieß, er war mitten im Bürgerkrieg gewesen. »Du warst in Syrien? Die ganze Zeit?«

»Nicht die ganze Zeit.« Sein Blick ruhte in der Ferne. »Ich war zu lange dort, und trotzdem nicht lange genug. Wenn es wirklich schlimm wird, berichten Kriegsreporter aus den Nachbarländern.« Ein raues Lachen entwich ihm. »Aber ich wollte nicht so feige sein. Also bin ich länger geblieben als die meisten. Ich dachte, die Welt müsste die Wahrheit erfahren. Deshalb wollte ich da sein, wo die Menschen leben, wo sie leiden und sterben. Und ich dachte die ganze Zeit, dass ich stark genug wäre – um die Bilder und die Wahrheit in den Westen zu bringen.«

Indi hielt den Atem an. Die Stärke lag noch immer in seiner Haltung. Oder war es nur eine Fassade?

Renés Blick kehrte aus der Ferne zurück. »Wenn du im Krieg bist, ernährt sich dein ganzer Körper von Adrenalin. Du merkst nicht, wie nah der Tod ist, nicht einmal, wenn du ihm zusiehst. Sämtliche Gedanken und Handlungen schalten auf Überleben. Einerseits. Und andererseits verschiebt sich die Grenze von dem, was du als Gefahr wahrnimmst. Je öfter du dem Tod von der Schippe gesprungen bist, desto mehr glaubst du, dass es auch beim nächsten Mal wieder funktioniert. Und gleichzeitig schärft sich jeder Instinkt. Manchmal musst du blitzschnell entscheiden, ob du einem Menschen vertrauen kannst oder nicht. Ein Blick in sein Gesicht, auf die Art, wie er lächelt, ein kurzes Horchen auf dein Bauchgefühl. Wenn es stimmt, hast du Glück. Wenn nicht …« Sein Gesicht verzog sich zu einer Grimasse. »Man kann nicht immer nur Glück haben.«

Seine Erzählung verklemmte sich in Indis Brust. Dennoch wollte sie weiterfragen, noch mehr erfahren, alles. Aber es wäre zu viel. Zu viel für sie und erst recht für ihn. Allein ihr Blick fing sich in seinen Augen. Seine Iris besaß dieselbe Farbe wie seine Haare, ein warmes, fast rötliches Braun, durchbrochen von grünen Sprenkeln.

Hastig senkte er die Lider. »Was der Krieg tatsächlich mit dir macht, merkst du erst, wenn du zu Hause bist. Oder wenn dich das Glück endgültig verlassen hat.«

Seine Hand zitterte, als er ein Tuch über die kleine Skulptur zog. Gleich darauf versteckte er das Zittern in der Hosentasche. »Wollen wir über was anderes reden? Oder was kochen?«

»Gute Idee.« Erleichterung stahl sich in ihre Stimme. »Aber vorher zeig ich dir die Wohnung. Oder hat Judith das schon erledigt?«

»Nein. Deine Freundin hat mir nur geholfen, meine Sachen hochzutragen. Danach musste sie … mit ihrem Verlobten Physikgleichungen lösen?«

Indi lachte. »Das klingt nach Judith und Felix. Aber heißt das, du kennst nur das Atelier und die Küche?«

René deutete durch den Flur. »Die Toilette neben der Küche hab ich auch schon gefunden. Und bei deinem Wohnzimmer stand die Tür auf. Aber ich wollte nicht einfach überall durchspazieren. Die Wohnung geht hinter dem Wohnzimmer noch weiter, oder?«

»Ja, dahinter ist noch ein Flur mit zwei Zimmern – und das größere Bad mit der Badewanne.«

Allerdings wurde es draußen allmählich dämmrig. Um ihre Wohnung in voller Schönheit zu zeigen, musste sie erst das Licht anmachen. »Aber warte kurz. Ich muss schnell was erledigen. Dann geht es los.«

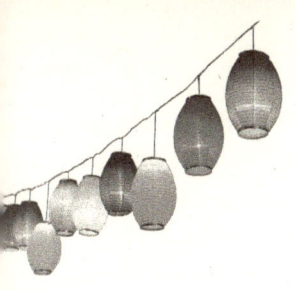

Kapitel 6

Mit einem verschwörerischen Lächeln verließ Indi das Zimmer. Er hörte sie nebenan. Kurz darauf lief sie durch den Flur und verschwand im Wohnzimmer.

Als sie zurückkehrte und ihn mit sich winkte, kam er sich vor wie ein Kind an Weihnachten. »Mein Atelier ist direkt neben deinem.« Obwohl es die Verbindungstür gab, führte sie ihn durch den Flur. »Bald werde ich dir mit Akkuschrauber und Schweißgerät auf die Nerven gehen. Nur der Lötkolben ist fast lautlos.«

René deutete hinter sich. »Dafür biete ich Hämmern und Meißeln. Also, falls sich deine Nachbarn nicht beschweren.«

»Meine Nachbarn sind abgehärtet, was Geräusche angeht.« Indi grinste. »Im Stockwerk unter uns, bei Jusuf und Mehtap, wohnen drei Generationen. Macht in Summe genauso viele Kinder wie Eltern und Großeltern, täglich anwesende Gäste nicht mitgerechnet. Falls sie jemals meinen Akkuschrauber hören, rächen sie sich mit Kindergeschrei.«

Das klang nach Nachbarn, die er kennenlernen wollte. »Dann sag ihnen, sie können froh sein, dass ich die Motorsäge bei meinen Eltern lasse.«

»Motorsäge?« Indi stieß einen leisen Pfiff aus. »Kann man damit Skulpturen sägen?«

»Manche können das. Aber ich benutze sie nur für den groben Teil.«

Schwungvoll öffnete Indi die Tür zu ihrem Atelier.

René hielt inne. Ihre Lampen waren überall. Dicht an dicht standen sie in Regalen und hingen von der Decke. Die größeren drängten sich in den Ecken zusammen, als wollten sie Zwiesprache halten – und sie alle leuchteten ihm entgegen. In dieses Zimmer zu kommen war wie der erste Moment bei einer Überraschungsparty. Wenn unerwartet sämtliche Freunde da waren und einem freudig, aber mucksmäuschenstill entgegensahen. Gleich darauf würde Jubel und Lachen ausbrechen.

Doch in Indis Atelier blieb es still. Nur das Licht beherrschte den Raum. »Wow.«

Indis Augen registrierten das Lob mit einem Leuchten. In diesem Licht wirkte ihre Haut hell und dunkel zugleich, und plötzlich war es, als würde sich die gesamte Menschheit in ihr spiegeln. In ihrer Gegenwart konnte er auf der ganzen Welt sein und gleichzeitig zu Hause.

Ihre Mundwinkel hoben sich zu einem Lächeln. Wieder prägten sich die Grübchen in ihre Wangen. Heute sah sie aus wie ein Mensch, und dennoch lag ihr Feenzauber überall. Die ganze Wohnung war von ihm durchdrungen.

Auch im Wohnzimmer wurden sie von Indis Lampen begrüßt. Doch hier waren sie Teil der Einrichtung. Die Köpfe einer Bücherlampe lugten über die Lehne eines geblümten Sessels, eine zweite stand daneben und beleuchtete ein rotes Samtsofa. Die Wand hinter dem Sofa war mit Buchregalen verkleidet – und zwischen den Büchern standen kleinere Lämpchen, ein paar leuchtende Kaffeetässchen, und auf dem Brett daneben hockten zwei der verrückten Puppen, die sich gegenseitig Bälle zuwarfen. An den restlichen Wänden hingen Bilder von Indis Großvater. Vor dem Fenster stand ein großer Esstisch und dahinter eine alte Glasvitrine. Auch sie hatte Indi in ein beleuchtetes Spiegelkabinett verwandelt.

Wieder wollte René ein *Wow!* über die Lippen rutschen. Doch der winzige Laut war bei weitem nicht genug, um auszudrücken, wie sehr ihm diese Wohnung gefiel. »Bei dir sieht jeder einzelne Gegenstand so aus, als hätte er eine Geschichte.«

Ihre Hand strich über die Lehne des geblümten Sessels. »Haben sie ja auch.«

Etwas in ihrem Tonfall ließ ihn ahnen, dass es der Sessel ihres Großvaters gewesen war. Alles hier war von ihm durchdrungen. Und von ihrer Trauer.

René wollte die Geschichten hören. Alle. Aber vermutlich wäre es nicht angemessen, wenn er jetzt schon danach fragte.

In ihren bunten Wollsocken lief Indi fast lautlos über die Kieferndielen. »Hinter dem Wohnzimmer geht es weiter.« Damit öffnete sie eine Tür, die in einen schmalen Flur führte. Auch hier hingen Bilder ihres Großvaters, eins neben dem anderen, beleuchtet von einzelnen Glühbirnen, die sich am Ende von langen Krakenarmen befanden. Die Krake selbst war aus Kupfer und hing in der Mitte des Flurs an der Wand. Auch ihre Augen leuchteten.

René berührte einen der Arme. Das Metall fühlte sich glatt und kühl an. »Gibt es irgendwas in dieser Wohnung, was keine Kunst ist?«

»Ja.« Plötzlich verschwand die Leichtigkeit aus Indis Gesicht. »Das hier.« Sie lief an der ersten Seitentür des Flurs vorbei und öffnete die dahinter. In diesem Zimmer gab es keine Lampen, zumindest keine, die sie angeschaltet hatte.

Das Schlafzimmer ihres Großvaters. Das abendliche Dämmerlicht fing sich auf seinem Bett, dessen Decken in dunklem Blau bezogen waren. Durcheinandergewühlt lagen sie da, als wäre er eben erst aufgestanden. Am Fußende des Bettes lehnte eine ganze Reihe von seinen Bildern, mit den Rückseiten nach vorn.

An der Wand gegenüber standen ein riesiger Eichenschrank und daneben ein Regal mit Kisten, Büchern und Zeitschriften. Davor stapelten sich Umzugskartons. Und über allem lag Staub – wie ein Graufilter auf einem zu dunkel geratenen Foto.

»Nun, das hier ist das Zimmer, das ich dir versprochen habe.« Mit zerknirschter Miene lehnte Indi im Türrahmen. »Ich weiß, es sieht schlimm aus. Seit er weg ist, war ich nicht mehr hier drin. Also kaum. Nur manchmal, um etwas abzustellen.«

Seit er weg war. Seit er *tot* war. Sie vermied selbst das Wort.

»Er hat so viele Dinge gesammelt. Fünf Zimmer, aber es war nie genug Platz für alles. Er konnte einfach nichts wegwerfen, was irgendwann einmal Bedeutung hatte. Selbst mein ganzes Kinderspielzeug ist noch dadrin.« Vage deutete sie auf die Umzugskisten. »Es tut mir leid. Ich hätte dir das Zimmer nicht anbieten sollen. Ich meine, ich brauche diese fünf Zimmer nicht für mich allein. Eigentlich ist es okay, wenn du hier wohnst. Ich weiß nur nicht, wie ich das hier schaffen soll.«

Indis Wehmut rankte hilfesuchend in seine Richtung. Trauer war ein Parasit. Wenn man nicht die Kraft besaß, ihn zu besiegen, fraß er eine schwärende Wunde und nistete sich ein.

»Wegen mir musst du dich nicht stressen.« René sprach leise. Erst jetzt fiel ihm auf, wie nah sie nebeneinander in der Tür standen. »Lass dir so viel Zeit, wie du brauchst. Ich schlafe solange im Atelier, das passt schon.«

Indi senkte den Blick. Ihr schwarzer Haarknoten fiel mit der Bewegung nach vorn. »Danke.« Mit dem Fuß wischte sie eine Spur in die Staubschicht am Boden. »Du musst auch nur die Miete für das Atelier bezahlen. Zumindest bis ich …« Sie beendete den Satz mit einem Räuspern.

Apropos Miete … »In deiner Anzeige standen dreihundert Euro. Aber es macht einen Unterschied, ob ich nur ein Atelier miete oder ob ich hier wohne und deine Küche und dein Bad benutze. Ich zahle also mehr als dreihundert – aber wie viel genau?«

»Mehr?« Indi hob den Kopf. Fast erschrocken sah sie ihn an. »Für zwei von fünf Zimmern? Mein Mietvertrag ist aus den Siebzigern. Das hier ist die billigste Wohnung in ganz Kreuzkölln. Ich käme mir schäbig vor, wenn ich mehr nehme.«

René hob die Augenbrauen. Jetzt wollte er es wissen. »Heißt das etwa, mit fünfhundert im Monat würde ich die Hälfte deiner Miete zahlen?«

Hastig schüttelte sie den Kopf. »500 sind mehr als die Hälfte.«

Dann war es wirklich eine billige Wohnung. »Vierhundertfünfzig?«

Wieder flog ihr Haarknoten hin und her. Er war so lose, dass mit jedem Kopfschütteln weitere Strähnen herausfielen. »Vierhundertfünfzig kommen nicht infrage.« Das Blitzen kehrte in ihre Augen zurück.

Es machte Spaß, mit ihr zu handeln. »Vierhundert«, erklärte er. »Mein letztes Angebot. Wenn du mir die Zimmer für vierhundert gibst, ist das billiger als das syrische Kellerloch, das mir der Kohlenhändler angedreht hat.«

Indis Blick wurde ernst. »Vierhundert sind okay für mich. Aber nur, wenn du das Geld wirklich hast.«

So sah er also aus – wie jemand, der nicht einmal eine überschaubare Monatsmiete zahlen konnte. »Ich hab das Geld, keine Sorge.« Er hatte Marei nicht belogen. »Mein Job war gefährlich genug, um gutes Geld zu verdienen.«

Ihre Blicke verfingen sich ineinander, es war wie ein winziger Kurzschluss, aus dem gefährliche Funken schlugen. Fast zeitgleich ging ein Ruck durch ihre Körper. Indi griff nach der Klinke. Nur knapp konnte er ausweichen, ehe sie die Tür mit einem leisen Knall ins Schloss zog. »Das Zimmer danebe ist

mein Schlafzimmer.« Sie ging zu der Tür, an der sie eben vorbei-
gekommen waren. Nur kurz öffnete Indi sie und ließ ihn einen
Blick hineinwerfen. Der ganze Raum war von ihren Buchlampen
bevölkert. Auch sie leuchteten, standen jedoch chaotisch durcheinander, als hätte sie die Lampen nach dem Lichterfest einfach
nur hier hineingetragen. An den Wänden hingen abermals Bilder
ihres Großvaters, darunter stand ein breites Bett. Trotz des Chaos
war der Raum nicht ungemütlich.

Schnell zog Indi die Tür wieder zu und deutete ans Ende des
Flures. »Dahinten ist das große Bad. Nicht gerade das Schmuck-
stück der Wohnung.« Die Tür stand auf und gab den Blick auf
eine Badewanne frei, über der ein Duschkopf hing. Die bräun-
lichen Fliesen ließen auf eine letzte Renovierung in den 1980er-
Jahren schließen.

»Lass uns was kochen.« Indis Tonfall hatte sich verändert.
Oder kam es ihm nur so vor?

Schweigend folgte er ihr, zurück durch das Wohnzimmer
und den vorderen Flur in die Küche. Auch dieser Raum war ein
Kunstwerk. Schon bei seinem ersten Besuch hatte er die Details
bewundert, die restaurierten Antiquitäten und selbstgemach-
ten Einbauten. Das Geschirr befand sich in einer blau-weißen
Küchenvitrine. Daneben schloss sich eine Anrichte an, deren
Arbeitsplatte in rund geschliffenen Wellen verlief. Die Astlöcher
in den Türen der Unterschränke hatte Indi in kleine beleuchtete
Schaukästen verwandelt. Winzige getöpferte Wichtel lebten darin.

Indi deutete auf eine der Wichtelhöhlen. »Eigentlich dachte
ich ja, dass sie nachts die Küche aufräumen. Aber von wegen.
Sie sind stinkfaul. Ich muss alles selbst machen.« Entschuldigend
deutete sie auf den Tellerstapel neben der Spüle. »Sie könnten
wenigstens mal die Spülmaschine einräumen, aber nein …«

Die Spülmaschine befand sich direkt neben ihm. René öffnete sie und griff nach den Tellern. »Wie wird man eigentlich Lampenkünstlerin? Hast du Kunst studiert?«

Indi hockte sich neben den Kühlschrank und schaute hinein. »Ich wusste schon in meiner Jugend, dass ich Lampen entwerfen will. Aber man darf selbstgebaute Elektrik nur verkaufen, wenn man Elektrikerin ist. Also habe ich erst eine Lehre gemacht und später Kunst studiert.« Sie holte Gemüse aus einem Schubfach und legte es über sich auf die Anrichte. »Was hältst du von Gemüsecurry?«

»Ein Curry ist immer gut.« Er bemühte sich um einen lockeren Tonfall. Plötzlich fühlte es sich mühsam an, ein neues Gesprächsthema zu finden. Alle Fragen, die ihm in den Sinn kamen, erschienen ihm aufgesetzt. Trotzdem stellte er die erstbeste: »Du wolltest schon in deiner Jugend Lampen bauen? Wie kommt man auf so was?«

Indi sah aus der Hocke zu ihm hoch. »Fragst du gerade eine Künstlerin, wie sie auf ihre Ideen kommt?«

Hilflos zuckte er mit den Schultern. »Dumme Frage?«

In Indis Wangen zeigten sich die Grübchen. »Du hast Glück, dass ich die Antwort auswendig kenne. Willst du die intellektuelle Fassung? Passend für Hochschulbewerbungen und Ausstellungsbeschreibungen? Oder lieber den Mythos über die heilige Berufung der Indica Lumina Stern?«

Ihr Lächeln griff auf ihn über. »Gibt es eine ehrliche Fassung? Passend für Freunde und solche, die es werden wollen?«

Indi kam zurück auf die Füße. Fast so nah wie vorhin stand sie vor ihm. Ihre Augen blitzten. Dann griff sie nach dem Gemüse und trug es zum Spülbecken. »Wahrscheinlich war es eine sich selbst erfüllende Prophezeiung. Unsere Nachbarin Annegret, von der mein Zweitname stammt ... Ich bin mit ihren Tarotkarten und Weissagungen aufgewachsen, und immer ging es darum, dass ich das Sternenkind bin, das Lichtermädchen, diejenige, die leuchtet, um anderen das Glück zu bringen. Gleichzeitig war ich umgeben von Kunst und altem Krempel, von unzähligen Dingen, die mein Großvater angeschleppt hat, weil man bestimmt noch was Schönes aus ihnen machen kann.«

René räumte die Spülmaschine nur langsam ein, um zwischen dem Klappern der Teller und dem Rauschen des Wassers kein Wort zu verpassen.

»Und irgendwann habe ich festgestellt, dass Licht in der Lage ist, alten Dingen neues Leben einzuhauchen. Längst vergessene Erinnerungsstücke bekommen neue Aufmerksamkeit, und selbst Hässliches sieht beeindruckend aus, wenn man es beleuchtet. Ganz egal, was ich gebastelt habe und wie stümperhaft es am Anfang war, immer hab ich Lob und Bewunderung bekommen – und die Bestätigung, dass das Lichtermädchen seiner Bestimmung folgt.« Wieder zeigten sich ihre Grübchen, während sie den Wasserhahn zudrehte.

René schloss die Spülmaschine. »Das ist eine schöne Geschichte. Dem Mythos eines Lichtermädchens würdig.«

Indis Augen leuchteten noch einmal in seine Richtung. Dann legte sie zwei Brettchen und Messer auf die Anrichte und schob die Auberginen zu ihm herüber.

In der nächsten halben Stunde arbeiteten sie schweigend, Seite an Seite, mit weniger als zehn Zentimetern zwischen sich und trotzdem mit einer sorgsamen Distanz. Indis Nähe war fremd und gleichzeitig vertraut. Sie mussten sich nicht absprechen, um zu wissen, wer welches Gemüse schnitt oder in welcher Reihenfolge sie es in den Topf gaben. Wortlos übernahm René die Kontrolle über Herd und Pfannenwender, während Indi das Öl und die Gewürze aussuchte. Allein der aufsteigende Duft verriet, dass es eine gute Wahl war.

Erst als der Deckel auf dem Topf lag und der Reis bereits kochte, nahmen sie das Gespräch wieder auf.

Indi öffnete die Vorratskammer neben der Küche und hielt ihm eine Flasche entgegen. »Wein zum Essen?«

Es klang verlockend. Und war dennoch keine gute Idee. »Für mich besser nicht.«

»Anonymer Alkoholiker?« Ihr Tonfall klang nur halb scherzhaft.

So weit kam es noch. »Ich versuche nur, vernünftig zu sein.« Genau genommen war er zu labil, um in ihrer Gegenwart Alkohol zu trinken. Er wollte nicht wissen, was er dann sagte. Oder tat.

»Dann trinke ich wohl besser auch keinen.« Sie betrachtete die Weinflasche mit einem theatralischen Seufzen. »Sonst siehst du meine peinliche Unvernunft in voller Spielfilmlänge.«

Während sie die Flasche in die Kammer zurückstellte, kämpfte er gegen sein Grinsen. Eines Tages würde er Wein mit ihr trinken – und einen Film mit ihr in der Hauptrolle wollte er mit oder ohne Wein sofort sehen.

Doch keiner dieser Gedanken war dazu geschaffen, laut ausgesprochen zu werden.

»Was ist?« Sie bemerkte sein Grinsen.

»Nichts!«

»Doch.«

Schneller Themenwechsel, bevor es auch ohne Alkohol peinlich wurde. Er musste ohnehin noch diese eine, alles entscheidende Sache ansprechen. »Nochmal wegen meines Einzugs … Meinst du, wir könnten das bald offiziell machen? Ich darf Lilja erst wiedersehen, wenn ich einen Mietvertrag habe.«

»Echt jetzt? Du darfst deine Tochter nicht sehen? Wer stellt denn solche Bedingungen? Ist das zulässig?«

»Eigentlich nicht. Liljas Mutter schikaniert mich nur. Ein Umgangsrecht steht mir in jedem Fall zu. Aber das gemeinsame Sorgerecht bekomme ich nur, wenn sie zustimmt. Außerdem ist sie Anwältin und hat viele Anwaltsfreunde. Also tue ich besser, was sie sagt.« Sein Lächeln geriet zu einer Grimasse. »Bis jetzt weiß Lilja noch nicht, dass ich ihr Vater bin. Marei will es ihr erst sagen, wenn ich alle Bedingungen erfülle.«

Für einen Moment stand Indi still. Mitleid und Empörung spiegelten sich in ihrem Blick. »Das mit dir und Marei ist wohl ziemlich übel zu Ende gegangen.«

»Kann man so sagen.« Sein Lächeln verunglückte noch weiter. »Fairerweise muss ich zugeben, dass ich nicht ganz unschuldig daran war.«

Eine Spur von Neugier tauchte hinter Indis Mitleid auf.

Vielleicht hätte er doch den Wein nehmen sollen.

Ein scharfes Zischen ließ sie beide zusammenzucken. Der Reis kochte über. René machte einen Satz zum Herd und griff nach dem Topfdeckel – zeitgleich mit Indi. Ihre Hände stießen zusammen. Die Entschuldigung kam zweistimmig und mündete in einem Lachen. Nur das Reiswasser tropfte noch immer zischend auf den Herd.

Dieses Mal war René schneller. Hastig hob er den Deckel vom Topf. Indi drehte die Herdplatte herunter. Vorsichtig fischte sie Reis aus dem Topf und probierte. »Fertig. Wir können essen.«

Wieder brauchten sie keine Worte, um sich beim Tischdecken die Arbeit zu teilen. Erst als sie sich gegenübersaßen, stand die offene Frage erneut im Raum. Theoretisch hätte er einfach das Thema wechseln können. Aber irgendein Teil von ihm wollte alles erklären. »Marei und ich …«, begann er leise. »Als wir uns kennenlernten, waren wir beide auf Karriere gepolt. Sie hatte gerade ihr Jurastudium beendet, ich war fertiger Journalist und hatte bereits einige Auslandserfahrung, auch in Krisenregionen. Ich wollte immer Nahostreporter werden. Ich hab Arabisch und Persisch und Paschtu gelernt, um die Menschen auch ohne Dolmetscher verstehen zu können. Und um bessere Jobs zu bekommen. Marei wusste von Anfang an, welches Ziel ich hatte, dass ich mich schon lange mit den Krisen im Nahen Osten beschäftigte und dass ich aus der Nähe darüber berichten wollte. Sie fand es spannend, aber sie hatte auch Angst davor. Und dann wurde sie schwanger. Bis dahin sind wir uns einig gewesen, dass wir noch keine Kinder wollten. Sie hatte die Spirale, und wir haben nicht damit gerechnet, dass irgendetwas schiefgehen könnte. Aber plötzlich war das Ding weg, und wir haben es beide nicht bemerkt. Stattdessen war da auf einmal ein Kind.«

Sein Blick heftete sich auf den großen Löffel, mit dem Indi Reis und Curry auf ihre Teller verteilte. Bei seinem letzten Satz hielt sie für einen Moment inne. Dann tauchte sie den Löffel zurück in den Topf.

»Grundsätzlich wollte ich immer Kinder haben. Aber ein schlechterer Zeitpunkt hätte es kaum sein können. Ich hatte gerade einen Vertrag unterschrieben, für eine Korrespondentenstelle in Beirut. Vom Libanon aus sollte ich über Syrien berichten, über den Bürgerkrieg und die Flüchtlinge. Wenn es gefährlich wird, arbeiten die großen Sendestudios so. Sie schicken niemanden mehr ins Land. Der Korrespondent sitzt irgendwo in der Nachbarschaft, weit genug weg, um sicher zu sein, aber nah genug, um Informationen von einheimischen Journalisten, Kontaktpersonen und Leuten bekommen zu können, die das Land vor kurzem verlassen haben. Für mich war das genau der Job, auf den ich immer hingearbeitet hatte.« René grub die Gabel in das Curry auf seinem Teller. Doch er konnte nicht essen. Geistesabwesend verrührte er Reis und Soße. Wie genau war es eigentlich passiert, dass er diese Geschichte so ausführlich erzählte? Lag es an Indi? An ihrem aufmerksamen Blick, der jedes Detail erfasste? Oder an ihm selbst, weil er das Bedürfnis hatte, dass sie ihn verstand?

In jedem Fall konnte er nicht damit aufhören. »Irgendwann in dieser Zeit lief es schief mit Marei und mir. Womit es angefangen hat, kann ich gar nicht genau sagen. Etwa einen Monat vor der Schwangerschaft hatte Marei eine starke Blutung und Bauchschmerzen. Nur zwischen Tür und Angel hat sie mir davon erzählt. In der Aufregung um den neuen Job hab ich es dummerweise vergessen. Vielleicht auch deshalb, weil sie es nie wieder erwähnt hat. Sie ist zur Arbeit gegangen wie immer. Als sie dann schwanger wurde, war es für uns beide ein Schock. Ich wollte wissen, wie es überhaupt passieren konnte, aber Marei dachte, ich würde ihr Vorwürfe machen – weil sie die Blutung nicht ernst genommen hat und nicht beim Arzt war. Sie hat sich selbst diese Vorwürfe gemacht und war sich gleichzeitig sicher, dass ich die Schuld bei ihr sehe. Damit fing der Streit an. Und dann ging es weiter damit, ob wir das Kind behalten oder nicht. Es fiel uns beiden schwer, eine klare Position zu beziehen. Wir wollten beide noch kein Kind. Aber eine Abtreibung wollten wir noch weniger. Und dann waren die ersten zwölf Wochen um, und wir hatten eine passive Entscheidung getroffen.«

Auch Indi saß da, ohne zu essen. Wie in Zeitlupe spießte sie ihre Gabel in ein Stück Brokkoli und ließ sie dann wieder auf den Teller sinken. Für einen Moment sah sie aus, als wollte sie eine Zwischenfrage stellen, aber sie schaute ihn nur an.

Vielleicht hätte er aufhören sollen mit dieser Geschichte, irgendeinen schnellen Ausstieg finden, bevor es noch unschöner wurde. Aber er war nicht gut darin, Geschichten ein offenes Ende zu lassen. »Irgendwie habe ich mich auch auf das Kind gefreut.

Doch meine Abreise nach Beirut kam immer näher, und ich konnte den Gedanken an eine Vaterschaft gar nicht richtig zulassen. Marei wollte nicht, dass ich ging. Sie hatte schreckliche Angst, dass mir etwas passiert. Ich konnte sie verstehen. Aber dieser Job war mein Lebensziel, und der Vertrag war längst geschlossen. Ich konnte das nicht einfach so aufgeben. Ich wollte Marei damit trösten, dass es nur ein Jahresvertrag war. Danach würde ich zurückkommen und erstmal bei ihr und dem Kind bleiben. Ich wollte ohnehin nicht für immer aus Krisengebieten berichten. Auf Dauer hält das niemand aus. Trotzdem brauchte ich die Erfahrung, um später von Deutschland aus an dem Thema weiterzuarbeiten. Aber je näher mein Abreisetermin rückte, desto verzweifelter wurde Marei. Irgendwann forderte sie, ich solle meinen Vertrag komplett auflösen. Und schließlich hat sie mir offenbart, wie sie sich unser Leben eigentlich vorstellte: Sie wollte, dass ihre Karriere Priorität hat. Weil sie als Anwältin mehr verdienen kann. Sie meinte, es würde doch reichen, wenn ich freiberuflich Artikel schreibe und mich nebenbei um unser Kind kümmere. Ich hatte das Gefühl, als wollte sie mich einsperren, angekettet und sicher aufbewahrt vor allen Kriegen dieser Welt. Damit wurde klar, dass sie auf eine grundsätzliche Art nicht verstanden hat, welche Ziele ich in meinem Leben hatte. Ich wusste zwar, dass ich zwischen Familie und Karriere irgendwann einen Kompromiss finden muss. Aber ich konnte meine Pläne nicht einfach vollständig aufgeben!« René verstummte kurz und fuhr sich mit einer Hand durch die Haare. »Wir haben uns immer erbitterter gestritten, aber ich bin bei meiner Jobzusage geblieben. Zwei Wochen vor meiner Abreise kam ich nach Hause und fand meine Koffer vor der Wohnungstür. Das Schloss war ausgetauscht. Marei hatte nur einen Zettel an einen der Koffer geheftet. Dass ich einfach verschwinden soll und dass sie das mit dem Kind allein macht. In den zwei Wochen danach kamen noch unzählige Chatnachrichten von ihr. In allen ging es darum, dass ich verantwortungslos und besessen sei und dass sie dafür sorgen werde, dass ich mein Kind niemals kennenlerne.« Seine Finger spielten noch immer mit dem Griff der Gabel. Das Curry war inzwischen so häufig umgerührt worden, dass es vermutlich längst kalt war. Doch er schaffte es nicht, sich einen Bissen in den Mund zu stecken.

Auch Indi hatte noch immer dasselbe Brokkolistück auf der Gabel.

Was tat er hier eigentlich? Die Geschichte ließ ihn nicht unbedingt rühmlich dastehen. Dennoch drängte sich das bittere Ende über seine Lippen. »Vielleicht hätte ich reumütig zu Marei zurückkehren sollen. Vermutlich hat sie genau das erwartet. Stattdessen bin ich wie geplant nach Beirut geflogen. Nur in meinem Kopf verschob sich eine Grenze. Ohne Marei und das Kind zählte nur noch der Job. Und meine Ziele. Als der Jahresvertrag in Beirut auslief, hätte ich zurückkommen können. Stattdessen bin ich nach Syrien gegangen. Mitten ins Kriegsgebiet.«

Das Ende seiner Geschichte fiel in die Stille der Küche. Nur durch die offene Balkontür wehten fremde Stimmen und das weit entfernte Summen der Stadt herein.

Erst jetzt fing er den Blick auf, mit dem Indi ihn beobachtete. »Das klingt, als würdest du einiges bereuen.«

Sie hatte recht. Es gab so verflucht viele Fehler, die er nie wieder gutmachen konnte. »Ich bereue fast alles. Ich war ein verdammt guter Journalist – aber ein miserabler Vater. Jetzt wünschte ich, es wäre umgekehrt.«

Indis Augen wurden weit und dunkel, als läge ein schwarzer Abgrund hinter ihren Pupillen. Hastig senkte sie den Kopf. »Und gibt es irgendeinen Ausweg? Wenn man den Punkt erreicht hat, an dem sich die eigenen Fehler nicht mehr rückgängig machen lassen? Wenn man Schuld angehäuft hat und dann feststellt, dass sich die Zeit nicht zurückdrehen lässt? Gibt es danach trotzdem noch einen Weg nach vorn?«

René hielt den Atem an. Ihre Worte galten nicht ihm. Sie sprach von sich selbst. Von ihren Fehlern und ihrer Schuld. Für eine Sekunde wollte er nachfragen …

Da richtete Indi sich auf und griff entschlossen nach ihrer Gabel. »Wir sollten essen, bevor alles kalt wird. Ich glaube, es ist ein gutes Curry.«

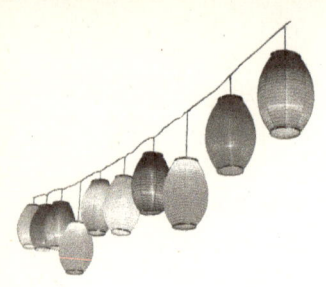

Kapitel 7

Die Traurigkeit lag in dem Raum wie dichter, stickiger Nebel. Sie fing sich nicht nur in dem Staub, sie sickerte auch aus den Wänden, als würde der Raum seit drei Jahren Einsamkeit einatmen und Traurigkeit ausatmen. Selbst die Fenster waren trüb geworden wie die Augen einer altersschwachen Kreatur. Irgendwann musste die Gardinenstange herabgefallen sein, nun hing sie zwischen Eichenschrank und Fensterbank.

Indi fiel es schwer, das Schlafzimmer ihres Großvaters zu betreten. Für einen langen Augenblick blieb sie in der Tür stehen, und es war, als würde der traurige Raum sie beschnuppern. Erst danach nahm sie die Gardinenstange fort und öffnete die Fenster.

Die frische Luft und das Tageslicht machten es besser. Nun musste sie das hier durchziehen, einfach anfangen und weitermachen.

Nikolas hätte es so gewollt. Er hätte sich über neues Leben in seinen Räumen gefreut.

Einen Anfang zu finden war leichter als gedacht. Indi zog das Bett ab und brachte die Wäsche fort, holte einen Staubsauger und ließ ihn die grauen Schichten von Kisten und Regalen inhalieren. Sobald der Lärm verklungen war, kamen Hamsun und Marcia herein, schlichen schnuppernd durch das verlassene Zimmer und beäugten Indis Treiben. Spätestens als sie sich einen Schlafplatz zwischen den abgezogenen Bettdecken suchten, war die Sache entschieden: Indi musste weitermachen. Am besten mit dem Kleiderschrank. Zumindest das schien halbwegs harmlos zu sein.

Entschlossen sortierte sie Socken, Unterhosen und T-Shirts aus. Dazwischen lagen ein paar neue Sachen, die ihr Großvater nie getragen hatte. Gut erhaltene Jeans und Hemden wollte sie in die Kleiderspende bringen. Trotzdem brauchte sie mehrere Anläufe, um die Sachen in Müllsäcken zu versenken und diese in der Ecke unter dem Fenster zu stapeln.

Zum Schluss blieb noch das schöne rote Hemd, das Nikolas bei seiner letzten Ausstellung getragen hatte, der blaue Pulli, der 2013 ihr Weihnachtsgeschenk gewesen war – und die zahlreichen farbbesprenkelten Latzhosen, die genauso zu ihm gehörten wie seine weißen, wehenden Locken.

Schlimmer als das waren nur die Erinnerungen, die in den Regalen und Kisten auf sie warteten. Um diese Arbeit machte Indi tagelang einen Bogen. Denn irgendwo dort lauerte die Schuld. Eine dumpfe, zäh fließende Schuld, wie das Wasser auf einer verrosteten Rutsche, die geradewegs in ihr schwarzes Loch führte.

Spätestens bei diesem Gedanken musste Indi das Zimmer verlassen, die Katzen auf dem Arm hinaustragen und die Tür hinter sich schließen.

Auch René schien zu spüren, wie schwer ihr das Ganze fiel. Wenn sie an seinem Atelier vorbeikam, hob er jedes Mal den Kopf und lächelte ihr zu. Doch er drängte sie nicht. Wortlos ließ er ihr Zeit, um sich von den Sachen ihres Großvaters zu verabschieden.

Auch wenn sie in ihrem Atelier arbeitete, fühlte sich Renés Gegenwart tröstlich an. Durch die angelehnte Zwischentür drangen Schleifgeräusche und das Klopfen seines Meißels. Allein das reichte aus, dass sie sich nicht länger einsam fühlte. Seit er hier war, fügte sich Renés Gegenwart auf natürliche Weise ein. Nicht einmal seine Kunst verdrängte die ihres Großvaters, beides rückte nur näher zusammen, die Gemälde und Porträts an den Wänden und die verdeckten Skulpturen in den Regalen und als schweigend zusammenstehende Gruppen. Abends, noch bevor es dunkel wurde, füllte das Licht ihrer traurigen Lampe den Raum mit gemütlicher Ruhe.

Nur am Dienstag und am Freitag ging René fort und kehrte erst Stunden später wieder zurück. Er sagte nicht, wo er gewesen war, und Indi hatte kein Recht, ihn danach zu fragen. Doch sobald er fort war, zog sich ein dumpfes Gefühl in ihrer Brust zusammen. Sie vermisste ihn. Einfach so. Schon nach so kurzer Zeit. Auch am Wochenende, während sie allein auf dem Kunstmarkt war, konnte sie es kaum erwarten, wieder zu ihm nach Hause zu kommen.

Am Dienstag nach diesem Wochenende verließ er die Wohnung am frühen Nachmittag. Am liebsten wäre Indi ihm gefolgt. Nicht weil sie unbedingt wissen wollte, wo er war, sondern einfach, um in seiner Nähe zu bleiben. Nur mit Mühe riss sie sich zusammen, aber das dumpfe Gefühl blieb und verwandelte sich in ein schlechtes Gewissen. Es gab diese eine Sache, die sie ihm noch schuldete. Wenigstens dafür brauchte sie endlich eine Lösung.

Als sie es gar nicht mehr aushielt, ging sie doch nach draußen, streifte über den Markt vor ihrer Haustür und trug tütenweise Gemüse und Obst nach Hause. Im Hausflur traf sie auf Susanne. Schon vor Jahren hatte Susi mit ihrer Familie die große Wohnung im zweiten Stock übernommen, in der sie aufgewachsen war. Ihre Mutter Gitti war derweil in die kleine Wohnung im ersten Stock gezogen, nachdem die alte Frau Hoffmann verstorben war. Susanne war zwölf Jahre älter als Indi und in mancherlei Hinsicht war sie immer wie eine große Schwester gewesen. Wenn Indi bei irgendetwas Hilfe brauchte, war Susi zur Stelle, sobald sie davon erfuhr. Und wann immer Indi die Hilfe ablehnte, berief Susanne sich darauf, dass sie die Erste gewesen war, die Baby-Indi die Flasche gegeben hatte. Auch heute wusste sie nach einem kurzen Gespräch eine Lösung für Indis Problem.

Gemeinsam riefen sie bei der Hausverwaltung an, um sich die Bestätigung zu holen, dass Indi einen Untermieter aufnehmen durfte. So einfach konnte es also sein, wenn auf eine Mail wochenlang nicht geantwortet wurde.

Mit neuem Mut trug Indi die Einkaufstüten nach oben. Doch René war noch immer fort. Sie räumte das Gemüse in den Kühlschrank und zwang sich, wieder in ihr Atelier zu gehen. Zum ersten Mal an diesem Tag gelang es ihr, sich auf die Arbeit zu konzentrieren.

Bis zu jenem Moment, in dem sich der Schlüssel im Schloss drehte. Hamsun sprang von seinem Schlafplatz auf der Fensterbank und rannte zur Tür. Auch Marcia stürmte durch das Nachbarzimmer, um den Rückkehrer zu begrüßen. Für einen winzigen, atemlosen Augenblick war es, als käme ihr Großvater zurück, und noch ehe Indi darüber nachdenken konnte, sprang sie ebenfalls auf und lief in den Flur, gerade rechtzeitig, um ihn hereinkommen zu sehen.

Doch es war nicht ihr Großvater. Es war René. Noch in der Tür blieb er stehen, in seinen Händen zwei volle Tüten mit Marktgemüse und vor seinen Füßen die mauzenden Katzen. Aber sein Blick war allein bei Indi. Ein verwundertes Lächeln strich über sein Gesicht, gefolgt von irritiertem Lachen. Dann stellte er die Tüten auf den Boden, schob die Tür hinter sich ins Schloss und nahm Marcia hoch. »Jetzt sagt nicht, ihr kommt alle drei hierher, um mich zu begrüßen.« Er sprach mit der Katze und kraulte sie unter dem Kinn.

Marcia antwortete mit einem leisen Schnurren. Die Augen halb geschlossen, schmiegte sie ihren Kopf in die Berührung.

Ausgerechnet Marcia, die sich sonst von niemandem hochheben ließ.

»Ich würde sagen, sie mag dich.« Indis Stimme klang rau. »Mich hätte sie längst gekratzt und gebissen, wenn ich sie auf den Arm genommen hätte.«

Wieder streifte Renés Blick zu ihr. Verwunderung glimmte in seinen Augen. Doch darunter lauerte etwas anderes: tiefe Erschöpfung, als hätte er einen anstrengenden Tag hinter sich. Oder anstrengende Wochen? Monate?

Irgendwann würde sie ihn danach fragen. Aber nicht heute. Heute mussten sie ein dringendes Problem lösen.

»Ich …«

»Ich …« Sie begannen gleichzeitig, brachen ab und lachten.

Marcia stieß ein verärgertes Knurren aus, fauchte und sprang von Renés Arm.

»Au!«, rief er empört, streckte dann den Arm vor und begutachtete fünf lange rote Kratzer. »Bist du sicher, dass sie mich mag?«

Indi widerstand dem Drang, seinen Arm zu nehmen und an der Wunde entlangzustreichen. »Was erwartest du? Sie ist eine Katze. Ihre Liebe ist wild und intensiv. Aber immer wenn es am schönsten ist, rennt sie weg und tut dir weh.«

René hob den Kopf und runzelte die Stirn.

Ein heißer Schauer lief durch Indis Körper. Was redete sie da?

René bückte sich nach den Gemüsetüten. »Ich hab eingekauft. Gemüse und Obst. Vom Markt.«

Indi trat schweigend zur Seite und ließ ihn mit den Tüten in die Küche.

Als er den Kühlschrank öffnete, hielt er inne. »Du hast auch schon eingekauft. Gemüse und …«

»… Obst.« Indi grinste. »Vom Markt. Wie jeden Dienstag.«

René lachte auf. »Ich würde sagen, dann haben wir jetzt genug Gemüse. Den Speiseplan für die nächste Woche sehe ich schon vor mir: Gemüseauflauf, Gemüseeintopf, Gemüsepuffer …«

»Gemüsepfanne«, fiel Indi ein. »Gemüserisotto, Gemüseragout, Gemüsesuppe …«

»Das hatten wir schon.«

»Hatten wir nicht.«

»Doch.« René sah zu ihr. »Wir hatten Gemüseeintopf. Das ist das Gleiche.«

»Nein«, widersprach Indi. »Suppe ist dünner und kocht nicht so lange. Außerdem gibt es tausend verschiedene Gemüsesuppen. Soll ich sie aufzählen?«

Etwas blitzte in Renés Augen. »Ich bitte darum.«

»Brokkolisuppe, Paprikasuppe, Blumenkohlsuppe, Tomaten- …«

»Du zählst unser Gemüse auf.« René schloss den Kühlschrank und erhob sich.

Indi kniff die Augen zusammen. »Chili, Gazpacho, Minestrone.«

»Calzone.« Plötzlich stand er direkt vor ihr.

»Das ist Pizza.« Indis Herzschlag wurde schneller.

»Aber Pizza geht auch mit Gemüse. Gemüsepizza. Gemüsecalzone. Das haben wir vergessen.« Das Lächeln zuckte um seine Mundwinkel. Die grünen Sprenkel in seinen Augen tanzten. Seine Wärme strahlte in Indis Richtung.

Es war gut, dass er hier war. Er war der Richtige. Der richtige Mitbewohner, die richtige Gesellschaft – und vielleicht sogar ein richtiger Freund. Aber wenn sie wollte, dass er blieb, musste er endlich bekommen, was ihm zustand. »Ich schulde dir immer noch den Mietvertrag.«

Sein Lächeln verschwand. Seit einer Woche hatte er sie nicht mehr daran erinnert. Und Indi fühlte sich schäbig, weil sie so lange gezögert hatte, noch einmal bei der Hausverwaltung nachzufragen. »Der Vermieter hat endlich grünes Licht gegeben, aber ich habe keine Ahnung von Verträgen. Allerdings sagt Susanne, das kriegen wir hin.«

»Wer ist Susanne?«

»Meine Nachbarin.« Indi räusperte sich. »Also, *unsere* Nachbarin.«

Vorsichtig kehrte sein Lächeln zurück.

Vielleicht war es dieser Moment, in dem Indi die Entscheidung traf. »Du musst sie kennenlernen. Und dann auch unsere anderen Nachbarn! Die Menschen, die mich großgezogen haben. Alle.«

Sein Lächeln festigte sich. Indis Hand berührte seine Finger, nur ganz kurz, dann lief sie vor ihm aus der Küche. Ohne weitere Erklärungen stürmte sie in den Hausflur und weiter nach unten. Wie damals als Kind. Als das ganze Haus mit all den Menschen darin wie selbstverständlich ihr gehört hatte, und wie damals war die Tür zu Susannes Wohnung nur angelehnt.

Nur kurz hielt Indi in der Wohnungstür inne, gerade lange genug, damit René ihr folgen und die Schuhe abstreifen konnte. Dann fasste sie ihn an der Hand und zog ihn in Susannes Küche.

Der Grundriss der Wohnung war identisch mit Indis. Aber der Geruch war anders, und dennoch vertraut.

»Susanne, wir sind es!«, rief Indi.

Susanne streckte von draußen den Kopf durch die Balkontür und erwiderte die Begrüßung. Sie wirkte keineswegs überrascht, als wäre es das Normalste der Welt, dass plötzlich Besuch in ihrer Küche stand.

Hinter ihr am Balkontisch saß Gitti. Natürlich war sie ebenfalls hier, wie fast jeden Nachmittag, um ihre Enkel zu besuchen.

»Das ist er also«, stellte Susanne mit einem Blick auf René fest. Es war offensichtlich, dass ihr gefiel, was sie sah.

Die nächste Stunde verbrachten sie mit Susannes Mann vor dem Internet, um einen Untermietvertrag herauszusuchen. Während Gitti mit den drei Kindern Mau-Mau spielte, füllten sie den Vertrag aus, und schließlich wurden sie alle Zeugen, wie René und Indi unterschrieben.

Der Applaus danach erinnerte an Silvester. Oder an eine Hochzeit? Plötzlich schien der Moment eine Bedeutsamkeit zu erhalten, die weit über das simple Unterschreiben eines Mietvertrags hinausging.

Auch Gitti schien diesen Eindruck zu haben. Und so kam es, dass sie Indi beiseitenahm und ihr leise verkündete, wie froh sie sei. Froh über René, der Indis Einsamkeit beendete, und froh, weil sie nach Matthias endlich wieder jemanden gefunden hatte.

Und Indi war nicht imstande, ihr zu widersprechen. Sie konnte nicht einmal daran erinnern, dass auf dem Namen *Matthias* ein Bann lag. Dass über ihn nicht gesprochen werden durfte – eigentlich noch weniger als über den Tod ihres Großvaters.

Doch an jenem Abend schien der Name *Matthias* im Haus am Maybachufer von allen Wänden widerzuhallen. Auch als sie im Stockwerk darüber bei Mehtap, Jusuf, Murat und Beyza einkehrten. Ohne Umschweife luden die Frauen sie zum Essen ein. Danach wurde es so voll wie immer. Drei Generationen an einem riesigen Tisch. Zwischen Kinderlachen und hausgemachten Köfte sprachen alle durcheinander. Während die Männer über Syrien und Afghanistan redeten, zogen die Frauen flüsternd Vergleiche zwischen René und Matthias – bis Indi verkündete, dass der Nahe Osten sie mehr interessierte. Und so sprachen sie gemeinsam über all jene Umstände und Konflikte, die immer tiefer in den Krieg führten und von denen fraglich war, ob sie jemals zu lösen waren.

Nach dem Essen kam Jusuf noch einmal auf seinen Laden zurück. Er hatte den Mietvertrag zum Ende des Jahres gekündigt, eine letzte Chance für Indi, die Räumlichkeit zu übernehmen. »Ihr könntet euch im Hinterzimmer eine Werkstatt einrichten. Dann wäre in der Wohnung mehr Platz für eine Familie.« Der letzte Satz ging mit einem angedeuteten Augenzwinkern an René, vielleicht weil sie kurz vorher noch über seine Tochter gesprochen hatten – oder weil Jusuf ihm sagen wollte, dass er ihn für würdig befand.

Indi musste sich zusammenreißen, um nicht zu René zu schauen. Erst als er höflich erklärte, sie würden darüber nachdenken, bereute sie, dass sie seine erste Reaktion verpasst hatte. Falls Jusufs Vorstoß ihn überrascht hatte, war René ein Meister darin, seine Verwunderung zu verbergen.

Das Gespräch zog sich bis in den späten Abend, und schließlich waren sie erschöpft von all den Worten und den vielen Menschen. Deshalb beschlossen sie, den Besuch bei den übrigen Hausbewohnern auf einen anderen Tag zu verschieben.

Erst als sie im vierten Stock angekommen waren, stellte René fest, dass er seine Schuhe vor Susannes Tür vergessen hatte. Also liefen sie nach unten, um sie zu holen, und dann wieder nach oben, und irgendwie geschah es, dass einer von ihnen die Hand des anderen ergriff.

Doch sie kamen nur bis zum dritten Stock, als sich neben ihnen die Tür öffnete. »Lumina, mein Kind!«

Die Stimme ließ Indi herumfahren. Annegret war aus ihrer

Wohnung getreten. Ihre hennaroten Haare fielen in einer wallenden Mähne über ihre Schultern. Ihr Lächeln grub sich tief in die Falten auf ihrem Gesicht. Doch etwas an ihrem Blick wirkte entrückt, als hätte sie längst eine zweite Ebene hinter der Realität erspäht. »Kommt herein, meine Kinder, kommt herein. Ich habe doch schon auf euren Besuch gewartet.« Die Armreifen an ihren Handgelenken klimperten, während sie die Hände nach ihnen ausstreckte. »Die alte Gretel muss dringend mit euch sprechen.«

»Oh nein.« Nur als Flüstern kam der Protest über Indis Lippen, leise genug, um Annegret nicht zu erreichen.

Einzig René hatte es gehört. Während Annegret sie hinter sich her winkte, beugte er sich zu Indi. »Ist das die Nachbarin, die dir deinen Namen gegeben hat? Du hast mir verschwiegen, dass sie die Hexe aus Hänsel und Gretel ist.«

Indi entschlüpfte ein nervöses Kichern. »Jetzt wo du es sagst – mir ist das noch nie aufgefallen.«

Renés Lachen klang gelöst. »Ich bin gespannt, was sie mit uns vorhat.«

Doch Indi ahnte das Schlimmste. »Und ich bin gespannt, ob du hinterher immer noch so locker bist.«

»Oho.« Wieder lachte er. »Meine journalistische Neugier ist geweckt.«

Indi warf ihm einen Seitenblick zu. Er mochte vielleicht mit ihr sprechen, aber seine Aufmerksamkeit galt Annegret, die vor ihnen in eine schwere Duftwolke aus Patschuli, Moschus und Räucherstäbchen eintauchte. Aus dem Inneren der Wohnung drang das meditative Klimpern von Klangschalen, vermischt mit Fröschequaken. Auch das Licht war gedimmt und ermöglichte nur einen schemenhaften Blick auf das große Sonnentuch, das in Annegrets Flur hing.

»Kommt herein, Kinder, kommt herein«, wiederholte die alte Frau. Ihre Stimme knarzte, während sie mit Kopf und Schultern unter einem schrillbunten Fliegenvorhang hindurchtauchte. Mit einem leisen Klirren rieselten die Plastikschnüre um ihren Körper.

»Beim Gehörnten und allen heidnischen Göttern.« René prustete leise. »Sie ist Gretel und hat die Nachfolge der Hexe angetreten.«

»Pscht!« Indi stieß gegen seine Schulter. »Sie ist über achtzig, aber sie hört *alles!*«

Wie als Antwort knallte die Wohnungstür ins Schloss – obwohl Annegret vor ihnen hinter dem Vorhang verschwunden war.

»Warst du das?« Indi fuhr zu René herum.

»Nein.« Sein Gesicht wurde bleich. »Okay. Das war jetzt unheimlich.«

Dieses Mal kicherten sie beide – wie Kinder, die vor kurzem noch an Hexen geglaubt hatten.

»Ich weiß, was jetzt kommt.« Indi musste noch näher an ihn heranrücken, damit nur er sie hören konnte. »Sie wird uns Tarotkarten legen und dann wird sie Sachen sagen, die bemerkenswert gruselig an der Wahrheit kratzen. Meinst du nicht, wir sollten schnell weglaufen?«

Das Licht der Farbwechsellampen schimmerte zuerst bläulich und dann rosa auf Renés Haut. »Der Beelzebub hat grade hinter uns die Tür zugeworfen. Ich denke nicht, dass wir hier rauskommen.«

»Kinder!«, flötete Annegret von hinter dem Vorhang. »Wo bleibt ihr denn? Die Tarotkarten warten.«

Siehst du. Dieses Mal bewegte Indi nur die Lippen.

Etwas Verspieltes erschien in Renés Lächeln. »Ich wollte

schon immer mal eine Weissagung von jemandem, der sich darauf versteht.«

Indi fröstelte. »Hast du eine Ahnung!«

Auf irgendeine Weise fand seine Hand wieder zu ihrer. Warm und rau umfasste sie Indis Finger. Dann traten sie gemeinsam durch den Fliegenvorhang.

Direkt dahinter standen sie in Annegrets Energieraum. Das wechselnde Farbspiel ihrer Lavalampen floss über die Mandala-Muster der Wandbehänge. Der Boden war mit Teppichen ausgelegt. Annegret saß auf ihrem Sitzkissen hinter dem flachen Tischchen, das der glatt geschliffene Wurzelteller einer Esche war. Sie besaß dieses Tischchen, seit Indi denken konnte. Die Maserung an der Oberfläche war so weich poliert, dass man sie immerzu anfassen wollte.

»Lumina, mein Kind – und René, bitte setzt euch doch.«

Indi fröstelte erneut. Woher wusste Annegret seinen Namen? Hatte sie ihn von den Nachbarn erfahren? Oder konnte sie tatsächlich hellsehen?

»So viele Penislampen auf einem Haufen!«, flüsterte René. »Ich wusste gar nicht, dass es die noch gibt.«

Indi prustete und stieß ihm in die Seite. »Die heißen Lavalampen«, wisperte sie. »Und kanalisieren die Energie. Sagt Annegret.«

»Ach so. Natürlich.«

Wieder kicherten sie – bis Annegrets Blick sie einfing. Mit untergeschlagenen Beinen saß sie da. Ihre Hände lagen seitlich auf den Knien, zu Schalen geformt, während ihr prüfender Blick auf den Gästen ruhte. »Setzt euch. Die Energie ist bereit, sich mit eurem Geist zu vereinen – wenn ihr ebenfalls bereit seid.«

Besser nicht. Indi wollte noch immer weglaufen. Doch René

zog sie mit sich. Nebeneinander glitten sie auf die beiden Sitz-kissen.

Die Magie des Tischchens schlug Indi sofort in ihren Bann. So war es schon immer gewesen, schon in ihrer Kindheit, wenn Annegret sie in ihre Wohnung gelockt hatte. Indis Hände wan-derten zu der Tischplatte und legten sich darauf. Das Holz war warm und weich – und gleichzeitig von kribbelnder Energie erfüllt.

Auch René legte seine Hände auf die Eschenwurzel, ganz ohne die Aufforderung der alten Frau.

»So ist es gut.« Zufrieden nickte Annegret ihnen zu. »Und jetzt spürt die Energie. Den Kreislauf des Lebens, den Fluss von Wasser, Feuer, Erde und Luft. Aus der Vereinigung der Elemente entstammt der Ursprung. Und ihr seid Teil davon, Ergebnis des Vorherigen und Bestandteil des Weges, der unsere Welt in die Zukunft führt. Wir alle mögen nur kleine Teile im Fluss des Lebens sein, und dennoch sind wir Rädchen im Gefüge des Ganzen. Wenn es euch nicht gäbe, wäre nichts, wie es ist – und alles wäre anders ohne euch. Im Fluss des Schicksals ist der Zufall nur eine Täuschung, und auch ihr wurdet durch das Schicksal zusammengeführt. Spürt die Verbindung zur Erde, spürt das Leben in euren Adern und die Gefühle, die euch miteinander verbinden – und die euch trennen.«

Die Energie des Tischchens schoss ein Kribbeln durch Indis Körper. Renés Knie war dicht an ihrem, seine Hand lag so nah an ihren Fingern, dass die Wärme davon abstrahlte. Und dennoch war es nicht genug. Sie wollte noch näher an ihn heranrücken, wollte sich an ihn lehnen, wollte zum ersten Mal seit Jahren eine Verbindung eingehen – und hatte gleichzeitig rasende Angst da-vor.

»Und jetzt mischt ihr die Karten.« Annegret hielt das Tarot-

Set in ihrer Hand. Ihre knorrigen Finger teilten den Stapel in zwei Hälften und schoben beide Kartentürme zu ihnen hinüber.

Renés Hände wollten danach greifen. Doch Annegret verhinderte dies, indem sie mit einem Finger auf seine Hand tippte. »Ihr mischt gemeinsam.«

Nur zögernd griff Indi nach dem rechten Kartenstapel, während René den Linken umfasste. Dann schoben sie die Stapel zusammen, versuchten, die Karten miteinander zu vermischen. Es war ein ungeschicktes Spiel. Immer wieder mussten sie ihre Finger neu koordinieren. Sobald es ihnen gelungen war, teilten sie den Stapel und versuchten es erneut. Sie lachten, wenn es misslang. Doch mit jedem Versuch wurde es leichter. Immer besser stimmten sich ihre Finger aufeinander ab, bis die Karten ineinanderglitten, als würde nur einer von ihnen sie bewegen.

Ihr Lachen war längst verstummt, nur die Konzentration blieb, ebenso wie die Berührung ihrer Knie, die sich noch beinahe als Zufall tarnen ließ.

»So ist es gut.« Auch Annegret wirkte zufrieden. »Und nun … stellt den Karten eure Frage.«

Eine Frage? Indis Hand zuckte vor dem Stapel zurück. »Ich habe keine Frage.«

Dabei hätte sie es wissen müssen. So war es doch immer. Erst musste man mischen und dann eine Frage stellen. Aber bis jetzt war sie immer allein hier gewesen – und niemand außer Annegret, der sie hörte.

Aber jetzt? Hieß das, René und sie sollten eine gemeinsame Frage stellen?

»Aber natürlich hast du eine Frage.« Annegret klang sanft. »Du hast tausend Fragen, meine kleine Lumina. Doch heute brauchen wir die eine, die ihr euch gemeinsam stellt. Ich kann sie sehen. Aber ihr müsst sie selbst finden, um eure Energie darauf zu kanalisieren.«

Indis Herzschlag wurde schneller. Das konnte nicht Annegrets Ernst sein. René war gerade erst bei ihr eingezogen. Sie beide waren Fremde, deren kaputte Vergangenheit vielleicht eine Gemeinsamkeit darstellte – oder ein Hindernis.

Doch René räusperte sich. Die Spöttelei von eben war verschwunden. »Ich würde gern wissen«, begann er langsam, »ob das gut geht. Wenn ich bei Indi wohne. Ob wir uns gegenseitig stärken … oder ob wir uns in den Abgrund reißen.«

Verdammt. Nicht diese Frage. Gretels Antwort würde gnadenlos sein.

Indi wollte aufspringen und gehen. Doch Renés Hand war schneller. Mit sanftem Druck berührte er ihr Knie.

Ihr Herz schien zu explodieren. »Nicht dein Ernst. Du willst nicht hören, was sie uns gleich sagt.«

Nur Annegret lächelte. Zufrieden. Oder hinterlistig? »Du hast die Frage gefunden. Dann zieht ihr jetzt die Karten.« Mit einem Finger schob sie den Stapel über den Tisch, fächerte ihn seitlich auseinander und wies abwechselnd auf René und Indi. »Zuerst zieht jeder drei Karten zu seiner Vergangenheit. Denkt an das, was euch in der Vergangenheit bewegt hat, und konzentriert euch darauf.«

Dieses Mal zögerten sie beide. Zweimal zuckte Renés Hand nach vorn, hielt wieder inne und schwebte unschlüssig in der Luft.

Indi stieß den Atem aus. Es hatte keinen Zweck. Sie kamen sowieso nicht hier raus, ehe Annegret ihre Prophezeiungen losgeworden war.

Beim dritten Versuch griffen René und sie gleichzeitig zu – und trafen sich an derselben Karte.

Annegret gab ein vielsagendes Brummen von sich. Kurz hob sie den Blick zu Indis Gesicht. Dann zog sie die Karte zu sich und wies auf die aufgefächerte Reihe.

Bei den nächsten Karten waren sie vorsichtiger. Indi und René zogen abwechselnd, nahmen je eine Karte zu sich, und erst dann zog der andere.

»Ab jetzt zieht ihr gemeinsam.« Annegrets Anweisung war ein sanfter Befehl. »Legt eure Hände aufeinander, und einigt euch. Drei Karten für den Augenblick. Und drei weitere für die Zukunft.«

Wieder zögerten ihre Hände. Dann machte René den ersten Schritt. Seine Berührung auf ihren Fingern war so leicht wie ein Flügelschlag. Und genauso leicht bildeten ihre Hände ein Tandem, hoben sich von der Tischplatte ab und wählten die Karten gemeinsam. Es musste Magie sein, so einfach war es. Obwohl keiner von ihnen die Hand des anderen festhielt, verloren ihre Finger nicht den Kontakt. Vielmehr folgten sich ihre Hände gegenseitig, in einer ständigen Rückfrage, mit der sie spürten, wohin der andere wollte.

Erst als die letzte Karte gezogen war, stießen sie die Luft aus und wichen auseinander.

Annegrets wacher Blick registrierte alles. Jede Berührung, jede Bewegung und das Zurückweichen zum Schluss.

Indi hatte nie herausgefunden, ob das ihr Trick war, ob sie eigentlich nicht in den Karten, sondern in den Menschen las. Doch wie auch immer – das Ergebnis war in jedem Fall verblüffend.

Annegrets knorriger Finger ordnete die gezogenen Karten in ein Muster, das Indi noch nicht kannte. Es war nicht das keltische Kreuz – und auch keines der Legesysteme, die Annegret normalerweise verwendete. Hieß das, sie hatte ein eigenes für René und Indi erfunden?

Die Karten der Vergangenheit, die sie getrennt gezogen hatten, führten in zwei Wegen aufeinander zu. Doch quer zwischen ihnen lag die eine, die sie versehentlich gemeinsam gewählt hatten. Indi hatte genau beobachtet, wohin Annegret sie legte. Und schließlich, dort wo die Vergangenheitswege aufeinanderstießen, folgte eine senkrechte Reihe für den Augenblick – und dahinter ein gemeinsamer Weg.

Nachdem Annegret das Legesystem ausgebreitet hatte, drehte sie die Karten um, eine nach der anderen, ohne sie genauer anzusehen oder zu kommentieren.

Die Karte, die sie gemeinsam gezogen hatten, war der Tod. Indis Blick saugte sich daran fest, ihre ganze Angst fokussierte sich auf das Bild von dem Skelett. Sie hatte niemals wirklich an Tarotkarten geglaubt, ganz gleich, wie oft Annegret sie damit verblüfft hatte. Dennoch konnte das hier wohl kaum ein Zufall sein. Immerhin waren es achtundsiebzig Karten – und ausgerechnet die eine, die sie beide zuerst greifen wollten, war der Tod.

Auch René starrte auf die linke Seite des Kartenbildes. Doch ihm entwich ein leises Lachen. Mit dem Finger tippte er auf die Vergangenheitsreihe, die er selbst gezogen hatte. »Der Narr, der in die Welt hinauszieht, findet den Tod. Wie treffend.« Mit einen schiefen Grinsen sah er zu Annegret. »Sind wirklich alle Karten in dem Stapel unterschiedlich? Oder sind das zehn Mal die gleichen?«

Annegrets Lächeln zog sich zu einem feinen Strich. Wieder bekam sie diesen Blick, mit dem sie andere Menschen analysierte. »Die wahre Bedeutung der Karten zeigt sich nicht in ihrem Namen. Der Narr besitzt den Drang, sich ins Leben zu stürzen. Er ist unerschrocken und voller Neugier. Er möchte entdecken und forschen, vorangehen und die Wahrheit finden. Dabei verdrängt er die Gefahr. Nicht, weil er zu dumm wäre, sie zu sehen, sondern weil er bereit ist, das Risiko auf sich zu nehmen, um etwas

Größeres zu erreichen. Der Narr steht am Anfang eines Entwicklungszyklusses, und die Welt symbolisiert das Ziel der Entwicklung. In der Welt zeigt sich die vollkommene Weisheit, ein so hohes Ziel, dass es kaum je erreicht werden kann. In dieser Kombination gehe ich davon aus, dass der Narr von Anfang an das höchste Ziel vor sich sah. Auf dem Weg dorthin muss er durch sämtliche Entwicklungsstufen gehen. Über Ehrgeiz und Erfolg, Arroganz und Hochmut bis zur Zerstörung und dem endgültigen Fall. Am Ende bleibt die Weisheit, dass es nicht umsonst war, aber dennoch nicht zum Ziel geführt hat. Weil das Ziel trotz aller Opfer und Bemühungen unerreichbar bleibt.«

René entwich ein leises Zischen. In seinem Gesicht zeichnete sich eine Mischung aus Faszination und Entsetzen ab. Annegret hatte ins Schwarze getroffen. Wie immer.

»Der Tod …« Annegrets Finger wanderte zu der Karte, die sie quer zwischen Indis und Renés Vergangenheit ausgelegt hatte. »… ist das, was eure beiden Geschichten verbindet. Aber die Karte symbolisiert nicht nur den Tod als solches. Sie steht auch für das, was daraus hervorgeht. Der Tod ist immer ein Ende – und gleichzeitig ein Anfang. Aus der Zerstörung eurer Vergangenheit entsteht das Potenzial, etwas Neues zu beginnen.« Ihr Blick hob sich von den Karten, wanderte zu Indi und forschte in ihrem Gesicht. Zugleich glitt ihr Finger über die Vergangenheitsreihe, die Indi gezogen hatte. »Auch deine Vergangenheit liegt in Trümmern. Aber du verharrst in Starre. Dein ganzes Sein richtet sich darauf aus, die Vergangenheit nicht zu sehen. Selbst vor mir möchtest du sie verstecken. Doch vor allem vor dir selbst. Trotzdem kannst du die Schuld nicht ganz verbergen. Sie ist das, was dich lähmt. Doch du musst die Starre überwinden. Du musst das Versteckspiel aufgeben und der Schuld in die Augen sehen. Nur so kannst du einen Weg in die Zukunft finden.«

Indi stockte der Atem. Annegrets Worte fielen tief in ihr Inneres, dorthin, wo die Schuld lauerte und nagte, in das schwarze Loch, das sie so sorgsam verborgen hielt.

Wie konnten ein paar harmlose, bunte Karten ihr Innerstes verraten?

Für einen winzigen Moment schloss Annegret die Augen. Ihre Hände glitten über die Tischplatte am Rand der Karten. In der nächsten Sekunde fuhr ein Schauer durch ihren Körper.

Auch Indis Hände lagen noch auf dem Tischchen – und plötzlich war es, als würde die Energie in sie übergehen.

Annegrets Finger glitt zu der senkrechten Reihe, die den Augenblick symbolisierte. In diesen Karten konnte Indi nichts erkennen, sie zeigten Kelche und Stäbe, Münzen und Schwerter, einfache Zahlenkarten, deren Bedeutung Indi nie durchschaut hatte. Nur Annegret schien mit Leichtigkeit darin zu lesen. »Euer Zusammentreffen ist eine Chance, ein möglicher Neuanfang nach einem schmerzhaften Weg. Voller Macht und Energie bewegt ihr euch aufeinander zu. Aber die Angst blockiert euch. Nur wenn ihr das Vergangene zulasst, wenn ihr die Schrecken in eurer Erinnerung besiegt, könnt ihr frei in die Zukunft schauen.« Ihr Finger bewegte sich weiter, verließ den Augenblick und streifte den Weg, der nach vorn wies. »Wenn es euch gelingt, die Hindernisse zu überwinden, werdet ihr belohnt. Dann werdet ihr Ruhe und Ausgeglichenheit in dem anderen finden, und gleichzeitig in euch selbst. Ihr beide könntet für den anderen das Licht sein, in einer schweigenden, dunklen Nacht. Aber wenn ihr scheitert, werden euch die Schrecken der Vergangenheit in einen Kreislauf aus Angst und Zerstörung ziehen. Den Schlüssel zu alldem tragt ihr in euch selbst. Es ist eure eigene, leuchtende Kraft, die ihr wiederfinden müsst. Der urtümliche Wissensdrang des Narren und die strahlende Leuchtkraft des Sterns.« Damit deutete sie auf die Karte, die ganz am Anfang in Indis Vergangenheit lag. Der Stern. Wie ihr Name. Wie das Licht, nach dem Annegret vor 32 Jahren ihren Zweitnamen gewählt hatte: Lumina.

* * *

Atemlos und wie auf der Flucht rannten sie die Treppe hinauf. Jeglicher Spott und das kindische Lachen waren ihnen vergangen. In der schweren Wolke aus Räucherstäbchen, Patschuli und Moschus verfolgte sie nur noch die Wahrheit – und die Furcht.

Als sie die Wohnung erreichten, schloss Indi die Tür auf, schlüpfte zusammen mit René hindurch und warf sie zu. Direkt dahinter blieben sie stehen. Erschöpft sank Indi gegen die Wand. Renés Gesicht war nah. Schrecken spiegelte sich in seinen Augen – und irgendwo dahinter die Neugier des Narren. Die grünen Sprenkel blitzten, seine Mundwinkel zuckten, spielten mit einem halben Lächeln.

Indi wollte sein Gesicht berühren, wollte fühlen, wo raue Bartstoppeln in weiche Lippen übergingen. Sie hätte nur ein winziges Stück näher rücken müssen, um ihn zu küssen.

Doch die Angst hielt sie fest. Dumpfe Schuld drückte in ihre Lunge und rieb sich an dem Flattern, das wie ein kleines Tier erwachte.

»Was war das gerade?« Er flüsterte – und sie wusste nicht, ob er Annegret und die Tarotkarten meinte oder ihre heimlichen Gedanken an einen Kuss.

Die Karten hatten zu viel offenbart. Zu viele Zweifel und zu viele Gefühle. Jetzt standen sie hier und hielten den verwundeten Kern des anderen in ihren Händen.

Das Zucken verschwand aus seinen Mundwinkeln. Stattdessen erschien eine tiefe Wärme in seinen Augen. »Danke.«

»Wofür?«

»Weil du mir deine Familie gezeigt hast.«

Irritiert schüttelte sie den Kopf. »Meine Familie?«

»Das sind sie doch. Deine Nachbarn. Sie haben dich aufgezogen. Gitti und Susanne, Mehtap und Jusuf. Und Annegret. Sie alle haben dich als Baby im Hausflur gefunden.«

Die Geschichte hatte Gitti als Erste erzählt, irgendwann an diesem Abend – und etwas später hatte Mehtap sie aus ihrer Perspektive wiederholt.

»Seit damals lieben sie dich.« Jetzt lächelte er wirklich. Und hinter seinem Lächeln lag noch etwas, dessen Bedeutung sie nur interpretieren musste.

Wenn sie den Mut dazu besäße.

Matthias. Auch dieser Name war mehrfach gefallen. An ihm hing der Schmerz in ihrer Brust. Und ein Teil ihrer Schuld.

René durfte nicht nach ihm fragen – und vermutlich war es besser, wenn er gar nichts mehr fragte, wenn sie beide so schnell wie möglich vergaßen, welche Themen die Tarotkarten angedeutet hatten.

Indi bedauerte ihre nächsten Worte, noch bevor sie den Mund öffnete. Doch sie konnte nicht anders: »Der Abend war lang. Ich bin müde. Ich glaube, ich gehe ins Bett.« Damit stieß sie sich von der Wand ab, trat an René vorbei und ließ ihn allein im Flur zurück.

Nur ganz leise folgten ihr seine Worte ins dunkle Wohnzimmer: »Schlaf gut, Lumi.«

Kapitel 8

Es war noch immer dasselbe Haus, derselbe Klingelknopf. Und genau wie früher musste René ihn nicht drücken, weil die Haustür offen stand. Selbst Renés Schritte fühlten sich genauso schwer an wie damals, vor fünf Jahren, als er das letzte Mal diese Treppe hinaufgestiegen war. Einzig der Hausflur war inzwischen in einem makellosen Weiß gestrichen worden.

Er hatte Marei nicht vorgewarnt, dass er heute kam. Doch was sollte er machen? Vor zwei Tagen hatte er ihr den Mietvertrag per Mail geschickt, aber sie hatte nicht einmal mit einer nüchternen Eingangsbestätigung geantwortet.

Natürlich hätte er sie noch einmal anrufen können, um nachzuhaken. Wenn er die Hinhaltetaktik nicht inzwischen so leid gewesen wäre. Er hatte geliefert, so ziemlich alles, was sie von ihm verlangt hatte. Also war es an der Zeit, dass sie auch ihren Teil der Abmachung wahr machte.

Zwei Tage lang hatte er hin und her überlegt, was er tun sollte, falls Marei sich weiterhin ausschwieg. Aber heute hatte er genug. Freitag war einer der Tage, an denen Marei eher von der Arbeit kam, um Lilja selbst von der Kita abzuholen. Das hatte sie ihm irgendwann am Anfang erzählt – vermutlich, bevor sie sich ihre Strategie überlegt hatte, wie sie ihn möglichst effektiv von Lilja fernhielt.

Also hatte er heute Nachmittag gute Chancen, Marei und Lilja zu Hause anzutreffen.

Schon vor der Wohnungstür im dritten Stock war zu sehen, dass sich seit damals noch etwas geändert hatte: Ein kleines Schuhregal stand dort, bis oben hin gefüllt mit Kinderschuhen. Gummistiefel, Stoffschuhe, Sandalen, schwarze glänzende Lackschuhe, die kaum getragen aussahen, und dazwischen eine ganze Sammlung von abgewetzten Turnschuhen in verschiedenen Größen – alles nachlässig ins Regal geworfen, ganz ohne die Ordnung, die Marei früher so wichtig gewesen war.

Manches änderte sich offenbar doch, wenn man Kinder bekam.

René atmete tief ein, bedachte die Kinderschuhe mit einem Lächeln und drückte beherzt auf die Klingel.

Der Moment danach war der schlimmste. Der kurze Augenblick, in dem er mit angehaltenem Atem horchte. Was, wenn sie doch nicht da waren? Wenn sie noch zum Markt gegangen waren oder auf den Spielplatz oder zu Freunden? Dann stand er hier wie der Narr aus Annegrets Tarot und klingelte ins Leere.

Was würde er tun, wenn es in der Wohnung still blieb? Würde er sich auf die Treppe setzen und warten, bis sie wiederkamen? Oder würde er Marei anrufen, um durch die Hintergrundgeräusche einen Hinweis auf ihren Aufenthaltsort zu bekommen?

Hinter der Tür knarrten die Dielen. Nur leise, aber eindeutig. René bedachte den Spion mit einem schiefen Lächeln. Natürlich schaute Marei hindurch, bevor sie öffnete – und sie sollte wissen, dass er sie bemerkt hatte.

Die Tür öffnete sich mit einem Ruck. Doch Marei platzierte sich so, dass er nur sie und ein kleines Stück der Flurwand sehen konnte. »Was tust du hier?« Ihre Stimme war ein leises Zischen, als wollte sie nicht, dass das Kind in der Wohnung seine Anwesenheit bemerkte.

René musste sich zusammenreißen, um nicht ebenso schnippisch zu antworten. Interviewtechnik für schwierige Gesprächspartner: durchatmen, sich nicht provozieren lassen, stattdessen die Worte sorgfältig wählen. Im Krieg war Diplomatie lebensrettend. Ebenso wie Deeskalation und ein strategisch platziertes Lächeln.

»Ich dachte mir, Freitagnachmittag ist eine gute Gelegenheit für ein Treffen. Den Mietvertrag hast du bekommen?«

Marei kniff die Augen misstrauisch zusammen. Für einen winzigen Moment schien sie nicht zu wissen, ob er nur so unschuldig tat. »Den Mietvertrag wollte ich noch prüfen lassen.«

Natürlich wollte sie ihn prüfen lassen. Von einem ihrer Anwaltsfreunde, die so lange suchten, bis sich irgendein Fehler darin fand.

Aber Vorwürfe und Deeskalation passten nicht zusammen. »Kannst du ja in Ruhe machen. Bis dahin würde ich euch nochmal auf ein Eis einladen. Oder in die Pizzeria?«

Mareis Mimik behielt das Erscheinungsbild eines Gletschers. »Wir waren heute schon in der Eisdiele. Außerdem koche ich gerade.«

Es war ziemlich früh, um zu kochen. Aber um echte Argumente ging es hier ohnehin nicht. Marei suchte nur einen Grund, um ihm die Tür vor der Nase zuzuschieben.

»Mama?« Das war Lilja, im Flur hinter ihr. »Warum lügst du? Wir waren nicht in der Eisdiele. Du wolltest nicht, weil wir ja gestern schon ein Eis gekauft haben. Und warum hältst du die Tür zu? Wer ist denn da?« Ihre Stimme kam näher, neugierig und ein bisschen empört.

René verkniff sich ein Grinsen.

Marei schien es trotzdem zu sehen. Ihr Blick schoss einen giftigen Pfeil in seine Richtung, dann seufzte sie und schob die Tür auf. »Hier ist René.«

»René!« Lilja stieß ein Quietschen aus. Er hatte sie im dunklen Flur noch gar nicht richtig ausgemacht, da wirbelte sie schon auf ihn zu. Fliegendes Kind mit strubbeligen Locken, knapp vor ihm sprang sie ab. René packte sie gerade rechtzeitig unter den Armen, um sie mit dem Schwung in die Höhe zu wirbeln.

Lilja kreischte und ließ sich nur widerwillig wieder absetzen. Gleich darauf ergriff sie seine Hand. »Komm mit! Ich zeig dir mein Zimmer. Ich hab gerade meinen Schleichhof aufgebaut. Willst du sehen?«

René lachte und wollte ihr folgen. Plötzlich gab es nur noch sie, dieses Kind, das so aussah wie er, mit dem stürmischen Temperament und den klugen, wild funkelnden Augen.

»Stopp mal kurz!« Marei durchbrach den Moment. »René ist in erster Linie mein Gast. Kätzchen?«, wandte sie sich an Lilja. »Ich muss noch kurz mit ihm reden. Geh doch bitte so lange allein zu deinem Schleichhof.«

Mit einem Ruck wich Lilja vor Marei zurück. Alles in ihrer Haltung war trotzige Abwehr – die verschränkten Arme, die zusammengepressten Lippen. »Das ist unfair. Du kannst auch mit René reden, wenn ich dabei bin.«

Innerlich triumphierte er. Wie konnte so ein kleines Kind schon so selbstbewusst sein, so ehrlich und klug? Wurden Kinder so geboren? Waren sie von Anfang an diese durchsetzungsstarken, Gerechtigkeit fordernden Geschöpfe? Oder musste er Marei danken, weil sie ihre Tochter in so kurzer Zeit zu einem eigenständigen Menschen erzogen hatte?

Am liebsten hätte er Lilja beigepflichtet und für den Rest des Tages mit ihr an einem Schleichhof gebaut. Was auch immer das war. Aber Marei hatte recht. Was sie besprechen mussten, sollte Lilja nicht hören. Er ging vor ihr in die Hocke und senkte verschwörerisch die Stimme. »Du hast doch bald Geburtstag. Marei und ich müssen noch ein oder zwei Überraschungen besprechen. Lauf schon mal vor in dein Zimmer, dann komme ich gleich nach.«

Liljas Miene verwandelte sich, von Ungläubigkeit zu freudiger Überraschung. »Okay.« Plötzlich strahlte sie. »Aber ihr beeilt euch, ja?« Sie wippte auf den Zehen. Sobald er nickte, flitzte sie auf Socken schlitternd davon.

»Na super.« Mareis Freude hielt sich in Grenzen. »Sie weiß noch nicht mal, wer du bist, und schon habt ihr euch gegen mich verschworen.«

René richtete sich auf. Wieder musste er aufpassen, nicht patzig zu werden. »Es war deine Idee, sie in ihr Zimmer zu schicken. Ich hab nur geholfen.«

Marei schnaubte verächtlich. Mit einem harschen Kopfnicken wies sie auf die Küche, ging voran und schloss hinter ihm die Tür. »Ein oder zwei Überraschungen zu ihrem Geburtstag? Erzähl mal, was hast du denn angedacht? Leere Versprechungen gehen nämlich gar nicht. Das weißt du hoffentlich.«

Natürlich wusste er das. Und zu Liljas Geburtstag würde ihm garantiert eine Überraschung einfallen. Aber darum ging es nicht. »Willst du jetzt über Geburtstagsgeschenke reden? Oder gab es noch einen anderen Grund, warum du die Küchentür zugemacht hast?«

Der Zorn zuckte über Mareis Gesicht. »Na los! Lass es raus! Welche Überraschung? Fünfzig neue Schleichtiere? Eine Abokarte für den Zoo? Ein eigenes Pony auf der Farm deiner Eltern?«

Warum eigentlich nicht? Superlative Geschenke als Ausgleich für fünf fehlende Jahre. Sein Zynismus kam schnell und hart. »Wie wäre es mit folgender Überraschung: Sie erfährt, wer ihr Vater ist. Nicht zu ihrem Geburtstag, sondern heute. Jetzt gleich.

Überraschung!« Er imitierte einen grinsenden Schachtel-Clown und schnipste mit den Fingern.

Marei trat einen Schritt zurück. Mit verschränkten Armen lehnte sie an der stahlgrauen Anrichte. Der Zorn grub eine tiefe Furche zwischen ihre Augenbrauen. »Danke!«, raunte sie. »Jetzt weiß ich wieder, wie ätzend du sein kannst.«

Geräuschvoll stieß René die Luft aus. So viel zum Thema diplomatische Deeskalation. »Jetzt sage ich dir mal, was *ich* ätzend finde.« Er flüsterte, hoffentlich leise genug, damit Lilja ihn nicht hörte. »Ich finde es ätzend, dass du mich seit Monaten hinhältst. Du stellst eine Bedingung nach der anderen, und immer so, dass ich sie nur schwerlich erfüllen kann. Gleichzeitig baust du eine Drohkulisse auf, die du dir nur leisten kannst, weil du Anwältin bist und entsprechende Freunde hast. Seit Monaten kämpfe ich mich mit einem Lächeln und freundlichen Worten da durch, weil ich genau weiß, dass du am längeren Hebel sitzt. Und jetzt, nachdem es mir endlich gelungen ist, im Slalom durch deine miesen kleinen Schikanen zu laufen, tauchst du unter, weil du erst einmal überlegen musst, welchen Felsen du mir noch zwischen die Beine werfen kannst.« Er musste Pause machen und atmen, musste die Wut kontrollieren, damit sie leise blieb. Damit sie Worte und Strategien fand, anstatt zu explodieren. »Aber weißt du was, Marei? Allmählich ist es genug. Lilja mag mich, und sie wünscht sich einen Vater. Du hast selbst gehört, was sie letztens gesagt hat. Dass ich ihr Vater sein soll. Von mir aus darfst du mich ätzend finden und mich hassen und all deinen Freundinnen erzählen, was für ein Scheißkerl ich bin. Und weißt du was? Du hast sogar recht damit. Ich war ein Scheißkerl, weil ich fünf Jahre lang weg war. Und ja, ich habe eine Menge Fehler gemacht. Das merke ich selbst. Kann sein, dass du den Preis, den ich dafür bezahlt habe, noch nicht hoch genug findest. Aber wenn du deiner Tochter den Vater wegnimmst, dann zahle nicht nur ich, dann zahlt auch Lilja.«

Irgendetwas in Mareis Gesicht hatte sich geändert. Zum ersten Mal fiel sein Blick auf die Verzweiflung hinter ihrer Fassade, auf das Unglück, in dem er sie zurückgelassen hatte. Zwischen ihnen war zu viel zerbrochen. Doch darum ging es schon lange nicht mehr. »Marei. Ich bitte dich im Namen deiner Tochter. Wenn du Lilja nicht sagst, wer ich bin, tue ich das.«

Für einen winzigen Augenblick blieb ihr verletzter Ausdruck. Ganz kurz drehte sie den Kopf zur Seite.

Als sie sich von der Anrichte abstieß, hatte sie die Fassade neu errichtet. Zornig funkelte sie ihn an, öffnete die Tür und rief durch den Flur: »Lilja? Jetzt kannst du kommen!« Ihre Stimme klang bemerkenswert fröhlich. Und nicht einmal aufgesetzt.

Lernte man das falsche Spiel im Jurastudium? Oder war sie ein Naturtalent?

»Ich komme!« Die Kleine hopste aufgeregt in die Küche. »Was denn? Gibt es eine Überraschung? Gehen wir Eis essen?«

Liebevoll strubbelte Marei durch ihre Haare. »Eis essen, nein. Überraschung, ja.«

»Echt?« Lilja strahlte. »Was für eine?«

Mareis Fassade war längst wieder vollkommen. Sie warf René einen seltsamen Blick zu und deutete auf den Küchentisch. »Das sage ich erst, wenn ihr euch hingesetzt habt.«

Ein nervöses Flattern streifte durch seine Brust. Glaubte sie, dass Lilja in Ohnmacht fiel, wenn sie die Wahrheit erfuhr? Oder hatte Marei sich eine andere Überraschung überlegt? Irgendetwas, was *ihn* in die Ohnmacht trieb?

Besser war es, er setzte sich. Auch Lilja schob sich mit den Knien zuerst auf die Küchenbank, stützte sich auf die Tischkante und wippte auf und ab.

»Lilja, Kätzchen.« Mareis Stimme wurde sanft. »Du sagst doch manchmal, dass du dir einen Vater wünschst.«

»Jaaa …« Lilja sprach gedehnt. Mit großen Augen schaute sie zu René.

»Und du meintest doch letztens, dass du René gern als Vater hättest.«

Lilja nickte und schaute ihn noch immer an.

»Also die Wahrheit ist …« Mareis Stimme wurde rau. »Er *ist* dein Vater.«

Jetzt wandte Lilja den Kopf ab und starrte voller Verwunderung ihre Mutter an. »Er wird mein Vater? Heiratest du ihn?«

»Nein.« Marei räusperte sich. »Kätzchen, er ist schon dein Vater. Er war das die ganze Zeit.«

Liljas Blick huschte zurück zu René. »Die ganze Zeit?« Sie legte den Kopf zur Seite und betrachtete ihn wie ein seltenes Tier.

Mareis Fassade begann zu bröckeln. »Du weißt doch, dass jedes Kind eine Mutter und einen Vater hat, auch wenn es manchmal Gründe gibt, warum es nicht beide kennt. Und René … Er war früher mein Freund. Aber als ich dann schwanger war … Er ist weggegangen, in ein anderes Land. Deshalb …« Ihre Beherrschung brach zusammen. »Scheiße, Kätzchen. Du siehst sogar so aus wie er.« Ein seltsamer Laut presste sich hervor, irgendetwas zwischen hysterischem Kichern und Schluchzen. Hastig schlug sie die Hand vor den Mund.

»Mama?« Lilja sah sie ängstlich an.

Doch Marei winkte ab. »Er ist dein Vater, Kätzchen, ganz in echt.«

Für einen Moment wirkte Lilja unschlüssig. Irritiert verharrte ihr Blick auf Marei, die ihre Tränen hinter einem Lächeln verbarg – und dann schaute sie zu René, der wie versteinert dasaß. Schließlich beugte sie sich über den Tisch. Mit den Ellenbogen rutschte Lilja in seine Richtung, so weit, bis ihre Augen direkt vor seinen waren. Ihre Iris war braun, mit grünen Sprenkeln darin. Voller Neugier tastete ihr Blick über sein Gesicht, über Nase und Wangen, über seine Haare und zurück zu seinen Augen.

In der nächsten Sekunde sprang sie von der Bank, griff nach seiner Hand und zog ihn so schnell mit sich, dass er aufpassen musste, nicht zu stolpern. Im Flur fuhr sie ein weiteres Mal Sockenschlittschuh, ließ sich vor einem niedrigen Kinderspiegel auf die Knie gleiten und zerrte ihn neben sich. Aufmerksam betrachtete sie ihre beiden Gesichter. Als sich sein Mundwinkel anhob, antwortete Lilja mit einem fast identischen Grinsen. »Papa.« Das Wort klang so, als müsste sie es erst üben. »Du bist mein Papa.« Der Satz wirkte fremd, ungewohnt, wie ein Kleidungsstück, das noch zu groß war.

Lilja richtete den Oberkörper auf, legte den Arm um seine Schulter und warf sich in die Brust. »Mein Papa.« Plötzlich klang es stolz. Und gar nicht mehr zu groß. »Du bist *mein* Papa.« Vorsichtig schmiegte sie sich an ihn.

Der Rest des Tages versank im Glück. Lilja zeigte ihm ihr Zimmer, den Schleichhof und jedes einzelne Kuscheltier in ihrer beachtlichen Sammlung. Auf dem Teppich vor ihrem Piratenhochbett spielten sie Mau-Mau und Memory, und es war eine ungeschriebene Regel, dass es nur eine Siegerin geben durfte. Lilja legte ihre Lieblingsmusik ein, *Rolf und seine Freunde*, eine CD, die garantiert noch aus Mareis Kindheit stammte. Und am Abend bestand sie darauf, dass René sie ins Bett brachte und ihr vorlas.

Während all der Zeit hielt Marei sich zurück. Sie schloss die Küchentür und kochte Essen, schwieg, als sie gemeinsam aßen, und blieb danach allein am Küchentisch sitzen.

Lilja war zu abgelenkt, um es zu bemerken, doch René wusste, dass Marei weinte. Vermutlich die ganze Zeit. Nur zum Essen hatte sie die Tränen getrocknet.

Irgendwo in seinem Inneren formte sich Mitleid, vielleicht sogar Bedauern und eine Spur von längst vergangenem Liebeskummer. Doch es gab nichts, was er hätte tun können, und nichts, wodurch sich der Schmerz rückgängig machen ließe, den sie sich gegenseitig zugefügt hatten.

Erst als Lilja schlief, schlich er auf Socken zur Küche, wo Marei auf der Küchenbank saß und den Kopf in die Hände stützte. Neben ihr stand ein halbvolles Weinglas.

Zögernd blieb er in der Tür stehen.

Marei hob den Kopf. Ihre Augen waren gerötet, und ihre Wangen glitzerten im Licht der Küchenlampe. »Hast du jetzt, was du wolltest?«

René wich ihrem Blick aus. Wenn sie so anfing, war es kaum möglich, ein richtiges Wort zu sagen. Es war nicht einmal möglich, sie anzusehen, ohne dass sie eine Provokation darin las. »Es tut mir leid.« Er meinte es aufrichtig. Dennoch war dieser eine Satz viel zu klein für das, was er meinte. »Oder besser gesagt: Ich würde dich gern um Entschuldigung bitten, für alles. Und hoffe, dass du meine Entschuldigung annimmst.«

Ihr Gesicht wurde hart. »Entschuldigung abgelehnt!«

Natürlich. Hatte er etwas anderes erwartet? Doch ihre Ablehnung traf einen Nerv, einen winzigen Punkt, an dem es noch wehtat, sie verloren zu haben.

René nickte. »In Ordnung. Dann gehe ich jetzt. Auf jeden Fall ... Danke. Dass du es ihr gesagt hast.«

»Hau endlich ab!« Sie sprach leise, und dennoch mit einer Wucht, als würde sie schreien.

René drehte sich um, hob seine Schuhe und seinen Rucksack auf und verließ die Wohnung.

Erst unten vor der Haustür zog er die Schuhe an. Danach lief er zu Fuß zu dem Haus am Maybachufer. Im Einzugsgebiet einer Grundschule war alles fußläufig. Nächstes Jahr im Sommer würde Lilja eingeschult werden. Nach ihrem sechsten Geburtstag.

So groß war sie schon. Und so viel hatte er verpasst.

Doch jetzt wurde alles gut. Endlich wusste sie, dass er ihr Vater war.

Plötzlich war das Glück da. Groß und überwältigend. Und mit ihm ein weiteres Gefühl: Er musste es jemandem erzählen, musste sein Glück teilen, um es zu begreifen.

Seine Schritte wurden schneller. Auch im Haus am Maybachufer stand die Haustür offen. Mit großen Sätzen sprang er die Stockwerke hinauf. Er keuchte, als er oben ankam. Nachdem er aufgeschlossen hatte, hielt er dennoch den Atem an und horchte. Die Wohnung war zu groß, als dass er Indi sofort orten konnte. In ihrem Atelier war es dunkel, auch in der Küche blieb alles still. Einzig der milde Duft von frischem Knoblauch verriet, dass sie längst gekocht und gegessen hatte.

Licht drang nur durch den Türspalt, der zum Wohnzimmer führte.

Und dann hörte er sie. Indis leise Stimme, die mit jemandem sprach. Er konnte nicht verstehen, was sie sagte. Doch ihr Tonfall war merkwürdig.

Gleich darauf verstummte sie – als wäre es ein Gespräch, das hauptsächlich aus Pausen bestand.

Langsam ging René auf die Wohnzimmertür zu. Er musste dort sein, bevor sie wieder redete, musste sich zeigen, damit er nicht versehentlich etwas hörte, das nicht für ihn bestimmt war.

»Indi?«, rief er leise, um sie zu warnen. Dann öffnete er die Tür zum Wohnzimmer.

Indi hockte mit untergeschlagenen Beinen auf dem roten Samtsofa. Die Bücherlampe beleuchtete die Decke auf ihrem Schoß und den schwarzen Kater, der darauf lag.

Direkt neben ihr saß Judith. Beide wirkten bedrückt. Indis Wangen glänzten feucht.

Sie hatte geweint! Indi hatte an diesem Abend Rotz und Wasser geheult, genau wie Marei. Und dennoch gab es einen Unterschied. Bei Indis Anblick setzte sein Herzschlag aus. Ihr Schmerz traf ihn tief, obwohl er keine Ahnung hatte, woher er stammte. Er wollte zu ihr gehen, wollte ihren Kopf an seine Schulter ziehen und ihre Hand berühren, mit der sie das Fell des Katers streichelte. Und dann wollte er zuhören, damit sie erzählen konnte, was geschehen war.

Doch der Platz neben Indi war bereits besetzt – und ihr Blick machte klar, dass er störte.

Alles Glück, das ihn eben noch in Indis Richtung getrieben hatte, verschwand. »Entschuldige«, flüsterte er. Dabei trug er keine Schuld an Indis Tränen. Das konnte nicht sein.

Oder doch? Hatte er irgendetwas übersehen? Irgendetwas Falsches gesagt oder getan? Oder war es das, was er nicht getan hatte?

Er hatte sie nicht geküsst. Vor drei Abenden. Nachdem die Tarotkarten sie beide von Grund auf durcheinandergewirbelt hatten. Er hatte sie im Flur angesehen und nur daran gedacht, dass er sie küssen wollte. Trotzdem hatte er es nicht getan.

War das der Grund, warum sie jetzt weinte? Warum sie mit ihrer besten Freundin und dem Kater auf dem Sofa saß und ihn mit einem Blick ansah, der nur bedeuten konnte, dass er verschwinden sollte?

»Entschuldige«, wiederholte er. Dann drehte er sich um und zog die Tür hinter sich zu.

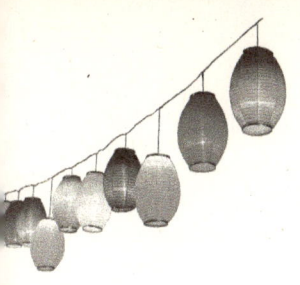

Kapitel 9

Wie versteinert starrte sie ihm nach. René. Er war im falschen Moment aufgetaucht. Und wie immer hatte er nur einen kurzen Blick gebraucht, um ihr Elend zu erfassen. Er konnte nicht wissen, worum es ging. Trotzdem schien er die Situation zu interpretieren. In irgendeiner Weise. Vermutlich falsch.

Seine Entschuldigung hallte noch leise in ihren Ohren. Sie wollte ihm nachlaufen, wollte ihm erklären, dass es nichts mit ihm zu tun hatte. Doch Judith saß neben ihr – und dieses Hühnchen musste noch gerupft werden.

»Du hättest mir das eher sagen können.« Indi wischte mit ihrem Ärmel über die Tränen. »Du weißt doch nicht erst seit gestern, dass Matthias zu eurer Hochzeit kommt. Ihr habt ihn eingeladen, und er hat zugesagt. Aber nein, meine beste Freundin lässt mich monatelang im Dunkeln.«

Beschämt senkte Judith den Kopf. Wie schon die ganze Zeit friemelten ihre Finger an den Troddeln von Indis Wolldecke. »Ja, ich weiß. Ich hätte es dir eher sagen können. Aber es wäre doch egal gewesen. Ganz egal, wann ich das sage, du hättest heulend dagesessen und mich angeschrien.«

»Ich habe nicht geschrien.« Sie war nur schockiert gewesen. Über das Ausmaß von alldem, was Judith ihr vorhin gestanden hatte. Satz für Satz hatte ihre Freundin weitere Einzelheiten ausgepackt, bis Indis Verzweiflung übergekocht war.

Womöglich hatte sie doch geschrien.

»Ihr hattet also die ganze Zeit Kontakt? Matthias und Felix und du?«

»Vor allem Matthias und Felix. Ich nur so nebenbei.«

Indi schnaubte und wiederholte: »Das hättest du mir sagen können. Irgendwann in den letzten drei Jahren.«

Judith fuhr auf. »Wozu? Um dich zu quälen? Ungefähr so? ›Übrigens: Dein Matthias hat eine neue Freundin. Soll ich dir von ihr erzählen?‹ Hätte ich dich darüber auf dem Laufenden halten sollen? Wo du doch genug mit dir selbst und deinen anderen Problemen zu tun hattest?«

Indi biss sich auf die Unterlippe. Im Grunde hatte Judith recht. Sie hätte es nicht wissen wollen. Und trotzdem. »Es fühlt sich an, als hättest du mich verraten.«

»Ach, Indi.« Judiths Stimme geriet ins Wanken. »Ich hab dich nicht verraten. Denk doch nicht so was. Ich wollte dir nur nicht wehtun.«

Vielleicht war es Judiths Tonfall – oder ihre Worte, die ernsthaft verzweifelt klangen. In jedem Fall kamen die Tränen erneut. »Er hat also nicht nur eine neue Freundin!« Indi musste die entsetzlichen Fakten wiederholen, um ihre Schrecklichkeit zu begreifen. »Die beiden haben auch ein Kind, ein Baby! Und du hast das gewusst. Alles. Warst du auch bei ihrer Babyparty? Hast du einen niedlichen, kleinen Strampler als Geschenk ausgesucht?«

»Indi!«, rief Judith dazwischen. »Jetzt hör doch auf damit!«

»Hast du?«

»Scheiße, ja.« Jetzt heulte Judith ebenfalls. »Keinen Strampler, aber ein niedliches kleines Kuscheltier.«

Noch schlimmer! Die Verzweiflung verklebte sich zu einem jämmerlichen Laut.

»Indi …« Judith legte den Arm um ihre Schultern. »Ich wollte dir wirklich nicht wehtun, niemals. Deshalb hab ich ja so lange nichts gesagt. Ich quäle mich seit Monaten damit. Weil ich dir das noch sagen musste. Und weil ich es nicht konnte. Verdammt …« Ihre Hand drückte Indis Schulter. »Woher hätte ich wissen sollen, wie nah dir das tatsächlich geht? Du hast mir doch bis heute nichts erzählt! Was damals eigentlich passiert ist. Zwischen Matti und dir.«

Matti. Sein Spitzname. »Nenn ihn nicht so. Wenn du ihn Matti nennst, dann fühlt sich das an, als wärst *du* seine neue Freundin.«

Judith stieß einen scharfen Laut aus. »Felix nennt ihn so. *Alle* nennen ihn so. Du weißt, dass das nichts bedeutet.«

Indi wusste es. Für seine Freunde war er immer schon Matti gewesen. Aber vermutlich war das der Punkt. Dass Judith noch mit ihm befreundet war, auch wenn die Freundschaft über Felix lief.

»Komm schon, Indi.« Judiths Tonfall bekam einen vorwurfsvollen Beiklang. »Du hättest auch ruhig mal was sagen können. Wie schlimm das noch für dich ist. Woher soll ich das sonst wissen? Immerhin warst du diejenige, die Schluss gemacht hat. Deshalb dachte ich …« Sie machte eine winzige Pause, gerade lang genug, um Indi hoffen zu lassen, dass sie nicht weiterredete. Doch Judith holte nur Luft, um Fahrt aufzunehmen. »Außerdem warst du damals auch kein Engel. Ich weiß, es ging dir schlecht. Du hattest deine Gründe. Aber, um ehrlich zu sein … Du warst diejenige, die Matthias durch die Hölle geschickt hat. Als dein Großvater gestorben ist, da bist du irgendwie ausgetillt. Du hast dich monatelang in Clubs rumgetrieben, hast dich betrunken und mit anderen Männern rumgemacht. Während Matti zu Hause saß und versucht hat, deine Scherben aufzusammeln.«

Hatte Matti das so erzählt? Vermutlich.

Abgesehen davon war es die Wahrheit. »Ich weiß, was ich getan habe.« Alles. Auch das, was Judith nie erfahren sollte. Nur eines stimmte nicht. »Aber ich habe nicht Schluss gemacht. Das war Matti. Ganz am Ende.« Nach dem Unfall. Nachdem sie alles zerstört hatte, was sich an einer Beziehung und zwischen zwei Menschen zerstören ließ. Und noch mehr.

Die Schuld schloss sich wie eine Schraubzwinge um ihre Lunge. Manche Fehler ließen sich niemals rückgängig machen.

»Hör zu.« Judith senkte versöhnlich die Stimme. »Ich hab damals wirklich nicht verstanden, was vorgeht. Eigentlich hast du ihn so geliebt. Ein Traumpaar, auf das alle neidisch waren. Weil ihr so glücklich wart, und immer einig. Der eine hat etwas vorgeschlagen, der andere war begeistert und hat mitgemacht. Und beim nächsten Mal umgekehrt. Aber ihr konntet auch miteinander still sein. Einmal waren wir zusammen am See, und ihr habt den ganzen Nachmittag nebeneinandergelegen, in den Himmel geschaut und geschwiegen.«

Indi erinnerte sich. Nur ganz selten hatten sie an jenem Nachmittag ein Wort gewechselt. Die meiste Zeit hatten sie nur dagelegen und die Nähe des anderen gespürt. Am Abend waren sie nach Hause gefahren und hatten die ganze Nacht lang miteinander geschlafen.

»Das zwischen euch war Magie. Aber dann ging es so übel zu Ende. Und du hast mir nie erklärt, warum. Auch das fühlt sich ein bisschen wie Verrat an, weißt du? Als würdest du mir nicht genug vertrauen.«

Indi presste die Lippen zusammen. Doch die Tränen ließen sich nicht aufhalten. Allmählich bekam sie Kopfschmerzen von der Heulerei. »Hör auf, Judith. Das hat nichts mit dir zu tun. Und nichts mit Vertrauen. Es liegt an mir, dass ich das nicht erzählen kann. Weil es zu schlimm ist.«

Judith lehnte ihren Kopf an Indis Wange. Ihre Hände begegneten sich auf dem Fell des schlafenden Katers. »Es tut mir sehr leid, dass Matthias mit seiner Familie bei unserer Hochzeit aufläuft. Ehrlich gesagt ... Ich hab ein bisschen gehofft, dass er absagt. Dass er nicht kommt, weil du auch da bist. Aber ...« Sie hob mit einem tiefen Seufzer die Schultern. »Nur wegen des Babys waren sie erst unsicher. Weil noch nicht klar war, ob sie es mitbringen können.«

Das Baby ... Indi durfte den Gedanken nicht zulassen, durfte sich keine Bilder und keine Situationen dazu vorstellen. Matthias und sie hatten das ebenfalls gewollt – ein Baby.

Sie schloss die Augen. Judiths Hochzeit war morgen in zwei Wochen – und dann würde sie Matti wiedersehen. Zum ersten Mal seit drei Jahren.

»Falls es dich tröstet ...« Judith rückte ein Stück von ihr ab. »Diese Magie zwischen dir und Matti – die kann ich zwischen Marie und ihm nicht erkennen. Die beiden sind ein süßes Paar und wahrscheinlich auch tolle Eltern. Aber sie haben nicht dieses wortlose Einvernehmen, bei dem man denkt, dass es für ewig hält.«

Indi sah sie stumm an.

Vielleicht war das der Grund? Vielleicht war es zu viel gewesen. Zu absolut. Zu perfekt. Viel zu sehr dieses leichte Schweben, das sich anfühlte, als würde es nie vergehen.

Indis Hand grub sich tiefer in das Fell des Katers. Auf irgendeine Weise war das schwebende Gefühl in letzter Zeit wieder näher gerückt. Die wortlose Perfektion. Diese kurzen, harmonischen Momente, die ausreichten, um sich mit einem anderen Menschen abzustimmen.

Doch auch die Angst kam näher. Ein zweites Mal würde sie es nicht überleben, wenn diese Art von Liebe zerbrach.

»Indi?« Judiths Hand streichelte das Fell des Katers und blieb dann auf Indis Hand liegen. »Ich muss langsam los. Denkst du, du kommst klar?«

Sie zuckte mit den Schultern. »Ich bin ja nicht allein.«

»Stimmt.« Auf Judiths Gesicht erschien ein vorsichtiges Lächeln. »René ist da. Ich glaube, er ist in Ordnung.«

Er war mehr als das. »Und ob.«

Judiths Lächeln verrutschte. »Er sah eben ziemlich bestürzt aus. Und wofür hat er sich eigentlich entschuldigt?«

Wieder zuckte Indi mit den Schultern. »Er tut das ständig. Meistens wegen nichts.«

Judith stand auf und suchte ihre Sachen zusammen. »Dann sag ihm vielleicht nochmal, dass du nicht wegen ihm geheult hast.«

Judith hatte recht. Am besten ging sie jetzt gleich zu ihm. Und redete mit ihm. Es tat gut, mit ihm zu reden. Über was auch immer. »Mache ich.«

Als sie Judith zur Tür gebracht hatte, brannte in Renés Atelier noch Licht. In einem schwachen, goldgelben Streifen drang es durch den Spalt. Leise klopfte Indi an.

»Ja?« Etwas vibrierte in seiner Stimme. Verhaltene Sorge? Eine Spur von Hoffnung?

Lautlos schlüpfte Indi in sein Zimmer. Direkt hinter der Schwelle blieb sie stehen.

René lag auf seiner Matratze, noch vollständig angezogen und ohne Decke. Auf dem Fußboden neben ihm brannte die traurige Lampe, und seine Hand vergrub sich in Marcias Fell, die sich schnurrend in der Kuhle vor seinem Bauch zusammengerollt hatte.

Doch sein Blick galt Indi. In diesem Licht wirkten seine Augen dunkel. Nachdenklicher Ernst war darin zu sehen.

Indi wollte bei ihm sein, wollte sich neben ihn setzen. Oder legen. Aber es war keine gute Idee.

Also blieb sie an der Tür stehen und lehnte sich in den Rahmen. »Ich wollte mit dir reden.«

René richtete sich auf, stützte sich auf seinen Unterarm. »Worüber?«

Auf diese Frage hatte sie keine Antwort. »Ich weiß nicht. Einfach nur reden. Egal worüber.« Oder ihn berühren. Wenn nicht reden, dann wenigstens zusammen sein, schweigen und …

»Ich wollte auch mit dir reden.« Seine Stimme klang rau. »Vorhin, als ich wiederkam. Ich wollte dir was erzählen.«

Also tatsächlich. Im ersten Moment hatte er glücklich gewirkt. »Aber dann hast du mich heulen gesehen.«

Er nickte. »Ich wollte euch nicht stören.«

Indi starrte auf die Holzmaserung der Dielen, auf die Muster darin, die Gesichter und Fratzen bildeten. »Ich hab geheult, weil Judith mir etwas Blödes erzählt hat. Über meinen Exfreund.«

Mehr als das ging nicht. Die ganze Geschichte preiszugeben wäre unmöglich.

»Matthias.« René sprach den Namen wie eine Feststellung aus.

Also hatte er ihn aufgeschnappt, von den Nachbarn und ihrem aufgeregten Getuschel.

»Ja, Matthias.«

Dies war der Moment, in dem jeder andere Gesprächspartner hätte wissen wollen, wie lange die Sache mit diesem Matthias zurücklag, wie sie zu Ende gegangen war und warum sie jetzt noch so wehtat.

Doch René sah sie nur an, mit einem schwachen Lächeln auf den Lippen.

»Das ist dein Trick, oder?« Indi fragte sich das schon länger.

»Du fragst nicht nach, du hast die Geduld zu warten und einfach nur zuzuhören. Bis die Menschen dir von allein erzählen, was sie gern loswerden wollen.«

Sein Lächeln wurde offensichtlicher. »So hab ich noch nicht darüber nachgedacht. Es gibt ein paar Tricks, wenn man Menschen interviewt. Aber von diesem habe ich noch nichts gehört.«

Dann war es Gespür. Für den richtigen Moment und das Wesen anderer Menschen. »Haben die Leute dir viel erzählt? In Syrien und Afghanistan und im Libanon?«

Er stützte den Kopf in die Hand, schaute auf Marcia und kraulte sie unter dem Kinn. »Die Menschen erzählen aus unterschiedlichen Gründen. Manche können es gar nicht erwarten, weil sie unbedingt eine politische Botschaft platzieren wollen. Andere hoffen darauf, dass der Westen ihnen hilft, wenn er nur endlich erfährt, was los ist. Und wieder andere haben einfach so viel Leid erlebt, dass es überquillt. Dann muss man nur zufällig danebenstehen und bereit sein, das Grauen anzuhören. Aber dann gibt es auch die, die lange Zeit nur Angst und Misstrauen zeigen. Um ihre Geschichten zu hören, muss man für eine Weile bei ihnen sein und ihr Vertrauen gewinnen.«

Also kannte er den Trick doch. Vermutlich hatte er jetzt gerade erkannt, dass er ihn längst anwendete.

»Ich bin dann wohl von der letzteren Sorte.«

René lachte leise. »Du bist ein Mysterium, Indi. Bis jetzt kann ich nur ahnen, dass ganze Welten unter deiner Oberfläche lauern.« Sanfte Neugier schimmerte in seinen Augen. Aber nicht aufdringlich.

Eines Tages würde sie ihm die Welten offenbaren. Vielleicht. Aber nicht heute. »Was wolltest du mir erzählen? Vorhin, als du wiederkamst?«

Weiches Glück verdrängte die Neugier, eroberte sein Gesicht, bis er strahlte wie ein Honigkuchenpferd. »Lilja weiß jetzt, dass ich ihr Vater bin. Und sie freut sich darüber! Keine Enttäuschung, weil ich nicht da war, kein Fremdeln, weil sie es seltsam findet. Sie hat die Botschaft einfach so angenommen, als hätte ich ein Geschenk mitgebracht.«

Jetzt ging Indi doch zu ihm, setzte sich auf die Kante der Matratze, weit genug von ihm entfernt. »Das klingt fantastisch. Und was sagt Marei dazu?«

Das Glück auf seinem Gesicht geriet ins Wanken. »Sie ist enttäuscht und verletzt. Und sie hasst mich. Vermutlich alles zu Recht.« Er senkte den Blick. »Aber sie hat es Lilja selbst erzählt.«

Indi wollte die Hand in seine Richtung schieben, wollte sich wenigstens auf Marcias Fell mit seinen Fingern treffen.

Aber die Nähe war auch so schon gefährlich genug. Sie brauchte dringend ein anderes Thema für dieses Gespräch. Damit es sie davon abhielt, Worte durch Berührungen zu ersetzen.

Tatsächlich gab es etwas. Ganz spontan kam sie auf die Idee. »Darf ich dich um etwas bitten?«

Seine Hand in Marcias Fell hielt inne. »Alles, was du willst.«

Indis Finger spielten mit dem Rand der Matratze. »In zwei Wochen ist Judiths Hochzeit. Sie heiratet in einem kleinen Ort in Brandenburg, in einem Herrenhaus am See. Ich mache die Beleuchtung des Festes. Vor allem Lichterketten. Und ein paar andere Sachen. Das heißt, ich muss das ganze Zeug da hinfahren – und ich könnte Hilfe beim Aufbau gebrauchen.«

Jetzt setzte er sich auf. Fast beiläufig glitten seine Füße neben ihren zu Boden. Nur wenige Millimeter blieben zwischen ihren Schultern. »Ich kann deine Sachen gern fahren und dir helfen.«

Natürlich auch das. Aber eigentlich wollte sie noch etwas anderes. Nicht allein sein. Nicht Matthias und seiner Freundin gegenüberstehen und die Einsamkeit im Gesicht tragen.

»Ich würde mich freuen, wenn du auch bei der Feier dabei bist.«

»Bei Judiths Hochzeit?« Jetzt klang er verblüfft. »Sie kennt mich doch kaum.«

»Das macht nichts. Judith und Felix sehen das sicher entspannt. Außerdem bist du meine Begleitung.«

Sein Mundwinkel zuckte, nur die winzige Andeutung eines Lächelns. »Von mir aus gern.« Es klang warm. Und ehrlich. Und auf irgendeine Weise wie ein geheimes Versprechen.

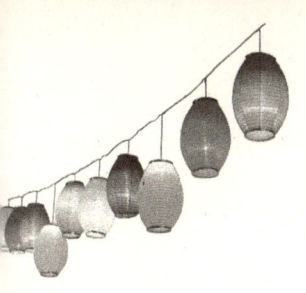

Kapitel 10

Sie konnte sich nicht daran erinnern, jemals so nervös gewesen zu sein. Seit dem frühen Morgen hatten René und sie alle Lampen und Lichterketten in seinen VW-Bus und seinen Anhänger verladen. Unzählige Male hatte Indi nachgeprüft, ob auch alles dabei war. Sie hatte Kartons durchgezählt und Listen abgehakt und erst auf den letzten Drücker daran gedacht, ihren Koffer mit der Kleidung einzuladen. Zum Schluss hatten René und sie den Schlüssel bei Gitti hinterlassen, die die Katzen füttern würde, und waren endlich losgefahren. Seitdem stieg Indis Nervosität wie ein überhitztes Fieberthermometer.

Ihre beste Freundin würde morgen heiraten. Es sollte ein großes Fest werden. Nicht mit wahnsinnig vielen Gästen, aber Judith und Felix hatten sich nicht lumpen lassen. Sie hatten ein Herrenhaus an einem kleinen See gemietet. Komplett, von oben bis unten. Fünfundzwanzig Gästezimmer, Speisesaal, Kaminzimmer und Billardsalon – und draußen ein parkähnlicher Garten mit einer riesigen Terrasse, die zum See hinabführte.

Indi sollte das gesamte Gelände beleuchten. Seit einem halben Jahr plante und werkelte sie daran, und jetzt war es so weit. Denn es war nicht nur Judiths Hochzeit – es war auch Indis Pilotprojekt in Sachen Hochzeitsbeleuchtung. Die Fotos, die dabei entstanden, würde sie nutzen, um Werbung für Folgeprojekte zu machen.

Judith und Felix waren auch in dieser Hinsicht nicht sparsam gewesen. Sie hatten nicht nur darauf bestanden, Indi das Material und Honorar zu bezahlen – sie hatten auch eine Fotografin engagiert, die am Nachmittag Hochzeitsfotos machte und am Abend Indis Beleuchtung fotografierte.

Judith hatte Indi nicht verraten wollen, welches Honorar die Fotografin bekam – sicher war nur, dass sie große Erfahrung mit Nacht- und Lichtfotografie besaß. Trotzdem war Indi nervös. Es gab nur diesen einen Abend, an dem die Fotografin ihre leuchtenden Kunstwerke ablichten konnte – vor der Kulisse eines Herrenhauses mitsamt Park und See.

Aber war das wirklich der Hauptgrund für ihre Nervosität? Oder lag es daran, dass sie Matthias wiedersehen würde?

Indi wollte nicht an ihn denken, nicht an sein niedliches Lächeln und die blonden Locken, nicht an seine Stimme und sein melodisches Lachen. Matthias war Schauspieler und hatte zur selben Zeit an der Kunsthochschule studiert wie sie. Er gehörte zu jener Sorte Mensch, die man bemerkte. Schon im ersten Semester war er Indi aufgefallen. Danach immer wieder. Jahre, in denen sie nie ein Wort gewechselt hatten. Dennoch hatte Indi ihm gern zugesehen, bei den Aufführungen seiner Schauspielklasse – oder wenn er mit seinen Freunden in der Mensa zusammensaß. Manchmal improvisierten sie. Einfach so, beim Mittagessen.

Alles an Matthias war Ausstrahlung, wenn er spielte. Wie ein Magnet zog er sämtliche Blicke auf sich. Auch Indi hatte sich mehr als nur einmal umgedreht, weil sie seine Stimme von weitem hörte. Doch die meiste Zeit war es nur eine Schwärmerei gewesen.

Bis zu jenem Herbst, in dem sie den Auftrag bekommen hatte, für die Weihnachtszeit die Mensa zu beleuchten. Sie war noch mitten im Aufbau gewesen, als Matthias mit einer Bauchrednerpuppe hinter ihr aufgetaucht war. Er hatte die Puppe vorgeschoben, um Indi anzuquatschen. Der kleine Hase hatte sie angeflirtet, während Matthias seinen langohrigen Kumpel unterbrach und zurechtwies – manchmal streng, und manchmal peinlich berührt.

In einer Mischung aus Faszination und Lachen war es Indi gelungen, die Sprüche der Hasenpuppe zu kontern, und schließlich hatte das Häschen sie forsch zum Essen eingeladen. Nicht hier in der Mensa, sondern richtig, »beim Italieeener, mit Tiramisu und rote Wein.« Und Indi hatte fröhlich zugesagt.

Noch am selben Abend hatten sie sich geküsst. Und noch in derselben Nacht waren sie zusammen im Bett gelandet.

Am nächsten Morgen hatten sie beide nicht gewusst, ob das zwischen ihnen nur für eine Nacht galt oder für immer.

Aber dann war Matthias geblieben. Mehr als vier Jahre lang.

»Alles in Ordnung?« Renés Stimme rief sie in die Gegenwart zurück. Sie fuhren irgendwo durch Lichtenberg oder Marzahn, Richtung Osten raus aus der Stadt. Links und rechts der Straße reihten sich gigantische Wohnhochhäuser.

Indi wusste nicht, ob alles in Ordnung war. Vermutlich nicht. »Keine Ahnung. Ich bin nervös, das ist alles.«

Nur ganz kurz huschte Renés Blick zu ihr. Dann musste er wieder nach vorn sehen. Die Straße war zweispurig. Die Autos fuhren zwar nicht besonders schnell – immerhin war morgendlicher Berufsverkehr –, aber dafür war die Kolonne umso dichter. Konzentriert glitt Renés Blick zwischen Rückspiegel und Frontscheibe hin und her.

Es war sonderbar, in seiner Gegenwart an Matthias zu denken. Irgendwie falsch – und gleichzeitig, als würden sich die Gefühle addieren. Vielleicht war es doch ein Fehler, René mit zu der Hochzeit zu nehmen.

Womöglich war sie auch deshalb so nervös.

Das Klingeln ihres Handys schreckte sie auf. Ein altmodisches Ring-Ring.

Es war Judith. Indi drängte ihre Nervosität beiseite, während sie das Gespräch annahm. »Wir sind auf dem Weg. Was gibt es?«

Alles, was Judith danach erzählte, verfing sich in einem Chaos aus beunruhigenden Gedanken. Gefühlte tausend Mal murmelte Judith eine Entschuldigung, aber Indi brachte kein Wort hervor. Erst als ihre Freundin sie nach einer Reaktion fragte, zwang Indi sich, etwas zu sagen: »Ja, verstanden. Du meldest dich, wenn du mehr weißt.«

»Was ist los?« René klang alarmiert.

»Die Fotografin hat abgesagt. Sie ist krank geworden. Judith will jetzt telefonieren, um einen Ersatz zu finden. Aber Fotos von Licht sind eine Kunst für sich. Wenn man das einfach so versucht, werden alle Bilder schwarz mit grellen Punkten. Wenn sie niemanden findet, war es das mit meiner Werbung für weitere Hochzeitsbeleuchtungen …«

Wieder bedachte René sie mit einem Seitenblick. »Man hat sehr lange Belichtungszeiten. Deshalb braucht man ein Stativ, lichtstarke Objektive und einen Fernauslöser. Außerdem muss alles manuell eingestellt werden: Belichtungszeichen, Blende, Isozahl. Mit dem Weißabgleich kann man die Farbhöhe und die Stimmung beeinflussen. Warmes oder kaltes Licht. Grün oder Blauschleier. Und für Detailaufnahmen würde ich die Umgebung zusätzlich mit speziellen Scheinwerfern beleuchten. Zumindest den Teil, der sichtbar sein soll.«

Es war großartig, dass er das wusste – und trotzdem nutzlos. »Du hast nicht zufällig passendes Equipment und Erfahrung im Kofferraum?«, fragte sie in ironischem Tonfall.

René räusperte sich. Einen Moment lang schien er zu zögern.

»Im Kofferraum hab ich das Zeug nicht. Aber bei meinen Eltern. Die Fotoausrüstung ist zu teuer, ich würde sie nie unbewacht in einem VW-Bus lassen.«

Bei seinen Eltern … Wo wohnten sie noch gleich? Er hatte von Brandenburg gesprochen. Aber das Bundesland war groß. »Und da hast du ein Stativ, lichtstarke Objektive und Scheinwerfer?«

René nickte. »Das und noch mehr.«

»Und ausreichende Erfahrung, wie man damit umgeht?«

Er lachte. »Indi, ich bin Journalist. Ich war im Kriegsgebiet. Da ist man nicht mit Fotograf, Kameramann und Tontechniker unterwegs. Ich musste meine Bilder und Filme immer selbst machen.«

Ein Funke von Hoffnung glühte auf. Dennoch blieb Indi vorsichtig. René als universeller Retter wäre einfach zu viel des Glücks. Und Nachtfotografie war definitiv etwas anderes als Kriegsjournalismus. »Wenn du jetzt behauptest, dass du in Syrien auch ein Stativ und Scheinwerfer dabeihattest, werde ich dir nicht glauben.«

Sein Mund verzog sich zu einem schiefen Grinsen. »Ich musste mit Fernauslöser und lichtstarken Objektiven auskommen. Aber bei denen weiß ich, was sie können.« Wieder warf er ihr einen Blick zu. »Doch im Ernst, Indi. Ich habe das Equipment, und ich kann damit umgehen. Fotografie ist so was wie mein heimliches Steckenpferd. Also, wenn du einen Ersatzfotografen brauchst – ich fahre jederzeit einen Umweg.«

Indi biss sich auf die Unterlippe. »Wie weit wäre denn der Umweg?«

René wiegte nachdenklich den Kopf. »Meine Eltern wohnen südlich von Berlin. Judiths Hochzeit findet im Osten statt. Zwei Stunden? Oder ein bisschen mehr.«

Die Nervosität flammte wieder auf. Zwei bis drei Stunden waren viel in einem knappen Zeitplan. Andererseits hatte sie einen Puffer eingeplant. »Wir müssen bis heute Abend mit dem Aufbau fertig sein. Morgen um zehn beginnt die Hochzeit. Danach ist die Feier. Aber leider kann ich nicht einschätzen, wie lange wir für alles brauchen.« Wahrscheinlich würde sie ohnehin bis spät in die Nacht an der Beleuchtung herumzupfen – ganz egal, wann sie anfingen.

»Das schaffen wir.« René gab sich zuversichtlich. »Mit etwas Glück werden wir fertig, bevor es dunkel ist, und können die Fotos noch heute Abend machen. Dann kannst du morgen in Ruhe feiern, ohne dich zu stressen.«

Sein Plan klang hervorragend. Wenn auch nicht so, als ließe er sich einhalten. »Wurdest du als Optimist geboren? Oder kann man das antrainieren?«

René lachte. »Ich bin der Narr aus Gretels Tarot. Schon vergessen? Ich mache wahnwitzige Pläne, falle tausendfach auf die Nase und stehe jedes Mal wieder auf. Aber das mit deinen Fotos – das kriegen wir hin.« Wieder schenkte er ihr ein Lächeln. Dann suchte er eine Lücke im Verkehr und fuhr rechts ran. Mit wenigen Worten befahl er dem Navi, eine Route zu suchen. Kurz darauf lenkte eine freundliche Frauenstimme sie zurück auf die Straße. Für den Umweg berechnete das Navi zwei Stunden und 56 Minuten, ohne die Zeit, die sie vor Ort brauchten.

In der nächsten Viertelstunde telefonierte René. Er stellte das Handy laut, während er mit seiner Mutter sprach. Sie hörte sich sehr herzlich an und besaß eine erstaunlich junge Stimme. Dennoch lauerte etwas in ihrem Tonfall – eine leise Sorge. Als wäre René der verlorene Sohn, um den sie permanent bangte. Erst als er Indi erwähnte, blühte sie wieder auf. Sie schlug ein gemeinsames Mittagessen vor und wollte anfangen, René auszufragen.

»Mama, sie sitzt neben mir und hört mit«, war seine lachende Antwort. »Können wir bitte ein anderes Mal darüber sprechen, ob sie meine Freundin ist?«

Indis Herz machte einen heftigen Satz. Was würde René erzählen, wenn sie nicht dabei war? Sie war nicht seine neue Freundin – bis jetzt. Aber was dachte er dazu?

René erklärte seiner Mutter, warum sie vorbeikamen und weshalb sie zügig weitermussten. Doch Indi hörte kaum zu. Nur vage drang die Enttäuschung vom anderen Ende der Leitung zu ihr durch, als er die Einladung zum Mittagessen ausschlug.

Aber Renés Mutter fing sich schnell. »Dann kommst du eben demnächst zum Mittagessen. Mit deiner neuen Freundin.«

Leise seufzend beendete René schließlich das Gespräch. »Entschuldige. Sie ist neugierig. Und sie hat Angst, dass ich mein Leben nie in den Griff bekomme. Wie Mütter so sind.«

Indi wusste nicht, wie Mütter so waren. Zumindest nicht aus eigener Erfahrung. »Ich finde, sie klingt nett – und wenn das die Definition von *Mutter* ist, sollte ich mal Judith fragen, ob sie mich geboren hat.«

Für einen winzigen Moment herrschte Schweigen. Dann gab René ein unbehagliches Räuspern von sich. »Entschuldige. Das war taktlos von mir. Nächstes Mal denke ich nach, bevor ich rede.«

»Schon gut. Du bist nicht taktlos.« Allein schon deshalb nicht, weil er es bemerkte. »Du entschuldigst dich nur immer noch zu viel.«

Wieder setzte sich das schiefe Lächeln in seine Mundwinkel. Es stand ihm. Und hier, in dem klapprigen Innenraum eines Hippie-VW, wirkte es verwegen und abenteuerlustig.

In diesem Auto hatte er gewohnt. Wie lange eigentlich?

Indi lag die Frage auf der Zunge. Stattdessen beugte sie sich vor und schaltete das Radio ein.

Für die nächsten eineinhalb Stunden fuhren sie schweigend. Schließlich erreichten sie ein idyllisches Dörfchen, das von Wäldern umgeben war und an einen See angrenzte. Es war ein Straßendorf, in dem sich mehrere Vierseithöfe aneinanderreihten. Vor einem hielt René an, öffnete das Tor und fuhr in einen kleinen, gemütlichen Innenhof. Ein Rondell mit Blumen umfasste den alten Ziehbrunnen in der Mitte. Die roten Ziegelfassaden der Gebäudeteile wurden von Rosen und Wein überrankt. Vorn zur Straße lag das Wohnhaus. Rechts und links schlossen sich zwei Seitenflügel an, in denen Stallungen oder andere Wirtschaftsräume untergebracht waren, und auf der vierten Seite gab es eine Scheune.

René parkte den VW vor einem der Seitenflügel. Während sie ausstiegen, schaute er sich auf dem Hof um, als wäre er schon lange nicht mehr hier gewesen.

Erst jetzt stellte Indi die Frage, die ihr schon die halbe Fahrt lang auf der Zunge lag: »Bist du hier aufgewachsen?«

»Nein.« Mit überraschtem Ausdruck sah er sie an. »Meine Schwester und ich sind in Berlin aufgewachsen, in einer Altbauwohnung, so ähnlich wie deine. Meine Eltern haben den Hof erst gekauft, als mein Vater pensioniert wurde. Sie wollten ihren Ruhestand immer schon auf dem Land verbringen. Als sie endlich keine lästigen Schüler mehr unterrichten mussten, haben sie ihren Plan wahr gemacht.«

Also waren seine Eltern Lehrer gewesen.

Die Hintertür des Hauses flog auf, eine leicht rundliche Frau kam heraus und eilte auf sie zu. »René!«, rief sie und fiel ihrem Sohn um den Hals. »Schön, dass du hier bist.« Sie trat ein Stück zurück und betrachtete ihn. »Du siehst besser aus. Nicht mehr so …«

»Mama«, unterbrach René sie. Mit ausgestrecktem Arm wies er auf Indi. »Das ist Indi. Wir wohnen zusammen.«

Die Augenbrauen seiner Mutter schnellten hoch. »Wirklich?«

»René ist mein Untermieter«, korrigierte Indi hastig. »Wie eine WG, aber nur zu zweit.«

Eine Spur von Enttäuschung flackerte über das Gesicht seiner Mutter. Dann reichte sie Indi die Hand. »Und ich bin Marianne. Schön, dich kennenzulernen.«

»Wir haben wirklich nicht viel Zeit.« René klang freundlich und ungeduldig zugleich. »Deshalb nimm es uns bitte nicht übel, wenn wir nur ein paar Sachen einpacken und dann wieder weg sind.«

Marianne lächelte zaghaft. »Aber wenigstens ein Stück Kuchen packe ich euch ein. Für den Weg.« Damit wandte sie sich ab und lief zurück zum Haus.

René holte einen Schlüsselbund aus seiner Hosentasche. Es war derselbe, an dem auch ihr Wohnungsschlüssel hing. Indi hatte sich schon mehrfach gewundert, warum er so viele Schlüssel besaß.

Nachdem er die Tür zum Seitenflügel aufgeschlossen hatte, traten sie in eine Werkstatt. Ein paar Rosenranken wuchsen auch hier von außen vor die Sprossenfenster und verdunkelten den Raum. Dennoch wirkte alles gepflegt, mit einer Werkbank, einigen Regalen und ordentlich aufgehängtem Werkzeug.

Überall im Raum verteilt standen Renés Skulpturen. Auch hier hatte er manche mit Tüchern verdeckt. Andere waren nur grob behauene Klötze.

»Also hast du bereits ein Atelier.«

»Ja.« Plötzlich klang er verlegen. »Und nein. Ich wollte nicht nur wegen Lilja nach Berlin. Es war schwierig, hier zu wohnen. Eltern bleiben immer Eltern, ganz egal, wie erwachsen ihr Kind ist. Und ich war gerade erst aus dem Krieg zurückgekommen. Diese Kombination hat uns alle überfordert. Sie dachten permanent, dass sie mich schützen und retten müssen – während ich dringend wieder auf eigene Füße kommen musste. Also bin ich weggegangen.«

Wie lange war das her? Wie lange lebte er schon in seinem Auto auf der Straße?

Indi wollte ihn fragen. Aber es war ein Thema für ein ausführliches Gespräch. Nicht das richtige für diesen Moment zwischen Tür und Angel.

René durchquerte die Werkstatt und öffnete eine Seitentür. Dahinter lag ein kleines Zimmer, mit einem Bett, einem Schrank und einem Schreibtisch.

In einer Ecke lehnte die Fotoausrüstung.

»Dann hast du hier gewohnt?« An den Wänden waren viereckige Spuren, wie von Bildern, die für eine ganze Weile dort gehangen hatten.

René nickte flüchtig. Zielstrebig ging er zu der Ausrüstung und drückte Indi das Stativ in die Hand. »Lass uns voranmachen.«

Sie hätte sich gern umgesehen. In seinem Zimmer, auf dem Hof, im Haus seiner Eltern. Aber er hatte recht. Sie mussten das auf ein anderes Mal verschieben.

Während sie die Sachen im Transporter verstauten, kam seine Mutter wieder aus dem Haus und brachte eine Tupperdose mit Kuchen mit. »Seid ihr schon so weit?« Erneut klang sie bedauernd.

»Ja, wir müssen weiter.« René umarmte sie zum Abschied.

Indi wollte ihr die Hand reichen – aber Marianne war schneller. Entschlossen zog sie Indi in die Arme. »Pass gut auf ihn auf. Und bring ihn bald wieder her.«

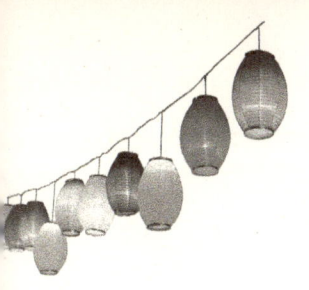

Kapitel 11

Das Herrenhaus am See war noch schöner, als Indi es in Erinnerung hatte. Im Winter war sie zusammen mit Judith hier gewesen. Sie hatte einen Plan von den Räumlichkeiten und dem Park gezeichnet und auf dieser Basis ihre Beleuchtung geplant.

Im Winter war der Himmel grau gewesen und die Bäume kahl. Dennoch hatte Indi sich vorstellen können, wie gemütlich ihre Beleuchtung im Haus aussehen würde. Aber jetzt war die Kulisse auch draußen überwältigend. Groß und erhaben thronte das Haus auf der Terrasse über dem Wasser. Aus raumhohen Sprossenfenstern blickte es über den Park und den See, als wäre es der Herrscher dieser kleinen Welt. Die Fassade war in leuchtendem Gelb gestrichen. Blühende Rosen rankten daran hinauf und wechselten sich mit knallrotem Hibiskus ab, der in üppigen Büschen unter den Fenstern wuchs. Die kurz gemähte Rasenfläche des Parkes strahlte in einem satten Grün und leitete von allen Seiten zu einem Labyrinth aus Rosenbögen und überwachsenen Pavillons.

»Wow.« René sprach aus, was Indi dachte. »Bis eben war ich mir sicher, dass ich nie heirate. Aber … wenn man es hier tun kann …« Für einen winzigen Moment trafen sich ihre Blicke.

Ein warmes Prickeln wanderte durch Indis Körper. »Muss man sich leisten können.« Sie schluckte. »Ich meine … ich weiß ja nicht, ob man als Journalist so viel verdienen kann wie zwei

Physiker. Aber ein Künstlerleben führt wohl nur selten zu Reichtum.«

Wieder verfingen sich ihre Blicke.

»Dann müssen wir überzeugende Fotos machen«, erklärte René. »Und mit denen machst du Werbung bei den wohlhabenden Hochzeitspaaren, die dieses Hotel buchen. Damit sie ebenfalls deine Beleuchtung haben wollen. Dann wirst du reich.«

Indi musste lachen. »Nicht verhungern wäre schon gut.«

René stieß sanft mit seiner Schulter gegen ihre. »Na los. Lass uns aufbauen. Damit wir bis zum Sonnenuntergang fertig sind.«

Für die nächsten Stunden entluden sie den Wagen, trugen Kisten an ihren Bestimmungsort und begannen mit der Installation. Indi war froh über ihren detaillierten Plan. Selbst die Steckdosen hatte sie darin verzeichnet, damit sie im Voraus genau wusste, wie viele Verlängerungskabel nötig waren.

Zwischendurch machten sie eine kurze Pause, um den Pflaumenkuchen von Renés Mutter zu essen. Er schmeckte köstlich und so frisch, als hätte Marianne ihn zwischen Renés Anruf und ihrer Ankunft in den Ofen geschoben. Auch für Judith und Felix waren zwei Stückchen da, als sie bei ihnen vorbeischauten. Doch sie hatten noch eine Reihe von Terminen. Vom Blumenschmuck über das Catering bis zum Friseur war zwar alles längst organisiert, musste nun aber erledigt oder zumindest kontrolliert werden.

Sobald sie fort waren, beendeten auch Indi und René ihre Pause. Mit ihm zu arbeiten war sehr angenehm. Indi konnte ihm leise Anweisungen geben, die er gewissenhaft ausführte. Am Anfang schaute sie oft zu ihm, um sicherzugehen, dass er alles wie gedacht befestigte. Doch eigentlich war es gar nicht nötig. Er durchschaute, was zu tun war, und dachte mit, wenn spontane Lösungen gefragt waren.

Indi musste sich erst daran gewöhnen, einen Teil ihrer Arbeit aus der Hand zu geben. Aber dann ging es tatsächlich doppelt so schnell. Noch vor Sonnenuntergang waren alle Lampen und Lichterketten angebracht. Alles war so verkabelt, dass nur eine Fernbedienung nötig sein würde, auf der ein paar Tasten gedrückt werden mussten.

Um nicht zu verhungern, bestellten sie sich eine Pizza beim Lieferdienst und aßen sie auf den Treppenstufen vor dem Haus. Währenddessen wurde es allmählich dunkel, bis sich der Himmel endlich in ein intensives Ultramarinblau färbte.

»Jetzt!«, flüsterte Indi, und René drückte die Fernbedienung.

Der Park und die Terrasse vor dem Haus erstrahlten gleichzeitig. Lichterketten aus leuchtenden Rosen wickelten sich um die Rosenbögen, illuminierten das Labyrinth und die Pavillons, in denen morgen Abend Tische stehen würden. Zwischen den Bäumen am Ufer tanzten leuchtende Feen. Glühende Vögel hingen in den Zweigen, und ganz vorn am See schien eine Kaskade aus Sternen ins Wasser zu fallen und spiegelte sich auf der Oberfläche.

»Wow.« René wiederholte sein Lieblingswort.

Indi musste lachen, doch zugleich wurde sie von Glück durchrieselt. Sie hatte es geschafft. »Es ist perfekt. Kann es bitte für immer so bleiben?«

Sie durfte nicht daran denken, wie vergänglich das Ganze war. Schon übermorgen würden sie alles wieder abbauen und in Kisten verpacken.

»Nein«, flüsterte René. »Es kann nicht so bleiben. Sonst würden wir uns an die Schönheit gewöhnen und sie kaum noch wahrnehmen.«

War das so? Blieb das Schöne immer nur schön, solange es etwas Besonderes war?

»Wenn man aus einem Krieg zurückkommt«, fuhr er leise fort, »sind so viele Kleinigkeiten berauschend schön. Lachende Menschen, zwitschernde Vögel, ein grüner Baum oder einfach nur die Tatsache, dass unsere Straßen und Häuser unversehrt sind. So viel Schönheit ist am Anfang kaum auszuhalten. Bis man sich wieder daran gewöhnt.«

Hinter seinen Worten lauerte noch eine tiefere Bedeutung, die Indi nicht sofort erfasste. Erst einen Moment später begriff sie, aus welcher Perspektive er dachte. »Du meinst, dass wir die Schönheit und Privilegiertheit unserer sicheren westlichen Welt gar nicht mehr wahrnehmen, weil wir täglich von ihr umgeben sind?«

»Ja.« Sein Lächeln bekam eine traurige Färbung. »Menschen haben die fatale Angewohnheit, alles Gute und alles Schöne für selbstverständlich zu halten – so lange, bis sie es verlieren. Deshalb werden wir mit jedem Schutz und mit jeder Hilfe immer zu spät sein. Egal, worum es geht. Weil wir immer erst dann versuchen, etwas zu retten, wenn wir erkennen, dass es bald verloren geht oder sogar schon verloren ist.«

Aber die meisten Dinge ließen sich nur vorbeugend retten. Das Klima, bevor es außer Kontrolle geriet, ein Land, bevor es in einem Krieg versank, eine Beziehung, bevor beide Partner anfingen, einander zu hassen – und das Leben eines Menschen, bevor eine Krankheit tödliche Symptome zeigte.

»Aber weißt du, was?« René unterbrach ihre Gedanken mit einem verschwörerischen Grinsen. »Deine Fotos! Wir müssen die blaue Stunde nutzen. Sonst ist es auch dafür zu spät.« Damit sprang er auf, lief zwei Treppenstufen hinab und reichte Indi die Hände.

Als er sie hochzog, hielten sie sich für einen winzigen Moment gegenseitig in Balance. In der Sekunde danach standen sie direkt voreinander, die Hände noch immer verschränkt. Renés Lächeln zuckte um seine Lippen, sein Blick huschte über ihr Gesicht. Ein tiefes Ziehen fuhr durch Indis Bauch.

Dann ließen sie los. Zeitgleich. René sprang hastig die restlichen Stufen hinunter und deutete auf seinen VW, der noch auf dem Vorplatz des Herrenhauses stand. »Ich hole schnell die Ausrüstung.«

In der nächsten Stunde fotografierten sie. Bei jedem neuen Motiv bauten sie umfangreiche Beleuchtung auf, um die Kulisse rund um die Lampen in Szene zu setzen. Immer wieder kontrollierte René auf seinem Display, ob auch wirklich schöne Bilder dabei waren – und erst, wenn er zufrieden war, gingen sie zum nächsten Motiv über. Anfangs war der Himmel noch von sattem, dunkelblauem Restlicht durchdrungen. Die Konturen des Waldes setzten sich schwarz dagegen ab, und René zauberte Fotos, auf denen die orangefarbene Wärme von Indis Beleuchtung mit alldem kontrastierte.

Doch etwas später war es vollkommen dunkel. Judith und Felix kamen vorbei und lobten sie für die Illumination. Aber die beiden hatten einen aufregenden Tag vor sich und wollten schnellstmöglich schlafen – auch in dieser Nacht schon in ihrer Hochzeitssuite.

Indi würde ebenfalls ein eigenes Hotelzimmer beziehen. Alle weiteren Zimmer waren schon für morgen und für die Hochzeitsgesellschaft hergerichtet, weshalb René sofort erklärt hatte, dass er in seinem VW schlafen würde.

Falls sie überhaupt zum Schlafen kamen.

Es war bereits weit nach Mitternacht, als sie endlich alle Motive fotografiert hatten. Dennoch kribbelte die Aufregung durch Indis Körper. Diese Fotos mussten einfach perfekt werden!

Schließlich trug sie ihren Laptop zu einem Gartentisch, der

direkt am See stand. Von allen wunderschönen Orten war dies womöglich der schönste. Neben ihnen befand sich die Sternenkaskade, und irgendwo in einem Baum zwitscherte eine Nachtigall. Dennoch musste Indi sich zusammenreißen, um nicht nervös auf die Stuhllehne zu klopfen, während René die Fotos von der Kamera auf den Laptop lud.

Erst als er die Galerie öffnete, wurde sie ruhig. Langsam klickte René von einem Bild zum anderen, stellte sie dann als Diashow ein und lehnte sich in dem Gartenstuhl neben Indi zurück.

Die Fotos waren perfekt. Vielleicht nicht jedes, aber von jeder Serie war mindestens eines dabei, das ihr den Atem raubte. Ihre Lampen und Lichterketten waren beeindruckende, strahlende Kunstwerke – und die Umgebung war so gekonnt ins Licht getaucht, als wäre sie ein Teil der Kunst.

»Du kannst es wirklich«, flüsterte Indi. »Eine Nachtfotografin hätte das nicht besser hinbekommen.«

René antwortete mit einem bescheidenen Schulterzucken. »Ich bin froh, dass ich dir nicht zu viel versprochen habe.«

»Die Fotos sind fast noch schöner als die Beleuchtung selbst, wie eine Kunst für sich.« Indi schaute ihm in die Augen, in die Sternenkaskade, die sich darin spiegelte. Sie hätte sich nur zu ihm beugen, nur die Hand ausstrecken müssen …

René griff nach seiner Kamera. »Wir brauchen noch Bilder von dir. Im Licht deiner Kunst.« Damit schaute er durch den Sucher, fokussierte auf ihr Gesicht und drückte ab.

Indi lachte auf, überrascht von seinem spontanen Einfall.

Er drückte noch einmal ab und nochmal. So lange, bis sie wieder ernst wurde. Dann stand er auf und zog sie mit sich. Ein ums andere Mal platzierte er sie im Licht ihrer Lampen, fotografierte sie, brachte sie zum Lachen und fotografierte erneut.

Jegliche Aufmerksamkeit galt nur noch ihr. Alles, was er sagte, diente ihrem Lächeln, und jedes Kameraklicken war wie ein Kompliment. Die Aufmerksamkeit umhüllte Indi wie ein seltsamer Rausch. Oder war es die Mischung aus Müdigkeit und Aufregung? Sie wurde mutig. Sie war nie eine Schauspielerin gewesen, nicht so wie Matthias – doch plötzlich machte es Spaß, mit ihrer Mimik zu spielen. Mit Ernst und Freude, Traurigkeit und Wehmut. Sie ließ ihre Gedanken schweifen, und ihr Gesicht durfte die Emotionen ausdrücken, eine geheime Reise durch ihre Vergangenheit und ihre Sorgen, von der sie nichts erzählte, und die sich dennoch in ihrer Mimik spiegelte.

René erkannte den Moment, in dem Indis Geschichte vorbei war. Auch er wirkte müde, als er die Kamera sinken ließ. »Genug für heute?«

Indi nickte. »Genug Fotos.« Und dennoch nicht genug von allem. »Lass uns baden gehen.«

Auf ihrer Fotoreise waren sie durch den ganzen Park gewandert, aber nun standen sie wieder am Seeufer neben der Sternenkaskade. Eine kleine Sandbucht führte flach ins Wasser, direkt dort, wo sich das Sternenlicht spiegelte.

»Jetzt?« Skeptisch schaute er zum See. »Ist das nicht kalt?«

»Vermutlich wärmer als die Luft.« Plötzlich wollte sie es ganz dringend – mit ihm zusammen in das Sternenlicht eintauchen. »Na komm schon.«

Kopfschüttelnd legte er die Kamera auf den Tisch. »Ich hab keine Badesachen an.«

»Denkst du, ich?« Indi zog sich Pulli und T-Shirt über den Kopf. Nur ihr Spaghettiträger-Top und den Slip behielt sie an.

René wirkte ernst, während er sich auszog. Schließlich stand er in schwarzen Boxershorts und mit nacktem Oberkörper vor ihr. Indi wollte ihn nicht anstarren, wollte weder wissen, welche

Narben der Krieg an ihm hinterlassen hatte, noch ob Bildhauer mehr Muskeln besaßen als andere Künstler. Doch ein kurzer Blick reichte für beides, war gleichzeitig zu viel und viel zu wenig.

Sie griff nach seiner Hand. »Komm!« Während sie losrannte, kam sie sich wie betrunken vor. Aber René ließ sich mitziehen. Lachend liefen sie in den See, nur wenige Schritte, ehe das Ufer steil abfiel. Lose Zweige verfingen sich um ihre Beine. Kreischend stürzten sie ins Wasser, tauchten unter und kamen prustend wieder hoch.

»Himmel, das ist doch kalt!« Indis Zähne schlugen aufeinander.

René schwamm vor ihr auf der Stelle. Selbst hier, nur wenige Meter vom Ufer entfernt, war es schon zu tief, um zu stehen. »Dann müssen wir uns bewegen.« Seine Stimme klang warm.

Indi wollte ihn berühren, wollte seine Wärme spüren – aber sie brauchte ihre Arme zum Schwimmen.

René legte sich rückwärts aufs Wasser, drehte sich dann um und schwamm los, hinaus in die Dunkelheit des Sees.

Indi folgte ihm. Schon bald war das Ufer weit hinter ihnen und die Tiefe des Wassers undurchdringlich. Nur das Plätschern ihrer Schwimmzüge begleitete die Stille.

Es war gefährlich, im Dunkeln rauszuschwimmen. Doch René schien sich nicht daran zu stören. Er kraulte Zug um Zug, und Indi musste aufpassen, nicht hinter ihm zurückzubleiben.

In der Mitte des Sees kam eine Schwimminsel in Sicht. In einem letzten Wettschwimmen hielten sie darauf zu, doch erst als sie die hölzerne Plattform erreichten, schauten sie zurück zum Ufer.

Der Anblick ließ Indi den Atem stocken. Erhaben thronte das Haus über dem See, umgeben von strahlenden Feen und tanzenden Sternen. Die Leuchtvögel schwebten zwischen den Bäumen, und sämtliche Konturen des Parks wurden von Lichtbändern nachgezeichnet. Und all das spiegelte sich in der Oberfläche des Wassers.

»Am liebsten hätte ich noch ein Foto«, flüsterte Indi, »von genau hier.«

René schwamm neben ihr auf der Stelle. Nur lose hielt er sich mit einer Hand an der Plattform fest. »Dann müssen wir zurückschwimmen und ein Boot suchen. Vielleicht haben wir Glück und finden eins.«

Es gab tatsächlich Boote. Indi hatte sie vorhin am Steg gesehen. Trotzdem wollte sie nicht umkehren. »Vielleicht später.« Oder gar nicht. Die schönsten Momente ließen sich ohnehin nicht auf Fotos festhalten. Viel lieber wollte sie hierbleiben. Mit ihm.

»Woher kennst du sie eigentlich?«, fragte René in die Stille. »Ich meine Judith. Ihr kennt euch schon lange, oder?«

Ein warmes Gefühl zog durch Indis Brust. »Schon ewig. Seit dem Kindergarten.« Trotzdem würde sie den Anfang ihrer Freundschaft nie vergessen. »Sie hat mich damals gerettet.«

»Wovor?« Sanfte Neugier lag in seiner Stimme, es war eine Art, die selbst die widerspenstigsten Geschichten hervorlockte.

Plötzlich war es leicht zu erzählen. »Als ich klein war, hab ich mich oft gefragt, wer meine Mutter ist. Sie hat mich als Baby vor der Tür meines Großvaters abgesetzt – und dann ist sie verschwunden.«

Bis hierhin kannte René die Geschichte schon, mehrfach erzählt von ihren Nachbarn, aber noch nicht aus ihrer Perspektive. »Niemand wusste, wo meine Mutter ist. Sie war nirgendwo gemeldet, und nicht einmal die Polizei konnte sie finden. Ich hatte einen tollen Großvater. Aber alle Kinder in der Kita hatten eine

Mutter, und alle haben mich gefragt, warum ich keine habe. Ich hatte erst dadurch das Gefühl, dass mir etwas fehlt. Ein Stück Liebe, das nur Mütter geben können.«

Renés Blick traf sie in der trüben Dunkelheit oberhalb des Wassers. Gluckernd schlugen die Wellen gegen die Schwimminsel neben ihnen.

»Irgendwann habe ich eine Mutter erfunden, einfach nur, damit ich die Fragen beantworten konnte. Ich hab den anderen Kindern erzählt, dass sie eine Piratin sei. In der Karibik. Sie hatte ein eigenes Schiff, mit der sie die Weltmeere durchquert. Damit rettete sie andere Kinder, die keine Eltern mehr haben. Manchmal stahl sie Geld von reichen Leuten, um den Kindern davon Essen zu kaufen. Und deshalb konnte sie nicht bei mir sein. Weil es so viele andere Kinder gab, die ihre Hilfe dringender brauchten.«

»Pippi Langstrumpf«, flüsterte René, »Robin Hood und Peter Pan. Von allem ein bisschen.« Nur vage war sein Lächeln zu erkennen.

»Ja«, wisperte Indi zurück. »Meine Lieblingsbücher von damals. Mein Großvater musste sie immer wieder vorlesen. So lange, bis meine eigene Geschichte daraus wurde. Am Anfang waren die anderen Kinder beeindruckt. Wenn ich von meiner Mutter erzählte, haben alle zugehört und wollten immer mehr erfahren. Aber irgendwann haben sie komische Fragen gestellt. Ein Junge meinte, meine Geschichte sei unrealistisch. Weil es solche Piratinnen gar nicht gäbe. Deshalb hätte ich meine Mutter nur erfunden. Und jemand anderes behauptete, ich sei adoptiert. Aus einem armen Land. Wo alle Kinder so eine dunkle Haut haben. Nur Judith kam am nächsten Tag in einem Piratenkostüm in den Kindergarten. Sie hat sich vor allen anderen aufgebaut, sie mit ihrem Holzsäbel bedroht und behauptet, dass sie ein Kind vom

Schiff meiner Mutter sei und dass sie jeden zum Duell fordere, der etwas anderes sagt. Seitdem ist sie meine beste Freundin.«

Renés Kopf war in der Dunkelheit näher gekommen. Er hatte die Schwimminsel losgelassen und hielt sich vor ihr in der Schwebe. Auch Indis Arm wurde noch kälter außerhalb des Wassers. Als sie losließ, sank sie tiefer in die Wellen, driftete auf René zu und konnte ihn dennoch nicht berühren. Für einen Moment trieben sie umeinander – wie zwei Sonnen in einem doppelten Sternensystem, die immer zusammenblieben und sich trotzdem in sicherer Distanz hielten. Weil Berührung die gegenseitige Zerstörung bedeutete. Oder die vollkommene Fusion.

Indi wusste nicht, was sie wollte. Mehr Nähe oder sichere Distanz?

In jedem Fall mehr Wärme. Mit jeder Bewegung wurde das Wasser kälter. Wenn Tag gewesen wäre, hätten sie auf die Schwimminsel klettern und sich in der Sonne trocknen lassen können. Aber in der Dunkelheit würde es nur noch kälter werden. »Was meinst du? Friert eine Sonne in der Eiskälte des Weltalls? Oder reicht ihre eigene Hitze aus, um sich selbst zu wärmen?«

Das Plätschern, mit dem René sich über Wasser hielt, verstummte. Fast konnte sie fühlen, wie seine Gedanken ihrer absurden Frage folgten und den Kern dahinter entschlüsselten. »Vielleicht ist das der Grund, warum die Sonne brennt. Sie verzehrt sich selbst, um nicht zu erfrieren.«

War es das, was sie taten? Was es sie kostete, wenn sie sich weiterhin voneinander fernhielten?

Die nächste Bewegung trieb sie wieder aufeinander zu. Indi wollte nach ihm greifen, wollte ihn umarmen, um nicht länger zu frieren. Und für einen Moment war es, als würde René darauf warten. Sein leises Lachen hauchte über ihr Gesicht, seine Hand streifte ihre Schulter, sein Mund war nur noch wenige Zentimeter entfernt. Sie hätten nur noch einmal nach der Schwimminsel greifen, sich nur daran festhalten müssen, um in der Umarmung des anderen nicht zu ertrinken.

Doch Indi wagte es nicht. Stattdessen wich sie zurück und deutete mit dem Kopf zum Ufer. »Es ist kalt. Lass uns an Land schwimmen.«

»Gute Idee.« Seine Stimme klang sonderbar. Vor Enttäuschung? Oder Erleichterung?

Dieses Mal schwamm Indi als Erste los. So schnell sie konnte, kraulte sie voran. Um sich zu wärmen. Oder um zu fliehen?

René folgte ihr und holte sie ein, schwamm eine Weile neben ihr und überholte sie, als die kleine Sandbucht näher kam. Das Funkeln der Sternenkaskade erreichte er als Erster. Aber er schwamm nicht zum flachen Ufer. Stattdessen angelte er nach einem Ast der beleuchteten Trauerweide und zog sich ein Stück daran hoch.

Indi ergriff den Zweig daneben. Doch der Ast gab nach und schaukelte in Renés Richtung. Indi suchte weiteren Halt, aber es war zu spät. Ihr Körper schlug gegen seinen, vor Schreck ließ sie den Zweig los. Aber René fing sie auf. Gemeinsam schaukelten sie hin und her.

Als der Ast endlich still hielt, hatte sie ihre Arme um Renés Schultern und ihre Beine um seine Hüften geschlungen. Auch er hatte einen Arm um ihren Rücken gelegt. Sein Atem ging schnell und vermischte sich mit einem kaum hörbaren Lachen. Nur kurz, dann wurden sie beide ruhig. Sein Körper fühlte sich warm und fest an, seine Hand war halb unter ihr nasses Top gerutscht. Ganz leicht bewegten sich seine Finger auf ihrer Haut.

Indi wollte mehr und konnte dennoch keinen Schritt weitergehen.

Auch René rührte sich nicht. Nur die Nachtigall zwitscherte ihr Lied von Liebe und Einsamkeit.

Wie lange konnte das so weitergehen? Wie lange konnten sie in der Umarmung verharren, ohne eine Entscheidung zu treffen? Und was würde geschehen, wenn Indi ein zweites Mal in einem Inferno aus implodierenden Sonnen und schwarzen Löchern versank?

Das Knacken kam plötzlich und laut, gefolgt von einem Ruck, der sie beide nach unten riss. Der hochschnellende Ast war das Letzte, was Indi sah, dann tauchten sie unter und trieben auseinander. Indis Hände verfingen sich in Zweigen und Laub, kämpften dagegen an, bis sie schnaubend nach oben kam.

Renés Lachen empfing sie, schallend laut und erlösend. Wieder schwamm er vor ihr, aber dieses Mal tanzte das Licht der Sternenkaskade auf seinem Gesicht. »Die Rache der Trauerweide!«, rief er.

Plötzlich wollte Indi ihn doch küssen. Jetzt, sofort, und gleichzeitig prustend und lachend mit ihm untergehen.

Aber René schwamm schon zum Ufer. Indi folgte ihm.

Von hinten fiel ihr Blick auf seinen nackten Rücken. Sie wollte es nicht, aber plötzlich sah sie die Narben auf seiner linken Schulter ganz deutlich. Über den halben Rücken zogen sie sich abwärts.

Was auch immer ihn dort getroffen hatte – es war zerstörerisch gewesen. Und trotzdem war es lange genug her, um bereits zu hellen Spuren verheilt zu sein.

Indi stand noch halb im Wasser, als René den kleinen Sandstrand erreichte und sich zu ihr umdrehte. Für eine Sekunde flackerte noch das Lachen auf seinem Gesicht, ehe es versiegte. Stattdessen spiegelten sich die Narben in seinen Augen.

Mit einem unbehaglichen Räuspern wandte er sich ab.

Plötzlich spürte Indi die Kälte auch in ihrem Innern. Zitternd kletterte sie an Land. Doch sie hatten weder Handtücher noch Decken. Nur den Laptop und die Ausrüstung, die noch weggeräumt werden mussten.

Unschlüssig suchte Indi nach ihrer Kleidung, fand endlich ihren Pulli und legte ihn um ihre Schultern.

»Geh ins Haus, Indi. Du frierst. Ich räume hier auf.«

Auch René hatte eine Gänsehaut. Ein kaum merkliches Schaudern lief durch seinen Körper.

»Nein!« Sie konnte ihn nicht allein lassen, in der Kälte frierend und mit all der Arbeit. Stattdessen wollte sie ihn mitnehmen, ins Haus, in ihr Zimmer, unter die Dusche – bis ihre Körper in der Hitze verglühten.

Für einen winzigen Moment schien er ihre Gedanken wahrzunehmen. Dann trocknete er sich mit seinem T-Shirt ab und schlüpfte in Jeans und Pulli.

Indi griff nach dem Rest ihrer Kleidung und wollte es ihm gleichtun. »Wenn wir zusammen abbauen, geht es schnell.«

Doch René schüttelte den Kopf. »Nein!« Seine Stimme war eine Nuance dunkler als sonst. »Bitte lass mich allein, Indi.«

Wie zur Antwort schlugen ihre Zähne aufeinander. Was genau war schiefgelaufen? Eben hatte er noch gelacht, und vorher … Nur so wenig hatte gefehlt. Warum wies er sie jetzt so harsch zurück?

Auch sein Gesicht hatte sich verändert. Eine Spur von Schmerz zeichnete seine Züge. »Ich kann es dir nicht erklären. Ich würde nur gern allein sein.«

Hastig wandte Indi sich ab. »Schlaf gut!«, murmelte sie. *Und erfrier nicht in deinem Hippie-Bus …*

* * *

Er ließ das Licht an, als er schlafen ging. Nicht die Lichterketten rund um das Haus und im Park – aber die tanzenden Feen und die Leuchtvögel und die Sternenkaskade am Ufer. Heiß brannte es sich in sein Inneres, als er die Augen schloss – es war Indis Leuchten, das mit jedem Lächeln aus ihr herausstrahlte. Sich in sie zu verlieben war leicht. Und schwer zugleich. Leicht, weil ihn jedes Wort und jedes Gefühl in ihre Richtung zog – und schwer, weil sie jemanden brauchte, der nicht so viele Narben mit sich herumtrug, jemanden, der sie halten und stützen konnte, statt mit ihr gemeinsam unterzugehen.

Was hatte er sich nur gedacht? Im Dunkeln in diesem See zu schwimmen war viel zu nah an der Grenze gewesen, viel zu dicht an jenem Grad von Finsternis, den er nicht mehr ertrug. Dennoch hatte er die Angst herausgefordert. Allein das Glück hatte ihn in die Dunkelheit hinausgetrieben, eine Überdosis aus Licht und dreistem Übermut.

Und am Ende war es gut gegangen. Weil Indis Leuchten selbst dort hinten die Welt erhellt hatte. Und weil allein ihre Stimme stärker war als jede Finsternis.

Doch am schlimmsten war, dass sie keine Ahnung hatte – wie sehr er ihr Licht brauchte und wie wenig er geeignet war, um die Traurigkeit in ihrem Leben zu besiegen.

Selbst an einem Abend wie diesem wurde er vom Krieg verfolgt. Ein einziger Blick auf seine Narben reichte aus, um die Erinnerung zurückzuholen. Wäre Indi auch nur einen Moment länger geblieben, er hätte ihr alles erzählt, ohne Rücksicht darauf, welches Maß sie ertragen konnte.

Trust René, dass er jede Party mit einer Geschichte über den Krieg sprengt. Ihm entwich ein zynisches Lachen. Das Zitat stammte von Marei, aus besseren Zeiten, in denen der Untergang ihrer Beziehung dennoch schon vorgezeichnet gewesen war.

»Scheiße.« Sein leiser Fluch zischte laut in dem dunklen Schlafraum. Nur die Leuchtvögel wippten tröstend in den Zweigen über ihm.

Sobald er draußen allein gewesen war, hatte er den VW über die Terrasse ans Ufer gefahren. Morgen früh würde er in der Dämmerung aufstehen müssen, um sich nicht erwischen zu lassen. Falls er überhaupt schlafen konnte. Der Narr in ihm freute sich viel zu sehr auf den nächsten Tag, auf eine Hochzeit in Indis Gegenwart.

Und schließlich war es auch der Narr, der sich noch einmal aufrichtete und die Kamera an sich nahm. Er schaltete sie an und betrachtete ihre Fotos auf dem Display, ihr Gesicht in tausend Varianten. Viele der Bilder waren verschwommen. Zu viel Bewegung in der Dunkelheit, zu viel Übermut und wildes Gefühl.

Genau wie vorhin. Ein Teil von ihm wollte es rückgängig machen, dass er sie weggeschickt hatte, wollte ihr ins Haus folgen, bei ihr anklopfen und sie küssen, sobald sie öffnete.

Aber wohin würde es führen?

In einem Anflug von Vernunft schaltete René die Kamera aus, legte sich wieder hin und zog den Schlafsack so hoch, dass die Helligkeit der Leuchtvögel nur noch ein wenig durch seine Lider drang.

Aber gegen die Qual seiner Gefühle half nichts. Er hatte sich verliebt, und nicht einmal das Grauen, das der Krieg in ihm hinterlassen hatte, konnte das Gefühl vertreiben.

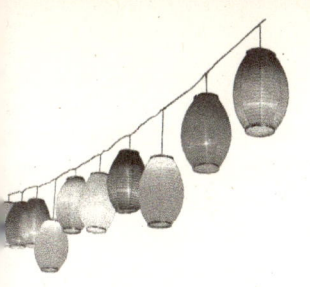

Kapitel 12

Die Nacht war zu kurz, und der Morgen begann zu früh. Indi brauchte fünf Anläufe, ehe sie den Handywecker nicht mehr auf Snooze stellte. Auch ihre Erinnerung kehrte nur langsam zurück. Irgendetwas war geschehen. Aber was?

René! Mit einem Schlag war sie wach.

Hastig sprang sie auf und lief zum Fenster, riss die sonnengelbe Gardine zur Seite und blinzelte nach draußen.

Der VW-Bus war noch da. Doch er parkte ganz vorn am Ufer, direkt neben den Leuchtvögeln, die darüber in den Bäumen hingen. Indis Finger legten sich an die Scheibe. »Lass dich da nicht erwischen, Pirat.«

Die Sonne war noch nicht aufgegangen, Nebel hing über dem grünlichen See, und die Leuchtvögel wippten in den Zweigen. Sie leuchteten noch immer. Hieß das, er hatte sie angelassen? Seit gestern Abend?

In jedem Fall durfte er nicht dort stehen bleiben. Jederzeit konnte jemand von der Hotelbelegschaft auftauchen.

Indi griff nach dem Handy. Nach einem kurzen Zögern rief sie ihn an.

Es tutete lange, eine gefühlte Ewigkeit, ehe er sich meldete. »Indi?« Seine Stimme klang verschlafen, ein bisschen verwirrt. »Ist alles in Ordnung?«

»Ja, alles gut.« Er hatte unter ihren Leuchtvögeln geschlafen …

Aber darum ging es jetzt nicht. »Du stehst da nicht gut. Die Hotelleute können jeden Moment auftauchen.«

»Stimmt.« Ein träges Seufzen mischte sich in seinen Tonfall. »Eigentlich wollte ich im Morgengrauen umparken. Wie spät ist es denn?«

Indis Finger strichen über die Fensterscheibe, über die zarten Konturen des nebligen Sees. »Es ist kurz nach sechs. Morgengrauen trifft es ganz gut.« Ihr Finger strich zu seinem VW. Wie lange hatte er in der Nacht noch wachgelegen? Genauso lange wie sie? Oder länger?

»Was steht heute auf dem Programm?« Er klang wieder ruhig, als hätte er sich gemütlich zurück in die Kissen gelegt. »Ich meine, wann geht es los? Musst du schon aufstehen?«

Indi unterdrückte ein Gähnen. »Ich muss mit Judith zum Frisör, vorher etwas frühstücken und das Hochzeits-Outfit anziehen. Die Trauung im Standesamt ist um zehn, in der Kirche um halb zwölf. Dazwischen umziehen, Händchen halten und Schleppe tragen.«

René lachte leise. Etwas Zärtliches versteckte sich in dem Laut. »Klingt anstrengend. Was mache ich in der Zeit?«

Indi klopfte gegen die Fensterscheibe. »Aufpassen, dass dein Bus beim Rückwärtssetzen nicht die Beleuchtung vom Baum reißt. Danach kannst du weiterschlafen.«

»Aye, aye, Ma'am.«

Indis Finger erreichte den Holzsteg zwischen den Fenstersprossen. »Sehen wir uns nachher bei der Trauung? Ich würde mich freuen – auch wenn ich stellvertretend für Judith kopflos rumrennen werde, damit wir nichts Wichtiges vergessen. Ringe oder so.«

War das Renés Gesicht hinter dem Fenster des VWs?

Hastig trat Indi einen Schritt zurück.

»Wenn ich nicht verschlafe, bin ich da.«

Indi hätte gern weiter mit ihm geredet, am liebsten dort unten bei ihm am Steg. Aber dazu war keine Zeit. »Ich muss jetzt los. Mich fertig machen.«

»Geht klar. Bis später.« Wieder klang er zärtlich.

Seine Stimme summte auch dann noch durch ihren Kopf, als sie längst aufgelegt hatte, als sie sich auszog und unter die Dusche ging.

Er hatte kein Bad dort draußen, nur den kalten See.

Als sie zurück ins Schlafzimmer kam, stand der VW nicht mehr am Ufer. Wenigstens das.

Indi griff noch einmal nach dem Handy. Dieses Mal schrieb sie ihm. *Wenn du willst, kannst du nachher meine Dusche benutzen.*

Sobald sie die Nachricht abgeschickt hatte, fiel ihr auf, wie missverständlich sie klang. Hastig schrieb sie weiter: *Ich bringe dir den Schlüssel, wenn wir losgehen.* Damit er nicht auf falsche Gedanken kam.

Es dauerte nur Sekunden, ehe er die Nachricht gesehen hatte. Direkt danach stand *René schreibt* im Chatfenster. Aber was auch immer er schrieb – er schickte es nicht los.

Indi trocknete sich ab und zog das türkisblaue Kleid an, das sie zusammen mit Judith in einem sündhaft teuren Hochzeitsladen am Kudamm gekauft hatte. Eigentlich hatte Indi es nur aus Spaß anprobiert, aber Judith hatte darauf bestanden, es für sie zu kaufen. Auch jetzt raubte es Indi den Atem, während sie sich vor dem Spiegel damit drehte. Das Oberteil bestand aus dunkelblauer Spitze über einem weichen türkisfarbenen Unterstoff. Beides schmiegte sich eng um Indis Oberkörper, während sich das Kleid unterhalb der Hüfte in flatterigen Zipfeln auffächerte. Ein Feenkleid, hatte Judith behauptet, und vielleicht war es das.

Indi bemühte sich gerade, die Schnürung am Rücken selbst festzuziehen, als ihr Handy endlich brummte.

Renés Antwort auf ihr Duschangebot war ein grinsendes Emoji und ein *Danke*.

Hatte er dafür eine halbe Stunde gebraucht? Wohl kaum.

Was hatte er zwischendurch geschrieben und wieder gelöscht?

Indi kehrte noch einmal vor den Spiegel zurück. Dieses Mal trat sie näher heran und stellte fest, dass ihr Gesicht nicht halb so müde aussah, wie sie sich fühlte. Passend zu der Leichtigkeit des Kleides wählte sie silbernen Eyeliner, Glitzerlidschatten und Lipgloss. Nur ihre Haare konnten sich nach dem Duschen wie immer nicht entscheiden, ob sie glatt oder wellig sein wollten. Indi hielt sie probeweise an ihren Hinterkopf, um eine Hochsteckfrisur anzudeuten. Doch zum Glück konnte sie die Details der Frisörin überlassen. Judith hatte dafür gesorgt, dass sie beide gemeinsam dorthin gehen würden.

Aber erst später – zuerst eilte sie über die Flure zur Hochzeitssuite, um für Judith die Zofe zu spielen. Und spätestens jetzt begann das Hochzeitsmorgenchaos. Für die nächste Stunde brauchte Indi all ihr diplomatisches Geschick, um ihre Freundin über Müdigkeitsblässe und Bad-Hair-Day-Zweifel hinwegzutrösten. Immer wieder musste sie ihr versichern, dass die Frisörin mit Sicherheit nicht zum ersten Mal eine Lockenmähne zähmte.

Die nächste Herausforderung lag darin, Judith zum Frühstück zu überreden. Immerhin sei sie ohne Frühstück schlanker – und die Zeit sei ohnehin zu knapp. Und was, wenn sie beim Essen kleckerte?

Am Ende hielt sie sich den Teller unter das Kinn, während sie ihr Croissant aß, und Indi bog sich vor Lachen und wischte betont gelassen die Krümel von ihrem Kleid.

Zu ihrem Leidwesen machte Judiths Mutter die Vorbereitungen nicht gerade leichter. Offensichtlich hatte Judith sie nicht vorab in jede Entscheidung einbezogen, weshalb die beiden von der Länge des Hochzeitskleides, der DEN-Zahl ihrer Strumpfhose bis hin zur Schmuckauswahl noch einmal alles diskutierten.

Indis Begegnung mit René zur Schlüsselübergabe fiel kurz aus. Im Halbdunkel des Wagens sah er übernächtigt aus, unrasiert, mit zerzausten Haaren und zaghaftem Lächeln. Für einen winzigen Moment blieb sein Blick an ihrem Kleid hängen. Indi wollte näher rücken und wenigstens ein paar Sätze mit ihm reden. Aber Judith und ihre Mutter standen bereits am Auto und winkten.

Auch die nächsten Stunden blieben anstrengend. Judiths Mutter schaffte es sogar, die Frisörin aufzuscheuchen, die zweimal mit einer anderen Frisur begann, ehe endlich alle zufrieden waren. Sobald Indis eigene Haare fertig waren, lackierte sie ihrer Freundin die Nägel – und trotzdem wurde die letzte Schicht des Nagellacks nur noch knapp trocken, ehe sie losmussten.

Den schlimmsten Grund für ihre Aufregung hatte Indi schon beinahe vergessen – bis sie Matthias vor dem Standesamt entdeckte. Auf seinem Arm saß ein Baby und spielte an seinen Locken. Neben ihm stand seine Freundin, ebenso hellblond wie er und lediglich einen halben Kopf kleiner.

Indi brauchte nur einen winzigen Blick, um zu wissen, dass sie ebenfalls Schauspielerin war. Es zeigte sich an der Art, wie sie sich bewegte, tänzerisch und sanft, beiläufig und trotzdem auf eine Weise auffällig, die den Blick fesselte. Vertrauensvoll legte sie den Kopf an Matthias' Schulter, das Baby gackerte, und kurz darauf lachten alle drei.

Glückliche Familie.

Der Anblick versetzte Indi einen Stich. In ihrem Kopf verschob sich etwas – als würden sich Wände eines Labyrinths in Bewegung setzen. Horrorgestalten blitzten auf. Nächte mit dröhnender Musik und Alkohol, fremde Männer, deren Gesellschaft nicht unangenehm war und dennoch falsch – und dazwischen Matthias, blass und am Ende seiner Kräfte. Seine Stimme, wenn sie sich stritten – und seine Enttäuschung, wenn er aufgab und schwieg.

Er hatte sie nicht verstanden. Und sie hatte es nicht erklären können.

Heute verstand sie sich selbst nicht mehr. Es war ihre Schuld gewesen – alles.

Die Schockstarre endete, als Matthias den Kopf hob und zu ihr herübersah. Gerade rechtzeitig senkte sie den Blick.

Kurz darauf hatte sie keine Zeit mehr, um sich auf Matthias zu konzentrieren. Von überall kamen die Hochzeitsgäste, und es waren nicht wenige dabei, die Indi kannte. Zwar hatte sich spätestens mit der Unizeit Judiths Freundeskreis weitgehend von ihrem getrennt. Dennoch gab es Überschneidungen, gemeinsame Freunde aus der Schulzeit, Judiths großer Bruder, der Indi schon im Kindergarten geärgert hatte und später erstaunlich nett geworden war. Dazwischen etliche Leute, die Indi von den Partys ihrer Freundin und von gemeinsamen Treffen kannte. Und dann gab es jene Freunde, die aus dem Dunstkreis des einen stammten und sich dann im Freundeskreis des anderen festgesetzt hatten. Matthias war so jemand. Wenn er nicht Indis Freund gewesen wäre, hätten Judith und Felix ihn niemals kennengelernt. Aber schon bei ihrem ersten Treffen zu viert hatten Felix und Matthias sich prächtig verstanden – und am Ende hatte ihre Freundschaft selbst Matthias' Trennung von Indi überdauert.

Doch es gab auch Leute, bei denen es umgekehrt war, und spätestens als Pia auftauchte und Indi mit einer Umarmung begrüßte, hatte sie genug Ablenkung, um nicht mehr an Matthias zu denken. Pia hatte in Judiths zweiter WG gewohnt. Aber schon nach wenigen Wochen waren sie immer zu dritt unterwegs gewesen. Pia hatte ebenfalls auf ein Kunststudium hingearbeitet, und schließlich hatten Indi und sie gemeinsam im Club gejobbt. Damals waren sie beste Freundinnen geworden, und manche Geschichten aus Indis Leben kannte Pia besser als Judith – allein schon deshalb, weil sie näher am Geschehen gewesen war. Erst in den letzten drei Jahren war Indis Kontakt zu Pia eingeschlafen – umso schöner war es, sie endlich wiederzusehen.

Doch hier vor dem Standesamt, kurz vor der Trauung, hatte Indi nicht genug Zeit für ausführliche Gespräche. Schon bald musste sie ihren Platz an Judiths Seite einnehmen, und schließlich stand sie in vorderster Reihe neben ihrer Freundin, während Judith und Felix sich das Jawort gaben.

Erst als sie sich zu den Gästen umdrehten und Indi verlegen ein paar Tränen beiseitewischte, fiel ihr ein, dass sie René noch nicht gesehen hatte. Auch jetzt konnte sie ihn nirgends im Saal entdecken.

Aber hieß das, er war nicht gekommen? Oder hatte er sich im Gewimmel der anderen Gäste einfach nur zurückgehalten – vielleicht, um Indis kurze, wertvolle Begrüßungsgespräche nicht zu stören?

Zuzutrauen wäre es ihm.

Umso dringender wollte sie ihn jetzt zwischen den Gästen finden. Stattdessen stieß ihr Blick auf Matthias. Nur kurz, und dieses Mal schaffte sie es, sich abzuwenden, ehe er sie bemerkte.

Danach konzentrierte sie sich auf die Leute, die direkt vor ihnen auftauchten, um Judith und Felix zu gratulieren. Schon bald hatte sich eine Traube um sie herum gebildet, in der Indi von einem Smalltalk zum nächsten wechselte.

Erst als Matthias in der Schlange der Gratulanten näher rückte, entschuldigte sie sich bei den Umstehenden und verschwand möglichst unauffällig aufs Klo.

Nach dem Standesamt stand die kirchliche Trauung auf dem Plan. Wieder spielte Indi die Rolle der Kammerzofe und half Judith in einem Nebenraum des Standesamtes beim Kleiderwechsel.

Als sie kurz darauf bei der Kirche ankamen, hatte Indi nur wenig Zeit, um nach René Ausschau zu halten. Auf den ersten Blick entdeckte sie ihn nirgends. Kurz sah sie auf ihr Handy, aber angerufen oder geschrieben hatte er ebenso wenig.

Gleich danach begann die Zeremonie in der Kirche, und Indi versetzte das Gerät eilig wieder in den Flugmodus. Zusammen mit David, Felix' bestem Freund und Trauzeugen, musste sie die Trauringe beaufsichtigen und sie im passenden Moment anreichen, eine Aufgabe, die sie auf irrationale Weise nervös machte.

Oder hatte die Nervosität einen anderen Grund?

Wieder begegnete sie Mattis Blick. Mit dem Baby im Tragetuch stand er ganz hinten im Kirchenschiff und wippte auf der Stelle. Beinahe hastig senkte er den Kopf und tat so, als müsste er dringend die Babymütze zurechtrücken.

Erst als die Trauung vorbei war und Indi im Schlepptau des Brautpaares vor die Kirche trat, entdeckte sie René, weiter hinten zwischen den Gästen, die schon vor ihnen aus der Kirche gegangen waren.

Im ersten Moment hätte sie ihn fast nicht erkannt. Er trug einen nachtblauen Anzug und eine metallicrote Krawatte. Beides war so elegant, dass er dem Bräutigam beinahe Konkurrenz machte.

Selbst beim Frisör musste René gewesen sein – irgendwann heute Morgen. Und offensichtlich bei einem anderen als Judith und sie. Zumindest waren seine Haare wieder so kurz, dass sie ihm nicht mehr in die Stirn fielen.

Indi hatte ihn noch nie so gesehen. Ordentlich und formvollendet, wie jemand, der genauso gut mit Staatspolitikern zu einem Bankett gehen konnte. Vollkommen selbstverständlich bewegte er sich zwischen den Hochzeitsgästen, stand bei ihnen und plauderte, als wäre er immer schon ein Teil von Judiths Freundeskreis gewesen.

Oder war das auch nur eine Rolle? Der Journalist, der sich möglichst natürlich gab, um die Menschen zum Erzählen zu bringen?

Indi wollte sich gerade an der Schlange der Gratulanten vorbeimogeln und ihm entgegenlaufen, als Judith vor ihr auftauchte und fragte, ob etwa der Reißverschluss ihres Kleides aufgegangen sei.

Als Indi den Verschluss überprüft hatte und wieder aufsah, war René aus ihrem Blickfeld verschwunden. Erst nach einer Weile entdeckte sie ihn abermals, und plötzlich stand er bei Matthias. Die beiden lachten und redeten – und sahen dann in ihre Richtung.

»Was zur …« Mit einem geflüsterten Fluch wandte Indi sich ab. Doch Matthias' Blick hatte sich eingebrannt, dieses winzige Erkennen, die Verletzung in seinen Augen und das Wissen, dass sie sich gegenseitig beobachteten und gleichzeitig wegsahen, schon den ganzen Tag.

Und daneben René, der bis zu diesem Blick nicht gewusst hatte, mit wem er sprach.

Anschließend plauderten die beiden weiter. Höflich, unverbindlich. Beide in einer Rolle, die ihnen nicht gefiel, und die sie dennoch exzellent spielten.

Indi atmete auf, als sie sich endlich voneinander trennten –

und blieb dennoch unter Spannung. Als René in ihre Richtung kam, wusste sie nicht, wie sie reagieren sollte. Sie konnte jetzt nicht mit ihm reden. Nicht über Matthias und nicht über das verstörende Gefühl, sie beide an einem Ort zu sehen.

Zum Glück war es der Moment, in dem die Hochzeitskutsche vorfuhr, und plötzlich wuselten alle durcheinander. Ein Teil der Blumenkinder rannte zu den Pferden, ein paar andere sammelten mit kleinen Händen die Rosenblätter auf, die sie vor der Kirche verstreut hatten, um sie neben der Kutsche noch einmal zu werfen.

»Wir müssen hier noch irgendwie fegen!«, rief Indi zu David, während Judith und Felix bereits neben der Kutsche standen. Eigentlich war es vorgesehen, dass die Trauzeugen mitfuhren.

»Ich mach das!«, bot Pia an, und David zog Indi mit sich zur Kutsche.

Nachdem Judiths Schleppe im Innenraum verstaut war, kletterten Indi und David nebeneinander auf die Rückbank des historischen Gefährts. Vermutlich war es der Platz, auf dem früher die livrierten Diener der Prinzessin gesessen hatten. Aber heute war die Bank durch eine Querstange gesichert. Dennoch griff Indi nach der Haltestange, als die Kutsche mit einem Ruck anfuhr. Ihr Lachen wehte mit dem Fahrtwind davon, und David wirkte ebenso überrascht von dem Schwung wie sie. Die Blumenkinder liefen ihnen ein Stück hinterher, die Gäste winkten, und Indi winkte fröhlich zurück. Ein letztes Mal streifte ihr Blick René, und für eine Sekunde galt ihr Winken allein ihm. Danach blieb er zwischen den anderen Gästen zurück.

Warum war sie nicht wenigstens für einen kurzen Moment zu ihm gelaufen? Als ob er sie hier und jetzt wegen Matthias zur Rede gestellt hätte …

Doch im Grunde war es egal. Auch alle anderen Gäste fuhren zur Hochzeitsfeier, und wahrscheinlich würde René mit dem Auto schon vor ihr da sein. Indi würde mit ihm reden, sobald sie beim Herrenhaus ankamen.

Die Fahrt führte über Kopfsteinpflaster durch den kleinen Ort, an prächtig renovierten Villen und Altbauten entlang. Erst als sie auf einen Feldweg einbogen und den Wald erreichten, wurde das Pferdetrappeln und Klappern der Kutsche leiser.

»Gibt es eigentlich eine Brautentführung?«, wisperte Indi in Davids Richtung, während sie nebeneinander auf der Rückbank hin und her schaukelten.

David legte den Zeigefinger an die Lippen und warf ihr einen verschwörerischen Seitenblick zu.

Aber Indi hatte leise gesprochen, das Quietschen der Kutsche war noch immer laut, und Judith und Felix saßen geschützt im Innenraum.

Während Indi sich im Vorfeld um die Hochzeitsbeleuchtung gekümmert hatte, hatten David und seine Freundin das Unterhaltungsprogramm organisiert: Hochzeitsspiele und einen DJ für den Abend, und ganz eventuell eine Brautentführung, von der natürlich niemand etwas wissen durfte, nicht einmal Indi.

Auch jetzt sah David sie betont streng an. »Verrate ihr bloß nichts.«

Also tatsächlich. Indi grinste. »Wann und wo geht es los?«

David lachte. »Als ob ich dir das jetzt sagen würde! Du bist doch garantiert Judiths Spionin.«

Indi streckte ihm die Zunge raus, die im Fahrtwind fast augenblicklich trocknete. Als sie mit der Kutsche vor dem Herrenhaus vorfuhren, jubelten die Hochzeitsgäste ihnen entgegen. Tatsächlich waren sie mit den Autos auf einer anderen Route schneller gewesen.

Nur von René gab es keine Spur. Indi drehte eine Runde

über das Gelände, doch weder er noch sein VW-Bus waren zu sehen.

Während Indi erneut mit den Gästen ins Gespräch kam, hielt sie immer wieder Ausschau nach ihm. Aber René blieb verschwunden. So lange konnte er für den Weg doch nicht brauchen! Wo war er stattdessen hingefahren? Und warum? Bereute er, was gestern zwischen ihnen geschehen war? Oder glaubte er, dass *sie* die Nähe bereute?

Indi fiel es schwer, die Beunruhigung zu verdrängen. Wie ein dunkler Schatten blieb sie im Hintergrund, während das Fest sie erneut vereinnahmte.

Für ihre Beleuchtung war es noch zu hell. Umso pompöser war der Blumenschmuck auf den Tischen. Üppige Bouquets in Rot- und Orangetönen leuchteten im Licht des Sommertages. Der See dahinter schimmerte dunkelgrün, und der Himmel strahlte in freudigem Blau. Überall standen Menschen in festlichen Kleidern und lachten – wie auf einem impressionistischen Gemälde.

Auch das Kuchen- und Suppenbüfett war vor dem Haus angerichtet, und es dauerte nicht lange, bis Judith und Felix die Hochzeitstorte anschnitten und das Büfett eröffneten.

Ob man mit Suppe anfing oder gleich von dem Kuchen nahm, blieb jedem selbst überlassen. Doch Indi hatte keinen Hunger. Nur aus Höflichkeit nahm sie einen kleinen Teller Suppe und probierte ein halbes Stück von der Hochzeitstorte. Währenddessen unterhielt sie sich weiter mit David und ein paar Leuten aus Felix' Freundeskreis.

Bis Matthias und seine Freundin am Tisch auftauchten.

»Die Kleine liegt im Zimmer und schläft.« Matthias winkte mit einem Babyfon und lächelte in die Runde. Bei Indi blieb sein Blick hängen. Für eine Sekunde erstarrte er, dann legte er seiner

Freundin den Arm um die Schultern und wandte sich an David. »Falls es eine Brautentführung gibt, können wir leider nicht dabei sein. Babywache.« Er tippte erneut auf das Babyfon.

»Netter Versuch.« David sah grinsend zu ihm auf. »Aber glaub nicht, dass du von mir was erfährst. Im Moment sind Judith und Felix mit der Fotografin unterwegs.«

Das zumindest stimmte. Judiths Zeitplan für den Tag war eng getaktet. Wenn es dazwischen einen Timeslot für die Brautentführung gab, war es vermutlich die einzige freie Zeit, die Judith eingeplant hatte. Ihre Freundin würde es hassen. Es sei denn, sie hatte bis dahin genug getrunken.

»Ich hätte Gittis Bowle mitbringen sollen.« Indi sagte es laut. Für einen winzigen Moment sahen alle sie an – aber niemand verstand den Zusammenhang. Nur Matthias bedachte sie mit einem Blick, der zu lange dauerte. Eine steile Falte erschien zwischen seinen Augenbrauen, nur ganz flüchtig, ehe sie wieder verschwand.

So hatte er sie früher auch angesehen. Wenn sie mitten in der Nacht nach Hause gekommen war, betrunken und kichernd und manchmal ein bisschen high. Dabei hatte sie nicht übermäßig getrunken und noch weniger genommen. Doch Matthias sah es jetzt noch, las es in *Gittis Bowle* und saß wieder mit bleichem Gesicht und roten Augen auf dem Sofa, wo er bis zum Morgengrauen ausgeharrt hatte. Wissend, dass sie trank und kiffte und wahllos andere Männer küsste.

Indis Atem wurde schwer.

Das Glück mit seiner Freundin und dem Kind hatte er sich redlich verdient.

Sie sprang auf, verabschiedete sich knapp und kehrte dem Tisch den Rücken.

Einzig Matthias wusste, warum.

Sie ging hinab zum See. Rechts unter den Bäumen begann ein Bootssteg. Am Ende des Steges setzte sie sich auf die Planken, zog die Schuhe aus und tauchte die Füße ins Wasser.

Dort hinten war sie gestern mit René geschwommen. Im Tageslicht schien die Schwimminsel noch weiter entfernt zu sein.

Wo steckte er nur?

Am liebsten hätte sie nach dem Handy gegriffen und ihn angerufen. Sie wollte sich entschuldigen, weil sie ihm vorhin ausgewichen war, und ihm dann alles erzählen. Von Matti und seiner Freundin und dem Baby ... und vielleicht sogar von früher.

Aber im Grunde war es besser, wenn er nicht wiederkam. Einer von ihnen musste die Reißleine ziehen, bevor sie sich noch weiter verhedderten. Bevor es womöglich so schlimm endete wie mit Matthias.

Indi wischte sich die Tränen von den Augen und betrachtete den Glitzer des Lidschattens auf ihrem Handrücken.

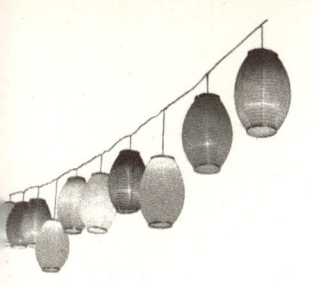

Kapitel 13

Als Indi zur Hochzeitsgesellschaft zurückkehrte, herrschte Unruhe. Die Braut war verschwunden. Alle Gäste, die Lust auf die Suche hatten, sammelten sich vor dem Haus.

Auch Pia lief auf Indi zu. »Kommst du mit? Es geht gleich los.«

Pia war ein guter Grund, um mitzugehen, wenn auch nur der zweitbeste: Matthias und seine Freundin hatten sich mit dem Babyfon auf der Terrasse festgesetzt. Sie würden also nicht dabei sein. Perfekt!

»Klar komme ich mit!«

Indi hatte keine Zeit mehr, um das empfindliche Kleid gegen unverwüstliche Jeans einzutauschen. Nur ihre Turnschuhe hatte sie gestern im Wintergarten zurückgelassen, nah genug für einen schnellen Schuhwechsel.

Danach stapften sie los. Mit etwa zwanzig Leuten in einer Schnitzeljagd durch den Wald. Die Suche hangelte sich an Rätseln, Witzen über das Brautpaar und Geokoordinaten entlang. Anfangs fieberten Indi und Pia bei den Lösungen mit und bemühten sich, etwas Hilfreiches beizutragen. Aber es waren so viele Leute, die beim Rätseln halfen, und schließlich erfand David die Regel hinzu, dass Felix für jedes Rätsel nur einen Hochzeitsgast als Joker einsetzen durfte.

Der Wald wurde dichter, und Indi musste langsamer gehen, um sich nicht das Kleid zu zerreißen. So kam es, dass Pia und sie ein Stück zurückblieben und sich in ihr eigenes Gespräch vertieften. Pia arbeitete immer noch im Club. Von Jahr zu Jahr hatte sie versucht, an verschiedenen Kunsthochschulen aufgenommen zu werden, aber inzwischen glaubte sie nicht mehr daran. Und vielleicht war sie auch schon zu alt und sollte sich dringend etwas anderes überlegen, meinte sie. Indi tröstete sie damit, dass ihre Lampenkunst trotz Studium immer noch eine brotlose Sache war, und am Ende wurden sie sich einig, dass es kaum etwas Naiveres gab als die Hoffnung, von Kunst leben zu können. Und trotzdem konnten sie es beide nicht lassen.

Danach erzählte Pia von einem Kollegen aus dem Club, in den sie seit einer Weile verliebt war. Indi kannte ihn nicht, weil er erst nach ihrer Zeit ins Team gekommen war. Aber Pia erzählte umso mehr: von ihm und von seiner Band und davon, dass seine Musik ebenso wenig Geld einbrachte wie ihre Kunst.

»Und was ist mit dir?«, fragte Pia schließlich. »Was macht die Liebe in deinem Leben?«

Bis jetzt war Indi froh gewesen, dass ihre Freundin größtenteils über sich erzählte. Doch vielleicht war Pia genau die Richtige, um zu reden. Zumindest das Drama rund um Matthias musste Indi ihr nicht erklären. Immerhin war Pia in jenen fiebrigen Clubnächten näher am Geschehen gewesen als Judith – und vermutlich konnte sie sich denken, warum Indi ihren Clubjob vor drei Jahren so unvermittelt gekündigt hatte.

Doch Pia überraschte sie mit einer weiteren Frage: »Nach wem hast du dich heute eigentlich die ganze Zeit umgeschaut? Nach Matthias? Oder nach jemand anderem?«

Erwischt! Jegliches Leugnen war zwecklos. »Nach meinem Mitbewohner.«

»Ein Mitbewohner?«

Spätestens jetzt musste Indi von René erzählen. Von den letzten Wochen, in denen sie sich immer nähergekommen waren. Von all den Gelegenheiten, bei denen sie sich nicht geküsst hatten, und davon, dass sie beide womöglich in der Vergangenheit zu viel Mist erlebt hatten, um eine gesunde Beziehung eingehen zu können. Zum Schluss erwähnte sie, dass René vorhin einfach verschwunden war und dass es tatsächlich am besten wäre, einen saubereren Trennstrich zu ziehen, bevor es richtig wehtat.

»Oh, oh«, machte Pia schließlich. »Die Phase ist hart.«

»Welche Phase?«

»Die, in der man alles anzweifelt, in der man jeden Blick des anderen interpretiert und sinnlose Qualen durchleidet. Wie eine Sechzehnjährige. Oder wie jemand, der ein klitzekleines Beziehungstrauma hinter sich hat. Ihr solltet das möglichst schnell überwinden und Nägel mit Köpfen machen. Aufgabe für heute Abend: Küss ihn!«

»Er ist verschwunden!«

Pia verdrehte die Augen. »Das bildest du dir ein. Ich wette, er ist längst wieder da und wartet auf dich.«

Indi wollte gerade den nächsten Zweifel anbringen, als weiter vorn ihr Name fiel. »Mein Joker für dieses Rätsel ist Indi«, erklärte Felix. Er stand zwischen zwei dicken Eichen und hielt ihr einen handgezeichneten Plan entgegen. »Dieser Schaltplan hier ist ziemlich verwirrend. Wir müssen ihn irgendwie entschlüsseln.«

Verblüfft zeigte Indi auf sich selbst. »Und da fragst du ausgerechnet mich? Zwischen all den Physikern, die hier rumlaufen? Hat Judith dir nicht gesagt, dass ich die schlechteste Elektrikerin des Jahrhunderts bin?«

Ein paar der Umstehenden lachten gutmütig. Aber Felix zuckte mit den Schultern. »Judith hat mir nur gesagt, dass sie dir das nicht glaubt.«

In der nächsten Viertelstunde beugten sie sich gemeinsam über einen konfusen Schaltplan, bestehend aus Steckdosen, Lichtschaltern und Leitungen – bis es ihnen endlich gelang, den Plan auf die umstehenden Bäume zu übertragen.

Kurz darauf fanden sie Judith auf einem Hochsitz, zusammen mit Davids Freundin, einer Flasche Sekt und einer heimlichen Liveübertragung von der Suche. Kichernd und lästernd fiel Judith ihrem Angetrauten in die Arme und küsste ihn.

Der Rückweg zum Herrenhaus führte um den ganzen See herum und dauerte nochmal eine halbe Stunde. Dieses Mal gingen sie in einer größeren Gruppe, und Indi war froh, das Gespräch über Liebesdinge nicht weiter vertiefen zu müssen.

Als sie beim Herrenhaus ankamen, wurde es schon beinahe dunkel. Indi musste sich um die Beleuchtung kümmern, musste sich bereit machen, um den richtigen Moment abzupassen. Nicht zu früh, damit es dunkel genug war für einen Wow-Effekt – und nicht zu spät, damit die Leute nicht zwischendurch ohne Licht dasaßen und deshalb ins Haus verschwanden.

Auf dem Weg über den Parkplatz stutzte sie. Da stand der VW-Bus. René! Er war zurückgekommen.

Indi wollte ihn finden. Jetzt sofort. Noch bevor sie die Fernbedienung für die Beleuchtung suchte. Die eigentlich auf einem Steinsims unter dem Fenster gelegen hatte. Doch nun war sie verschwunden. Alles in Indis Innerem flatterte, während sie über das Gelände irrte. In der Eingangshalle machte der DJ seinen Soundcheck, auch das Personal vom Catering baute das Büfett von draußen nach drinnen. Wenn sie sich nicht beeilte, würden die Gäste tatsächlich ins Haus verschwinden.

René. Wo steckte er nur?

Vielleicht am Seeufer? In der Bucht neben der Sternenkaskade? Oder bei den leuchtenden Feen und Vögeln?

Indi entschied sich für Letzteres. Immerhin hatte er dort übernachtet. Und dort gab es den einsamen Steg.

Sie begann zu rennen. Bestimmt hatte René die Fernbedienung. Hoffentlich! Der Schatten unter den Bäumen wurde jetzt schon undurchdringlich.

Im Halbdunkel lief sie auf den Steg zu – und stieß beinahe mit jemandem zusammen. »Matti! Was machst du denn hier?«

Direkt aus der Dunkelheit war er aufgetaucht. Nur seine blonden Locken leuchteten im Zwielicht. Sein Gesicht war kaum zu erkennen.

»Ich bin bei der Hochzeit eines Freundes. Ich dachte, das wüsstest du.« Sein Tonfall klang kühl – und tief verletzt.

Vielleicht war es das, was bis heute am meisten schmerzte. Nicht die Trennung an sich – sondern die Verletzungen, die sie einander zugefügt hatten.

»Und du? Suchst du was?« Die Eigenarten seiner Stimme waren noch dieselben wie damals. Er sprach warm und melodisch und manchmal mit leisem Spott – wenn es gerade zu seiner Rolle passte.

Er spielte immer eine Rolle, wenn er sich unwohl fühlte.

»Ich suche meine Fernbedienung.« Und René – eigentlich nur ihn.

»Für das Licht?« Zum ersten Mal verschwand die Distanz aus Mattis Tonfall. »Soll ich dir suchen helfen?«

Ihre Kunst hatte er immer geachtet, selbst in den miesesten Momenten. »Nein, nicht nötig.« Sie hatte keine Zeit, mit ihm hier zu stehen. Und helfen sollte er auch nicht.

Und dann, im nächsten Moment, wurde es hell. Die Vögel leuchteten auf. Die Lichterketten zeichneten Konturen um die Rosenbögen. Vorn am See fielen die Sterne ins Wasser. Beinahe zeitgleich glitt ein vielstimmiges Raunen durch den Park. Indi war sprachlos.

Auch Matthias stand mitten im Licht und blinzelte verwundert. »Jemand hat deine Fernbedienung gefunden!« Sein Blick glitt an ihr vorbei in den Baum, dann weiter über die tanzenden Feen, hinaus in den Park und das Ufer entlang. »Krass.« Seine Stimme schwankte. »Damit übertriffst du dich selbst.« Auf einmal kehrten die Gefühle in sein Gesicht zurück, wie aufgebrochene Wunden, die niemals ganz verheilt waren.

»Matti …« Es gab Dinge, die sie ihm nie gesagt hatte. Vielleicht, weil er sie nicht hören wollte oder weil es so schwer war, sie auszusprechen. Oder weil das Ende sie zu schnell und zu böse auseinandergerissen hatte. Doch nun, in dieser surrealen Situation, in der das Schicksal oder welche Macht auch immer sie noch einmal zusammengebracht hatte, hatte sie das dringende Bedürfnis, die Dinge loszuwerden. Nicht, damit er sie verstand – nur damit er Klarheit hatte.

Unsicher begann sie: »Hör zu, Matti … Damals … da war ich nicht ich selbst. Ich war wahnsinnig vor Kummer, ich bin durchgedreht, ich hab unverzeihliche Dinge getan, das weiß ich, aber …«

»Indi.« Matti sprach das Wort, als würde es ihm Schmerzen bereiten. »Ich bin mir nicht sicher, ob ich das jetzt hören will.«

Ihr Mund wurde trocken. Dennoch drängte die Wahrheit heraus. Wenn sie es jetzt nicht sagte, würde er es niemals erfahren. »Aber ich hab nie mit einem anderen geschlafen.«

Matti entwich ein entsetztes Keuchen. Für einen endlosen Moment starrte er sie an. Einer der Leuchtvögel flackerte – vermutlich ein loser Kontakt. Dann glitt der Schmerz erneut über sein Gesicht. »Warum sagst du mir das jetzt? Willst du das Messer noch einmal rumdrehen?« Seine Stimme kippte, sein Schmerz griff auf sie über. Sich selbst hatte sie das schärfste Messer ins Herz gerammt. Damals wie heute.

Aber letztendlich war sie schuldig – und er war es nicht.

»Nein, ich will dir nicht wehtun. Das wollte ich nie.«

Matthias lachte, trocken und rau und gänzlich humorlos. »Das hab ich gemerkt.« Er fuhr sich durchs Gesicht, als wolle er den Schmerz fortwischen, konnte jedoch nichts dagegen tun, dass er sich neu formte. »Weißt du – ich hab mich das lange gefragt. Wie viele Männer es waren, was du mit ihnen getan hast, ob ich dir nicht mehr genug war und ob das …« Er brach ab.

Aber Indi ahnte auch den unausgesprochenen Rest des Satzes. Es war die alles entscheidende Frage, das Resultat von allem, was vorher war.

»Es gab Zeiten, da wäre mir eine Antwort wichtig gewesen«, fuhr er fort. »Auch wenn ich nicht weiß, vor welcher ich am meisten Angst hatte. Aber jetzt …« Er deutete auf das Herrenhaus und die feiernden Menschen. »Jetzt gibt es eine Frau, die mich liebt, und ein Kind, das mich braucht. Und einen Therapeuten, der sich die ganze Scheiße über ein Jahr lang anhören musste, bis ich ihm endlich glauben konnte, dass der Schwarze Peter nicht meine Karte ist.« Seine Wangenmuskeln zuckten, so fest presste er die Zähne zusammen. »Deshalb brauche ich deine Antwort nicht mehr. Und erst recht nicht den Schlamm, den du damit aufwühlst.« Er ballte die Hand zur Faust, drückte sie unter die Nase – es sah aus, als müsste er drohende Tränen mit Gewalt zurückdrängen. »Verdammt, Indi …« Er öffnete die Faust wieder und ließ sie sinken. »Ich hab nie eine Frau so geliebt wie dich. Aber du hast mich verraten. Also guck mich jetzt nicht an, als müsste ich dir verzeihen. Komm lieber mit dir selbst klar. Und tu nie wieder jemandem so weh!«

Damit ließ er sie stehen, schob sich zwischen ihr und dem Baum hindurch und verschwand.

Indi fiel in sich zusammen. Mit der Schulter sank sie gegen den Stamm der Erle.

Er hatte recht. Mit allem.

Aber dieser Ort war ungünstig, um zu heulen. Im Licht unter den Vögeln konnte die halbe Hochzeitsgesellschaft zusehen.

Indi blinzelte und wischte die Tränen fort, richtete sich auf – und entdeckte René, der am Seeufer unter den Bäumen stand. Direkt dort, wo der Steg begann.

Hatte er sie die ganze Zeit beobachtet? Mit Matthias? Hatte er zugehört?

Matti hatte leise geredet. Wenigstens das.

Langsam kam René auf sie zu. Er trug noch immer den dunkelblauen Anzug und die rote Krawatte. Nur der Sitz war verrutscht – und die geschnittenen Haare standen etwas wirr von seinem Kopf ab.

In der Hand hielt er die Fernbedienung. »Du hättest mir ruhig sagen können, dass dein Exfreund hier ist.«

Indi konnte nicht erkennen, was er mit seinen Worten bezweckte. War das ein Vorwurf?

»Wolltest du deshalb, dass ich mit herkomme?« Auch seine Stimme klang seltsam.

Sie hielt den Atem an. Eine weitere Szene würde sie nicht überstehen.

René trat einen Schritt auf sie zu, steckte die Fernbedienung in die Jacketttasche – und zog Indi in die Arme.

Sie hatte das Gefühl, sich aufzulösen. Doch seine Arme hielten sie fest, seine Hände streichelten ihren Rücken, sein Gesicht grub sich in ihre Haare. »Indi.« In dem Wort klang ein tiefer Seufzer mit. »Warum hast du das nicht gesagt? Dann wäre ich vorhin vielleicht nicht in jeden erdenklichen Fettnapf getreten.«

Er machte ihr keine Szene. Keinen Vorwurf. Er hinterfragte nur sich selbst.

»Welcher Fettnapf? Die standen doch alle bei mir.«

Sein Lachen wisperte in ihren Haaren. »Bei dir? Von wegen.« Ein weiteres Seufzen. »Wenn ich gewusst hätte, dass dein Exfreund hier ist, hätte ich diesen albernen Frisörbesuch sein lassen und wäre stattdessen an deiner Seite gewesen – und ich hätte nicht wie ein Tollpatsch mit ihm geplaudert und ihm erzählt, dass ich dein Mitbewohner bin.«

Indi sank noch tiefer gegen seine Schulter. Auch seine Umarmung wurde enger. Seine Hand strich über ihren Rücken, berührte die nackte Haut oberhalb des Kleides.

In ihrem Inneren wurde es still.

»Wenn er nicht gewusst hätte, wer ich bin, wäre er auch nicht zum Steg gekommen, um mich auszufragen.«

»Er hat dich ausgefragt?« Mit einem Ruck wich Indi zurück. »Gerade eben? War er deshalb hier?«

Scheinbar leichtfertig zuckte René mit den Schultern. »Ausgefragt ist vielleicht das falsche Wort. Er hat höflich nachgefragt. Wie es dir geht. Woher wir uns kennen.«

Indi schnaubte. »Von wegen. Er wollte dich tatsächlich ausfragen.«

Renés Blick wirkte ernst. »Er hat sich Sorgen gemacht. Um dich – und komischerweise auch um mich.«

Als ob. Oder doch? Es passte zu Matthias, dass er sich trotz allem noch Sorgen machte. »Hast du ihm was erzählt?«

»Deinem Ex?« René lachte leise. »Na klar. Ich hab ihm meine Liebe gestanden. Wer sonst sollte das besser verstehen als er.«

Seine Liebe? *Welche Liebe?*

»Natürlich nicht!« René packte sie an den Schultern. »Indi! Ich hab nur höflichen Smalltalk gehalten – und über deine Beleuchtung geplaudert. Und darüber, dass das Catering heute Morgen die große Kabeltrommel überfahren hat.«

»Echt jetzt?« Hektisch sah Indi sich um – was natürlich überflüssig war, sie wusste doch, dass die Beleuchtung funktionierte. Nichts war dunkel geblieben.

»Ich hab eine neue besorgt. Was glaubst du denn, warum ich so lange weg war? Ich bin durch halb Brandenburg gefahren, um einen Baumarkt zu finden, der noch offen hat und bei dem es eine große Kabeltrommel mit Funkschaltung gibt.« Seine Hände zogen sich von ihren Schultern zurück.

Indi wollte nicht, dass er sie losließ. Dennoch lehnte sie sich an den Baum. »Ernsthaft? Du hast meine Beleuchtung gerettet! Und ich dachte, du wärst abgehauen.«

Überrascht zog er die Stirn in Falten. »Warum sollte ich abhauen?«

»Weil ich vorhin vor dir weggelaufen bin. Als ich dich mit Matthias gesehen habe.«

»Du bist vor mir weggelaufen?« Jetzt klang er verwundert.

Hieß das, er hatte es nicht bemerkt? Wie das? »Ich bin auf die Kutsche gestiegen und weggefahren.«

René lachte. »Natürlich bist du auf die Kutsche gestiegen. Sie wäre sonst ohne dich gefahren.«

Verwirrt schüttelte Indi den Kopf. Konnte man sich tatsächlich so sehr missverstehen? »Aber auch schon vorher. Ich hab die ganze Zeit mit irgendwelchen Leuten gequatscht und bin Matthias ausgewichen und hab dich zwischen den anderen Gästen allein gelassen. Erst vor der Kirche hab ich dich entdeckt. Dabei hätte ich viel eher nach dir suchen sollen.«

René neigte den Kopf zur Seite. »Ich war ja auch nur vor der

Kirche. Ich kam gerade vom Frisör, da passierte das mit dem Caterer. Sie sind nicht nur über die Kabeltrommel gerollt, sondern haben auch eine ganze Reihe von Lichterketten abgerissen. Also hab ich alles wieder angebracht und wollte dir nach der Kirche Bescheid sagen – aber du warst so schnell mit der Kutsche verschwunden wie Aschenputtel kurz vor Mitternacht. Und dann dachte ich, ich sag es dir gar nicht, damit du dir keine unnötigen Sorgen machst.«

Indi sah sich um. Dass der Leuchtvogel flackerte, hatte nichts mit der Kabeltrommel zu tun. »Tatsächlich hab ich gar nichts bemerkt.«

»Siehst du.« Er klang zufrieden.

»Ich habe mir trotzdem Sorgen gemacht. Weil du weg warst.«

Etwas in seinem Gesicht änderte sich. Hatte sie ihm gerade ein Geständnis gemacht? Und was war das eben von ihm gewesen? Sein Scherz über die Liebeserklärung?

Der DJ im Haus hatte den Soundcheck beendet. Es folgte eine Ansage, von der sie nichts verstanden. Danach setzte Musik ein.

»Meinst du, man kann schon tanzen?« René deutete zum Haus.

Indi wusste es nicht. Um diese Dinge hatte David sich gekümmert. »Wenn sie nicht erst Hochzeitsspiele veranstalten.«

»Muss man da mitmachen?«

Indi würde heute nichts mehr spielen. Erst recht nicht, wenn Matthias in der Nähe war. »Für mich bitte nur tanzen. Aber es gibt auch ein Abendbüfett. Falls du Hunger hast. Und eine Cocktailbar.« Heute Abend würde sie Alkohol mit ihm trinken. Es sei denn, er weigerte sich.

»Gegen Cocktails ist nichts einzuwenden.« Er griff nach ihrer Hand und zog sie mit sich. »Aber zuerst tanzen. Na los!«

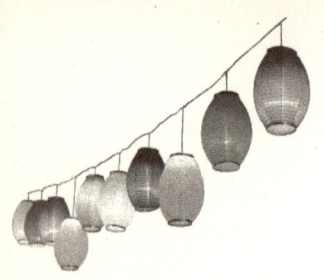

Kapitel 14

L achend stolperten sie über die Terrasse, sprangen die Treppenstufen hinauf und folgten der Musik ins Innere.

Die Tanzfläche lag in der Eingangshalle, im Vestibül zwischen dem Kamin und der großen Freitreppe. Doch bis jetzt tanzte niemand. Nur vor der Treppe bildete sich Getümmel.

Indi hatte noch nicht begriffen, was für eine Art von Getümmel das war, als sie auch schon mitten darin standen. Erst dann entdeckte sie Judith auf halber Höhe der Treppe, mit dem Rücken zu ihnen. Sie holte aus und warf etwas in hohem Bogen durch die Luft. Den Brautstrauß. Er flog auf Indi zu, an ihr vorbei – und direkt in Renés Arme.

Der ganze Saal lachte.

»*Fail!*«, rief jemand.

René winkte Indi mit dem Brautstrauß zu. »Tut mir leid. Aber ihn fallen zu lassen hätte Unglück gebracht.«

Fast alle Frauen hatten sich zu ihm umgedreht. Überhaupt galt nun sämtliche Aufmerksamkeit ihm.

»Du weißt aber, dass du jetzt einen Mann heiraten musst, oder?«, rief Judith von der Treppe herab.

Wieder lachten alle.

Renés Blick lag noch immer auf Indi. Er hob den Brautstrauß und schaute sie bedauernd an. »Du hast sie gehört. Es tut mir leid, dass du es so erfährst. Ist in deiner Wohnung noch Platz für einen Mann?«

Lachend wollte Indi ihm gegen die Schulter boxen. Aber René wich geschickt zurück.

Um sie herum kam die Diskussion auf, ob der Wurf galt oder ob Judith nochmal werfen sollte. Alle redeten durcheinander. Das Ergebnis der Debatte blieb unklar, bis Judith kam und René den Strauß aus der Hand nahm.

Dieses Mal fing Matthias' Freundin den Brautstrauß. Jubelnd sprang sie in die Luft und fiel dann Matthias in die Arme.

Indi wartete darauf, dass es wehtat. Aber der Schmerz war nur ein dumpfes Drücken. Wichtiger war René, der sie mit ernstem Ausdruck ansah.

Gleich darauf machte der DJ eine Ansage zum Hochzeitswalzer, Judith und Felix traten in die Mitte des Saals und begannen zu tanzen. In einer großen Runde wirbelten sie durch den Raum. Matti und seine Freundin waren die Zweiten, und schon bald folgten weitere Paare.

Plötzlich stand René vor Indi, deutete eine Verbeugung an und hob die Augenbrauen. »Wiener Walzer?«

»Klar.« Indi liebte den schnellen Walzer.

René zog sie an sich, und noch im selben Moment tanzten sie los, in kleinen wirbelnden Kreisen. René hielt sie fest, bis sie glaubte, in seinen Armen zu fliegen.

Nach dem Walzer folgten andere Paartänze. Diskofox, Cha-Cha-Cha, Tango … René konnte sie alle. Und Indi erinnerte sich daran. Wenn er sie führte, kamen die Bewegungen von allein.

Doch schließlich lösten sich die Paarformationen auf, und die meisten begannen, in Gruppen oder im Kreis zu tanzen wie in einer Disko.

René konnte in jeglichen Varianten tanzen. Zu jedem Rhythmus fand er eine passende Bewegung und gleichzeitig die Aufmerksamkeit der anderen. Er war der Tänzer auf der Fläche, der von den Mittänzern imitiert wurde. Weil jeder Schritt und jede Bewegung gut aussah.

Doch René kümmerte sich nicht um die Aufmerksamkeit. Seine Blicke waren nur bei Indi. Mehr und mehr stimmten sich ihre Schritte aufeinander ab, bis sie sich inmitten der Gruppe bewegten und es trotzdem so wirkte, als tanzten sie nur miteinander. Indi trug noch immer ihre Turnschuhe. Zu dem türkisblauen Spitzenkleid passten sie zwar überhaupt nicht, doch auf der Tanzfläche waren sie praktisch.

Irgendwann begannen die Hochzeitsspiele, draußen auf der Terrasse unter der Beleuchtung. Die Tanzfläche leerte sich, und der DJ machte Pause.

Doch Indi wollte nicht zu den anderen.

»Jetzt zum Büfett?« René nahm sie an der Hand.

Indi schüttelte den Kopf. Ihr Bauch war gefüllt mit Aufregung und einem dumpfen Drücken. Es war unmöglich, etwas zu essen. »Ich hab noch keinen Hunger.«

Matthias war mit den anderen nach draußen verschwunden. Seine Freundin war bei ihm, und sein Kind schlief in einem der Gästezimmer. Das gesamte Glück war an ihm hängen geblieben. Vielleicht, weil er es verdient hatte …

Indis Schmerz flammte auf. Das schwarze Loch war noch da. Ganz egal, wie sehr sie es ignorierte. Und ganz gleich, wie gut sich Renés Gegenwart anfühlte. »Von mir aus können wir mit den Cocktails anfangen.«

René schaute sie an, eine Spur zu lange.

Hastig zog Indi ihn weiter.

Die Bar war in einem kleinen Nebenraum, mit roten Samtsofas und dunkel getäfelten Wänden. Hier war es ruhig. Nur der Barkeeper polierte Gläser und fragte nach ihren Wünschen. Indi bestellte einen Strawberry-Granita und René einen Mojito. Dann ließen sie sich auf eins der Sofas fallen. Das Kopfteil war hoch und geschwungen und dann am gemütlichsten, wenn man sich seitlich dagegenlehnte. Indi fand die bequeme Haltung als Erste, und René tat es ihr gleich – bis ihre Gesichter dicht voreinanderlagen.

Seine Frisur war vom Tanzen zerwühlt, feiner Schweiß glänzte auf seiner Stirn, und seine Haut war nicht mehr ganz so glatt rasiert wie am Morgen. Sein Jackett und die Krawatte hatte er beim Tanzen abgeworfen und die Hemdsärmel hochgekrempelt.

»Allmählich ähnelst du wieder meinem zerzausten Untermieter.«

René hob die Augenbrauen. »Soll ich mir schnell ein Bügeleisen suchen?«

»Nicht nötig.« Indi musste lachen. »Ich mag meinen zotteligen Mitbewohner. Es ist ein bisschen irritierend, wenn er plötzlich aussieht wie ein BWL-Professor.«

»BWL …?« Renés Augenbrauen hoben sich noch höher. »Okay. Ich gehe mich umziehen.«

Wieder lachten sie. Die Cocktails wurden neben ihnen abgestellt, und sie tranken davon. Indi brauchte nur wenige Schlucke, ehe der Schwindel in ihren Kopf zog. Anscheinend war sie nichts mehr gewöhnt. Dennoch tauschten sie die Gläser, probierten beim anderen und tauschten zurück.

Renés Gesicht war noch immer nah – und trotzdem nicht nah genug. Wie lange schlichen sie jetzt schon umeinander? Wochen? Monate? Ewig?

Ziemlich genau einen Monat. Mehr war es nicht. Bei ihrem Lichterfest Anfang Juli hatte Indi ihn zum ersten Mal gesehen. Und das Lichterfest im August wäre heute gewesen. Wenn ihre Lampen nicht stattdessen auf Judiths Hochzeit leuchten würden.

Küss ihn! Pias Stimme geisterte durch ihren Kopf.

Einfach so? Indi wagte es nicht. Dennoch wurde sie übermütig. »Weißt du, was? Ich schlage ein Spiel vor. Wahrheit oder Trinken.«

René hörte auf, in seinem Cocktail zu rühren. »Du willst ein Trinkspiel mit mir spielen?«

Um nicht den Mut zu verlieren, nahm Indi einen weiteren Schluck. Ihr Kopf drehte sich schon heftiger. »Die Regeln sind einfach. Jeder stellt eine Frage. Der andere muss antworten oder drei Schlucke von seinem Cocktail nehmen. Aber man darf so lange weiterfragen, bis man eine Antwort bekommen hat. Dann fragt der andere. Bist du dabei?«

Renés Blick wurde dunkel. »Du meinst, entweder wir erfahren alles, was wir immer schon wissen wollten – oder wir sind so hacke, dass wir Dinge tun, die wir uns sonst nie getraut hätten?«

Indis Nervosität flammte auf. »In etwa so.«

René zog an seinem Strohhalm. Für einen Moment wirkte auch er nervös. Dann erschien ein schiefes Grinsen auf seinem Gesicht. »Klingt spannend – und ein bisschen irre. Der Narr aus dem Tarot ist dabei.« Nach einem weiteren Schluck deutete er auf Indi. »Deine Spielidee. Du darfst anfangen.«

Darauf war sie nicht vorbereitet. Sie beide hatten rote Linien um empfindliche Themen gezogen. Seit Wochen wichen sie den Linien aus. Und nun durfte sie endlich fragen. Aber sie wollte ihn auch nicht überrennen.

Am besten begann sie mit einer allgemeinen Frage. »Du hast mal erzählt, dass du immer schon Kriegsreporter werden wolltest. Wie kommt man auf so was? Gibt es einen persönlichen Grund?«

Seine Augen weiteten sich – und beruhigten sich wieder. »Definiere persönlichen Grund ... Ich war so ein Überfliegerkind. Seit ich denken kann, wollte ich immer nur lernen und wissen. Am meisten haben mich Menschen interessiert. Politik und Gesellschaft. Konflikte und Kriege. Ich wollte verstehen, wie all das zusammenhängt. Und dann bin ich auf den Nahen Osten gestoßen. Auf diesen Teil der Welt, in dem die Wiege der Menschheit liegt, der Ursprung unserer ältesten Kulturen. Ich wollte wissen, warum die menschliche Gesellschaft ausgerechnet in ihrem Kern auseinanderbricht – und ich wollte es von Nahem sehen. In meiner Jugend war das so was wie ein Spleen. Aber das Interesse hielt an. Und als ich erwachsen war, hat es mich dorthin getrieben. Nicht sofort in den Krieg. Aber in den Nahen Osten. Bis er meine zweite Heimat wurde. Und alles, was danach passiert ist … persönliche Gründe trifft es wohl ganz gut.«

Indi wartete. Darauf, dass er mehr erzählte. Aber René schwieg.

Jetzt kam also seine Frage. Indi nahm den Strohhalm in den Mund – vorsorglich.

»Wenn du jetzt schon trinkst, ist das ein Fehlstart.« Er legte die Hand auf ihr Glas. »Erst die Frage. Deine Mutter hat dich also vor der Wohnungstür deines Großvaters ausgesetzt. Aber sie wird ja nicht schon in ihrer Kindheit verschwunden sein. Was weißt du über sie?«

Indi atmete tief ein. Ausgerechnet eine Frage zu ihrer Mutter. Doch wenigstens war sie schnell beantwortet. »Ich weiß wirklich so gut wie nichts. Selbst Nikolas kannte sie kaum. Das zwischen ihm und meiner Großmutter war eine Reisebekanntschaft. Sie haben sich in ihrer wilden Hippiezeit kennengelernt und sind sechs Wochen zusammen gereist. Als Nikolas erfuhr, dass er Vater wird, hatten sich ihre Wege schon längst getrennt. Und dabei ist es geblieben. Meine Großmutter wollte wohl nicht wegen eines Kindes zusammenziehen oder gar heiraten. Sie wollte frei sein und weiterhin reisen und hat darauf bestanden, ihre Tochter allein großzuziehen. In den Jahren danach war sie immer noch in der ganzen Welt unterwegs. Mein Großvater hat Valeria nur ein paarmal gesehen, als sie noch klein war. Ansonsten hat meine Großmutter ihm nur Fotos geschickt. Jedes Jahr an Valerias Geburtstag ein Bild, und jedes Mal aus einem anderen Teil der Welt. Bis meine Mutter sechzehn war. In dem Jahr ist meine Großmutter gestorben. Irgendwo im Ausland an einer Infektion, sie war erst Anfang vierzig. Nikolas hat alles in Bewegung gesetzt, um Valeria zu finden und zu sich zu holen. Aber an ihrer letzten Meldeadresse in Deutschland war sie nicht. Stattdessen hat er nie wieder von ihr gehört. Bis ich plötzlich auf seiner Türschwelle lag – nur zwei Jahre später. Zu der Zeit war meine Mutter gerade achtzehn.« Mit einem Seufzen hob Indi den Cocktail und trank einen Schluck, nicht, weil es zum Spiel gehörte, nur weil es schmeckte.

Und weil sie ihre nächste Frage erst finden musste. Im Grunde gab es nur zwei Kategorien, die wichtig waren: Krieg oder Liebe.

Hast du auch schon daran gedacht, mich zu küssen?

Was hast du heute Morgen zum Thema Duschen in unseren Chat getippt und dann wieder gelöscht?

Es war unmöglich, eine von *diesen* Fragen zu stellen. Also blieb nur der Krieg – und diese eine Beobachtung, die ihr seit gestern Abend nicht mehr aus dem Kopf ging. »Du bist verletzt worden. Ist das in einem Kriegsgebiet passiert?«

Für eine Sekunde sah er erschrocken aus. Dann schaute er auf seinen Cocktail und rührte klirrend darin herum. Eiswürfel, Pfefferminzblätter und Limetten schwammen hektisch im Kreis, selbst dann noch, als er drei kräftige Schlucke trank.

Indi biss sich auf die Unterlippe. Sie musste behutsamer sein. Trotzdem ließ das Kriegsthema sie nicht los. »Seit du bei mir wohnst, deckst du deine Skulpturen mit Tüchern ab. Allenfalls die Statue, an der du gerade arbeitest, liegt offen. Warum machst du das? Und was würde passieren, wenn jemand die Tücher runternimmt?«

Für eine Sekunde sah René aus, als wollte er antworten, dann hob er sein Cocktailglas und trank erneut. Dieses Mal waren es mehr als drei Schlucke. Am Ende war das Glas leer. Mit einem vernehmbaren »Ahhhh« stellte er es auf den Tisch und griff nach der Karte. »Ich glaube, ich muss nachbestellen.«

Während er einen weiteren Cocktail aussuchte, wurde Indi unruhig. Immer wieder nippte sie an ihrem Strohhalm und versuchte, akzeptable Fragen zu finden. Als das nächste Glas neben René abgestellt wurde, hatte sie zumindest einen neuen Ansatz: »Ich fasse mal zusammen. Du warst in verschiedenen Kriegsländern, unter anderem in Syrien und Afghanistan. Du hast Bombenangriffe miterlebt, und deine Skulpturen zeigen Menschen, die du dort getroffen hast. Aber bis jetzt hältst du deine Kunstwerke geheim. Erst dachte ich, du deckst sie ab, damit ich sie nicht sehe. Aber kann es sein, dass du das für dich tust? Damit sie dich nicht die ganze Zeit an den Krieg erinnern?«

Mit gespielter Theatralik hob René den neuen Cocktail hoch, drehte ihn im Gegenlicht und bewunderte die Farbschichten. Dann setzte er erneut den Strohhalm an. Aber dieses Mal trank er nur zwei Schlucke, ehe er den Kopf hob. Plötzlich zupfte ein Grinsen an seinen Mundwinkeln. »Ich gebe es zu: Du hast recht. Ich tue das, weil ich ihren Anblick nur schwer ertragen kann. Aber wenn du weiter in diese Richtung bohrst, werde ich sehr schnell sehr betrunken sein.«

Nuschelte er etwa schon ein bisschen? Oder täuschte er es vor? Vermutlich wäre es klug, eine harmlose Frage dazwischenzuschieben.

Doch René war schneller. »Wenn ich deine Annahmen bestätige, ist das doch auch eine Antwort, oder? Dann bin ich jetzt nämlich dran. Matthias und du – wann habt ihr euch getrennt?«

Indi wurde unruhig. Vielleicht war dieses Spiel doch keine gute Idee gewesen. »Vor drei Jahren.«

»Vor drei Jahren ist auch dein Großvater gestorben.«

Schlau kombiniert, Sherlock. Er sollte bloß nicht in diese Richtung weiterfragen.

Aber zuerst war sie dran. »Als wir gestern Nachmittag bei deinen Eltern waren, hast du etwas angedeutet. Dass du nicht bei ihnen bleiben konntest, weil sie dich immerzu *retten* wollten. Wovor wollten sie dich retten?«

Renés Miene veränderte sich schneller, als sie es erfassen konnte. Für eine Sekunde wirkte er vollkommen ernst. Dann nahm er seinen Cocktail, und dieses Mal trank er die komplette untere Farbschicht.

Indi stieß ein Fluchen aus. »Gibt es irgendeine Frage, die du beantworten würdest?«

Dieses Mal lachte er. »Klar. Irgendeine Frage werde ich bestimmt beantworten. Du könntest mich nach meinem Lieblingseis fragen. Oder welche Musik ich gern höre. Oder welches mein Lieblingstanz ist.« Er seufzte leise. »Und ich finde, dass deine letzte Frage damit hinlänglich beantwortet ist.«

»Welche Frage?«

Er lachte noch lauter, und erst jetzt begriff sie: Er hatte tatsächlich gerade ihre letzte Frage beantwortet. »Du trickst mich aus.«

»Überhaupt nicht.« Triumphierend grinste er. »Du hast nur nicht aufgepasst. Jetzt bin ich dran. Matthias und du – ihr habt euch also vor drei Jahren getrennt. Dein Großvater ist auch vor drei Jahren gestorben. Hat beides miteinander zu tun?«

Indi schluckte. Auf diese Frage durfte sie nicht antworten. Sonst waren sie im Nullkommanichts bei der schrecklichen Wahrheit.

Hastig nahm sie ihren Cocktail. Inzwischen hatte sie so viel daran genippt, dass nach drei Schlucken nur noch ein wässriger Rest übrig war. Der Strohhalm schlürfte vernehmlich, während sie das Glas leerte.

»Aha.« René tat so, als wäre auch das eine Antwort.

»Nichts aha.« Indi angelte nach der Cocktailkarte. »Aber jetzt muss ich nachbestellen.«

Eigentlich wusste sie längst, welchen Cocktail sie als Nächstes wollte, dennoch studierte sie ausgiebig die Karte, ehe sie dem Barkeeper zuwinkte.

»Soso«, sagte René, und während sie auf den Cocktail warteten, ließ er sie nicht mehr aus den Augen. Auch Indi sah ihn an, bis es ein handfestes Blickduell wurde. Den anderen böse anschauen, siegessicher lächeln, listig die Augen zusammenkneifen. Einer gab den Blick vor, und der andere machte ihn nach, bis sie lachend aufeinander zutrieben – und ein weiteres Mal zurückzuckten.

Dann war der neue Cocktail da. Einfühlsamer Ernst lag in Renés Miene. Dennoch stellte er seine Frage. »Also, die Trennung von Matthias und der Tod deines Großvaters. Wir stellen fest, dass beides zusammenhängt. Was war zuerst?«

Mist! Indi griff nach ihrem neuen Cocktail. Er war knallgrün und schmeckte nach Pfefferminze. Nach dem dritten Zug nahm sie noch einen vierten. Das Sofa begann zu schwanken.

Renés Gesichtsausdruck wurde nachdenklich. »Na gut. Themenwechsel. Wo hast du so gut tanzen gelernt?«

»Ich?« Indi war erstaunt. Sie hatte nie darüber nachgedacht, ob sie gut tanzte. *Er* tanzte gut. Aber sie? »Ich tanze halt.«

»Das ist keine Antwort. Du kannst Paartänze. Wo hast du sie gelernt?«

Zumindest diese Frage war leicht zu beantworten. »Von meinem Großvater. Ich war vierzehn, als er fand, dass es an der Zeit wäre für einen Tanzkurs. Aber ich wollte nicht. Niemand sonst machte einen Tanzkurs, es wäre mir albern vorgekommen. Doch er behauptete, er würde mir beweisen, wie albern das ist. Und dann hat er das Wohnzimmer leer geräumt und gesagt, ich sollte alle meine Freunde einladen. Ich hatte ein bisschen Angst, dass es wirklich peinlich wird, also hab ich nur Judith davon erzählt. Und dann hat er uns das Tanzen beigebracht, in unserem Wohnzimmer. Weil keine weiteren Freunde da waren, hat er im Haus nachgefragt, und dann kam noch Ismael dazu. Am Ende haben wir wochenlang nur getanzt, alle Paartänze rauf und runter und sämtliche Schritte, die mein Großvater kannte – und er kannte viele Schritte.« Wie in einem Familienvideo sah Indi die Erinnerung vor sich. »Irgendwann sprach sich im Haus herum, wie viel Spaß wir hatten, und schließlich kamen sie alle. Groß und Klein, Jung und Alt. Alle haben in unserem Wohnzimmer getanzt, und jeder hat Tanzschritte aus seiner Kultur eingebracht.«

René hatte den Kopf wieder seitlich an die Lehne gelegt. Ein weiches Lächeln erschien auf seinem Gesicht. »Soll ich dir was sagen, Indi? Dieses Haus, in dem du wohnst, und die Menschen darin … Es ist ein ganz besonderes Haus. Bevor ich euch kennenlernte, wusste ich nicht, dass man sich in ein Haus mitsamt Inhalt verlieben kann.«

In Indis Brust flatterte etwas auf. Er hatte sich also in ein Haus verliebt … in *ihr* Haus – mitsamt den Menschen darin. Wenn das kein Liebesgeständnis war …

Sie musste schnell eine neue Frage finden. Irgendeine, damit sie nicht über Liebe redeten. »Und wo hast du tanzen gelernt? Ich meine ... Wenn einer von uns perfekt tanzt, dann du.«

Sein Mundwinkel hob sich zu einem schiefen Lächeln. »In der Ballettschule.«

Indi lachte auf. »Jetzt verarscht du mich.«

»Nein. Überhaupt nicht.« Sein Grinsen wurde breiter. »Ich hab eine große Schwester. Als sie fünf war und ich drei, wollte ich alles können, was sie konnte. Also musste ich auch zum Ballett. Und dann hat es mir Spaß gemacht. Nur Jazztanz mochte ich noch lieber. Mit zehn habe ich dahin gewechselt, und dann hab ich zehn Jahre lang Jazz-Turniere getanzt. Ich war der einzige Mann in der Mannschaft. Meine Trainerin meinte mal, das sei der Grund, warum wir so oft gewinnen. Weil alle nur auf mich starren. Die anderen durften so viele Fehler machen, wie sie wollten, nur ich musste perfekt sein.« Er lachte. »Paartanz hab ich nebenbei gemacht. Das war eine andere Abteilung, aber es waren immer zu wenig Männer da, also haben sie mich gefragt, ob ich aushelfe.«

Er warf einen Blick auf seinen Cocktail, schob den Strohhalm vorsichtig durch die verbliebenen Farbschichten und trank einen Schluck.

Indi glaubte, dass seine Antwort damit beendet war. Aber René erzählte weiter: »Ich war schon fast neunzehn, als ich meine erste Freundin mit nach Hause gebracht habe. Mein Eltern sahen nie überraschter aus als an dem Abend. Ich glaube, bis dahin waren sie überzeugt, dass ich schwul bin.«

Nur weil er tanzte? »Klischees sitzen tief in den Menschen.«

»Allerdings.« Sein Blick strich sanft über Indis Gesicht. »Wenn ich richtig gezählt habe, kommt jetzt wieder meine Frage. Welches Klischee geht dir am meisten auf den Keks?«

Indi verdrehte die Augen. Vermutlich ahnte er die Antwort

schon. »›Woher kommst du?‹ Diese Frage geht mir mächtig auf den Keks. Niemand würde das fragen, wenn ich weiß wäre. Aber meine Hautfarbe lädt jeden dazu ein. Sie meinen es nicht böse – und erst recht nicht rassistisch. Die meisten sind nur neugierig. Aber ich hab ein Problem mit der Frage. Weil ich darauf keine Antwort weiß. Ich weiß nur, dass die Hautfarbe von meinem Vater stammen muss.«

Renés Blick strich noch immer über ihr Gesicht. Im Gegensatz zu den meisten hatte er ihr diese blöde Frage nie gestellt.

Aber jetzt war sie wieder dran. »In deiner Werkstatt bei deinen Eltern lag ziemlich viel Staub. Deine Mutter klang auch so, als wärst du schon lange nicht mehr da gewesen. Aber bei mir bist du erst vor einem Monat eingezogen. Heißt das, du hast in der ganzen Zeit dazwischen auf der Straße gelebt? Wie lange?«

René stieß ein leises Schnauben aus. Dann nahm er den Strohhalm in den Mund und ließ die orangefarbene Schicht fast vollständig dran glauben.

Indi hätte am liebsten ein weiteres Mal geflucht. Aber dieses Mal würde sie nicht versehentlich eine Fluch-Frage stellen. »Glaub ja nicht, dass ich dich nach deinem Lieblingseis frage. Und deine Lieblingsmusik höre ich aus deinem Atelier. Kannst du nicht wenigstens eine meiner Fragen beantworten?«

Eine Spur von Müdigkeit fiel in sein Lächeln. Er stellte den Cocktail ab und rieb sich die Nasenwurzel. »Deine Fragen zielen alle auf den Krieg. Und dazu werde ich heute Abend nichts beantworten.«

Würde er denn jemals darüber reden?

Vielleicht sollten sie das Spiel gut sein lassen. Nur eine letzte Frage konnte Indi sich nicht verkneifen. »Du hast jeden Dienstag und jeden Freitag einen Termin. Wohin gehst du?«

René rieb mit beiden Händen durch sein Gesicht. Dann

schüttelte er den Kopf. »Du hast mich erwischt. Ich gehe zu einem Therapeuten.«

Zweimal in der Woche? Es musste dringend sein, wenn er jede Woche zwei Termine hatte. »Redest du mit *ihm* über den Krieg?«

»Ja.« Plötzlich klang seine Stimme rau. »Okay, hör zu. Ich beantworte dir die Kernfrage, auf die deine Fragen hinauslaufen. Aber danach musst du Ruhe geben. Ich hab, wie du schon weißt, bei meinen Eltern auf dem Hof gewohnt, als ich wiederkam. Zu dem Zeitpunkt war uns allen klar, dass ich etwas sehr Übles hinter mir hatte. Aber was das bedeutete, hat keiner von uns begriffen. Bis ich zusammengebrochen bin. Ich habe eine Posttraumatische Belastungsstörung. Manchmal braucht es nur einen winzigen Reiz, einen Geruch, ein Bild, ein Geräusch – und plötzlich bin ich wieder im Krieg. Dann bestehe ich nur noch aus Angst. Und wenn das passiert, ist es kein schöner Anblick. Deshalb decke ich auch meine Skulpturen zu. Damit ich Kontrolle darüber habe, zu welchem Zeitpunkt ich mich mit welcher Erinnerung auseinandersetze. Und darum werde ich bei einer Hochzeit keine Kriegsfragen beantworten.«

Ein kaltes Gefühl legte sich um Indis Nacken. Etwas in der Art hatte sie befürchtet. Es zu hören war trotzdem ein Schock.

»Heute Abend …« René beugte sich in ihre Richtung, »möchte ich gern so tun, als wäre ich gesund und munter. Darf ich?«

Indi wollte selbst, dass er gesund und munter war – aber nicht nur für einen Abend. »Kann man etwas dagegen tun? Gegen die Belastungsstörung? Kann man das heilen?«

Sein Gesicht kam noch näher. »Ja, kann man. Aber es ist ein hartes Stück Arbeit. Wenn ich gesund werden will, muss ich alle Erinnerungen wieder hochholen und noch einmal durchleben.«

»Und das machst du in der Therapie?«

»Ja.«

»Funktioniert es?«

Er stieß ein bitteres Lachen aus. »Ich denke schon. Achte mal darauf, wie ich dienstags und freitags nach Hause komme.«

Er war still und blass, wenn er wiederkam, ging schnell in sein Zimmer und blieb bis zum Morgengrauen wach. Manchmal hörte sie ihn mitten in der Nacht unter der Dusche. Oder er meißelte an seinen Skulpturen. »Ich weiß«, flüsterte sie. »Ich hab das längst bemerkt.«

Sein Gesicht wurde offen und weich. Eine Spur von Verletzlichkeit lag darin, als hätte er seine nackte Seele in ihre Hände gelegt.

Indi wollte nicht darüber nachdenken, ob sie sein Vertrauen wert war. Matthias würde das ganz sicher abstreiten.

Doch dieser Moment durfte nicht dem Gedanken an ihren Ex gehören. Einzig René zählte. Wieder kam sein Gesicht näher.

Die erste Begegnung ihrer Lippen war vorsichtig, wie eine Frage in ihrem Spiel. Erst die Antwort trieb sie mit der Wucht eines Sturmes zusammen. Ihre Hände griffen nach dem anderen, mussten einander festhalten. Schwindel wirbelte um sie herum, ließ sie drehen und kreisen, während alles andere in die Ferne entschwand. Es war egal, dass der Barkeeper im selben Raum war, egal, dass weitere Menschen hereinkamen, egal, dass jeder sehen konnte, wie sich ihre Hände unter der Kleidung des anderen verfingen. Der Rausch des Alkohols tat sein Übriges, wischte jeden Zweifel beiseite.

Bis das melodische Lachen zu ihr durchdrang, dieser eine Laut, den sie zwischen tausend gleichartigen heraushörte. Er war begleitet von einem weiblichen Kichern – und verstummte abrupt.

Hastig wich Indi zurück. Matthias und seine Freundin standen im Raum. Marie – das war ihr Name. Sie sah süß aus in Mattis Armen, glücklich und mit roten Wangen.

Nur seine Miene war erstarrt. Sein Blick huschte zwischen Indi und René und den leeren Cocktailgläsern hin und her. Erst jetzt ahnte sie, wie sie aussah. Mit Turnschuhen zum zerknitterten Abendkleid, die Schminke verwischt und ihre Haare schon seit dem Waldabenteuer nicht mehr zu bändigen.

Für Matti musste sie aussehen wie damals. Verlottert und außer Kontrolle – und auf dem Schoß eines anderen.

Das schwarze Loch öffnete sich und zog sie an. Indi musste aufspringen, um sich dagegenzustemmen. »Komm mit!« Sie griff nach Renés Hand, zog ihn hoch und stieß gegen das Tischchen mit ihren Gläsern. Ihr Cocktail war noch halb voll. Indi trank ihn in einem Zug leer. Sollte Matthias doch glauben, was er wollte.

Gleich darauf zog sie René weiter und stolperte an ihrem Exfreund vorbei aus der Bar. Weitere Gäste kamen ihnen entgegen. Die Hochzeitsspiele waren vorbei, und die Diskomusik dröhnte durch die Halle. »Lass uns tanzen!«

Der Alkohol verursachte weiteren Schwindel. Zwei Cocktails. Nur Unschuldslämmer waren nach so wenig Alkohol betrunken. Oder Leute, die sich vor Ewigkeiten geschworen hatten, nie wieder etwas zu trinken.

René zog sie auf die Tanzfläche. Aber es war anders als vorher. Dumpfes Schuldgefühl wollte die Freude zersetzen. Indi wehrte sich, indem sie tanzte. Doch Renés Augen spiegelten die Sorge.

Solange sie tanzte, musste sie nicht entscheiden, ob sie René noch einmal küssen sollte. Ihnen beiden eine Zukunft einräumen sollte … Der eine mit einem Kriegstrauma, und die andere mit einem Beziehungstrauma.

Aber wie lange konnte sie noch standhalten, während der Rausch durch ihren Kopf wirbelte? Wie lange konnte sie René ansehen, ohne der Anziehungskraft zu verfallen?

Nach einem Song voller Wildheit und Rebellion fiel sie in seine Arme, musste ihn küssen, um den Schmerz zu verdrängen. Ein paar der anderen Tänzer jubelten. Indi meinte, Judiths Stimme darunter zu hören. Auch Pia stand zwischen den Tänzern und pfiff laut auf zwei Fingern. Doch nur René bemerkte die Tränen auf Indis Gesicht. Behutsam küsste er sie fort, auch dann noch, als das nächste Lied begann und alle anderen weitertanzten. Dieser Ort war schon lange viel zu öffentlich für so viel Gefühl. Dennoch war es unmöglich, sich von der Stelle zu rühren. Bis sie Matthias entdeckte, der am Rand der Tanzfläche auftauchte, Marie ein weiteres Mal an seiner Seite. Sein Entsetzen schlug Indi wie eine Schockwelle entgegen – und Marie schien es mit einem Blick zu erfassen. Sie zog ihn am Arm, als wollte sie ihn zur Rede stellen. Wenn das eine Szene wurde, war es ein weiterer Schuldschein auf Indis Rechnung. Matthias nahm sich am besten einen Anwalt, um gegen sie zu klagen.

Doch irgendwo in ihrem Inneren formte sich Trotz. Dieser eine, fatale Fehler durfte nicht ihr restliches Leben bestimmen. Und vielleicht konnte René trotz allem die Zukunft sein – wenn sie genauso behutsam mit ihm umging wie er mit ihr.

In dieser Nacht würde er nicht allein in seinem VW schlafen. Indi fasste ihn an der Hand und zog ihn Richtung Freitreppe. Als sie sich noch einmal umdrehte, fiel ihr Blick auf Judith, die bis eben ausgelassen mit Felix und ihren Gästen getanzt hatte. Nun aber blieb sie stehen, strahlte über das ganze Gesicht und formte mit den Händen ein Herz in Indis Richtung. Spätestens jetzt schien jeder im Saal zuzusehen, wie Indi und René gemeinsam nach oben gingen. Doch plötzlich war es egal. Sollte Matthias

doch glauben, dass sie ein weiteres Mal in den Abgrund sprang –
dieses Mal würde sie fliegen.

Die Hotelzimmer im Obergeschoss lagen an einem langen
Flur. Auch hier hingen Indis Lichterketten. Herzen und Rosen
tanzten im Zickzack durch den Korridor. Oder tanzte der Alkohol in ihrem Kopf?

Der Schlüssel ließ sich nur mühsam ins Schloss stecken. Zu
sehr zitterten ihre Finger. Erst als René ihn drehte, öffnete sich
die Tür.

Die Wände waren gelb und orange. Der Sonnentempel. Jedes
Zimmer im Haus war ein Unikat, und Judith hatte dieses für Indi
ausgesucht. Weil sie das Sternenmädchen war.

René drückte die Lichtschalter, klickte hin und her, bis nur
noch das Sonnenmandala leuchtete. In einem Durchmesser von
knapp zwei Metern hing es über dem Bett. Die Strahlen waren
mit winzigen Leuchtdioden umrandet. Um ein Buch zu lesen,
wäre es nicht hell genug gewesen – doch es tauchte den Raum in
einen gemütlichen Schimmer.

Sobald die Tür hinter ihnen zufiel, änderte sich etwas.
Dumpfe Zweifel stahlen sich zwischen sie. Vielleicht war das hier
eine dumme Idee …

Auf dem Nachttisch stand eine Sektflasche. Geschenk des
Hauses für jedes Zimmer. Indi ging darauf zu, zog das Silber-
papier ab und ließ den Korken herausploppen.

Während sie die Sektgläser füllte, trat René hinter sie. »Ich
weiß nicht, ob das gut ist«, flüsterte er. »Wir hatten gerade erst
zwei Cocktails.« Dennoch nahm er das Glas entgegen.

Indi leerte ihres in einem Zug. Renés Blick kam näher und
rückte fort. In seinen braungrünen Augen schimmerte Sorge.
Und ein Gefühl. Aber sie konnte es nicht benennen.

In seinem nächsten Kuss lagen Angst und Zweifel. Jeden

Moment konnte das hier enden. Jeden Moment konnte einer die Reißleine ziehen und dem anderen wehtun. Indi musste schneller sein als die Zweifel. Sie ließ sich auf ihr Bett fallen und zog ihn mit sich. Der Rausch pochte im Rhythmus der Musik. Vor allem die Bässe drangen von unten durch die Wände, dazu vage Andeutungen von Melodien und Stimmen. Vielleicht war es dieser Rest von Musik, der das stürmische Gefühl zurückbrachte. Ihre Hände setzten fort, was sie in der Bar begonnen hatten, suchten die Berührung von nackter Haut und fanden sie unter dünnem Stoff. Dennoch gab es eine Grenze, eine rote Linie, die sie nicht überschritten. Die Kleidung trennte ihre Körper noch immer, obwohl sie längst etwas anderes wollten.

Einer musste den Anfang machen. Indis Hand schob sich über sein Hemd, suchte die Knöpfe und öffnete den ersten, danach den zweiten – bis Renés Hand sie einfing. »Nicht.« Sein Blick flehte, dunkel und mit einem Anflug von Angst.

Warum nicht? Sie nahm seine Hand und schob sie unter ihr Kleid. Seine Finger waren rau und warm. Für einen zögernden Moment hielten sie still – dann setzten sie ihre Reise fort, zeichneten eine Spur aus Lust auf ihre Haut. Seine Hand wurde mutiger und war dennoch zu langsam. Indi schmiegte sich an ihn, wollte ihn noch näher und überall gleichzeitig. Bis zu diesem Moment hatte sie nicht gewusst, wie ausgehungert sie war. Nur ganz wenig reichte aus, und sie kam unter seiner Hand.

Überrascht sahen sie sich an. Dunkle Gier lauerte in seinem Blick, während seine Finger über das leise Pochen zwischen ihren Beinen strichen. Es war noch nicht genug, nicht für sie und erst recht nicht für ihn. Doch irgendetwas stimmte nicht. Sein Kuss strich über ihre Wange, sein Kopf sank neben ihr ins Kissen.

»Die Sache ist die …« Kaum hörbares Flüstern an ihrem Ohr.

»Ich hab ein bisschen Angst. Seit das passiert ist«, er deutete vage auf seine Schulter, »bin ich noch nie berührt worden.«

Indi drehte ihr Gesicht zu ihm. Nase an Nase lagen sie voreinander. »Tut es weh, wenn ich dich anfasse?«

Er stieß ein leises Lachen aus. »Nein. Das ist es nicht. Aber ich weiß nicht, was passiert. Wenn du mich berührst – oder einfach nur ansiehst.«

Sie hatte ihn schon angesehen. Gestern. Und danach hatte er sie weggeschickt. »Ganz egal, was passiert, ich werde es nicht persönlich nehmen.«

Dieses Mal wirkte sein Lächeln erleichtert. »Okay.« Direkt danach richtete er sich auf, streifte die Hose ab und tastete mit zitternden Fingern über sein Hemd. Für jeden Knopf brauchte er mehrere Anläufe – bis er den Stoff endlich von seinen Schultern zog.

Indi hielt den Atem an. Sie wollte wegsehen und hinschauen zugleich, wollte den Ursprung der Narben ergründen und gleichzeitig nichts davon wissen.

»Indi!« René flehte ihren Namen. »Bitte schau mich nicht so an. Sonst kann ich sehen, was du denkst.«

Sie schloss die Augen. Nur ihre Hände reckten sich zu ihm. Und dann kam er zu ihr, zog die Bettdecke mit sich und umhüllte sie beide. Der Ausschnitt an ihrem Rücken war breit genug, dass er das Kleid über ihre Schultern streifen, es abwärtszerren konnte, ehe sich ihre nackten Körper ineinander verschlangen.

Dieses Mal streichelten sie sich endlos. Der Sturm hatte seine Wildheit verloren. Alle Blitze waren geschlagen, und zurück blieb eine dunkle Glut, die langsam durch ihre Körper floss. Es mussten Stunden sein, in denen sie sich nur küssten und aneinanderschmiegten, selbst dann noch, als die Musik im Untergeschoss verstummte.

Indi glaubte bereits, dass die Berührung von Haut alles bleiben würde – bis René ein Kondom aus seinem Anzug holte.

»Woher hast du das?« Sie unterdrückte ein überraschtes Lachen. »Sag nicht, du hast das hier geplant.«

Sein Blick war ernst, als er zu ihr zurückkehrte. »Eigentlich wollte ich es schon gestern. Als ich dich fotografiert habe, und danach im See. Ich musste von dir wegschwimmen, damit ich dich nicht an mich zerre …« Er brach ab. Sein Körper bedeckte ihren, sein Mund kam näher. »Und heute Morgen, als du mich angerufen hast – als du mir geschrieben hast, dass ich deine Dusche benutzen darf … Himmel, Indi! Ich wollte dich in deiner Dusche. Ich hab es dir geschrieben und danach wieder gelöscht. Ich hab den Bus umgeparkt und dann unten vor der Tür gestanden. Sie war offen. Ich hätte einfach hochkommen können. Aber es wäre verrückt gewesen, ungeschützt mit dir zu schlafen. Also hab ich heute nicht nur nach einem Baumarkt gesucht.«

Plötzlich war er in ihr, mit einer winzigen Bewegung. Ihr Stöhnen vermischte sich. Alles danach ging schnell. Ihr gegenseitiger Hunger potenzierte sich. Indi schlang die Beine um seine Hüften, ließ ihn noch tiefer ein und lauschte seinem Atem. Das erste Mal unter seiner Hand war nur ein Vorgeschmack gewesen. Nach einer halben Nacht in seiner Umarmung reichte diese eine Bewegung, um ein tiefes Beben durch ihren Körper zu treiben. Renés Hände verschränkten sich mit ihren, drückten sie ins Kissen, während sein Kuss ihren Mund verschloss. Er selbst war leise, als er kam. Nur sein verhaltenes Zittern verriet das Ende.

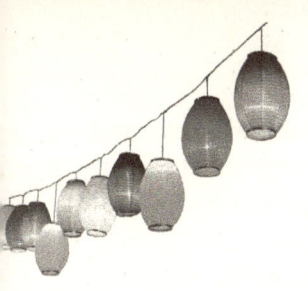

Kapitel 15

Als er aufwachte, lag sie noch immer in seinen Armen. Ihr Rücken schmiegte sich an seine Brust, seine Hand ruhte auf ihrem Bauch, und seine Nase vergrub sich in ihren Haaren. Von draußen drang sonnengelbes Licht durch die Gardine. Der neue Tag hatte gerade erst begonnen.

René wollte für immer so liegen bleiben, vollgesogen mit Glück und Liebe und den Erinnerungen an die vergangene Nacht. Er wollte diesen einen Moment festhalten, in dem Traum und Realität zusammenflossen, in dem das Gestern noch nicht vorbei war und das Heute noch nicht begonnen hatte. In diesem einen Moment erschien alles möglich. Gesund werden, nachts durchschlafen, ein Leben mit Indi, in dem jeder Tag so begann wie dieser.

Er wollte noch einmal mit ihr schlafen, wollte seine Hand auf ihrer Haut bewegen, bis sie aufwachte, bis sie sich zu ihm drehte und ihn küsste.

Doch er wagte es nicht. Sie kannten sich noch zu wenig. Er konnte sie nicht im Schlaf streicheln, bevor er wusste, ob es ihr gefiel. Allein die Berührung ihrer nackten Körper war kritisch genug. Sobald sie wach wurde, würde sie fühlen, woran er dachte.

Vorsichtig drehte er sich, musste von ihr abrücken, um sie nicht zu erschrecken. Doch ihr Arm schmiegte sich um seinen, ihre Beine waren ineinander verschlungen. Ganz vorsichtig schob er sie fort, um sich von ihr zu lösen.

Indi zuckte zusammen. Mit einem Ruck fuhr sie auf und starrte ihn an. Eine Sekunde später sprang sie aus dem Bett, stürzte zum Bad und warf die Tür hinter sich zu. Die Geräusche drangen zu ihm vor. Husten und trockenes Würgen.

War das der Alkohol? So viel hatte sie nicht getrunken. Zwei Cocktails und ein Glas Sekt. Die meisten Frauen hatten kein Problem mit dieser Menge.

Zögernd stand er auf, folgte ihr zum Bad und klopfte. »Was ist los? Kann ich dir helfen?«

»Migräne.« Ihre Antwort klang jämmerlich, hervorgepresst zwischen zwei Würgeanfällen. »Tut mir leid!«

Ihm tat es leid. René lehnte sich an die Tür und streichelte über die Klinke. »Darf ich reinkommen?«

Indi antwortete nicht sofort, ganz so als würde sie zögern. »Lieber nicht«, murmelte sie dann.

René fiel es schwer, sich daran zu halten. Nur widerstrebend ging er zum Bett zurück und setzte sich.

Indi brauchte eine gefühlte Ewigkeit, ehe sie aus dem Bad kam. Schatten zeigten sich auf ihrem Gesicht, während sie zu ihrem Koffer trottete und etwas herausholte.

Erschöpft ließ sie sich neben René aufs Bett fallen, lehnte ihren Kopf an seine Schulter und betrachtete eine kleine Tablettenpackung in ihrer Hand. »Das passiert, wenn ich Alkohol trinke. Manchmal reicht ein Schluck, und ich krieche am nächsten Tag auf allen vieren.« Sie öffnete die Schachtel und drückte eine winzige Pille aus dem Blister.

Es war kein Schmerzmittel. Auch die Packung sah unnormal klein aus. »Was ist das?«

»Triptan.« Indi wog die Tablette in ihrer Hand. »Hilft gegen Migräne, aber man muss sie im Mund auflösen. Mit etwas Pech kotze ich gleich noch einmal.«

Sie steckte das Medikament mit spitzen Fingern in ihren Mund. Dann rollte sie sich hinter René auf dem Bett zusammen und schmiegte sich an ihn.

Unter diesen Umständen konnte er sich unmöglich von der Stelle rühren. Eine gefühlte Ewigkeit saß er einfach nur da, bis Indi ihn am Oberschenkel berührte. »Geh frühstücken. Und heb mir was auf. Wenn ich jemals aufstehen will, muss ich was essen.«

Das immerhin war eine Aufgabe. »Dann hole ich etwas, und wir frühstücken hier.«

»Nein. Für mich erst später. Jetzt schlafen.«

Leise stand René auf, zog sich an und verließ das Zimmer.

Das Frühstücksbüfett befand sich in einem Raum neben der Bar. Er nahm sich Brötchen, Rührei und Kaffee und suchte einen Platz im Wintergarten – mit dem Blick auf die Freitreppe, falls Indi doch noch herunterkam.

Stattdessen erschien eine andere Person in seinem Blickfeld. Matthias tauchte mit einem Teller und einer Tasse im Wintergarten auf, entdeckte René und kam zögernd auf ihn zu. »Guten Morgen.« Mit einem Kopfnicken deutete er auf den Platz gegenüber. »Darf ich mich setzen?«

Renés Bedürfnis auf Unterhaltungen mit Indis Ex war gestillt. Nur aus Höflichkeit nickte er zustimmend. »Ich bin allerdings fast fertig.« Was angesichts seines halbvollen Tellers eine Lüge war. Bezogen auf seinen kaum vorhandenen Hunger stimmte es schon eher.

Matthias setzte sich, schnitt sein Brötchen auf und belegte es mit Käse. Vielleicht war das der geeignete Moment, um zu verschwinden – bevor ein Gespräch entstand.

Doch Matthias war schneller. »Wie geht es Indi? Schläft sie noch?«

Das ging ihn nichts an. Dennoch wählte René eine unverfängliche Antwort. »Nein. Sie will gleich runterkommen.« Schon wieder eine Lüge.

Matthias nahm sein Brötchen in die Hand, ohne hineinzubeißen. »Gestern Abend …« Plötzlich klang er vorsichtig. »Hat sie viel getrunken? Macht sie das öfter?«

Misstrauisch legte René den Kopf zur Seite. »Wieso fragst du?«

Ein unbehagliches Lächeln huschte über das Gesicht des anderen. »Weil das nicht neu wäre. Und weil sie dann …« Er holte tief Luft. Als er weitersprach, klang es mühsam. »Um ehrlich zu sein: Damals hatte Indi ein ziemliches Problem. Zu viel Alkohol … und andere Sachen. So genau hab ich es nie herausgefunden. Aber ich mache mir immer noch ein bisschen Sorgen.«

Tatsächlich? Was sollten diese kryptischen Andeutungen? »Du kannst ruhig deutlicher werden, falls du mir was sagen willst.«

Matthias legte sein Brötchen zurück auf den Teller und schaute darauf.

Was genau sollte dieses Schauspiel? Machte Indis Exfreund sich wirklich Sorgen? Und wenn ja, gab es einen Grund dafür?

Als Matthias aufsah, lag eine Spur von Verbitterung in seinem Gesicht. »Keine Ahnung, vielleicht täusche ich mich auch. Aber du solltest vorsichtig mit ihr sein. Wenn sie zu viel getrunken hat, sucht sie sich irgendeinen Typen, und dann …« Sein Lächeln flackerte, nur kurz, ehe er seinen Teller nahm und aufstand. »Aber weißt du, was? Das geht mich nichts mehr an. Ihr werdet schon wissen, was ihr tut.«

Damit ging er nach draußen und setzte sich zu anderen Leuten auf die Terrasse. Ohne seine Freundin und ohne das Baby.

René blieb mit heftigem Herzklopfen zurück. Matthias

konnte unmöglich recht haben. Indi hatte kein Alkoholproblem. Sie trank fast nie, und das, obwohl Wein in ihrer Kammer stand.

Und das andere? Wollte Matthias andeuten, dass die letzte Nacht nur ein One-Night-Stand gewesen sein könnte?

René durfte nicht auf ihn hören. Er war der Exfreund. Und selbst, wenn er jetzt eine neue Freundin samt Kind hatte – so etwas war niemals neutral oder gut gemeint. Marei würde Gift und Galle gegen ihn versprühen, wenn sie Indi jemals in die Finger bekam.

Dennoch ließ sich der Gedanke nicht aufhalten. Warum waren sie heute Nacht gemeinsam im Bett gelandet? Weil Indi sich genauso verliebt hatte wie er? Oder weil sie nach der Wiederbegegnung mit Matthias dringend Trost suchte?

Scheiße. Er stand auf und ging noch einmal zum Büfett. Indi brauchte etwas zu essen, um wieder auf die Beine zu kommen. Wahrscheinlich lag der größte Fehler darin, dass sie gestern Abend vor den Cocktails nichts gegessen hatten.

René nahm einen neuen Teller. Sorgfältig legte er Brötchen, Aufstrich und eine Auswahl von lecker angerichteten Häppchen darauf.

»Guten Morgen.« Plötzlich stand Judith neben ihm. Sie strahlte wie ein Honigkuchenpferd. »Gut geschlafen?«

Besser denn je ... »Könnte man so sagen.«

Judiths Grinsen wurde breiter. »Wo ist Indi?«

»Noch oben.« Er deutete auf den Teller. »Ich hole Frühstück für sie. Sie hat Migräne.«

»Mist.« Judiths Grinsen zerfiel. »Armes Sternchen. Immer dasselbe Elend. Sie muss Alkohol nur anschauen.«

War das so? Und sprach das für oder gegen ein Alkoholproblem?

Judith lehnte sich gegen den Büfett-Tresen und verschränkte

die Arme. »Ich bin jedenfalls froh, dass ihr endlich die Kurve bekommen habt.«

»Was meinst du damit?«

Judith verdrehte die Augen. »Dass ihr endlich zusammen seid.«

Waren sie das? War man im Jahr 2017 nach einer gemeinsamen Nacht automatisch zusammen?

Wohl kaum.

Aber verdammt, er wollte, dass es so war.

»Ohhh«, machte Judith und klang dabei, als würde sie ein neugeborenes Katzenbaby betrachten. »Du bist wirklich niedlich, wenn du so guckst. Kein Wunder, dass Indi vom ersten Tag an verknallt in dich war.«

»Vom ersten Tag an?« Kam er sich nur so vor, oder war er heute besonders begriffsstutzig?

Judith gab ein unterdrücktes Quietschen von sich. Es klang noch immer nach Katzenbabybesichtigung. »Ihr beide tut euch aber auch schwer. Sie war schon in dich verknallt, da hast du noch gar nicht bei ihr gewohnt. Und … ich meine, du bist verdammt schnell bei ihr eingezogen.«

Renés Herz machte einen schmerzhaften Hüpfer, als müsste es sich aus schnürenden Fesseln befreien.

Was genau erzeugte eigentlich dieses Gefühl? Warum spürte man Liebe und seelischen Schmerz in der Brust? Bei Gelegenheit würde er das herausfinden müssen.

Judith stieß ihm kumpelhaft gegen die Schulter. »Eine Million Cents für deine Gedanken, Wikinger.«

»Wikinger?« Jetzt übertrieb sie. Andererseits … »Eine Million Cents wären ein fairer Preis für einen fundiert recherchierten Artikel. Wenn du so viel hast, können wir über die Käuflichkeit meiner Worte reden.«

Judith warf lachend den Kopf zurück und deutete in die Runde. »Ich fürchte, ich gebe meine Cents erstmal hierfür aus. Aber dann weiß ich ja jetzt, worauf ich als Nächstes spare.« Damit löste sie sich vom Tresen und machte Anstalten zu gehen.

»Warte.« René hielt sie zurück. Eine Frage musste er noch stellen. »Stimmt es, dass Indi ein Alkoholproblem hat?«

Judiths Miene wurde ernst. »Wer sagt das?«

Warum zum Henker fragte er so was? Warum ließ er zu, dass das Gift des Exfreundes seine Wirkung entfaltete? »Matthias hat es angedeutet.«

Judith stieß zischend die Luft aus. Einen Moment lang druckste sie herum. Dann trat sie näher zu René und sprach mit gesenkter Stimme. »Hör zu: Keine Ahnung, was Matthias dir erzählt hat. Aber er legt sich das nur so zurecht. Indi hat kein Alkoholproblem. Sie hat damals vielleicht ein paar Dinger gedreht, die echt nicht in Ordnung waren. Doch das war nur eine Phase. Und nur wegen ihres Großvaters.«

René fröstelte. Da hatte er seine Antwort. Aber genau genommen war das ein Thema, das er ganz sicher nicht hinter Indis Rücken mit anderen besprechen durfte. »Danke.« Er wollte sich abwenden.

Doch jetzt hielt Judith *ihn* zurück. »Das mit Indi und Matti ist damals sehr böse zu Ende gegangen. Was auch immer er sagt – er ist nicht unbedingt neutral.«

Ein mattes Zucken setzte sich in Renés Mundwinkel. »Hab ich mir gedacht. Danke für deine Einschätzung. Ich werde sie einfach selbst fragen.« Auch wenn sie eine solche Frage womöglich niemals beantwortete.

René nahm den Teller mit Indis Frühstück und holte noch einen frischen Kaffee für sie. Dann ging er zurück in die Eingangshalle und stieg die Freitreppe hinauf.

Indis Zimmertür war nicht abgeschlossen. Leise schlüpfte er hinein und ging zu ihrem Bett. Doch Indi schlief. Zusammengerollt und nur halb zugedeckt lag sie quer über der Matratze.

René stellte das Frühstück auf den Nachttisch und setzte sich auf die Bettkante. Vorsichtig zog er die Decke über ihren Körper und widerstand dem Drang, eine verschwitzte Haarsträhne aus ihrem Gesicht zu streichen. Stattdessen saß er nur da und schaute sie an. Das sonnenfarbene Licht der Gardine schimmerte auf ihrer Haut. Ihr Gesicht wirkte regungslos, als hätte sie im Tiefschlaf Zufriedenheit und Ruhe gefunden.

René wollte sich zu ihr legen und sie küssen, wollte sie in den Arm nehmen und festhalten, bis Schmerzen und Sorgen aus ihrem Körper gewichen waren.

Stattdessen stand er auf und verließ das Zimmer wieder. Unten in seinem Bus tauschte er den Anzug gegen Jeans und Pullover. Dann begann er mit dem Abbau.

* * *

Indi tauchte erst auf, als sämtliche Gäste längst abgefahren waren. René stand gerade auf einer Leiter neben der Hauswand, als sie neben ihn trat. »Hey.« Ihre Begrüßung klang leise, ihr Gesicht wirkte ungewohnt blass. Sie trug ausgewaschene Jeans und einen schwarzen Pulli. Für eine Sekunde musste er an ihr türkisfarbenes Kleid denken. Gestern Morgen war er sprachlos gewesen, sie so zu sehen – und dann zum Frisör gefahren, damit er neben ihr nicht wie ein Lump aussah.

René hängte die gelöste Lichterkette über die Kante der Stehleiter und kletterte nach unten. »Geht es dir besser?«

Indi zuckte mit den Schultern. »Geht so. Die Kopfschmerzen sind noch da, aber wenigstens die Übelkeit ist weg.« Verlegen schaute sie zu Boden. »Danke für das Frühstück. Das hat mich gerettet.«

»Nicht dafür.« René winkte ab. »Der Kaffee war bestimmt schon kalt.«

»Immerhin war es Kaffee.« Sie versuchte zu lächeln. »Danke, dass du schon angefangen hast.« Sie deutete auf die Leiter und die Lichterketten. Ihr Pulli war zu lang für ihre Arme. Ihre Hand war darin vergraben und knautschte das lose Ende zusammen.

Sie sah dünn aus in diesem Pullover. Sie *war* dünn. Wie jemand, der sich hauptsächlich von Kummer ernährte.

Von nun an musste er darauf achten, dass sie regelmäßig aß. »Ich glaube, es gibt noch heißen Kaffee. Judith hat dafür gesorgt, dass die Kaffeemaschine noch stehen bleibt. Ich hole uns welchen.«

Noch ehe Indi widersprechen konnte, sprintete er zum Haus, lief in den Frühstücksraum und füllte zwei große Gläser mit Latte macchiato aus dem Vollautomaten. Für Indi streute er reichlich Zucker über den Schaum, dann balancierte er die Gläser zu ihr zurück.

»Danke.« Indi nahm eins entgegen, trank einen vorsichtigen Schluck und legte ihre Hände darum. Doch ihr Blick wirkte zerstreut, als wären ihre Gedanken in weiter Ferne.

Hatte sie tatsächlich so lange geschlafen? Oder hatte sie sich vor Matthias versteckt?

»Wollen wir zum See gehen?« René deutete auf das glitzernde Wasser.

Indi nickte. Schweigend liefen sie zu den Bäumen am Ufer, tauchten darunter hindurch und traten auf den Steg hinaus. Mücken tanzten im Licht der Nachmittagssonne, und weiter hinten flog ein Fischreiherpärchen über die Wasserfläche.

Nebeneinander setzten sie sich auf die Planken, ließen die

Füße über dem Wasser baumeln und nippten schweigend an ihrem Kaffee.

René wusste nicht, worauf er wartete. Vielleicht darauf, dass sie sich an ihn lehnte. Oder ihm auf andere Weise näher kam. Aber Indi blieb, wo sie war.

Als es leer war, stellte er sein Glas zur Seite und versteckte die Hände unter den Beinen. Irgendetwas stand zwischen ihnen, unsichtbar wie eine gläserne Mauer.

Auch für den Rest des Tages hielt sich das Schweigen zwischen ihnen. Während sie die Beleuchtung abbauten und in Kisten verpackten, redeten sie nicht mehr als das Nötigste. Indis leuchtendes Gesamtkunstwerk nach so kurzer Zeit wieder abzubauen fühlte sich falsch und verschwenderisch an. Eigentlich war es dazu geschaffen, noch viele weitere Hochzeiten zu beleuchten.

Was hoffentlich bald der Fall sein würde.

Auch Judith und Felix wirkten müde und ein bisschen traurig über das Ende ihrer rauschenden Feier, als sie gegen Abend zu viert den letzten Kontrollgang durch das aufgeräumte Herrenhaus machten.

»Es war die schönste Hochzeit aller Zeiten«, murmelte Judith, als sie zum Abschied in Indis Armen lag, kaum laut genug, dass René sie hören konnte. »Vor allem wegen deiner Beleuchtung. Ich danke dir dafür.«

Indi antwortete mit einem erschöpften Lächeln und einem leisen: »Ich fand's auch schön.«

Als sie kurz darauf in den Transporter stiegen und das Herrenhaus am See hinter sich ließen, verfestigte sich das Schweigen ein weiteres Mal. Zusammengekauert hockte Indi auf dem Beifahrersitz und lehnte ihren Kopf an das Fenster.

René musste endlich etwas sagen. Aber was? Er konnte sie weder auf Matthias ansprechen noch auf das, was damals passiert war. Und wenn er sie fragte, ob er selbst nur ein Trostpflaster sein sollte, würde es wie ein verletzter Vorwurf klingen.

Doch wenigstens über sich selbst konnte er sprechen, ohne in eine Falle zu tappen. »Das gestern Nacht«, begann er leise, »es bedeutet mir etwas. Sogar sehr viel. Aber wenn es bei dir einen Grund gibt, warum das anders ist, dann sag es mir bitte. Damit ich weiß, dass ich mich in Sicherheit bringen muss.«

Nur ganz flüchtig wagte er einen Blick in ihre Richtung. Sie sah erschrocken aus. Schmal und elend und überfordert von seinem Anliegen.

Hastig schaute er wieder auf die Straße.

In den Minuten danach konnte er hören, wie sich ihre Atmung änderte, wie sie um Worte rang und immer wieder ansetzte. Als sie endlich sprach, drang ihre Stimme nur schwach über den Lärm des Motors. »Es war schön gestern Nacht. Mir bedeutet es auch etwas. Aber ...« Das letzte Wort hing in der Luft, schwebte über ihm wie das Fallbeil einer Guillotine – bis sie den Rest des Satzes endlich hervorbrachte. »Es gibt ein paar Dinge, die ich erst mit mir selbst klären muss. Kannst du mir dafür Zeit lassen?«

Erleichtert atmete er auf. Zeit konnte sie haben. »So viel du willst, Indi. Ich bin so lange im Atelier nebenan.«

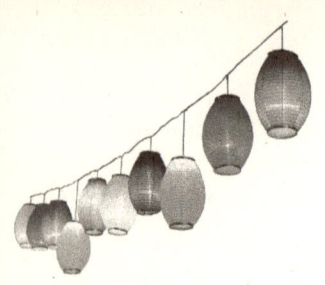

Kapitel 16

Wochen vergingen, und ihr Alltag fügte sich ineinander, als hätten sie immer schon zusammengelebt. Morgens kochte Indi genügend Kaffee für zwei, und René achtete darauf, dass sie etwas aß. An den Wochentagen gingen sie danach ins Atelier. Stundenlang arbeiteten sie Tür an Tür. Während René an seinen Skulpturen feilte, drang leise Musik aus Indis Raum, und wann immer sie eine Pause machte, legte er sein Werkzeug ebenfalls zur Seite und traf sich mit ihr in der Küche.

Doch am schönsten waren die Abende. Wenn Indis Licht durch die Verbindungstür in sein Atelier flutete und sämtliche Dunkelheit vertrieb. In ihrer Nähe geschah etwas mit ihm. Sie musste nur nebenan sein, und schon wurde der Schmerz in seinem Inneren still. In ihrer Gegenwart fand er Ruhe und Kraft, bis selbst die Erinnerung an den Krieg einen Teil ihres Schreckens verlor. Nie zuvor hatte er solche Erleichterung verspürt, wenn er an seinen Skulpturen arbeitete. Mit Indi war es, als könnte er endlich mit dem Krieg abschließen und etwas Neues beginnen.

Wenn er dienstags und freitags zu seinen Therapiestunden ging, vermisste er sie, sobald er die Türschwelle überschritt. Doch seine hoffnungsfrohe Haltung nahm er mit, und selbst sein Therapeut war zufrieden mit seinen Fortschritten.

Einzig die Nachmittage, die er mit Lilja verbrachte, lenkten ihn von den Gedanken an Indi ab – doch die Treffen mit seiner

Tochter waren viel zu selten, und danach brauchte er Indis Anwesenheit umso dringender, um sich mit ihr auszutauschen.

Wann immer er fort war, schien Indi sich im Schlafzimmer ihres Großvaters aufzuhalten. Zumindest kam sie von dort, wenn er von der Therapie oder einem Besuch bei Lilja zurückkehrte. Manchmal standen gefüllte Müllsäcke und Kartons vor der Tür, dann wieder schleppte sie Dinge in ihr Atelier und schien dort mit ihnen zu arbeiten. Aber René fragte nicht nach, und Indi erzählte nichts darüber. Auf welche Weise sie Abschied von ihrem Großvater nahm, war allein ihre Sache. Und ganz egal, wie lange sie dafür brauchte, sich mit ihrer Trauer auseinanderzusetzen, René würde warten.

Schließlich entdeckte er sogar einen Reiz in der langsamen Art, mit der sich ihre Beziehung entwickelte. Mit Indi zu reden fühlte sich an, als würde eine stille Glut zwischen ihnen brennen. Und selbst die kleinsten Dinge mit ihr waren wunderschön: gemeinsam zu kochen und dabei dicht nebeneinanderzustehen; mit ihr am Computer zu sitzen und die Lichtfotos zu bearbeiten, um schließlich Werbeflyer daraus zu entwerfen; an den Wochenenden mit ihr zum Kunstmarkt zu fahren und sein Herzblut für den Verkauf ihrer Lampen zu vergießen. Schon nach kurzer Zeit liebte er jedes einzelne ihrer leuchtenden Kunstwerke. Jedes Mal, wenn sich ein Käufer fand, tat es weh, die Lampen abzugeben, und erfüllte ihn gleichzeitig mit Glück, ein neues Zuhause für sie gefunden zu haben. René liebte es, den Kunden Geschichten über Indis Objekte zu erzählen, und Indi boxte ihn lachend in die Seite, wenn er ihren Lampen eine wilde Abenteuergeschichte andichtete. Eine ihrer Puppen war einst die Puppe einer Prinzessin gewesen, und eines der beleuchteten Kaffeeservices war in Renés Version bereits mit Piraten zur See gefahren. Doch die wahre Kunst lag darin, die Geschichten so zu erzählen, dass die

Kunden sie glaubten – oder wenigstens mit leuchtenden Augen zuhörten.

Auch Indis Augen leuchteten, wenn er erzählte, und manchmal waren es diese Momente, in denen sie beide eine Berührung provozierten. Jede einzelne davon besaß das Potenzial, zu eskalieren. Jedes Mal stockte René der Atem, und jedes Mal war er versucht, zumindest einen winzigen Kuss von ihr zu stehlen. Aber die Verabredung war eine andere. Sie brauchte Zeit, und er würde warten.

Dass seine Geduld trotz allem auf ein Ziel zustrebte, fiel ihm erst auf, als das nächste Lichterfest bevorstand. An jenem ersten Septembersamstag wachte er mit klopfendem Herzen auf. Einen Monat war Judiths Hochzeit nun her, und vor zwei Monaten hatte er Indi zum ersten Mal bei ihrem Lichterfest gesehen. Doch erst heute würde sich zeigen, welchen Platz er auf Seiten der Gastgeberin einnahm.

Auch Indi war anders an diesem Morgen, gleichzeitig nervös und dennoch freudig aufgeregt. Wie immer vor ihrem Lichterfest war sie nicht auf dem Kunstmarkt, sondern auf dem Stoffmarkt vor ihrer Haustür. Dass sie sich hier zuhause fühlte, war vom ersten Moment an spürbar. Leichtfüßig lief sie zwischen den Buden entlang und begrüßte die anderen Aussteller mit strahlendem Lächeln. Fast alle schienen sie zu kennen, und alle freuten sich über ihre Gegenwart.

Die Stunden nach dem Aufbau verbrachte René mit ihr am Marktstand, so wie immer in den letzten Wochen, und dennoch war es anders. Im Umgang mit den Kunden lachte sie häufiger und lauter, und manchmal flog ihr Lächeln in seine Richtung.

Irgendetwas hatte sich geändert, fast so, als hätte Indis Trauer endlich einen entscheidenden Schritt überwunden.

Wenn niemand an ihrem Stand war, redeten sie. Es war schön, sich mit Indi zu unterhalten, auch wenn sie fast nur über die Arbeit sprachen. Es war Renés Idee gewesen, Indis Beleuchtungskonzept bei Hochzeitsplanerinnen vorzustellen und an Orten Werbung zu machen, wo häufig Hochzeiten stattfanden. Und tatsächlich gab es erste Erfolge. Vier Hochzeiten im nächsten Jahr standen bereits in Indis Terminkalender, und zwei der Hochzeitsplanerinnen hatten versprochen, am Abend zu ihrem Lichterfest zu kommen. Danach wollten sie überlegen, ob sie Indi in ihr Portfolio aufnahmen.

Die Stunden zwischen Marktabbau und dem Beginn des Lichterfestes wurden noch einmal anstrengend. Alle Nachbarn wuselten durcheinander, um Indis Lampen, den Grill und die Soundanlage aufzubauen. Doch sie waren ein eingespieltes Team. Jeder ging seiner Aufgabe nach, und die Stimmung war ausgelassen. Scherze und Andeutungen flogen hin und her, und es war offensichtlich, dass die Nachbarn ihm längst eine feste Rolle an Indis Seite zuwiesen.

Und dann war es so weit. Indi drückte die Fernbedienung, und der Hof erstrahlte im Zauber der Lichterfee. Sternenkaskaden und leuchtende Rosen regneten von der Hofmauer und den Bäumen, dazwischen standen die leuchtenden Kaffeetässchen beisammen, und die Puppen spielten mit glühenden Bällen. In der Einfahrt warfen die Bücherlampen einen neugierigen Blick auf die ersten Besucher, und alles war untermalt von Klaviermusik aus Ismaels Musikanlage. Der Grill verströmte den Duft von Köfte, Halloumi und gebratenem Gemüse, Ruven hatte sämtlichen Kuchen gespendet, der vom Tag übrig geblieben war, und Gittis Bowle stand auf einem Tischchen daneben, kunstvoll von Lichterketten beleuchtet. Die Nachbarn selbst hatten längst mit der Party begonnen, standen in Gruppen beisammen, plauderten und lachten und aßen Gegrilltes. Dazwischen rannten die Kinder umher, und die alte Annegret eröffnete die Tanzfläche unter dem

Sternenregen, indem sie sich mit ausgebreiteten Armen zur Klaviermusik wiegte.

Es war wie damals, vor zwei Monaten. Und trotzdem anders. Weil er jetzt zu ihnen gehörte. Zu diesen ganz besonderen Menschen in diesem ganz besonderen Haus, umgeben von dem Zauber der Lichterfee.

Zwischen dem Aufbau der letzten Lampe und der hereinbrechenden Dunkelheit war Indi noch einmal oben gewesen und hatte sich umgezogen. Jetzt trug sie ein rotes, hautenges Kleid mit glitzernden Pailletten. Alles an ihr funkelte, sogar ihr Lächeln, als sie sich zu ihm drehte.

Vor zwei Monaten hatte er sie zum ersten Mal gesehen und vor einem Monat zum ersten Mal mit ihr geschlafen. Und jetzt? Alles in ihm hatte auf diesen Abend gewartet! Als wäre es eine neue Regel, dass an jedem Lichterfest etwas Besonderes geschah.

Aber was, wenn nichts geschah? Wenn dieser Abend verstrich, ohne dass Indi ihn küsste? Würde er die Ungewissheit aushalten, wenn sie noch länger andauerte?

»Warum schaust du so?« Indis Augen leuchteten noch immer.

René bemühte sich, die Angst herunterzuschlucken. »Wie schaue ich denn?«

»Ich weiß nicht.« Auf ihren Wangen spielten die Grübchen. »Vielleicht wie jemand, dem gerade etwas klar geworden ist.«

Touché. René wollte ihrem Blick ausweichen – und konnte gleichzeitig nicht aufhören, sie anzusehen. »Mir ist klar geworden …« Er begann den Satz, ohne zu wissen, wie er weitergehen sollte, mit einer Pause, die so lang wurde, dass er noch einmal neu anfangen musste. »Mir ist klar geworden, dass ich hierbleiben will.«

Eine Spur von Verwunderung zeigte sich in Indis Gesicht. »Du wohnst hier. Warum solltest du nicht bleiben?«

Weil er nicht bleiben konnte, ohne sie zu lieben. Einfach nur ihr Mitbewohner zu sein war keine Option mehr.

»Als wir von Judiths Hochzeit nach Hause gefahren sind«, sagte er langsam, »hab ich gesagt, dass ich auf dich warten werde. Und das tue ich auch. Allerdings … Um Missverständnissen vorzubeugen: Du weißt hoffentlich, dass du mich zuerst küssen musst?«

Für einen Moment sah Indi verwirrt aus.

In der nächsten Sekunde tauchte Judith hinter ihr in der Hofeinfahrt auf. »Indi!«, rief sie. »Sternchen! Es tut mir leid. Ich bin zu spät.«

Indi wirbelte zu ihr herum, gerade rechtzeitig, um die Umarmung ihrer Freundin zu erwidern.

»Tut mir leid«, wiederholte Judith. »Jetzt musstet ihr ohne mich aufbauen.«

Mit einem Schulterzucken trat Indi vor ihr zurück. »Ging schon. Ich war ja nicht allein. Hauptsache, René ist da.« Ihr Blick huschte noch einmal zu ihm. Mit einem winzigen Lächeln.

War das ihre Antwort? Auf seine angedeutete Frage? Auf seine Zweifel?

Eine elegant gekleidete Frau kam mit suchendem Blick in die Einfahrt. René erkannte sie. Sie sah genauso aus wie auf ihren Fotos. »Hochzeitsplanerin Nummer eins«, zischte er und nickte unauffällig in Richtung der Besucherin.

Freude und Irritation huschten gleichzeitig über Indis Gesicht. Dann ging sie der Hochzeitsplanerin entgegen.

Sie musste verkaufen. Das war der Grund für dieses Fest, und für die nächsten Stunden tat Indi genau das. Soweit René das beurteilen konnte, kamen viele Gäste. Manche davon hatte er schon einmal gesehen. Entweder am Nachmittag vor ihrem Stand – oder an anderen Markttagen. Aber dieses Mal führte

Indi ihre Verkaufsgespräche allein. Nur von weitem sah René zu, wie sie im Smalltalk mit den Gästen scherzte, wie sich das Licht von tausend Lampen in ihren Augen und auf den Pailletten ihres Kleides spiegelte.

Sie wirkte anders an diesem Abend. Irgendwie glücklicher. Freier.

Auch sein eigenes Glück wagte sich vorsichtig hervor und wusste gleichzeitig nicht, wohin. René unterhielt sich mit Jusuf und Murat am Grill, trank Bowle mit Gitti und Judith und ließ sich dann von Annegret auf die Tanzfläche unter den Bäumen locken. Immer mehr Nachbarn kamen hinzu, bis sie in einem großen Kreis zusammen tanzten. Manchmal wagten sich ein paar Fremde dazwischen, und René sorgte dafür, dass sie Teil des Kreises wurden. Irgendwann wollten die Kinder mitmachen, und schließlich standen die Kleinen in einer Reihe und ahmten seine Tanzschritte nach.

Lilja sollte ebenfalls hier sein. Der Gedanke kam so plötzlich wie schmerzhaft. Marei hielt ihn noch immer hin. Seit Wochen. Er durfte Lilja besuchen, wie ein Uhrwerk jeden Montag und Donnerstag, allerdings erst spätnachmittags, wenn Marei von der Arbeit zurückkam, damit er nur ja unter ihrer Aufsicht stand. Immer wieder hatte er angeboten, die Rolle der Babysitterin zu übernehmen, die sich an vier Nachmittagen nach der Kita um Lilja kümmerte – aber Marei ignorierte seinen Vorschlag. Und wann immer er wissen wollte, ob Lilja ihn endlich besuchen durfte, fand Marei eine Ausrede. Erst vorgestern hatte er zuletzt gefragt. Er hatte vom Lichterfest erzählt und Marei gebeten, Lilja dazuholen zu dürfen.

Aber Marei hatte nur irritiert gelacht. »Ein Fest am Abend? Soll sie erst um Mitternacht ins Bett gehen?«

So spät hätte es nicht werden müssen. René war sich wie ein

Bettler vorgekommen, als er erklärte, dass das Fest mit Einbruch der Dunkelheit begann und dass Marei mit Lilja spätestens um 21 Uhr nach Hause gehen konnte. Aber sie hatte nur abgewunken und den Kopf geschüttelt.

Inzwischen glaubte er kaum noch, dass sie ihre Haltung jemals änderte. Vielleicht kam er nur weiter, wenn er sich einen Anwalt suchte. Aber vielleicht war es genau das, was Marei provozieren wollte – damit sie dann mit gutem Gewissen in den Kampfmodus übergehen konnte.

René bemühte sich, die Gedanken beiseitezuwischen. Dies hier war Indis Lichterfest. Mareis Intrigen hatten an diesem Ort nichts zu suchen. Besser war es, er konzentrierte sich auf den Tanz.

Die nächsten Schritte wählte er komplizierter, zeigte sie ein ums andere Mal, bis sich die Kinder kichernd die Beine verknoteten. Irgendwann wechselte Ismael die Musik und spielte einen Wiener Walzer. Kurz darauf stand Judith vor René und forderte ihn zum Tanz auf.

»Du bist süß mit den Kindern«, stellte sie fest, während sie gemeinsam im Kreis wirbelten. »Wenn ich Indi wäre, würde ich ein Kind von dir wollen.«

Etwas in Renés Brust zog sich zusammen. Er konnte nicht sagen, ob es Glück oder Schmerz war. »Du hast zu viel von Gittis Bowle getrunken.«

Lachend schüttelte Judith den Kopf. »Einmal im Monat ist das okay.«

René lachte mit ihr, aus Höflichkeit – und zur Ablenkung, damit sie nicht sofort die nächste Frage stellte.

Doch Judith ließ sich nicht aufhalten. »Seid ihr beide jetzt eigentlich richtig zusammen?«

René zwang sich zu einem Lächeln, Pokerface. Wenn Judith

die Antwort nicht kannte, kannte sie womöglich niemand. »Frag Indi.«

»Hab ich schon. Aber sie versteckt sich hinter spontanen Themenwechseln.«

Dann konnte er nicht weiterhelfen.

»Also: Ja? Nein?« Judith ließ nicht locker. »Oder ›Es ist kompliziert‹?«

René wirbelte sie in einen kleinen schnellen Kreis. Und gleich darauf in den nächsten, bis sie lachte und quietschte und nicht mehr genug Luft bekam, um weitere Fragen zu stellen.

Nach dem ersten Wiener Walzer spielte Ismael den nächsten. Und dann den übernächsten. Und mit jedem neuen Stück tauschten sie die Tanzpartner. Indi hatte recht. Sämtliche Nachbarn konnten Walzer tanzen, und René tanzte der Reihe nach mit Gitti, Susanne und Mehtap. Auch die alte Annegret forderte ihn auf, und ihre Schritte waren erstaunlich flott.

Das Lied war noch nicht zu Ende, als die Alte stehen blieb und ihn mit sich locken wollte. Aber René witterte die Falle gerade noch rechtzeitig: Ihre Tarotkarten warteten bereits auf einem kleinen Tischchen. »Heute nicht«, erklärte er höflich – und Annegret lächelte wissend. Mit einer angedeuteten Verbeugung wich sie rückwärts und humpelte dann zu Judith, die sich soeben etwas vom Grill geholt hatte.

»Gute Idee«, murmelte René vor sich hin. »Hat Judith schon eine Prophezeiung für ihr Eheglück?«

»Bekomme ich auch einen Tanz mit dir?« Plötzlich stand Indi neben ihm. Sie musste rufen, um die Musik zu übertönen.

Renés Herz machte einen aufgeregten Satz. »Du bekommst immer einen Tanz mit mir.«

Indi trat näher. Ihr rotes Kleid glitzerte in der Bewegung. Aber es war zu spät. Der Walzer war vorbei.

Was Ismael danach spielte, erkannte René beim ersten Takt.

»*La Boum!*« Indi war noch schneller. »Das ist aus *La Boum*. Kennst du den Film?«

René musste lachen. »Ich hab eine große Schwester. Ich möchte wetten, sie hat ihn fünfzig Mal gesehen.«

Indi neigte den Kopf zur Seite. »Und du dann natürlich auch.«

»Ich musste. Mein Vater ist Franzose und meine Mutter Französischlehrerin. Wir hatten den Film auf Deutsch und Französisch, und unsere Eltern waren der Meinung, dass französische Filme ein wichtiges Element zweisprachiger Erziehung sind. Bestimmt kann ich ihn heute noch mitsprechen.«

»Auf Deutsch oder auf Französisch?« Indis Augen blitzten.

»Beides. Oft haben wir ihn auf Deutsch laufen lassen und auf Französisch mitgesprochen. Oder umgekehrt. Gern mit verteilten Rollen.«

Für einen Moment sah Indi aus, als wollte sie ihn um eine Darbietung bitten. Bis sie näher trat und die Hände auf seine Schultern legte. »Dann weißt du ja, wie man zu diesem Lied tanzt.« Fast zaghaft lehnte sie ihre Wange an seine Brust.

Ismael hatte das extra getan. Er spielte dieses Lied mit Absicht genau jetzt.

René erwiderte die Umarmung, ebenso zaghaft, fragend, wie es sich für einen Tanz aus *La Boum* gehörte. Mit wiegenden Schritten drehten sie sich auf der Stelle, und für einen Moment war es, als wären sie allein unter dem Sternenregen.

»Das war das erfolgreichste Lichterfest seit langem«, flüsterte Indi. »Ich hab drei große Lampen verkauft. Und noch einige kleinere. Und die beiden Hochzeitsplanerinnen waren wirklich da. Sie wollen beide mit mir arbeiten.«

René schloss die Augen und zog Indi noch ein wenig enger an sich. »Das ist großartig.«

»Vielleicht verhungern wir doch nicht«, sagte sie – und es war das *Wir*, das ein kitzelndes Glücksgefühl durch seinen Körper trieb.

Ismael spielte ein zweites Stück aus dem Film. Und schließlich ein drittes, zu dem man nur auf diese Weise tanzen konnte. Dieses Mal war es ein arabisches Liebeslied.

»Verstehst du, was er singt?« Indi flüsterte an Renés Ohr.

Er verstand es. Sehr gut sogar. »Er singt von einer Frau, die er liebt. Sie ist seine Sonne und sein Mond und alle seine Sterne.«

Indi lächelte. »Das behauptest du jetzt nur.«

»Nein.« René vergrub sein Gesicht in ihren Haaren. »Er singt das wirklich.« Ismael hatte einfach das passende Lied ausgewählt.

Erst als der Song endete, schaute René auf. Die Party war so gut wie vorbei. Alle fremden Gäste waren längst gegangen. Beyza, Mehtap und Susanne kümmerten sich um die müden Kinder. Gittis Bowlentopf war leer, und Murat und Jusuf bauten den Grill ab. Nur Judith tanzte ebenfalls noch – mit Felix, der irgendwann in der letzten halben Stunde gekommen sein musste. Bestimmt hatte er wieder den ganzen Tag Physikgleichungen aufgestellt.

Spürbar widerwillig hob Indi den Kopf von Renés Schulter. »Heißt das, wir müssen abbauen?«

Er wollte nicht abbauen. Und noch weniger wollte er, dass die Feier vorbei war. »Wir können ja einfach hier draußen bleiben. Und unter deinen Sternen schlafen.«

Indi legte ihren Kopf wieder ab. »Klingt gut. Aber wird das nicht zu kalt?«

Nicht, wenn sie sich in den Armen hielten. »Wird schon gehen. Wir holen uns Luftmatratzen und Schlafsäcke und fragen die Kinder, ob wir in ihrer Höhle schlafen dürfen.«

Er spürte Indi nicken. »Okay.«

Sie sagte *okay*, einfach so. Weich und warm lief das Wort durch seine Sinne.

Die nächste Stunde verging wie in Trance. Sie bauten gemeinsam mit den Nachbarn ab und brachten alle Lampen nach oben. Bis zum Schluss wusste René nicht, ob Indi den Vorschlag ernst genommen hatte. Nur noch die Sternenkaskade hing in den Bäumen, als sie sich schließlich bei den Nachbarn bedankte und behauptete, den Rest würden sie allein schaffen.

Kurz darauf kam sie mit zwei Luftmatratzen und Schlafsäcken in den Hof. Ihr rotes Glitzerkleid hatte sie gegen einen warmen Trainingsanzug eingetauscht, und ihre schwarzen Haare fielen in losen Wellen über ihre Schultern.

Während sie die Luftmatratzen aufpusteten, kämpfte René gegen die Nervosität. Auch Indi sah etwas verlegen aus, als sie die Matratzen nebeneinanderlegten. »In die Kinderhöhle? Oder unter die Sterne?«

»Ich bin für die Sterne.« Er deutete nach oben. Es würde hell sein. Aber vielleicht war es am besten so.

Sie schlüpften in die Schlafsäcke, legten sich nebeneinander und schauten in die sternengetränkten Bäume.

»Ich hab noch nie unter freiem Himmel geschlafen.« Indis Gesicht lag direkt neben seinem, nah genug, um ihre Wärme zu spüren.

René widerstand dem Drang, sich zu ihr zu drehen. »Dann wird es Zeit.«

»Es ist ein bisschen unheimlich«, gestand sie. »Es könnte doch jeden Moment jemand kommen und uns stören.«

»Im Prinzip hast du recht. Wirklich sicher ist man draußen nie. Aber wenigstens ist man frei. Und man kann die Sterne sehen.« Er deutete in die Bäume.

Indi lachte leise. »Das sind keine echten.«

»Nein«, flüsterte er. »Es sind deine Sterne.«

Sie drehte sich in seine Richtung. Wie ein Schmetterling strich ihr Atem über seine Wange.

René schloss die Augen. Die Sterne tanzten weiter hinter seinen Lidern. »Im Nahen Osten schläft man häufig draußen. Auch im Frieden. In den Häusern ist es eng und heiß. Wenn man sich nach Ruhe und einem kühlen Windhauch sehnt, schläft man auf den Dächern. Und manchmal auch in den Gassen. Als ich das erste Mal in Aleppo war, war der Krieg noch gar nicht in Sicht. Damals hab ich auf dem Dach des Hostels geschlafen. Die Stadt war beinahe zu hell, um die Sterne sehen zu können. Und sie war immer präsent. Selbst mitten in der Nacht war es ein Rauschen und Murmeln, und selbst oben auf dem Dach hing der Duft von Gewürzen und Tee. Ich glaube, in jener ersten Nacht hab ich mich in die Stadt und das Land verliebt. Es war eine Nation im Aufbruch, voller Sehnsucht nach Freiheit und Bildung, an einer entscheidenden Wegkreuzung zwischen uralten Traditionen und modernen, demokratischen Werten. Aber am Ende hat die Machtgier eines Einzelnen ausgereicht, um alles zu zerstören.« René hielt inne. Er durfte nicht weiterreden, nicht weiter in diese Richtung denken.

Doch Indi reagierte darauf. Mit einem entschlossenen Ruck kam sie näher, legte ihren Kopf auf seine Schulter und schob den Arm über seine Brust.

René umarmte sie und zog sie an sich. Seine Nase grub sich in ihre Haare, und seine Augen blieben geschlossen.

Auch hier war die Stadt präsent. In manchen Wohnungen war noch Licht. Hinter einem offenen Fenster klapperte Geschirr, und von irgendwo klang leise Musik. Dahinter, scheinbar weit entfernt, raunte das Rauschen der Stadt.

Auch Berlin kam niemals vollständig zur Ruhe. Und dennoch

herrschte eine Art von Geborgenheit in diesem Hof. Vielleicht, weil es der Hof von Indis Haus war, mit all den fürsorglichen Menschen darin, in deren Mitte sie auch unter freiem Himmel sicher schliefen.

Es war dieser Gedanke, mit dem er wegdämmerte – und kalte Feuchtigkeit, die ihn weckte. Der frühmorgendliche Tau war überall, benetzte sein Gesicht und Indis Haare, durchdrang den Schlafsack und bildete Tröpfchen auf der Luftmatratze. Graues Tageslicht schob sich über die Hausdächer und ließ das Leuchten von Indis Sternen verblassen. Auch die ersten Nachbarn waren bereits erwacht. Ein altmodischer Wasserkessel begrüßte den Morgen mit seinem Pfeifen, und irgendjemand hatte das Radio eingeschaltet.

Die Magie der Nacht zerbrach in der Morgendämmerung. So war es immer. Und trotzdem setzte eine neue Magie ein: das Erwachen einer freien Stadt.

René wollte noch einmal die Augen schließen und weiterschlafen. Doch Indi zitterte in seinen Armen. Auch seine Schulter war verkrampft vom regungslosen Liegen. Eine ganze Nacht, ohne sich zu drehen.

»Indi?«, wisperte René. »Wach auf. Du frierst.«

Sie regte sich mit einem Stöhnen. Dann richtete sie sich auf und rieb sich den Nacken. »Krass, ist das kalt.« Ihre Zähne schlugen aufeinander, ihre Haare waren zerwühlt. Nur der Sternenschimmer leuchtete noch in ihren Augen. »Das hast du mir absichtlich verschwiegen. Wie kalt es wird.«

Hatte er das? Vermutlich.

Sie standen auf, holten die Lichterkette aus den Bäumen und trugen ihre Sachen nach oben. Im Flur blieben sie voreinander stehen.

Aufstehen oder weiterschlafen? Zusammen schlafen oder getrennt? René wusste nicht, was er sich wünschte und wovor er sich fürchtete. Auch Indi druckste unentschlossen herum. Dann deutete sie in den hinteren Teil der Wohnung. »Ich glaube, ich lege mich nochmal hin.«

»Gute Idee.« Er fragte nicht, ob er mitkommen durfte. Und Indi schien nicht zu wissen, ob sie ihn einladen sollte.

»Gute Nacht«, murmelte sie schließlich, lächelte ihm noch einmal zu und drehte sich um.

René blieb, wo er war. Wahrscheinlich konnte er ohnehin nicht mehr schlafen.

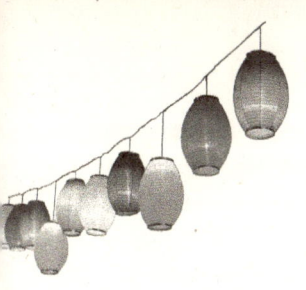

Kapitel 17

Mit großen Sprüngen rannte er die Treppe hinauf. Er musste zu Indi, musste ihr erzählen, was passiert war.

Die Tür im vierten Stock war nicht abgeschlossen, er musste sie nur aufklicken. Also war Indi zu Hause.

Doch vorn war alles dunkel. Ihr Atelier, die Küche – selbst das Wohnzimmer. Er ahnte, wo sie war: im Zimmer ihres Großvaters, wie immer, wenn er weg war.

Seit seinem Einzug war er nicht mehr darin gewesen – und er hatte sie nie gefragt, wie weit sie war. Sie sollte nicht glauben, dass er sie unter Druck setzte.

Nur heute konnte er nicht warten, bis sie ihn bemerkte. Er lief durch das Wohnzimmer in den hinteren Flur. »Indi?«

»Ich bin hier.« Sie kam aus dem Zimmer. Kurz glaubte er, sie würde die Tür hinter sich zumachen – so wie sonst. Doch dieses Mal trat sie rückwärts in den Raum, hielt seinen Blick fest, als wollte sie ihn einladen.

René folgte ihr und hielt inne.

Das Chaos war verschwunden, ebenso der Staub und der muffige Geruch. Das Bett war frisch bezogen, die Holzdielen glänzten. Den Schrank in der Ecke hatte sie angemalt, mit einem grafischen Muster aus Sonnen, Monden und Sternen. Dazwischen hatte sie Leuchtdioden angebracht, die unregelmäßig funkelten. Auch das Holzregal war beleuchtet. Eine Lichterkette schlängelte sich zwischen den Brettern entlang. Jedes Birnchen war mit winzigen Schirmen aus Briefmarken umhüllt. Indi musste stundenlang dagesessen haben, um die Marken aneinanderzukleben. Es war eine lange Lichterkette. Doch die Briefmarkenkollektion ihres Großvaters war wohl noch größer gewesen, ebenso seine Postkartensammlung. Indi hatte nämlich nicht nur die Lichtschirmchen daraus hergestellt – sie hatte die Wand hinter dem Bett mit den Postkarten und Briefmarken tapeziert, in der Form einer riesigen Weltkarte. Die Motive der Postkarten passten zu den Ländern, und in den größten Städten brannten Leuchtdioden.

»Ich konnte das nicht wegwerfen. Also hab ich damit dekoriert. Ich hoffe, das ist okay. Wenn es dir nicht gefällt, dann …«

»Indi!« Verblüfft lachte er auf. »Das ist die krasseste Raumdeko, die ich je gesehen habe. Und du zweifelst daran, ob es mir gefällt?«

Das Regal war mit Spielzeug gefüllt – Kisten mit Lego und Kuscheltieren, Spielfiguren und Holzbausteinen. Und darüber drei Bretter mit Bilderbüchern und Jugendromanen.

Es war eine Kinderecke!

Die Zweifel zeigten sich noch immer in Indis Haltung. »Eigentlich wollte ich das Zimmer leer räumen. Es ist deins. Du solltest entscheiden, wie du es einrichtest. Stattdessen … Für dich ist eigentlich nur Platz in dem Bett. Und der Schrank ist leer. Immerhin.«

Er musste erneut lachen. »Mehr brauche ich nicht. Einen Platz im Bett, ein paar leere Bretter im Schrank und Licht für die Nacht.«

Endlich formte sich ein Lächeln auf ihrem Gesicht. »Freut mich, dass es dir gefällt.« Sie deutete auf das Regal. »Es ist ein bisschen viel Spielzeug. Alles von mir früher. Ich kann das auch wieder in Kisten …«

»Indi?« Er musste sie unterbrechen. »Das mit dem Spielzeug ist perfekt. Lilja wird uns bald besuchen!« Das war es, was er ihr hatte sagen wollen, weshalb er den ganzen Weg von Mareis Wohnung aus beinahe gerannt war. Endlich hatte sie zugestimmt, dass Lilja zu ihm kommen durfte. Allein. Auch wenn es nur daran lag, dass Marei zu einem Kongress musste – René hatte sich selten so sehr gefreut.

»Gleich Donnerstag früh. Wenn nichts dazwischenkommt, bleibt Lilja den ganzen Tag und darf sogar übernachten.«

»Echt?« Indi begann zu strahlen. »Endlich. Wie hast du das geschafft?«

René verdrehte die Augen. »*Lilja* hat es geschafft. Sie hat sich hingestellt, die Arme in die Hüften gestemmt und erklärt, dass sie bei mir wohnt, solange Marei bei dem Kongress ist, und basta.«

Indis Grübchen vertieften sich. »Ich glaube, sie wird mir gefallen.«

René wurde still. Erst jetzt wurde ihm klar, wie wichtig das war – dass Lilja und Indi sich mochten.

Plötzlich war die Nervosität wieder da. Der Tag mit Lilja durfte auf keinen Fall schiefgehen. Daran hing es, ob sie häufiger zu Besuch kommen durfte oder nicht.

Sein Blick fiel ein weiteres Mal auf das Bett. »Wenn sie hier übernachtet, ist das Zimmer perfekt. Ich würde es gern Lilja überlassen, das Bett einzuweihen. Ich kann solange noch im Atelier schlafen. Was denkst du?«

»Das klingt gut.« Indi sah noch einmal in die Runde und deutete auf das Spielzeug. »Wenn man es genau nimmt, ist es ja sowieso ein Kinderzimmer geworden.«

* * *

Als es am Donnerstag an der Tür klingelte, war es erst kurz vor sieben. Sie waren früh aufgestanden, um nicht so auszusehen, als wären sie gerade erst aus dem Bett gekrochen. Dennoch kam das Klingeln schneller als gedacht. Bis jetzt hatten sie noch nicht einmal Kaffee aufgesetzt.

René ließ Marei und Lilja über die Gegensprechanlage ins Haus. Gleich darauf verschwand Indi in ihrem Atelier.

Schon am Tag zuvor hatten sie besprochen, wie sie sich heute verhalten wollten. Wenn Marei kam, sollte sie nicht als Erstes auf die Idee kommen, dass Indi und René ein Paar waren. Doch es sollte auch nicht aussehen, als wäre er nur ein Couchgast in dieser Wohnung. Dass er nur einen Untermietvertrag hatte, war schon schlimm genug. Umso wichtiger war es, dass Marei ihn für das gleichberechtigte Mitglied einer WG hielt.

Also würde er Lilja und Marei allein begrüßen – während Indi in ihrem Atelier arbeitete.

Lilja tauchte als Erste auf der Treppe auf. Wie ein Wirbelwind flog sie die Stufen herauf. Der grüne Rucksack wippte auf ihrem Rücken, und der Schlenkeraffe baumelte unter ihrem Arm. »René! Papa!«

René fing sie auf und hob sie hoch. »Da bist du ja endlich!« Er setzte sie auf seine Hüfte.

Marei kam keuchend hinterher. Rechts trug sie einen mittelgroßen Rollkoffer, links einen kleinen und über den Schultern zwei Umhängetaschen.

»Ich dachte, es geht nur um eine Nacht.« René deutete auf die beiden Koffer. »Fährt der große Koffer zum Kongress oder bleibt der hier?«

Es sollte ein Scherz sein, aber Marei funkelte ihn böse an. »Was ich für eine Nacht mitnehme, darfst du gern mir überlassen.«

»Mama hat fünf Kleider dabei«, verriet Lilja. »Weil sie sich nicht entscheiden konnte. Und komische Hosenanzüge und extragroße Handtücher, falls die im Hotel doof sind, und …«

»Lilja!« Marei klang streng. »Das geht deinen Vater nichts an.«

Lilja grinste und rutschte von Renés Hüfte. »Und ich habe Bücher mitgebracht und Malbücher und fünf Kuscheltiere. Die zeige ich dir gleich.«

»Tatsächlich haben wir auch ein bisschen Spielzeug.« René strubbelte durch ihre Haare. »Das kannst du dir gleich anschauen.«

Wir … Hatte er gerade *wir* gesagt?

Auch Marei schien es gehört zu haben. Ihr Blick wurde misstrauisch. »Ich würde gern kurz mit reinkommen und mir die Wohnung ansehen.«

Kontrollrundgang. Na sicher. »Klar, kein Problem. Hereinspaziert.«

Lilja war schon an ihm vorbeigehuscht. Mit großen Augen stand sie im Flur und starrte in Indis Atelier. »Sind das alles Lampen?«

»Ja.« René trat neben sie. »Ziemlich krasse Lampen, oder?«

Lilja nickte.

Indi stand an ihrer Werkbank vor dem Fenster und bespannte einen Lampenschirm mit Stoff. Sie hob den Kopf und winkte ihnen zu. »Hey, ihr zwei.« Auf ihren Wangen zeigten sich die Grübchen.

Auch Marei kam zu ihnen. Indis Lächeln verblasste zuerst, doch dann vertieften sich ihre Grübchen. »Hallo.«

»Marei, das ist Indi, meine Mitbewohnerin. Indi, das ist Marei, Liljas Mutter.« Er sagte nicht Exfreundin. Warum eigentlich nicht? Und warum gab Mareis Blick ihm schon wieder das Gefühl, alles falsch zu machen?

Erst als sie zu Indi sah, legte sich ein strahlend falsches Lächeln auf ihr Gesicht. »Freut mich, Indi. Schön, dich kennenzulernen.«

Hastig deutete René zur Küche. »Möchtest du einen Kaffee?«

Mareis Lächeln zerfiel so schnell, wie es gekommen war. »Nein danke. Ich will nur sehen, wo du Lilja unterbringst. Dann muss ich zum Zug.«

»Okay.« Umso besser. »Dann machen wir rasch eine Wohnungsführung. Da vorn ist die Küche und daneben die Gästetoilette.«

Lilja rannte voran, war bereits in der Küche verschwunden, noch bevor René und Marei an der Tür ankamen.

»Was sind das für Figuren?« Lilja schaute der Reihe nach in die beleuchteten Asthöhlen der Unterschränke.

»Das sind Wichtel«, erklärte René. »Indi sagt, sie räumen nachts die Küche auf.«

»Echt?« Lilja fuhr zu ihm herum.

»Na ja.« René zuckte mit den Schultern. »Eigentlich sollen sie das tun. Aber meistens sind sie faul.«

»Haben sie Namen?«

»Wollt ihr das nicht später klären?« Marei klang genervt.

René zwinkerte Lilja zu. »Indi kann dir mehr über die Wichtel erzählen. Wir fragen sie nachher, okay?«

Lilja nickte eifrig und sprang zurück in den Flur. Mareis Blick streifte ihn ein weiteres Mal.

Vor seiner Ateliertür blieb Lilja stehen. Mit schief gelegtem Kopf schaute sie hinein. »Was ist unter den Tüchern?«

René blieb hinter ihr stehen. »Meine Skulpturen.«

Wie Gespenster standen sie im schattigen Nordlicht, tuschelten, flüsterten, lehnten sich aneinander.

»Darf ich sie ansehen?«

»Nein!« Das Wort kam zweistimmig von René und Marei.

»Vielleicht später«, ruderte René zurück. Ein oder zwei Skulpturen waren harmlos genug, um sie zu zeigen.

»Auf keinen Fall!«, beharrte Marei. »Lilja, ich möchte nicht, dass du Renés Skulpturen siehst! Ist das klar?«

»Warum denn nicht?«

»Weil sie gruselig sind.« René antwortete, bevor Marei es tun konnte.

»Echt? Cool. Ich mag gruselige Sachen. So wie Halloween?«

Er presste die Zähne aufeinander. »Nein. Eher nicht wie Halloween.«

»Schlimmer«, zischte Marei.

Lilja bekam große Augen. »Was ist denn noch gruseliger als Halloween?«

»Lilja! Schluss jetzt!« Marei sah sie streng an. »Renés Skulpturen bleiben unter den Tüchern und basta.«

»Basta, basta«, äffte Lilja sie nach.

»Wo schläft sie denn jetzt?« Marei wandte sich an René. Ungeduld und Zorn funkelten in ihren Augen.

»Da entlang!« Er deutete auf das Wohnzimmer. »Und dann geradeaus weiter in den Flur.«

Wieder ging Lilja vor. Im Wohnzimmer drehte sie sich um sich selbst, als wollte sie alle Lampen gleichzeitig bestaunen.

»Pädagogisch ganz toll gemacht.« René konnte sich den leisen Kommentar nicht verkneifen. »Jetzt wird sie erst recht wissen wollen, was unter den Tüchern ist.«

»Sie ist fünf«, gab Marei zischend zurück. »Nicht fünfzehn. Sie hört noch auf ihre Mutter. Und erzähl du mir nichts von Pädagogik.«

Von wegen … Lilja hatte genug neugieriges Narrenblut geerbt, um die gruselige Wahrheit wissen zu wollen. So gut kannte er sie inzwischen. »Du kannst sie nicht mit Strenge kontrollieren. Dafür ist sie zu schlau. Um sie zu überzeugen, brauchst du die besseren Argumente.«

Marei schnaubte in seine Richtung. »Du bist so ein elender Besserwisser, René! Ich möchte nicht, dass sie deine Skulpturen sieht. Ist das klar?«

Drohung verstanden. Dabei wusste Marei gar nicht, worüber sie redete. Sie hatte die Skulpturen selbst noch nie gesehen – was am besten für immer so blieb.

»Einmal bitte hier entlang.« Er wies in den hinteren Flur, wo Lilja längst vor der Krake mit den langen Lampenarmen stehen geblieben war.

Auch Marei warf einen Blick auf die Bilder von Indis Großvater. »Deine Mitbewohnerin ist also auch Künstlerin?«

»Lampenkünstlerin, ja. Die Bilder sind von ihrem Großvater. Ihm gehörten auch die beiden Zimmer, die ich gemietet habe.« Er blieb vor seiner Tür stehen. »Lilja schläft heute hier.« Damit drückte er die Klinke und ließ die beiden eintreten.

»Cooool!« Lilja entdeckte die Weltkarte, den Sternenschrank und das Spielzeugregal, drehte sich von einem zum anderen und krabbelte dann über das Bett. Vor der Weltkarte stellte sie sich auf. Eingehend betrachtete sie die Postkarten, befühlte die Leuchtdioden der Hauptstädte und sprang schließlich zurück auf den Boden. Als Nächstes ging sie zum Sternenschrank. Mit den Fingern fuhr sie die Sonnen und Monde entlang, ehe sie sich vor dem Spielzeugregal auf die Knie ließ. »Ist das alles für mich?«

»Das sind Indis Spielsachen von früher. Wenn du hier bist, kannst du damit spielen.«

Wieder dieser seltsame Blick von Marei – immer dann, wenn er Indi erwähnte. »Ist das dein Zimmer oder das von deiner Lampenkünstlerin?« Ihre Stimme war pure Provokation.

Er musste sich zusammenreißen, um ruhig zu bleiben. »Es ist mein Zimmer. Wie du weißt, besitze ich nicht viel, also durften ein paar ihrer Sachen hierbleiben. Wieso fragst du?«

Mareis Mundwinkel verzogen sich zu einem unfrohen Lächeln. »Hübsch, hübsch. Wäre auch ein schönes Kinderzimmer.« Wieder dieser Unterton.

War das Eifersucht? Und wenn ja, auf wen? Auf Indi? Hatte Marei nicht oft genug klargemacht, wie abscheulich sie ihn fand und wie wenig sie mit ihm zu tun haben wollte? Konnte sie trotzdem noch eifersüchtig sein? Oder war es etwas anderes?

Lilja zog eine Kiste mit Spielfiguren aus dem Regal. Neugierig wühlte sie darin herum, holte einzelne Figuren raus und begann, sie auf dem Boden aufzubauen.

»Woher kommt sie?« Mareis Frage klang betont beiläufig.

Für eine Sekunde glaubte René, sie würde von der Spielzeugkiste reden. Aber sie meinte Indi. Natürlich.

Er unterdrückte ein genervtes Seufzen. »Wenn Indi hellhäutig wäre, würdest du das nicht fragen.«

Schockiert schaute Marei ihn an. Einen Moment lang wirkte sie sprachlos. Dann schüttelte sie den Kopf. »Wirfst du mir gerade vor, dass ich rassistisch bin?«

René musste die Notbremse ziehen. »Nein. Du bist nicht rassistisch, das ist was Strukturelles. Ich wollte dir das nur mal kurz bewusst machen.«

Marei verengte die Augen. »Weißt du, eigentlich sollte es nur eine höfliche Frage sein. Smalltalk. Insofern hätte ich die Frage auch gestellt, wenn sie weiß wäre und einen Akzent hätte.«

»Sie hat aber keinen Akzent.«

Lilja sah neugierig zu ihnen hoch.

René grinste ihr zu, wartete, bis sie sich erneut über die Spielzeugkiste beugte, und zog Marei mit sich in den Flur.

Er musste sich zusammenreißen, um gedämpft zu reden. »Wenn sie weiß wäre, hättest du ganz andere Fragen gestellt. Zum Beispiel, ob sie Kunst studiert hat oder wie lange sie schon in dieser Wohnung wohnt. Oder ob sie meine neue Freundin ist.«

Scheiße! Warum sagte er das?

»Und?« Mareis Gesicht verzog sich zu einer Grimasse. »Ist sie deine neue Freundin?«

»Nein!« Er musste sich zusammenreißen, um das Wort nicht zu schreien. Indi war nicht seine Freundin. Auch wenn er mit ihr geschlafen hatte, auch wenn er Tag und Nacht bei ihr sein wollte, in jeder verdammten Sekunde. »Aber selbst wenn, dann ginge es dich genauso wenig an wie mich der Inhalt deines Koffers.«

Marei stieß ein verächtliches Schnauben aus. »Du bist echt das Letzte, René. Ich frage mich wirklich, was ich mal an dir finden konnte.«

Etwas durchfuhr sein Inneres. Nicht, weil sie ihn beleidigte, nicht weil sie ihn hasste – daran hatte er sich gewöhnt. Es war überschäumende Wut, die er selbst nicht verstand. »Okay, dann sage ich dir jetzt, woher sie stammt. Sie ist hier aufgewachsen. In dieser Wohnung, bei ihrem Großvater. Und die Menschen, die sie aufgezogen haben, sind deutsch, türkisch, arabisch und griechisch. Sie sind katholisch und evangelisch, muslimisch und esoterisch – und vielleicht auch jüdisch. Aber das ist nur eine Vermutung.« Wegen ihres Nachnamens. Er hatte Indi nie gefragt, und sie hatte nie darüber geredet. Vielleicht verbarg sich eine Wunde darunter – oder es war einfach nicht wichtig. »Wenn du mich fragst, dann steckt von alldem ein Stück in ihrer Persönlichkeit. In Indi vereint sich die ganze Welt. Aber Fremde fragen immer nur nach ihrer Hautfarbe.«

Marei starrte ihn an. Eine Art von Schmerz sammelte sich in ihrem Blick. »Weißt du, was ich mich gerade frage?« Plötzlich sprach sie leise. »Ob du dich wegen mir jemals so echauffiert hast.«

Renés Wut fiel von ihm ab. Mit einem Schlag erkannte er, was wirklich hinter seinem Ausbruch steckte. Indi. Er konnte das Warten nicht länger ertragen. Marei hatte recht. Er war noch nie so verliebt gewesen. Nicht in sie und erst recht nicht in eine andere Frau. Höchstens in Lilja. Und auf sie wartete er auch. Weil Marei ihn hinhielt – aus purer Schikane.

Aber nichts davon konnte er sagen. Marei sollte einfach nur verschwinden. »Musst du nicht langsam zum Zug?«

Erschrocken zog sie das Handy aus ihrer Manteltasche. »Mist. Ja, ich muss los! Lilja?« Sie stürzte noch einmal ins Zimmer, beugte sich zu ihrer Tochter und umarmte sie. »Wir sehen uns morgen Abend. Sei lieb, ja?«

»Bei René bin ich immer lieb.«

Noch ein Grund, warum Marei ihn hassen musste. Als sie aufsprang und einen letzten Blick in seine Richtung feuerte, lag es in ihren Augen. Dann wandte sie sich ab und ging.

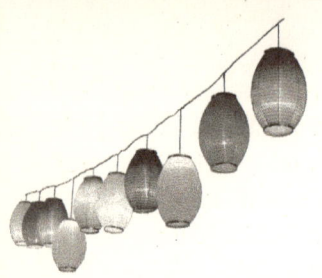

Kapitel 18

Renés Exfreundin stürmte aus der Wohnung, als wäre sie auf der Flucht. Grußlos lief sie am Atelier vorbei, ihr Koffer rollerte über die Dielen, holperte über die Schwelle. Dann fiel die Tür ins Schloss.

Was hatte René mit ihr angestellt? Hatten sie sich gestritten? Oder hatte sie es so eilig?

Am liebsten wäre Indi zu René gegangen und hätte ihn gefragt. Aber Lilja war bei ihm – und die beiden sollten ihre Zeit zu zweit haben. Falls er Indi in der Nähe haben wollte, würde er Bescheid sagen.

Oder nicht?

Indi schob den Lampenschirm zur Seite. Wenn sie so unkonzentriert weitermachte, würde sie die Lichterkette nur falsch in den Stoffkanal einfädeln. Also ging sie in die Küche, stopfte Espressopulver in den Siebträger, stellte die kleine Kanne auf den Herd und wärmte Milch auf einer weiteren Herdplatte.

Als sie aufsah, stand René in der Tür. Von Lilja keine Spur.

»Alles in Ordnung?« Indi füllte den fertigen Espresso und Milch in zwei Tassen und reichte ihm eine.

»Geht so.«

»Habt ihr euch gestritten? Oder warum ist sie gerade wie eine Furie hier rausgerannt?«

René trank vorsichtig einen Schluck und stellte die Tasse neben sich auf die Anrichte. »Ich weiß nicht, was mit uns los ist. Ich kann nicht mit Marei in einem Raum sein, ohne dass wir uns streiten. Es ist wie verhext, aber ich sage immer etwas, was ich hinterher bereue. Oder sie sagt etwas, was mir echt an die Nieren geht. Meistens beides. Und dann endet es so.« Er deutete auf die Tür. »Dabei müssen wir uns endlich zusammenraufen. Sonst werden wir uns wegen Lilja nie einig.«

Indi kam ein schrecklicher Gedanke. »Aber sie ist doch noch hier, oder?«

»Wer?« Für einen Moment sah er verwirrt aus. »Ja. Ja, Lilja ist hinten. Sie erobert gerade dein Spielzeug. Ich hab ihr gesagt, dass ich Frühstück mache.«

Der Gedanke an Frühstück löste ein flaues Gefühl bei ihr aus. Indi konnte nicht essen, wenn er so war wie jetzt, wenn so viel Gefühl in der Luft hing. »Worüber habt ihr euch denn gestritten?«

»Keine Ahnung.« Er lehnte sich an die Anrichte. »Eigentlich ist es auch völlig egal, worüber wir reden, es wird einfach immer ein Streit. Wahrscheinlich, weil es gar nicht um das geht, was wir sagen, sondern um irgendwelche Gefühle, die dahinterstecken.«

Hieß das, er fühlte noch etwas? Für Marei? Oder sie für ihn?

Indi wagte es nicht, ihn zu fragen. »Ich gehe nochmal ins Atelier.«

Sie lief weg. Wenn sie das Gespräch an dieser Stelle unterbrach, lief sie weg.

Doch René nickte nur.

Im Atelier stellte sie den Kaffee auf die Werkbank und spannte den Lampenschirm wieder ein, damit er nicht wegrutschte.

Und plötzlich stand *sie* im Zimmer. Lilja. Nahezu lautlos musste sie durch die Tür gekommen sein. Mit großen Augen schaute sie sich um, sah schließlich zu Indi und grinste sie an. »Das sind wirklich viele Lampen.«

Indi bekam die Worte kaum mit. Stattdessen starrte sie das kleine Mädchen an. Vorhin, bei der Begrüßung, hatte sie von Lilja im dunklen Flur nicht viel gesehen. Aber jetzt stand die Kleine mitten im Licht, nah genug, um alle Details in ihrem Gesicht zu erkennen. Sie sah aus wie René. Vielleicht lag es an diesem Grinsen, das sich von einem Ohr zum anderen zog, oder an den Augen, die in dem gleichen Braungrün leuchteten wie seine. Oder es war einfach alles: ihre Nase, ihr Mund, die schmalen Wangen mit der hübsch geschnittenen Kinnlinie. Selbst der rötliche Braunton ihrer Haare war von ihm.

Nur die Locken stammten von Marei. Wenngleich sie bei Lilja deutlich wilder aussahen als bei ihrer Mutter.

In einer niedlichen Geste legte sie den Kopf zur Seite. »Hast du die Lampen wirklich alle selbst gemacht?«

Erst jetzt konnte Indi auf die Kleine eingehen. »Ja, das ist mein Beruf. Ich baue Lampen. Und kleine Kunstwerke mit Licht.«

»Cool.« Lilja kam näher. Neben der Werkbank blieb sie stehen und deutete auf das neueste Projekt. »Ist das ein Lampenschirm? Oder ein Regenschirm?«

Indi betrachtete das flache Gestänge, das sie erst heute mit einem neuen Stoff bezogen hatte. »Es ist beides. Am Ende wird er leuchten wie eine Lampe. Aber eigentlich ist es ihr Regenschirm.« Sie zog eine kleine, halb zerbrochene Porzellanpuppe heran, deren Gesicht sie gestern repariert hatte.

Lilja nahm die Puppe an sich, setzte sie vor sich auf die Werkbank und sah ihr ins Gesicht. »Sie sieht traurig aus. Warum?«

»Sie war kaputt. Und sehr lange allein. Bis ich sie gefunden und gerettet habe.«

Lilja streichelte die geklebte Wange der Puppe. Dann sah sie zu den anderen, die nebeneinander in einem der Regale saßen. »Hast du die auch alle gefunden und gerettet?«

Indi musste lächeln. »Ja. Ich bin eine echte Puppenretterin.«

»Rettest du auch Menschen?« Liljas Stimme bekam einen vorsichtigen Unterton.

»Wieso fragst du?«

Die Kleine warf einen kurzen Blick zur Tür. Dann flüsterte sie: »Weil mein Papa auch traurig ist. Und allein. Kannst du ihn retten?«

Indi hielt inne. Konnte sie das? Und hatte sie bis jetzt genug getan, um es wenigstens zu versuchen? Wohl kaum.

»Mama sagt, dass er kaputt ist. Aber das verstehe ich nicht. Glaubst du, das stimmt?«

Indis Herz machte einen Satz. »Hat deine Mama das zu dir gesagt?« Nur mühsam konnte sie die Empörung zurückhalten.

»Nein, sie hat das zu René gesagt. Und zu Katja. Das ist ihre Freundin.«

Lilja hatte also Dinge gehört, die nicht für sie bestimmt waren. Wie oft hörte sie mit, wenn René und Marei sich stritten?

Indi hatte das Bedürfnis, es zu entschärfen. »Weißt du, dein Papa hat ein paar sehr schlimme Dinge erlebt. Manche davon machen ihn traurig, andere haben ihm wehgetan. Aber trotzdem kann er noch lachen und Scherze machen und mit dir spielen und dich liebhaben.« Indi zog noch einmal die kleine Puppe zu sich. »Früher oder später passiert das jedem Menschen, dann geschehen Dinge, die uns wehtun oder uns verletzen.« Sie strich über die geklebte Wange der Puppe. »Doch ich würde nicht sagen, dass man deswegen kaputt ist. Fast alles lässt sich kleben und reparieren. Was meinst du? Ist diese Puppe mit ihren kleinen Macken nicht viel liebenswerter?« Indi hielt den halbfertigen Schirm über die Puppe. »Etwa so wird sie am Ende aussehen. Unter dem Regenschirm werden Sterne funkeln und die Puppe zum Strahlen bringen.«

Lilja rückte näher an sie heran, während sie die Puppe betrachtete. »Ich hab sie lieb«, flüsterte sie. »Und meinen Papa auch. Ich finde nicht, dass er kaputt ist.«

Indi stützte sich neben Lilja auf die Werkbank. »Siehst du. Nur darauf kommt es an. Auf das, was du fühlst und denkst. Nicht auf das, was andere sagen.« Auch nicht dann, wenn es die eigene Mutter war, die ein solches Urteil sprach.

Lilja nickte. Gleich darauf drehte sie sich um und lief rückwärts durch das Atelier. »Wenn das dein Beruf ist – bastelst du den ganzen Tag Lampen?«

Zum ersten Mal seit langem betrachtete Indi ihr Atelier genauer. Tatsächlich hatte sie ihre Lampen schon lange nicht mehr gezählt. Aber es mussten mehrere hundert sein. »Ich bastele Lampenschirme und Lampenfüße, repariere alte Dinge, die ich zu einer Lampe umbauen möchte, und ich beleuchte Sachen, von denen ich denke, dass ihnen Licht fehlt. Und ich verkaufe die Lampen. Also ja … ich mache das den ganzen Tag.«

»Cool.« Die Kleine sah sie aufmerksam an. »Meine Mama findet Basteln doof. Sie bastelt nicht mal mit Kleber und Papier.«

»Deine Mama hat ja auch einen anderen Beruf. Sie hat wahrscheinlich nicht so viel Zeit zum Basteln.«

Lilja stieß ein übertriebenes Seufzen aus. »Mama muss immer zur Arbeit. Sie ist Rechtsanwältin. Das ist jemand, der immer recht hat.«

»Tatsächlich?« Indi hob die Augenbrauen. »Sagt das deine Mama?«

»Nein.« Lilja verzog den Mund. »Das sagt René. Aber es stimmt. Mama muss wirklich immer recht haben. Sonst wird sie sauer.«

Die Kleine schob sich zwischen Kisten und Lampen hindurch und deutete dann auf den Brennofen. »Was ist das?«

»Ein Brennofen. Damit kann ich getöpferte Sachen brennen. Dann werden sie fest, und man kann sie bemalen.«

»Wirklich?« Liljas Augen leuchteten. »Können wir heute töpfern?«

Eigentlich sprach nichts dagegen. Es gab ohnehin noch ein paar Dinge, die in den Ofen mussten. »Was möchtest du denn töpfern?«

»Wichtel!« Liljas Antwort kam sofort. »So wie die in der Küche. Solche möchte ich auch basteln.«

»In Ordnung. Dann töpfern wir nachher ein paar Wichtel.«

»Wie ich höre, habt ihr schon Pläne?« René erschien in der Tür. Mit einem Lächeln sah er zwischen ihnen hin und her. »Aber zuerst gibt es Frühstück für euch.«

Den Rest des Tages verbrachten sie zu dritt. Gemeinsam setzten sie sich in Indis Atelier an die Werkbank, kneteten kleine Wichtelfiguren und gaben ihnen Namen. Indi erklärte, dass sie keine Luft mit einkneten durften, damit die Figuren beim Brand nicht auseinanderplatzten, und schließlich erzählten sie sich Geschichten über die Wichtel. Jeder bekam einen Charakter. Sie fanden heraus, welche Wichtel zu einer Familie gehörten, welche Freunde waren und welche sich nicht leiden konnten. Und bald diskutierten die Wichtel durcheinander, tobten und stritten sich und brachen immer wieder in Lachanfälle aus.

Einmal musste Lilja weinen, weil ihrem Lieblingswichtel im Eifer des Gefechtes die Zipfelmütze abbrach. Indi bemühte sich, ihm die Mütze wieder anzukneten – aber sie konnte keine Garantie darauf geben, dass der Zipfel den Brand überleben würde. Also versprach sie Lilja, dass sie dem Wichtel im Notfall eine Mütze nähen würde. »Dann ist er der einzige mit einer Stoffmütze. Also der besonderste Wichtel von allen.«

Lilja gefiel die Idee, und die Tränen versiegten.

Bevor den ungebrannten Wichteln noch mehr Unfälle zustießen, gingen sie dazu über, schon einmal die Wichtelbehausungen vorzubereiten. Sie durchsuchten die Wohnung nach Kartons und Kisten – und nach Regalnischen, die sie mit Plexiglas in Wichtelwohnungen umbauen konnten.

Es wurde ein tagesfüllendes Projekt.

Erst am späten Nachmittag fiel Indi ein, dass sie noch einkaufen mussten. Also zogen sie zu dritt in den Supermarkt. Auf dem Rückweg schlenderten sie am Kanalufer entlang, verfolgt von Schwänen und Enten, die laut Lilja hungrig aussahen. Indi bezweifelte, dass irgendein Tier am Landwehrkanal tatsächlich Hunger litt. Schließlich wussten sie, wie man erfolgreich bettelte. Aber Lilja schaute mit großen Augen zu René und zupfte an seinem Ärmel.

Weil frisches Brot für die Vögel ungesund war, brachten sie den Einkauf nach Hause, nahmen das Säckchen mit dem getrockneten Brot und verbrachten die nächste Stunde damit, es möglichst gerecht an alle Kanalbewohner zu verfüttern. Lilja gab den Vögeln Namen und holte weit aus, um die hinteren Reihen zu erreichen. Wenn sie selbst nicht weit genug kam, wies sie René an, wohin er werfen sollte.

Indi hätte ewig dastehen und den beiden zusehen können. Zusammen mit Lilja lachte René noch häufiger. Seine Stimme wurde leise und weich, wenn er mit seiner Tochter sprach. Auf jedes Spiel, das sie vorschlug, ließ er sich ein, und schließlich nahm er sie huckepack und galoppierte mit ihr zum Haus zurück – nicht ohne wie ein Pferd zu wiehern. Indi hielt sich den Bauch vor Lachen, während Lilja vergnügt kreischte und sich an René festklammerte.

Nach dem Abendessen war Schlafenszeit für Lilja. Sie bestand darauf, allen Wichteln gute Nacht zu sagen, sowohl denen in der Küche als auch den neu getöpferten im Atelier. Während Indi und René die Spülmaschine einräumten und die Katzen fütterten, flitzte sie schon einmal los.

Sobald Lilja aus der Tür war, fiel Indis Blick auf René. Er wirkte glücklich und erschöpft. Seine Haare waren zerzaust, und eine Spur von Tomatensoße zierte seine Wange. Indi widerstand dem Drang, mit dem Finger darüberzuwischen. Nur die Worte, die seit Stunden durch ihren Kopf schlichen, konnte sie nicht aufhalten. »Deine Tochter ist toll. Ich mag sie.«

René hatte gerade die Spülmaschine zugeschoben. Als er sich aufrichtete, wurde sein Blick dunkel. In seinen Augen stand die unanzweifelbare Liebe zu seinem Kind – und noch mehr.

Ein seltsames Klappern schreckte sie auf. Es kam nicht aus Indis Atelier. Es war …

René reagierte als Erster. Er lief hinaus in den Flur, aber Indi folgte ihm auf dem Fuß. Wie angewurzelt blieb er in der Tür zu seinem Atelier stehen. Beinahe wäre Indi gegen ihn geprallt. Für eine Sekunde glaubte sie, etwas Schlimmes sei passiert. Aber Lilja hatte nur eine der Skulpturen auf seiner Werkbank abgedeckt. Mit zur Seite geneigtem Kopf blickte sie darauf. Neben ihr am Boden lag der umgestürzte Werkzeugkasten. Doch Lilja stand einfach nur da und starrte auf das Kunstwerk, das vor ihr eingespannt war.

»Lilja?« Renés Stimme schwankte. »Was machst du da?«

Die Kleine beugte sich näher an die Skulptur. »Ist das Kind tot?«

Indi fröstelte. Bis jetzt kannte sie nur die Frau mit dem Kopftuch, die sie am Anfang gesehen hatte. Danach hatte sie es nicht mehr gewagt, René nach den Skulpturen zu fragen. Und heimlich wollte sie nicht unter die Tücher schauen.

»Kannst du … das bitte … wieder zudecken.« René kämpfte

um jedes Wort und gleichzeitig darum, Lilja nichts merken zu lassen.

Eine Spur von Irritation glitt über das Gesicht der Kleinen. »Das bist du. Wohin trägst du das Kind?«

Von René kam ein winziges Keuchen, so leise, dass nur Indi es hören konnte.

Sie musste handeln. Musste die Situation beenden, ohne dass Lilja bemerkte, wie schlecht es ihrem Vater ging. »Hast du schon den Wichteln in deinem Zimmer gute Nacht gesagt?« Ruhig ging sie auf Lilja zu und warf einen Blick auf die Skulptur.

Es war tatsächlich ein Porträt von ihm selbst. Auf seinen Armen trug er ein Kind, einen kleinen Jungen, dessen Gliedmaßen leblos herabhingen. War er tot? Oder schwer verletzt?

Hastig griff sie nach dem Tuch, zog es über die Skulptur und strich dann über Liljas Kopf. »Komm mit. Von hier aus bis hinten ist eine tolle Galoppstrecke. Wenn du aufsteigst, galoppiere ich mit dir nach hinten. Dann sagen wir den Wichteln gute Nacht und putzen die Zähne.« Sie deutete geradeaus durch die Tür. »Frag die Katzen, die rasen auch immer von ganz hinten nach vorn und zurück. Wollen wir?«

Liljas Blick huschte noch einmal zu der zugedeckten Skulptur. Dann nickte sie.

Indi hob die Kleine auf die Werkbank und nahm sie huckepack. René lehnte kreidebleich in der Tür.

Aber Indi konnte ihn nicht länger ansehen. Sonst hätte Lilja bemerkt, dass etwas nicht stimmte.

Indi schnaubte und buckelte. Lilja kreischte auf, und Indi galoppierte los, im Slalom um die Skulpturen, dann an René vorbei und durch das Wohnzimmer nach hinten. Vor dem Bad wollte sie Lilja absetzen. Aber die Kleine klammerte sich fest. »Weiter! Nochmal zurück!«

Indi konnte nicht noch einmal zu René. Nicht jetzt. »Morgen, okay? Wir wollen doch noch den Wichteln gute Nacht sagen. Und vorlesen.«

»Stimmt.«

»Wo sind denn deine Zahnputzsachen?«

Lilja zeigte zu ihrem Zimmer. »Im Koffer.«

»Dann holen wir die jetzt.«

Gemeinsam wühlten sie nach dem Kulturbeutel, gingen wieder ins Bad und putzten ihre Zähne um die Wette.

Als sie ins Zimmer zurückgingen, war von René noch immer nichts zu sehen. Während Lilja sich umzog, schaltete Indi sämtliche Lichterketten und das Sternenfunkeln ein. Die Dioden am Schrank flackerten, und die Hauptstädte und Ländergrenzen der Weltkarte leuchteten.

»Wow«, machte Lilja und klang beinahe wie ihr Vater.

Indi überlegte, ob sie nach ihm schauen sollte. Allerdings hätte sie Lilja dafür allein lassen müssen. »Hast du schon ein Buch zum Vorlesen gefunden?«

»Ganz viele.« Zielstrebig zog die Kleine eine Reihe von Büchern aus dem Regal und holte weitere aus dem Rollkoffer. »Die.« Es waren mindestens zehn Bücher.

»Oha. Die schaffen wir aber nicht alle heute.«

»Dann bleibe ich eben länger. Wir können Mama sagen, dass sie noch einen Tag auf dem Kongress sein kann.«

Noch ehe Indi verstand, was die Kleine vorhatte, kramte sie ein Handy aus ihrem Rucksack und nahm eine Sprachnachricht auf. »Hallo Mama. Es ist super hier. Wir haben Wichtel getöpfert und Schwäne gefüttert und gekocht und jetzt lesen wir vor. Indi ist supernett. Und Papa natürlich auch. Darf ich noch einen Tag bleiben? Dann kannst du auch noch länger auf dem Kongress sein. Tschühüüüs! Hab dich lieb.« Sie warf das Handy wieder in den Rucksack und sprang zu den Büchern auf die Matratze. »Wo bleibt Papa? Lesen wir jetzt?«

Es dauerte keine zwei Sekunden, ehe das Handy klingelte.

Mit einem leisen Seufzen kletterte Lilja wieder aus dem Bett und ging ran. »Hallo Mama.«

Die Stimme, die durch den Hörer schepperte, klang unnatürlich fröhlich – und verriet allein dadurch, was dahinter lauerte.

Leise ging Indi aus dem Raum und zog die Tür hinter sich zu. René stand im Wohnzimmer. Sein Gesicht war noch immer blass. Selbst seine Lippen wirkten seltsam farblos.

War die Skulptur daran schuld? Oder hatte er mitbekommen, dass Lilja mit Marei telefonierte?

Er kam näher und lauschte in das Zimmer.

Indi wollte nicht zuhören, während Lilja mit ihrer Mutter sprach. Dennoch drangen Fetzen des Gespräches nach draußen. Mit glühender Begeisterung versuchte die Kleine, Marei das Glück dieses Tages zu vermitteln. Doch während Lilja ausführlich erzählte, zeichnete sich das Echo der Katastrophe auf Renés Gesicht ab. Marei hätte niemals erfahren dürfen, wie glücklich sie zu dritt gewesen waren. Ihre Eifersucht war auch so schon gefährlich genug.

»Es tut mir leid«, flüsterte Indi. »Ich hätte besser nicht zugelassen, dass Lilja telefoniert.«

René wirkte resigniert. »Hättest du es denn verhindern können?«

»Um ehrlich zu sein – nein. Lilja war zu schnell.«

»Mach dir keine Vorwürfe. Früher oder später hätte sie Marei sowieso davon erzählt.«

»Indi?« Die Kleine streckte den Kopf aus dem Zimmer. »Und Papa«, rief sie freudig. »Lesen wir jetzt vor?«

»Klar!« René trat zu ihr und wuschelte durch ihre Locken. Auf dem Bett musste er ein paar von Liljas Kuscheltieren zur Seite schieben, aber schließlich fanden sie genug Platz für drei.

Lilja suchte das erste Buch aus und drückte es Indi in die Hand. »Ist das von dir?«

»Allerdings.« Indi drehte das abgewetzte Buch in ihrer Hand. »›Pony, Bär und Apfelbaum‹ – das war eins von meinen Lieblingsbüchern als Kind.« Sie schlug die erste Seite auf und deutete auf die Bilder. »Du musst mithelfen und immer die Worte lesen, die von Bildern ersetzt werden. Siehst du?« Indi begann zu lesen, und Lilja begriff sofort. Eifrig ergänzte sie die fehlenden Worte, bei denen es sich überwiegend um *Pony*, *Bär* und *Apfelbaum* handelte.

René lag derweil auf Liljas anderer Seite. In seinen Augen schimmerte noch immer etwas Dunkles. Dennoch schien er sich gefangen zu haben.

Als zweites Buch wählte Lilja eins aus ihrem Rucksack: *Mama Muh und die Krähe*. Sie bestand darauf, dass sie mit verteilten Rollen lasen. René musste Sprecher und *Krähe* sein, während Indi *Mama Muh* spielen sollte.

Am Anfang lag ein raues Kratzen in Renés Stimme, doch mit jedem Satz kehrte die Sicherheit zurück, bis er zur frechen Krähe wurde, die sich mit Inbrunst über alles ereiferte. Indi verpasste ein paar ihrer Einsätze, weil es viel schöner war, ihn zu beobachten. Einmal musste Lilja sie anstupsen, weil sie ihren fehlenden Einsatz nicht bemerkte. Auch Renés Blick streifte zu ihr. »Mama Muh? Willst du gar nichts dazu sagen?« Er sprach noch immer als Krähe – nur sein Satz stand nicht im Buch.

Indi musste lachen. Dann fand sie ihre Zeile und las weiter.

Nach *Mama Muh* suchte Lilja noch ein drittes Buch aus. Doch diese Geschichte war ruhiger. René las mit sanfter Stimme.

Wie ein Streicheln ging sie über Indi hinweg. Irgendwann schlief Lilja ein. Ihr Kopf lag in Renés Armbeuge, ihre Locken verteilten sich über seiner Schulter und den Kuscheltieren.

René legte das Buch auf die Bettdecke, schaltete die Leselampe aus und drehte sich auf die Seite. Über Liljas Kopf hinweg schaute er zu Indi. Das Funkeln der Weltkarte schimmerte auf seinem Gesicht. Einzelne Lichtpunkte spiegelten sich in seinen Augen. Er atmete verhalten, als hätte er Sorge, Liljas Schlaf zu stören. Der dunkle Moment von vorhin schien vergangen zu sein. Jetzt lag etwas anderes in seinem Blick und kitzelte das Glück, das Indi schon den ganzen Tag erfüllte. So musste es sich anfühlen, eine Familie zu haben. In dieser abendlichen Stille, dem leisen Atmen eines schlafenden Kindes und dem funkelnden Licht lag die Vollkommenheit. Und eine gefährliche Sehnsucht.

Weil es nicht die Realität war. Dieser Moment war gestohlen, nicht mehr als eine Illusion. Lilja war nicht ihre Tochter und würde es niemals sein. Und René? Wohin würde es führen, wenn sie sich liebten? Waren sie stark genug, um sich gegenseitig Halt zu geben?

Renés Hand bewegte sich, fand ihre inmitten der Kuscheltiere und strich darüber. Es war nur ein winziger Reiz. Dennoch zischte ein Sirren durch ihren Körper.

Vorsichtig hob René Liljas Kopf, zog seinen Arm darunter hervor und richtete sich auf. Auch Indi erhob sich, während René die Bettdecke über seiner Tochter zurechtrückte, und löschte dann das Licht, abgesehen von dem funkelnden Sternenschrank.

Im Flur fanden sich ihre Hände erneut. Und plötzlich war alles weich: der Boden unter ihren Füßen, die Wand in ihrem Rücken. Indi lehnte sich an, um nicht zu fallen. Doch René war da und hielt sie fest.

Sie musste ihn zuerst küssen. Das hatte er beim Lichterfest gesagt. Und sie hatte bis heute gezögert. Warum eigentlich?

»Ich kann das nicht mehr«, flüsterte René. »Nicht mehr warten. Dich nicht mehr von weitem ansehen. Wenn du mich nicht willst, dann sag es mir jetzt.«

Sie zog ihn an sich und schob ihre Lippen auf seinen Mund. Wie eine Explosion fuhr die Berührung durch ihren Körper.

Wenn es noch eine Grenze gegeben hatte, dann fiel sie in diesem Moment. Seine Hände fuhren unter ihr Shirt, streiften ihre Taille aufwärts und legten eine Brandspur.

Nicht hier! Sie konnten nicht länger hier stehen bleiben, direkt neben Liljas Tür.

»Komm mit!« Sie fasste René an der Schulter, schob ihn zu ihrer Schlafzimmertür. Wahllos drückte sie einen der Lichtschalter, erwischte eine kleine Lichterkette rund um das Fenster und beschloss, dass es reichte.

* * *

Indi hatte sich entschieden. Die Botschaft lag in ihren Augen, in ihrem Lächeln, in ihrer Berührung, mit der sie ihn in ihr Schlafzimmer schob. In seinem Inneren wurde es ruhig, wie ein Sturm, der nach wochenlangem Chaos endlich abflaute. Auch der heutige Tag war aufwühlend gewesen. Ein ständiges Auf und Ab zwischen Bedrohung und Glück. Zuerst Marei und ihr Streit. Dann Lilja und Indi, ein ganzer Tag mit den beiden Menschen, die er am meisten liebte. Und dazwischen die Skulptur, dieses eine schreckliche Bild, das er nur geschaffen hatte, um es endlich zu vergessen – und das ihn dennoch verfolgte.

Erst mit den Kinderbüchern war der Frieden zurückgekehrt. Und jetzt Indi …

Sie schaltete das Licht ein – nur eine Lichterkette rund um ihr Fenster. Trotzdem war es genug, um die Dämonen fernzuhalten. Indi führte ihn zum Bett, ließ sich fallen und zog ihn auf sich. Ihr Shirt verrutschte und zeigte ihren nackten Bauch.

Leise! Sie mussten leise sein. Lilja schlief nebenan.

René legte den Zeigefinger an seine Lippen. Indi antwortete mit einem Lächeln, stupste mit der Nase gegen seine Hand und vertrieb den Finger mit einem Kuss. Ein tiefes, glühendes Gefühl erfüllte sein Inneres. Alles, was darauf folgte, geschah langsam. Vorsichtig suchten ihre Hände die Knöpfe des anderen, öffneten Verschlüsse und fanden einen Weg zwischen herabgestreifter Kleidung und nackter Haut. Auch ihre Küsse ließen sich Zeit, bis sich die Langsamkeit in einen zäh fließenden Strom verwandelte, der stetig durch ihre Körper drang.

Nicht ein Ton kam über ihre Lippen, während Indi ein Kondom aus ihrem Nachttisch holte. Selbst als sie eins wurden, blieben sie still. Nur Indis Gesicht zeigte die Schönheit des Augenblicks. Ihr nächster Kuss schmeckte nach Licht. Ihre Umarmung hüllte ihn ein. Ihre Bewegung fand einen Rhythmus, in dem sich der langsame Fluss fortsetzte. Ein Leben mit Indi war der schönste Traum, den er je geträumt hatte. Mit ihr war alles vollkommen: Alltag, Liebe, Familie ... Ein Leben mit ihr war Lachen und Wärme, Trost und Zuneigung – und ein Leuchtturm aus funkelnden Ideen.

Bei ihr war der Ort, an dem er bleiben wollte.

Die Zärtlichkeit floss über, spiegelte sich in ihren Augen und trieb den Fluss über hüpfende Stromschnellen.

Leise! Sie mussten leise sein! Sein Kuss verschloss ihren Mund, gerade rechtzeitig, um diesen einen, lustvollen Laut von ihren Lippen zu fangen.

Einzig seine Reaktion ließ sich nicht aufhalten, eine winzige

Sekunde, in der alle Gefühle hervorbrachen. Nur Indis Hand konnte ihn bezähmen, legte sich auf seinen Mund und ließ ihn verstummen.

Der letzte Moment währte ewig in der Stille.

Als es vorbei war, sah Indi ihn an. Überraschung und Liebe zeigten sich in ihrem Blick. Nur in ihren Augenwinkeln bildete sich ein Glitzern. Behutsam küsste er es fort, weiches Salz auf seinen Lippen. Es gab noch so viele Geheimnisse, die sie vor ihm verborgen hielt. Doch er durfte nicht fragen.

Ihre Arme schlangen sich um seinen Rücken, ihr Gesicht drückte sich in seine Halsbeuge. »Ich war schwanger«, flüsterte sie. »Vor drei Jahren.«

Mehr sagte sie nicht. Ganz egal, wie lange er den Atem anhielt, um darauf zu warten. Nur seine Gedanken fügten alles zusammen. Vor drei Jahren war die Beziehung mit Matthias zerbrochen. Auch ihr Großvater war vor drei Jahren gestorben. All das musste zusammenhängen, ein Verlust, für den es keine Worte gab, die sie trösten konnten.

René zog ihren Kopf an seine Schulter, vergrub die Hände in ihren Haaren und legte seine Lippen an ihre Wange.

Er würde da sein, wenn sie erzählen wollte. Irgendwann. Sie allein wählte den Zeitpunkt. Nur eines musste er endlich aussprechen: »Ich liebe dich, Indi.«

* * *

»Ich hab gewusst, dass sie deine Freundin ist.«

Geflüsterte Worte in der Dunkelheit. Braune Locken und strahlende Augen, grün-braun gesprenkelt.

Lilja. Sie stand neben dem Bett.

René fuhr auf. Indi regte sich im Schlaf. Hastig zog er die

Decke über ihre nackten Schultern. »Lilja! Du bist schon wach?«

Sie grinste. Im Schlafanzug und barfuß stand sie da. Unter dem Arm trug sie eine bunt bemalte Holzkiste. »Guck mal, was ich gefunden habe. Das war unter dem Bett. Ganz hinten. Können wir die vorlesen?«

Wen sollten sie vorlesen? Eine Kiste? René rieb sich über das Gesicht. »Wovon redest du? Ich schlafe noch halb.«

»Die Briefe.« Lilja klappte die Kiste auf. »Die ist voller Briefe. Liest du sie vor?«

Renés Blick fiel auf die Umschläge. Es mussten mindestens fünfzig sein. *An Nikolas Stern* stand auf der Vorderseite, immer in derselben Schrift. Auf den Rückseiten gab es unterschiedliche Absender. Aber immer denselben Namen: Valeria Vogt.

Der Name kam ihm bekannt vor. Doch woher? »Lilja! Wir können die nicht lesen. Sie gehören Indi. Bringst du die Kiste bitte zurück?«

»Was gehört mir?«, murmelte Indi verschlafen. Ihre Augen waren noch immer geschlossen, ihre Haare lagen zerzaust auf dem Kissen.

René widerstand dem Drang, sie vor Liljas Augen zu küssen.

»Die Briefe«, erklärte Lilja. »In der bunten Kiste.«

»Was?« Indi fuhr auf. Die Decke rutschte von ihrer Schulter, zeigte ihren nackten Oberkörper, ehe sie den Stoff wieder hochzog.

Lilja hatte es nicht gesehen. Sie schaute noch immer auf die Briefe. »Die hier.« Sie hielt Indi die offene Kiste hin. »Können wir die vorlesen?«

Hastig griff Indi danach. Die Scharniere quietschten, als sie den Deckel zuschlug. Dann atmete sie tief ein und lächelte Lilja entschuldigend an. »Tut mir leid, aber wir können die Briefe nicht lesen.«

Irgendetwas stimmte nicht. Doch dies war nicht der richtige Moment, um Indi danach zu fragen. Zuerst musste er sich um Lilja kümmern. Ratlos stand die Kleine vor ihnen und trat auf der Stelle.

»Wie wäre es, wenn wir etwas anderes lesen?«, schlug René vor. »Willst du nicht ein Buch holen?«

Das ließ Lilja sich nicht zweimal sagen. Auf dem Absatz wirbelte sie herum und lief aus dem Zimmer.

Mit etwas Glück hatten sie zwei Minuten. Um sich anzuziehen und die Sache mit der Kiste zu klären. Valeria Vogt – zumindest den Vornamen hatte Indi schon einmal erwähnt. »Die sind von deiner Mutter, oder?«

Erschrocken sah sie ihn an, streckte ihm die Schachtel entgegen und wartete kaum, bis er sie angenommen hatte. »Nimm sie, versteck sie, lies sie, wenn du willst. Aber frag mich nicht danach. Ich will nichts davon wissen.«

René betrachtete die Kiste. Es war eine hübsche, handbemalte Holzschatulle. Doch was waren das für Briefe? Dieses Mal fiel es ihm schwer, die Frage nicht zu stellen. Dennoch stand er auf, zog sich eine Hose an und brachte die Kiste in sein Atelier. In der hintersten Ecke des Regals versteckte er sie.

Vielleicht fand sich später eine Gelegenheit, darüber zu reden.

Als er ins Schlafzimmer zurückkehrte, hatte Indi sich ein T-Shirt und eine kurze Hose angezogen. Als wäre nichts gewesen, saß sie mit Lilja auf dem Bett, neben ihnen ein Bücherstapel, der seiner Tochter bis zu den Ohren reichte.

Damit stand das Programm für die nächsten Stunden fest. Lesen, lesen und nochmals lesen, bis alle Erwachsenen in dieser Wohnung heiser waren.

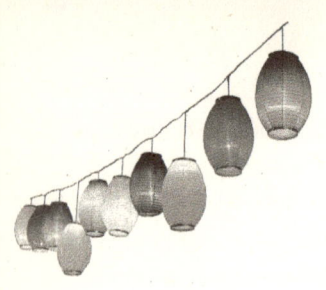

Kapitel 19

W as hältst du von einem kleinen Urlaub?« Vollkommen unerwartet stand René in der Tür ihres Ateliers und stellte die Frage.

»Urlaub?« Indi schloss die Klappe des ausgekühlten Brennofens und drehte sich zu ihm um. Bis eben hatte René noch im Atelier nebenan telefoniert, doch Indi hatte alle Türen geschlossen, um ihn nicht unfreiwillig zu belauschen. »Wie kommst du so plötzlich auf Urlaub?«

Auf seinen Lippen erschien ein schiefes Grinsen. »Na ja, Urlaub ist vielleicht zu viel gesagt. Ich hatte gerade meine Mutter am Telefon. Sie möchte am Samstag spontan ihren Geburtstag feiern und lädt uns dazu ein.«

Diesen Samstag? »Ich muss zum Markt. Es wäre ein bisschen knapp, um den Stand abzusagen. Um wie viel Uhr denn? Vielleicht können wir später dazukommen.«

René lehnte sich in die Tür. »Ich hab ihr schon gesagt, dass du am Wochenende auf dem Kunstmarkt bist. Und dann kamen wir von einem Thema zum anderen, ich hab ihr von deinen Lampen und von Judiths Hochzeit erzählt, und jetzt wünscht sie sich deine Beleuchtung für ihren Garten. Das Wetter soll nochmal schön werden, und sie würde gern draußen feiern.«

Indi imitierte seine lässige Haltung, indem sie sich gegen den Brennofen lehnte. »Wenn ich den Garten beleuchten soll, reden wir aber nicht mehr von Urlaub, oder?«

In Renés Augen blitzte etwas auf. »Sie bezahlt dafür. Und meine Eltern sind nicht arm.« Wieder grinste er. »Erhöht oder verringert das die Chancen, dass du mitkommst?«

Indi war versucht, den Ofenhandschuh nach ihm zu werfen. René kannte sie. Um Urlaub zu machen, hätte sie niemals den Markt abgesagt. Aber für ein bezahltes Beleuchtungsprojekt … auch wenn es in seiner Familie war …

»Ich könnte Jusuf fragen, ob er mit meinen Lampen zum Markt fährt. Er hat es schon mehrfach angeboten.«

Seit Anfang des Monats hatte Jusuf seinen Laden geschlossen. Bis zum Ende des Jahres wollte er ihn leer räumen, die letzten Waren auf eBay verkaufen und die Räume in einen Zustand versetzen, in dem er sie an den Vermieter übergeben konnte.

Aber Jusuf war sein Leben lang Verkäufer gewesen, und es fiel ihm sichtlich schwer, damit aufzuhören.

»Ich glaube, er vermisst seinen Laden jetzt schon. Ich würde ihm direkt einen Gefallen tun.«

»Ich wusste, es findet sich eine Lösung.« Renés Augen leuchteten auf. »Man muss dich nur mit Arbeit locken.«

Dieses Mal warf Indi den Ofenhandschuh wirklich. René duckte sich lachend zur Seite. »Also, ich dachte mir das so: Morgen bin ich am Nachmittag bei Lilja, aber die Therapie am Freitag könnte ich absagen. Dann fahren wir Freitag los und bleiben bis Sonntag. Oder bis Montagfrüh. Wir bauen ein bisschen Beleuchtung auf, und in der übrigen Zeit genießen wir den Spätsommer, gehen im See baden und bewegen die Ponys. Meine Mutter sagt, sie müssen dringend geritten werden.«

Indi horchte auf. »Hast du gerade Ponys gesagt? Jetzt sag nicht, deine Eltern haben Pferde!« Beim letzten Mal hatte sie nichts davon mitbekommen. Allerdings war ihr Besuch nur sehr kurz gewesen.

René hob den Ofenhandschuh auf und kam auf sie zu. »Zwei Haflinger. Max und Susi. Eigentlich hat mein Vater sie als Kutschpferde. Aber seine Rückenprobleme sind momentan besonders schlimm. Deshalb stehen sie zu viel auf der Weide und werden fett. Wir wurden also dringend gebeten, sie zu bewegen.« Wieder leuchtete der Schalk in seinen Augen.

Er hatte das gewusst! Dass sie Pferde liebte. Zumindest kannte er die Fotos von ihr und ihrem Lieblingspferd, die im Wohnzimmer im Regal standen.

»Du kannst doch reiten, oder?« Er schlängelte sich zwischen ihren Lampen und der Nähmaschine hindurch.

Sie hatte aufgehört, als sie 23 Jahre alt war. Weil sie während des Studiums nie genug Zeit und noch weniger Geld gehabt hatte. Aber wenn sie darüber nachdachte … »Ich denke, es müsste gehen. Wenn ich es nicht verlernt habe.«

René blieb vor ihr stehen. »Nicht mal ich hab das Reiten verlernt.« Er reichte ihr den Ofenhandschuh. »Ich freue mich, dass du mitkommst. Dann lernst du nicht nur meine Eltern, sondern auch meine Schwester und ihre Familie kennen. Ihr Mann François stammt aus einer französischen Diplomatenfamilie. Aber Juliette und er haben sich für ein Hippieleben entschieden. Mit einem Garten voller Gemüse und Tieren und drei Kindern: Adrien, Fleur und Noel.« Bei den Kindernamen wurde sein Tonfall vorsichtig. »Der Kleine ist noch ein Baby.«

Hastig senkte Indi den Blick. Also war es ihm nicht entgangen – dass Babys ein schwieriges Thema waren..

Irgendwann musste sie mit ihm darüber reden, musste mehr dazu sagen als nur eine flüchtige Andeutung.

»Ist das okay für dich? Ansonsten … Wir können natürlich auch absagen.«

»Nein! Das passt schon.« Sie konnte sich nicht ewig von allen Babys dieser Welt fernhalten. Schon gar nicht, wenn sie zur Familie gehörten. »Sag deinen Eltern und deiner Schwester, ich freue mich darauf.«

Für einen Moment wollte sie René ausfragen. Waren Adrien und Fleur jünger oder älter als Lilja? Und wenn René so lange im Krieg gewesen war – wie oft hatte er seine Nichte und seine Neffen bislang gesehen?

Doch es war dieser letzte Gedanke, der sie auf die wichtigste Frage brachte: »Was ist eigentlich mit Lilja? Hast du Marei gefragt, ob sie mitkommen darf? Kennt sie ihre Großeltern überhaupt?«

René gab ein leises Schnauben von sich. »Was glaubst du denn? Ich hab Marei schon längst geschrieben. Aber ihre Antwort kam prompt und kompromisslos. Ich soll es mit meinen Forderungen nicht übertreiben und froh sein, dass Lilja inzwischen zu mir kommen darf. Also nein, meine Eltern haben ihre Enkelin noch nie gesehen. Und vermutlich wird das noch eine Weile so bleiben.«

* * *

Tatsächlich war es sonnig und spätsommerlich warm, als sie am Freitag eine Auswahl von Lichterketten in den Transporter luden. Die Lampen für den Markt brachten sie zu Jusuf in den Laden, und schließlich ließen sie den Schlüssel für die Wohnung bei Gitti, damit sie netterweise wieder die Katzen füttern konnte.

Als sie losfuhren, war es schon beinahe Mittag. Indi schaltete das Radio ein, suchte einen Sender, der alte Oldies spielte, und sang lauthals mit.

Ihr Gesang klang glücklich und ausgelassen. René fiel es

schwer, sie nicht permanent anzusehen. Doch der Verkehr forderte seine volle Aufmerksamkeit. Nur wenn sie schief sang oder sich in der Textzeile irrte, brachen sie in gemeinsames Lachen aus.

Als sie auf die Autobahn fuhren, musste Indi die Musik lauter drehen, damit sie überhaupt noch zu hören war, und schließlich sangen sie gemeinsam, ganz egal, ob die Töne schief und die Texte falsch waren – Hauptsache, sie waren laut genug, um den Motor zu übertönen.

Wann war er zuletzt so glücklich gewesen? Vor dem Krieg? Zusammen mit Marei? Oder noch nie?

Als sie die Autobahn verließen und die Straßenschilder das Dorf seiner Eltern ankündigten, schweiften seine Gedanken zurück zu dem Gespräch mit seiner Mutter. Endlich hatte er ihr die Antworten geben können, die besorgte Mütter glücklich machten: Ja, Indi war seine neue Freundin. Ja, es ging ihm deutlich besser, seit er mit ihr zusammen war. Und ja, es war etwas Ernstes, vielleicht sogar für immer.

Schon lange hatte er sich nicht mehr so sehr auf ein Treffen mit seiner Familie gefreut. Zumal es mit Julie nicht immer einfach war. Doch dieses Mal würde Indi dabei sein, und mit etwas Glück hielt das seine Schwester davon ab, Grundsatzdebatten über sein Leben zu führen.

Wenig später erreichten sie den Hof. Die Rosen neben der Werkstatt blühten ein zweites Mal in diesem Jahr. Der Duft von gemähtem Mais hing in der Luft, und eine tapsige Schar von Herbstkätzchen kam ihnen entgegen, sobald sie ausstiegen. Auch die grau getigerte Mutterkatze begrüßte sie mit einem Maunzen und strich René um die Beine.

Indi war noch damit beschäftigt, die Babykätzchen zu kraulen, als seine Mutter aus dem Haus kam. »Schön, dass ihr da seid!«, rief sie und zog erst René und dann Indi in ihre Arme. »Ich hab Pflaumenkuchen gebacken. Und Jean-Pierre hat den Terrassentisch gedeckt. Ihr kommt genau richtig.«

Die nächste Stunde verbrachten sie mit seinen Eltern auf der Terrasse. Sein Vater gab sich Mühe, konsequent deutsch zu reden und nicht zwischendurch ins Französische zu wechseln, wie es normalerweise bei ihnen üblich war, und Indi ließ sich geduldig ausfragen. Zu ihrem Beruf, zu ihrem Kunststudium und schließlich über ihre Lampen. Weil seine Eltern sich nicht richtig vorstellen konnten, wovon sie sprachen, holte Indi ihr Handy heraus und zeigte die Bilder, die René von Judiths Hochzeitsbeleuchtung gemacht hatte. Doch sein Vater konnte auf dem Handydisplay kaum etwas erkennen, also gingen sie zum Transporter und besichtigten die Lichterketten, die sie für die Geburtstagsfeier mitgebracht hatten.

Zu viert liefen sie schließlich durch den großen Bauerngarten, inspizierten den Rosenbogen an der Terrasse, die Obstbäume und das Gartenhaus neben dem Schwimmteich. Danach wusste Indi genau, welches ihrer Kunstwerke sie wo anbringen wollte.

»Das klingt alles ganz wunderbar!«, erklärte seine Mutter immer wieder, während Indi mit ausgestrecktem Arm in die Runde zeigte und ihren Plan erläuterte. Nur wenn Indi verschiedene Varianten zur Auswahl stellte, wirkte Marianne ein wenig überfordert. »Was meinst du, Jean-Pierre? Die leuchtenden Feen in die Obstbäume oder hinter den Teich?«

Sein Vater verfolgte das Gespräch mit einem gutmütigen Strahlen. Doch jetzt wirkte auch er ein wenig ratlos, kratzte sich am Kopf und deutete dann auf René und Indi. »Die Kinder machen das schon, *ma chérie*.«

Als sie wieder zum Haus gingen, blieb sein Vater mit leicht

humpelnden Schritten hinter Indi und Marianne zurück, vermutlich wegen seines Rückens. Aber das Leuchten auf seinem Gesicht blieb unbeirrt. »*C'est une fille très charmante*«, murmelte er und legte René die Hand auf die Schulter. »Sei gut zu ihr, damit sie bei dir bleibt.«

René konnte nicht anders, als ihm zuzustimmen. »*Je ferai de mon mieux, Papa.*« Ich werde mir Mühe geben.

Auch den Rest des Nachmittages verbrachten Indi und René im Garten, befestigten Lichterketten und verlegten Kabel. Doch im Vergleich zu Judiths Hochzeit war der Aufwand übersichtlich. Irgendwann kam seine Mutter und servierte ihnen Schnittchen zum Abendessen, die sie nebenbei auf der Stehleiter aßen, und am Ende waren sie noch vor Einbruch der Dunkelheit mit der Vorbereitung für den Geburtstag und die Party am nächsten Tag fertig.

Seine Eltern waren erschöpft und verabschiedeten sich früh ins Bett, und René versprach ihnen, noch nach den Tieren zu sehen.

Als Indi und er zu zweit auf den Hof traten, lag nur noch ein schwacher, lilafarbener Lichtschein am Himmel. Zwei Katzenbabys spielten auf den Treppenstufen vor der Hintertür, doch der Rest hatte sich längst im Körbchen unter dem Windfang eingefunden. Auch die Hühner schliefen, als sie den Stall öffneten. Nur ein leises, mehrstimmiges Fiepen war zu hören. Sorgfältig schloss René ab, damit der Fuchs nicht hereinkam.

»Ich mag deine Eltern«, stellte Indi fest, während sie Richtung Pferdestall gingen. »Dein Vater hat deinen Humor und einen niedlichen französischen Akzent, und deine Mutter ist eine richtige Kekse-backen-Oma.«

Die Bezeichnung brachte René zum Lachen. »Sie waren nicht immer so. Früher waren sie fast immer mit der Korrektur von

Französisch- und Geschichtsarbeiten und der Vorbereitung ihres Unterrichts beschäftigt. Erst seit dem Ruhestand haben sie Zeit für ihre Hobbys.« Und für ihre Enkel. Juliette wohnte im Nachbardorf, und seine Eltern bekamen ihre Kinder fast täglich zu Gesicht.

Aus dem Pferdestall kam ein leises Schnauben. Indi lief die letzten Schritte auf die Tür zu. »Jetzt will ich aber endlich die Pferde sehen.«

Die beiden Haflinger schauten ihnen blinzelnd entgegen, als sie die Tür öffneten und das Licht einschalteten. Hinter den Tieren führte die Offenstallbox auf eine nachtdunkle Wiese. Während Indi die Pferde begrüßte, ging René zwischen ihnen hindurch und zog die Außentür zu.

Zum Reiten war es heute eindeutig zu spät.

»Aber morgen«, erklärte er, während er neben Indi stehen blieb – und sie wusste sofort, was er meinte. Morgen würden sie reiten gehen.

»Und heute?« Indi lehnte sich neben ihn an den Bretterverschlag, den einen Arm um Susis Kopf gelegt und die andere Hand zu Max ausgestreckt.

Tatsächlich war es noch ein wenig zu früh, um zu schlafen – auch wenn eine lange Nacht mit Indi verlockend erschien. Doch René hatte noch eine andere Idee. »Weißt du, woran ich seit Tagen denke? Ich würde gern eine neue Skulptur beginnen.«

* * *

Hand in Hand liefen sie über den Hof. René schloss den VW auf, reichte Indi die Rucksäcke aus der Fahrerkabine an und kletterte noch einmal auf die Ladefläche.

Indi blieb draußen stehen, während er im Inneren herumkramte. Es dauerte erstaunlich lange. »Fehlt noch was?«, rief sie und steckte ihren Kopf in den Transporter.

»Das hier fehlt.« René hielt ihr die traurige Lampe entgegen.

Verblüfft schaute Indi darauf. »Du hast sie echt hierher mitgebracht?«

Auf seinem Gesicht bildete sich ein schiefes Lächeln. »Ich will nie wieder ohne sie schlafen.«

Für einen Moment verfingen sich ihre Blicke ineinander, und es war, als würde die Ewigkeit dahinter aufleuchten. Seit jener Nacht, in der sie schweigend zusammengekommen waren, war der Bann gebrochen. Indi konnte nicht länger ohne ihn sein, und er nicht ohne sie.

»Außerdem ist das Licht in der Werkstatt und in meinem Zimmer ungemütlich.« René deutete auf zwei Kisten, in denen die Lichterketten lagerten, die sie für die Geburtstagsbeleuchtung nicht gebraucht hatten. »Darf ich mir davon welche aussuchen? Ich kaufe sie dir ab.«

Er konnte sie auch mit einem Kuss bezahlen. Aber Indi wusste ja schon, was bei einem Handel mit ihm das Ergebnis war. »Nimm dir die schönsten, und such dir den Preis aus.«

René erwiderte ihr Grinsen und drückte ihr die traurige Lampe in die Hand. »Halt mal kurz, bitte.« Dann öffnete er die Kisten und wählte eine Lichterkette aus Rosenranken und eine zweite aus tanzenden Vögeln.

Als sie kurz darauf den Seitenflügel des Gebäudes aufschlossen, wusste Indi, wofür er die Beleuchtung brauchte: In seiner Werkstatt hingen nur zwei lose Glühbirnen von der Decke und tauchten den verlassenen Raum in kaltes Licht. In seinem Schlafzimmer dahinter gab es die Auswahl zwischen einer grell strahlenden Deckenleuchte und einer bläulich schimmernden Schreibtischlampe. Um es wirklich gemütlich zu machen, würde

Indi noch weitere Lampen herbringen müssen – aber die Rosen-lichterkette passte zu den Ranken, die von außen an das Werk-stattfenster klopften, und die Vögel brachten sie über Renés Bett an, als würden sie darüber in den Himmel fliegen.

Sobald sie das Deckenlicht ausschalteten, wurde es gemüt-lich. Die Rosen tauchten die Werkstatt in ein warm strahlendes Nachtlicht. Die Lichterkette war zu kurz für den großen Raum, und zum Arbeiten wäre es sicherlich zu dunkel gewesen, aber die angefangenen, grob behauenen Skulpturen schimmerten ge-heimnisvoll.

Doch Indi kam nicht dazu, alles genauer zu betrachten. René stellte die Leiter in die Ecke, dann zog er Indi an sich und küsste sie. Es war eine Berührung, auf die sie schon den ganzen Tag gewartet hatte. Ohne einander loszulassen, schafften sie es über die Schwelle zu seinem Zimmer und sanken auf sein Bett. In den nächsten Stunden liebten sie sich zwischen Decken und Kissen, umstrahlt von der Wärme des Sommers, die noch in den Wän-den gespeichert war.

Es war schon spät, als René wieder aufstand und mit der Ar-beit an einer neuen Skulptur begann. Während Indi nackt auf dem Bett lag, schlug er eine Silhouette in ein unbehauenes Holzstück. Stunde um Stunde verging, und Indi sah ihm schweigend zu. Wie er an dem Werktisch stand, den er aus seiner Werkstatt herein-getragen hatte. Das Licht ihrer traurigen Lampe schimmerte auf seinem nackten Oberkörper. Glitzernder Schweiß bildete sich an seinen Schläfen, fing sich in seinen Haaren und perlte an sei-ner Brust herab. Wenn er aufsah, tauchten die Leuchtvögel sein Lächeln in warme Farben, und wann immer er ihr den Rücken zudrehte, waren die Schatten gnädig zu den Narben auf seinem linken Schulterblatt.

Nie zuvor hatte Indi sich so sehr gewünscht, sie könnte malen wie ihr Großvater. Dann hätte sie Renés Körper mit Farbe auf Leinwand gebannt, während er ihren Körper in Holz meißelte.

Es war erstaunlich, mit wie viel Ausdauer er arbeitete. Indis Hand, mit der sie ihren Kopf stützte, schlief bereits ein, doch René schlug unbeirrt auf das Holz ein, als wollte er die Skulptur noch in dieser Nacht fertigstellen.

Immer wieder streifte Indis Blick zu den Wänden, auf denen sich die Umrisse abgehängter Bilder abzeichneten. Es gab noch so viele Fragen. Zu Renés Vergangenheit – genauso wie zu ihrer eigenen. Irgendwann würden sie reden müssen.

Aber nicht heute.

Indi stand auf, schüttelte das Kribbeln aus ihrer Hand und trat zu René an den Werktisch.

»Du bist mein Modell«, flüsterte er. »Du kannst jetzt nicht weglaufen.« Doch seine Hände waren bereits auf ihrem Körper, sein Kuss suchte nach ihrem Mund.

Indi schob sich vor ihm auf den Tisch und zog ihn mit den Beinen an sich. »Du wirst gleich sehen, was dein Modell alles kann.«

Für den Rest der Nacht vergaßen sie die Skulptur und schufen eine ganz andere Kunst mit ihren Körpern. Immer wieder schliefen sie ein und wachten auf, bis die Morgendämmerung zum Fenster hereinlugte. In diesem Licht sahen die Schatten an den Wänden grau und traurig aus. Dieses Mal fragte Indi, ohne darüber nachzudenken: »Was waren das für Bilder, die da an den Wänden hingen?«

René richtete sich neben ihr auf, stützte den Kopf in die Hand und folgte ihrem Blick. »Da hingen Bilder von Menschen aus Syrien.«

Indi wollte nicht weiterfragen. Es war besser, das Thema ruhen zu lassen. Doch Renés Blick schweifte umher. Kaum merklich lief ein Schauer durch seinen Körper. »Direkt nach meiner Rückkehr hab ich die Fotos dort hingeklebt. Weil ich Angst hatte, die Menschen und ihre Geschichten zu vergessen. In dieser Zeit hab ich zum ersten Mal gemerkt, was der Krieg mit mir angestellt hat. In meinem Kopf war ein furchtbares Durcheinander, nur noch lose Erinnerungen ohne Zusammenhang. Ich hatte schreckliche Angst, wahnsinnig zu werden. Also musste ich irgendetwas tun. Um die Erinnerung zu ordnen, habe ich meine Fotos und Filme angesehen. Tagelang. Und dann hab ich angefangen zu schreiben, über meine Erlebnisse aus den letzten fünf Jahren. Wochenlang hab ich nur am Schreibtisch gesessen. Es war schrecklich. Ich hab mich krank und verrückt gefühlt, wie in einem Fieberalbtraum. Aber laut meinem Therapeuten hab ich damit das Schlimmste verhindert. Ich hab meine Erinnerungen geordnet, ehe sie komplett verschwinden. Wäre das passiert, hätte sich meine Psyche in ein Gruselkabinett aus weggesperrten Schreckensbildern verwandelt.« Für einen Moment schloss er die Augen, ganz so, als würde er die Schreckensbilder vor sich sehen. »Langfristig habe ich mich damit gerettet. Aber damals hat es mich in den Zusammenbruch getrieben.«

Indi hielt den Atem an. Er hatte den Zusammenbruch schon einmal erwähnt, bei ihrem Trinkspiel auf Judiths Hochzeit.

Gedankenversunken strich René mit der Hand über die Bettdecke. »Ich war in der Klinik, Indi. In der Psychiatrie.« Seine Hand blieb liegen. Nur seine Fingerkuppen strichen immer wieder über dieselbe Stelle, wenige Zentimeter von ihrem nackten Schlüsselbein entfernt. »Es war ein Spezialkrankenhaus der Bundeswehr, für Patienten mit Kriegstrauma. Ein halbes Jahr war ich dort.«

Am liebsten hätte Indi seine Hand genommen und sie unter die Bettdecke gezogen. Es wäre so leicht gewesen, mit ihm zu schlafen – und war so schwer, sich der Dunkelheit zu stellen, die in ihm lauerte.

Sechs Monate … Eine lange Zeit für einen Klinikaufenthalt.

»Als ich aus dem Krankenhaus zurückkam, hätten mir die Bilder beinahe einen Rückfall verpasst. Also hab ich sie abgehängt. Allerdings kann ich seitdem nicht mehr schreiben. Nur mit den Skulpturen habe ich genug Kontrolle über meine Erinnerungen.«

Endlich erreichten seine Finger ihr Schlüsselbein. Für einen winzigen Augenblick strich er daran entlang. Dann zog er die Hand zurück und ließ sich rückwärts in die Kissen fallen. »Wir haben kaum geschlafen. Und der Tag wird lang. Urlaub hab ich mir anders vorgestellt.« In seine Stimme schlich sich ein leises Lächeln. Wie ein Schlussstrich unter dem schweren Thema.

Indi kuschelte sich unter der Decke an ihn. Seine nackte Haut fühlte sich weich an. Es war ein verlockender Gedanke, sich noch einmal mit Sex zu trösten.

Stattdessen schloss sie die Augen und wartete auf den Schlaf.

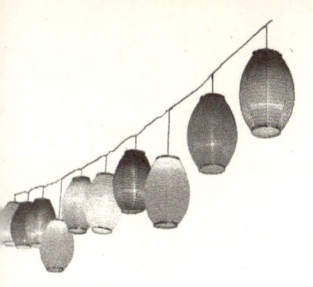

Kapitel 20

Die Sättel knarrten, und die blonden Pferdemähnen wippten im Takt des Hufschlages, als sie den Hof durch das hintere Tor verließen. Der Duft von frischem Mais nahm zu, während sie zwischen den abgemähten Feldern über den Sandweg ritten. Links erstreckte sich ein Stoppelfeld, und rechts lagen noch die geraspelten Maisblätter zwischen den Treckerspuren. Erlen säumten den Bach, der sich hinter dem Feld entlangschlängelte, und geradeaus führte der Weg auf den Wald zu. Über allem lag die Septembersonne und tauchte die Natur in goldgelbes Licht.

René war froh über die Sonne. Nur die Wärme des Lichts besaß die Kraft, das Morgengrauen zu vertreiben, und schließlich kehrte das Gefühl von Leichtigkeit zurück, mit dem sie diesen Wochenendausflug begonnen hatten.

Auch Indi hatte die Augen geschlossen und streckte ihr Gesicht der Sonne entgegen. Wie eine Eins saß sie im Sattel, ganz so, als würde sie jeden Tag reiten. Einzig die weinrote Reithose, die eigentlich Juliette gehörte, saß ein wenig zu locker an ihren Beinen.

Für die nächsten Stunden, bevor die Gäste eintrafen, waren die Möglichkeiten unendlich. Genug Zeit, um hinten am See zur Badestelle zu reiten, mit den Pferden im Wasser zu plantschen oder sich auszuziehen und in der Einsamkeit nackt zu baden.

Vielleicht würden sie auch einfach nur schweigend weiterreiten. So wie jetzt. Um Kraft für den Trubel einer Familienfeier zu sammeln.

Doch irgendwann kam von Indi ein unbehagliches Räuspern. Ihr Sattel knarrte lauter, als sie sich zu ihm drehte. »Okay, Tintin. Beeindruckende Kulisse. Sieht so aus, als würde ich dir ein Interview schulden.«

Für einen Moment war seine Verwirrung groß. Wann genau hatte er das Stichwort verpasst, das zu diesem Gespräch führte? Und Tintin – hieß das, sie kannte Tim und Struppi auf Französisch? »Wovon redest du?«

Indi löste eine Hand von den Zügeln und strich durch Susis Mähne. »Von deinen journalistischen Tricks. Schweigen und warten, so lange, bis der andere endlich etwas erzählt.«

Vage erinnerte er sich an ein Gespräch in seinem Atelier, damals, als Indi mit Judith im Wohnzimmer gesessen und geweint hatte.

Indis Miene wurde ernst. »Ich habe genug Andeutungen gemacht, oder? Hab dich Briefe verstecken lassen, hab in den schönsten Momenten losgeheult und dir kurz vor dem Einschlafen schreckliche Dinge zugeflüstert. Nicht zu vergessen, dass ich dich wochenlang wegen unserer Beziehung hingehalten habe.«

Hieß das, sie wollte jetzt darüber reden? »Du schuldest mir nichts. Und erst recht kein Interview. Nur wenn du möchtest, kannst du mir deine Geheimnisse anvertrauen.«

»Du tust es schon wieder.«

»Was?«

»Die richtigen Worte finden, um mich zum Reden zu bringen.« Auf ihren Wangen zeigte sich der Ansatz ihrer Grübchen. »Aber weißt du, was das Schöne daran ist, sich von Kriegsreporter René Lasalle interviewen zu lassen? Ich kann dir vermutlich nichts erzählen, was dich wirklich schockiert.« Eine Spur von Selbstironie schwang in ihrer Stimme.

Vielleicht hatte sie recht. Aber wahrscheinlich eher nicht. »Mein Panzerfell funktioniert leider nur, wenn es Bomben regnet. Mit Dingen, die nicht mein Leben bedrohen, kannst du mich viel leichter beeindrucken.« Was auch immer sie ihm erzählen wollte, es würde ihn ganz sicher nicht kaltlassen.

Falls sie tatsächlich etwas erzählte. Bis jetzt waren sie drauf und dran, sich in Wortspielereien und Scherzen zu verirren.

Oder gab es tatsächlich einen Trick? Um Indis Angst zu überwinden? »Du könntest mir auch einfach von früher erzählen«, begann er langsam, »vom Leben mit deinem Großvater. Oder von Matthias. Irgendwas aus der Zeit, in der deine Welt noch in Ordnung war.«

Mit ganz ähnlichen Worten hatte Dr. Peters die ersten Gespräche über den Krieg eingeleitet. *Erzählen Sie aus Syrien, René. Beginnen Sie dort, wo die Welt noch heil war.*

Bei ihm hatte der Trick funktioniert. Er hatte eine Dreiviertelstunde über die Schönheit des Landes und die Liebenswürdigkeit der Menschen gesprochen und war anschließend in Tränen ausgebrochen. »Und dann«, fügte René leise hinzu, »wenn es anfängt wehzutun, erzählst du einfach weiter.«

Indi schaute ihn an. Doch sie sagte nichts. Für einen langen Moment ritten sie schweigend nebeneinanderher. Nur die Pferdehufe schlugen dumpf auf den Sandweg. Weiter hinten stakste ein Fischreiherpärchen am Bachufer entlang, und die Krähen versammelten sich auf dem abgemähten Maisfeld.

Vielleicht war es vermessen zu glauben, dass er den Therapeuten für sie spielen konnte. Womöglich ritten sie doch besser zur Badestelle. Noch war das Seewasser warm genug, um darin zu schwimmen.

»Und was«, murmelte Indi plötzlich, »wenn es inzwischen schon dort wehtut, wo ich früher nur eine heile Welt gesehen habe?«

René hielt den Atem an. Es war das Perfide an der Zerstörung, dass man die schönen Erinnerungen nicht mehr betrachten konnte, ohne an die Vernichtung zu denken. Und dennoch …

»Es kann trotzdem schön sein«, flüsterte er, »wenn du versuchst, noch einmal in die heile Welt zu schauen. Denn unter all den Trümmern trägst du die unbekümmerte Schönheit noch immer in dir. Und wenn du dich darauf besinnst, wirst du irgendwann merken, dass ein Teil davon unzerstörbar ist.«

Dieses Mal sah sie ihn länger an. Doch René spürte ihren Blick nur von der Seite. Am liebsten hätte er sich unsichtbar gemacht, damit seine Gegenwart sie nicht vom Sprechen abhielt. Damit sie nicht an *ihn* dachte, sondern nur an sich.

»Ich hab meinen Großvater abgöttisch geliebt.« Die Worte kamen langsam und leise – und gleichzeitig so, als hätten sie endlich ein Flussbett gefunden, in dem sie dahinfließen konnten. »Er war alles für mich. Vater, Mutter, meine ganze Familie. Und er hat seine Sache sehr gut gemacht, von Anfang an bis zu seinem Tod. Selbst als ich erwachsen war, hatte ich nie den Drang auszuziehen. Weil seine Gegenwart sich immer gut angefühlt hat. Wir konnten stundenlang reden oder tagelang schweigen und einfach nur an unserer Kunst werkeln. Wenn ich die Augen schließe, sehe ich ihn immer noch vor mir, mit seiner blauen, farbbesprenkelten Latzhose und den wehenden weißen Locken. In seinem Leben hat er so viel gelacht, dass seine Augen selbst dann noch strahlten, wenn er vollkommen ernst war, einfach nur, weil seine Fältchen wie die Strahlen einer Sonne waren. Als er starb, war ich 29. Vielleicht ist das ein bisschen naiv, aber bis dahin hatte ich nicht darüber nachgedacht, dass es passieren könnte. Jedenfalls

nicht so bald. Und nicht ohne Vorwarnung. Er war achtundsiebzig Jahre alt, aber ich hatte nie den Eindruck, dass er alt wäre.
Er war einfach mein Großvater, und der war immer gesund. Bis
zum Schluss hat er jeden Tag Sport gemacht, meistens ist er Rad
gefahren oder geschwommen.«

Sie erreichten den kleinen Bach. Nur eine hölzerne Brücke
führte hinüber. Doch die Pferde waren unerschrocken und kannten den Weg. Ihre Hufe klapperten laut auf dem Holz, aber Max
und Susi schnaubten nur leise.

Erst als sie auf der anderen Seite waren, erzählte Indi weiter.
»An jenem Morgen ist er mit einem fröhlichen ›Bis nachher‹ aus
der Wohnung gegangen und nie wiedergekommen. Er ist einfach
vom Fahrrad gestürzt, auf dem Weg zum Einkaufen. Erst später
hat sich herausgestellt, dass es ein Herzinfarkt war. Noch im
Krankenwagen ist er gestorben.« Indi beugte sich vor, kraulte der
Haflingerstute durch die blonde Mähne und richtete sich sichtbar mühsam wieder auf. »Als er fort war, hat mir das den Boden
unter den Füßen weggerissen. Ohne ihn hatte ich von einem Tag
auf den anderen keine Familie mehr. Liebevolle Nachbarn, das
ja, und die weltbeste beste Freundin. Und Matthias. Aber das
war alles nicht dasselbe. Vielleicht hätte ich mich nach einiger
Zeit gefangen. Doch ein paar Wochen nach seinem Tod kam der
Brief. Von meiner Mutter.«

Valeria Vogt. Sie war Indis Mutter. Doch von ihr gab es nicht
nur *einen* Brief, sondern eine ganze Kiste voll.

»Meine gesamte Kindheit und Jugend hindurch hab ich nach
meiner Mutter gefragt. Aber mein Großvater hat immer beteu-
ert, dass er Valeria nicht mehr gesehen hat, seit sie klein war.
Auch die Polizei hat damals alles Menschenmögliche versucht,
um die Frau zu finden, die ihr Baby ausgesetzt hatte. Doch meine
Mutter war wie vom Erdboden verschluckt. Zuletzt gemeldet

war sie in der Wohnung meiner Großmutter, in der schon seit Jahren andere Leute lebten. Und eine andere Unterkunft konnte nicht ermittelt werden, weder in Deutschland noch woanders. Einen Arbeitsplatz hatte sie auch nicht. Keine Ausbildung, kein Studium, nicht einmal eine Krankenversicherung. Sie war einfach weg.«

Der Weg führte ein Stück am Bach entlang. An dieser Stelle ragten die Erlen so weit auf den Weg, dass sie den Zweigen ausweichen mussten.

Indi duckte sich auf den Pferdehals und kam geschmeidig wieder hoch. »Aber dann, ein paar Wochen nach Nikolas' Tod, lag plötzlich dieser Brief in der Post. Von meiner Mutter. In dem Moment dachte ich noch, dass sein Tod vielleicht der Grund war, warum die Behörden noch einmal nach ihr gesucht haben. Aber das war es nicht. Sie wusste nichts von seinem Tod. Sie hat ihn nur um Geld gebeten und von ihrem Drogenentzug erzählt – und in einem Nebensatz erwähnt, dass sie mich gern treffen würde.«

Der Feldweg machte eine letzte kleine Biegung und mündete in den Wald. Dunkelgraue Schatten fielen über sie und verschleierten Indis Gesicht. »Ich war fassungslos. Weil mit diesem Brief plötzlich klar wurde, dass die beiden schon jahrelang Kontakt hatten – und dass meine Mutter ihm schon oft geschrieben hatte. Aber er hat nie davon erzählt.«

René glaubte, geradezu hören zu können, wie Indis Vertrauen zerbrochen war. Oder war es ein knacksender Zweig unter den Pferdehufen?

»Nach diesem Brief war ich außer mir, einerseits noch völlig am Boden, weil ich ihn so sehr vermisste – und andererseits, weil er mich so hintergangen hatte. In meiner Wut wollte ich es genau wissen. Also hab ich seine Sachen durchsucht und ihre Briefe in seinem Zimmer gefunden. Eine ganze Kiste voll. Sie waren alle geöffnet und nach Datum geordnet. Die ersten kamen, als ich acht war. Danach gab es Phasen mit vielen Briefen und dazwischen jahrelanges Schweigen. Ich hab nur ein paar davon gelesen. Schon als Zweites oder Drittes kam einer, in dem sie ihn angefleht hat, dass sie mich kennenlernen wollte. Danach konnte ich nicht mehr weiterlesen. Ich hatte also doch eine Mutter, die sich für mich interessiert hat. Aber er hat mir nie davon erzählt! Selbst dann nicht, als ich schon erwachsen war.« Wie ein Knurren vibrierte der Zorn in ihrer Stimme. »Vielleicht wusste in den ersten Jahren tatsächlich niemand, wo sie steckte. Doch wenn sich das geändert hat, als ich acht war, dann hat er mir das 21 Jahre lang einfach vorenthalten.«

René fröstelte. Wie musste es sein, so etwas direkt nach dem Tod eines geliebten Menschen zu erfahren? Wenn man ohnehin schon von Trauer zersetzt wurde und ihn dann noch nicht einmal danach fragen konnte?

»Hast du deiner Mutter auf den Brief geantwortet?«

Indi gab ein Schnauben von sich. »Nein. Dazu war ich zu feige. Und zu verzweifelt. Sie war drogenabhängig, das ging aus den Briefen hervor. Hauptsächlich Kokain. Aber wahrscheinlich auch andere Sachen. Ich hätte ihr antworten können, aber ich wusste nicht, worauf ich stoße, ob ich es aushalte, sie ausgerechnet in dieser schrecklichen Zeit kennenzulernen. Also hab ich das auf *später* verschoben.« Wieder gab sie ein verächtliches Geräusch von sich. »Aber so weit ist es nie gekommen. Ich bin immer ein Feigling geblieben.«

René wollte die Hand nach ihr ausstrecken, wollte sie auf ihre legen. Doch ihr Pferd war zu weit entfernt. »Könnte das auch für deinen Großvater der Grund gewesen sein? Warum er nicht wollte, dass sie Kontakt zu dir hat? Wegen der Drogen?«

Indis Mundwinkel zuckte. Doch es war nur der Anflug einer

Grimasse. »Ja, klar war das der Grund. Als ich ein Kind war. Wenn er damals keinen Kontakt wollte, kann ich das verstehen. Aber ich war 29, als er starb. Er hätte elf Jahre lang Zeit gehabt, seiner erwachsenen Enkelin die Wahrheit zu erzählen. Warum hat er das nicht getan? Zumal ein Teil von mir immer dachte, dass sie tot wäre. Gekidnappt, gefangen, ermordet … Wäre die Wahrheit nicht besser gewesen? Hätte er nicht eine kindgerechte Fassung erzählen können, nur damit ich nicht länger im Dunkeln tappe?«

Ja, vermutlich wäre das besser gewesen. Aber so einfach war es nicht. »Vielen Menschen fällt das schwer. Sie können einer schrecklichen Wahrheit nicht einfach ins Gesicht sehen. Stattdessen verstecken sie sich. Wahrscheinlich wollte er dich vor dem Unheil beschützen.«

Indi entwischte ein Schniefen. Hastig wischte sie mit dem Reithandschuh unter ihrer Nase entlang. »Kann gut sein, dass du recht hast. Er war so ein wunderbarer Großvater. Er hätte mir niemals mit Absicht wehgetan. Aber damals war ich so wütend und so enttäuscht und so verzweifelt, weil er mich hintergangen hat. Wenn er noch gelebt hätte, hätte ich ihn anschreien und zur Rede stellen können. Aber so blieben mir nur Fotos von ihm, die ich nicht einmal ansehen konnte, ohne zu heulen. Oder sein Grabstein, den ich ganz sicher nicht anschreien wollte.« Ihre Lippen pressten sich aufeinander, immer fester, um das Zittern des Kinns zu verhindern. »Aber niemand hat verstanden, wie beschissen es mir ging. Judith vielleicht. Doch Matthias hat es nicht begriffen. Ich hab ihn gebeten, bei mir einzuziehen, damit ich nicht so allein war. Er kam dann häufiger zu Besuch. Aber seine eigene Wohnung hat er behalten. Damit er sich in Ruhe auf seine Rollen vorbereiten konnte. Er war damals seit ein paar Jahren mit dem Studium fertig, aber als Schauspieler noch immer nicht richtig etabliert. Er musste von einem Casting zum anderen, Bewerbungen an Theatern, überall in Deutschland. Und beim Film. Dazwischen kleinere Sachen: Werbespots, ein Musikvideo, hier und da eine Nebenrolle. Aber meistens hat er von anderen Jobs gelebt. Er war in seiner eigenen Welt gefangen. Mit der permanenten Angst, dass er es vielleicht nicht schafft. Dass er seinen Lebenstraum begraben muss, wenn der Durchbruch nicht kommt. Für mich und mein Drama hatte er kaum noch Energie. Ich sollte einfach nur da sein und für ihn leuchten. Was ich plötzlich nicht mehr konnte. Stattdessen war ich so unendlich wütend. Nicht nur auf meinen Großvater. Auch auf Matthias. Weil er nicht gesehen hat, wie dringend ich ihn brauchte.«

Der Wald lichtete sich vor ihnen. Dahinter lag der See. Das Licht glitzerte auf dem Wasser. An der Badestelle auf der gegenüberliegenden Seite sprangen Kinder vom Steg.

Nicht der richtige Moment, um nackt zu baden.

Mit wenigen Metern Abstand führte der Weg um den See herum. René lenkte sein Pferd auf den rechten Teil der Gabelung – weil die Aussicht in dieser Richtung schöner war.

Erst jetzt, im Licht der Sonne, zeigten sich die Tränen auf Indis Gesicht. Ihre Wangen waren von glänzenden Spuren überzogen. Immer wieder wischte sie darüber. Doch der Strom bildete sich jedes Mal neu. René wollte weiterfragen, aber er durfte sie nicht drängen.

Indi fasste die Zügel mit einer Hand, strich an Susis Mähne nach vorn und legte sich auf ihren Hals. Für einen langen Moment schaukelte sie mit geschlossenen Augen im Takt des Pferdes.

»Du kannst mir auch den Rest erzählen«, flüsterte er. »Ich bin der, der schon die schlimmsten Geschichten überlebt hat.«

Indi öffnete die Augen und blinzelte ihn an. »Aber was, wenn du mich nach dieser Geschichte verachtest?«

»Das könnte ich gar nicht.«

»Und was, wenn doch?«

Sein Herz klopfte schmerzhaft. »Dann ist es besser, wenn wir das jetzt herausfinden. Und nicht erst in drei Jahren.«

Stummer Schreck zeigte sich in ihren Augen.

Es war die Wahrheit. Er glaubte nicht, dass es so kam, aber wenn doch, wenn es irgendeinen Grund gab, warum sie beide die Finger voneinander lassen sollten, dann wäre es besser, das sofort zu erfahren.

»Irgendein Teil von mir ist durchgedreht.« Indis Worte waren kaum lauter als ein Flüstern. Sie lag noch immer auf der Pferdemähne, und von manchen Sätzen kamen nur Bruchstücke bei ihm an. »Ich wollte nur noch vergessen. Meine erste Waffe war Alkohol. Ich hatte immer irgendwelche Nebenjobs, weil die Kunst nie gereicht hat. Damals hab ich in einem Club gearbeitet. Es gibt so was wie eine goldene Regel für Barkeeper: niemals mittrinken. Normalerweise habe ich mich daran gehalten. Aber von da an nicht mehr. Der erste Cocktail des Abends war für mich. Und immer wenn das Glas leer war, gab es einen neuen. Auf diese Weise wurde alles viel leichter. Die Arbeit, der Feierabend danach, mit anderen noch ein paar Häuser weiterziehen, bis die Nacht vorbei war. Normalerweise hab ich zwei oder drei Nächte pro Woche gearbeitet. Aber irgendwann reichte das nicht mehr. Ich konnte nicht mehr zu Hause sitzen, zwischen den Bildern meines Großvaters. Ich brauchte Ablenkung. Immer. Am Anfang hab ich Kollegen gefragt, ob sie an den freien Abenden mit mir weggehen. Einfach nur so, zum Spaß. Doch dann wurde es zu kompliziert, das jedes Mal zu organisieren. Also bin ich allein losgezogen. Zuerst nur an meinen schlimmsten Abenden, aber irgendwann an fast jedem freien Tag. Ich war in Clubs und bei kleinen Konzerten, jede Nacht an einem anderen Ort. Ich hab mir eingebildet, dass mein Leben aus purem Spaß und Party besteht. Ich hab getanzt und mit Typen rumgemacht und Alkohol getrunken, um das schlechte Gewissen zu betäuben. Ein paar von den Typen haben mir Drogen angeboten, Hasch, manchmal Ecstasy – und ich hab es genommen.« Mit einem Ruck kam Indi wieder hoch. Ihr Pferd machte einen erschrockenen Satz zur Seite. Auch Max riss quietschend den Kopf hoch. Doch Indi fing ihre Stute schnell wieder ein. Nur die Wut lag noch wie eine Maske in ihrem Gesicht.

»Irgendwann wurde mir klar, dass ich auf dem besten Weg war, so zu werden wie meine Mutter. Drogensüchtig. Verantwortungslos. Eine Verräterin an allen Menschen, die ich eigentlich lieben sollte. Aber ich konnte es nicht aufhalten. Meine Liebe war in einem kalten, schwarzen Loch verschwunden. Und ein Teil von mir wollte, dass ich selbst auf diese Weise verschwinde.«

Sie war depressiv gewesen. Ganz deutlich sah René die Diagnose vor sich, quasi auf dem Höhepunkt seiner Pseudo-Therapeutenkarriere.

»Seit damals fühlt es sich an, als wäre ich in meinem Kern auseinandergebrochen. Damals hab ich Matthias verraten, aber es war mir egal. Ich würde gern glauben, dass mir so etwas nie wieder passiert. Aber das, was mich damals so zerrissen hat, sitzt immer noch in mir. Und manchmal hab ich Angst, dass ich eines Tages wieder so werde.«

Ihre Worte stießen an seine Zweifel. Bis jetzt hatte er nichts auf das gegeben, was Matthias an Judiths Hochzeit behauptet hatte. Aber was, wenn es doch die Wahrheit war? Sie hatte Matthias also verraten, sie sprach von Alkohol und von fremden

Männern, und sie glaubte, dass es wieder passieren konnte. Was genau hatte sie damals getan?

Die nächste Frage rutschte ihm einfach heraus. »Matthias sagt, du hättest ein Alkoholproblem?«

Eine Spur von Entsetzen huschte über ihr Gesicht. In der Sekunde danach galoppierte sie an. Mit gekonnter Eleganz stellte sie sich in die Steigbügel und zog davon.

Scheiße! Eine einzige unbedachte Frage, und er hatte alles verdorben.

Max rebellierte unter dem Sattel, drängte nach vorn, um seiner Freundin zu folgen. René musste die Galopphilfe nur denken, ehe der Wallach davonjagte. Dennoch brauchten sie eine halbe Seeumrundung, um Indi und ihre kleine Stute einzuholen.

Als sie nebeneinander zum Schritt parierten, ging der Atem der Pferde schnell. Ihre Kondition war zu schlecht für so viel Anstrengung. »Wir sollten häufiger herkommen.« René klopfte dem Wallach liebevoll den Hals. »Damit sie nicht faul auf der Weide versumpfen.«

Indis Blick berührte ihn nur kurz. Aus ihrer Miene ging nicht hervor, ob sie ihm die Alkohol-Frage übelnahm.

Für den Rest des Weges sprachen sie kein Wort. Stattdessen trabten sie noch ein Stück, vielleicht um schneller anzukommen, oder um nicht doch noch reden zu müssen.

Als sie auf den Hof zurückkehrten, standen eine Reihe von Autos rund um den Brunnen. Also waren die Gäste inzwischen angekommen. Außerdem würde es bald dunkel werden. Wenn sie jetzt die Pferde absattelten und sich anschließend schnell frisch machten, würden sie gerade noch rechtzeitig im Garten sein, um die Beleuchtung einzuschalten.

Dennoch konnte René die Sache nicht so stehenlassen. Während sie absattelten, überlegte er hin und her, was er sagen sollte.

Aber erst als sie nebeneinander den Stall verließen, sprach er die Entschuldigung aus. »Es tut mir leid, Indi. Meine bescheuerte Frage von vorhin. Ich weiß, dass du kein Alkoholproblem hast.«

Mitten in der Stalltür blieb sie stehen. Aus dunklen, fast schwarzen Augen sah sie zu ihm auf. »Woher willst du das wissen? Ich weiß es doch noch nicht einmal selbst.«

Ja? Woher eigentlich? Weil René Lasalle in seiner grandiosen Journalistenkarriere schon einmal darüber geschrieben hatte? Oder wenigstens recherchiert? Gelesen? Gehört? Oder weil er so ein fabelhafter Möchtegerntherapeut war, der seinem Bauchgefühl folgte?

»Es passt einfach nicht zusammen, Indi. Du trinkst fast nie, aber manchmal schon. In deiner Kammer steht Wein, und Gitti macht die beste Bowle der Welt, aber meistens rührst du nichts davon an. Und wenn du doch Alkohol trinkst, kannst du nach einem halben Bier oder zwei Cocktails wieder aufhören. Kein Alkoholiker verhält sich so.«

Indi nickte flüchtig. Doch es ließ sich nicht erkennen, ob sie ihm glaubte. Was auch immer damals noch vorgefallen war – sie hatte das Vertrauen zu sich selbst verloren.

René suchte nach etwas, womit er ihre Zweifel entkräften konnte. Doch in diesem Augenblick fuhr ein weiteres Auto auf den Hof. Juliette, seine Schwester, zusammen mit François und den Kindern. Spätestens als sie anhielt und die Türen des Wagens aufflogen, war es mit der Ruhe vorbei.

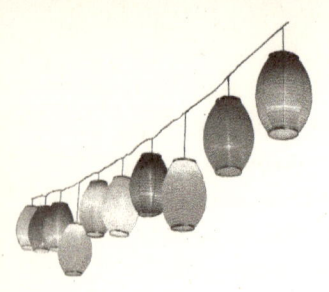

Kapitel 21

Es brauchte kein Herrenhaus und keinen See, um ihre Beleuchtung phänomenal aussehen zu lassen. Auch ein verwunschener Bauerngarten verwandelte sich in eine Märchenkulisse, wenn leuchtende Vögel in den Apfelbäumen tanzten. Die Sternenkaskade fiel von den Erlen hinter dem Schwimmteich, und die Sandsteinfassade des Hauses wurde von leuchtenden Rosen umrankt, ebenso wie die Terrasse und das Gartenhaus.

Auch heute gaben die Gäste ein Raunen von sich, sobald Indi die Fernbedienung gedrückt hatte, und jeder einzelne wollte wissen, woher die Beleuchtung stammte. Renés Mutter antwortete voller Stolz, und am Ende landeten all diese Gäste in einem Gespräch mit Indi.

Tatsächlich war sie froh, dass sie über Licht und Kunst reden konnte, anstatt von jedem gefragt zu werden, ob sie Renés neue Freundin war. Ganz vermeiden ließ sich die Frage dennoch nicht, aber wenigstens war jetzt die Beleuchtung das Hauptthema der Party und nicht »Renés Neue«.

Indi gab sich große Mühe, sich Namen und ein paar Details zu den Gästen zu merken. Da waren etliche Lehrer, die Renés Eltern noch aus ihrer Zeit in Berlin kannten, die meisten davon pensioniert. Den Gesprächen nach zu urteilen waren einige in der Kommunalpolitik aktiv. Überhaupt waren Politik und Geschichte beliebte Themen, weshalb René sich nach kurzer Zeit in einer Gruppe festquatschte, die überwiegend Französisch redete und sich als Deutsch-Französischer Debattierclub entpuppte. Doch Indi blieb nicht lange bei ihnen stehen, denn seine Mutter zog sie mit sich, um sie weiteren Gästen vorzustellen: ein paar Frauen und Familien aus dem Dorf, mit denen Marianne und Jean-Pierre befreundet waren, überwiegend ebenfalls ehemalige Berlinerinnen und Berliner. Dazu eine Gruppe älterer Männer aus dem Reit- und Fahrverein. Sie redeten über Pferde und das letzte Kutschfahrturnier und überlegten dann, ob Indis Beleuchtung vielleicht auch für ein Turnier geeignet war. Vielleicht nicht für den Reitplatz, aber wenigstens für die abschließende Reiter-Party.

Indi hatte nicht damit gerechnet, dass der Abend weitere Aufträge mit sich bringen könnte, doch der Reitvereinsvorsitzende blieb nicht der einzige Interessent. Umso froher war sie, dass in ihrem Rucksack noch ein paar Visitenkarten steckten, und nachdem sie endlich allen Gästen vorgestellt worden war, hatte sie den größten Teil davon unter die Leute gebracht. Etliche hatten bekundet, zu ihrem nächsten Lichterfest kommen zu wollen, aber Indi wusste, dass sie mit solchen Aussagen vorsichtig sein musste. Es war schon viel gewonnen, wenn einige von ihnen die Website ansahen, die sie mit Renés Hilfe in den letzten Wochen aufgebaut hatte. Mit etwas Glück würden ein oder zwei Aufträge dabei herauskommen.

»Wann bekommen wir eigentlich deine Skulpturen zu sehen?«, fragte schließlich ein älterer Herr aus dem Debattierclub, nachdem Indi wieder zu ihnen gestoßen war. »Laut Jean-Pierre triffst du mit ihnen brisante Aussagen über die Flüchtlingspolitik.«

Nur für eine Sekunde zeigte Renés Gesicht, wie überrumpelt er war. Danach holte er zu einem eloquenten Bericht über die Suche nach einem Galeristen aus. Einzig Indi wusste, dass er mit dieser Suche noch gar nicht begonnen hatte.

Kurz darauf zog René sich aus dem Gespräch mit dem Debattierclub zurück. Er begründete es damit, dass er endlich den selbstgepressten Apfelsaft seines Vaters kosten wollte.

»Bist du noch wütend auf mich?«, fragte René, als sie den Getränketisch erreichten, der unter dem Apfelbaum stand.

»Wegen der Sache mit dem Alkohol?«

Er nickte. Ohne sie anzusehen, goss er Apfelsaft in zwei Gläser.

»Ich war nur erschrocken, weil du das Thema ansprichst.« Und weil sie bis heute keine Antwort darauf wusste. Tatsächlich war sie auch vorhin nicht wütend gewesen. Wut war ein gefährliches Gefühl.

Aber vielleicht hatte René mit seiner Einschätzung recht. Neben dem Apfelsaft stand der Apfelwein, den Jean-Pierre in seinem Keller kelterte – aber Indi hatte keinerlei Lust, ihn zu probieren. Allein beim Gedanken daran spürte sie einen Anflug von Kopfschmerzen und Übelkeit.

Alkohol war mindestens genauso gefährlich wie Wut, und sie hatte ein für alle Mal genug von beidem.

»Ich hatte wirklich Sorge, dass du mir meine Frage übelnimmst.« René wirkte erleichtert. Für einen Moment zog er sie an sich, ehe sie gemeinsam zum Gartenhaus neben dem Schwimmteich gingen. Auch hier gab es eine kleine Terrasse mit einem Tisch. Renés Schwester saß dort, zusammen mit ihrem Mann und einem anderen Elternpaar aus dem Dorf. Die größeren Kinder spielten neben ihnen am Teich, und im Tragetuch vor Juliettes Brust schlief ihr Baby.

»Hey, ihr zwei!« Freudig deutete Renés Schwester auf die beiden freien Stühle am Tisch. »Wir haben schon auf euch gewartet.«

Bis jetzt hatte Indi noch nicht viel mit Juliette geredet, aber sie mochte Renés Schwester auf Anhieb. Schon durch die stürmische Umarmung am Anfang war klar geworden, dass René und sie ein enges Verhältnis hatten. Und auch jetzt schimmerte ein Leuchten in Julies Augen, während sie neben sich auf den freien Platz klopfte. Als René sich setzte, lehnte sie in einer flüchtigen Geste den Kopf an seine Schulter.

Dies war also seine Schwester, von der er schon häufiger erzählt hatte. Wegen ihr hatte er Balletttanz gelernt und konnte *La Boum* auf Französisch mitsprechen. Schon allein äußerlich war die Ähnlichkeit der beiden unübersehbar. Juliettes Haare waren ein wenig heller als seine, sie hatte Sommersprossen, und die grünen Sterne in ihren Augen waren noch auffälliger als bei ihm. Doch alles in allem war sie eine weibliche Version von René. Selbst ihr Lächeln traf Indi sofort ins Herz. Es war ein zartes Lächeln, mit dem sie auf die Gegenwart ihres Bruders reagierte. Immer wieder sah sie René an, während sich das Gespräch mit den anderen Eltern fortsetzte. Sie redeten über Gärten und Gemüseanbau, und soweit Indi heraushörte, besaßen sowohl Juliette und François als auch das andere Elternpaar große Grundstücke oder Resthöfe, auf denen sie sich als Selbstversorger versuchten. Sie sprachen über die Vorteile und Tücken eines solchen Lebens und darüber, dass es am besten funktionierte, wenn man einen Broterwerb hatte, dem man im Homeoffice nachgehen konnte. Renés Schwester und ihr Mann arbeiteten als Übersetzer, und die Auftragslage war sicher genug, sodass sie damit über die Runden kamen.

François nahm das Thema zum Anlass, um sich nach Indis Lampen und Renés Skulpturen zu erkundigen. Es war höflich gemeint, um sie in das Gespräch einzubinden. Dass Indi beim Gedanken an *ihre* Auftragslage innerlich zusammenzuckte, konnte er schließlich nicht ahnen. Also erzählte sie von ihrem

Stand auf dem Kunstmarkt und ihrem Lichterfest, und René fügte eine Lobesarie über ihre Hochzeitsbeleuchtung hinzu. Indi glaubte bereits, dass er der Frage nach seinen Skulpturen auswich, doch schließlich berichtete er von seiner Bewerbung um einen Stand auf dem Kunstmarkt. Allerdings, so fügte er hinzu, dauere es erfahrungsgemäß einige Monate, ehe ein Standplatz frei wurde. Es würde also nicht so schnell gehen, bis er seine Skulpturen öffentlich zeigte.

Vielleicht wollte er seine Familie auf diese Weise beruhigen, denn tatsächlich schlummerte Besorgnis in Juliettes Blick. Erst in diesem Moment wurde Indi bewusst, was er in den Augen seiner Schwester war: der Bruder, den sie bereits totgeglaubt hatte, bis er wie durch ein Wunder zurückgekehrt war.

Inzwischen war es spät am Abend. Dennoch tobten die Kinder immer wilder um den Teich, sprangen über den schmalen Steg und jagten sich gegenseitig am Ufer entlang.

»Irgendeiner liegt gleich im Wasser«, stellte François trocken fest, und die anderen lachten. Gelassenheit in dieser Sache schien ihnen leichtzufallen. Der Teich sei ohnehin nicht tief, erklärte Juliette, und schließlich könnten alle Kinder schwimmen.

Danach drehte sich das Gespräch um die Kleinen und darum, welche Fähigkeiten sie brauchten, um sicher und gleichzeitig frei in diese Welt zu starten. Währenddessen streifte Indis Blick zu den beiden Mädchen und den drei Jungs. Ihre Hosen waren längst nass und voller Schlammspritzer, die Haare zerzaust und ihre Gesichter glücklich. Zwischendurch kamen sie zum Tisch, griffen nach Brezeln und Keksen und rannten dann wieder fort.

Eines Tages wollte Indi genau solche Kinder, und sie sollten genauso aufwachsen wie diese. Ob nun irgendwo auf dem Land oder zusammen mit anderen Kindern am Maybachufer. In jedem Fall genauso frei und wild und gleichzeitig beschützt von der Liebe ihrer Eltern. Als ihr Blick zu René wanderte, wurde ihr klar, dass er sie schon länger ansah. Doch was in seinen Augen schimmerte, war schwer zu greifen. Sorge? Hoffnung? Sehnsucht?

In diesem Moment platschte es, Wasser spritzte, die Kinder kreischten auf und brachen in Gelächter aus. Es war die kleine Tochter der Nachbarn, die vom Ufer abgerutscht war und jetzt zwischen den Schilfrohren paddelte. Ihr größerer Bruder beugte sich zu ihr und wollte ihr die Hand reichen. Er war kurz davor, selbst ins Wasser zu fallen. Doch der Vater war schneller. »Warte, Bruno!« Er sprang auf und war sofort bei ihnen.

Unter gutmütigem Lachen und Feixen half er seiner Tochter aus dem Wasser. Am Ende waren sie beide klitschnass, die Kleine kämpfte um ihre Fassung und fiel dann doch ihrer Mutter in die Arme, um die Tränen zu verbergen. »Das war nur wegen Bruno«, murmelte sie.

»Es war, weil ihr beide nicht aufgepasst habt«, entgegnete ihre Mutter und legte dem Mädchen den Arm um die Schultern.

Da inzwischen die ganze Familie mehr oder weniger nass war, verabschiedeten sie sich bald.

Als sie gegangen waren, wurde es stiller am Teich. Auch Adrien und Fleur suchten sich warme Decken, um sich mit ihnen ins Gartenhaus zu legen.

Nun saßen sie nur noch zu viert am Tisch – oder zu fünft, wenn man das schlafende Baby mitzählte. Die anderen Gäste hatten sich überwiegend ins Haus zurückgezogen. Nur die Herren aus dem Reit- und Fahrverein waren auf der Terrasse zum Kartenspiel übergegangen.

»Wie geht es Marei?«, fragte Juliette unvermittelt. »Kommt ihr zwei inzwischen miteinander klar?«

René hatte gerade über den Tisch gegriffen, um sich einen

Keks aus der Packung zu nehmen. Für eine Sekunde hielt er inne, kaum lange genug, als dass man den Bruch in seiner Bewegung wahrnehmen konnte. Dann zog er die ganze Kekspackung zu sich und lehnte sich wieder zurück. »Wie es Marei privat geht, kann ich dir nicht sagen. Es ist leider nicht so, dass wir freundschaftliche Gespräche führen. Aber wenigstens finden wir mit Lilja allmählich einen Weg. Ich sehe sie zweimal in der Woche, und manchmal darf sie mich besuchen. Das ist ein Fortschritt.«

Tatsächlich war Lilja in der letzten Woche sogar zweimal bei ihnen gewesen. René hatte sie von der Kita abgeholt und sie dann für ein paar Stunden mitgebracht – und das alles ohne einen Aufstand von Marei. So gesehen war es wirklich ein Fortschritt.

Auf Juliettes Gesicht formte sich Mitgefühl. Sanft strich sie über den Rücken des schlafenden Babys. »Ist Lilja immer noch so ein wilder, pfiffiger Wirbelwind? Und hat sie noch diese krasse Lockenmähne, mit der man als Mutter wahnsinnig wird?«

Die Beschreibung traf es auf den Punkt.

Doch René stutzte. »Ja, so ist Lilja. Aber woher weißt du das? Hast du sie mal gesehen?«

»Klar hab ich sie gesehen.« Juliette klang verwundert. »Mehr als nur einmal. Marei und ich haben uns getroffen, als du weg warst.«

»Ihr habt euch getroffen?« Renés Stimme wurde tonlos. »Oft?«

Etwas Wachsames erschien in Juliettes Miene. »Ein paar Mal. Aber es ist schon eine Weile her. Lilja war noch ziemlich klein. Würde mich wundern, wenn sie sich erinnert.«

René starrte seine Schwester an. Für eine Sekunde verhakten sich ihre Blicke.

»Jetzt guck nicht so!«, rief Juliette. »Lilja ist fast genauso alt wie Fleur. Unsere Kinder sind Cousins und Cousinen, und Marei war vollkommen allein, nachdem du sie zurückgelassen hast. Warum sollte ich mich nicht mit ihr treffen?«

Renés Blick war noch immer fassungslos. »Du hast dich mit Marei getroffen«, wiederholte er.

»Himmel, René!« Plötzlich klang sie ärgerlich. »Jetzt tu nicht so, als hätte ich dich hintergangen. Du warst weg, ich hatte wahnsinnige Angst um dich, und Marei auch. So was verbindet. Abgesehen davon hab ich dir davon erzählt.«

Er schüttelte den Kopf. »Wann denn?«

»Als du aus Syrien zurückwarst und hier gewohnt hast. Wir haben uns schon mal über das Thema gestritten. Erinnerst du dich nicht?«

Für einen Moment wirkte René verwirrt. Dann erschien ein Anflug von Zorn auf seinem Gesicht. »Ich war ziemlich durch den Wind, als ich aus Syrien zurückkam, das weißt du genau. Mein Kopf war in einem endlosen Albtraum gefangen, ich war nicht zurechnungsfähig. Du hättest genauso gut mit einem Zombie streiten können. Was auch immer du mir in dieser Zeit gesagt hast …«

Indi hielt den Atem an. Redeten sie von derselben Zeit, von der er in der Nacht erzählt hatte? Von der fieberhaften Phase, in der er seine Erinnerungen aufschreiben musste, um nicht wahnsinnig zu werden? Bis er zusammengebrochen war und in die Klinik musste?

Betreten schaute Juliette nach unten. Für einen endlosen Moment betrachtete sie ihr Baby und küsste es auf die Haare. Indi glaubte bereits, dass das Thema damit beendet sei, doch schließlich sah Juliette ihren Bruder wieder an. »Tatsächlich habe ich es nie verstanden, René. Was dich getrieben hat. Warum du nicht zurückgekommen bist. Versteh mich nicht falsch: Ich bin deine Schwester, ich weiß, wie es angefangen hat. Wir stammen beide aus demselben Nest. Geschichtslehrer als Eltern, Politik als tägliches Gesprächsthema, Vater mit französischen Wurzeln. Ich konnte nachvollziehen, dass du ein Interesse für den Nahen Osten entwickelt hast. Kulturelle Wurzeln des Abendlandes, Aufarbeitung der französischen Kolonialzeit in Syrien, Faszination für diesen tragischen Umbruch, der dort stattfindet. Ich hab auch verstanden, warum du Nahostreporter werden wolltest, wie sehr du Syrien schon vor dem Krieg geliebt hast und wie es dich erschüttert hat, als Assad die ersten Demonstrationen niedermetzeln ließ. Deshalb weiß ich auch, warum dir die Korrespondentenstelle im Libanon so wichtig war. Bis zu dem Punkt war ich immer ganz bei dir, René. Und bis dahin verteidige ich deine Entscheidungen bis aufs Blut. Ich weiß auch, dass es nicht leicht war mit Marei. Deshalb verstehe ich sogar, warum ihr euch getrennt habt, und warum du für ein Jahr in den Libanon gegangen bist. Aber alles, was danach kam …« Sie machte eine Pause, wie um Luft zu holen.

»Lass es gut sein«, murmelte François und legte beschwichtigend die Hand auf ihren Arm.

Doch Juliette war nicht aufzuhalten. »Warum bist du nach dem Libanon nicht zurückgekommen? Warum bist du ausgerechnet nach Syrien gegangen, 2013, mitten rein in ein beschissenes Bürgerkriegsland? Anstatt nach Hause zu kommen und dich um deine Tochter zu kümmern?« Jetzt stand der Zorn wie eine Flamme in ihrem Gesicht.

Indis Herz machte einen bedrohlichen Hüpfer. In diesem Thema lauerte die große Gefahr.

»Ich wollte zurückkommen«, murmelte René. »Ich hab Marei angerufen, um einen neuen Anfang zu machen. Immer wieder hab ich es versucht. Die ganze Zeit, als ich im Libanon war. Ich habe ihr gesagt, dass ich zurückkehre, sobald der Vertrag ausläuft. Alles Geld, das ich nicht brauchte, hab ich auf ihr Konto überwiesen. Irgendwann war ich so am Ende, dass ich sie angebettelt habe, mir eine zweite Chance zu geben. Aber sie hatte mit mir abgeschlossen, und sie blieb dabei.«

»Weil sie Angst um dich hatte«, fuhr Julie dazwischen. »Weil sie dich nicht einschätzen konnte. Weil sie jederzeit damit rechnen musste, dass du wieder verschwindest. Man wird wahnsinnig, wenn man jemanden liebt, der sich so schrecklich in Gefahr bringt.« Für einen Moment schwebten ihre Worte in der Luft. Aber ging es noch um Marei? Oder sprach Juliette von sich selbst? »Meine Güte, René, du hast keine Ahnung, wie es sich anfühlt, jemanden wie dich zu lieben. Dass man sich sein verdammtes Herz an dir bricht. Marei musste sich selbst schützen. Und sie musste Lilja schützen. Und alles, was du getan hast, beweist nur, dass sie recht damit hatte. Warum bist du nach Syrien gegangen? Mitten in den Krieg? Wenn du es nicht sagen willst, dann sage ich es jetzt: Du wolltest sterben, René. Du wolltest sterben und auf dem Weg dahin noch verzweifelt die Welt retten. Weil dieser Junge, der die zweite und die sechste Klasse übersprungen hat und immer nur Einsen auf dem Zeugnis hatte, nicht begreifen konnte, dass alle Klugheit des Universums nicht ausreicht, um die Menschheit vor sich selbst zu retten. Du hattest unerreichbare Ziele, René. Dass du daran scheitern musstest, war unausweichlich. Aber als du das erkanntest, war es schon zu spät. Also wolltest du sterben, weil du es nicht ertragen konntest, dass du für dein Scheitern deine eigene Tochter im Stich gelassen hast.«

Plötzlich wurde es still. Juliette hatte laut genug gesprochen, um selbst die Männer auf der Terrasse auf sich aufmerksam zu machen. Auch Noel regte sich in ihren Armen, verzog das Gesicht und gab ein Jammern von sich.

»Schscht«, machte Juliette. Doch es war zu spät. Das Baby blinzelte und öffnete den Mund, nur eine Sekunde, bevor es einen jämmerlichen Schrei ausstieß.

Juliette stand auf, wippte auf ihren Füßen vor und zurück und streichelte seinen Kopf. Das Baby beruhigte sich, seine Augen fielen wieder zu, und sein Kopf sank gegen den Arm seiner Mutter.

Erst jetzt schob René seinen Stuhl zurück. Kurz sah es aus, als wollte er aufstehen. Aber dann setzte sich Juliette wieder, und er beugte sich zu ihr vor. »Was möchtest du von mir hören? Ein Geständnis? Ein Schuldbekenntnis? Soll ich dir bestätigen, dass ich sterben wollte? Ja, vielleicht hast du recht. Aber glaubst du, ich weiß das nicht selbst? Meine Urschuld liegt darin, dass ich Lilja im Stich gelassen habe. Ich hätte Verantwortung übernehmen müssen, ganz egal, ob Marei das wollte oder nicht. Für Lilja hätte ich hier sein müssen. Stattdessen bin ich weggelaufen und hab mein Leben buchstäblich in die Luft gejagt. Glaubst du, das werfe ich mir nicht selbst vor? Was meinst du, worüber ich zweimal in der Woche mit meinem Therapeuten spreche?« René redete leise, die Männer auf der Terrasse wandten sich wieder ihren Karten zu. Einzig Indi war nah genug, um die Wucht seiner Worte zu spüren. Was waren das für Eltern, die ihre Kinder im Stich ließen? Ein Vater, der in den Krieg ging, ohne seine Tochter kennenzulernen? Eine Mutter, die ihr Baby auf den Treppenstufen ihres Vaters ablegte? Und eine junge Frau, die ihr ungeborenes Kind …

Indi sprang auf, kehrte dem Tisch den Rücken und betrat den Gartenpfad, der um das Haus herumführte.

»Indi?«

Renés Stimme versank in dem Rauschen, das ihre Ohren füllte. Was waren das für Eltern …

Nur knapp schaffte sie es an den Männern auf der Terrasse

vorbei, ohne zu rennen. Dann gelangte sie in den Schatten neben dem Haus, unsichtbar für die anderen Gäste.

»Indi, warte!« René war direkt hinter ihr, doch er hielt sie nicht zurück. Umrundete aber mit ihr das Haus, bis sie durch den Torbogen wieder auf den Hof traten.

»Es tut mir leid«, flüsterte er, während Indi die Tür zur Werkstatt öffnete. Die Rosenlichterkette leuchtete, als würde sich die Feier hier drinnen fortsetzen. »Juliette ist manchmal sehr aufbrausend. Und sie kann das Thema einfach nicht sein lassen.«

Indi blieb stehen. Erst jetzt drehte sie sich zu ihm um. »Weil sie recht hat, oder? Jederzeit hättest du zurückkommen können, aber stattdessen …«

René senkte den Blick.

Indi hatte seine Geschichte gekannt. Von Anfang an. René hatte nie einen Hehl daraus gemacht. Warum traf sie erst jetzt ihren wundesten Punkt?

Eltern, die ihre Kinder im Stich ließen … Fast greifbar lag das Unausgesprochene zwischen ihnen.

Buntes Licht … Laute Musik und Cocktails an einer Bar … Jemand, der sie küsste und mit den Händen unter ihr Kleid glitt. Danach ein dunkler Park. Filmriss. Neonlicht über dem Krankenbett. Matthias und die Tränen in seinem Gesicht. Wie die Personifizierung von Enttäuschung, Verzweiflung und Wut.

»Indi! Was ist los?«

Sie schüttelte den Kopf, wollte das Bild daraus vertreiben. Doch es krallte sich fest. Es ging nicht mehr um ihn. Es ging um sie selbst. Um das, was sie getan hatte.

»Indi, was ist los?«, wiederholte René. »Woran denkst du?«

Flackernde Nächte. Schwindel, wechselnde Gesichter von fremden Männern, die meisten hübsch und charmant. Sie hatte sich aussuchen können, mit wem sie rummachte.

»Matthias hatte recht«, flüsterte sie. »Ich bin vielleicht nicht süchtig. Aber es war zu viel Alkohol. Und zu viele Männer.«

Die falschen Männer.

Ihre Beine wurden weich. Sie verlor das Gleichgewicht, sank nach hinten. René war schneller, griff ihren Arm und ließ sie erst los, als sie sicher an einer Werkbank lehnte.

»Eigentlich … ich wollte doch nur flirten, um mich besser zu fühlen.« Die Worte kamen von irgendwoher, sammelten die Erinnerungen ein und brachten sie über ihre Lippen. »Ich wollte auf den Partys nicht allein sein, also hab ich mir interessante Typen gesucht. Am Anfang hab ich mich nur unterhalten. Aber Matthias war sich sicher, dass ich fremdgehe, nachdem er erfahren hatte, dass ich ohne ihn im Club war. Danach ging es ihm nur noch darum. Jede Nacht war er eifersüchtig.«

Die Rosenlichterkette schimmerte jetzt grell über den grob gehauenen Holzklötzen, die Werkbank hinter ihr wirkte instabil. Renés Gestalt schwankte vor ihren Augen.

Dennoch musste sie weitererzählen. »Matthias war der Einzige, bei dem ich meine Wut rauslassen konnte. Aber er tat so wenig, um mir zu helfen. Mit dem Tod meines Großvaters war meine ganze Welt aus den Fugen gebrochen, doch mein Freund wollte nur wissen, ob ich was mit anderen Männern hatte. Und irgendwann habe ich ihm gegeben, was er erwartete. Wenn ich betrunken und bekifft nach Hause kam, hab ich ihm von den anderen erzählt. Einfach nur, um ihn leiden zu lassen, um mich abzureagieren, um mich für seine Eifersucht und meine Verzweiflung an ihm zu rächen. Aber eigentlich war es gelogen. Ja, ich hab mit anderen Männern rumgemacht. Aber ich bin nie mit einem nach Hause gegangen. Weil ich nicht das geringste Bedürfnis hatte, mit Fremden Sex zu haben.«

Ein warmes Rinnsal kitzelte ihre Wange. Indi blinzelte und

wischte darüber. Sie musste Renés Gesicht sehen, um zu wissen, ob er schockiert war. Doch in seiner Miene lagen nur Mitleid und Wärme.

»Morgens war mir speiübel. Tagsüber ging es mir hunde-elend. Die Migräne hatte ich vorher schon, aber in der Zeit wurde es schlimmer. Mein Kopf ist zersprungen, und mein schlechtes Gewissen lief Amok. Matthias hab ich an solchen Tagen kaum gesehen. Meistens ist er nachts gegangen. Aber mir war das nur recht. Auf diese Weise konnte ich lange schlafen, mich am Nachmittag mit Kaffee und Aspirin hochputschen und mich darauf konzentrieren, dass ich zum Abend wieder fit genug bin, um im Club zu arbeiten. Und wenn nicht das, dann war es Zeit für die nächste Party.«

Ein kalter Windzug streifte ihre Wangen. Auch die Rosen-lichterkette bewegte sich. Die Tür stand noch einen Spalt breit auf.

Vielleicht war es besser so. Wenn alles zu viel wurde, konnte sie fliehen. »Im Laufe der Monate wurde es immer schlimmer. Zwei- oder dreimal hatte ich einen Filmriss. Einmal bin ich an der Endstation der U-Bahn aufgewacht. Es kam vor, dass ich zu Hause auftauchte und das T-Shirt falsch herum trug. Und wenn Matthias mich dann gefragt hat, war ich mir nicht sicher, ob ich nicht vielleicht doch Sex mit jemandem hatte.«

Hände unter ihrer Kleidung, heiseres Flüstern an ihrem Ohr. *Komm schon, Chika. Du wolltest das doch. Stell dich jetzt nicht so an.*

Allmählich wurde sie wütend auf ihre Tränen, weil sie kitzelten und kalt waren und nass in ihren Ausschnitt liefen.

»An diesem einen Abend war ich besonders schlecht drauf. Da war so ein Typ, der mich angegraben hat, aber ich war in Gedanken noch bei Matthias und unserem Streit. Ich hab den

Cocktail abgelehnt, den mir der Typ mitgebracht hat. Hauptsächlich deshalb, weil ich Matthias und mir beweisen wollte, dass ich auch ohne Alkohol klarkomme. Danach kam der Typ mit Cola und Saft. Ich dachte, es läge noch an der Migräne, dass mir trotzdem schummerig wurde. Als er dann wieder einen Cocktail anbrachte, konnte ich nicht mehr Nein sagen. Und danach … ist alles verschwommen.« Die Worte verhedderten sich in dem Grauen, in der schwarzen Dunkelheit hinter dem Club. Seine Finger, die kalt unter ihren Rock glitten. Seine Küsse, die jedes geflüsterte Nein zurückdrängten. »Irgendwann waren wir draußen, in einer dunklen Straße. Er meinte, dass ich ihm etwas versprochen hätte und dass wir das hier erledigen, wenn ich nicht mitkomme. Ich war halb weggetreten, aber die frische Luft hat mich zurückgeholt.« Dumpfe Übelkeit in ihrer Kehle. Ihre Nase sperrte sich gegen die Atemluft. Zu viel Rotze und Elend.

Komm schon, Chika, nimm ihn in den Mund.

»Ich musste mich übergeben und hab ihn getroffen. Erst da hat er mich losgelassen. Dann bin ich gerannt. An dem Tag war ich mit dem Fahrrad unterwegs. Es dauerte lange, das Ding aufzuschließen. Es war wackelig zu fahren. Ich konnte kaum etwas sehen.« Nur drehender Schwindel, Übelkeit und verschwommene Sicht hinter den Tränen. »Ich erinnere mich noch an den Park. Alles war dunkel. Der Rest ist weg.«

Wieder wischte sie mit dem Ärmel über ihr Gesicht. Nur flüchtig erfasste sie Renés Blick, das Entsetzen in seiner Miene. Dennoch musste sie den Schrecken mit jemandem teilen. Wenigstens dieses eine Mal.

»Ich war mehrere Stunden lang bewusstlos. Als ich aufgewacht bin, lag ich auf der Intensivstation. Ich war mit dem Fahrrad gestürzt. Hatte Schürfwunden, Prellungen, eine Gehirnerschütterung. Aber die schlimmste Botschaft war eine andere:

Irgendwann in diesen Stunden, an die ich mich nicht erinnere, hatte ich eine Fehlgeburt.«

Wie ein Stein fiel der letzte Satz in die Stille.

Noch nie hatte sie es laut ausgesprochen.

Nicht einmal Judith hatte sie davon erzählt.

Nur Matthias wusste es, weil er bei ihr gewesen war, als der Arzt sein Bedauern aussprach. Doch die genauen Umstände hatte auch Matthias nie erfahren.

»Erst im Arztbrief habe ich von den Details gelesen. Der Alkoholpegel war im unbedenklichen Bereich. Der Auslöser für mein Blackout war eine andere Substanz: K.-o.-Tropfen. Die Dosierung war so hoch, dass ich beinahe gestorben wäre. Aber das Baby ... Ich war am Ende des vierten Monats. Es war ein Mädchen. Es hätte nicht mehr lange gedauert, bis ich sie in meinem Bauch gespürt hätte.«

Erst jetzt wagte Indi einen weiteren Blick zu René. Das Licht der leuchtenden Rosen glitzerte in seinen Tränen. »*Indi ...*« Er bewegte nur die Lippen. Seine Hand hob sich in ihre Richtung und blieb dennoch zu weit entfernt.

Matthias hatte ebenfalls geweint, an diesem Tag im Krankenhaus. Völlig aufgelöst hatte er neben ihrem Bett gestanden. Aber dann war seine Verzweiflung in Wut umgeschlagen.

»Matthias war außer sich. Er hat mir vorgeworfen, dass ich ihm die Schwangerschaft verheimlicht hätte. Ich wollte ihm so gern sagen, dass das nicht stimmt. Aber die Wahrheit wäre noch schrecklicher gewesen: Ich hab das Kind in meinem Bauch noch nicht einmal bemerkt. Stattdessen hab ich es ertränkt in Alkohol und Drogen und gefährlichen Spielchen mit fremden Männern. Ich hab geheult, und Matthias hat Fragen gestellt, bei denen ich nur noch mehr heulen musste. Am Ende wollte er wissen, ob es sein Kind war. Aber ich wusste es nicht. Weil es genug Nächte gegeben hat, die mit einem Filmriss endeten. Also hab ich geschwiegen. Bis Matthias die Frage wiederholt hat: ›War das mein Kind, das du umgebracht hast?‹ Erst auf diese Frage konnte ich reagieren. Ich hab auf die Tür gezeigt und gesagt, dass er verschwinden soll. Und Matthias hat das Krankenhauszimmer verlassen und ist nie wiedergekommen. Als ich nach Hause kam, waren seine Sachen aus der Wohnung verschwunden, und sein Schlüssel lag im Postkasten.«

»Gott, Indi …« René trat näher. Flüchtig berührte er ihre Finger.

Sie wollte nach seiner Hand greifen, wollte bei ihm sein und das Grauen vergessen. Doch wie hätte sie können? Nach allem, was damals geschehen war … Sie hatte sein Vertrauen nicht verdient. Sie war nicht die Lichtfee, für die er sie hielt. Aber seine Dunkelheit wog mindestens genauso schwer. Die Wahrscheinlichkeit war hoch, dass es genauso brutal endete wie mit Matthias.

»Ich hab mein Kind *übersehen*«, flüsterte sie. »Ich war im vierten Monat schwanger und hab es vier Monate lang nicht bemerkt. Jeden Morgen war mir übel, aber ich dachte, das käme von der Migräne. Ich hab kaum noch gegessen und immer mehr abgenommen. Dass ich meine Regel nicht mehr bekam, hab ich anfangs gar nicht bemerkt, und später passte es nur ins Bild, in dieses Gefühl, als würde ich mich selbst auflösen.«

Plötzlich war das Gefühl wieder da, zersetzte sie von innen und ließ ihren Körper krampfen. René fing sie auf. Seine Arme hielten sie fest.

Erst als die Krämpfe nachließen, brachte sie die letzte, wichtige Sache hervor: »Das Kind war von Matthias. Das wusste ich nicht, als er an meinem Krankenhausbett saß. Weil ich den Arztbrief erst später gelesen habe. Aber vierter Monat … damit war die Antwort eindeutig. Weil vier Monate vorher noch alles in Ordnung war. Mein Großvater hat noch gelebt, und Matthias und ich waren uns einig, dass wir bald ein Kind haben wollten. Nicht unbedingt sofort, aber manchmal haben wir es darauf ankommen lassen. Ich wollte dieses Kind – und dann hab ich es getötet.«

Renés Arme schlangen sich noch enger um ihren Körper. »Schscht«, machte er. »Sag so was nicht.«

»Aber es stimmt.«

»Nein.« Er strich eine Strähne aus ihrer Schläfe. »Du hast sie nicht getötet, Indi. Du hast sie verloren.«

Alles in ihrem Inneren zog sich zusammen, presste sich um die Körpermitte, in der *sie* gelebt hatte. »Ich habe sie nicht verdient. Genauso wenig, wie ich Matthias verdient habe. Und dich verdiene ich auch nicht.«

Ein entsetzter Laut entwich ihm. »Nein! Bitte glaub so was nicht. Du verdienst *alles*, Indi. Alles, was du dir wünschst.«

Was sie sich wünschte, konnte sie nicht aussprechen. Eltern durften ihre Kinder nicht im Stich lassen, nicht aussetzen und nicht töten, nicht einmal versehentlich. Und wenn sie es doch taten, hatten sie wohl kaum eine zweite Chance verdient.

Aber was war mit Eltern, die ihre Kinder verloren? Oder denen die Kinder weggenommen wurden? Oder die sich aus schrecklichen Gründen nicht selbst um ihre Kinder kümmern konnten? Hatten sie nicht trotzdem alles Glück der Welt und einen neuen Anfang verdient?

Und was war mit René? Mit ihm und mit Lilja?

Erst mit dieser Frage wusste Indi die Antwort: Die Liebe zwischen Eltern und Kindern verdiente immer eine zweite Chance.

* * *

In jener Nacht lagen sie eng beisammen, küssten die Tränen von ihren Gesichtern und hielten sich fest, bis der nächste Morgen graute. Wieder hatten sie kaum geschlafen, dennoch standen sie auf, um mit den anderen zu frühstücken. Auch Juliette und ihre Familie waren über Nacht geblieben. Die Kinder waren wieder putzmunter und tobten durch den Garten, als sich Indi und René am Terrassentisch einfanden. Bei dem Gewusel der Kinder und der Aufmerksamkeit, die der strampelnde Noel auf sich zog, bemerkte niemand, dass Juliette und René sich argwöhnische Blicke zuwarfen. Auch Indi sagte kaum etwas, weshalb François und Renés Eltern das Gespräch überwiegend allein bestritten.

Erst nach dem Frühstück zog Juliette ihren Bruder beiseite. Indi hielt sich aus der Sache heraus. Zusammen mit Renés Mutter und François räumte sie den Tisch ab, während Jean-Pierre Baby und Kinder beaufsichtigte. Nur von weitem nahm Indi wahr, dass Juliette und René neben dem Teich standen und redeten. Es schien ein ernstes und dennoch ruhiges Gespräch zu sein, und schließlich endete es mit einer innigen Umarmung.

Am Nachmittag fuhr Juliette mit ihrer Familie ab. Nur Indi und René blieben noch. Sie holten ein weiteres Mal die Pferde aus dem Stall und ritten erneut zum See. Dieses Mal machten sie Rast an der Badestelle und schwammen in der letzten Wärme des Seewassers. Anschließend lagen sie Arm in Arm in der Sonne, neben ihnen grasten die Pferde, und am Himmel zog ein Schwarm von Staren seine Kreise.

In diesem Moment glaubte Indi zum ersten Mal seit drei Jahren an einen neuen Anfang.

Kapitel 22

Es war noch dunkel, als sie die Marktkisten die Treppe hinuntertrugen und im Transporter verstauten. Draußen kroch Feuchtigkeit durch die Straßen und bildete im Licht der Laternen gräuliche Schleier.

Seit sie vor knapp einer Woche von Renés Eltern zurückgekehrt waren, regnete es. Doch zumindest für den Nachmittag prophezeite der Wetterbericht Sonnenschein.

Während Indi die Lampenkisten verlud, kümmerte René sich um seine Skulpturen. Vollkommen unerwartet hatte er die Zusage für den Kunstmarkt bekommen. Grundsätzlich waren die Standplätze auf der Museumsinsel fest vergeben, und nur professionelle Künstler kamen auf die Warteliste. Doch schon direkt nach Renés Bewerbung hatte die Marktleitung ihm mitgeteilt, dass sie seine Skulpturen herausragend fand. Da die Warteliste allerdings lang war, hatten sie beide nicht vor Januar oder Februar mit einer Zusage gerechnet. Eher später.

Umso überraschender war der Anruf gewesen, den René am Mittwoch bekommen hatte. Einer der Aussteller sei krank geworden und hätte sich auf unabsehbare Zeit abgemeldet. Zwar seien noch andere Kandidaten auf der Warteliste, aber die Marktleitung habe sich für ihn entschieden. Dieser Sonntag sei sein erster Markttag, herzlichen Glückwunsch!

Ob René glücklich über die Chance war oder ob es ihn vor allem unruhig machte, hatte Indi noch nicht ganz durchschaut.

Auch an diesem Morgen ließ er seine Skulpturen sorgfältig verhüllt. Wann immer eines der Tücher verrutschte, blieb er stehen und zupfte es zurecht. Alles an ihm wirkte angespannt: seine aufrechte Haltung, seine ernste Stimme und sein Gesicht, in dem die Wangenmuskeln zuckten.

Ein paar Mal fragte Indi ihn, ob alles in Ordnung sei. Aber René lächelte und versicherte ihr, dass er nur ein bisschen Lampenfieber habe. Indi wunderte sich nicht darüber, immerhin hatte er seine Skulpturen bis jetzt niemandem gezeigt. Selbst Indi hatte nur gelegentlich einen Blick auf das Werk erhascht, an dem er gerade arbeitete. Die meisten anderen hatte sie noch nie gesehen.

Zudem war ohnehin fraglich, ob sich auf einem Markt passende Käufer finden ließen. Renés Skulpturen waren spektakulär, aber für diese Art von Kunst brauchte man ein spezielleres Publikum: Leute mit Geld, politischem Interesse und der Kraft, das Grauen dieser Welt mit offenen Augen zu betrachten. Am besten war es also, wenn ein Galerist auf René aufmerksam wurde, jemand, der die Skulpturen ausstellte und sie an interessierte Käufer vermittelte.

Als sie alles verladen hatten, wurde es allmählich hell. Das »Keks & Krümel« hatte noch nicht geöffnet, also gingen sie zu der Bäckerei an der Ecke und kauften sich belegte Brötchen und zwei Kaffee im Thermobecher. Dann fuhren sie los.

Sie waren noch keine fünf Minuten unterwegs, als Renés Handy klingelte. *Marei* stand auf dem Display.

Er zögerte. Dann gab er ein Seufzen von sich. »Bestimmt ist es dringend. Geh mal ran und mach laut.«

Indi nahm das Gespräch an, ohne etwas zu sagen, und schaltete den Lautsprecher ein.

»Guten Morgen, Marei, was gibt es?« René schaffte es, ruhig zu klingen.

»Es geht um Lilja, was sonst.« Marei sprach geschäftsmäßig. »Ich hab morgen einen Gerichtstermin in Bonn. Allerdings fahre ich schon heute hin, um mich mit meinem Mandanten zu treffen. Dummerweise ist die Babysitterin krank geworden. Kannst du Lilja bis morgen früh nehmen? Dann würdest du sie in die Kita bringen, und am Nachmittag bin ich wieder da.«

Stress und Müdigkeit spiegelten sich auf Renés Gesicht – und eine Spur von Ratlosigkeit. »Du weißt, dass ich Lilja jederzeit nehme. Außerdem freue ich mich, wenn du mich fragst und nicht die Babysitterin. Aber heute bin ich bis 17 Uhr auf dem Markt. Du kannst Lilja gern dorthin bringen. Allerdings sind meine Skulpturen auch da.«

Auf der anderen Seite blieb es still. Erst nach einer Weile gab Marei ein genervtes Seufzen von sich. »Und was ist mit deiner Lampenkünstlerin? Wo ist die?«

René warf einen flüchtigen Blick zu Indi. »Sie ist auch auf dem Markt. Und gerade sitzt sie neben mir im Auto und hört dich.«

»Echt jetzt?« Marei klang empört. »Du lässt sie mithören und sagst nichts? Aber gut. Dann rufe ich erstmal die Kita-Familien an.« Damit legte sie auf.

Langsam ließ Indi das Handy sinken.

»Himmel!« René fluchte. »Hab ich schon mal erwähnt, dass sie mich hasst?« Eine Spur zu spät trat er auf die Bremse, gerade noch rechtzeitig, um an der roten Ampel zu halten. »So ist das immer mit ihr. Irgendwas gesagt oder nicht gesagt, und sie dreht mir einen Strick daraus. Wann genau hätte ich erwähnen sollen, dass du mithörst? ›Hallo Marei, Indi hört mit?‹ Dann hätte sie gar nicht erst gesagt, was sie will, sondern sich gleich darüber aufgeregt. Ich kann einfach machen, was ich will – es wird niemals richtig sein. Nie!«

Die Ampel wurde wieder grün. René gab zu viel Gas, und der Motor heulte auf.

Erneut klingelte das Handy. »Nochmal Marei.« Indi hielt es hoch. »Gehen wir ran?«

»Wie wäre es, wenn du rangehst?« Plötzlich grinste er.

»Uhhh.« Indi kniff die Augen zusammen. »Willst du deine Tochter nochmal sehen, bevor du alt bist?«

Die Handymelodie bekam etwas Schrilles. René hatte für Marei einen speziellen Klingelton eingestellt. Er klang nicht unbedingt sympathisch.

Indi nahm ab, stellte wieder laut und hielt das Handy in seine Richtung.

»Hallo Marei. Das Handy ist laut, und Indi hört mit. Wir sitzen nämlich im Auto und ich muss fahren. Was gibt es Neues?« Renés Tonfall war ein Ausbund an Ironie.

»Lilja ist bis heute Abend bei ihrer Freundin. Aber übernachten kann sie da nicht. Ich hab jetzt gesagt, du holst sie nach dem Markt ab. Passt das?«

Auf Renés Gesicht formte sich ein Lächeln, das zwischen Triumph und Sarkasmus changierte. »Das klingt großartig. Ich freue mich.«

»Kannst du bitte aufhören, dich über mich lustig zu machen?«

»Marei, ich mache mich nicht über dich lustig. Und ich freue mich wirklich auf Lilja.«

»Ich schicke dir noch die Adresse der Freundin.« Wieder legte sie auf.

Renés Hände verkrampften sich um das Lenkrad. Dann stieß er zischend die Luft aus.

Wenn Marei und er so weitermachten, würde die Geschichte kein gutes Ende nehmen. Aber das konnte Indi ihm nicht sagen. Nicht jetzt.

Kurz darauf hatten sie die Museumsinsel erreicht. Auf dem Platz war klar geregelt, wer aus welcher Richtung anlieferte.

Während sie den Wagen ausluden, schoben sich die Wolken zur Seite und ließen orangefarbenes Spätsommerlicht hervorblitzen. Die Spree plätscherte träge an ihnen vorbei, und über ihnen kreisten die Möwen.

Renés Stand lag ihrem gegenüber. Aber sie hatten beide genug mit ihren eigenen Sachen zu tun. Obwohl Indi ihren Stand seit Jahren jeden Samstag und jeden Sonntag allein aufbaute, war es heute seltsam, René nicht an ihrer Seite zu haben. Viel zu schnell hatte sie sich daran gewöhnt, dass er bei ihr war und einen Teil der Arbeit übernahm. Umso mehr geriet sie an diesem Morgen in Stress.

Nur manchmal warf sie einen kurzen Blick zu René. Er hatte Lichterketten und ein paar Lampen von ihr bekommen, um seine Skulpturen in Szene zu setzen. Doch während er aufbaute, hingen noch immer die Tücher darüber.

Erst als sie mit dem Aufbau fast fertig waren, kam René zu ihr herüber, warf einen Blick über ihren Stand und nickte den Puppenlampen grüßend zu. »Strahlend wie immer.« Aus seinen Worten ging nicht hervor, ob er die Lampen oder Indi meinte. Vielleicht auch ihren ganzen Stand.

Indi deutete zu seinem Tisch. »Willst du die Tücher den ganzen Tag auf den Skulpturen lassen?«

Ein Grinsen zuckte um seine Lippen. »Wenn ich sie drauflasse, wirkt es viel mysteriöser, meinst du nicht? Dann kann ich sie einzeln abdecken, wenn Kunden nachfragen. Wir bräuchten dann nur noch irgendeinen spektakulären Effekt. Was hältst du von Trommelwirbel, Tusch und Nebelmaschine?«

Indi stieß ihn sanft gegen die Schulter. »Du bist ein Spinner.«

Oder hatte er Angst? Für eine Sekunde blitzte die Furcht

in seinen Augen auf. Dann rieb er sich lächelnd die Schulter. »Möchtest du noch was essen? Oder Kaffee? Ich besorge gern was.«

Indi hatte keinen Hunger. Selbst das Brötchen von vorhin lag noch zur Hälfte in der Papiertüte. »Kaffee würde ich nehmen.«

René nickte und verschwand zwischen den Ständen. Wo auch immer er etwas zu trinken besorgte – es dauerte eine ganze Weile. Indi behielt derweil seinen Stand im Auge.

Als er endlich zurückkam, war sie erleichtert. Er reichte ihr einen Becher und wirkte seltsam aufgekratzt.

»Alles in Ordnung?«

»Klar.« Er trank von seinem Kaffee. »Nur ein bisschen nervös. Kommt mir vor, als hätte ich eine Zirkusaufführung. Ich, der Dompteur, und da vorn warten meine Löwen.« Er verzog das Gesicht, hob dann den Becher zum Gruß und ging zu seinem Stand.

Von weitem sah Indi zu, wie er die Tücher von den Skulpturen zog. Einige waren so groß, dass René fast hinter ihnen verschwand. Doch Indi war nicht nah genug, um Details zu erkennen. Nur eines war auch von weitem klar: Seine Skulpturen zeigten ausnahmslos Menschen.

Die erste Besucherwelle kam direkt nach Marktbeginn. Vor allem ältere Leute trieb es sonntags schon früh aus dem Haus. Viele von ihnen waren dankbare Kundschaft – weil sie gern schöne Dinge für ihre Kinder und Enkel erstanden. Allein in der ersten Stunde verkaufte Indi vier größere Lampen, drei Tassenlämpchen und eine kleine Buchlampe.

Auch Renés Stand war gut besucht. Fast immer waren Leute bei ihm, und auf seltsame Weise passte sein Zirkusvergleich. Wie ein charismatischer Erzähler stand er hinter seinen Skulpturen und präsentierte ihre Geschichten. Indi hörte nur seinen angenehmen Tonfall, verstand aber nicht, was er sagte. Doch die Besucher blieben fasziniert stehen, lauschten ihm minutenlang und stellten unzählige Fragen, auf die er ausschweifend antwortete. Immer größer wurde die Traube, die sich vor ihm sammelte, bis Indi ihn nicht mehr sehen konnte.

Erst gegen Mittag wurde es ruhiger, und die Leute vor Renés Stand zerstreuten sich. Zum ersten Mal sah Indi die Gelegenheit, ihre Lampen für ein paar Minuten aus den Augen zu lassen.

René strahlte ihr entgegen. Noch bevor sie seinen Stand erreichte, kam er um die Skulpturen herum. »Es läuft großartig!«, rief er, zog sie in die Arme und wirbelte sie herum. »Vorhin war ein Galerist da, der ernsthaft interessiert ist. Und jemand vom Feuilleton der FAZ, der ein Interview mit mir machen will. Und andere Leute, die wichtig aussahen und kluge Fragen gestellt haben.« Seine Begeisterung wurde mit jedem Satz leiser und mündete in einem Kuss. Seine wilde, aufgekratzte Stimmung war ansteckend und lief heiß durch Indis Körper. Bis ihr klar wurde, dass sie gut sichtbar in der Marktgasse standen.

Dennoch war es schwer, sich von seinem Kuss zu lösen. »Das klingt gut«, flüsterte sie. »Aber können wir mit der Feier bis heute Abend warten? Es gibt hier ein paar Leute, die mich kennen.«

René lachte und entließ sie aus der Umarmung. Erst jetzt fiel Indis Blick auf die Skulpturen. Der Anblick ließ sie erstarren.

Sie hatte gewusst, dass seine Motive ausnahmslos mit dem Krieg zu tun hatten. Doch plötzlich war es, als wäre sie selbst eine Zuschauerin in diesem Krieg. Lebensecht standen seine Holzfiguren vor ihr, ihre Gesichter gezeichnet von Leid und Gewalt. Viele wirkten traurig. Einige zornig. Nur wenige lächelten. Es waren Frauen mit Kopftüchern, Soldaten mit Gewehren und dazwischen die Kinder. Mütter mit Babys, ein kleines Mädchen mit einem Kopfverband und zwei Jungen, die kaum älter als zehn sein konnten und die dennoch Gewehre und Munitionsgürtel trugen. Doch noch ergreifender waren die Toten. Ein Mann trug den schlaffen Körper eines gefallenen Kameraden, ein toter Soldat, der kaum älter als sechzehn sein konnte, lehnte an einer Hauswand, und eine Mutter kniete weinend neben ihrem toten Kind.

René musste all das gesehen haben. Nicht von weitem, nicht im Fernsehen oder auf einem Foto. Er war dabei gewesen.

»Bitte schau sie nicht so an.« Seine Stimme vibrierte.

Doch Indi konnte sich nicht losreißen. Ihr Blick fiel auf die Statue, die Lilja bei ihrem ersten Besuch abgedeckt hatte. René hatte sich selbst gut getroffen. Alles an dem Anblick der Holzfigur wirkte vertraut, sein schönes Gesicht, seine aufrechte Haltung. Nur die gelähmte, verzweifelte Kälte in seinem Ausdruck kannte sie nicht.

Das Kind auf seinen Armen war tot. Und wenn nicht das, dann lag es im Sterben.

Indi wollte ihn danach fragen. Doch sie brachte kein Wort hervor.

Auch René war ernst geworden. »Eigentlich will ich sie nur loswerden. Verkaufen, Geld verdienen, vergessen.« Etwas Raues trat in seine Stimme. »Bitte schau sie nicht so an«, wiederholte er.

Doch Indi brauchte noch einen Moment. Die Skulpturen waren schön und schrecklich zugleich. »Sie sind unglaublich. Ich weiß nicht, wie gut du als Reporter warst, aber als Künstler … Weltklasse.«

Für eine Sekunde standen sie beide still, atemlos. Dann wies René mit dem Kopf zu Indis Stand. »Ich glaube, du hast Kundschaft.«

Tatsächlich standen zwei Frauen vor ihren Lampen und schauten sich suchend um.

»Ich komme gleich!«, rief Indi. »Kleinen Moment.«

Als sie René wieder ansah, rieb er mit dem Finger über die Narbe in seiner Augenbraue. Dennoch kehrte sein Lächeln zurück.

Was genau ging in ihm vor? Wie konnte er seinen Kunden diese schrecklichen Geschichten über den Krieg erzählen und sich gleichzeitig so überschwänglich über seinen Erfolg freuen?

Weil seine gute Laune ein Fake war. Was auch immer hinter Renés Fassade lauerte – es konnte nichts Gutes sein.

Wieder deutete er zu ihrem Stand. »Ich fürchte, die gehen gleich.«

Er hatte recht. Sie durfte ihre Kundinnen nicht länger stehen lassen.

Tatsächlich kauften die beiden Frauen ein kleines Ensemble ihrer Tassenlampen. Auch der weitere Tag entwickelte sich erfolgreich. Gegen Nachmittag verschwanden die Wolken, und die Sonne brachte einen großen Schwung an Besuchern mit. Der September war ein guter Monat, um Lampen zu verkaufen. Es war noch so warm, dass die Menschen auf einen Markt gelockt wurden – aber die Dunkelheit des Winters, bei der man über eine schöne Beleuchtung froh war, rückte spürbar näher.

Indi hatte alle Hände voll damit zu tun, gekaufte Lampen zu verpacken und interessierte Leute mit Flyern und der Adresse zu ihrem Webshop zu versorgen. Dazwischen beantwortete sie neugierige Fragen und lächelte, bis ihre Wangenmuskeln schmerzten.

In all der Zeit sah sie René nur durch die Lücken, die sich gelegentlich im Menschenstrom auftaten. Fast permanent redete er mit jemandem, lächelte und gestikulierte. Er wirkte ruhiger als am Morgen, beinahe gelassen, und strahlte dennoch in einer Aura, die sämtliche Blicke auf sich zog.

Als der Markt gegen 17 Uhr dem Ende zuging, sammelten

sich noch immer Menschen an Indis Stand. Auch René führte noch Gespräche, während um sie herum längst abgebaut wurde.

Danach hatten sie es eilig. Lilja musste bei ihrer Freundin abgeholt werden, bevor die andere Familie ihre Kinder ins Bett brachte.

René verhüllte seine Skulpturen und lud sie in den Anhänger, während Indi ihre Lampen in Kisten packte und im Transporter verstaute. Sie hatten keine Zeit zum Reden. Nur im Vorbeigehen nahm sie die Energie wahr, mit der René sich bewegte. Er sah gut aus, mit seinem Wollpulli, der schwarzen Mütze und dem rauen Dreitagebart.

Als sie fertig waren und einsteigen wollten, kam René zur Beifahrertür. »Kannst du fahren?« Er hielt ihr den Autoschlüssel hin.

Verdattert nahm Indi ihn entgegen. »Was ist los?«

Ausweichend schüttelte er den Kopf. »Ich weiß nicht. Zu viel Adrenalin. Ich fahre ungern in dem Zustand Auto.«

»Klar, kein Problem.« Adrenalin? Zustand? Was genau meinte er? Sie wollte ihn fragen, aber sobald sie eingestiegen waren, hatte sie andere Sorgen. Normalerweise brachte sie ihre Lampen mit einem Carsharing-Wagen zum Markt. Doch Renés VW war kein gut gewarteter Leihwagen, sondern ein tückisches Biest mit komischen Eigenheiten. Indi würgte ihn dreimal ab und hatte auch danach Mühe, sich an das Fahren mit einem Anhänger zu gewöhnen und alle Außenspiegel im Blick zu behalten.

Derweil saß René schweigend auf dem Beifahrersitz. Zu ihm hinüberzusehen war unmöglich. Nur wenn sie vor einer roten Ampel standen, versuchte sie, etwas von seiner Miene zu erhaschen.

Sein Ausdruck wirkte beherrscht und undurchdringlich. Einzig seine Finger umklammerten den Thermobecher und klopften nervös darauf herum.

»Wie war der Rest des Tages?«, fragte Indi vorsichtig.

Das Klopfen auf dem Kaffeebecher verstummte. »Es lief gut. Ich hab Kaufinteressenten. Mindestens zehn Leute wollten meine Nummer haben. Mal sehen, ob sich jemand meldet. Außerdem ist noch eine Galeristin aufgetaucht. Und jemand, der gern eine Ausstellung mit mir machen würde.« Er sprach ein wenig hektisch, als wollte er die Erklärung möglichst schnell hinter sich bringen. Jegliche Euphorie von vorhin war aus seinem Tonfall verschwunden.

Was war nur los mit ihm? Indi wünschte, sie hätten gleich heute Abend darüber reden können. Doch sie mussten Lilja abholen. Und ganz egal, was Renés Antwort war, in Gegenwart eines Kindes war es ganz sicher nicht das richtige Thema.

René sagte ihr, wo sie abbiegen musste, bis sie bei Liljas Freundin waren. Schwungvoll stieg er aus, sobald Indi den Wagen geparkt hatte. Mit schnellen Schritten lief er über den Bürgersteig, sprang die kleine Treppe zur Haustür hinauf und verschwand ins Innere des Hauses.

Wie konnte er noch so viel Energie haben? Soweit Indi es mitbekommen hatte, schlief er seit Tagen schlecht, blieb die halbe Nacht wach und kuschelte sich erst in den Morgenstunden an sie. Hätte er nicht eigentlich todmüde sein müssen?

Zu viel Adrenalin. Was meinte er damit?

Als er mit Lilja aus dem Haus kam, sprangen die beiden wie spielende Hunde umeinander. René hielt etwas hoch, während Lilja versuchte, es im Springen zu angeln. Kichernd klammerte sie sich an seinen Arm, hangelte sich halb an ihm hoch, bis René sie lachend auffing, damit sie nicht fiel.

»Nur eins!«, rief Lilja, als René die Beifahrertür öffnete. Für eine Sekunde kam das, was er in der Hand hielt, in ihre Reichweite.

Im letzten Moment zog René es beiseite. »Erst nach dem Abendessen.«

»Was habt ihr denn da?« Indi versuchte einen Blick darauf zu erhaschen.

»Smarties!«, rief Lilja. »Eine ganze Packung Smarties. Frieda hat sie mir geschenkt. Ihre Oma hat fünf große Röhrchen mitgebracht. Aber Friedas Mama will nicht, dass sie alles allein isst.« Lilja redete, während sie auf den mittleren Sitz kletterte. Gleichzeitig versuchte René, den Kindersitz anzubringen und die Smarties zu beschützen. Lachend rangelten die beiden miteinander, ehe Lilja endlich auf dem Kindersitz angeschnallt war und René mit den Smarties am ausgestreckten Arm auf den Beifahrersitz fiel.

Indi ließ sich von ihrem Lachen anstecken. »Ich glaube, ihr seid beide noch Kinder.«

Ganz kurz begegnete sie Renés Blick. Plötzlich wirkte er glücklich, als hätte sich etwas in ihm gelöst.

»Nur eins«, piepste Lilja von ihrem Platz in der Mitte des Vordersitzes und klang wie ein kleines Vögelchen.

»Ein Smarties?«, fragte René.

»Nur eins!«, wiederholte das Vögelchen.

Auch sein Lachen klang leicht. »Na gut. Wenn du mit einem zufrieden bist. Ausnahmsweise.«

Während Indi den Motor startete, öffnete er das Röhrchen und fischte darin herum. »Rot, blau, grün oder gelb?«

»Blau!«, piepste das Vögelchen.

Die Smarties rasselten in der Röhre, Indi startete den Wagen und fuhr auf die Straße. Zum Glück waren es nur wenige Wohnblöcke, bis sie das Maybachufer erreichten.

Als sie anhielten, bestand Lilja darauf, beim Ausladen zu helfen. Indi achtete darauf, dass sie nur leichte Sachen trug. Doch

René und Lilja übertrumpften sich gegenseitig mit ihrem Tempo, und schließlich rannten sie um die Wette die Treppen rauf und runter.

Zu viel Adrenalin … Wann immer Indi einen Blick auf Renés Gesicht erhaschte, versuchte sie, hinter seine Fassade zu sehen. Doch selbst in seinen Augen blitzte das Glück. Als sie endlich die letzten Kisten oben hatten und die Wohnungstür hinter sich ins Schloss warfen, fielen René und Lilja in die Küche ein. Abendessen. Schnell. Damit die restlichen Smarties dran glauben durften.

»Mir wird ein bisschen schwindelig, wenn ich euch zusehe.« Indi lehnte sich an die Anrichte, während René das restliche Essen von gestern aus dem Kühlschrank holte.

»Dann setz dich.« Er deutete auf den Tisch. »Am besten alle beide. Essen ist gleich fertig.« Er stellte das kalte Risotto auf den Herd und rührte darin herum.

Nachdem Lilja gegenüber von Indi auf den Stuhl geklettert war, plapperte sie drauflos und erzählte von ihrem Tag bei Frieda. Sie hörte auch dann nicht auf, als René Risotto auf drei Teller verteilte und einen davon vor sie stellte. Erst als er anfing, seine Tochter zu füttern, nahm sie die Gabel und aß selbst. Bei alldem leuchteten ihre Augen groß und dunkel.

Auch René hatte diesen Blick, dunkel und verwegen – mit zerzausten Haaren, seit er die Mütze abgenommen hatte.

Nach dem Essen bekam Lilja ihre Smarties, und schließlich war ihre Müdigkeit unübersehbar. René nahm sie huckepack und galoppierte mit ihr zum Badezimmer.

Als sie endlich im Bett war, lasen sie ihr ein weiteres Mal mit geteilten Rollen vor. Doch sie brauchten nur wenige Seiten, ehe Lilja in Renés Armen einschlief.

Er küsste sie noch einmal auf die Stirn, dann löste er sich von ihr und schlich gemeinsam mit Indi aus dem Zimmer.

Im Flur lehnte sich René an die Wand.

»Was ist mit dir?«

Er zuckte mit den Schultern. »Schwer zu erklären.«

»Zu viel Adrenalin …« Indi wiederholte seine Worte. »Was meintest du damit?«

Er blickte nach unten und drückte mit den Fingern gegen seine Nasenwurzel, als säße dahinter ein Schmerz, den er bekämpfen wollte. »Adrenalin braucht man im Krieg. Um zu überleben.«

Aber das hier war nicht der Krieg. Hinter ihnen lag nur ein anstrengender Tag auf dem Markt. Oder war seine Wirklichkeit eine andere? Was machte es mit ihm, wenn er einen Tag wie diesen mit seinen Skulpturen verbrachte? »Wie geht es dir wirklich?«

Wieder zuckte er mit den Schultern. Als er aufsah, wirkte er müde. »Ich hab nächtelang kaum geschlafen. Bist du mir böse, wenn ich schnell dusche und dann im Atelier übernachte? Ich muss ein bisschen allein sein.«

Nein, sie war ihm nicht böse. Warum sollte sie? Sie machte sich nur Sorgen. »Sagst du mir Bescheid, wenn ich dir helfen kann?«

Er nickte, machte einen Schritt auf sie zu, gab ihr einen Kuss auf die Stirn und drehte sich um.

Während er im Bad verschwand, fühlte sie noch das Zittern seiner Hände auf ihren Schultern.

* * *

Mit der Dunkelheit kamen die Schmerzen, rasten über seinen Körper hinweg und vernichteten alles.

Das Kreischen folgte gleich darauf, stieß in seine Ohren und sprengte seine Gedanken.

Stimmen schrien durcheinander. Gleichzeitig nah und weit entfernt. So viele Menschen. So viele Sterbende.

Bomben. Die Hubschrauber hatten Bomben geworfen. Hinter ihm. In die Straße.

Wo waren die Kinder? Er musste zu ihnen. Musste sie retten. Sie durften nicht sterben. Sie nicht auch noch.

Oder war es nicht die Straße? Warum war es so dunkel? Und von wem stammten die Schreie?

Das Kreischen war nah. Viel zu nah.

Er musste weg. Weg von dem Schmerz. Weg aus der Dunkelheit. Dorthin, wo die Kinder waren.

Zitternd kam er auf alle viere, krabbelte vorwärts und stürzte zu Boden.

Er brauchte Licht. Irgendwie Licht.

Doch da war nichts. Nur Dunkelheit. Und Schmerz. Überall.

Wie durch ein Wunder konnte er aufstehen, hangelte sich an der Wand entlang und suchte die Tür. Wenn es doch nur möglich gewesen wäre, die Dunkelheit zu verlassen. Wenigstens das.

Tatsächlich fand er den Ausgang. Aber die Dunkelheit blieb. Panik riss in seiner Brust, weitere Schreie stießen ihm entgegen. Er berührte etwas, polternd fiel es zu Boden.

Nur die Wand konnte ihn halten. Nur an der Wand kam er vorwärts.

Irgendwo dort hinten war Licht. Nicht viel. Ein schwacher Schimmer am Boden. Wie durch einen Türspalt.

* * *

Ein lautes Scheppern riss sie aus dem Schlaf. Erschrocken fuhr sie hoch, saß aufrecht im Bett und spähte in die Dunkelheit. Wieder polterte es.

Im Wohnzimmer! Es kam eindeutig aus dem Wohnzimmer. Stolpernde Schritte und ein seltsames Wimmern.

Erst jetzt erkannte sie die Stimme. René!

Indi sprang aus dem Bett, rutschte beinahe aus und stolperte Richtung Tür. Mit beiden Händen suchte sie die Lichtschalter, nahm den erstbesten und schaltete die Lichterkette ein, die rund um ihren Schrank hing.

Das Geräusch kam näher. Ein ums andere Mal setzte es an, abgehackt, erstickt, wie bei einem Albtraum. Wenn man schreien wollte, aber nicht konnte.

»René?« Indi trat in den Flur.

Die Schritte wurden schneller. Im Dunkeln kam er auf sie zu. Dann fiel er. Mit einem dumpfen Krachen schlug er auf.

»Hey!« Indi kniete sich neben ihn. »René! Was ist mit dir?«

Wieder entwichen ihm Schreie, kurz und keuchend.

Im Flur war es dunkel. Genau wie überall in der Wohnung.

Renés Schreie gingen in ein Schluchzen über.

»Hey.« Indi tastete nach ihm. »Ich bin da. Alles ist gut. Dir passiert nichts.« Sie stieß gegen seinen Arm und zuckte zurück. Er war klatschnass. Als hätte er gerade erst geduscht und sich nicht abgetrocknet.

Doch das musste Stunden her sein.

Warum war es überhaupt so dunkel? Seit er bei ihr wohnte, ließ er nachts Licht an. Mindestens ihre traurige Lampe, die noch immer neben seinem Bett im Atelier stand. Oder eine Lichterkette in ihrem Zimmer. Aber manchmal noch mehr.

Die Sicherung! Am Abend war die Spülmaschine gelaufen. Und die Waschmaschine. Alles hing an der Sicherung für den vorderen Teil der Wohnung. Eigentlich hielt der Stromkreis einiges aus – außer sie machte alle Lampen in ihrem Atelier an.

Hatte René das getan? Hatte er das Nachbarzimmer mit vierzig Lampen ausgeleuchtet? Wenn ja, war es kein Wunder, dass die Sicherung durchbrannte.

Aber der hintere Teil der Wohnung hatte einen separaten Stromkreis. Wenigstens hier konnte sie Licht machen!

Hastig sprang Indi auf, lief zum Anfang des Flurs und suchte den Lichtschalter für die Wandbeleuchtung.

Endlich wurde es hell.

René lag am Boden neben ihrer Tür. Er zitterte und krümmte sich zusammen, wimmerte.

Indi lief zu ihm zurück, fiel neben ihm auf die Knie und berührte seine Schulter. »Hey, ich bin's, Indi. Du träumst! Du schläfst. Du musst aufwachen.« Vorsichtig zog sie ihn an sich, kämpfte gegen den Krampf in seinen Muskeln und strich durch seine Haare.

René zitterte noch immer.

»Schscht. Ich bin es.« Indi küsste ihn auf die Stirn.

»Papa?« Plötzlich stand Lilja im Flur. Sie drückte ihren kleinen Bären an sich und schaute auf René. »Was ist mit dir?«

Indis Herz machte einen Satz. Was sollte sie sagen? Wie sollte sie gleichzeitig René beruhigen und Lilja beschwichtigen? »Es geht ihm gleich wieder besser.« Eine gewagte Behauptung. »Dein Papa hat schlecht geträumt. Er muss nur aufwachen, dann ist alles wieder gut.«

»Papa?« Lilja trat näher. »Wach auf. Du träumst nur.«

René reagierte nicht. Nur sein Keuchen veränderte sich, presste sich in kleinen Schluchzern gegen Indis Bein. Plötzlich flüsterte er. Doch es war kein Deutsch. Er sprach arabisch.

Dann sackte er erschöpft zusammen. Sein Kopf fiel in Indis Schoß, und er wurde ruhig.

Lilja kniete sich vor ihn. »Papa?« Sie berührte seine Schulter. Plötzlich schreckte er hoch, zuckte vor den Händen zurück

und kniete sich hin. Erschrocken starrte er Lilja an. »Scheiße.«
Er blinzelte mehrmals, rieb sich das Gesicht und ließ sich dann
rückwärts gegen die Wand fallen. »Scheiße, Lilja. Es tut mir leid.
Das … tut mir echt leid.«

Er war wach! Erleichtert stieß Indi die Luft aus. »Die Sicherung«, flüsterte sie. »Beide Maschinen und vierzig Lampen.
Wahrscheinlich ist die Sicherung durchgebrannt.«

René ließ nicht erkennen, ob die Info ihn erreichte. Er hatte
nur Augen für Lilja. Hastig wischte er über seine Stirn, stand
dann auf und fasste seine Tochter an der Hand. »Komm. Ich
bring dich wieder ins Bett. Alles ist gut.«

Lilja klammerte sich an seinen Arm, und die beiden gingen
in ihr Zimmer.

Indi folgte ihnen bis zur Türschwelle. René wirkte noch immer gebeugt, als würde er von einem starken Schmerz heimge-
sucht. Dennoch lächelte er und gab Lilja einen Gutenachtkuss,
ehe er in den Flur zurückkehrte.

Beinahe augenblicklich begann er zu zittern. Es sah aus, als
würde er jeden Moment erneut zusammenbrechen.

»Komm mit.« Indi fasste nach seiner Hand, zog ihn in ihr
Schlafzimmer. Gehorsam krabbelte er ins Bett, rollte sich zusammen und schluchzte in ihr Kopfkissen.

Indi legte sich neben ihn, zog die Bettdecke über sie beide
und streifte das nasse T-Shirt über seinen Kopf. Nur so konnte
er wieder warm werden. So eng wie möglich zog sie ihn an sich.

In dieser Nacht ließ sie die Lichterkette an ihrem Schrank an.
Sie streichelte seine Haare und seine Arme, bis das Zittern nachließ und nur noch sein ruhiger Atem zu hören war. Er schlief.

Kapitel 23

Als sie aufwachte, war das Bett neben ihr leer. Nur die Decken waren zerwühlt, dort, wo er in der Nacht gelegen hatte. Und sein T-Shirt war noch da, zusammengeknüllt am Kopfende.

Hieß das, René war schon aufgestanden? Ohne sie zu wecken?

Nur langsam kehrte die Erinnerung zurück. An seine Schreie und seinen Sturz im Flur, an sein Zittern und Weinen. An Lilja, die fragend neben ihnen aufgetaucht war.

Wie spät war es jetzt? Und wann musste Lilja zur Kita? Draußen war es längst hell.

Indi setzte sich auf. Der Wecker zeigte kurz vor acht. Vielleicht waren René und Lilja schon losgegangen.

Schnell zog sie eine Kuschelhose über, warf einen flüchtigen Blick in Liljas Zimmer, durchquerte dann das Wohnzimmer und fand die beiden in der Küche. Lilja saß am Tisch und aß einen Toast, während René am Herd stand und Kakao kochte.

»Hallo Indi!« Lilja entdeckte sie als Erste. »Hast du schon gehört? Deine Wichtel haben heute Nacht Chaos gemacht.«

»Meine Wichtel?« Indi schaute zu René.

Ein entschuldigendes Lächeln huschte über sein Gesicht. Offensichtlich hatte er die Wahrheit mit einem kleinen Märchen vertuscht.

»Was haben die Wichtel denn angestellt?« Indi trat näher.

»Zuerst waren sie sehr fleißig.« Lilja biss von ihrem Toast ab und erzählte kauend weiter. »Sie haben die Küche aufgeräumt

und die Spülmaschine angemacht und danach noch eine Wasch-
maschine gestartet. Aber dann haben sie in deinem Atelier eine
Party gefeiert und alle Lampen eingeschaltet. Deshalb ist die Si-
cherung rausgegangen, und alles war dunkel.« Sie machte eine
winzige Pause und sah zu René. Als sie weitersprach, klang ihr
Tonfall mitleidig. »Doch Papa hat Angst vor der Dunkelheit.
Deshalb ist er in Panik geraten und zu dir gelaufen. Aber zum
Glück hast du ihn gerettet. Weil du die Lichtfee bist.«

Hatte er das so erzählt?

René zuckte verlegen mit den Schultern. »Es ist die Wahrheit.« Dampfschwaden stiegen neben ihm auf.

René fluchte. Hastig zog er den Kakaotopf vom Herd und
rührte um. »Ich fürchte, der ist jetzt sehr heiß geworden.« In einem dünnen Strahl goss er den Kakao in zwei Tassen. Eine stellte
er vor Lilja auf den Tisch, die andere reichte er Indi. »Seid bitte
vorsichtig.«

Indi konnte nichts zu sich nehmen, nicht einmal süßen Kakao. Doch ihre Hände waren so kalt, dass sie sie dankbar an der
Tasse wärmte.

René blieb neben ihr stehen. »Ich schulde dir eine Erklärung«, flüsterte er. »Aber erst muss ich Lilja in die Kita bringen.
Wenn ich wieder da bin, erzähle ich dir alles.«

Alles? Das Wort war groß. Und klang gleichzeitig wie eine
Drohung. Wollte sie das? Alles wissen, was im Krieg geschehen
war? Woher sein Trauma stammte?

Ja, sie musste es wissen. Musste verstehen, was gestern passiert war.

Während René Lilja zur Kita brachte, zog Indi sich an. Wahllos streifte sie ihre Jeans und den dicken Fleecepulli vom Tag zuvor über. Dann nahm sie den abgekühlten Kakao vom Küchentisch, öffnete die Balkontür und trat nach draußen.

Nur wenige Pflanzen blühten noch in den Kästen. Die meisten setzten bereits Samen an, andere fielen welk in sich zusammen. Nicht mehr lange, dann war der Sommer endgültig vorüber.

Hamsun pirschte sich durch die Balkontür, sprang auf seinen Kratzbaum neben dem Katzennetz und schlug aufgeregt mit dem Schwanz. Zwei Krähen saßen gegenüber im Baum, krächzten dem schwarzen Kater entgegen, ließen sich aber nicht weiter beeindrucken.

Indi holte ein Sitzpolster aus der Truhe neben der Balkontür und setzte sich auf einen der Stühle. Jetzt hätte sie etwas um einen heißen Kakao gegeben. Doch sie fand keine Energie, um noch einmal aufzustehen und ihn aufzuwärmen. Also trank sie ihn kalt.

Irgendwann in den Minuten darauf schien die Zeit stehen zu bleiben.

Das Gefühl blieb auch dann noch, als René neben sie auf den Balkon trat. Er hatte sich ebenfalls ein Polster genommen, verschwand noch einmal und kam kurz darauf mit heißem Milchkaffee für sie beide zurück.

Eine Weile lang saßen sie schweigend nebeneinander, pusteten ihren Kaffee und tranken hin und wieder einen Schluck.

Doch irgendwann brachte Indi die Frage heraus. »Was war das heute Nacht? Ein Albtraum? Schlafwandeln?«

René gab ein leises Räuspern von sich. »Das passiert, wenn ich im Dunkeln aufwache. Die Dunkelheit triggert mich, und plötzlich ist alles wieder da. Die Bomben, die Schmerzen, die Toten. Als würde es gerade erst geschehen. Mein Therapeut würde jetzt sagen, es war ein Flashback. Aber manchmal beginnt es auch mit einem Albtraum, aus dem ich dann nicht mehr herausfinde.«

Indi hatte davon gelesen. Als sie es gewagt hatte, Renés Krankheit zu googeln. Die Posttraumatische Belastungsstörung.

Bis jetzt hatte sie noch nicht viel von den Symptomen bemerkt. Fast hatte sie gehofft, dass es gar nicht so schlimm war.

Oder hatte er nur gelernt, damit umzugehen? Den Triggern auszuweichen? »Die Skulpturen«, flüsterte sie. »Du kannst es nicht ertragen, sie anzusehen. Aber gestern hast du den ganzen Tag ihre Geschichten erzählt. Hattest du deshalb dieses … Flashback?«

»Ich hab es schon den ganzen Tag gemerkt.« Seine Stimme klang heiser. »Die Skulpturen waren haarscharf davor, mich zu triggern. Nur weil ich gelernt habe, welche Reize ich vermeiden muss, konnte ich es kontrollieren. Aber es war anstrengend. Es hat mich alle Kraft gekostet, die ich hatte – und Reserven aktiviert, mit denen die Psyche normalerweise auf eine lebensgefährliche Bedrohung reagiert.«

»Adrenalin«, sagte Indi. »War es das, was du mit Adrenalin meintest?«

»Ja«, René nickte. »Mein Körper war im Kriegsmodus, bereit zu fliehen oder zu kämpfen. An einem Ort, an dem ich nichts davon brauchte. Falls ich dir gestern etwas überdreht vorkam, dann lag es daran.«

Überdreht – das Wort traf es ziemlich gut. »Und dann kam die Nacht und die Dunkelheit, und das hat dir den Rest gegeben?«

René verzog den Mund zu einem verunglückten Lächeln. »Ich hab das ganze Licht angemacht, um es aufzuhalten. War wohl eine ziemlich dumme Idee.«

Indi verkniff es sich, ihm zuzustimmen.

René trank einen Schluck von seinem Kaffee. Fast wirkte es, als müsste er erst nachdenken. »Das mit den Skulpturen«, begann er dann. »Es ist nicht so einfach, das zu erklären. Einerseits sind sie ein potenzieller Trigger. Andererseits helfen sie mir, die Krankheit zu kontrollieren. Manchmal, wenn nachts diese Albträume kommen, werde ich wach und bin nicht mehr hier, sondern dort. In dem Moment sind die Skulpturen der einzige Weg. Diesen Trick habe ich in der Klinik gelernt, erst dort habe ich mit den Skulpturen angefangen. Wenn ich die Bilder ins Holz schlage, hab ich die Möglichkeit, mich daran abzureagieren, mit allem, was damit zusammenhängt. Hilflosigkeit, Wut, Verzweiflung. In solchen Nächten habe ich die meisten Skulpturen begonnen. Aber tagsüber arbeite ich daran weiter. Und in dieser Zeit übernehme ich die Kontrolle über meine Erinnerung. Ich rufe sie nach und nach ab, indem ich sie in das Bildnis zwinge, sortiere sie, mache Pausen, wenn ich es nicht mehr aushalte, und fange später wieder an. Wenn die Skulpturen fertig sind, liegen auch die Erinnerungen wieder deutlich vor mir. Ich kann wieder erzählen, was damals passiert ist, ich kann es verstehen, und je häufiger ich das tue, desto schneller kann ich die Krankheit besiegen. Aber es ist anstrengend. Und schmerzhaft. Und es funktioniert nur, wenn ich selbst die Kontrolle behalte, wenn *ich* entscheide, wann ich eine Skulptur abdecke und ansehe. Deshalb ist es jedes Mal gefährlich, wenn jemand anderes das tut, ohne dass ich damit rechne. Und gestern … alle Skulpturen auf einmal … das war einfach zu viel.«

Indi betrachtete ihn von der Seite. Er trug noch immer den Wollpulli – und denselben Dreitagebart, der über Nacht noch rauer geworden war. Am Tag zuvor hatte sie gesehen, wie er über den Krieg erzählte, mit gespielter Gelassenheit und einem charmanten Lächeln. Es musste ihn ein ganzes Jahresbudget an Beherrschung gekostet haben. »Du hast das vorhergeahnt, oder? Dass das passieren wird. Deshalb warst du erschrocken, als die Zusage für den Markt kam. Warum hast du nicht Nein gesagt?«

René gab ein heiseres Lachen von sich. »Gute Frage. Ich

glaube, ich wollte es wissen. Ich wollte herausfinden, wie weit ich schon bin. Ein Teil von mir hat gehofft, dass ich die Krankheit vielleicht schon besiegt habe.« Sein Lächeln wurde schief. Als er Indi ansah, wirkte sein Blick zärtlich. »Es ist deutlich besser geworden, seitdem ich bei dir bin. Dein Licht, deine Gegenwart ... Ich bin ruhiger, stabiler. Ich hab nicht mehr diese Angst, dass es jederzeit eskaliert. Selbst nachts, wenn ich dich im Arm halte ... meistens schlafe ich durch. Das hatte ich lange nicht. Und selbst wenn ich träume, finde ich schneller in die Realität zurück.«

Sein Blick fing sich in ihrem. Für einen winzigen Moment streiften sie die Angst des anderen. Und gleichzeitig die Erleichterung. Weil sie zu zweit endlich einen Weg fanden, den Schrecken zu besiegen.

»Die Dunkelheit ist nicht der einzige Trigger«, fuhr er nachdenklich fort. »Aber ein paar von den anderen hab ich fast überwunden. Wenn ich im Atelier stehe und aus dem Fenster sehe, dann fliegen die Möwen über dem Kanal. Am Anfang bin ich einige Male zusammengezuckt, aber inzwischen gewöhne ich mich daran. Die meisten Dinge, die sich am Himmel bewegen, sind zum Glück nicht gekommen, um mich zu töten.«

Indi fröstelte. Luftangriffe. Das war es, wovon er sprach. Manche seiner Skulpturen zeigten Menschen, die sich vor den Bomben duckten ...

»Aber es gibt auch Trigger, die noch schlimmer sind als die Dunkelheit. Vor allem bestimmte Gerüche. Brandgeruch ...« Renés Finger klopften nervös auf die Tasse zwischen seinen Händen. »Nicht jeder Brand riecht gleich, und manchmal ist es vollkommen okay: Holzrauch, ein angebrannter Toast, scharfer Bratgeruch in der Küche – damit komme ich klar. Aber wenn jemand versehentlich Plastik in den Kamin schmeißt, oder wenn bei Susi und Max neue Hufeisen angepasst werden ...« Renés

Augen wurden weit, als würde allein der Gedanke ausreichen, um einen weiteren Trigger zu provozieren.

Glühende Eisen auf unempfindlichen Hufen, verbranntes Horn – selbst ohne Trauma war es der widerlichste Gestank, den Indi je gerochen hatte. Aber wenn René diesen Geruch aus dem Krieg kannte …

Sie wollte nicht weiterdenken. Doch auf irgendeine Weise war es notwendig. »Was genau ist in Syrien passiert?«

Für einen Moment sah er erschrocken aus. Dann stellte er seine Kaffeetasse auf den Boden und vergrub den Kopf in den Händen. »In Syrien ist so viel passiert … Ich bin mir bis heute nicht sicher, ob ich mich noch an alles erinnere. 2013 lief mein Vertrag im Libanon aus, und ich musste mich entscheiden, was ich danach tue. Eigentlich hatte die syrische Regierung ausländische Journalisten schon früh ausgewiesen. Aber ich hatte Kontakte ins Land, zu einheimischen Kollegen, die gut vernetzt waren. Unter einer falschen Identität haben sie mich eingeschleust. Und mir dann weitere Kontakte vermittelt. Bis es ein paar mächtige Männer in der Freien Syrischen Armee gab, die wollten, dass ich dem Westen ihre Geschichte erzähle.«

Indi begann zu zittern. Was er berichtete, klang mehr als gefährlich.

»Wenn man als Berichterstatter in den Krieg geht, ist man nie allein unterwegs. Man muss viele Einheimische kennen, damit es überhaupt möglich wird. Ein ganzes Netzwerk aus Leuten, denen man vertraut. Für jeden Weg, den man geht, hat man einen Schleuser. Manchmal zusätzlich einen Fahrer oder Soldaten zum Schutz und oft auch einen Dolmetscher. Mein Arabisch war irgendwann so gut, dass ich den Dolmetscher nur noch in Gegenden brauchte, wo man Dialekte oder andere Sprachen spricht. Aber auf meine Kontaktpersonen und Förderer konnte ich nie verzichten. Also bin ich immer tiefer eingetaucht, in dieses Netzwerk, das schwierige Wege möglich macht, das mir einerseits Schutz bietet und andererseits meine Loyalität verlangt. Aber gefährlich blieb es immer. Bei jeder neuen Kontaktperson musste ich damit rechnen, dass sie mich verraten wird. Und selbst bei meinen Freunden und Gönnern konnte ich nie sicher sein. Ein falsches Wort, das ich sage, ein falscher Satz, den ich schreibe ... Nur ein winziger Zweifel an meiner Loyalität hätte mein Tod sein können. Aber letztendlich haben sie mich dafür geachtet, dass ich bleibe und unter Aufopferung meines Lebens ihre Geschichte erzähle.«

War es das, was Juliette gemeint hatte? Als sie behauptete, dass er in Wahrheit sterben wollte? Aus seinem Mund klang es deutlich komplexer, aber vielleicht lief es auf dasselbe hinaus.

»Am Anfang bin ich noch durch das Land gereist, um die Proteste zu beobachten. Aber jeder Kontrollpunkt birgt ein hohes Risiko. Auch der Widerstand der Rebellen war nie homogen. Selbst von der Freien Syrischen Armee gab es unzählige Splitter- und Regionalgruppen. Doch auch andere, immer radikaler werdende Bewegungen haben sich gegründet, und irgendwann war es ein undurchschaubares Durcheinander aus verbündeten und verfeindeten Rebellengruppen, die sich zum Teil gegenseitig bekämpften. Im Spätsommer 2013 bin ich in Aleppo gestrandet. Jede Weiterreise wurde zu gefährlich. Nur wenige Monate später begannen Assads Luftangriffe auf die Rebellenviertel. Trotzdem war es sicherer für mich, in der Stadt zu bleiben, weil dort die Rebellen waren, deren Netzwerk mich beschützte. Aber plötzlich war ich genau dort, wo man den Menschen beim Töten und beim Sterben zusieht.«

Indis Atem ging immer schwerer. Hatte sie etwa geglaubt, dass man im Krieg eine Wahl hatte? Dass man selbst entscheiden konnte, wohin man ging? Und wie konnte Marei ihm vorwerfen, dass er fünf Jahre lang dortgeblieben war – wenn er doch das Schicksal der Syrer geteilt hatte, die die Risiken von Flucht oder Bleiben jeden Tag von neuem gegeneinander abwägen mussten?

Es war ein Wunder, dass er überlebt hatte.

Indi wollte sich an ihn lehnen, wollte ihn in den Arm nehmen und um seine Vergangenheit und das Schicksal einer ganzen Nation weinen. Aber wichtiger war es, ihm zuzuhören.

»Ab Ende 2013 wandte sich Assads Luftoffensive immer wahlloser gegen Zivilisten. Sie haben nicht nur mit Kampfjets angegriffen. Sie haben auch Fassbomben geworfen. Für einen solchen Angriff nehmen sie den Hubschrauber. Wenn man unten in einer Straße steht, kann man ihn zwar hören, aber es ist verdammt schwer, die Richtung zu orten. Bis er plötzlich über deinem Straßenzug auftaucht. Manchmal hast du Glück, dann musst du nur zuschauen, wie das Fass unter dem Hubschrauber baumelt und an dir vorbeifliegt. Aber wenn sie genug Menschen in der Straße sehen, lassen sie das Ding fallen.«

Fast schmerzhaft umklammerte Indi die Kaffeetasse.

»Später hab ich mal gelesen, dass bis Ende Mai 2014 über 2000 Menschen in Aleppo durch Fassbomben getötet wurden, darunter waren mehr als 550 Kinder. Aber ganz so lange war ich nicht dort. Im April hatte es mich erwischt. Ich war schwer verletzt. Aber ich hatte Glück. Kollegen und Freunde haben es geschafft, mich aus der Stadt zu bringen und von da aus in die Türkei. Dort haben sie mich zusammengeflickt.« Seine Hand fuhr an die Narbe, die seine Augenbraue teilte.

Daher stammten also die Verletzungen. Von Nägeln und Schrottteilen, die in einem Straßenzug explodiert waren.

»In den Jahren danach konnte ich nicht noch einmal nach Syrien. Nicht nur, weil der Krieg immer gefährlicher wurde, sondern auch, weil ich nicht wusste, ob mein Netzwerk noch existiert. Zuerst haben die syrischen Regierungstruppen Aleppo umstellt, und kurz darauf wurde der IS immer stärker. Sie haben überall Menschen rekrutiert und sind massiv und brutal vorgerückt. Vor allem auf die Rebellen der FSA hatten sie es abgesehen. Und wenn sie jemanden wie mich in die Finger bekamen, einen westlichen Journalisten oder Entwicklungshelfer, dann haben sie ihn vor laufender Kamera gefoltert und hingerichtet und das Video anschließend im Netz verbreitet.«

Indi hielt es nicht länger aus. Sie musste sichergehen, dass er noch da war. Vorsichtig lehnte sie den Kopf an seine Schulter.

Ganz kurz zuckte René zusammen, dann schmiegte er seine Wange in ihre Haare. »In den Jahren danach habe ich berichtet, wie das ein ordentlicher Kriegsjournalist tut. Ich bin in den Nachbarländern geblieben. In der Türkei, im Libanon, in den arabischen Emiraten. Anderthalb Jahre hab ich mein Material aufbereitet und Reportagen geschrieben, ich hab Flüchtlinge und ehemalige Soldaten interviewt und versucht, aus der Ferne aktuelle Informationen zu sammeln. In dieser Zeit hab ich gutes Geld verdient, aber ein Teil von mir war längst zerbrochen. Jenem Teil wäre es fast egal gewesen, wenn ich dem IS in die Hände falle. Aber es gab immer irgendeinen Freund oder Kollegen, der mich daran hinderte, die Einreise nach Syrien noch einmal zu versuchen.«

Erst jetzt verstand Indi den Vorwurf, den Juliette ihm machte. Er hätte nach Deutschland zurückkommen können, nach dem Fassbombenangriff 2014, als er beinahe getötet worden war. Aber er war im Nahen Osten geblieben. Warum? Hatte seine Schwester recht? »Stimmt es, dass du sterben wolltest?«

Renés Antwort war ein erschrockener Laut. Hastig drückte er sein Gesicht in ihre Haare, um das Geräusch zu ersticken.

»Ich war ein Getriebener«, flüsterte er. »Egal wo ich war, überall habe ich Trümmer und Leid zurückgelassen. Zuerst bei Marei und Lilja in Berlin, dann bei den Menschen in Aleppo. Ich weiß nicht, ob mein Herz schon bei der Trennung von Marei zerstört wurde. Aber spätestens in dieser zertrümmerten Straße von Aleppo ist es restlos zersplittert. An seiner Stelle saßen nur noch Schmerzen und Schuldgefühle. Deshalb konnte ich keine Ruhe finden. Ich wusste, dass Lilja bei Marei in Sicherheit ist. Aber die Kinder in Aleppo …« Er stockte. »2016 hab ich die Ungewissheit nicht mehr ausgehalten. Und dieses Mal konnte mich niemand aufhalten. Ich bin noch einmal nach Syrien eingereist, ohne ausreichendes Schleusernetz. Direkt hinter der Grenze wurde ich festgenommen, von Assads Regierungstruppen.«

Bei seinen letzten Worten hatte er sich aufgerichtet, wischte sich übers Gesicht und schaute starr nach vorn. »Ich war im Gefängnis, Indi. In Syrien. Mein Trauma ist eine ziemlich komplexe Sache. Aber das mit der Dunkelheit stammt aus der Gefangenschaft.«

Gefängnis … in Syrien. Nur langsam sickerte die Botschaft in Indis Bewusstsein … Wie überlebte man das?

»In meiner Zelle war es dunkel«, flüsterte er. »Vierundzwanzig Stunden am Tag. Drei Monate lang war ich dort. In dieser Zeit dachte ich tatsächlich, ich müsste sterben. Jede Sekunde habe ich damit gerechnet, dass sie mich holen. Um mich zu foltern oder zu töten. Aber nichts davon ist geschehen. Nur mein Verstand ist endgültig entgleist. In der Dunkelheit lief ein immerwährender Film vor meinen Augen, von allem, was vorher war. Die Bomben, die Toten, der Schmerz – und meine Schuld. So viele Fehler, so viel zu bereuen. In der Dunkelheit hat sich all das aneinandergekoppelt. Und wenn ich jetzt im Dunkeln aufwache, dann ist alles wieder da. Dann bestehe ich nur aus Todesangst. Dann höre ich die Sterbenden schreien und spüre den Schmerz, als würde ich selbst sterben.«

Ohne es zu wollen, griff Indi nach seinem Arm. René reagierte prompt, zog sie an sich, als wäre sie diejenige, die getröstet werden musste.

Wie hatte er es geschafft, das alles zu überstehen? Und wie konnte er in so klaren Worten davon erzählen?

»Vermutlich bin ich nur rausgekommen, weil ich auf einer Liste der Reporter ohne Grenzen stand. Das ist das letzte Sicherheitsnetz, das jeder Kriegsreporter haben sollte. Man muss mit anderen Journalisten vernetzt sein. Und dann tauscht man sich aus: wohin man geht, was man vorhat. Wenn man auf diesem Weg verschwindet, informieren die Kollegen die Reporter ohne Grenzen. Nur weil mein Name auf dieser Liste stand, konnte ich gerettet werden. Soweit ich weiß, haben die Amerikaner und die Franzosen um mich verhandelt.«

Indi schauderte. Doch sie verharrte wie festgefroren auf dem Gartenstuhl. Als wäre sie in einer Zeitschleife gefangen.

Nur die Krähen waren ein paar Mal aufgeflogen. In Etappen kehrten sie zurück, setzten sich in den Baum und neigten ihre Köpfe zur Seite. Hamsun duckte sich auf seinem Kratzbaum und gab ein abgehacktes Mauzen von sich.

Indi ging in Gedanken das Gespräch noch einmal durch. René hatte vieles erzählt und trotzdem nur einen Überblick gegeben. Details fehlten. Dennoch setzte sich ein Bild vor ihren Augen zusammen. Der Junge in seiner Skulptur, jenes leblose Kind, das er auf dem Arm trug, Fassbomben, die René verletzten.

»Was war mit dem Jungen?« Indi hörte sich sprechen. »Den du getragen hast? Ist er gestorben?«

Ein kaum merklicher Ruck ging durch Renés Körper, seine Umarmung löste sich.

Indi bereute die Frage. Sie konnten über alles reden, aber nicht über tote Kinder. Nicht heute. »Vergiss es. Du musst nicht antworten.«

Für einen Moment sahen sie sich an. Fast greifbar lag das Unausgesprochene zwischen ihnen. In seiner Geschichte fehlte noch immer ein wichtiger Teil.

Doch René rieb sich die Augen. »Entschuldige. Ich habe heute Nacht kaum geschlafen. Ich würde mich gern nochmal hinlegen.«

Indi nickte verständnisvoll. Am liebsten wollte sie selbst noch einmal schlafen. Und vergessen … Für heute konnte sie ohnehin keine weiteren Erzählungen mehr ertragen.

Kurz nachdem René in den hinteren Teil der Wohnung verschwunden war, summte Indis Handy. Es war eine Nachricht von Judith.

Freundinnentreffen? Heute Abend? In der Roten Harfe? Ich lade dich ein.

So spontan? Ausgerechnet heute Abend?

Tut mir leid, tippte Indi. *Heute Abend ist es schlecht.*

Nach allem, was gewesen war, musste sie bei René bleiben.

Doch dann schickte sie die Nachricht nicht ab. War es wirklich eine gute Idee, den Abend mit René zu verbringen? Was würden sie tun? Weitere Details über den Krieg besprechen? Über tote Kinder reden? Oder die Briefe ihrer Mutter vorlesen?

Keine gute Idee! Plötzlich war ihr alles zu viel. Zu viel Elend, Leid, Heulerei. Zu viel Angst um ihn und um ihre Liebe. Was, wenn die Hoffnung auf gegenseitige Heilung nur eine romantische Mär war? Was, wenn sie sich stattdessen gegenseitig in den Abgrund zogen?

Vielleicht wäre es gerade gut, sich bei einem Freundinnenabend abzulenken. Mit etwas Glück redete Judith für sie beide.

Sie war gestern erst von ihrer Hochzeitsreise mit Felix zurück-gekommen. Drei Wochen Brasilien. Direkt nach Indis letztem Lichterfest waren sie losgeflogen. Was Judith jetzt zu erzählen hatte, war mit Sicherheit abendfüllend.

Indi löschte ihre Nachricht und tippte eine neue.

Klar, ich komme gern. Kann ein bisschen Ablenkung und Fotos aus Brasilien gut gebrauchen.

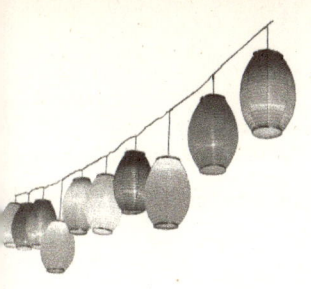

Kapitel 24

Sie trafen sich an der Bushaltestelle am Heinrichplatz. Judith war braungebrannt und strahlte Indi entgegen, als sie aus der Mitteltür des Busses sprang.

»Es war der Wahnsinn!«, rief sie, noch während sie Indi in die Arme fiel. »So ein schönes Land, so unfassbare, überwältigende Natur! Und so unterschiedlich, je nachdem, wo man hinkommt. Ich könnte mein ganzes Leben dort verbringen und immer wieder etwas Neues entdecken.« Sie hakte sich bei Indi ein und zog sie Richtung Ampel. »Aber beim nächsten Mal nehme ich dich mit. Oder euch?« Fragend sah sie Indi an. »Wie geht es René?«

Keine gute Frage.

Doch zum Glück wurde die Ampel grün, und Judith jagte die zweite Frage gleich hinterher: »Verrätst du mir jetzt endlich, ob ihr zusammen seid?«

Wenigstens diese Frage ließ sich inzwischen beantworten. »Ja, sind wir.«

Sie mussten noch ein zweites Mal an der roten Ampel warten, um die Kreuzung diagonal überqueren zu können. Als wären sie fünfzehn Jahre alt und nicht 32, knuffte Judith Indi in die Seite und stieß ein leises Quietschen aus. »Uuuuu … kriege ich dazu noch ein paar Details? Erster Kuss? Erster Sex? Wie ist es so mit ihm?«

Wollte sie das erzählen? Vielleicht ein anderes Mal. »Ich dachte, du zeigst mir Fotos aus Brasilien?«

Judith knuffte sie noch einmal. »Du lenkst doch jetzt nicht vom Thema ab!«

Glücklicherweise erreichten sie den Eingang der ›Roten Harfe‹. Drinnen mussten sie eine schmale Treppe in den ersten Stock hinaufsteigen. Für einen Moment war es so ruhig, dass jedes Wort viel zu laut gewesen wäre. Erst als sie oben vor dem schweren Vorhang standen, der in die Shisha-Lounge führte, drang leise Musik zu ihnen. Arabische Popmusik. Indi kannte den Song von Renés Lieblings-Playlist.

Wie immer wurden sie schon hier empfangen. Judith hatte einen kleinen Tisch reserviert, und kurz darauf flätzten sie sich nebeneinander auf den Sitzkissen, die in einem gemütlichen Halbrund am Boden lagen.

In dieser Kuschelnische waren sie ganz für sich allein. Nur gedämpft drang das Murmeln der anderen Gäste durch die Vorhänge, vermischt mit Renés Lieblingsmusik und fruchtigem Shisha-Rauch.

Dies hier war ein Ort, der ihm gefallen würde. Warum hatte sie René noch nie hierhergebracht? Möglichst bald musste sie es nachholen.

Den ganzen Tag lang war er blass und schweigsam gewesen. Ob er wirklich noch geschlafen hatte, hatte sie nicht erfahren. In jedem Fall war er drei Stunden später schon wieder aufgestanden und in sein Atelier gegangen. Vier- oder fünfmal hatte Indi ihn gefragt, ob es wirklich in Ordnung war, wenn sie sich heute mit Judith traf. Und René hatte ihr mindestens genauso oft versichert, dass es gut passte – weil er nach dem Drama der letzten Nacht ohnehin ein bisschen Zeit für sich brauchte.

»Erde an Indi, Erde an Indi …« Judith machte auf sich aufmerksam. »Alles in Ordnung bei dir?«

Indi nickte hastig und zwang sich zu einem Lächeln. Judith

sollte jetzt bloß nicht wieder nach René fragen. Oder danach, wie es war, mit ihm Sex zu haben. »Ja, alles gut. Ich hab nur gerade überlegt, welchen Cocktail ich nehme.« Alkoholfrei, so viel stand fest.

»Lügnerin.« Judith kniff tadelnd die Augen zusammen.

»Zeigst du mir jetzt die Brasilienfotos?« Indi musste das Thema setzen, bevor ihre Freundin es tat.

Das neugierige Blitzen funkelte noch einen Moment lang in Judiths Augen. Indi glaubte schon, dass ihr Manöver misslungen war. Doch schließlich siegte Judiths Mitteilungsbedürfnis. Ohne weitere Fragen holte sie ihr Handy heraus und öffnete die Brasiliengalerie.

Für eine ganze Weile betrachteten sie Fotos von dunkelgrün getupften Inseln in türkisblauem Meer, von einsamen Buchten und Sandstränden unter Palmen. Und von Städten, die bunt und lebendig waren. Ganz egal, von welchem Ort die Bilder stammten, alle Farben waren intensiv. Rote Erde unter dunklen Bäumen, blühende Orchideen im Dschungel, blauer Himmel und grün bewaldetes Ufer über einem ockerfarbenen Fluss, in dem mit Sicherheit Krokodile lebten. Während Indi sich die Bilder ansah, erzählte Judith eine Geschichte nach der anderen. Vom Amazonas und den Menschen dort, von Ureinwohnern, die keinen Kontakt mit der Zivilisation hatten, und von den Wildtieren, die es überall gab. Von Letzteren hatte sie ebenfalls Bilder gemacht. Affen auf einem Weg im Dschungel, eine grüne Schlange auf der Veranda von Judiths Ferienhaus, Baby-Aligatoren in einer Aufzuchtstation. Die Krönung war das Bild eines schwarzen Jaguars, der am Ufer des Amazonas mit den Vorderpfoten im Wasser stand und trank. Felix hatte das Foto vom Boot aus gemacht, und es war eines von jenen, wie sie nur einmal im Leben gelangen. Anschließend musste man sie in Lebens-

größe auf Leinwand drucken, um sie im Wohnzimmer aufzuhängen.

Exakt das war Judiths Plan. Felix sollte das Bild zum Geburtstag bekommen.

Während ihre Freundin erzählte und die Fotos an ihr vorbei-
zogen, lehnte Indi sich in den Kissen zurück, trank gelegentlich
einen Schluck von ihrem alkoholfreien Cocktail und bemühte
sich, nicht trotzdem an René zu denken. Draußen war es längst
dunkel. Was machte er jetzt wohl? Allein zu Hause, mit sich und
den Skulpturen …

»Du bist nicht wirklich bei der Sache, oder?« Judith legte
das Handy beiseite und warf einen prüfenden Blick in Indis Gesicht.

Hieß das, sie hatte soeben das letzte Foto gezeigt? Oder hatte
sie die Galerie vorzeitig geschlossen? Judith hatte das bestimmt
erwähnt, aber Indi wollte nicht nachfragen.

»Ja … Hm … schön …«, sagte Judith, und Indi erkannte
ihren eigenen, abwesenden Tonfall und so ziemlich die einzigen
Wörter, die sie in der letzten Stunde von sich gegeben hatte.

»Du hast nicht ein Mal nachgefragt oder was Richtiges gesagt.« Plötzlich klang Judith besorgt. »Was ist los mit dir? Alles
in Ordnung?«

Offensichtlich nicht.

»René«, riet Judith, und anscheinend reichte Indis Gesichtsausdruck als Antwort. »Warum ist das eigentlich so schrecklich
kompliziert bei euch? Immerhin warst du schon nach der ersten
Sekunde in ihn verknallt. Und er sieht dich an, als wärst du …
keine Ahnung … seine Erlösung, oder so.«

Erlösung … Was für ein Wort.

»Dazu könntest du jetzt wenigstens lächeln«, stellte Judith
fest. »Also sag schon: Was ist kaputt bei euch?«

Alles? Nichts? Hastig senkte Indi den Kopf. Vielleicht war es eine gute Idee, mit ihrer besten Freundin zu reden.

»*Wir* sind kaputt«, murmelte sie. »René und ich. Also, nicht unsere Beziehung. Aber wir beide einzeln.« War das irgendwie verständlich?

Zumindest sah Judith so aus, als könnte sie folgen. Wie eine Hippie-Prinzessin lag sie mit hochgesteckten Locken in den bunten Kissen. Doch sie fragte nicht nach. Nur ihr Blick war voll und ganz bei Indi.

Vermutlich war das der Grund, warum es plötzlich leicht wurde, die Empfindungen in Worte zu fassen. »Eigentlich fühlt es sich gut an mit ihm. Ich liebe seine Blicke und die Art, wie er mich versteht. Sein Humor trifft meine Wellenlänge, und wenn er ernst ist …« Sie musste schlucken. »Dann trifft es mich noch mehr. Ich liebe ihn, wenn ich ihn mit seiner Tochter sehe … Wenn er mit ihr spielt oder diskutiert oder vorliest …«

Wie im Kino zogen die Bilder der letzten Wochen an ihr vorbei. Die Tage mit Lilja, sein Lächeln und seine Geschichten, wenn er auf dem Markt ihre Lampen verkaufte, das Trinkspiel bei Judiths Hochzeit und ihre erste gemeinsame Nacht.

»Ich weiß gar nicht, in welcher Situation ich ihn am meisten liebe. Und schon nach fünf Minuten Trennung vermisse ich ihn so sehr, dass alles wehtut.«

So wie jetzt, und so wie vorhin schon, als sie aus dem Haus gegangen war.

»Du weißt, wie schrecklich verliebt ich in Matthias war – aber das mit René, das ist noch viel schlimmer.«

Judith stieß ein langgezogenes Seufzen aus. »Ach Indi …« Sie lächelte liebevoll. »Ich würde gern sagen, dass es schön ist, dich so zu sehen. Wenn da nicht dieses unglückliche *Aber* zwischen deinen Zeilen läge. Was ist los bei euch?«

Indi griff nach ihrem Cocktail, um sich dahinter zu verstecken. Hastig trank sie ein paar Schlucke. Aber sie hatte schon genug Andeutungen gemacht, jetzt schuldete sie Judith auch den Rest.

»Es geht ihm nicht gut«, murmelte sie. »Er hat ein schreckliches Trauma, seit er in Syrien war. Und ich …«

Sie stockte. Vielleicht hatte sie ebenfalls ein Trauma, durch den Tod ihres Großvaters, durch die Briefe unter seinem Bett, von den fremden Händen unter ihrem Kleid, von dem Baby, das durch ihre Schuld gestorben war. Wenn sie jetzt weitersprach, musste sie Judith alles erzählen.

»Und du?«

»Und ich …«, wiederholte Indi langsam, »… sollte wohl auch eine Therapie machen.« Dringend. Damit sie die Wucht ihres Dramas nicht allein auf René ablud – und damit sich ihre Dunkelheit nicht mit seiner multiplizierte und in einem gemeinsamen schwarzen Loch implodierte.

»Ich hab so schreckliche Angst, dass es schiefgeht! Es ist schön mit ihm, ich will ihn nicht verlieren. Aber manchmal denke ich, wir sind wie ein Kartenhaus. Solange wir uns aneinanderlehnen, ist alles gut. Aber jederzeit kann Wind aufkommen, und dann …« Sie wollte es nicht zu Ende denken.

Auch Judith schwieg. Für einen langen Moment saß sie nur da, schaute Indi an und blickte dann in die Ferne.

»Ich glaube, du täuschst dich«, begann sie schließlich. »Ich hab dich lange nicht mehr so gesehen wie mit ihm. Seit er bei dir ist, wirkst du endlich wieder vollständig. Glücklich. Fast so strahlend wie früher. Weißt du, was ich glaube, Indi?« Judiths Blick kehrte zu ihr zurück. »Es gibt Menschen, die sind einfach dafür geschaffen, zu zweit zu sein. Ja, ihr lehnt euch aneinander. Aber deshalb seid ihr noch lange kein Kartenhaus. Vielleicht seid ihr auch ein Kellergewölbe. Gebrannte Steine, die sich in einem runden Bogen aneinanderschmiegen, ohne Mörtel. Und trotzdem halten sie sich gegenseitig so sicher fest, dass sie niemals einstürzen würden, nicht einmal Jahrhunderte später.«

Ein weicher Schauer lief durch Indis Körper. Judiths Worte sollten wahr sein.

Doch ihre Freundin war noch nicht fertig. »Bei René und dir, da hat es von Anfang an gepasst. Ich verstehe, dass du Angst davor hast, vermutlich, weil es mit Matthias so schiefgegangen ist. Aber ich kenne dich, seit wir klein sind, und du bist keine Einzelgängerin. Du hast dich immer schon an andere Menschen gebunden, intensiv und endgültig. Und alle, die dich lieben, wissen, was sie davon haben. Weil du wie ein Stein in diesem Kellergewölbe bist, und gleichzeitig wie eine Sonne, die alles erhellt. Und René liebt dich wie verrückt. Weil er genau das sucht: eine Sonne und ein Kellergewölbe. Wenn ihr euch jetzt nicht dumm anstellt, könnt ihr ein ganzes Schloss auf euren Schultern bauen.«

Indi musste lächeln und gleichzeitig eine Träne von ihrer Wange wischen. Doch die Träne bekam Besuch von ihren Kolleginnen, bis ihr ganzes Gesicht nass war.

»Ach je, Indi.« Judith richtete sich auf, zog sie in die Arme und streichelte ihren Rücken. »Was ist los? Was ist dir damals passiert? Als dein Großvater tot war … Erzähl es mir. Bitte. Damit ich endlich für dich da sein kann.«

Indi schniefte, wischte mit dem Handrücken über ihre Nase und benetzte Judiths Locken mit ihren Tränen. Doch ihre Freundin hatte recht. Sie musste es erzählen. Noch einmal. Weil der Schrecken nur dann kleiner wurde, wenn sie ihn mit anderen teilte.

Kapitel 25

Es war bereits nach zwei Uhr morgens, als sie sich am Kottbusser Tor von Judith verabschiedete. So lange hatte es gedauert, die ganze Geschichte bis hin zu dem Unfall und der Fehlgeburt zu erzählen. Irgendwann zwischendurch hatte Indi nachgefragt, ob Judith überhaupt so lange Zeit hatte. Aber ihre Freundin hatte abgewunken und erklärt, dass ihr Urlaub zum Glück bis übermorgen ging.

Noch während Indi nach Hause lief, schickte sie René eine Sprachnachricht und entschuldigte sich, weil es so spät geworden war. Danach zog sie immer wieder das Handy aus der Tasche, um seine Antwort nicht zu verpassen. Doch bis sie die Haustür aufschloss und durch das Treppenhaus nach oben ging, hatte René die Nachricht noch nicht gelesen.

Wahrscheinlich schlief er schon. Und vermutlich war er früh genug ins Bett gegangen, um ihr langes Wegbleiben nicht zu bemerken.

Es war also ein gutes Zeichen, dass er nicht auf sein Handy geschaut hatte. Oder?

Möglichst leise schloss Indi die Wohnungstür auf. Um ihn nicht zu wecken, falls er in seinem Atelier schlief.

Doch die Wohnung war hell erleuchtet. Überall brannte Licht. Im Flur, in der Küche, vierzig Lampen in ihrem Atelier.

Aus dem Wohnzimmer drangen Geräusche. Schreiende Stimmen, Pfeifen und Krachen, wie in weiter Ferne. Allein die

Geräusche formten ein Bild: Menschen, die in Panik davonrannten. Ein Angriff, der näher rückte.

Ein Film! Hieß das, René schaute einen Film?

Die Tonqualität war schlecht. Was auch immer er schaute, Hollywood war es nicht. Vielleicht eine Doku?

Plötzlich hörte sie ihn. René! Seine Stimme. In diesem Film. Auch er hatte Angst, rasende Furcht. Doch keines seiner Worte war zu verstehen.

Weil er in einer anderen Sprache redete!

Mit angehaltenem Atem ging Indi zur Wohnzimmertür, schob sie auf und schaute hinein.

René saß auf ihrem roten Sofa. Vor ihm auf dem Tischchen stand ein aufgeklappter Laptop. Hinter ihm leuchtete die Bücherlampe – als einzige in diesem Raum.

René bemerkte sie nicht. Tatsächlich, er schaute einen Film. Die Menschen schrien noch immer, redeten auf Arabisch durcheinander.

Hatte sie sich seine Stimme nur eingebildet? Vorsichtig trat sie näher.

»Indi!« René fuhr auf, fasste sich an die Brust und hackte dann auf die Leertaste. »Gott, hast du mich erschreckt! Warum bist du so leise hier reingekommen?«

»Ich wollte dich nicht wecken«, murmelte sie. »Was schaust du da?«

»Nichts!« Seine Hand legte sich an den Laptopdeckel, machte Ansätze, ihn zuzuklappen.

»Nach ›nichts‹ sieht es nicht aus.«

Seine Stimme in dem Film, das Krachen von Explosionen und die Schreie der Menschen. Plötzlich begriff sie, was es war. »Ist der Film von dir?« Langsam durchquerte sie den Raum.

Wieder hackte er auf die Tastatur ein. Als sie neben ihn trat, zeigte der Laptop ein Foto von einem ausgebombten Haus. Vor der Zerstörung musste es ein schönes Gebäude gewesen sein, mit antik anmutenden Säulen und schmiedeeisernen Balkongittern. Indi hatte ähnliche Bilder schon häufiger gesehen.

»Das ist in Syrien, oder?«

»Ja.« Seine Stimme klang rau. »Aber ich mach jetzt lieber aus. Ich wollte nur wach bleiben, bis du nach Hause kommst.«

Und dann schaute er seinen eigenen Film aus Syrien? Zur Unterhaltung in einsamen Stunden? Wohl kaum.

»Warum guckst du dir das an?«

Er kniff die Augen zusammen und rieb sich die Schläfen. »Ich hab nur etwas gesucht. Das ist alles. Lass uns ins Bett gehen.«

»Hast du es gefunden?«

Seine Antwort war ein erschöpftes Seufzen. »Ja. Aber das ist jetzt nicht wichtig.«

Indi setzte sich neben ihn. Vorsichtig legte sie die Hand auf seine Schulter und kraulte seinen Nacken. »Und wenn ich dich bitte, es mir zu zeigen?«

Dieses Mal klang sein Seufzen wie ein Stöhnen. »Indi. Das sind Kriegsbilder. *Meine* Kriegsbilder. Es ist … unfassbar schrecklich. Ich möchte nicht, dass du das siehst.«

Indis Herz machte einen hektischen Doppelschlag. Sie hörte noch das Pfeifen und Krachen, die schreienden Menschen.

Für ihn war es Realität gewesen.

»Und was, wenn ich das trotzdem wissen möchte? Wie es für dich war? In diesem schrecklichen Krieg?«

René wischte mit der Hand über sein Gesicht, richtete sich auf und lehnte sich gegen ihre Berührung. »Du lässt nicht locker, oder?«

Vielleicht lag es an der Müdigkeit. Oder ihr Gespräch mit Judith hatte tatsächlich etwas an ihrer Angst geändert. Doch plötzlich wollte sie dem Monster lieber gegenübertreten, anstatt vor ihm davonzulaufen. Denn nur wenn sie das Monster vor sich hatte, konnte sie dagegen kämpfen. »Zeig es mir. Bitte.«

Für einen Moment saß René wie erstarrt. Marcia sprang neben ihm auf das Polster, schnurrte und tretelte auf der Decke, die er halb über seine Beine gelegt hatte.

»Okay«, flüsterte er schließlich. »Ich zeige dir einen Film. Es ist ungeschnittenes Material. Aus Aleppo. Du hast mich mal gefragt, ob ich einen persönlichen Grund hatte, warum ich wieder dorthin gegangen bin. Ich fürchte, ich habe dir bei meiner Antwort ein paar Dinge verschwiegen. Ja, ich hatte einen persönlichen Bezug zu Syrien. Vor dem Krieg habe ich drei Jahre in Aleppo studiert, Arabisch und orientalische Geschichte. Es war nie ganz klar, ob ein Abschluss in Deutschland anerkannt worden wäre. Deshalb hab ich abgebrochen und in Paris und Berlin Journalismus studiert. Aber die Jahre in Syrien haben mich geprägt. Ich hatte Freunde dort, arabische Freunde, und bei den Arabern ist gute Freundschaft fast dasselbe wie Familie. Und Familie ist ein Heiligtum. Wenn man einmal zu ihnen gehört, ist es für immer so, komme, was wolle. Aber dann kam der Krieg. Meine Freunde hatten inzwischen zu Ende studiert. Manche waren ebenfalls Journalisten oder Dolmetscher oder Wissenschaftler. Sie waren gebildet und haben ihre Meinung geäußert, manche waren längst verheiratet und hatten eine Familie. Aber plötzlich war jeder von ihnen in den Krieg involviert, auf irgendeine Weise. Und ich konnte mich da nicht raushalten. Ich musste sehen, wie es ihnen geht, und als ich erstmal dort war, war ich gefangen in ihren Geschichten und ihrer Tragik. Über meine Freunde von damals hab ich weitere Menschen kennengelernt, bis ich heillos in ihrer Welt verwoben war.«

Die mächtigen Männer der Freien Syrischen Armee, jenes

Netzwerk, das René beschützt hatte – waren es die Freunde gewesen, mit denen er studiert hatte?

Vermutlich. Oder zumindest teilweise.

»Wenn Marei sich nicht von mir getrennt hätte, wäre mir meine eigene Familie wichtiger gewesen. Aber nach der Trennung und im Angesicht der fatalen Kriegslage waren die Bindungen an meine syrischen Freunde plötzlich stärker als je zuvor. Vielleicht haben sie mit ihrer herzlichen, loyalen Art sogar eine Leerstelle besetzt. Marei wollte immer stark und unabhängig sein, jederzeit in der Lage, sich von mir zu trennen, wenn es nicht mehr läuft. Darin lag eine Art von Kälte und Unverbindlichkeit, mit der ich nie richtig klarkam. Vielleicht war ich in dieser Hinsicht immer mehr Franzose als Deutscher, und nach meiner Zeit in Syrien war ich beeindruckt von dieser Lebensweise, bei der Stärke aus Gemeinschaft entsteht und bei der gegenseitige Verantwortung selbstverständlich ist. Als Marei mich dann vor die Tür gesetzt hat, habe ich in meinen syrischen Freunden etwas gefunden, was ich hier verloren hatte. Und gleichzeitig gab es diesen Krieg, der uns alle veränderte, bis die Gemeinschaft der letzte Lebenssinn und gleichzeitig die einzige Sicherheit war, die uns blieb.«

Renés Laptop zeigte noch immer das Bild von dem zerstörten Haus mit den Säulen und Balkonen. Irgendetwas daran stand in schmerzhaftem Widerspruch zu seinen Worten, und dennoch ergab plötzlich alles einen Sinn.

»Es ist erstaunlich, wie anpassungsfähig der Mensch ist, wie schnell sich die Ansprüche an Wohlstand und Lebensqualität herunterschrauben, bis man den Alltag trotz Krieg bewältigt. Man lernt, durch welche Straßen man gehen kann, ohne von einem Heckenschützen erwischt zu werden, und manche Dinge werden einfach normal, wenn man sie nur lange genug überlebt hat: die Geräusche von Maschinengewehren und Granateinschlägen in der Ferne. Bald erkennt man schon an den Geräuschen, ob ein Geschoss von den eigenen Leuten oder den Feinden abgefeuert wurde. Wenn es Angriffe aus den eigenen Reihen sind, läuft man ungerührt weiter und verlässt sich darauf, dass sie nicht die eigenen Straßenzüge unter Beschuss nehmen. Aber in Wirklichkeit konnte sich die Lage jederzeit ändern, und manchmal saßen wir einfach alle zusammen in der Falle.«

Nach und nach zappte René durch seine Fotos. Sie zeigten zerbombte Straßenzüge und Trümmer. Die Schuttberge waren zumeist so beiseitegeräumt, dass Lauf- und Fahrwege frei waren. Auf einem der Bilder fuhr ein Jugendlicher mit einem Moped. Die nächsten Fotos zeigten spielende Kinder auf den Trümmerbergen. Und immer wieder waren riesige Stoffbahnen zwischen gegenüberliegende Häuserwände gespannt. »Diese Tücher haben die Rebellen in ihren Vierteln aufgehängt, als Sichtschutz gegen Assads Heckenschützen. Nur so war es möglich, halbwegs sicher durch die Straßen zu laufen. Trotzdem gab es noch Stellen, an denen man geduckt rennen und hoffen musste, dass es gut geht.«

Das nächste Bild zeigte zwei ältere Kinder. Ein Mädchen mit einem Kopftuch und traurigem Lächeln und einen Jungen mit kurz geschorenen Haaren und grauen Dreckschlieren im Gesicht.

»Hamsa und Nadira.« Renés Stimme bekam einen zärtlichen Klang. »Ihr Vater, Arif, war einer meiner ersten Freunde in Syrien, damals an der Uni. Er hat mich unter seine Fittiche genommen, als ich noch niemanden kannte und die Sprache nur schlecht beherrschte. Während unseres Studiums war Arif schon verheiratet. Auch Hamsa war bereits geboren, und Nadira kam während meiner Studienzeit auf die Welt. Arif war einer der besonnensten und eloquentesten Menschen, die ich kannte. Aber mit dem Kriegsbeginn war für ihn klar, dass er für die Freiheit kämpfen wollte. Als ich 2013 nach Aleppo kam, war er Mitglied in der Freien Syrischen Armee. Aber noch am Ende desselben Jahres ist er bei Kämpfen umgekommen. Das war vier Monate vor diesem Bild.«

René zappte ein Foto weiter. Wieder waren Hamsa und Nadira zu sehen. Aber dieses Mal trug Hamsa ein Maschinengewehr über der Schulter.

»Nach Arifs Tod hat Hamsa sich entschlossen, an die Stelle seines Vaters zu treten. Seine Mutter war dagegen, dass er der FSA beitritt. Auch ich habe versucht, ihm die Idee auszureden. Aber Hamsa war der älteste Sohn der Familie. Er hat sich selbst in der Verantwortung gesehen. Außerdem waren die Machtstrukturen der FSA in dem Viertel sehr stark. Sie bieten Schutz, aber sie fordern auch Mitarbeit. Und zu der Zeit fingen sie verstärkt an, Kinder zu rekrutieren.«

Auf dem nächsten Foto war Nadira mit einer Schar von kleineren Kindern zu sehen. Sie standen in einem zertrümmerten Haus und durchsuchten die Schränke einer zerstörten Küche. »Auch Nadira hatte die Aufgabe einer großen Schwester. Sie hat ihrer Mutter geholfen, die Familie mit ausreichend Nahrung zu versorgen. Fast jeden Tag hat sie die Trümmer nach Lebensmitteln durchsucht und ihre kleineren Geschwister beim Spielen beaufsichtigt.«

Tatsächlich wirkte das nächste Bild, als würden die Kinder in einem zerstörten Straßenzug Fangen spielen. Sie winkten sich gegenseitig zu und schnitten sich Grimassen. Hamsa und Nadira standen mitten zwischen ihnen, wirkten jedoch deutlich ernster. »An dem Tag war Hamsa dafür zuständig, die Kinder zu beaufsichtigen, die in den Trümmern Metallschrott sammelten. Die Rebellen haben das Metall geschmolzen, um Bomben daraus zu bauen oder Granaten und Munition zu gießen.«

Indi schauderte. »Und ich dachte, dass die Kinder in den Trümmern spielen.«

René lehnte seine Wange gegen ihren Kopf. »Das tun sie auch. Alles gleichzeitig. Schrott und Lebensmittel sammeln und mit allem herumspielen, was sie finden. Kinder sind unglaublich. Sie passen sich an die krassesten Lebensumstände an. Selbst in so einer Umgebung lachen und toben sie, als wäre nichts. Krieg und Überleben wird einfach ein Teil ihres Abenteuerspiels. Aber was das in ihren Köpfen macht, möchte man lieber nicht wissen.« Er skippte zum nächsten Bild. Wieder trug Hamsa das Maschinengewehr und einen Patronengürtel. Voller Stolz posierte er auf einem Schutthaufen.

Auf diesem Foto erkannte Indi den Jungen. René hatte ihn mit seinem Maschinengewehr als Skulptur verewigt.

Renés Finger schwebte über der Leertaste. Einen Moment lang schien er zu zögern, dann tippte er darauf und startete ein Video. Es zeigte Hamsa auf dem Schuttberg, verlegen grinsend. René filmte ihn von unten, neben ihm reckte sich die zerstörte Häuserschlucht in die Höhe. Darüber leuchtete ein blauer, endloser Himmel. Danach schwenkte die Kamera herum, zu den anderen Kindern, die auf dem Trümmerhaufen herumturnten und in den klaffenden Löchern verschwanden, die in die umliegenden Häuser führten.

Danach glitt der Kcamerablick zurück auf Hamsa.

Jemand redete, doch nicht vor der Kamera, sondern dahinter. Erst nach einigen Worten erkannte Indi die Stimme. Es war René. Er sprach arabisch, weitgehend flüssig, soweit sie das beurteilen konnte.

Der echte René neben ihr raunte eine leise Übersetzung. »Was tut ihr hier?«

Hamsa grinste noch breiter und zeigte in die Runde. Als er

sprach, übersetzte René ein weiteres Mal: »Wir suchen nach Essen und Schrott. Vor allem nach Schrott. Wir brauchen das Metall für die Waffen.«

»Wie meinst du das? Baut ihr Waffen aus dem Metall?«

»Ja, die Rebellen tun das. Sie schmelzen das Metall ein und gießen Granaten daraus. Oder Munition. Wenn wir Dosen und Behälter finden, lassen sich Bomben daraus bauen. Noch ein paar Nägel, Schrauben und Sprengstoff dazu, und dann … Bumm!« Das letzte Wort klang aus Hamsas Mund sehr ähnlich wie Renés Übersetzung. Der Junge lachte und kratzte sich am Kopf.

»Sprengstoff? Ihr seid hier mehr oder weniger eingeschlossen. Woher haben die Rebellen den Sprengstoff?«

»Den suchen wir auch.« René imitierte Hamsas stolzen Tonfall. »Erst vor ein paar Tagen haben wir einen Blindgänger gefunden. Ein riesiges Ding.« Der Junge zeigte mit den Armen den Umfang der Bombe. »Eine Fassbombe. Die war groß genug für ganz viele kleine Bomben.«

»Ist das nicht gefährlich, wenn ihr so etwas findet?«

»Klar ist das gefährlich.« Hamsa deutete hinter sich auf die Kinder. »Die Kleinen dürfen nicht damit spielen. Dafür bin ich hier. Um auf sie aufzupassen. Wenn wir einen Blindgänger finden, verschwinden wir und sagen einem Erwachsenen Bescheid. Aber es ist wichtig, dass wir danach suchen. Wir brauchen jeden Sprengstoff, den wir bekommen können.«

»Hast du keine Angst?«

»Wovor?«

»Vor den Bomben, vor einem Angriff, vor dem Krieg?«

Hamsa schien einen Moment lang zu zögern. »Nein«, erklärte er dann.

»Wirklich nicht?«

Nachdenklich blickte der Junge in den Himmel. »Allah hilft mir, keine Angst zu haben.«

»Es wäre aber auch Allahs Wille, wenn du Angst hättest.«

Die Behauptung schien den Jungen zu verunsichern. Er schaute zu Boden und scharrte mit den Füßen im Schutt. Bei den nächsten Worten wurde seine Stimme leise. Oder lag es an René, der die Übersetzung flüsterte? »Manchmal habe ich Angst um meine Familie. Um meine Mutter und meine Geschwister. Dass sie auch sterben. Wie mein Vater.«

Ein knatterndes Geräusch begrub die Worte, Hamsas Blick schnellte in die Höhe, die anderen Kinder schrien auf. Was der Junge als Nächstes rief, übersetzte René nicht. Nur die Kamera schwenkte in den Himmel. Ein Hubschrauber tauchte über den Häusern auf.

»Scheiße!« Das war René, auf Deutsch, unsichtbar hinter der Kamera.

In der Sekunde danach herrschte Chaos. Der gefilmte Horizont wirbelte herum, zuckte im Laufrhythmus hin und her. Schuttberge und rennende Beine kamen ins Bild. Kinder kreischten und schrien durcheinander. Zuerst war es hell, dann wurde es dunkel. Die Kamera filmte weiter. Zu sehen war nichts mehr, nur noch Geräusche. Wimmern und Heulen von Kindern und dazwischen die eine Stimme, die ihr vertraut war und die dennoch so anders klang. René. Nicht mehr als sein Atmen und Keuchen. Es war genug, um die Angst zu hören, rasende, verzweifelte und gleichzeitig vollkommen kontrollierte Angst.

Dann ein Knall. Dumpf und viel zu nah, gefolgt von Klirren und vielstimmigem Kreischen. Die Schreie der Kinder gingen über in Schluchzen und Weinen. Doch es waren nur noch wenige. Nur noch drei oder vier Kinder, wo vorhin mindestens zehn gewesen waren.

»Schscht.« Das war wieder René, seine Stimme. Er flüsterte auf Arabisch, als wollte er die Kinder trösten. Die laufende Kamera schien er vergessen zu haben. Sie lag irgendwo am Boden und filmte ins Dunkel.

Eine weitere Detonation, dieses Mal weiter entfernt. Auch das Knattern des Hubschraubers war kaum noch zu hören.

Plötzlich wurde die Kamera aufgehoben. Licht flackerte auf. Der Kegel einer Taschenlampe strich durch einen dunklen Raum, stieß auf Menschen und kam auf ihren Gesichtern zur Ruhe. Es dauerte einen Moment, ehe die Kamera richtig fokussierte. Dann erkannte sie René. Er lehnte im Sitzen an einer Wand, den Blick starr geradeaus gerichtet. Doch er war nicht allein. Kinder klammerten sich an ihn. Ein größeres Mädchen mit Kopftuch lehnte an seiner Schulter und hielt ihrerseits weitere Kinder im Arm. Nadira, Hamsas Schwester. Stummes Schluchzen und leises Wimmern zuckte durch die Körper der Kinder. Blanke Angst lag in ihren Augen.

Auch der René von damals wirkte paralysiert. In der Ferne schlug eine weitere Bombe ein. Alle zuckten zusammen, das Wimmern erhob sich über der Stille, und schließlich beugte René sich zu den Kindern und flüsterte ihnen tröstend zu.

Auch hinter der Kamera wisperte jemand. Hamsa.

Der René im Film antwortete in leisem Arabisch.

Doch dieses Mal wartete Indi vergeblich auf eine Übersetzung. Sie lehnte noch immer an seiner Schulter. Aber sein Körper fühlte sich steif an unter ihrer Wange. Er trug nur ein T-Shirt, und seine Haut war kühl geworden von der Kälte der Nacht.

Vorsichtig löste sie sich und betrachtete ihn von der Seite. Wie versteinert starrte er auf das Video, als hätte der Film sein Leben aufgesogen. Lautlose Tränen liefen über sein Gesicht.

»René?« Indi stoppte den Film.

Er antwortete nicht. Was, wenn es zu viel für ihn war? Wenn es ihn triggerte und die Vergangenheit zurückbrachte?

Erst mit Verzögerung sog er die Luft ein. »Alles okay«, flüsterte er. Er log. Es konnte nicht alles okay sein. Er wollte sie nur trösten, genau wie die Kinder in seinem Film.

Seine Finger schoben sich über die Katze, die sich auf seinem Schoß zusammengerollt hatte, berührten die Tastatur und drückten die Leertaste.

Indi wollte ihn daran hindern, wollte den Film wieder anhalten. Doch René fing ihre Hand und hielt sie fest. »Den nächsten Teil muss ich noch sehen.«

Das Bild wackelte, zeigte erneut Dunkelheit und stoppte. Als die Kamera wieder eingeschaltet wurde, war die Szenerie eine andere. Es war wieder hell. Ein verschütteter Straßenzug. Staub und Rauch verhüllten den Himmel. Menschen schrien und liefen durcheinander. Manche waren blutüberströmt und wurden gestützt. Andere trugen Verletzte auf ihren Armen.

Erst auf den zweiten Blick entdeckte sie René zwischen den Fremden. Er trug ein Kind, einen kleinen Jungen, der voller Blut auf seinem Arm hing.

Das war er! Der Moment, den René in seine schrecklichste Skulptur geschlagen hatte, sich selbst und das leblose Kind auf seinem Arm.

Doch der Film setzte den Moment fort. René rief anderen Menschen etwas zu, legte dann den Jungen auf den Boden und prüfte seinen Puls. Nadira tauchte neben ihm auf. René zog sein T-Shirt aus, reichte es ihr, und sie riss es in Stücke. Minutenlang hielt die Kamera auf den verletzten Jungen, während René Druckverbände anlegte und sich bemühte, die Blutungen des Kleinen zu stillen. Im Hintergrund schrien und klagten Menschen, doch René war voll und ganz auf das Kind konzentriert.

Als Nadira ihr Kopftuch auszog, um weitere Stofffetzen daraus zu reißen, verschwamm der Film vor Indis Augen. Sie hätte fragen können, wer das Kind war, aber irgendetwas in Renés und Nadiras Haltung gab ihr längst die Antwort. Es musste ein kleiner Bruder der beiden älteren Kinder sein.

Dieses Mal war René derjenige, der den Film anhielt. Einen Moment lang war die Stille im Raum tief und endlos, und gleichzeitig schien es, als müsste man nur aufmerksam genug lauschen, um die Bomben zu hören, die anderswo auf der Welt fielen.

Erst Renés Stimme durchbrach die Endlosigkeit. »Als die Hubschrauber kamen, ist Tamar in eine andere Richtung gelaufen als wir.«

Mehr musste er nicht sagen. Nicht erklären, warum die Bomben den Jungen getroffen hatten, und nicht das tragische Ende der Geschichte erzählen.

»Damit hat es angefangen.« René atmete aus und lehnte sich mit geschlossenen Augen zurück. »Tamars Tod hat etwas in meinem Kopf zerstört. Ich hab mich für die Kinder meines Freundes verantwortlich gefühlt. Auch deshalb habe ich diesen Film gedreht – damit ich eine Rechtfertigung hatte, um so viel Zeit mit ihnen zu verbringen, um als erwachsener Aufpasser dabei zu sein, obwohl die Kinder die Aufgabe allein erfüllen sollten. Ich war ein Freund der Familie, und meine Unterstützung war willkommen. Auch Fedja war froh, wenn ich mit ihren Kindern unterwegs war. Sie hat mir vertraut und geglaubt, dass ich die Kleinen beschütze. Aber ausgerechnet an dem Tag habe ich mit Hamsa gedreht. Deshalb haben wir beide nicht mitbekommen, wie weit sich die Kinder zerstreut hatten. Anstatt für mehr Sicherheit zu sorgen, habe ich ausgerechnet den Jungen abgelenkt, der eigentlich auf die Kleinen aufpassen sollte. Diese Schuld kann ich mir bis heute nicht verzeihen.«

Für einen Augenblick folgte Indi der Schuld, fühlte sie als dumpfen, endgültigen Schmerz in ihrer Brust, fühlte noch einmal dieses schwarze Loch, das alles verschlang. Doch etwas daran war falsch. Sie durften der Schuld nicht nachgeben. »Du hast unrecht.« Indi musste ihre Tränen beiseitewischen, um René sehen zu können. »Du trägst keine Schuld. Du konntest nicht wissen, wo der Hubschrauber die Bombe abwirft. Oder was geschehen wäre, wenn du nicht gedreht hättest. Wenn Tamar bei euch gewesen wäre, wärt ihr vielleicht alle in die falsche Richtung gelaufen. Dass er getroffen wurde und ihr nicht, war ein schrecklicher Zufall. Aber es war ganz sicher nicht deine Schuld.«

René öffnete die Augen, starrte ins Leere und ertastete dennoch den Deckel des Laptops, um ihn zuzuklappen. »Drei Wochen danach bin ich selbst verletzt worden. An dem Tag war ich ohne die Kinder unterwegs. Der Hubschrauber kam so plötzlich, dass ich nur noch ein kurzes Stück wegsprinten konnte. Dadurch kam ich aus der tödlichen Zone. Aber letztendlich haben mich nur die schusssichere Weste, der Helm und der Rucksack gerettet. Ohne das hätten die Splitter meinen ganzen Rücken und den Kopf getroffen. Eine solche Verletzung hätte ich sicher nicht überlebt.« Er schwieg kurz, ehe er fortfuhr: »Wegen der Kinder wollte ich 2016 nach Aleppo zurückkehren. In der Zwischenzeit hatte ich jeglichen Kontakt zu Fedja und Hamsa verloren. Ich wusste nicht, ob sie noch lebten, ob sie noch dort waren. Ich wusste nicht einmal, ob mein Netzwerk unter den Rebellen noch existierte. Aber im Frühling 2016 war absehbar, dass die russischen Angriffe auf die Rebellengebiete in der Stadt zielten. Ich wollte dorthin, um die Kinder zu finden und herauszuholen. Ich weiß nicht, ob ich Glück oder Pech hatte, dass es mir nicht gelungen ist. Ich wäre gerade rechtzeitig gekommen, um mit den anderen in der Stadt eingekesselt zu werden, bevor die Russen alles in Schutt und Asche legten. Stattdessen wurde ich verhaftet und habe über 90 Tage in der Dunkelheit verbracht. Genug Zeit, um der Schuld und dem Wahnsinn zu verfallen.«

Indi lehnte erneut den Kopf an seine Schulter. »Du warst nicht schuld«, wiederholte sie. Vielleicht musste sie es nur oft genug sagen, damit René es glaubte. »Der Krieg war schuld, Assad war schuld, die Soldaten, die Bomben auf Kinder werfen, sind schuld. Aber nicht du. Du hast nur dein Bestes versucht.«

René wandte ihr das Gesicht zu, legte die Hände auf ihre Schultern und presste seine Stirn gegen ihre. »Mein Verstand weiß das. Aber es wird noch eine Weile dauern, bis meine Gefühle das ebenfalls begreifen.«

Kapitel 26

ch muss gleich los.« Es war ein Flüstern, das sie weckte, eine Bewegung auf der Matratze und der Duft von frischem Kaffee.

Indi blinzelte. René saß neben ihr auf der Bettkante. Er trug Jeans, Jacke und Mütze. In der Hand hielt er ein Glas mit Milchkaffee.

Indi brauchte einen Moment, ehe seine Worte in ihr Bewusstsein sickerten. »Du musst los? Wohin?«

»Zur Therapie.« Er reichte ihr das Glas. »Ich habe den Termin vorverlegt. Weil Lilja heute Nachmittag kommt.«

Das waren zu viele Infos auf einmal. Indi setzte sich auf. »Der Reihe nach, ich komme nicht mit.« Sie pustete und trank einen Schluck. »Heute ist Dienstag, deshalb die Therapie. Aber Lilja hat am Sonntag erst hier übernachtet. Und kommt erst am Donnerstag planmäßig wieder her. Was ist denn mit Marei los?«

»Dreimal darfst du raten …« René klang genervt. »Die Babysitterin ist immer noch krank. Was für ein Wunder, nachdem sie vorgestern auch krank war. Zudem ist die Kita morgen wegen eines Fortbildungstags geschlossen. Also soll Lilja heute nochmal bei uns übernachten. Ausnahmsweise. Weil Marei morgen früh arbeiten muss.«

Indi verstand seine Reaktion nicht. »Freust du dich denn nicht, dass Lilja bei uns übernachtet?«

René schnaubte leise. »Doch. Klar. Ich freue mich sehr. Aber es ist wieder mal typisch. Dass morgen ein Fortbildungstag ist, weiß Marei doch nicht erst seit heute Morgen! Aber anstatt mich sofort zu fragen, geht sie erst alle anderen Optionen durch. Mich kann sie dann ja im letzten Moment einspannen. Wenn alle anderen Stricke reißen.«

Indi wünschte sich, sie könnte etwas Konstruktives dazu sagen, irgendeine Art von Ratschlag vielleicht. Aber die Situation zwischen René und Marei war derartig verfahren …

»Morgen hat sie sich dann ganz wichtig einen halben Tag freigenommen«, fuhr René fort. »Anstatt Lilja bis zum Abend bei uns zu lassen, will sie schon um 14 Uhr kommen und sie abholen. Damit das Kind bloß nicht zu viel Zeit mit mir verbringt.«

Indi lehnte sich gegen die Wand hinter dem Bett und betrachtete die Schatten auf seinem Gesicht. In der Nacht hatte er ihr den Film aus Syrien gezeigt. Und in der Nacht davor hatte er ein Flashback. Wie viel Schlafentzug konnte er aushalten, ehe er ein weiteres Mal zusammenbrach?

Wahrscheinlich war es keine gute Idee, dass Lilja schon wieder bei ihnen übernachtete. Aber Marei durfte nichts von dem Dilemma erfahren. Also mussten sie es irgendwie über die Bühne bringen. »Wie geht es dir heute?«

René zuckte die Schultern. »Das muss sich noch zeigen. Bis jetzt fühle ich mich erstaunlich klar. Als würde ich zum ersten Mal durchschauen, was mit mir passiert ist. Aber ich will nicht, dass es kippt. Deshalb hab ich diese Woche jeden Tag einen Therapietermin. Und nächste auch.«

Indi pustete noch einmal über ihren Kaffee – obwohl er inzwischen eigentlich kühl genug war. Aber sie musste ein bisschen Mut sammeln. Für den nächsten Schritt. Gestern, im Gespräch mit Judith, hatte sie es sich vorgenommen.

»Wenn du gleich bei deinem Therapeuten bist – kannst du ihn mal fragen, ob er einen Platz für mich hätte?« Sie musste sich endlich richtig darum kümmern. Nur wenn René und sie gesund wurden, konnten sie auf Dauer eine gesunde Beziehung führen.

Als sie aufsah, schimmerte mitfühlende Wärme in Renés Blick. »Ich weiß nicht, ob es gut wäre, wenn er uns beide therapiert. Aber er kann bestimmt einen Kollegen oder eine Kollegin empfehlen.«

* * *

Als René wiederkam, brachte er Lilja mit. Schon im Treppenhaus hörte Indi sie lachen und kichern, ehe sie zu zweit in die Wohnung einfielen. Einen Moment lang war sie besorgt, dass René ein weiteres Mal auf diese sonderbare Art überdrehte. Aber das Gelächter beim Nachhausekommen schien nur Zufall zu sein. Zumindest wirkte er für den Rest des Nachmittags ganz normal. Zu dritt saßen sie auf dem Dielenboden im Sternenzimmer und spielten Memory, mehrere Runden, in denen fast immer Lilja gewann. René tat so, als wäre er ein schlechter Verlierer, indem er über jede falsch aufgedeckte Karte schimpfte. Lilja amüsierte sich köstlich darüber und klopfte ihm tröstend auf die Schulter. Doch Indi war sich nicht sicher, ob er seine Tochter absichtlich gewinnen ließ oder ob er tatsächlich so müde und unkonzentriert war.

Lilja hätte vermutlich noch zwanzig weitere Memory-Runden verlangt, aber schließlich fiel Indi der Brennofen ein. In der letzten Woche hatte sie den Ofen mit den getöpferten Wichteln angemacht, und seitdem hatte er genug Zeit gehabt, um auszukühlen.

Für die Wichtelfiguren war es schon der zweite Brand. Nach dem ersten hatten sie die kleinen Männchen angemalt. Lilja war verwundert gewesen, weil man der flüssigen Glasur kaum ansah, welche Farben daraus werden würden. Umso erstaunter war sie jetzt über die glänzend roten Wichtelmützen und die bunten Kleider.

Zusammen mit den Wichteln hatte Indi eine Reihe von weihnachtlichen Lampenfüßen gebrannt. Größere Wichtel und Engel, Tannenbäume und Sterne, in denen sternförmige Löcher waren, durch die das Licht scheinen würde.

»Es ist doch noch gar kein Weihnachten«, stellte Lilja fest.

»Das wäre auch gar nicht gut«, erklärte Indi. »Denn ich muss sie ja noch fertig bauen für den Weihnachtsmarkt.«

»Außerdem gibt es im Supermarkt auch schon Weihnachtssüßigkeiten«, ergänzte René.

»Stimmt.« Lilja rieb sich das Kinn. »Aber warum gibt es überhaupt Weihnachtsmänner im Supermarkt? Die bringt doch der Nikolaus.«

Böse Falle, schlaues Kind. Indi und René warfen sich einen warnenden Blick zu. *Jetzt bloß nichts Falsches sagen.*

»Die Schokomänner im Supermarkt sind für die Erwachsenen.« René fand die mögliche Antwort als Erster. »Weil der Nikolaus ja nur den Kindern etwas bringt.«

»Ahhh.« Lilja nickte einsichtig.

Gut gerettet. Indi konnte sich ein verschwörerisches Grinsen nicht verkneifen.

Nachdem sie alle Lampen aus dem Brennofen im Regal untergebracht hatten, belegten sie einen Pizzateig mit Gemüse und Pilzen. Doch erst als sie am Küchentisch saßen und die fertige Pizza aßen, ahnte Indi die Erschöpfung in Renés Gesicht. Immer wenn Lilja ihn ansah, spielte er gekonnt darüber hinweg. Auch später, als sie zu dritt im Bett lagen und vorlasen, schien er noch einmal alle Reserven zu aktivieren. Er imitierte Tierstimmen und verlieh jeder Rolle einen Charakter, bis Lilja müde blinzelte und flüsternd gestand, dass sie gar nicht mehr richtig zuhören konnte.

»Dann schlaf gut, Albi.« René beugte sich über sie und gab ihr einen Kuss.

Lilja schlang ihre dünnen Arme um seinen Hals. »Warum nennst du mich Albi?«

»Das ist Arabisch«, flüsterte er. »Es bedeutet ›mein Herz‹.«

»Das klingt schön.« Liljas Augen fielen zu.

René löste sich von ihr. Als er aufsah, lag ein verdächtiges Schimmern in seinen Augen. Dann sprang er aus dem Bett und schaltete der Reihe nach die Lichter im Sternenzimmer aus. Nur die Leuchtdioden an der Weltkarte ließ er an.

Auch die Krakenarme im Flur leuchteten. Als sie das Zimmer verließen, war das Schimmern in seinen Augen nicht mehr zu sehen. Nur die Dunkelheit lag darin.

Ein schmerzhaftes Gefühl regte sich in Indis Magengegend. Der Film hatte etwas in ihr hinterlassen. Ihn dort in Syrien mit den Kindern zu sehen, und dann hier mit seiner Tochter … Vorsichtig streckte sie die Hand nach ihm aus, legte sie an seine Wange und fühlte die Bartstoppeln unter ihren Fingern. »Wie fühlst du dich wirklich?«

René schmiegte sich in die Berührung. »Beschissen.« Dieses Mal gab er sich keine Mühe, die Wahrheit mit einem Lächeln zu verdecken. »Aber gib mir ein paar Tage. Dann geht es wieder.« Damit schloss er die Augen und zog sie an sich. Für einen langen Moment lehnten sie einfach aneinander, wie ein Kartenhaus, das davon träumte, ein Kellergewölbe zu sein.

In dieser Nacht schliefen sie miteinander, langsam und sanft. Ihre Küsse vibrierten zwischen Lächeln und Traurigkeit, ihre Haut wärmte sich in der Kühle der Nacht, und ihre Hände verschränkten sich in den Kissen. Ineinander verschlungen schliefen sie schließlich ein, beschützt von dem anderen, wie ein Bollwerk gegen die Dunkelheit.

Kapitel 27

Lilja war nicht nur ein kleines Vögelchen, sie war auch eine kleine Biene. Während René das Frühstück vorbereitete, hockte sie am Küchentisch und tauchte ihre Finger in den Honig, einen nach dem anderen, um sie nicht noch einmal zu benutzen, wenn sie abgeleckt waren.

Gut erzogenes Kind! Indi unterdrückte ein Lachen, als sie vom dunklen Flur aus in die Küche trat.

Hastig zog Lilja den kleinen Finger aus dem Glas, leckte ihn flüchtig ab und schob den Honig von sich. Ob René ihre Nascherei mitbekommen hatte, war nicht ersichtlich. Geschäftig lief er zwischen Herd und Tisch hin und her, brachte aufgebackene Brötchen und kochte Kakao.

»Guten Morgen.« Indi setzte sich Lilja gegenüber und zog das Honigglas zu sich. »Komisch, ich hätte schwören können, dass das gestern noch voll war.«

»Das waren die Wichtel«, erklärte Lilja und steckte sich noch einmal den kleinen Finger in den Mund.

»Was waren die Wichtel?« René stand noch immer am Herd und goss Kakao in Tassen.

»Sie mögen Honig.« Indi grinste Lilja verschwörerisch zu und tauchte probehalber den Zeigefinger in das Honigglas.

Genau in diesem Moment brachte René zwei volle Kakaotassen zum Tisch. »Was machst du denn da?«

Lilja kicherte leise.

Indi grinste und schob sich den dick verklebten Zeigefinger in den Mund. »Fur faf auffrofieren.«

Lilja prustete los.

René kämpfte ebenfalls mit dem Lachen. »Da sind wir doch alle froh, dass keine Erziehungsberechtigten zugegen sind.«

Indi begegnete seinem Blick. War das Galgenhumor in seiner Wortwahl? Oder purer Sarkasmus, weil Marei ihm kein Sorgerecht zugestand?

»Apropos …« René deutete auf Liljas Lockenmähne. »Bevor Marei kommt, müssen wir die noch kämmen. Ansonsten kriege ich mächtig Ärger.«

»Oh, oh«, machte Lilja und fasste sich in die Haare.

Indi kniff prustend die Augen zusammen. Beinahe biss sie sich in den Finger, der noch in ihrem Mund steckte.

»Ich glaube, das hat es jetzt nicht besser gemacht.« Auch René lachte.

Er hatte die Sache mit dem Honig also doch mitbekommen. Natürlich.

»Wasser hilft«, sagte Indi und zog Lilja mit sich zum Wasserhahn. Während die Kleine ihre Hände mit Seife einschäumte, versuchte Indi die klebrigen Haarknoten unter dem laufenden Wasser auszuwaschen.

Kurz nachdem sie endlich am Frühstückstisch saßen und den Honig auf ihre Brötchen schmierten, summte Renés Handy. Er wurde unruhig, als er die Nachricht las – doch erst als Lilja vom Frühstückstisch aufgesprungen war, um die fertiggebrannten Wichtel zu ihren Behausungen zu bringen, erzählte er, was los war. »Marei schafft es nicht um vierzehn Uhr. Sie kommt frühestens eine Stunde später.«

»Dann musst du schon bei deiner Therapie sein. Wie soll das gehen?« Der Termin war zu wichtig. Er durfte ihn nicht absagen.

Mit einem Anflug von Fatalismus zuckte René die Schultern. »Wäre es okay für dich, wenn du Lilja an Marei übergibst? Ich schreibe es ihr gleich. Sie kommt ja nur zum Abholen. Im Prinzip musst du einfach nur da sein und aufmachen.«

… und höflichen Smalltalk mit seiner Exfreundin halten? Wenn Marei so schwierig war, wie es den Anschein hatte, wurde das ziemlich gruselig.

Aber hatten sie eine Wahl? Liljas Mutter durfte auf keinen Fall erfahren, dass René zum Therapeuten ging und dass seine Termine dort zu dringend waren, um sie abzusagen.

Also musste es irgendwie gehen. »Ich geb mein Bestes.«

* * *

Nachdem René gegangen war, spielten Indi und Lilja mit den Wichteln. Die Kleine bestand darauf, den getöpferten Figuren ein Zuhause in Indis alter Puppenstube einzurichten. Zu zweit saßen sie auf dem Fußboden, Lilja schob die Möbel in der Puppenstube zurecht, und Indi assistierte ihr, bis die Wichtel endlich alle zufrieden waren und eine Willkommensparty in ihrem neuen Wohnzimmer feiern konnten.

Als es an der Tür klingelte, zuckte Indi zusammen.

Marei? Jetzt schon? Oder hatte sie nur das Zeitgefühl verloren? »Ich glaube, deine Mutter ist da.«

Lilja zog einen enttäuschten Flunsch. »Ich will aber noch bleiben. Fips und Zipfelchen backen doch gerade Waffeln für die anderen.«

Hastig sah Indi sich im Zimmer um. Bis jetzt hatten sie noch nicht einmal Liljas Sachen zusammengepackt. Ihr Schlafanzug lag noch auf dem Bett, die Kleidung von gestern verteilte sich über den Fußboden, und die Zahnbürste war noch irgendwo im Bad.

Das konnte ja heiter werden. »Legt deine Mutter Wert auf Ordnung?«

Lilja schlug sich erschrocken die Hand vor den Mund. »Oh.«

Es klingelte ein zweites Mal. Indi sprang auf. »Wie wäre es, wenn du schnell deine Sachen in die Tasche packst, und ich mache die Tür auf? Damit deine Mutter nicht sauer auf uns ist.«

Lilja nickte hastig.

Es klingelte ein drittes Mal, dieses Mal länger.

»Schnell!«, zischte Indi und sprintete durch das Wohnzimmer in den vorderen Teil der Wohnung.

Als sie ein freundliches »Hallo« in die Gegensprechanlage rief, blieb es auf der anderen Seite still. Stattdessen hörte sie Schritte im Treppenhaus.

Hastig zog sie die Wohnungstür auf, gerade rechtzeitig, um Marei zu begrüßen, die schon den letzten Treppenabsatz erreicht hatte. »Ah! Dann war die Tür schon offen. Wie praktisch.« Indi versuchte sich an einem Lächeln.

»Die Nachbarn haben aufgemacht.« Mareis Stimme blieb zu hundert Prozent sachlich. Dennoch hörte Indi den Vorwurf.

»Wir waren gerade im hinteren Teil der Wohnung. Der Weg nach vorn ist weit.« Was für ein Quatsch! Die Ausrede galt allenfalls für alte Leute. »Außerdem haben wir gerade Liljas Sachen gepackt.«

Was die Kleine hoffentlich inzwischen getan hatte.

Marei hob in einem angedeuteten Nicken das Kinn. Es war eine kühle Geste. »Perfekt. Dann kann ich sie ja gleich mitnehmen.«

Marei war einen knappen Kopf größer als Indi, fast so groß wie René. Oder waren ihre Schuhe so hoch?

In jedem Fall klackerten die Absätze, als sie auf die Flurdielen trat. Es waren schwarze Lackschuhe, passend zu dem dunkelgrauen Hosenanzug mit feinem Nadelstreifenmuster. Darüber trug sie einen schwarzen Wollmantel. Nichts an ihrem Erscheinungsbild war dem Zufall überlassen. Weder die dezente Art, mit der sie ihre Augen geschminkt hatte, noch die akkurat frisierten braunen Locken, die offen über ihren Mantel fielen.

Marei war eine schöne Frau. Vielleicht sogar die schönste, die Indi kannte. War das der Grund? Warum René sich damals in sie verliebt hatte?

»Wo ist sie denn?« Marei klang ungeduldig.

»Buh!« Wie auf Kommando sprang Lilja aus der Wohnzimmertür und streckte ihre Hände nach vorn.

Indi zuckte zusammen. Auch Marei gab einen überraschten Laut von sich.

»Hab ich euch erschreckt?« Lilja klang triumphierend.

Zum ersten Mal zeigte Marei die Andeutung eines Lächelns. »Geht so. Ich hab mich schon mal mehr erschreckt. Bist du so weit, Kätzchen? Können wir los?«

Lilja trat einen demonstrativen Schritt zurück und verschränkte die Arme. »Ich bin noch nicht fertig. Die Wichtel haben noch nicht ihre Waffeln gegessen.«

»Welche Wichtel?« Marei gab sich hörbar Mühe, nicht genervt zu klingen.

»Die wir getöpfert haben. Das hab ich dir doch erzählt.« Eine Spur von Enttäuschung stahl sich auf Liljas Gesicht. Wahrscheinlich hatte sie wie ein Wasserfall davon berichtet – und Marei hatte nicht richtig zugehört.

»Willst du sie sehen?« Lilja fasste ihre Mutter an der Hand. »Sie sind hinten. In meinem Zimmer.«

»In *deinem* Zimmer«, wiederholte Marei.

»Eigentlich Renés Zimmer«, plapperte Lilja weiter. »Aber der schläft sowieso bei Indi.«

Na super! Indi widerstand dem Drang, die Augen zu schließen. Für einen Moment war es, als würde sich der Boden wie in
einem Karussell unter ihr drehen.

»Aha«, machte Marei – und es klang wie: Hab ich's doch
gewusst.

Schlimmer war nur der Blick, mit dem sie Indi bedachte.
Als würde sie zum ersten Mal richtig hinsehen. Auf die ausgewaschene Jeans, den blauen Kapuzenpulli, der von Flecken aus
Heißkleber und Farbe überzogen war, und ihre Haare, die heute
noch keiner Bürste begegnet waren.

Im Vergleich zu Marei war sie eine lumpige Erscheinung.

Von nun an half nur noch die Flucht nach vorn. Indi bemühte
sich um das herzlichste Lächeln, das sie zustande brachte. »Du
kannst gern einen Moment reinkommen. Ich wollte sowieso
gerade Kaffee kochen. Möchtest du auch einen?«

Mareis rechte Augenbraue wanderte überrascht nach oben.

»Klar möchte sie.« Lilja beantwortete die Frage. »Stimmt's,
Mama? Ich zeig dir die Wichtel. Und dann trinkst du einen Kaffee mit Indi. René sagt, Indi macht den besten Latte macchiato
der Welt. Und er muss das wissen. Außerdem hat Indi das in
einem Café gelernt. Weil das mal ihr Job war.«

»Tatsächlich?« Mareis Augenbraue rutschte noch höher. Ein
weiteres Mal bedachte sie Indi mit diesem Blick. »Na gut. Dann
probiere ich den weltbesten Latte macchiato.«

Indi fiel es schwer, das Lächeln auf ihrem Gesicht festzuhalten. »Hafer- oder Kuhmilch?«

»Hafer, bitte.« Marei schälte sich aus ihrem Mantel und
hängte ihn an den einzigen freien Bügel an der Garderobe. Ohne
den Mantel wirkte sie noch schlanker.

»Die Schuhe musst du auch ausziehen«, belehrte Lilja sie.

Marei gehorchte und löste die Schleifen der Lackschuhe. Tatsächlich wurde sie deutlich kleiner ohne die Schuhe – und die Socken störten die Perfektion ihrer Kleidungswahl.

»Möchtest du warme Socken zum Überziehen?« Indi verspürte den Drang, den klitzekleinen Stilbruch zu verstärken. Rot-blaue Ringelsocken würden ihr sicher stehen.

»Nein, danke«, erklärte Marei. »Wir bleiben ja nicht lange.«

Danach verschwand sie mit Lilja im hinteren Teil der Wohnung.

Indi atmete vorsichtig auf. Während sie den Espressokocher aufsetzte, achtete sie zum ersten Mal seit Ewigkeiten auf die exakte Menge des Pulvers. Sicherheitshalber holte sie eine neue Hafermilchpackung aus der Kammer und schüttelte sie kräftig. Für eine Sekunde überlegte sie, ob sie beim Milchwärmen ein Thermometer benutzen sollte – aber das wäre eindeutig übertrieben gewesen. Ob die Milch die passende Temperatur hatte, ließ sich am aufsteigenden Wasserdampf erkennen.

Dafür goss sie den Espresso so in den Schaum, dass ein ordentliches Herz entstand. Wenn schon, denn schon. Lilja sollte nicht zu viel versprochen haben.

Tatsächlich tauchte Marei in der Küchentür auf, kaum dass Indi den zweiten Latte macchiato zubereitet hatte.

»Hübsche Wohnung«, bemerkte Marei, während sie eines der Gläser entgegennahm. »Ein bisschen schräg, aber hübsch.«

Indi war sich nicht sicher, ob es ein Lob oder die diplomatische Fassung von *absolut nicht mein Geschmack* war. Trotzdem quetschte sie ein höfliches »Danke« über ihre Lippen. »Möchtest du Zucker?«

Marei betrachtete das Herz im Milchschaum und deutete so etwas wie ein Lächeln an. »Nur eklig schmeckenden Kaffee muss man sich mit Zucker versüßen.« Sie hob das Glas und probierte.

Ob es ihr schmeckte, erwähnte sie mit keinem Ton. Doch immerhin fragte sie nicht nach Zucker.

»Also wenigstens nicht eklig«, stellte Indi fest.

Wieder musterte Marei sie, als wollte sie eine Fehleranalyse durchführen.

Indi deutete auf den Küchentisch. »Setz dich doch.« Wenn sie beide saßen, gab es weniger Gelegenheit, den anderen von oben bis unten anzusehen.

Hastig ordnete Indi die ungelesenen Zeitungen, die sie nachlässig auf den Tisch geworfen hatte.

Während Marei sich setzte, deutete sie darauf. »Sind die von ihm?«

Indi wusste nicht sofort, wen sie meinte. »Von René?«

Mareis Mundwinkel zuckte ein weiteres Mal. »Hast du noch andere *Mitbewohner?*«

Dunkle Wut regte sich in Indis Brust. Kam eigentlich irgendwann mal ein Wort aus Mareis Mund, das keine Provokation war? »Die Zeitungen sind von meinem Großvater. Er hatte drei verschiedene Abos. Ich hab sie nicht gekündigt, als er starb.«

Im Grunde erwartete sie, dass Marei sich entschuldigte. Aber Renés Exfreundin nickte nur und trank von ihrem Kaffee. »Liest er sie denn? Ich meine René. Sitzt er morgens vier Stunden beim Frühstück, verschlingt drei verschiedene Zeitungen und weiß danach alles, was die Weltpolitik jemals falsch gemacht hat?«

Erstaunt glitt Indis Blick zu dem Tischchen neben der Vorratskammer, auf dem sich die ungelesenen Zeitungen der letzten Monate stapelten. »Nein. Ich hab ihn noch nie mit einer Zeitung gesehen.« Genau genommen legte René die Zeitungen auf den Stapel, wann immer er die Küche aufräumte. Auch sie selbst kam nur selten dazu, die Zeitung zu lesen. »Meistens packen wir nur die Lampen darin ein.«

»Im Ernst?« Plötzlich lachte Marei auf, laut und schallend. Doch gleich darauf kehrte die Kühle auf ihr Gesicht zurück. »René Lasalle packt Lampen in ungelesene Zeitungen? Dann muss er sehr krank sein.«

Der letzte Satz wirkte wie ein Stich. Wusste Marei von seiner Erkrankung? Von der Posttraumatischen Belastungsstörung?

Und warum las er keine Zeitung mehr?

»Apropos René …« Marei stellte ihr Kaffeeglas auf den Tisch und begann damit, den Schaum zu löffeln. »Was für einen ach so wichtigen Termin hat er denn heute, dass er nicht warten konnte, bis ich hier bin?«

Indis Herzschlag verlangsamte sich. Ahnte Marei, dass er beim Therapeuten war? »Er ist beim Zahnarzt«, log sie. »Kontrolltermin.«

»Beim Zahnarzt.« Wieder hob Marei die rechte Augenbraue. Bei der Befragung eines Angeklagten war die Geste vermutlich ähnlich wirksam wie die Androhung von Folter. »Na, dann wünsche ich René und seinen Zähnen doch viel Glück.«

Indi überlief es eiskalt. Marei durchschaute die Lüge.

»Arbeitet er eigentlich wieder?« Übergangslos wechselte sie das Thema. »Irgendwas zum Geldverdienen? Um sein Leben auf die Reihe zu bringen? Muss ja nicht unbedingt Kriegsjournalismus sein.« Sie stieß ein bitteres Lachen aus.

Indi war versucht, über die Skulpturen zu reden, über seinen ersten Markttag und das Interesse der Galeristen. Aber René hatte seinen Stand auf dem Kunstmarkt bis auf weiteres abgesagt.

»Er hilft mir«, sagte sie stattdessen. »Beim Verkauf. Werbung. Marketing.« Hübsche Begriffe, die beschrieben, dass er ein paar brillante Fotos von ihren Lampen gemacht hatte und am Wochenende mit ihr zusammen den Marktstand betreute.

»Wow«, machte Marei. »Er ist nicht nur dein Untermieter, er

arbeitet auch für dich. Das klingt doch nach einem netten kleinen Familienunternehmen.«

Indi musste sich plötzlich zusammenreißen, um Marei nicht den Kaffee ins Gesicht zu schütten. Zumindest von Diplomatie hatte sie endgültig die Nase voll. »Ist das eigentlich angeboren? Oder lernt man das im Jurastudium? Dem anderen die Worte auf maximal ätzende Weise im Mund zu verdrehen?«

Für einen winzigen Moment hielt Marei inne. Dann ließ sie den Löffel in den Kaffee sinken und lehnte sich auf dem Stuhl zurück. »Das ist beeindruckend. René hätte jetzt genau dasselbe zu mir gesagt. Sieht aus, als wärt ihr beide ein Traumpaar. Liebst du ihn?«

Für eine Millisekunde hielt Indi den Atem an. In der Sekunde danach war ihr alles egal. Sollte Marei doch ruhig die Wahrheit hören. »Ja, ich liebe ihn. Sehr sogar. Und er liebt mich auch. Ich verstehe, dass du ein Problem damit hast. Aber ehrlich gesagt ist es ziemlich egal, ob du weiterhin rumstichelst und miese Andeutungen über ihn machst. Ich weiß, dass er Probleme hat, und unsere Beziehung ist vielleicht kein glitzerndes Prinzessinnenmärchen. Aber das muss es auch nicht sein. Ich fühle mich zu Hause in seiner Gegenwart. Er ist der Mann, mit dem ich mir eine Familie wünsche.«

Der letzte Satz überraschte sie selbst. Hatte sie das gerade wirklich gesagt?

Etwas in Mareis Gesicht veränderte sich. Als würde eine Maske von ihr abfallen, die sie geschützt und gleichzeitig ihre ganze Kraft gekostet hatte.

Was darunter hervorkam, wirkte erschöpft und tief verletzt. »Ich hab ihn auch geliebt«, erklärte sie mit rauer Stimme. »Ungefähr so, wie du es beschreibst. Und ich hab geglaubt, dass das zwischen uns stark wäre. Stärker als sein Faible für den Nahen

Osten. Bevor ich ihn kennenlernte, war er schon in verschiedenen Krisengebieten. Afghanistan, Libanon, Irak. Nicht zu vergessen das Studium in Syrien. Ich fand ihn vom ersten Moment an beeindruckend, seinen Beruf, seine Vergangenheit. Sobald er davon erzählt hat, war er der Mittelpunkt jeder Party. Manchmal wusste ich nicht, ob er diese Art von Aufmerksamkeit suchte oder ob ihm solches Interesse eher lästig war. Jedenfalls dachte ich, seine Zeit im Nahen Osten wäre vorbei, denn als wir zusammenkamen, hat er in Berlin gearbeitet. Fest angestellt. Ich war mir sicher, dass seine Zukunft bei mir liegt. Aber offensichtlich hab ich nicht verstanden, was ihn dorthin zieht. Warum er noch nicht einmal vor dem Krieg zurückschreckt. Bis er sich bei Nachrichtensendern und Zeitungen für den Einsatz als Syrienkorrespondent beworben hat. Er hat wirre Dinge erzählt. Dass er das tun muss, weil die Lage eskaliert. Und weil es dort Menschen gäbe, die ihm wichtig seien. Aber dann bin ich schwanger geworden. Ich war mir sicher, dass das auch für ihn alles ändert. Doch das Gegenteil war der Fall. Er ist mir einfach durch die Hände geschlüpft.« Marei entwich ein undefinierbares Geräusch. Jegliche Form von Eleganz fiel von ihr ab, während sie mit der Handkante unter ihrer Nase entlangwischte. »Es sieht vielleicht so aus, als hätte René sich geändert. Aber du musst damit rechnen, dass es wieder passiert. Der Krieg ist wie eine Droge für ihn. Die Erlebnisse zerstören ihn, und trotzdem stürzt er sich immer wieder da rein. Jetzt hält er sich vielleicht von allen Nachrichten fern. Aber irgendwann sitzt er hier mit der Zeitung. Und kann nicht aufhören zu lesen und zu recherchieren. Und kurz danach telefoniert er. Auf Arabisch oder Paschtu. Und dann ist er weg. Weil es dahinten irgendwas gibt, das er mehr braucht als dich. Oder das ihn stärker anzieht. Ich weiß nicht, was das sein könnte. Ich weiß nur, dass es eine schlechte Idee ist, ein Kind mit ihm zu haben.« Mareis Nasenflügel bebten. Waren das Tränen in ihren Augen? »Alles, was du jetzt an ihm liebst, wird dir dein Herz brechen, wenn er geht. Und Liljas Herz genauso. Und das eurer Kinder, wenn es sie bis dahin gibt.«

Indi begann unter Mareis Erzählung zu zittern. Haltsuchend schlang sie die Arme um ihre Mitte.

René durfte sie nicht verlassen. An ihm hing eine so verletzliche Hoffnung …

»Entschuldige.« Marei räusperte sich. Sie zog ein Taschentuch aus ihrer Handtasche und tupfte vorsichtig unter ihren Augen entlang, darauf bedacht, die Wimperntusche nicht zu verwischen. Als sie weiterredete, kehrte der bissige Tonfall zurück. »Aber vielleicht lag es ja an mir. Bei dir ist bestimmt alles ganz anders.«

»Er geht nicht mehr in den Krieg.« Der Satz platzte aus Indi heraus. »Er kann das nicht mehr. Und das täuscht er nicht vor. So etwas kann man nicht …« Erschrocken hielt sie inne. Sie durfte keine Silbe weiterreden. Es war allein Renés Angelegenheit, ob er Marei von seiner Krankheit erzählte.

Doch Marei hatte längst zu viel gehört. »Was kann man nicht vortäuschen?«

Natürlich. Sie fragte nach. Und Indi musste sich etwas ausdenken. Irgendeine Antwort, die seine Krankheit nicht verriet.

»Die Wichtel schlafen jetzt.« Plötzlich stand Lilja in der Küche. »Willst du mal ihre Wohnung sehen, Mama?«

»Nein.« Marei erhob sich. »Wir haben keine Zeit mehr, Kätzchen. Hol bitte deine Sachen, dann gehen wir. Ich habe auch schon ausgetrunken.« Sie hob ihr Glas. »Siehst du?«

Lilja wirkte enttäuscht. »Aber die Wichtelwohnung sieht gemütlich aus. Willst du sie wirklich nicht sehen?«

Mareis Blick streifte Indi, lange genug, um klarzumachen,

dass der emotionale Moment nur ein Ausrutscher gewesen war. Dann stand sie auf, ging im Flur zur Garderobe und zog sich an. Noch mindestens zwanzig Mal drängelte sie Lilja zur Eile. Dann waren die beiden verschwunden.

Nur die Stille blieb zurück.

Kapitel 28

Er lief den langen Weg von der Therapiestunde durch die Stadt nach Hause. In der Luft lag der nahende Herbst, die Sonne stand schräg, und die Menschen waren draußen, um das letzte Licht des Spätsommers einzufangen.

Eine weiche Wehmut lag in diesem Tag, Abschied und gleichzeitig die Hoffnung auf etwas Neues. Je länger er unterwegs war, desto klarer wurden seine Gedanken, desto weiter zog sich der Schmerz zurück, auch wenn ein Teil davon wohl für immer bleiben würde.

»Um gesund zu werden, müssen Sie den Schmerz in Ihr Leben integrieren. Verschwinden wird er nie. Aber mit der Zeit wird es nur noch manchmal wehtun.« Das waren die Worte seines Therapeuten gewesen.

Auch jetzt gab es schon Tage ohne den Schmerz. Vielleicht, weil sich seit dem Sommer ein anderes Gefühl darübergelegt hatte.

»Definieren Sie Glück, René. Was macht Sie glücklich?«

Lilja. Indi. Die Definition von Glück war einfach.

Nur an wehmütigen Tagen lag beides dicht beisammen: Schmerzen und Angst. Glück und Liebe. Warum spürte man alle wichtigen Gefühle in der Brust? Warum zog sich das Herz zusammen, wenn man Angst hatte, und warum öffnete es sich, wenn man glücklich war? Warum flatterte es, wenn man liebte, und warum zerbrach es, wenn man jemanden verlor? Im schlimmsten Fall wurde es einem gänzlich aus der Brust gerissen ...

Für eine gefühlte Ewigkeit hatte er geglaubt, dass es für immer so blieb. Aber nun war sein Herz wieder lebendig.

»Sie machen große Fortschritte, René. Ich bin stolz auf Sie. Denken Sie nur ein paar Monate zurück. Damals wäre es unmöglich gewesen, dass Sie Ihren Film aus Syrien anschauen und anschließend strukturiert darüber reden.«

Sein Therapeut hatte recht. Noch vor ein paar Monaten hätte der Film einen Totalzusammenbruch ausgelöst. Aber dieses Mal war es glimpflich ausgegangen.

Vielleicht waren es die Worte, die halfen. Mit Indi darüber zu reden, dem Therapeuten davon zu erzählen, und dann stundenlang durch die Stadt zu laufen und die eigenen Gefühle in Worte zu übertragen.

Womöglich sollte er doch wieder schreiben. Um Gefühlen und Gedanken eine wahrnehmbare Gestalt zu geben.

Als er den Landwehrkanal erreichte, war die Sonne untergegangen. Das Wasser wirkte schwarz unter dem dunklen Himmel. Dennoch glitzerten die Lichter der Stadt auf den Wellen.

So viel Frieden. So viel Schönheit.

»Der Sieg über die Krankheit liegt auch darin, sich selbst die Schönheit und die Liebe wieder zu gönnen.«

Wildes Kinderlachen wehte über den Kanal. Jemand rief etwas. Auf Arabisch!

Er versuchte, die Kinder in der Dunkelheit zu erkennen, sah sie am anderen Ufer in spärlichem Licht. Sie rannten durcheinander und versteckten sich hinter den Bäumen. Jetzt riefen sie etwas auf Deutsch.

Es waren andere Kinder. Natürlich. In Berlin gab es tausende Kinder, die auch arabisch sprachen.

Vielleicht war es an der Zeit, noch einmal nach Hamsa und Nadira und ihren kleinen Geschwistern zu forschen. Auch auf die Gefahr hin, dass ihre Geschichte ein schreckliches Ende genommen hatte.

»Es gibt eine sehr plausible Erklärung, warum Sie es bislang vermieden haben, die Kinder zu suchen: Sie hatten Angst, von ihrem Tod zu erfahren. Sie hatten Angst, ein weiteres Mal den Schmerz durchleben zu müssen. Aber die Krankheit ernährt sich aus der Ungewissheit. Solange Sie sich vor ihren eigenen Horrorvorstellungen verstecken, hat die Krankheit Sie in der Hand. Erst wenn Sie den Mut aufbringen, die Wahrheit herauszufinden, gewinnen Sie die Kontrolle über Ihr Leben zurück.«

Auch damit hatte der Therapeut recht. Und vielleicht war es tatsächlich an der Zeit, diesen Schritt zu gehen.

René fühlte sich ruhig, als er das Haus am Maybachufer erreichte. Oben in der Wohnung war es warm. Der vertraute Geruch von Gewürzen, Holz und Farbe kam ihm entgegen. Doch in der Küche und in Indis Atelier war es dunkel. Nur in seinem eigenen Atelier brannte Licht. In dem Glauben, Indi dort zu finden, schaute er in den Raum.

Aber sie war nicht dort. Nur die traurige Lampe neben seiner Matratze hatte sie eingeschaltet. Dahinter standen seine Skulpturen, wie immer unter den Tüchern verborgen. Auf dem Sessel in der Ecke lag Marcia und blinzelte ihm schnurrend entgegen.

Leise zog er Jacke und Schuhe aus und verstaute beides an der Garderobe. Eine Spur von Glück erfüllte ihn, als er auf den erleuchteten Türspalt des Wohnzimmers zuging.

Indi saß auf dem Sofa. Sie lehnte an einer der hohen Armstützen und hatte die Beine auf der Sitzfläche ausgestreckt. Hamsun lag auf ihrem Schoß und ließ sich kraulen.

Doch irgendetwas stimmte nicht. Als sie den Kopf hob, wirkten ihre Wangen schmal und ihre Lippen blass.

Er hatte sie mit Marei allein gelassen! Erst jetzt fiel es ihm wieder ein. Der Tag war so lang gewesen, dass er die erste Hälfte schon fast wieder vergessen hatte.

Direkt nach der Therapie hatte er Indi angerufen. Aber sie war nicht ans Telefon gegangen. Danach war er in Gedanken versunken.

»Wie war es heute Nachmittag?«, fragte er leise. »Hat mit dem Abholen alles geklappt?«

Indi antwortete nicht sofort. Ihre Haare fielen vor ihr Gesicht, während sie sich über den schwarzen Kater beugte. »Lief super«, sagte sie dann. »Deine Exfreundin ist wirklich sehr entzückend.«

War das ironisch gemeint? »Was war mit Marei? Hat sie dich …« Ausgefragt? Bedrängt? Schlimme Intrigen gesponnen? »Ist sie wenigstens schnell wieder gegangen?«

Indi verzog das Gesicht. »Wie man es nimmt. Lilja wollte noch spielen, und wir haben einen Kaffee zusammen getrunken.« Sie bedachte ihn mit einem verunglückten, fast trotzigen Lächeln. »Ich verstehe jetzt, warum du nicht mit ihr in einem Raum sein kannst. Fast alles, was sie sagt, ist ein Angriff. Selbst, wenn sie nett klingt, sucht sie in Wahrheit nur eine Wunde, in der sie stochern kann.«

Indis Worte provozierten einen leisen Alarmton in seinem Inneren. »Es tut mir leid, Indi. Ich hätte dich nicht mit ihr allein lassen sollen. Sie hasst mich. Und sie verwendet alles gegen mich, was sie irgendwie zu fassen …«

»Sie hasst dich nicht«, unterbrach Indi ihn. »Sie liebt dich und ist wahnsinnig enttäuscht von dir. Das ist ein Unterschied.«

Ein kalter Stich bohrte sich in sein Herz. Sie hatte recht. An Mareis Hass zu glauben war nur eine Vereinfachung, um sich weniger schuldig zu fühlen.

Der Alarmton wurde lauter. Was hatten die beiden miteinander geredet?

»Stimmt es, dass du wieder fortgehen wirst?« Die Frage platzte aus Indi heraus. »Zurück in den Krieg? Weil du nicht anders kannst? Weil es irgendeine Form von Sucht ist, die dich dazu zwingt?«

Hatte Marei das behauptet? Plötzlich war er beinahe erleichtert. »Das ist Quatsch, Indi. Kriegsberichterstattung ist vieles, aber ganz sicher keine Sucht. Außerdem weißt du, wie es mir geht. Wenn ich jetzt dorthin gehen würde, könnte ich mir auch gleich ein Zielkreuz auf die Stirn malen.«

»Das sagst du heute.« Plötzlich wirkte sie aufgelöst. »Aber was ist in ein paar Monaten? Oder Jahren? Wenn du die Krankheit überwunden hast? Irgendeine Situation eskaliert, und plötzlich treibt es dich wieder da hin. Könnte das passieren?«

Etwas an dem Gedanken ließ seinen Puls in die Höhe schnellen. Rhythmisch rauschte der Herzschlag in seinen Ohren. Vorsichtig schob er Indis Beine zur Seite und setzte sich auf die Sofakante. »Das ist vorbei«, murmelte er. »Vielleicht schreibe ich irgendwann wieder über Kriege. Vielleicht finde ich wieder die Kraft, um Krisen und Konflikte zu recherchieren. Aber ich werde nie wieder in ein Kriegsgebiet gehen, und ich werde mich davor hüten, mich noch einmal persönlich involvieren zu lassen.«

Er sah Indi an. Ihr Gesicht war nah, ihre hellbraune Haut und die großen Augen.

»Warum liest du keine Nachrichten?«, flüsterte sie. »In unserer Küche liegen jeden Tag drei Zeitungen. Warum schiebst du sie immer nur zur Seite?«

War ihr das aufgefallen? Oder hatte Marei sie darauf gestoßen?

René rieb sich über das Gesicht. »Der Krieg in Syrien ist noch nicht vorbei. Aber ich will nicht wissen, wo sie bombardieren. Wenn ich die Nachrichten verfolgen würde, müsste ich jeden Tag darüber nachdenken, welche meiner Freunde noch leben oder wer vielleicht gerade stirbt. Das würde ich nicht lange aushalten.«

Vor allem die Kinder! Er musste wissen, wo die Kinder waren …

Für eine Sekunde spiegelte sich der Verlust in Indis Augen, dann glitt ihr Blick von ihm ab. Stattdessen schauten sie beide auf Hamsun, der immer noch zusammengerollt auf Indis Schoß lag.

Erst jetzt entdeckte René die bunte Holzkiste. Nur ein kleines Stück lugte zwischen Indis Arm und dem schwarzen Kater hervor.

Es war die Kiste, in der die Briefe ihrer Mutter lagen.

Gedankenverloren strich Indi mit der Hand darüber.

»Du hast die Briefe deiner Mutter geholt. Willst du sie lesen?«

Kaum merklich zuckte sie mit den Schultern. »Ich hab Angst davor.«

Eine Art von Angst, die er gut kannte. »Du hast Angst vor dem Schmerz, den sie dir zugefügt hat. Aber manchmal verursacht die Angst selbst den schlimmsten Schmerz. Vielleicht stellst du dir die Wahrheit in diesen Briefen viel schlimmer vor, als sie eigentlich ist.«

Endlich kehrte ihr Blick zu ihm zurück.

Vieles von dem, was Dr. Peters zu ihm gesagt hatte, galt auf sehr ähnliche Weise für sie. »Ein sehr schlauer Mann hat mir mal etwas sehr Weises erklärt. Er meinte, dass man ein Trauma nur überwinden kann, indem man den Schuldigen verzeiht. In meinem Fall ist das mit der Schuld sehr unübersichtlich. Aber bei dir ist es eindeutig: Du solltest deiner Mutter verzeihen, dass sie dich verlassen hat. Und du musst deinem Großvater verzeihen. Er hat dich sehr geliebt, Indi. Wenn er dich belogen hat, dann hatte er wichtige Gründe dafür. Und diese Gründe solltest du endlich erfahren.«

Eine einzelne Träne löste sich und lief über ihre Wange. Am liebsten hätte er sie fotografiert. Oder ihr Gesicht in Holz geschnitzt.

Stattdessen berührte er ihre Hand.

»Kannst du dabei sein?«, flüsterte sie. »Ich schaffe das nicht allein.«

Natürlich konnte er das. Sanft schob er sie und den Kater auf dem Sofa zur Seite und setzte sich hinter sie, sodass Indi mit dem Rücken an seiner Brust lehnte, während er die Beine um sie herumstreckte und es sich an der Armstütze gemütlich machte.

Indi kuschelte ihr Gesicht an seinen Oberarm. Die Kiste hielt sie noch immer auf dem Schoß.

Nur der Kater war verwirrt vom Sofa gesprungen und suchte nach einem neuen Schlafplatz. Während Indi die Holzkiste aufklappte und zögernd über die Briefe strich, rollte sich Hamsun zu ihren Füßen zusammen.

Für die nächsten Stunden würde hier niemand davonlaufen.

René schaute über ihre Schulter. »Welchen lesen wir zuerst?«

Indi strich von links nach rechts über die Briefe. »Ich weiß nicht mehr, welche ich damals gelesen habe. Aber sie sind geordnet. Vielleicht sollten wir vorn anfangen.« Seufzend zog sie den ersten Brief aus der Kiste. Der Briefbogen, den sie aus dem Umschlag holte, war klein und nur zum Teil beschrieben.

»»Hallo Nikolas‹«, begann Indi leise. »»Hier ist Valeria, deine Tochter. Ich wollte dir endlich mal schreiben und dir sagen, dass es mir einigermaßen gut geht. Ich bin jetzt endlich wieder frei. Noch ein paar Auflagen, aber wenn ich mich nicht dumm anstelle, bin ich die bald los. Wie geht es denn meinem Kind? Ich weiß, du hast damals von ihr erzählt, aber ich war wohl etwas dicht. Heißt sie noch Indica? Wie alt ist sie jetzt? Acht? Die Zeit vergeht echt schnell. Ich bin zufällig in der Stadt. Darf ich vorbeikommen und sie sehen? Du erreichst mich über das Telefon von einem Freund. Viele Grüße, Vally‹.« Damit war der Brief zu Ende.

Einen Moment lang starrte Indi darauf, als würde sie ihn noch einmal leise lesen. Dann schob sie ihren Finger über das Papier und deutete auf die Telefonnummer. »Ich wüsste gern, ob er sie angerufen hat. Und ich frage mich, was vorher war. *Damals.* Das hier ist zwar der erste Brief, aber wie es aussieht, hatten sie vorher schon Kontakt.«

Tatsächlich klang Valerias Nachricht, als hätte Nikolas noch viel mehr über ihr Leben gewusst. Und wenn sie jetzt wieder frei war – hieß das, sie war im Gefängnis gewesen? »Ganz sicher hat er sie angerufen.« Für René gab es keinen Zweifel. »Die Frage ist nur, was sie besprochen haben.«

Mit etwas Glück würden die Briefe die Frage beantworten.

Indi fischte den zweiten aus der Kiste. Dieses Mal ließ sich ahnen, dass es in der Zwischenzeit ein Telefonat gegeben hatte. Zumindest schien Valeria davon auszugehen, dass Nikolas von ihrer Drogensucht wusste. Der ganze Brief war eine Beteuerung, dass sie die Sache mit dem Kokain ganz sicher im Griff hatte. Von Indi sprach sie nur in einem Nebensatz, in einer kleinen Bitte, sie vielleicht doch sehen zu dürfen.

Indi zog den dritten Brief aus der Kiste, ohne den zweiten zu kommentieren, und schließlich las sie einen nach dem anderen. Manche waren nur kurze ›Ruf mich an, es ist dringend‹-Botschaften. Doch ab dem sechsten oder siebten Brief ging es meistens um Geld. Valeria hatte Schulden und bat Nikolas um Hilfe. Indi erwähnte sie mit keinem Wort mehr. Stattdessen ließen die Zeilen darauf schließen, dass Nikolas sich mit ihr getroffen hatte, mehr als nur einmal. Erst zehn oder fünfzehn Briefe später ging es wieder um Indi. Wann denn nun das Treffen mit ihrer

Tochter stattfand. Zum Geburtstag? An Weihnachten? Einfach so zwischendurch?

Offensichtlich hatte Nikolas einem Treffen zugestimmt, doch die Briefe danach waren eine Aneinanderreihung von Entschuldigungen. Leider hätte sie nicht kommen können, weil sie sich krank gefühlt habe, weil etwas dazwischengekommen sei – weil sie es dummerweise vergessen hatte. Ihre Entschuldigungen klangen nach faden Ausreden. Als ginge es um eine vergessene Hausaufgabe.

Auf ihren Entschuldigungsbriefen hinterließ sie weder eine Telefonnummer noch eine aktuelle Adresse. Offensichtlich hatte sie nicht gewollt, dass Nikolas persönlich mit ihr darüber sprach.

Nur wenn es um Geld ging, sparte sie nicht mit Kontaktmöglichkeiten. Manchmal schrieb sie ihre Überweisungsdaten sogar direkt unter den Abschiedsgruß.

Indi war immer seltener ein Thema. Hin und wieder schrieb Valeria aus einer Entzugsklinik. Dann klang sie jammernd und beteuerte, dass sie dieses Mal für immer clean bleiben würde. Sie versprach, dass sie ihre Tochter endlich kennenlernen und für sie sorgen wollte. Einmal bettelte sie sogar darum, bei Nikolas und Indi wohnen zu dürfen.

Doch schon der nächste Brief brachte einen Umschwung. Plötzlich war sie in Brasilien und reiste mit interessanten Leuten umher. Zu anderen Zeiten war sie in Indien oder Peru, wo sie in einer tollen Selbstversorgerkommune lebte. Dass sich solche Kommunen hauptsächlich mit Drogen versorgten, ließ sich allein aus ihrem verworrenen Schreibstil mutmaßen. Und spätestens am Ende der Briefe wurde deutlich, worum es eigentlich ging. Ihr fehlte das Geld für einen Rückflug, für unbezahlte Schulden oder um mal wieder was Richtiges zu essen.

Irgendwann schien Nikolas den Geldhahn endgültig zugedreht zu haben. Daraufhin fing Valeria an zu pöbeln, drohte zweimal mit Selbstmord und ging schließlich dazu über, Nikolas mit Todesflüchen zu belegen.

Danach folgte eine Pause von mehreren Jahren.

Während Indi all diese Briefe vorlas, schwankte ihr Tonfall zwischen nüchterner Kälte, bitterer Wehmut und schützendem Zynismus. Doch gegen Ende wurde ihre Stimme dünn. »Ich war ihr vollkommen egal«, flüsterte sie. »Es ging immer nur um Geld. Ich war ein Vorwand, mit dem sie Nikolas unter Druck setzen konnte. Wenn sie wenigstens mal irgendwo erwähnt hätte, wer mein Vater ist! Aber nicht einmal das.«

René strich durch ihre Haare, legte seine Wange an ihre und hielt sie fest. »Du darfst es nicht persönlich nehmen. Ihre Sucht ist eine schwere Krankheit. Wenn sie in all der Zeit Kokain genommen hat, sind ihre Gefühle vollkommen abgestumpft. Sie konnte nicht mitfühlen, was sie dir antut. Ich nehme an, dein Großvater hat das erkannt. Deshalb hat er dich vor ihr beschützt.«

Indi atmete tief ein. »Warum ist mir das nicht in den Sinn gekommen, als ich die Briefe damals gefunden habe? Es hätte mir so viel erspart.«

Ihre Frage war berechtigt. Trotzdem war die Antwort einfach. »Du warst schockiert, weil dein Großvater dich so lange belogen hat. Deshalb hattest du Angst, genauer hinzuschauen. Wie viele von den Briefen hast du damals gelesen?«

Indi schüttelte den Kopf. »Nur ein paar Stichproben, nicht mehr als drei oder vier. Danach hab ich Herzrasen bekommen, wenn ich nur an die Briefe dachte. Aber am meisten Angst hatte ich vor dem hier.« Sie holte ein Kuvert hervor, das um ein Vielfaches dicker war als alle anderen. Es war ungeöffnet, und die Schrift auf der Vorderseite stammte nicht von Valeria.

Für Indi, stand darauf.

»Ist der von deinem Großvater?«

Ein kaum merkliches Zittern lief durch Indis Körper. »Ja. Es gab einen Karton unter seinem Bett. Darauf stand ›Bitte erst nach meinem Tod öffnen‹. In dem Karton war die Kiste mit ihren Briefen. Und obendrauf dieses Kuvert von ihm. Wahrscheinlich wollte er, dass ich seine Nachricht zuerst lese. Aber ich hatte nur Augen für die Briefe meiner Mutter. Und danach war ich so wütend auf ihn. Ich wollte seine Rechtfertigung gar nicht hören.«

René unterdrückte ein Seufzen. Vermutlich enthielt der Brief eine Antwort auf alles. Vielleicht hätte Indi sich die ganze Katastrophe ersparen können, wenn sie einfach nur diesen Brief gelesen hätte. Aber Trauer und Wut trafen keine vernünftigen Entscheidungen. »Sollen wir ihn jetzt lesen?«

Indi räusperte sich unbehaglich. »Wenn du ihn vorliest.« Sie hielt ihm den Brief hin.

René zog vorsichtig die Briefbögen heraus und faltete sie auseinander. Es waren mindestens fünf oder sechs Blätter.

»›Liebe Indi‹«, begann er leise. »›Wenn du diesen Brief findest und liest, werde ich wahrscheinlich nicht mehr leben. Deswegen möchte ich dir als Allererstes eines sagen: Ich liebe dich. Du bist der größte Schatz, der mir jemals anvertraut wurde, und ich bin sehr glücklich darüber, dass es so gekommen ist. Auf deine Mutter, Valeria, war ich oft sehr wütend. Aber dafür, dass sie dich zu mir gebracht hat, bin ich ihr bis heute dankbar.

Valeria ist auch der Grund, warum ich dir diesen Brief schreibe. Ich weiß, ich hätte viel eher mit dir darüber sprechen sollen, und vielleicht ist es feige von mir, dass ich diesen Brief schreibe, anstatt dir einfach in einem ruhigen Moment alles zu erzählen. Andererseits gibt es gute Gründe, warum ich dir die Wahrheit bislang verschwiegen habe. Ich hoffe, dass du diese Gründe verstehen wirst, wenn du diesen Brief gelesen hast.

Anfangs, als du vor meiner Wohnungstür ausgesetzt wurdest, wusste ich kaum etwas über meine Tochter. Ich wusste, dass es sie gibt, das ja. Aber sie ist bei ihrer Mutter aufgewachsen, und ich habe sie nur ein paarmal gesehen, als sie noch ein Kind war. Ihre Mutter, deine Großmutter, war ein unternehmungslustiger, aber auch schwieriger Mensch. Du weißt, dass wir uns auf einer Reise kennengelernt haben. Wir waren Pioniere des Hippie-Trails, auf dem Landweg über den Nahen Osten bis nach Indien. Dass Gudrun in dieser Zeit schwanger wurde, habe ich erst erfahren, als ich Monate später wieder zu Hause war. Damals war es noch üblich, dass man heiratet, wenn man ein Kind bekommt. Aber Gudrun war eine Verfechterin der freien Liebe, und die Abhängigkeitsbeziehung zwischen Mann und Frau war ihr zuwider. Valeria wurde in Indien geboren, und auch danach war Gudrun noch eine Weile mit ihr unterwegs. Erst als Valeria ins Schulalter kam, ist ihre Mutter mit ihr nach Köln gezogen. In den Jahren danach hat Gudrun doch noch geheiratet. Zweimal. Jedes Mal endete es mit einer Scheidung.

Ich habe nie herausgefunden, was in Valerias Kindheit schiefgelaufen ist. Ich glaube, ihre Mutter konnte das sesshafte Leben und die bürgerliche Normalität der Siebziger nur schwer ertragen. Valeria war sechzehn und hatte gerade ihren Hauptschulabschluss, als Gudrun beschloss, wieder mit ihr zu reisen. Was genau auf dieser Reise passiert ist, weiß ich nicht. In jedem Fall bekam Gudrun eine Malariainfektion, an der sie gestorben ist.

In den Jahren danach ist Valeria verloren gegangen. Ob sie schon vor deiner Geburt mit den Drogen angefangen hat, konnte ich nie herausfinden. In jedem Fall hat sie das Hippieleben ihrer Mutter weitergeführt.

Alles, was ich dir in den ersten Jahren über sie erzählt habe, ist die Wahrheit. Ich wusste nicht, wo sie ist, und nicht einmal die

Behörden konnten es herausfinden. Als du fünf warst, durfte ich dich schließlich adoptieren.

Erst als du sechs warst, habe ich doch etwas von deiner Mutter gehört. Ein Sozialarbeiter schrieb mich an, nachdem sie am Flughafen festgenommen worden war. Sie war aus Peru eingereist und wurde mit Kokain in ihrem Koffer aufgegriffen. Jetzt saß sie wegen Verdacht auf Drogenschmuggel in Untersuchungshaft.

Dort im Gefängnis habe ich sie zum ersten Mal gesehen. Aber der Besuch war schockierend. Sie war noch keine fünfundzwanzig, doch sie sah abgehärmt und krank aus. Nachdem sie endlich begriffen hatte, wer ich bin, hat sie nur darüber geredet, dass sie Geld braucht und dass ich ihr helfen soll, wieder rauszukommen, und wenn schon nicht das, sollte ich wenigstens Drogen für sie in den Knast schmuggeln. Ich habe von dir erzählt und versucht, ihr Interesse zu wecken – aber sie kam bei jeder Gelegenheit auf das Thema Drogen zurück.

Ich konnte nicht viel für sie tun. Für einen teuren Anwalt hatte ich kein Geld. Deshalb musste sie mit einem Pflichtverteidiger zurechtkommen. Vor Gericht konnte er glaubhaft machen, dass das Kokain in ihrem Koffer nur zum Eigengebrauch gedacht war. Deshalb fiel die Gefängnisstrafe nicht ganz so lang aus.

Immerhin hat sie es geschafft, im Knast clean zu werden. Aber der Umgang mit ihr blieb schwierig. Anfangs hab ich sie regelmäßig besucht und mich darum bemüht, ihr eine andere Perspektive aufzuzeigen. Ich wollte, dass sie sich Gedanken macht, wie sie nach dem Gefängnis ein neues Leben anfangen kann. Vielleicht sogar bei uns in der Nähe, damit sie dich endlich kennenlernt.

Im Laufe der Zeit hat sie mir alles Mögliche versprochen. Aber es fiel ihr schwer, sich an Regeln und Absprachen zu halten, selbst im Gefängnis.

Sie hat mich nicht informiert, als sie auf Bewährung entlassen wurde, sondern sich erst Monate später mit einem Brief bei mir gemeldet. Das war in all den Jahren unser größtes Dilemma: Nur, wenn sie mir eine Telefonnummer oder Adresse schrieb, konnte ich sie erreichen. Aber sie war nie lange an einem Ort. Und die Leute, die sie leichthin als Freunde bezeichnete und deren Kontaktdaten sie mir gab, waren manchmal nur lose Bekanntschaften, bei denen sie ein paar Tage auf der Couch verbracht hat.

In der Zeit nach dem Gefängnis hat sie eine Weile in einer WG in Berlin gewohnt. In diesen Monaten habe ich oft mit ihr telefoniert. Ich wollte ihr helfen, sich ein richtiges Leben aufzubauen. Außerdem sollte sie dich kennenlernen. Immer wieder haben wir einen Treffpunkt vereinbart, aber sie war kein einziges Mal da.

In den Jahren darauf war es ein ständiges Hin und Her aus Auslandsaufenthalten, Kriminaldelikten, Entzug und Rückfall. Ihre Briefe habe ich alle aufbewahrt, du kannst sie lesen.

Vor allem ihre Psyche hat sich unter dem jahrelangen Kokainkonsum massiv verändert. Sie war kalt und rücksichtslos, nur auf ihre eigenen Interessen bedacht, und ihr größtes Interesse waren die Drogen. Mitgefühl und Verständnis für andere waren ihr fremd. Dass sie ein Kind hatte, schien sie manchmal vollkommen zu vergessen.

Du warst dreizehn und gerade in einer sehr empfindlichen Phase, als sie erneut für längere Zeit clean wurde. Auslöser war eine Überdosis, die sie fast getötet hätte. Danach hat sie den Entzug zum ersten Mal ernst genommen.

Also hab ich ihr eine letzte Chance gegeben, dich zu sehen. Und dieses Mal ist sie tatsächlich gekommen. Wir waren zu dritt in einer Pizzeria, keine Ahnung, ob du dich daran erinnerst. Es war ein sehr sonderbares Treffen.‹«

»Oh Gott!«, rief Indi dazwischen. Entsetzt drehte sie sich zu René um. »Ich erinnere mich! *Das* war meine Mutter? Sie sah schrecklich aus. Fleckig gefärbte Haare, abgemagert und mit eingefallenen Wangen. Nikolas hat sie mit einer Umarmung begrüßt. Danach haben sich beide eigenartig benommen. Manchmal hat sie sich an ihn geklammert und ihm etwas zugeflüstert. Ich dachte den ganzen Abend, sie wäre seine Geliebte. Mit mir konnte sie nicht viel anfangen. Sie hat mich nur angestarrt und komische Fragen gestellt. Danach hab ich sie nie wieder gesehen.« Indis Stimme zitterte. »Warum hat er mir das nicht gesagt? Wenn ich gewusst hätte, dass sie meine Mutter ist …«

René hielt den Atem an. Nikolas hatte versucht, Indi zu beschützen. »Wenn du es gewusst hättest, hätte es nur noch mehr wehgetan. Sie so zu sehen und zu wissen, dass sie deine Mutter ist.« Er drehte den Briefbogen im Licht der Leselampe und suchte die Zeile wieder. »Soll ich weiterlesen?«

Indi lehnte sich wieder an ihn und nickte kaum merklich.

»›Genau genommen war dieser Abend eine Katastrophe. Sie hat sich nicht mal Mühe gegeben, mit dir zu reden, und du konntest sie nicht leiden. Zuerst hab ich mich gewundert, warum sie überhaupt zu diesem Treffen gekommen ist, aber natürlich ging es wieder nur um Geld, Schulden, ein paar Tausender, die sie von mir wollte. Aber so viel Geld hätte ich gar nicht gehabt.

Danach ist sie abermals untergetaucht. Für die nächsten zwei Jahre hab ich nichts mehr von ihr gehört.

Als sie schließlich wieder ankam, habe ich eine klare Grenze gezogen: kein weiteres Geld und keine Treffen mit mir oder dir. Du warst fünfzehn und hattest dich endlich damit abgefunden, deine Mutter niemals kennenzulernen. Ich wollte verhindern, dass du die Wahrheit erfährst. Ich wollte nicht, dass es dich aus der Bahn wirft.

Ohne die Chance, von mir Geld zu bekommen, hat sich Valeria kaum noch gemeldet. So gingen die Jahre dahin, bis du erwachsen wurdest. Kurz dachte ich, dass sie vielleicht mit dir Kontakt aufnehmen würde, sobald du 18 bist, aber das hat sie nicht getan.

Ich weiß, ich hätte dir diese Geschichte schon viel eher erzählen sollen. Doch du hast dich so tapfer von einem Schritt zum nächsten gekämpft, erst durch deine Lehre und dann durch dein Studium. Und ich hatte große Sorge, dass du versuchen würdest, deine Mutter noch irgendwie zu retten. Ich hab dir zugetraut, dass du dir einfach einen weiteren Nebenjob suchen würdest, nur um ihr Geld geben zu können. Aber ich wollte nicht, dass du dich für sie kaputt machst. Weil sie nicht einmal annähernd das zurückgegeben hätte, was du dir eigentlich von ihr wünschst: ihre mütterliche Liebe.

Also habe ich weiterhin geschwiegen – wenn auch mit einem schlechten Gewissen. Doch natürlich hast du ein Recht auf die Wahrheit. Deshalb schreibe ich diesen Brief.

Für alle Fälle hinterlasse ich dir die Adresse des Wohnheims, in dem deine Mutter momentan lebt. Soweit ich weiß, ist sie inzwischen clean. Aber sie leidet unter schweren Folgeschäden von der jahrelangen Sucht. Deshalb lebt sie in einer betreuten Einrichtung.

Jetzt, da du es weißt, kannst du selbst entscheiden, ob du Kontakt zu ihr haben möchtest. Aber bitte tu dir und mir einen Gefallen: Zieh eine Grenze, sobald sie dich ausnutzen will. Sie hat nie Verantwortung für dich übernommen, und du bist nicht verantwortlich für ihr verkorkstes Leben.

Es tut mir leid, dass ich das alles so drastisch schreibe, dass ich es überhaupt schreibe, anstatt mit dir an einem Tisch zu sitzen und über alles zu reden. Anscheinend bin ich ein alter

Trottel, der sich nach so vielen Jahren immer noch davor scheut, Konflikte vernünftig zu lösen. Ich verstehe es, wenn du deswegen wütend auf mich bist. Aber ich hoffe auch, dass du mir eines Tages verzeihen kannst. Ich liebe dich, Indi. Und seit du bei mir bist, habe ich alles immer nur für dich getan. Das sollst du wissen, meine kleine Lumina.

In Liebe

Dein Großvater Nikolas‹«

Nur das leise Schnurren des Katers durchdrang die Stille nach dem letzten Wort. Einen Moment lang hielten sie beide den Atem an. Dann begann Indi leise zu weinen.

René legte den Brief beiseite und zog sie an sich. Für eine Ewigkeit saßen sie so da und spürten dem Schmerz nach. Aber irgendwann wurde Indis Atem ruhiger. Und schließlich konnte René nahezu sehen, wie sich das Monster auflöste, vor dem sie ihr Leben lang geflohen war.

Wie es aussah, hatte Dr. Peters recht: Selbst eine schlimme Wahrheit war leichter zu ertragen als die Ungewissheit. Weil der Schmerz mit der Wahrheit seinen Höhepunkt fand und danach immer schwächer wurde.

Indi würde sich bald entscheiden müssen – ob sie ihre Mutter im Pflegeheim kennenlernen wollte oder nicht. Aber wenn sie diese Entscheidung hinter sich gebracht hatte, würde sie endlich die Chance bekommen, ihren Frieden zu finden.

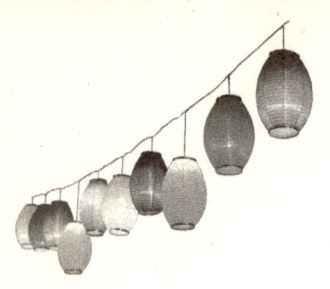

Kapitel 29

Der Brief kam am nächsten Dienstag. Irgendwann am Nachmittag musste Indi ihn gemeinsam mit der restlichen Post und dem Gemüse vom Markt die Treppe heraufgebracht haben. Seitdem hatte er mit den Zeitungen auf dem Küchentisch geschlummert und war von niemandem beachtet worden. Auch René hätte ihn beinahe übersehen, als er die Teller für das Abendessen auf den Tisch stellte und die Post achtlos beiseiteschob. Nur ein winziger Teil seines Unterbewusstseins hakte sich daran fest.

Im Adressfeld stand sein Name.

René nahm den Umschlag in die Hand. Das flaue Gefühl überkam ihn im selben Moment. Es war der erste Brief, der ihm an Indis Adresse geschickt wurde. Das meiste trudelte noch immer bei seinen Eltern ein.

Aber das war nicht der Punkt.

Während er das Sichtfenster des Kuverts betrachtete, bemerkte er nur am Rande, dass Indi hereinkam. Wasser rauschte und die Sprudelmaschine gluckerte, aber René hörte nur das Blut, das in seinen Ohren pulsierte.

Der Absender war klein gedruckt und halb vom Fensterrand verdeckt. Dennoch ließen sich die Buchstaben rekonstruieren.

Amtsgericht Tempelhof-Kreuzberg – Familiengericht

Indi sagte etwas, doch das Zischen in seinen Ohren wurde lauter. Seine Finger rissen den Umschlag auf.

Schon gestern früh hatte Marei das Montagstreffen mit Lilja

abgesagt. Dabei hatte sie sich nicht einmal die Mühe gemacht, ihn anzurufen. Sie hatte ihm nur die Nachricht geschrieben, dass sie Lilja selbst von der Kita abholen würde. Ohne Begründung. Und ohne noch einmal auf seine Nachfrage zu antworten.

Stattdessen nun dieser Brief.

Flüchtig überflog er den Text. Die genauen Worte waren nicht wichtig, um den Inhalt zu begreifen.

»Was ist?« Von weitem drang Indis Frage zu ihm.

René las den Text noch einmal genauer. Kälte stahl sich in seine Atemluft.

»Nun sag schon!« Sie klang besorgt, erschrocken – doch die Gefühle erreichten ihn nicht.

Er schob den Brief über den Tisch, berührte dabei ihre Hand und zuckte zurück. Indis Lippen bewegten sich, während sie vorlas. Unhörbar hinter dem Rauschen in seinen Ohren. Nur einzelne Satzfetzen drangen zu ihm durch. Oder war es seine Erinnerung an den Text? *Antrag auf Ausschluss des Umgangs-rechts … Vater aufgrund psychischer Störung unfähig zur Durch-führung des Umgangs … Traumatische Kriegs- und Gewalterfah-rung … Fünfjähriger Aufenthalt im Nahen Osten, u. a. Syrien und Irak … Verdacht auf Radikalisierung … Inhaftierung in Syrien … sechs Monate Klinikaufenthalt … zeitweilig obdachlos … verstö-rendes Verhalten in Gegenwart des Kindes … akute Gefährdung des Kindeswohls …*

Der Rest versank in Schwärze. Er durfte Lilja nicht wieder-sehen. Es war vorbei.

»Das kann sie nicht machen!« Indi ließ den Brief auf den Tisch fallen. »Als ob du eine Gefahr für deine Tochter wärst. Der ganze Brief ist eine Lüge! Sie verdreht sämtliche Tatsachen. Es kann nicht sein, dass sie damit durchkommt.«

Indi hatte keine Ahnung. Marei und ihre Anwaltsfreunde

fanden jeden Haken, an dem sie ihn aufknüpfen konnten. Und davon gab es genug. Im Grunde hatte er die ganze Zeit gewusst, dass es so kommen würde. Allein deshalb hatte er Marei die Wahrheit verschwiegen. Weil sie jedes Detail gegen ihn verwendete.

Dabei hatte er so gründlich darauf geachtet, dass sie nichts erfuhr. Nicht von der Krankheit, nicht von der Klinik, nicht von den Dingen, die er im Krieg erlebt hatte.

Und bis vor kurzem hatte sie tatsächlich nichts gewusst.

Was vor allem eine Frage aufwarf. »Wie hat sie das alles erfahren?«

Indi zuckte zusammen.

Es gab nur wenige Menschen, die über seine Krankheit Bescheid wussten. Niemand von ihnen hatte Kontakt zu Marei. Fast niemand. Juliette vielleicht. Aber die Treffen der beiden lagen schon Jahre zurück.

Nur Indi hatte Marei vor kurzem noch gesehen – und sich mit ihr unterhalten.

Die Schlussfolgerung rebellierte in seinem Kopf, bis ihm die Frage herausrutschte. »Hast *du* mich verraten?«

Hörbar schnappte Indi nach Luft. »Ich? Warum sollte ich dich verraten?« Entsetzt starrte sie ihn an. Dennoch flackerte Unsicherheit in ihren Augen.

In der nächsten Sekunde sprang sie auf, tigerte durch die Küche, stützte sich vornüber auf den Herd. »Marei hat Fragen gestellt. Wo du warst. Warum du nicht bei Lilja sein konntest. Irgendetwas musste ich sagen. Also hab ich behauptet, dass du beim Zahnarzt bist. Ob sie mir geglaubt hat, weiß ich nicht. Aber sonst hab ich nichts gesagt.« Wieder klang sie unsicher, mit einem Zögern in ihrer Stimme. Als wüsste sie selbst nicht mehr so genau, was sie gesagt hatte. Oder wollte sie es nur nicht zugeben? Vielleicht hatte sie ihn nicht absichtlich verraten. Aber was, wenn es versehentlich geschehen war? Weil Marei eine Aussage provoziert hatte?

Der schwarze Abgrund zerrte ihn tiefer, eisige Kälte legte sich um sein Herz. Es war gefährlich, anderen Menschen zu vertrauen. Und bei denen, die man liebte, war es am gefährlichsten.

* * *

Etwas in Renés Augen zerbrach. Aber Indi blieb nur ein winziger Moment, um einen Blick darauf zu erhaschen. Danach sprang er auf, schnappte seinen Autoschlüssel und stürmte aus der Wohnung.

Indi wollte ihm folgen. Doch ihre Gedanken hielten sie fest. René warf ihr Verrat vor – und sie konnte nicht sicher sein, ob es stimmte. Was, wenn sie doch zu viel erzählt hatte? Vielleicht hatte Marei längst geahnt, dass René krank war, und Indis Andeutungen hatten ausgereicht, um es zu bestätigen.

Aber der Brief enthielt noch mehr Vorwürfe. Und die anderen Anschuldigungen stammten ganz sicher nicht von ihr.

Ihr Zögern dauerte einen Augenblick zu lange. Erst nach dem Gedanken folgte sie René aus der Wohnung. Doch die Parkbucht vor dem Haus, wo vorhin noch der Transporter gestanden hatte, war leer.

»Komm zurück!« Indi war nach Schreien zumute. Aber ihre Stimme brachte nur ein Flüstern hervor.

Sie musste etwas tun. Irgendetwas, um ihn zu retten.

Der Brief war kein Urteil gewesen. Nur ein Antrag. Ein Antrag auf Ausschluss des Umgangsrechts. Was genau bedeutete das?

Indi lief zurück ins Haus, rannte die Treppe hinauf und stürmte in ihr Atelier. Ihr Laptop stand auf der Werkbank. Sie trug ihn in die Küche und öffnete den Browser. Marei hatte unrecht. Vielleicht hatte er eine psychische Erkrankung. Aber im Alltag war es nicht mehr spürbar. Und ganz sicher war er keine Bedrohung für Liljas Kindeswohl.

Und alles andere? Gewalterfahrung? Verdacht auf Radikalisierung?

René hatte ihr alles erzählt. Auch davon, dass mächtige Männer in der Freien Syrischen Armee ihn auf ihrer Seite haben wollten. Aber was bedeutete das? Und was wusste Marei?

Marei wusste gar nichts! Sie griff nach einer Lüge. Nach einer gewaltigen, bösartigen Lüge.

Entscheidend war das Urteil des Gerichts. Und das war noch nicht gesprochen.

Antrag auf Ausschluss des Umgangsrechts. Hastig tippte Indi die Stichworte in die Suchmaske, zappte durch die Links und fing an zu lesen.

Es war nicht schwer, passende Ergebnisse zu finden. Tausende von Eltern schienen dasselbe Problem zu haben. Nach der Trennung hassten sie sich und suchten nach Gründen, sich gegenseitig die Kinder wegzunehmen. Passend dazu gab es hunderte von Anwälten, die sich auf das Thema spezialisiert hatten. Doch die meisten Anträge scheiterten vor Gericht. Es gab nur wenige Gründe, die ein Umgangsverbot mit dem eigenen Kind tatsächlich rechtfertigten.

Eine schwere Krankheit, die das Wohl des Kindes gefährdete, war einer davon.

Während Indi recherchierte, waren Hunger und Müdigkeit wie weggeblasen. Das Essen auf den Tellern war längst kalt, und die Uhr in ihrem Laptop zählte Stunde um Stunde.

Aber Indi musste eine Lösung finden, noch heute Nacht, bevor er wiederkam. Damit sie ihm sagen konnte, wie die Sache zu retten war.

Falls sie zu retten war.

Und falls er wiederkam.

Nach dem ersten Überblick wurde es schwieriger. Im Detail hing alles von Beweisen, Zeugenaussagen und psychologischen Gutachten ab. Wie schwer wog Renés Krankheit? Und was hatte er im Krieg getan?

Der Brief lag neben ihr auf dem Tisch. Doch in all den Stunden, die sie recherchierte, wagte sie es nicht, ihn noch einmal zu lesen.

Verdacht auf Radikalisierung.

René war nicht radikal. Er war in den Krieg hineingeraten und zu lange dortgeblieben, das ja. Und er hatte viele Menschen gekannt, Leute, die schon früher seine Freunde gewesen waren – womöglich hatten manche von ihnen eine radikale Laufbahn eingeschlagen.

Aber nicht René. Sie hatte ihn auf dem Video gesehen. Nur wenige Monate, bevor er Syrien verließ – in Jeans und Pullover, und die einzige Waffe in seiner Hand war eine Kamera.

Würde Marei es tatsächlich wagen, eine solche Lüge bei Gericht vorzubringen? Und wie genau kam sie auf diese Behauptung?

Mit zitternden Fingern tippte Indi neue Suchbegriffe ein: *René Lasalle, Syrien.*

Bis jetzt hatte sie noch nie nach ihm gesucht und noch keinen Artikel von ihm gelesen. In der nächsten Sekunde hatte sie die freie Auswahl. Er hatte für mehr als nur eine namhafte Zeitung geschrieben. Dazu Interviews und Filme in diversen Mediatheken. Indi klickte sie willkürlich an, stieß auf Artikel, die hinter einer Bezahlmaske lagen, und pickte sich solche heraus, die sie einfach so lesen konnte.

Was er schrieb, handelte ausnahmslos vom Krieg. Überwiegend von Syrien, aber auch Krisenherde in anderen Ländern spielten eine Rolle. In jedem Fall waren seine Themen nah an den Menschen, an einzelnen Familien, deren Schicksale als Beispiele für ganze Gesellschaften dienten. Dazwischen Hintergrundinformationen, immer wieder dieselben Konflikte, die sich wie ein roter Faden durch verschiedene Kriege zogen. Nur Lösungen gab es keine. Alles, was er schilderte, endete in einem Dilemma. Tod und Zerstörung, die immer weitere Zerstörung hervorbrachten. Eine tiefe Tragik wohnte seinen Geschichten inne, vorgetragen in einer Sprache, die voller Wärme erzählte und dennoch wie ein Brennglas auf die Wahrheit zielte.

Spätestens nach dem fünften Artikel musste Indi die Tränen fortblinzeln. René selbst kam nicht in den Geschichten vor. Sämtlicher Raum gehörte den Menschen, die er porträtierte. Dennoch war es, als würde sie sich ein zweites Mal verlieben, in denjenigen, der sich als unsichtbarer Zuschauer im Hintergrund hielt und der dennoch so vieles durchschaute. Sie wollte ihm Fragen stellen und noch mehr erfahren – und kam sich gleichzeitig wie eine Spionin vor. Er hatte die Artikel veröffentlicht. Jeder konnte sie lesen. Trotzdem war es falsch, dass sie es tat. Ausgerechnet heute Nacht.

Irgendwann wurde sie doch müde. Mitten beim Lesen fielen ihre Augen zu.

Erst das Klicken des Schlüssels schreckte sie auf. René stand im Flur. Mit undurchdringlicher Miene schaute er zu ihr in die Küche. »Du bist noch wach?«

Indis Herzschlag raste vom plötzlichen Aufwachen. Sie fand keine Antwort, zumindest nicht so schnell.

René ließ ihr keine Zeit. Ohne weitere Worte ging er durch den Flur, verschwand in seinem Atelier und schloss die Tür.

Plötzlich waren die Erklärungen da, all die Dinge, die sie ihm schon die ganze Nacht sagen wollte. Indi sprang auf, folgte ihm durch den Flur und rief durch die geschlossene Tür: »René! Ich hab recherchiert. Marei kann dir dein Kind nicht einfach so wegnehmen. Sie muss triftige Gründe vorbringen, und sie muss alles beweisen.«

Und was, wenn sie das konnte? Wenn sie Dinge wusste, die Indi noch nicht herausgefunden hatte?

Von René kam keine Antwort.

»Du brauchst einen eigenen Anwalt. Und ein Gutachten von deinem Psychiater. Wenn er dir bescheinigt, dass du deinem Kind nicht schadest, hast du vor Gericht gute Chancen.«

Hinter der Tür blieb es still. Würde er es aushalten, zwischen seinen Skulpturen zu schlafen? Oder würde er ein weiteres Mal zusammenbrechen?

»Bitte komm raus!« Plötzlich weinte sie. »Ich hab dich nicht verraten. Ich würde das nie tun. Ich liebe dich.«

Seit heute Nacht noch mehr. Seit sie gelesen hatte, wie sich die Welt in seinen Gedanken spiegelte.

Plötzlich ging die Tür auf. René stand vor ihr, noch immer vollständig bekleidet. Nur die Erschöpfung schimmerte dunkel in seinen Augen. »Geh schlafen, Indi.« Etwas an seinem Tonfall klang zärtlich.

Indi machte einen Schritt auf ihn zu, wollte ihn in den Arm nehmen und alle Zweifel ausräumen. Aber René trat rückwärts in sein Zimmer und schob die Tür wieder zu.

Für den Rest der Nacht rollte Indi sich unter ihrer Bettdecke zusammen. Doch ohne ihn war alles kalt. Seine Umarmung fehlte, seine Wärme in ihrem Rücken und sein beiläufiges Streicheln auf ihrer Haut. Für eine Ewigkeit lag sie da, ohne zu schlafen, ehe die Dunkelheit in wirre Träume überging.

Als sie gegen Mittag aufstand, fand sie René in der Küche. Auf dem Tisch lag sein aufgeklappter Laptop, rundherum stapelten sich Zeitungen und Papiere. Er selbst lehnte in der Balkontür und telefonierte. Einen Moment lang lauschte er in den Hörer. Indi schien er nicht zu bemerken.

Erst in der Sekunde danach antwortete er dem Anrufer. Doch Indi verstand kein Wort. René sprach arabisch, flüssig und schnell, mit einer Spur von Aggressivität im Tonfall. Mitten in seiner Redeflut drehte er sich um, entdeckte Indi und stockte. Aber die Sprechpause dauerte nur kurz. Gleich darauf legte er wieder los.

René wusste, dass sie die Sprache nicht verstand. Er senkte weder die Stimme, noch machte er eine weitere Pause. Nur sein Blick blieb bei ihr.

Vielleicht konnten sie nach dem Telefonat darüber reden.

Doch René klappte den Laptop zu, noch während er telefonierte. Auch seinen Papierkram räumte er auf einen Stapel. Sobald er aufgelegt hatte, steckte er das Handy in die Gesäßtasche, türmte die Sachen auf seinen Arm und ging wortlos an Indi vorbei.

Keine Begrüßung, keine Erklärung. Mit der Schulter drückte er die Ateliertür hinter sich zu.

Hinter der verschlossenen Tür telefonierte er erneut. Dieses Mal war es nicht Arabisch, aber ebenso unbekannt. Paschtu? René hatte erzählt, dass er die Sprache der afghanischen Mehrheit beherrschte. Genauso gut konnte es Persisch sein. Oder irgendein Dialekt? Eine Regional- oder Stammessprache?

Wer konnte schon sagen, welche Sprachen René Lasalle sonst noch gelernt hatte?

Indi kämpfte gegen die Tränen, während sie Kaffee kochte.

Was hatte er vor? Mit wem sprach er und worüber?

Sein Therapeut oder ein Anwalt konnten es nicht sein. Mit ihnen würde er wohl kaum arabisch reden.

Für eine Sekunde war sie versucht, sein nächstes Telefonat vom Flur aus aufzunehmen. Sie kannte genug Leute, die Arabisch sprachen. Sie würde schon jemanden finden, der es übersetzte.

Noch mitten im Gedanken schreckte sie zurück. René hätte jedes Recht, sie als Verräterin zu bezeichnen, wenn sie ihm auf diese Weise nachspionierte. Außerdem sollte niemand seine Worte hören, bevor Indi wusste, worum es ging. Sie musste als Erste erfahren, was er im Schilde führte. Damit sie ihn im Notfall aufhalten konnte.

Als sein nächstes Telefonat beendet war, gab Indi sich einen Ruck. Leise klopfte sie bei ihm an, wartete vergeblich auf Zustimmung oder Protest und schob die Tür einen Spalt weit auf.

René stand vornübergebeugt an seiner Werkbank. Einen Moment lang schien er sie nicht zu bemerken. Dann schaute er über die Schulter. »Bitte lass mich.«

»Ich mache mir Sorgen.« Indi trat einen Schritt in den Raum. »Mit wem telefonierst du? Und was hast du vor?«

Sein Gesicht war blass im trüben Nordlicht des Fensters. »Freunde. Geschäftspartner. Kontakte von Kontakten. Leute, die mir hoffentlich helfen können.«

»Helfen wobei?«

René stieß ein zynisches Lachen aus. »Lass es gut sein, Indi. Mir platzt auch so schon der Kopf.«

Ein Teil von ihr wollte sich zurückziehen. Aber eine Sache musste sie noch ansprechen. »Du brauchst wirklich einen Anwalt. Der Brief ist noch kein Gerichtsurteil. Marei hat nur einen

Antrag gestellt. Wenn du jetzt keinen Mist baust, kannst du noch gewinnen.«

Mit einem Ruck fuhr er auf und drehte sich zu ihr um. »Danke für die Recherche. Aber gewinnen *können* ist mir zu wenig.«

Er hatte etwas vor, etwas, das er womöglich bereuen würde. »Bitte, René. Du darfst jetzt nicht überreagieren.«

Mit einem tiefen Seufzen lehnte er sich gegen die Werkbank. Plötzlich sprach die Erschöpfung eines ganzen Lebens aus seinen Augen. »Geh zu deinen Lampen, Indi, bitte. Kümmere dich um dein Lichterfest am Samstag. Leb dein Leben, und lass den Weltuntergang bei mir.« Ein leises Schwanken lag in seiner Stimme.

Er liebte sie noch. Plötzlich sah sie es in seinem Blick. Er hatte den Verdacht, dass sie ihn verraten hatte, aber seine Gefühle waren noch da.

Leise trat Indi rückwärts. Es war genug. Sie konnte dieses Gespräch nicht länger erzwingen.

Stattdessen zog sie Schuhe und Jacke an und verließ das Haus. Ziellos lief sie durch die Straßen, immer weiter vorwärts, um nicht zurückzudenken.

Als sie am Abend die Wohnung aufschloss, war René fort, zusammen mit seinem Laptop, dem Autoschlüssel und der traurigen Lampe. Nur seine Skulpturen unter den Tüchern waren geblieben.

An der vordersten Skulptur hing ein Zettel. Indi ging langsam darauf zu.

Sie sind alle verkauft, stand dort. *Morgen kommen Leute und holen sie ab.*

Das konnte er nicht tun! Nicht so, nicht ohne eine Erklärung!

Hastig riss Indi ihr Handy aus der Hosentasche. Ihre Finger zitterten, als sie seine Nummer wählte.

Doch René nahm nicht ab. Ein ums andere Mal rief Indi ihn

an. Entweder er drückte sie weg oder er ignorierte sie. Ab dem 15. Versuch meldete sich nur noch die Mailbox.

Indi fluchte und lief in sein Schlafzimmer. Bis jetzt hatte er kein einziges Mal dort geschlafen. Nur seine Kleidung hatte er in dem Sternenschrank untergebracht.

Bis vorhin. Jetzt war der Schrank leer.

Indi suchte weiter, irgendwelche Dinge, die von ihm geblieben waren. Doch sie fand weder seine Kameraausrüstung noch sein Rasierzeug.

Er war fort!

Wieder griff sie nach ihrem Handy. Dieses Mal schrieb sie ihm. *René! Das kannst du nicht tun! Wo bist du? Was hast du vor? Was sind das für Leute, die deine Skulpturen abholen?*

Eine Ewigkeit starrte sie auf das Display und wartete auf eine Antwort.

Doch die Nachricht blieb ungelesen.

* * *

Die Männer kamen am nächsten Morgen. Sie waren zu dritt. Zwei jüngere und ein älterer Mann mit weißen Gewändern und einem weißen, langen Tuch als Kopfbedeckung. Sie grüßten höflich auf Englisch und ließen sich Renés Atelier zeigen. Untereinander sprachen sie arabisch, während sie die Skulpturen hinaustrugen. Als sie ein letztes Mal in die Wohnung kamen, hatte der Ältere einen Koffer bei sich, den er auf die Werkbank legte und öffnete. Er sprach Englisch. Doch sein Akzent war schwer verständlich, und Indis Blick konnte sich nicht vom Inhalt des Koffers lösen.

Es waren Geldscheine, ganze Stapel von grünen Hundert-Euro-Scheinen.

Der Kunstkäufer sagte etwas, was Indi kaum mitbekam. Nur anhand seiner Gesten ahnte sie, dass sie das Geld zählen sollte.

Als sie nicht reagierte, zählte er die Geldbündel vor ihren Augen. Wieder sprach er schnell und undeutlich. Welche Summe er verkündete, kam nur flüchtig bei ihr an. Nur die abschließende Frage konnte sie gut verstehen. »Okay?«

Woher sollte sie wissen, welche Summe René ausgemacht hatte? Oder was das Ganze hier überhaupt sollte?

Erst nach ihrem flüchtigen Nicken wirkte der Käufer zufrieden, grüßte sie zum Abschied und verließ als Letzter die Wohnung.

Zurück blieben ein leeres Atelier und ein Koffer mit grünen Scheinen.

Inzwischen zitterten Indis Finger so sehr, dass sie fünf Anläufe brauchte, um ihr Handy zu entsperren. René hatte die Frage von gestern noch nicht gelesen. Dennoch schrieb sie eine weitere Nachricht.

Hier steht ein Koffer mit grünen Scheinen. Von deinen Kunstkäufern. Was tue ich damit?

Diesmal brummte das Handy, sobald sie es wieder eingesteckt hatte.

Hastig schaute sie darauf. Aber die Benachrichtigung auf dem Display stammte von NINA. Die Warn-App kündigte einen Sturm an.

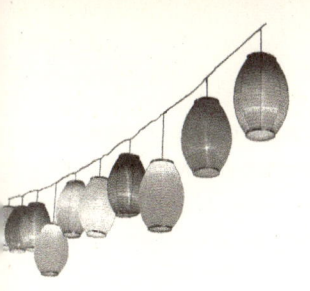

$$Kapitel\ 30$$

Die Wolken stürmten so tief und so schnell über den Himmel wie ein riesiges graues Ufo kurz vor der Landung. Die Bäume zwischen den Altbauten bogen sich im Wind, und das Wasser auf den Straßen glitzerte im Licht der Scheinwerfer. René fuhr langsam auf dem Kopfsteinpflaster, wählte eine der Seitenstraßen und entdeckte eine Lücke hinter einem anderen Transporter. Rückwärts parkte er ein, und schaltete das Licht aus.

Was genau tat er hier eigentlich? Und wohin sollte es führen?

Die ersten Schritte bis gestern waren erstaunlich einfach gewesen. Er brauchte Geld. Also musste er verkaufen, was er hatte, und zwar dorthin, wo es am meisten einbrachte. Die Idee war nicht neu. Er hatte schon oft darüber nachgedacht, dass es funktionieren könnte. Aber erst jetzt hatte er den Versuch gewagt – und schließlich das getan, was früher sein tägliches Brot gewesen war. Er hatte Kontakt zu alten Freunden und Kollegen aufgenommen, hatte sich weitere Namen nennen lassen, bis er dort war, wo er hinwollte. In den Palästen der reichen arabischen Männer gab es mehr als nur einen Kunstsammler mit ausgefallenem Geschmack – und Kunsthändler, die wussten, wo das meiste Geld zu holen war. Nicht jedes Geschäft, das man mit solchen Männern machte, war ungefährlich. Zumal er spätestens ab dem fünften Telefonat mit dem Freund eines Freundes eines Freundes nicht mehr wusste, was das für Männer waren, mit denen er sprach. Aber dieses Risiko hatte er eingehen müssen.

431

Nachdem er die richtigen Kontakte gefunden hatte, war es wie eine Lawine gewesen. Plötzlich hatten die Kunsthändler und Interessenten bei ihm angerufen, und es war eine Dynamik entstanden, die ihn jetzt noch schwindeln ließ. Jeder hatte es eilig gehabt, um den Konkurrenten zuvorzukommen, und am Ende hatten sie sich gegenseitig überboten, um den Zuschlag zu kriegen. In all der Hektik hatte René überprüfen müssen, ob noch andere Bedingungen und Erwartungen an die Angebote geknüpft waren. Manch einer präsentierte sich als Mäzen und sprach großzügige Einladungen aus, bei denen nicht sicher war, was sie bedeuteten. Andere wollten ihn auch in seiner journalistischen Tätigkeit fördern, bekundeten Interesse an seinem Buch, an seinen Artikeln, an seinen Filmen. Je mächtiger die Männer und je verlockender ihre Angebote, desto mehr musste er aufpassen. Auf ihrer Prioritätenliste gab es in der Regel wichtigere Punkte als eine neutrale Berichterstattung.

Bis jetzt war er sich nicht sicher, ob er die richtige Entscheidung getroffen hatte. Doch zumindest hatte er nun Geld. Genug, um sich eine ganze Armee der besten Anwälte zu leisten und sie gegen Marei und ihre Anwaltsfreunde ins Feld zu führen. Und genug, um dafür zu sorgen, dass Indi nie wieder von geschenktem Gemüse leben musste.

Eine Sturmböe pfiff um das Auto. Die belaubten Bäume wanden sich und erbebten, beugten sich vor dem Sturm und schnellten zurück. Etwas knallte auf die Windschutzscheibe, wurde zur Seite gefegt und fing sich am Scheibenwischer.

Ein belaubter Zweig! Mit rauschendem Puls starrte René darauf. Was genau tat er hier? Was war der Plan für die nächsten Stunden? Tage? Wochen?

Es gab keinen. Die Skulpturen waren verkauft. Er hatte Geld. Indi ebenfalls. Und jetzt?

Warum stand er hier? In der Seitenstraße neben Liljas Kita, an einem Donnerstag?

Der Donnerstag war sein Tag gewesen, weil Marei donnerstags lange arbeiten musste. Auch jetzt war er früh genug, um ihr zuvorzukommen. Er musste nur aussteigen und wie selbstverständlich in die Kita marschieren. Mit einem Lächeln würde er die Erzieherinnen begrüßen und erklären, dass er sich mit Marei abgesprochen hatte. Auch Lilja würde sich freuen und bereitwillig mit ihm kommen. Ganz sicher.

Aber was dann? Wohin sollte er sie bringen?

Er konnte nicht mit Lilja zu Indi fahren und so tun, als wäre nichts gewesen. Auch bei seinen Eltern oder bei Juliette würde Marei sofort nach ihm suchen.

Dabei wollte er Lilja doch einfach nur sehen. Wenigstens noch ein Mal, bevor …

Bevor was? Es gab keine Pläne. Weder für heute noch für morgen. Nur ihn und das Auto und den Sturm, dessen Rauschen in Böen durch die Straße fegte.

Und dazwischen die Angst. Was, wenn eine ganze Armee von Anwälten nicht gegen Mareis Freunde ankam? Wenn sie vor Gericht gewann und er seine Tochter nie wiedersah?

Das Handy auf dem Beifahrersitz brummte. René zuckte zusammen. Die ganze Zeit klingelte das verdammte Ding. Dieses Mal war es Dr. Peters. Zum mindestens zwanzigsten Mal. Seitdem René ihm eine Nachricht geschrieben hatte, um seine Termine auf unabsehbare Zeit abzusagen, klingelte der Arzt bei ihm Sturm. Bestimmt wollte er ihn aufhalten, abhalten, wovon auch immer.

René saß still, hielt dem Klingeln stand, bis es aufhörte. Die Gedanken danach fielen ins Leere.

Die Luft im Auto wurde kalt. Schweiß sammelte sich in seinem Nacken und lief den Rücken hinab. Selbst sein T-Shirt war schon halb durchweicht.

Zu viel Adrenalin. Kriegsmodus. Überleben. Es passte zu dem Sturm, der draußen tobte.

Wieder vibrierte das Telefon. Dieses Mal war es Indi. René war versucht, das Gespräch anzunehmen. Er wollte sich melden und ihre Stimme hören – und dann?

Was zur Hölle tat er hier?

Wenn er Lilja aus der Kita mitnahm, würde Marei den Prozess ganz sicher gewinnen. Weil Kindesentführung zweifellos ein gültiger Grund war, um einem Vater das Umgangsrecht für sein Kind zu entziehen.

Wenn Lilja nicht gefunden werden sollte, brauchte er schon ein todsicheres Versteck. Irgendwo auf der anderen Seite der Welt.

Er könnte seinen neuen Gönner und Mäzen fragen, ob in seinem Palast noch Platz für einen Bildhauer und ein kleines Mädchen war.

Ein sonderbarer Laut drückte sich durch seine Nase, der Anflug eines hysterischen Lachens.

Jetzt bloß nicht durchdrehen!

Was auch immer er vorhatte, er durfte nicht hier stehen bleiben. Wenn Marei erfuhr, dass er vor Liljas Kita auf der Lauer lag, würde sie allein daraus einen Strick für ihn drehen.

Er wollte gerade den Motor anlassen, als das Handy ein weiteres Mal brummte. Dieses Mal war es kein Telefongespräch. Nur die Chatnachrichten kamen so dicht, dass der Vibrationsalarm wie ein Anruf klang.

So viele ungelesene Nachrichten. So viele Freunde und Bekannte und Bekannte von Bekannten, die ihm schrieben. Wer tausend Fragen stellte, bekam tausend Antworten.

Womöglich waren es wichtige Informationen …

Nacheinander öffnete René die Chatfenster. In den meisten ging es noch um die Kunsthändler, um die Sammler und Interessenten, zwischen denen er sich mittlerweile entschieden hatte. Doch ganz auf sich gestellt hätte er nie so schnell herausgefunden, was das für Männer waren, die seine Skulpturen kaufen wollten. Manche waren ihm dubios erschienen, zu anderen gab es gar keine Informationen. Doch René hätte um keinen Preis an jemanden verkaufen wollen, der seine Skulpturen mit blutigem Geld bezahlte. Also hatte er Freunde und Kollegen darum gebeten, ihm bei der Recherche zu helfen und seine Interessenten zu überprüfen.

Am Ende war die Entscheidung dennoch nicht leichtgefallen. Aber der Kunstsammler aus Abu Dhabi schien in Ordnung zu sein. Auch die Nachrichten, die seine Kollegen ihm jetzt noch schickten, bestätigten das. Renés Käufer war genau das, als was er sich präsentierte: Ein gemütlicher alter Mann, der kritische Kunst wertschätzte. Auch sein Angebot war René am ehrlichsten erschienen. Die Hälfte des Geldes als Anzahlung auf Renés Konto, die andere Hälfte bei Abholung der Skulpturen in bar. Keine weiteren Lockangebote, keine Bedingungen.

Der Sturm pfiff immer lauter hinter dem Autofenster. Eine heftige Böe rauschte um den Wagen und ließ ihn schaukeln.

René konnte hier nicht länger stehen bleiben, nicht unter den belaubten Bäumen, die sich im Sturm bogen, und nicht vor Liljas Kita, wo er jeden Moment entdeckt wurde.

Doch wohin sollte er fahren? Nicht zu Indi. Nicht in diesem Zustand. Nicht mit der Angst und dem Zorn in seinem Bauch. Erst musste er die Sache mit Marei und Lilja klären – und herausfinden, ob Indi etwas damit zu tun hatte.

Auch zu diesem Thema hatte er Nachrichten bekommen. Erst gestern Abend hatte er eine Handvoll Freunde zu Marei befragt. Es waren ausnahmslos Leute, die Marei damals kennengelernt hatte. Doch René hatte seine Fragen erst spät am Abend abgeschickt – und die Antworten von heute Morgen noch nicht gelesen. Jetzt überflog er sie, und mit jeder Antwort klärte sich das Bild: Marei hatte seinen Namen auf der Gefangenenliste der *Reporter ohne Grenzen* gefunden. Danach hatte sie herumtelefoniert, alle Kontakte, die sie von seinen Freunden noch hatte. Ahmed hatte gewusst, dass René in der Psychiatrie gewesen war. Und Djamal hatte ihr aus Syrien erzählt: dass er in den Rebellenvierteln gelebt hatte, von seinen Kontakten zur FSA. Die Sache mit der Radikalisierung hatte sie sich offensichtlich daraus zurechtgesponnen.

Während der Sturm um das Auto heulte und Renés Finger von einer Nachricht zur nächsten sprangen, rasten auch seine Gedanken und setzten die Bedeutung zusammen: Marei hatte nichts gegen ihn in der Hand. Ihre Beweise bestanden aus Klischees und Gerüchten, und selbst ihre Zeugen würden im Zweifelsfall für ihn aussagen.

Doch da war noch etwas, eine weitere Botschaft zwischen den Zeilen. Für den Bruchteil einer Sekunde streiften Renés Gedanken daran entlang …

Eine Bewegung neben dem Beifahrerfenster ließ ihn herumfahren. Auf dem Bürgersteig standen zwei kleine Mädchen und eine Frau. Eines der Mädchen sprang hoch und winkte ihm zu.

Lilja.

»Papa!« Dumpf kam ihre Stimme von draußen. Sie lachte, ihre Haare flogen im Wind durcheinander.

In einem ersten Impuls wollte René sich vor ihr verstecken. Aber es hatte keinen Zweck. Sie hatte ihn gesehen.

Warum stand er noch hier? Warum war er nicht längst gefahren? Marei durfte um keinen Preis wissen, dass er ohne Erlaubnis vor Liljas Kita wartete …

Seine Tochter hörte auf, neben dem Fenster auf und ab zu springen. Stattdessen riss sie die Beifahrertür auf und krabbelte auf den Sitz. »Papa! Du bist ja doch gekommen.« Sie kniete neben ihm, musterte ihn und wurde ernst. »Warum weinst du so? Papa?« Ihre Hände berührten seine Wange. In der nächsten Sekunde kletterte sie auf seinen Schoß und legte die Arme um ihn. Ihre braunen Locken schmiegten sich an sein Gesicht, sie dufteten nach Himbeershampoo und frisch gebackenen Keksen.

René zog sie an sich. Etwas in seinem Inneren bäumte sich auf, drängte nach oben. Doch es war ein verlorener Kampf. Ein erstickter, verzweifelter Laut entfuhr ihm.

»Papa?« Lilja löste die Umarmung. »Was ist mit dir? Bist du traurig?«

Er musste sich zusammenreißen. Einatmen, ausatmen. Beiläufig wischte er die Tränen von seinem Gesicht. Neben der Beifahrertür standen noch immer die andere Mutter und das kleine Mädchen. Es war Frieda, Liljas beste Freundin. Der Sturm fegte durch ihre Haare und ließ ihre Jacke flattern. Munter winkte sie durch die halboffene Tür. Auch die Mutter grüßte ihn. Doch ihre Hauptaufmerksamkeit galt den wild gewordenen Bäumen.

»Holst du mich jetzt doch ab?«, fragte Lilja. »Fahren wir zu Indi?«

Für eine Sekunde war er versucht, Ja zu sagen. Er müsste die Sache nur kurz mit Friedas Mutter klären. Dann könnte er Lilja einfach mitnehmen.

Stattdessen schloss er die Augen und schüttelte den Kopf. »Du bist mit Frieda verabredet. Sie wäre enttäuscht, wenn du jetzt absagst.«

»Stimmt.« Wieder berührte Lilja sein Gesicht. Dieses Mal ließ sie sich Zeit, fuhr jede Linie nach und fand die Narbe an seiner Augenbraue. »Trauriger Papa«, flüsterte sie. »Mama hat gesagt, du kannst mich nicht abholen, weil du krank bist. Weinst du deshalb?«

So hatte Marei das also begründet. Wie lange wollte sie Lilja damit hinhalten?

Er räusperte sich und zwang sich zu einem Lächeln. »Du musst jetzt gehen, Albi. Frieda wartet.«

Lilja zögerte. »Was ist nächsten Donnerstag? Bist du dann auch noch krank?«

Nächsten Donnerstag …

Auf Fragen zu seiner Zukunft gab es keine Antwort. »*Inshalla*, ich weiß es nicht.«

»Dann habe ich was für dich.« Lilja steckte die Hand in ihre Jackentasche und zog eine knisternde Papiertüte heraus. »Kekse. Die haben wir heute in der Kita gebacken. Ich schenke sie dir.« Entschlossen hielt sie ihm die Tüte hin.

Sein Magen rebellierte beim Gedanken an etwas Essbares. Trotzdem musste er lächeln. »Die helfen mir bestimmt beim Gesundwerden.«

»Lilja?« Friedas Mutter öffnete die Beifahrertür, mit einer Spur von Panik schaute sie herein. »Wir können nicht länger hier stehen bleiben. Da vorn ist grade ein dicker Ast abgebrochen. Kommst du? Oder fährst du mit deinem Vater?«

Seine letzte Chance. Auch Liljas Blick flehte ihn an.

»Heute nicht.« René hörte sich sprechen, bevor er die Entscheidung getroffen hatte. »Ich wollte dich nur mal kurz sehen, Albi.«

Lilja drückte ihm einen letzten Kuss auf die Wange. Dann krabbelte sie rückwärts aus dem Auto. Der Sturm griff in ihre Haare und wirbelte sie durcheinander. Wie ein kleines fliegendes Engelchen streckte sie die Arme zur Seite.

Die nächste Böe packte die Tür und schlug sie zu. Oder war sie Friedas Mutter aus der Hand gerutscht?

Ein letztes Hochspringen und Winken, dann sah er Lilja nur noch im Außenspiegel. Wie sie gemeinsam mit Frieda über den Bürgersteig davonflog. Auch Friedas Mutter rannte. Bis zur nächsten Hausecke, dann bogen sie in die Seitenstraße. Nur noch wenige Türen weiter, und sie würden bei Frieda zu Hause sein.

René hielt den Atem an, bis er glaubte, dass sie angekommen waren. Noch standen die Bäume. Nur Zweige und Laub trieben wie Flugblätter über die Straße. Eine heftiger Windstoß erfasste den Wagen und schien ihn ein Stück nach vorn zu schieben.

Irgendetwas brummte. Kaum zu hören unter dem Sturm.

Sein Handy. Der Vibrationsalarm. Es steckte in einem Spalt zwischen Fahrersitz und Schaltbrett. Seine Finger tasteten in die Ritze, bis er das Ding zu fassen bekam. Das Handy brummte und leuchtete. *Juliette* stand auf dem Display.

Auch sie probierte es schon den ganzen Morgen. Hatten sich die Anrufer abgesprochen? Um ihn zu zermürben? Oder hatte seine Schwester beschlossen, seine Nachricht von gestern persönlich zu beantworten?

Immerhin war Juliette eine seiner Hauptverdächtigen. Auch sie könnte ihn an Marei verraten haben – wenn es nicht schon so viele andere Verräter gegeben hätte.

Aber ganz gleich, was sie zu sagen hatte, er konnte jetzt nicht mit ihr sprechen. Weil sie nicht locker lassen würde, ehe er das ganze Drama erklärt hatte.

Endlich wurde das Handy still. Nach dem Anruf kehrte der Chatverlauf auf das Display zurück. Von seinem Freund Suleiman gab es noch ungelesene Nachrichten. Die Vorschau darunter weckte Renés Aufmerksamkeit: *Es kann sein, dass Hamsa ...* Hastig tippte er darauf. *... und Nadira noch leben. Die Familie wollte 2015 fliehen. Vielleicht sind sie sogar in Deutschland.*

René starrte auf die knappen Zeilen. Wenn sie 2015 fliehen

wollten – hieß das, sie waren 2016 schon draußen gewesen? Als er zurückgegangen war, um sie zu suchen? Als die Regierungstruppen ihn inhaftiert hatten? Bevor die russischen Kampfjets Aleppo in Schutt und Asche gelegt hatten?

Die ersten Regentropfen schlugen auf das Autodach. Nur ein paar Sekunden, dann setzte der Starkregen ein, trommelte über seinem Kopf und rauschte wie eine Sintflut durch die Straßen. Die Bäume bogen sich hin und her, verschwammen hinter der Flut, bis die Welt in dunklem Graugrün versank.

Sturm. Weltuntergang.

Auch sein Handy brummte im Sekundentakt, eine Nachricht nach der anderen.

Wer war es jetzt?

Ein lauter Knall ließ ihn hochschrecken. Auf dem Autodach. Neben dem Beifahrerfenster fiel der Ast zu Boden.

Die letzten Nachrichten stammten von Indi. Dieses Mal öffnete er das Chatfenster.

René? Wo bist du?

Bist du draußen? Im Sturm?

Bitte pass auf dich auf!

Darüber standen noch weitere Nachrichten. Schon vorgestern war die erste angekommen:

René! Das kannst du nicht tun! Wo bist du? Was hast du vor? Was sind das für Leute, die deine Skulpturen abholen?

Er hatte schon vorher gesehen, dass Indi ihm geschrieben hatte. Doch bis jetzt hatte er nicht gewagt, die Nachrichten zu lesen.

Hier steht ein Koffer mit grünen Scheinen. Von deinen Kunstkäufern. Was tue ich damit?

Scheiße, René. Das sind 250 000 Euro. Kannst du mir das mal erklären?

Was hat das zu bedeuten? Deine Sachen sind alle weg. Wo bist du? Was ist mit dem Geld?

Danach erstmal nichts mehr. Aber vorhin hatte sie wieder geschrieben, vermutlich direkt nach ihrem Anruf.

Hast du die Sturmwarnung gesehen? Hier fliegen schon Zweige umher. Jetzt meld dich doch endlich!

Die Worte verschwammen vor seinen Augen. Doch es war dieser Moment, in dem ihm die Schlussfolgerung bewusstwurde, die ihm vorhin entwischt war: Indi hatte ihn nicht verraten. Sämtliche Informationen hatte Marei von seinen Freunden. Aus verschiedenen Puzzlestücken hatte sie ihre These zusammengesetzt, vermutlich von langer Hand eingefädelt. Nach allem, was seine Freunde dazu geschrieben hatten, sammelte sie die Indizien schon seit seiner Rückkehr.

Für einen kurzen Moment zuckte der Zorn in seinem Bauch. Dann legte sich etwas anderes darüber: Indi war unschuldig. Es gab keinen Grund, ihr nicht zu vertrauen.

Sanft strich sein Finger über das Display, über jedes ihrer Worte und das kleine Bild an der Seite.

Wieder summte das Handy. Dieses Mal schickte sie eine Sprachnachricht.

René zögerte. Alles in seinem Inneren zog sich zusammen.

Im Chat erschien eine zweite Sprachnachricht.

Hastig tippte er auf die erste.

»René, wo bist du? Hier ist die Hölle los. Der Sturm hat gerade den Walnussbaum im Hof umgeworfen. Und die Blumenkübel vom Balkon gerissen. Vorn sieht es nicht besser aus. Da liegt ein Baum im Kanal!« Die Sprachnachricht war zu Ende. Gleich darauf folgte die zweite. »Scheiße, René! Warum siehst du meine Nachrichten, ohne zu antworten? Bist du im Auto? Draußen? Bring dich wenigstens in Sicherheit, wenn du schon nicht antworten willst.« Der letzte Satz klang wütend, enttäuscht.

Plötzlich wollte er sie anrufen. Sich entschuldigen.

Aber sie hatte recht. Er musste sich in Sicherheit bringen. Immer größere Äste brachen vor ihm aus den Baumkronen.

Dennoch hatte sie eine Antwort verdient. Wenigstens eine kurze. Er startete die Sprachaufnahme. »Ich fahre gleich. Weg aus dem Sturm. Weg von den Bäumen. Wohin, weiß ich noch nicht.«

Er wollte zu Indi. Aber das war unmöglich. Er konnte nicht so zu ihr fahren. Nicht in diesem Zustand, nicht, solange Wut und Verzweiflung ihn beherrschten. Erst musste er sein Leben wieder unter Kontrolle bringen – falls es noch zu kontrollieren war.

Draußen krachte es. Eilig sprach er weiter: »Das Geld ist für dich. Das war eh nur die Hälfte. Die andere Hälfte ist bei mir. Und keine Sorge, es ist legal. Du kannst es ausgeben, wenn du es brauchst. Die Steuer werde ich von meinem Anteil bezahlen.« Er hielt die Taste gedrückt. Vielleicht, um noch einen Moment lang bei ihr zu sein. Oder weil noch etwas fehlte? »Ich liebe dich, Indi. Und ich weiß, dass du mich nicht verraten hast. Aber ich kann jetzt nicht zurückkommen. Erst muss ich die Kinder finden.«

Was sagte er da? War das sein neues Ziel? Sein Weg, um gegen Wut und Verzweiflung zu kämpfen?

Vielleicht. Wenn Hamsa und Nadira noch lebten, gab es auch eine Chance, sie zu finden.

Hastig schaltete er das Handy aus, ließ den Motor an und wendete den Wagen. Gemeinsam mit dem Orkantief Xavier trieb es ihn aus der Stadt. Doch im Vergleich zu Xavier, der an diesem 5. Oktober 2017 neun Menschenleben forderte, lag Renés Ziel darin, den Verlust von Menschenleben in seinem Herzen heilen zu lassen.

Kapitel 31

25. NOVEMBER 2017

Es war eine neue Tradition, dass Jusuf sie schon vor der Tür des Ladens empfing. Ganz gleich, wie früh sie beginnen wollten, er war immer ein bisschen eher da als sie, und wie jeden Morgen hielt er ihr ein kleines Gläschen mit goldbraun schimmerndem Schwarztee entgegen. »Guten Morgen, *Yıldız*, gut geschlafen?«

Besser als erwartet. Besser als in der Nacht davor. Überhaupt wurde es mit jedem Tag besser. »Nur ein bisschen Muskelkater.« Indi streckte sich und bemühte sich noch einmal, ihre Arm- und Schultermuskeln zu dehnen. »Ich hab vergessen, wie anstrengend der Mist ist.« Wände aufstemmen, um neue Elektroleitungen zu verlegen.

»Sollen wir nicht doch Handwerker beauftragen?«, schlug Jusuf vor.

Entschlossen schüttelte Indi den Kopf. »Das schaffe ich schon. Immerhin hab ich es mal gelernt.« Manchmal machte es sogar Spaß. Und es half dabei, die Gedanken frei zu bekommen. »Aber sag Bescheid, wenn es dir zu anstrengend wird. Dann mache ich das allein. Oder mit Judith. Sie kommt heute zum Helfen.« Immerhin war heute Samstag, einer der wenigen, an denen Indi den Markt abgesagt hatte.

»Mir zu anstrengend?« Jusuf brummte leise und setzte das Glas an seine Lippen. Von dem, was er zwischen Pusten und

Trinken in seinen Tee murmelte, schnappte Indi nur ein paar Wörter auf: »Anstrengendere Dinge ... Leben ... alter Mann ... noch nicht sooo alter Mann.«

Sein Tee war süß und stark wie immer, und Indi gab sich Mühe, sich nicht die Zunge zu verbrennen.

»Du weißt hoffentlich, wie glücklich du mich machst«, sagte Jusuf, als sein Gläschen halb leer war. »Jemand anderen hätte ich mir in meinem Laden gar nicht vorstellen können.« Auf seinem runden Gesicht lag ein wehmütiges Leuchten, so wie jedes Mal, wenn er auf dieses Thema zu sprechen kam.

»Ach, Jusuf.« Indi konnte nicht anders, als sein Lächeln zu erwidern. »Das sagst du mir jeden Tag. Aber ich bin auch sehr froh darüber.«

Erst vor einem halben Monat hatte sie die Entscheidung getroffen, Jusufs Laden doch zu übernehmen. Zum einen, weil sie etwas Neues brauchte – Arbeit, Ablenkung, ein Projekt, auf das sie sich voll und ganz konzentrieren musste. Und zum anderen, weil die beiden Hochzeitsplanerinnen inzwischen so viele Beleuchtungsaufträge an sie vergeben hatten, dass sie im nächsten Sommer kaum noch ein Wochenende auf dem Markt sein würde. Der Laden mit der dahinterliegenden Werkstatt brachte den Vorteil, dass sie wochentags gleichzeitig Lampen verkaufen und Lampen bauen konnte, während die Hochzeitsbeleuchtung an den Wochenenden das meiste Geld einbrachte. Außerdem konnte sie auf ihrer Website nun endlich einen festen Ort angeben, an dem sich ihre Lampen jederzeit besichtigen und kaufen ließen.

Und wenn alle Stricke rissen, gab es noch die grünen Geldscheine, die sie weit hinten unter ihr Bett geschoben hatte. Auch wenn René ihr versichert hatte, dass es legales, regulär versteuertes Geld war – Indi wollte es frühestens dann hervorholen, wenn sie noch einmal mit ihm darüber geredet hatte. Über die Herkunft des Geldes – und über die Steuern. So viel durfte er ihr gar nicht schenken, ohne dass es noch einmal teuer wurde.

»Hat er sich inzwischen bei dir gemeldet?« Jusuf sah es ihr jedes Mal an, wenn sie an René dachte.

»Nein, hat er nicht.« Seit dem 5. Oktober nicht mehr, seit seiner letzten Sprachnachricht mit dem heulenden Sturm im Hintergrund.

»*Yıldız Sevgilim.*« Jusuf seufzte leise. »Und ich dachte wirklich, er wäre der Richtige für dich.«

War er ja auch. Immer noch. Trotz allem.

Eine Möwe kreischte und zog einen Kreis über dem zugefrorenen Kanal, auch auf dem Fußweg unter Indis Arbeitsstiefeln glitzerte Raureif.

Ob René trotzdem draußen schlief? In seinem Auto?

Bei seinen Eltern war er jedenfalls nicht. Auch Juliette wusste nicht, wo er war.

Hastig leerte Indi ihr Teegläschen und deutete auf die Ladentür. »Wird Zeit, dass wir anfangen.«

Schutt knirschte unter ihren Schuhen, als sie nebeneinander in den Laden traten. Es roch nach trockenem Mörtel und Putz. Jusuf hatte den Baustrahler bereits eingeschaltet, und das grelle Licht erleuchtete ihr Werk der letzten Tage. Sämtliche Wände waren kahl und grau, von alten Tapetenresten befreit, aber noch nicht neu verputzt. Stattdessen zogen sich lange Rillen durch den Mörtel, verliefen parallel zur Zimmerdecke und führten senkrecht zu den zukünftigen Steckdosen hinab. Doch Indi und Jusuf hatten erst einen Teil der Wände aufgestemmt. Mehr als die Hälfte fehlte noch.

Am liebsten wäre Indi schon in der nächsten Woche mit den Elektroleitungen fertig geworden. Aber das war illusorisch, denn morgen musste sie für den Weihnachtszauber am Gendarmenmarkt aufbauen, und danach würde sie den ganzen Dezember dort verbringen. Jusuf und Mehtap hatten ihr zwar versprochen, sie regelmäßig am Stand abzulösen, aber auf der Baustelle würden sie dennoch kaum vorankommen.

Nur einen Vorteil hatte es, wenn der Weihnachtsmarkt begann. »Ich bin echt froh, wenn die hier endlich rauskommen.« Sie deutete auf die Kartonstapel – sorgfältig mit Planen abgedeckt, damit sie nicht einstaubten –, die in der Mitte des Raumes aufgetürmt waren. Darin befanden sich die Lampen für den Weihnachtsmarkt. Es war nicht unbedingt die beste Idee, sie auf einer Baustelle zu lagern, aber vorher hatten sie in Renés Atelier gestanden – und irgendwann hatte Indi es nicht mehr ertragen, jeden Tag dort hineingehen zu müssen.

»Du hast dir wirklich viel vorgenommen«, stellte Jusuf fest und wirkte ein wenig besorgt. »Die Sanierung des Ladens und der Weihnachtsmarkt zugleich. Wenigstens heute hättest du dir eine Pause gönnen sollen.«

Indi zuckte mit den Schultern. Ja, sie hatte sich viel vorgenommen. Aber es war besser so. »Das ist gerade meine beste Therapie. Also, es passt schon.« Zielstrebig ging sie an den Kisten vorbei, griff nach Hammer und Meißel und kletterte auf die Leiter, die hinten vor der Wand stand. Dort hatte sie gestern mit der Mauernutfräse die Ränder der Kabelkanäle gesägt. Jetzt mussten nur noch die Stege dazwischen weggemeißelt werden. »Ach so …« Von oben deutete sie auf die Lautsprecherbox vor dem abgeklebten Schaufenster. »Wir könnten Musik anmachen. Solange ich nicht die Fräse benutze, hören wir sie sogar.«

Jusuf sollte gar nicht erst auf die Idee kommen, dass sich die nächsten Stunden anboten, um über René, ihre Therapie oder sonstige Lebensdramen zu plaudern.

»Musik ist immer gut«, bestätigte er und deutete ein paar verträumte Tanzschritte an. Indi lachte. »Du müsstest nur kurz die Box einschalten. Dann starte ich die Musik von hier oben.« Sie zog das Handy aus ihrer Gesäßtasche und suchte nach einer passenden Playlist. Weihnachtsmusik oder Partymucke?

Auf jeden Fall nichts Trauriges, keine arabische Popmusik, kein *La Boum* und auch sonst nichts, was René auf seiner Playlist hatte – oder was sie aus anderen Gründen an ihn erinnerte.

Jusuf schob die Kisten beiseite, arbeitete sich bis zum Schaufenster vor und blieb dann neben dem Lautsprecher stehen, ohne ihn einzuschalten. »Das mit deiner Mutter tut mir übrigens sehr leid.«

Indi hielt inne. »Meiner Mutter?«

Jusuf räusperte sich. »Mehtap hat mir davon erzählt. Dass du sie gefunden und gleich wieder verloren hast. Ich hätte dir wirklich gewünscht, dass ihr noch ein bisschen Zeit miteinander verbringen könnt.«

Indis Blick klebte sich an der Auswahl von Weihnachtsplaylisten fest. Es war klar gewesen, dass Jusuf sie früher oder später nach ihrer Mutter fragte – und dass Mehtap es nicht für sich behalten hatte.

Genau genommen hatte sie ihre Mutter zuerst verloren und dann gefunden. »Es ist schon in Ordnung, Jusuf. Vielleicht ist es sogar besser so. Nach allem, was ich über sie erfahren habe, hätte sie mich sowieso nicht erkannt. Sie hätte nicht einmal verstanden, wer ich bin. Sie hatte schwere Langzeitschäden vom Kokain: psychotische Episoden, emotionale Gleichgültigkeit und Gedächtnisstörungen. Ich weiß nicht, ob ich es ertragen hätte, sie so zu sehen. Wahrscheinlich ist es besser, wenn ich sie als Piratenprinzessin in Erinnerung behalte.«

Wie ihre Mutter zuletzt ausgesehen hatte, wusste Indi nur

von einem Foto. Aber auch das hatte ausgereicht, um sie zu schockieren. Valeria Vogt war gerade erst fünfzig gewesen, doch ihr Gesicht war so faltig wie das einer Achtzigjährigen, und ihre Augen lagen tief in den Höhlen.

»Woran ist sie gestorben?« Jusuf klang betroffen.

Auch das war keine schöne Geschichte. »Leberversagen. Und Krebs. Sie hatte Metastasen im ganzen Körper. Aber das Leberversagen war schneller. Vielleicht hing auch beides zusammen.« Indi war keine Ärztin, und die Erklärung des Sozialarbeiters war kein Arztbrief gewesen.

Erst vor drei Wochen hatte sie sich durchgerungen, im Pflegeheim anzurufen. Dabei hatte sie erfahren, dass Valeria Vogt vor einem halben Jahr gestorben war. Doch wenigstens hatte der Sozialarbeiter ihr alles erzählt, was sie wissen wollte.

»Mein Großvater hat sich gut um sie gekümmert. Er hat dafür gesorgt, dass sie in ein spezielles Heim kommt, in dem ehemalige Junkies betreut werden.«

Indi musste Jusuf irgendwie dazu bringen, endlich den Lautsprecher einzuschalten. Oder sie stieg von der Leiter und machte es selbst. Alternativ konnte sie auch die Mauernutfräse anwerfen.

In diesem Moment ging die Ladentür auf, und Judith schob sich herein. »Hey, ihr zwei!«, rief sie nach einem Blick in die Runde. »Bin ich zu spät?«

Indi hatte noch nicht auf die Uhr geschaut. »Ein bisschen vielleicht. Aber wahrscheinlich waren wir zu früh.« Vor allem Jusuf. So wie immer.

»Möchtest du einen Tee?« Jusuf kehrte dem Lautsprecher den Rücken, ohne ihn angemacht zu haben, und ging zu seinem Samowar, den er auf dem einzigen Tisch aufgebaut hatte, der noch im Raum stand.

Während Judith sich aus ihrer Jacke schälte und sie unter

einer Abdeckplane verstaute, kletterte Indi von der Leiter und kümmerte sich um die Bluetooth-Box.

»Ist das hier dein Bauplan für die Elektroinstallation?« Judith deutete auf ein Blatt Papier, das neben der Tür auf einem Kistenstapel lag. Noch ehe Indi eine Antwort gab, hatte sie sich in den Plan vertieft.

Endlich verband sich der Lautsprecher mit dem Handy. Kurz darauf ertönte *Last Christmas* – nur für eine Sekunde, ehe Indi zum nächsten Lied skippte.

»Wow!«, machte Judith schließlich und deutete auf den Plan. »Der ist wirklich krass. Du willst sieben Stromkreise einziehen?«

Indi schaute an den Wänden entlang. »Ja, zwei Stromkreise für die Werkstatt plus einen separaten für den Brennofen und vier für die Ausstellung. Die Idee ist, dass ich die Lampen in der Ausstellung gruppiere. Jede Gruppe bekommt einen eigenen Stromkreis mit Sicherung, und jeder Stromkreis lässt sich mit einem Lichtschalter ein- und ausschalten. Dann kann ich wahlweise die Hochzeitsbeleuchtung anmachen oder die Buchlampen. Oder besondere Ausstellungsstücke … Wenn nicht alles gleichzeitig leuchtet, hat es eine bessere Wirkung. Und selbst wenn ich alles auf einmal einschalte, würde mir nicht die Sicherung rausknallen oder die Bude abfackeln.«

Judith pfiff leise durch die Zähne. »Und das sagt die, die mal behauptet hat, sie wäre die mieseste Elektrikerin, die je einen Gesellenbrief bekommen hat. Ich bin beeindruckt.« Sie deutete noch einmal auf den Plan. »Nur hierzu habe ich noch eine Frage.«

Für die nächsten Minuten beugten sie sich zu zweit über den Installationsplan, besprachen Details und fachsimpelten, während Jusuf Tee servierte.

Als alles geklärt und der Tee ausgetrunken war, rieb Judith

sich die Hände. »Praktische Physik, ich liebe es. Was soll ich tun?«

Indi zeigte auf das Sammelsurium aus Werkzeug, das sie neben dem Samowar auf den Tisch gelegt hatte. »Hammer und Meißel oder Wandnutfräse? Du hast die Wahl. Bei beidem weißt du morgen, dass für praktische Physik Muskelkraft benötigt wird.«

Mit gespielter Vorsicht schlich Judith auf die Fräse zu. »Ist das Monster so schwer, wie es aussieht? Und sind das freidrehende Flexscheiben?«

Indi lachte. »Die Flexscheiben müssen die Wand durchsägen. Das geht nur, wenn sie frei drehen. Man sollte sie halt nicht auf sich selbst richten, sondern kräftig gegen die Wand drücken. Kann aber schon sein, dass es manchmal einen Rückschlag gibt.«

Judith schüttelte sich. »Okay, Wahl getroffen: Ich nehme Hammer und Meißel.«

Indi hätte auch lieber mit Hammer und Meißel gearbeitet. Aber eine Wand musste noch gefräst werden, und es war besser, nur dann mit dem schweren Gerät zu hantieren, wenn sie noch genug Kraft hatte. »Dann hab ich wohl das Date mit der Wandnutfräse.« Sie seufzte demonstrativ und zog sich Gehörschutz, Handschuhe und Schutzbrille an.

Die Stunde danach versank im ohrenbetäubenden Kreischen von Flexscheiben, die sich ins Mauerwerk gruben. Während die Wandnutfräse zwei parallele Rillen in die Wand sägte, brauchte Indi ihre ganze Kraft und volle Konzentration.

Schon nach wenigen Minuten lief ihr der Schweiß über die Stirn, dann über den Rücken. Schlimmer als das war nur der Staub. Zwar gab es direkt am Gerät eine Saugvorrichtung, die den gröbsten Dreck absaugte, dennoch war der feine Staub überall, vermischte sich mit dem Schweiß, bis es am ganzen Körper kitzelte.

Immer häufiger musste Indi eine Pause machen, bis sie das Gerät endlich beiseitelegte. Genug für heute. Immerhin mussten sie noch alle Stege wegmeißeln, die zwischen den gesägten Rillen stehen geblieben waren.

Indi nahm gerade Gehörschutz und Brille ab, als es an der Ladentür klopfte.

René? Der Gedanke traf sie unvorbereitet, zuckte durch ihren ganzen Körper. Was, wenn er jetzt wiederkam? Wenn er einfach so wiederauftauchte?

»Es ist offen!«, rief Jusuf, der dem Eingang am nächsten stand.

Der Schutt knirschte unter der Tür, während sie langsam aufgeschoben wurde. Doch der Mann, der seinen Kopf hereinstreckte, war nicht René. Es war der Paketbote. »Ich habe ein Päckchen für Indica Lumina Stern. Oben macht niemand …«

»Das bin ich!«, rief Indi und lief über den Schutt auf ihn zu. Noch während sie das Päckchen in Empfang nahm, musste sie erneut an René denken. Sie hatte kein Paket erwartet – war es von ihm?

Dann erkannte sie den Absender. Das Pflegeheim. »Es ist von meiner Mutter!«

»Von deiner Mutter?« Judith war sofort bei ihr.

»Natürlich nicht direkt von ihr.« Während sich der Paketbote verabschiedete, legte Indi das Päckchen auf einen der Kartons und suchte einen Ansatzpunkt, um den Klebestreifen abzureißen. »Ich glaube, der Sozialarbeiter hat es gepackt.«

»Nimm das hier.« Jusuf reichte ihr ein Taschenmesser.

Kurz darauf konnte sie den Deckel des Kartons endlich hochklappen. Darin befanden sich Fotos. Manche zeigten Landschaften, auf anderen waren Menschen zu sehen. Obendrauf lag ein Brief. Er stammte tatsächlich von dem Sozialarbeiter. Indi öffnete ihn.

»Liebe Frau Stern‹«, las sie laut. »›Ich schicke Ihnen heute noch eine Kleinigkeit aus dem Nachlass Ihrer Mutter. Die Fotos waren ein Projekt, das wir vor zwei Jahren mit den Bewohnern durchgeführt haben. Es ging darum, private Bilder durchzusehen und sich an die Orte und Menschen darauf zu erinnern. Wie Sie wissen, litt Ihre Mutter unter schweren Gedächtnisstörungen, und dieses Projekt war ein Versuch, die Erinnerungsfähigkeit zu schärfen und persönliche Erinnerungen länger zu erhalten. Dazu haben wir Fotos genommen, die Ihre Mutter bei sich trug. Die meisten stammten von ihrem Handy und zeigen nur die letzten Jahre vor ihrem Tod. Aber sie besaß auch ein paar ältere Bilder, die sie in einer Kiste aufbewahrt hat. In dem Projekt sollte Ihre Mutter sie auf der Rückseite beschriften. Mit allem, woran sie sich erinnerte: Namen der Personen, Orte, Begebenheiten. Leider ließ sich der Wahrheitsgehalt ihrer Beschriftungen in den meisten Fällen nicht überprüfen. Deshalb kann ich Ihnen nicht sagen, ob die Namen und Orte auf den Bildern richtig sind. Das war Teil ihrer Erkrankung: Wenn ihre Erinnerungen Ihre Mutter im Stich ließen, hat sie die Lücken mit ihrer Fantasie gefüllt. Aber ich denke, dass die Bilder Ihrer Mutter so oder so interessant für Sie sein werden. Falls Sie dazu noch Fragen haben, melden Sie sich …‹« Indi hörte auf zu lesen und beugte sich über die Kiste.

Sie wagte es nicht, die Fotos zu berühren und herauszuholen. Was würde sie entdecken, wenn sie die Menschen und Landschaften betrachtete? Das Leben ihrer Mutter? Menschen, die sie geliebt hatte?

Letzteres wohl eher nicht. Ihre Mutter hatte schon lange nicht mehr lieben können. In dieser Sache hatte der Sozialarbeiter die Aussage ihres Großvaters bestätigt.

»Wenn du nicht schauen willst …«, flüsterte Judith, »darf ich?«

»Meinetwegen.« Vielleicht war es besser, wenn nur Judith die Fotos berührte.

Vorsichtig schob ihre Freundin die obersten Bilder hin und her. Die meisten waren Farbausdrucke von Handyfotos, darauf Menschen, die vermutlich ihre Mitbewohnerinnen und Mitbewohner aus dem Pflegeheim waren. Zwei oder drei zeigten Valeria – wie sie zum Schluss ausgesehen hatte.

Hastig sah Indi woanders hin, bis Judith die Bilder beiseiteschob. Weiter unten folgten richtige Fotos, Landschaften, Städte, Menschen. Viele waren vergilbt. Andere etwas besser erhalten.

Judiths Finger hielt bei einem Bild von Indi inne. Darauf musste sie etwa dreizehn Jahre alt sein – was sie nur deshalb so genau wusste, weil unter ihrem Lächeln eine feste Zahnspange hervorblitzte.

Dieses Bild war das oberste und jüngste Bild von ihr. Doch darunter lagen noch weitere. Mit einem Gummi zusammengehalten.

»Darf ich?«, fragte Judith noch einmal.

Indi nickte. Während Jusuf von der anderen Seite über ihre Schulter schaute, löste Judith das Gummi und blätterte durch die Fotos: Indi mit zwölf, mit elf, mit neun … Wie es aussah, hatte ihr Großvater ihrer Mutter fast jedes Jahr ein Bild geschickt. Manchmal auch zwei.

Judith drehte die Fotos um, und Indi starrte auf die Beschriftungen. *Indica*, stand auf dem ersten. *Mein Kind*, auf dem zweiten. *Hab ich schon mal gesehen*, lautete die Aufschrift auf dem dritten.

Hastig griff Indi nach den Fotos und legte sie zurück. Am liebsten hätte sie den Deckel der Kiste zugeworfen und sich stattdessen die Wandnutfräse geschnappt.

Doch Judiths Hand fuhr dazwischen. »Guck mal, der!«, rief

sie, und zog ein weiteres Foto hervor. Es war vergilbt und zeigte einen jungen Mann. Breit lächelnd stand er an einem Sandstrand. Seine Augen strahlten, und seine Zähne blitzten weiß im Kontrast zu seiner dunklen Haut. »Der sieht aus wie du!«

»Allerdings«, bestätigte Jusuf und kratzte sich am Hinterkopf.

Indi konnte sich nicht rühren, während sie auf das Bild schaute. Es war nicht nur die Hautfarbe. Er hatte auch ihre Augen, ihre Nase – selbst seine Schneidezähne waren auf dieselbe Weise schief wie ihre auf dem Foto mit der Zahnspange.

Judith schien es ebenfalls zu sehen. Zumindest nahm sie das Bild von der dreizehnjährigen Indi und hielt es neben das des Mannes. »Eindeutig«, murmelte sie. Dann drehte sie das Bild um.

»Jorghino«, flüsterten Indi und Judith wie aus einem Mund.

War das der Name ihres Vaters?

»Gibt es noch mehr von ihm?« Judith wühlte in der Kiste, sammelte drei Bilder ein und suchte in Windeseile weiter – bis sie offenbar sicher war, dass es keine weiteren Fotos von ihm gab. Erst danach hielt sie die Bilder so, dass Indi und Jusuf das oberste betrachten konnten.

Jorghino stand in Badekleidung auf einem Felsen über dem Meer. Es sah so aus, als wollte er hinunterspringen. Viel mehr als seine Silhouette war jedoch nicht zu sehen, denn der Himmel hinter ihm strahlte in tiefem Orangerot – Sonnenuntergang.

Auch dieses Foto war auf der Rückseite beschriftet. *Jorghino Cielo Pinto* stand darauf.

»Das ist nicht sein echter Name, oder?« Judith klang ungläubig.

Cielo Pinto – Was bedeutete das? Gemalter Himmel? Oder so ähnlich?

In jedem Fall unwahrscheinlich, dass der Vater von Indica Lumina Stern tatsächlich so hieß. »Bestimmt entstammt der Name ihrer Fantasie.«

Judith legte das Foto mit dem Sonnenuntergang zur Seite und zeigte das nächste. Es war eine Nahaufnahme. Dieses Mal hielt Jorghino ein hübsches Mädchen im Arm. Beide lachten, und sie sah ihn verliebt von der Seite an.

Indi starrte darauf. Doch erst auf den vierten oder fünften Blick war sie sich sicher. »Das ist meine Mutter.« Als sie jung war. Mit 17 oder 18, vermutlich im Jahr vor Indis Geburt.

»Sie sieht nicht aus, als würde sie Drogen nehmen«, stellte Jusuf fest.

Und er hatte recht. Valerias Augen waren klar und lebendig. Auf diesem Bild sah sie den Fotos aus ihrer Kindheit ähnlich. Braungebrannt vom Reiseleben, in das sie hineingeboren wurde, mit blonden Haaren, die vom Salzwasser zu Strähnen verklebt waren. Sie wirkte frei und wild. Glücklich …

Oder nicht? Judith zeigte das letzte Bild. Es war aus derselben Serie: Jorghino und Valeria vor dem Hintergrund des türkisblauen Meeres. Aber dieses Mal schaute sie in die Kamera. Ihr Lächeln war blass geworden, und ihre Augen ließen erahnen, was hinter ihrer glücklichen Fassade lag: Einsamkeit, Unsicherheit, Angst vor diesem Moment in der drohenden Zukunft, in dem Jorghino sie verließ. Weil sie dann niemanden mehr hatte.

War es das gewesen? Was am Ende dazu geführt hatte, dass Valeria ihr Baby vor der Wohnungstür ihres Vaters ausgesetzt hatte? Und warum war sie nicht selbst dort sitzen geblieben – um bei Nikolas zu wohnen – und ein neues Leben zu beginnen …

Oder hatte sie gehofft, dass Jorghino sie zurücknahm, wenn sie ohne Baby wiederkam?

Fragen, auf die Indi nie eine Antwort bekommen würde. Es sei denn, sie dachte sich selbst ein Märchen dazu aus.

Nur eines wurde aus diesen Fotos deutlich. »Wie es aussieht, hat sie mit den Drogen erst nach meiner Geburt angefangen.

Das erklärt auch, warum ich keine Schäden davongetragen habe.«

Einen Moment lang schauten sie zu dritt auf die Fotos von Jorghino und Valeria. Indis Eltern. Endlich hatte sie ein Bild von ihnen.

Dann fiel ihr Blick auf ein anderes Foto in der Kiste. Ein älterer Mann mit weißen, wallenden Locken: ihr Großvater. Vielleicht mit Anfang sechzig. So hatte er in Indis Jugend ausgesehen, als sie Valeria in der Pizzeria getroffen hatten und er entschied, Indi nichts von ihrer Mutter zu erzählen.

»Er hat dich sehr geliebt, Indi. Wenn er dich belogen hat, dann hatte er wichtige Gründe dafür.« Das hatte René ihr zugeflüstert, kurz bevor sie gemeinsam die Briefe gelesen hatten.

Und er hatte noch mehr gesagt: Dass sich ein Trauma nur überwinden ließ, indem man den Schuldigen verzieh. Indi musste ihrer Mutter verzeihen, und auch ihrem Großvater, und selbst wenn beide inzwischen tot waren, war es noch nicht zu spät, auf diese Weise Frieden zu schließen.

Indi nahm das Bild aus der Kiste und strich an den Linien seines Lächelns entlang. »Ich verzeihe dir«, flüsterte sie, jedoch so leise, dass sich nur ihre Lippen bewegten, ein geheimes Zwiegespräch, das nicht einmal Judith und Jusuf hören sollten. »Du hast das Richtige getan. Immer. Mein ganzes Leben lang.« Für eine Sekunde schlich sich ein Brennen in ihre Augen.

Dann zog Judith etwas unter den Bildern hervor, das sie bis jetzt übersehen hatten. Es war ein alter Reisepass, mit Löchern ungültig gemacht.

Noch während Judith das kleine Büchlein aufblätterte, ahnte Indi, welche Information darin schlummerte.

»Brasilien!«, rief ihre Freundin schließlich. »In dem Jahr vor deiner Geburt war sie in Brasilien.«

Kapitel 32

24. DEZEMBER 2017

Das 12. Lichterfest des Jahres feierte die Hausgemeinschaft traditionell in Indis Wohnzimmer, normalerweise am zweiten Weihnachtsfeiertag. Wenn die Fressgelage der vorherigen Tage ein wenig Ausgleich forderten, schalteten sie die Lichter in Indis Wohnung ein, ließen alle Türen des Hauses offen, damit die Kinder hin und her rennen konnten, und tanzten in ihrem Wohnzimmer, bis der Glühweinpegel zu hoch wurde, als dass sie sich noch weiter bewegen konnten. Danach unterhielten sie sich über das vergangene Jahr und die kommenden, über Familie und Freunde und Politik.

So war es in den letzten Jahren gewesen. Doch in diesem Jahr entschieden Indis Nachbarn sich anders. Sie alle wollten bereits den Heiligabend bei ihr feiern, vor allem deshalb, damit sie nicht allein war.

Wer genau die treibende Kraft hinter der Idee gewesen war, konnte Indi nicht herausfinden. Doch sie erfuhr es von Jusuf, als er am 23. Dezember mit einem Weihnachtsbaum vor ihrer Tür stand. Anfangs versuchte er noch, das Geheimnis geheim zu halten. Aber während sie den Baum schmückten und Indi in trübseliges Schweigen verfiel, verriet er ihr, was die anderen geplant hatten.

Alle würden am nächsten Tag zu ihr kommen: Gitti und

Susanne mit der ganzen Familie. Jusuf und Mehtap mit allen Kindern und Enkeln, die esoterische Annegret, ganz sicher mit ihren Tarotkarten, und natürlich Judith und Felix, auch wenn sie gar keine Nachbarn waren. Selbst Azra und Georgios hatten versprochen, vorbeizukommen, obwohl sie bereits seit Jahren woanders wohnten. Und natürlich waren auch die neuen Nachbarn eingeladen, die im Laufe der letzten Jahre im ersten, zweiten und vierten Stock gegenüber eingezogen waren. Ob sie ausgerechnet an Heiligabend kommen konnten, stand noch in den Sternen, aber es wurde dringend Zeit, sie vollständig in die Gemeinschaft zu integrieren.

Indi hoffte nur, dass nicht alles darauf hinauslief, sie mit Miguel zu verkuppeln, der seit einem Jahr gegenüber von Jusuf und Mehtap wohnte. Er war zwar hübsch und charmant, aber er war auch fünf Jahre jünger, und der Hauptgrund, warum Indi nie über ihn nachgedacht hatte, hieß Sophia, studierte Philosophie und hatte das niedlichste Lächeln der Welt. Vor einem Jahr war sie seine Freundin gewesen und mit ihm zusammen eingezogen – und fünf Monate später mit großem Krach wieder ausgezogen.

Seitdem war Miguel allein und grüßte mit einem traurigen Lächeln. Aber Indi hatte kein Bedürfnis, sich mit ihm über Liebeskummer auszutauschen und anschließend im Bett zu landen.

Vorsorglich wies sie Judith, Susanne und Gitti darauf hin, dass alle Versuche in dieser Richtung vergeblich sein würden und dass sie es einfach gar nicht probieren sollten – und alle drei beteuerten, dass sie im Traum nicht auf die Idee gekommen wären.

Als ob.

Auch Judith versuchte seit Wochen, Indi von René abzulenken. Zwar hatte ihre Freundin es nicht direkt ausgesprochen, aber Indi ahnte, was Judith dachte: René hatte sich von ihr getrennt, und Indi war die Einzige, die der Wahrheit nicht ins Gesicht sehen wollte.

Doch ganz egal, was Judith dachte, ein Teil von Indi hatte ihn noch nicht aufgegeben. Er liebte sie noch – und er wollte die Kinder finden. Solange dies seine letzte Nachricht war, behielt sie ihre Gültigkeit.

Trotzdem war die Unsicherheit von Woche zu Woche gewachsen. Seit knapp drei Monaten hatte sie nichts von ihm gehört. Nicht einmal seine Post kam noch bei ihr an. Weder Briefe vom Gericht noch von Mareis Anwalt.

Wo auch immer er jetzt war – anscheinend hatte er einen Nachsendeantrag gestellt. Aber immerhin hieß das, dass er sich um seine Angelegenheiten kümmerte.

Und dass er noch lebte.

Doch ausgerechnet heute, an Heiligabend, gewannen die Zweifel Überhand. Immer wieder holte Indi das Handy hervor, um zu sehen, ob er wenigstens geschrieben hatte. Aber das Chatfenster blieb leer – und alle Nachrichten, die sie ihm in den letzten drei Monaten geschickt hatte, waren noch immer ungelesen.

Vielleicht hatte Judith doch recht. Wenn er sich nicht einmal an Weihnachten bei ihr meldete …

Indi war froh, dass ein Teil der Nachbarn schon am Nachmittag kam. Es war eine Abordnung, die aus Mehtap, Beyza, Susanne und Jusuf bestand und die sich »Küchen- und Weihnachtsmann-Team« nannte. Alle anderen gingen noch mit den Kindern spazieren oder waren mit ihnen in der Kirche. Währenddessen packte Jusuf sämtliche Pakete in zwei große Säcke, eine riesige Ladung von Geschenken für sämtliche Kinder aus allen Familien, und vielleicht noch das ein oder andere für die Erwachsenen. Obwohl Jusufs Familie kein richtiges Weihnachtsfest feierte, waren der Baum und die Geschenke bei allen beliebt. Normalerweise bekamen die Kinder sie erst zu Silvester, doch da sie heute gemeinsam feierten, wurde das Ganze auf Heiligabend vorgezogen.

Auch das Essen sollte gemeinsam stattfinden. Schon im Vorfeld hatten Gitti und Mehtap organisiert, dass in jeder Familie etwas vorbereitet wurde. Jetzt mussten sie die Köstlichkeiten nur noch in den Ofen schieben oder als Büfett auf dem Küchentisch aufbauen.

Derweil holte Indi die schönsten Lampen und Lichterketten aus ihrem Atelier und installierte sie überall – im Wohnzimmer und in der Küche, in Renés Atelier, das Ismael kurzerhand in eine Tanzfläche umwandelte, und im Hausflur über sämtliche Etagen. Zur Unterscheidung von anderen Lichterfesten behängte sie manche Lampen mit Weihnachtsschmuck – Glaskugeln und Strohsterne und Holzspielzeug, je nachdem, was vom Stil am besten passte. Als Extra-Überraschung versteckte sie Weihnachtssüßigkeiten in ihrer Wohnung, beginnend mit Renés und Liljas Sternenzimmer – damit es einen Grund gab, das Zimmer für die Kinder freizugeben.

Ab sechzehn Uhr kamen die restlichen Hausbewohner und Gäste von draußen herein, und plötzlich wurde es voll. Der Platz im Wohnzimmer reichte bei weitem nicht für alle, also verteilten sie sich auch auf die Küche und die beiden Ateliers – und die Kinder entdeckten das Spielzeug im Sternenzimmer. Nur ihr Schlafzimmer hatte Indi vorsorglich abgeschlossen, nicht weil es sie gestört hätte, wenn die Nachbarn ihr Bett als Sitzgelegenheit nutzten, sondern weil die Gefahr groß gewesen wäre, dass die Kinder beim Süßigkeitensuchen das Geld unter ihrem Bett fanden.

Judith und Felix kamen pünktlich zum Essen, und als wäre

das irgendwie Zufall, hatten sie Miguel im Schlepptau. Er wirkte ein wenig verwundert angesichts des Trubels. Im ersten Moment sah er verloren aus zwischen all den anderen, die sich seit Jahrzehnten kannten. Also gesellte Indi sich zu ihm und wies ihn auf Büfett und Glühwein hin. Doch Miguel brauchte nicht lange, um sich zurechtzufinden, und schließlich beobachtete er das Treiben mit einem Lächeln. »Erinnert mich an Mexiko.«

Mit diesem Satz war geklärt, woher er kam, und Indi ließ sich zum ersten Mal freiwillig auf ein Gespräch über ihre Herkunft ein. »Ich bin Halbbrasilianerin«, erklärte sie, und für einen Moment war da nur dieses laut ausgesprochene Wort, das plötzlich einen ganz besonderen Klang bekam, zumindest in ihren Ohren.

Umso bedauerlicher war es, dass es wohl unmöglich sein würde, einen gewissen Jorginho Cielo Pinto, der in Wirklichkeit garantiert ganz anders hieß, zwischen all den Millionen anderen Brasilianern zu finden.

Nachdem alle mit Bratäpfeln, Weihnachtsgans und Köfte gesättigt waren, tauchte der Weihnachtsmann in der Tür auf. Er trug die beiden Jutesäcke mit Geschenken über der Schulter und rief mit dröhnender Stimme: »Ho-ho-ho, sind hier brave Kinder?«

Die Kinder bestürmten ihn und zogen ihn ins Wohnzimmer, die Erwachsenen drängten hinterher, bis es eng und warm wurde und der Weihnachtsbaum zwischen all den Menschen bedenklich schwankte. In den nächsten ein bis zwei Stunden verteilte er Geschenke, und nur die kleine Hülya verstand nicht, warum die älteren Kinder ihn »Jusuf« nannten.

Indi bekam ein Buch, das wahrscheinlich von Gitti stammte, und warme gefütterte Handschuhe von Mehtap und Jusuf. Sie selbst hatte nicht an Geschenke gedacht, verkündete aber, dass jede Familie sich eine Lampe aussuchen dürfe.

Nach der Bescherung zerstreuten sich die Gäste wieder in alle Zimmer. Ismael warf die versprochene Tanzmusik an, die Kinder spielten im Sternenzimmer oder rannten durch das ganze Haus, und Annegret legte am Küchentisch Tarotkarten. Zur passenden Untermalung hatte sie eine ihrer Lavalampen und eine Klangschale mitgebracht, in der sie in unregelmäßigen Abständen herumrührte.

Indi hütete sich davor, in die Nähe von Annegrets Fangarmen zu geraten, und so landete sie zusammen mit Miguel und Judith im Wohnzimmer auf dem Sofa. Ihre Freundin bot schließlich an, ihre Glühweintassen wieder zu füllen. Doch sie kam nur kurz zurück, um die Tassen zu überreichen, dann verschwand sie Richtung Tanzfläche.

Irgendwie war es nett mit Miguel. Er studierte Geografie und wusste mehr über Brasilien, als Indi jemals über das Land ihres Vaters erfahren hatte. Es machte Spaß, ihm zuzuhören, und nach dem zweiten Glühwein sprachen sie doch noch über Liebeskummer. Tausendundeine Jammergeschichte über René und Sophia. Irgendwie tat es gut, mit jemandem zu reden, der all das noch nicht kannte. Trotzdem konnte Judith ihre Kuppelei vergessen. Als Miguel zwei Stunden später aufstand und Indi zur Tanzfläche zog, fühlte es sich mehr so an, als hätte sie einen Bruder hinzugewonnen – und ihre große Hausfamilie ein neues Mitglied.

Die Musik umfing Indi, ließ all ihre Traurigkeit in die Bewegung fließen. Das hier war das schönste Weihnachtsfest, das sie je erlebt hatte, und gleichzeitig das schrecklichste. Ganz gleich, wie viel sie lachte und tanzte und wie stark die Liebe wurde, die sie für die Menschen in diesem Haus empfand – nichts konnte über das schwarze Loch hinwegtäuschen, das sich in ihrer Brust verdichtete.

René war nicht einmal zu Weihnachten gekommen.

Mitten auf der Tanzfläche blieb sie stehen, kramte ihr Handy hervor und öffnete seinen Chat. Die Häkchen neben ihren Nachrichten waren blau! Irgendwann in den letzten sechs Stunden musste er sie gelesen haben.

Und trotzdem hatte er nicht geantwortet.

Ein neuer Schmerz durchfuhr Indi. Gesehen und ignoriert zu werden war beinahe noch schlimmer, als verzweifelte Liebeserklärungen ins Nirwana zu schicken.

Vielleicht war es an der Zeit für einen weiteren Glühwein. Mit einem Anflug von Zorn schob Indi das Handy in ihre Gesäßtasche, drängte sich zwischen den anderen Tanzenden hindurch und fand die Küche zum ersten Mal an diesem Abend leer vor. Selbst Annegret war zu den anderen ins Sternenzimmer gegangen. Wie durch ein Wunder hatte sie Indi mit ihren Tarotkarten verschont.

Der Glühweintopf stand noch auf der Herdplatte. Indi füllte sich eine Tasse und probierte. Die Flüssigkeit war lauwarm und der Alkohol schon zur Hälfte verkocht. Trotzdem reichte eine halbe Tasse, bis es sich in ihrem Kopf drehte.

Sie vertrug wirklich absolut gar nichts – und wenn sie mit dem gesüßten Rotwein weitermachte, würde die Migräne morgen abscheulich sein.

Entschlossen schüttete sie den Rest aus ihrer Tasse in die Spüle. Wehe, irgendjemand behauptete noch einmal, sie hätte ein Problem mit Alkohol!

Als sie sich umdrehte, lag etwas auf dem Küchentisch. Langsam ging Indi darauf zu. Es waren zwei Tarotkarten, der Stern und daneben der Narr.

»Der Stern steht für die Hoffnung.« Plötzlich war Annegret hinter ihr. Die Dielen knarrten, während sie näher kam und dann neben Indi stehen blieb. »Für die beginnende Hoffnung, nachdem alles zusammengebrochen ist. Wenn der Narr den Stern erreicht, hat er seine Reise beinahe überstanden. Es ist der erste Schritt in ein glückliches Ende, der erste Schritt in die Erleuchtung.«

Annegrets Gesicht war nah, faltig und alt, und dennoch blitzte bestechende Klarheit aus ihren Augen. »Er hat dich nicht verlassen, Lumina. Er musste nur erst durch die Schatten wandern, um den Weg ins Licht zu finden.«

Der Glühwein wirkte immer noch in Indis Kopf. Oder war es die Bedeutung der Worte? Woher wollte Annegret wissen, was der Narr tat?

Plötzlich fiel ihr Blick auf einen Zeitungsartikel, der halb unter einer Puddingschüssel verborgen lag. Irgendjemand hatte sich die Mühe gemacht, ihn auszuschneiden und mitzubringen.

Indi nahm ihn an sich und entdeckte den Namen des Autors: René Lasalle.

Hastig sah sie auf und wollte Annegret fragen, ob sie den Artikel mitgebracht hatte. Aber die Alte war verschwunden.

Wie in Zeitlupe zog Indi einen Stuhl heran und setzte sich. Unter Renés Namen waren biografische Daten aufgelistet.

René Lasalle, Jg. 1981, hat Journalismus, Arabisch und orientalische Geschichte studiert, u. a. in Aleppo und Paris. Seit 2008 berichtet er aus Krisen- und Kriegsregionen im Nahen Osten. Seine gefährlichste Reise brachte ihn von 2013 bis 2014 mitten in den syrischen Bürgerkrieg. In seiner neuen Kolumne »Über den Schmerz« schreibt er über Krieg und Trauma und über die Notwendigkeit, den Schmerz zu fühlen, damit die Welt in den Frieden zurückfindet.

Allein diese Zusammenfassung reichte aus, um Indis Herzschlag in Aufruhr zu versetzen. Doch die Anziehungskraft seiner Worte fesselte ihren Blick.

Wenn wir über den Krieg reden, müssen wir über den Schmerz reden. Diese Lektion lernte ich, als ich nach fünf Jahren Krieg und drei Monaten im syrischen Gefängnis in einer Bundeswehrspezialklinik saß und in meiner Brust nur noch dumpfe Kälte herrschte. In den fünf Jahren hatte ich so ziemlich alle Arten von Schmerz durchlebt. Ich weiß, wie es sich anfühlt, wenn die Kugel eines Maschinengewehrs dein Bein trifft. Oder wenn die Splitter einer Fassbombe die Haut durchsieben. Oder wenn der Arzt die Splitter und die Kugel ohne Narkose und ohne Betäubung entfernen muss. Aber diese Art von Schmerzen meine ich nicht. Ich meine den Schmerz in der Brust, wenn man einen geliebten Menschen sterben sieht.

In fast allen Sprachen der Welt ist die Rede von unserem Herzen, wenn es darum geht, diesen Schmerz zu beschreiben. Unser Herz rast, wenn wir um unser Leben fürchten, es zerbricht, wenn wir jemanden verlieren, und im schlimmsten Fall wird es uns aus der Brust gerissen. Wenn das passiert, bleibt ein schwarzes Loch zurück oder dumpfe Leere oder ein kalter Stein anstelle des Herzens.

Doch nach jenem anfänglichen Schmerz, mit dem unser Herz zerrissen wurde, ist dieses kalte Gefühl eine Erleichterung. Indem unser Herz taub wird, schützt sich die Psyche vor weiterem Schmerz. Aber dieser Schutz hat eine fatale Nebenwirkung: Wenn das Herz tot ist, sind nicht nur die Schmerzen verschwunden. Auch die schönsten Gefühle, die ein gesunder Mensch in seiner Brust spürt – Liebe, Vertrauen, Mitgefühl –, kann ein Mensch, dessen Herz erkaltet ist, nicht mehr empfinden.

Und genau darin liegt die große Gefahr. Ich habe mitangesehen, wie sich Menschen verwandeln, nachdem ihnen das Herz herausgerissen wurde, wie sich Wut und Hass in ihnen breitmacht, bis sie nur noch aus Rache bestehen. Nur die Herzlosigkeit macht es möglich, ohne Mitleid zu töten und andere Menschen zu quälen.

Und mit jedem Mord und jeglicher Qual wird weiteren Menschen das Herz herausgerissen, bis sich der Hass wie eine Seuche verbreitet.

Mehr als ein Jahr ist es nun her, seit ich in jener Bundeswehrklinik saß und nichts mehr gefühlt habe. Damals haben die Ärzte vor allem einen Begriff für die Gefühllosigkeit benutzt: Trauma. In der Chirurgie ist ein Trauma eine schwere körperliche Verletzung – und in der Psychologie ist es eine psychische Wunde, die nicht heilen will. Kein Wunder also, dass es sich leibhaftig so anfühlt, als wäre einem das Herz herausgerissen worden.

Doch in dieser Klinik habe ich noch etwas gelernt: Wenn man ein psychisches Trauma überwinden will, muss man den Schmerz wieder zulassen. Man muss das verletzte Herz in die Brust zurückholen, auch wenn es anfangs mit jedem Schlag wehtut. Und dann muss man ihm zuhören, all den schrecklichen Geschichten lauschen, die es erzählt. Denn nur so kann man den Schmerz verstehen, und nur wenn man ihn versteht, kann man ihn besiegen.

Inzwischen habe ich wieder ein Herz, es sitzt fest in meiner Brust. Es ist empfindlicher als früher, und der Schmerz wird wohl nie ganz verschwinden. Aber es kann wieder vertrauen und lieben und überwältigende Fürsorge empfinden.

»Die Zunge ist die Übersetzerin des Herzens«, besagt ein arabisches Sprichwort. Seit Monaten kreisen die Worte nun schon in meinem Kopf und suchen nach einer passenden Übersetzung für den Schmerz und für die Heilung. Allmählich sind wir so weit, die Worte und ich. Und deshalb werden wir nun übersetzen, wir werden Verständnis suchen und von Heilung träumen.

Und Sie möchten wir einladen, uns zu folgen. Damit wir gemeinsam die Zerstörungskraft des Schmerzes überwinden.

Immer wieder musste Indi die Tränen beiseitewischen, um weiterlesen zu können. Doch ihr Herzschlag beruhigte sich unter seinen Worten. Fast war es, als würde sie seine Stimme hören, als stünde er wieder im Atelier nebenan. Sie las den Artikel ein zweites Mal, und dann ein drittes. Bis sie das Gefühl hatte, dass jemand hereingekommen war.

Hastig fuhr sie herum.

Judith lehnte im Türrahmen, ganz so, als stünde sie schon länger dort. »Dein René schreibt wieder. Ich dachte mir, das solltest du wissen. Immerhin ist das ein Lebenszeichen.«

Judiths Worte brachten weitere Tränen hervor, bis Indi sie mit Nachdruck fortwischte. Erst dann begriff sie die Bedeutung. René schrieb wieder. Von seinem Herzen, das wundersamerweise geheilt war, und davon, dass er wieder lieben und vertrauen konnte – und trotzdem war er nicht hier.

Demnach hatte Judith wohl recht. Wen auch immer er liebte, Indi konnte es nicht sein. Sonst wäre er längst wiedergekommen.

Indi sprang auf, lief an ihrer Freundin vorbei in den Flur, wollte nicht mit Judith reden, nicht darüber nachdenken. Und nicht noch einmal in Renés Atelier gehen …

Kraftlos fand sie den Weg ins Wohnzimmer. Direkt hinter der Tür lehnte sie sich an die Wand. Alle mühselig aufgebrachte Energie der letzten Monate war mit einem Schlag dahin.

Sie konnte nur noch dastehen und die anderen beobachten: Jusuf hatte das Weihnachtsmannkostüm abgelegt und trug wieder seine normale Kleidung. Jetzt saß er mit Azra und Georgios am Tisch und unterhielt sich. Miguel hatte sich ein weiteres Mal auf dem Sofa niedergelassen, dieses Mal zusammen mit Felix. Er winkte ihr zu, als er sie entdeckte, aber Indi vermochte sich nicht von der Stelle zu rühren. Die Kinder kamen kreischend aus dem Sternenzimmer, rannten durch das Wohnzimmer und verfolgten sich gegenseitig, wie es sonst nur die Katzen taten. Überall lag

Geschenkpapier, wirbelte von dem Luftzug der Kinder umher. Unzählige Stimmen sprachen und lachten durcheinander, und aus Renés Atelier ertönte ein arabischer Popsong.

»Ihr feiert Weihnachten wie die Araber.«

Die Stimme ließ Indi herumfahren.

René.

Er lehnte hinter ihr an der Wand.

Einen Moment lang stand sie da und starrte ihn an. Alles Blut wich aus ihrem Kopf. Er konnte nicht echt sein – konnte nicht so plötzlich und lautlos hier aufgetaucht sein.

Oder doch?

Die Musik aus dem Nachbarzimmer dröhnte laut, mischte sich mit den Stimmen und dem Lachen der Nachbarn, von denen bisher niemand auf Renés Gegenwart reagierte.

So musste es sich anfühlen, wenn man verrückt wurde. Wenn man Dinge oder Menschen sah, die nicht existierten.

Aber wie konnte eine Halluzination so echt wirken? So nah sein? Seine Haare waren so zerzaust, als steckte noch der Sturm darin, der ihn davongetrieben hatte.

Dass dennoch Zeit vergangen war, zeigte nur seine helle Haut, von der die Sommerbräune endgültig verschwunden war.

»Feiern die Araber denn Weihnachten?« Indi hörte sich selbst wie von weitem. Oder sprach sie nur in Gedanken? Weil er nur ein Geist war?

Ein Lächeln huschte um seine Mundwinkel. »Sie lieben Weihnachten. Strenggläubige Muslime sagen zwar, dass es Sünde sei, das Fest einer anderen Religion zu feiern. Aber die Araber lieben Glitzer und Lichter und kitschige Musik. Und sie mögen es, mit vielen Menschen zu feiern. Je lauter und bunter, desto besser. Genau wie bei euch.«

Nur er hatte gefehlt. Bis jetzt. Indi wollte ihn berühren, wollte prüfen, ob er wirklich da war. Und dann wollte sie die vergangenen Monate vergessen.

Wenn es so einfach gewesen wäre. »Wo warst du?« Mehr bekam sie nicht heraus.

Sein Blick wirkte verloren. »Ich hab die Kinder gesucht. Hamsa und Nadira. Und die Kleinen.« Seine Stimme stockte. Die Verlorenheit in seinen Augen blieb dieselbe.

Es war dieser Ausdruck, der die Antwort auf Indis Frage vorwegnahm. »Aber du hast sie nicht gefunden«, stellte sie fest.

»Nein.« Sein Blick sank zu Boden, seine Schuhe strichen über das Geschenkpapier. »Oder vielleicht doch. Ich weiß es noch nicht. Es gibt Spuren, Bekannte und Freunde, die sagen, dass sie noch leben, dass sie geflohen sind. Aber ich bin jetzt drei Monate lang unterwegs gewesen, von Spur zu Spur, ich war bei alten Freunden, in Flüchtlingslagern und Unterkünften. Nicht nur in Deutschland. Bis jetzt habe ich sie nicht gefunden. Vielleicht sind sie in Frankreich. Dazu habe ich mehr als nur einen Hinweis. Aber ich weiß noch nicht, ob ich die Suche wirklich fortsetzen will.«

Die Musik im Tanzzimmer wechselte. Ismael spielte noch immer orientalischen Pop, aber dieses Mal war es ein türkisches Liebeslied. Ungefähr fünf oder sechs Kinderstimmen sangen lauthals mit. Vermutlich die Meute, die eben hier durchgerannt war.

René liebte Kinder. Er tat alles für sie. Dass er Hamsa und Nadira nicht gefunden hatte, war eine weitere Tragödie. »Es tut mir sehr leid. Ich hätte dir gewünscht, dass du sie findest.«

René presste die Lippen aufeinander. »Ich denke, sie leben noch. Sonst gäbe es nicht so viele Spuren von ihnen. Und das ist die Hauptsache, ob ich sie nun gefunden habe oder nicht. Wahrscheinlich ging es bei meiner Suche auch gar nicht nur um die Kinder.«

Ihre Blicke hielten sich aneinander fest. Und Indi erkannte die wahre Aussage hinter seinen Worten: In Wirklichkeit hatte er nach sich selbst gesucht – und seine Angst galt dem drohenden Verlust seiner eigenen Tochter. »Eigentlich war es auch Lilja, oder? Die du in anderen Kindern suchst, die du vermisst. Wegen der du dich schuldig fühlst, weil du glaubst, sie verlassen zu haben.«

Die grünen Sprenkel in Renés Augen spiegelten die Lichter des Weihnachtsbaumes. »Ja, im Kern ging es immer auch um Lilja. In all den Jahren. Bei allen Verlusten. Erst wenn diese Schuld geklärt ist, kann ich mich selbst wieder achten.«

Also war die Sache noch nicht geklärt? Mit Lilja und Marei und ihrem Antrag vor Gericht?

Nur eines schien wieder im Lot zu sein. »Du schreibst wieder. Ich hab deinen Artikel gelesen, deine Kolumne, eben gerade. Judith hat sie mitgebracht. Du schreibst über den Schmerz – und über die Heilung. Stimmt es, was da steht? Dass du wieder lieben und vertrauen kannst?« Und wenn ja, wen liebte er – und wem vertraute er, wenn er dennoch monatelang wegblieb? »Warum hast du dich nicht bei mir gemeldet? Wenigstens mit einer kurzen Nachricht. Das hätte schon gereicht, um mir drei Monate Kummer zu ersparen.«

Mit einem Räuspern senkte René erneut den Kopf. Wieder strich er mit dem Fuß über das Geschenkpapier. Etwas an der Geste wirkte zärtlich. »Ich wollte dir schreiben, jeden Tag, jede Nacht. Aber wenn ich es getan hätte, hättest du mir zurückgeschrieben, und dann wäre der Bann gebrochen. Dann hätte ich deine Stimme hören wollen, ich wäre losgefahren, um dich wiederzusehen. Aber ich wollte nicht, dass du mich so erlebst, wie ich in den letzten Monaten war. Ich wollte nicht, dass du den Schmerz siehst und die Angst, die plötzlich wieder aus dem Abgrund kamen. Oft saß ich in irgendeinem Hotel und war am

Rande meiner Kräfte. Oder ich stand unter Strom und musste irgendetwas tun, um nicht zu verzweifeln. Vielleicht war die Suche nach den Kindern auch nur ein Ablenkungsmanöver für mich selbst. Aktionismus, um nicht stillzusitzen, um nicht das Warten aushalten zu müssen, während ich alle notwendigen Schritte gehe, um die Sache mit Marei zu regeln. Ich musste mir einen Anwalt suchen und alles zigtausend Mal durchsprechen für ein psychologisches Gutachten. Außerdem wollte ich *richtig* arbeiten. Nicht wegen des Geldes, davon hab ich genug für die nächsten Jahrzehnte. Aber ich wollte etwas tun, das Marei ernst nehmen muss, einen schriftlichen Beweis in einer namhaften Zeitung, aus dem hervorgeht, dass ich meine Sinne wieder unter Kontrolle habe.«

Die Kolumne. In welcher Zeitung erschien sie? Indi hatte nicht darauf geachtet.

Das nächste Musikstück schien voll und ganz nach Jusufs Geschmack zu sein. Zumindest riss er die Arme hoch und erhob sich vom Stuhl. Hüftschwingend tanzte er an Indi und René vorbei aus dem Raum, nicht ohne ihnen mit strahlendem Gesicht zuzuzwinkern. Azra und Georgios folgten ihm lachend.

Auch Miguel und Felix saßen nicht mehr auf dem Sofa. Indi hatte nicht mitbekommen, dass sie das Wohnzimmer verließen. Vielleicht aus Diskretion, damit Indi und René reden konnten, ohne beobachtet zu werden.

Immer mehr Menschen sangen im Nebenzimmer mit, Ismael drehte die Musik noch eine Nuance lauter, und Indi musste näher an René heranrücken, um seine nächsten Worte zu verstehen. Mit Kopf und Schulter lehnte er an der Wand. Sein Gesicht war so nah, dass sie seinen Atem spürte.

»In diesen Monaten stand ich viel zu dicht am Abgrund. Ich hatte Angst, dass es wieder kippt. Dass ich den Druck nicht aushalte. Ich weiß, es wäre fair gewesen, dir zu schreiben. Aber ich musste zuerst mit mir selbst klarkommen.«

Hieß das, er kam jetzt mit sich selbst klar? Oder aus welchem Grund war er hier?

Plötzlich knackste es im Lautsprecher. Im nächsten Moment übertönte Judiths Stimme das Intro des folgenden Songs. »Hört mal alle her!«, rief sie durch das Mikro. »René Lasalle ist wieder da. Um das zu feiern, tanzen wir jetzt drei Tage und Nächte lang durch.«

Die anderen antworteten mit Jubel. Vor allem die Kinder kreischten begeistert auf.

»Hat Judith recht?« Indi deutete zum Nebenraum. »Bist du wirklich wieder da?«

Renés Blick wurde tiefer, dunkler. »Wenn du mich noch willst …«

Wie ein Blitz fuhr die Frage in ihre Brust. Ihre Knie wollten nachgeben, Renés Gesicht kam näher, ihre Stirn rutschte gegen seine.

»Was für eine Frage. Natürlich will ich dich noch.«

Ein leises Zittern ging durch seinen Körper. In der nächsten Sekunde zog er sie an sich. Seine Arme schlangen sich um ihren Rücken, Indis Hände griffen in seine Kleidung.

»Meine Güte, Indi!« Plötzlich lachte und weinte er gleichzeitig, suchte ihr Gesicht mit den Lippen und küsste sie. »Ich liebe dich. Wenn du wüsstest, wie schrecklich ich dich liebe!«

Es war nicht mehr *schrecklich*, und gleichzeitig gab es kein besseres Wort. Alles war weich und durchlässig, ihr Körper in seinen Armen, sein Atem in ihrem Kuss, der Boden unter ihren Füßen. Jeglicher Halt ging verloren, bis sie zwischen dem Geschenkpapier auf den Dielen saßen. Sie mussten zusammen sein, jetzt und immer, nur darauf kam es noch an.

Erst ein mehrstimmiges Kichern holte sie in die Gegenwart zurück. René löste sich von ihr, um über ihre Schulter zu sehen.

Neben ihnen in der Tür standen die Kinder und kicherten.

Die Musik war deutlich leiser geworden.

»Sie sind noch hier!«, rief Mariyam in Richtung des Tanzzimmers. Sie war die älteste von Jusufs Enkeln.

»Sie küssen sich«, ergänzte Fili, Susannes Jüngste, und biss sich grinsend auf die Unterlippe. Neben ihr stand Hülya, mit großen, müden Augen, und steckte sich den Daumen in den Mund. Die Jungs standen etwas hinter den Mädchen, rempelten sich gegenseitig an und grinsten.

»Ich hab gesagt, ihr sollt *unauffällig* gucken!«, rief Susanne aus dem Tanzzimmer zurück – gefolgt von vielstimmigem Gelächter.

Indi musste ebenfalls kichern. Sie hatte die Kinder irgendetwas fragen wollen, schon die ganze Zeit. Aber was?

Plötzlich fiel es ihr wieder ein. Weihnachten und Ostern und irgendwie auch Silvester und Zuckerfest und Chanukka an einem Tag. »Habt ihr eigentlich schon die Süßigkeiten gefunden?«

»Welche Süßigkeiten?« Plötzlich waren auch Timur, Jonas und Ali ganz Ohr.

»Der Weihnachtshase war da. Fast wie an Ostern. In der ganzen Wohnung.«

Das ließen sich die Kinder nicht zweimal sagen. Die Jungs stießen sich ein weiteres Mal an und stoben davon. Die Mädchen fingen im Wohnzimmer an zu suchen.

Indi lachte und lehnte sich an Renés Schulter. Plötzlich war es nicht mehr das schrecklichste, sondern nur noch das schönste Weihnachtsfest.

Nur Renés Seufzen klang wehmütig. »Ich wünschte, Lilja

wäre auch hier.« Augenblicklich mischte sich sein Kummer in ihre Gefühle. Diese eine Frage war noch offen.

Er hatte sich also einen Anwalt gesucht. Und ein Gutachten erstellen lassen. Und seine Karriere vorangetrieben, als Künstler und als Journalist. Derselbe Mann, der vor einem halben Jahr noch in seinem VW-Bus auf der Straße gelebt hatte, konnte sich jetzt überlegen, ob er von seinem Geld eine Berliner Altbauwohnung kaufen oder für die nächsten Jahrzehnte davon leben wollte. Damit demontierte er Mareis Argumentation zu hundert Prozent, und zwar nicht mit Worten, sondern mit Beweisen.

»Was ist aus dem Streit mit Marei geworden? Konnte dein Anwalt was erreichen?«

René stieß einen schnaubenden Laut aus. Eine Spur von Zorn klang darin. »Er hat einen gepfefferten Brief aufgesetzt, um Mareis Vorwürfe zu zerlegen. Seitdem hab ich nichts mehr gehört. Wahrscheinlich bastelt sie noch an einer Gegenstrategie. Aber wenn sie weiter auf Eskalation setzt, kriegt sie als Nächstes eine Verleumdungsklage.«

Seine Wut griff auf Indi über. Verleumdung, genau das war es, wenn Marei vor Gericht behauptete, René würde seiner Tochter schaden! Sollte sie es doch wagen, dem Kolumnisten einer namhaften Zeitung vorzuwerfen, er wäre zu krank, um ein eigenständiges Leben zu führen – während er tiefgründige Artikel über Schmerz und Krieg schrieb.

Doch irgendwo in diesem Gedankengang lag ein Fehler. Und plötzlich wusste sie, was es war: Eskalation. Sie durften sich nicht von Zorn leiten lassen.

»Ihr müsst aufhören«, murmelte sie. »Keine Klagen vor Gericht, keinen Krieg um euer Kind. Selbst der Gewinner verliert in einem Krieg, das weißt du doch selbst.«

Hilflos schaute René sie an. Ein müdes Lächeln flackerte um

seine Lippen. »Sag das Marei. Sie hat den Angriff begonnen, aus vollen Rohren auf der ganzen Front. Wenn ich mich jetzt nicht verteidige, kann ich mich doch gleich aufgeben. Was soll ich denn sonst tun?«

Wieder liefen die Kinder an ihnen vorbei. Nur die kleine Hülya blieb stehen. Triumphierend hielt sie einen dicken Weihnachtsmann hoch. Ein strahlendes Grinsen erschien rund um ihren Schnuller. Dann rannte sie weiter.

»Lad sie doch ein.« Indi sprach die Idee aus, noch bevor sie darüber nachgedacht hatte. »Nicht nur Lilja. Auch Marei. Sie soll sich das hier ansehen und dann noch einmal behaupten, dass du deiner Tochter schadest.«

René stieß ein überraschtes Prusten aus. »Marei? Hierher einladen?« Er sah sich im Trubel des Wohnzimmers um, hob einen Geschenkpapierfetzen hoch und ließ ihn wieder fallen. »Für sie ist doch schon das Chaos eine Gefahr. Sie würde die ganze Zeit aufräumen und jedes Mal rumschreien, wenn ein Kind aufs Sofa springt oder zu nah am Weihnachtsbaum vorbeirennt. Und hinterher würde sie sich beschweren, dass sie allen hinterherräumen musste, während ich rücksichtslos gefeiert habe.«

Vielleicht würde es so sein. Aber das war bestimmt nicht alles, was Marei ausmachte. Und im Grunde saß der Streit zwischen den beiden viel tiefer.

Plötzlich sah Indi vor sich, wie es gewesen sein musste, von René ein Kind zu bekommen und dann mitsamt dem Baby in den Trümmern zu stehen. »Hast du dich eigentlich jemals richtig bei ihr entschuldigt? Für die Hölle, die sie mit dir durchlitten hat? Ich meine, bei mir entschuldigst du dich ständig, aber machst du das bei ihr auch?«

Sein Blick wirkte verwundert, als hätte er noch nie darüber nachgedacht.

»Und hast du mal versucht, ihre Perspektive einzunehmen? Wie das ist, dich zu lieben, aber ständig um dich fürchten zu müssen? Wahrscheinlich konnte sie das einfach nicht mehr.«

Mareis Gesicht tauchte wieder vor ihr auf, wie sie in ihrer Küche saß und für einen kurzen Moment die Beherrschung verlor. Schon damals hatte Indi dieses Gefühl in ihrem Gesicht gesehen. »Aber ein Teil von ihr liebt dich noch immer, und vielleicht muss sie diesen Teil jetzt schützen, damit du ihn nicht noch einmal zerbrichst.«

Das Erstaunen in Renés Augen wuchs. Ungläubig schüttelte er den Kopf.

Doch Indi kam gerade erst in Fahrt. »Und weil Marei jetzt sieht, wie sehr Lilja dich liebt, hat sie Angst, dass du deiner Tochter genauso wehtust. Und sie hat Angst, dass Lilja zwischen zwei Familien aufgerieben wird. Außerdem ist sie eifersüchtig, wenn sie sieht, wie gern Lilja hier ist. Dann hat sie Angst, dass eure Tochter dich plötzlich mehr liebt als sie. Weil sie so ein offenherziges Kind ist, das dir um den Hals fällt und jedes Gefühl sichtbar nach außen kehrt.«

Auf Renés Lippen erschien ein Lächeln, zärtlich und traurig zugleich.

»Aber das ist Quatsch. Lilja liebt euch beide, und das wird auch immer so bleiben.« Indi holte noch einmal Luft. Für einen winzigen Moment riss der Faden. Aber eine wichtige Sache fehlte noch. Sie musste sich konzentrieren.

»Marei hat diesen Antrag vor Gericht gestellt und sucht nach harten Beweisen gegen dich, damit sie am Ende objektiv zeigen kann, was für ein Scheißkerl du bist. Aber vermutlich möchte sie einfach nur, dass du dieses kleine Stück in ihrem Herzen ernst nimmst, mit dem sie dich immer noch liebt. Und vielleicht würde es schon reichen, wenn sie ein kleines bisschen Aufmerksamkeit und Zuneigung und Respekt von dir bekäme.«

Renés Augen glänzten feucht.

»Ruf sie an, René, und lad sie ein. Für heute ist es zu spät. Aber morgen ist noch Weihnachten. Und übermorgen auch. Du hast Judith gehört: Wir tanzen hier drei Tage und Nächte durch.«

Zu Renés Tränen gesellte sich ein Lachen. »Sie wird mich zerreißen, wenn ich sie jetzt anrufe. Falls sie überhaupt rangeht.«

Indi löste die Hände von seinen Schultern, tastete an seiner Seite abwärts und fand das Handy in seiner Hosentasche.

Er schnappte danach, als sie es herauszog – aber Indi lehnte sich blitzschnell zurück.

Misstrauisch sah René zu, während sie das Gerät entsperrte und Mareis Kontakt aus der Liste suchte. »Du wählst doch jetzt nicht ernsthaft ihre Nummer? Bei der lauten Musik versteht sie eh nichts.«

Zumindest damit hatte er recht. Indi sah sich um. Gerade flitzte Jonas durchs Zimmer. »Lauf bitte mal zu Ismael!«, rief sie. »Sag ihm, er soll für drei Sekunden die Musik ausmachen.«

»Für drei Sekunden?«

»Vielleicht auch fünf. Ich rufe, wenn es weitergehen kann.«

Der Junge hüpfte davon. Kurz darauf verstummte die Musik.

Indi wählte Mareis Nummer und wartete, bis es tutete. Erst dann drückte sie René das Handy in die Hand.

Noch ehe er wieder auflegen konnte, schien Marei das Gespräch angenommen zu haben.

Erschrocken starrte René Indi an. Einzig seine Stimme fing sich sofort. »Frohe Weihnachten, Marei.« Es war nicht der sachliche, leicht genervte Tonfall, in dem die beiden sonst miteinander telefonierten. Stattdessen sprach er leise, fast zärtlich. »Ich würde euch gern zu Weihnachten einladen, dich und Lilja. Hier ist eine große Weihnachtsfeier, in Indis Wohnung, mit allen Nachbarn. Morgen …« Er warf einen fragenden Blick zu Indi. Wann genau?

Doch sie wusste es ebenso wenig und zuckte mit den Schultern.

»Morgen Nachmittag«, improvisierte er. »Ab drei. Ich würde mich freuen, wenn ihr dazukommt.«

Was Marei dazu sagte, war nicht zu verstehen. Nur der überrascht-verwirrte Tonfall drang durch das Gerät.

»Nein, nicht nur Lilja. Du bist auch eingeladen.«

Mareis Verwirrung mündete in einer Pause. Ihre Antwort danach klang knapp, aber weder unfreundlich noch genervt.

René ließ das Handy sinken. Sein Gesicht war noch eine Spur blasser geworden. »Sie überlegt es sich. Sagt sie. Aber ich glaube nicht, dass sie kommt.«

»Abwarten.« Indi beugte sich noch einmal nach hinten und rief in den Flur: »Ihr könnt die Musik wieder anmachen!«

Nur Sekunden später pulsierte der nächste Rhythmus durch die Räume, selbst die Dielen vibrierten unter Indis Knien. Plötzlich wollte sie nur noch tanzen, feiern, glücklich sein. Weil René wieder da war.

Sie sprang auf und zog ihn zu sich hoch. Ohne ihn loszulassen, lief sie voran bis auf die Tanzfläche. In der erstbesten Lücke wollte René tanzen, doch Indi zog ihn weiter, zwischen den anderen hindurch, bis sie Ismaels Musikanlage erreichten. Auf Renés Werkbank hatte er sie aufgebaut.

»Gib mir mal das Mikro!« Indi musste schreien, um zu ihrem Kindheitsfreund durchzudringen.

Mit einem rhythmischen Wippen tanzte Ismael auf der Stelle, zog das Mikro unter der Werkbank hervor und reichte es Indi. »Für dich immer, *Yıldız*.« Er bedachte sie mit seinem jungenhaften Teddybär-Lächeln. Dann beugte er sich über das Mischpult und stellte die Musik leiser.

Eine fiepende Rückkopplung ertönte, bis Indi sich zu den anderen drehte. »Was Judith vorhin gesagt hat, ist wichtig!«, rief sie. »Wir müssen jetzt drei Tage durchtanzen. Morgen kommt noch mehr Besuch, dann sollt ihr alle da sein. Meinetwegen könnt ihr heute Nacht schlafen gehen. Aber danach müsst ihr wiederkommen.«

Ihre Nachbarn und Freunde lachten, irgendjemand begann zu klatschen, und die anderen fielen ein, während Indi das Mikro ablegte. Unter Applaus und Jubel zog René sie in seine Arme.

Kapitel 33

Am nächsten Morgen erwachte er von der Türklingel. Für eine Sekunde fuhr das Geräusch wie Strom durch seinen Körper. Was, wenn sie tatsächlich kamen? Marei und Lilja? Wenn sie jetzt schon da waren?

Kurz darauf hörte er Stimmen im vorderen Teil der Wohnung, von Jusuf und Mehtap – und Felix, der sie hereingelassen hatte. Judith und er hatten im Atelier übernachtet.

Also machten sie Ernst. Drei Tage Weihnachtsparty.

Seit dem gestrigen Abend liebte René das Haus am Maybachufer noch viel mehr, diese bunte, quirlige Hausgemeinschaft, die einerseits so ungleich war und andererseits so viel Wärme und Geborgenheit zu geben hatte. Vielleicht waren sie tatsächlich nur durch Indi so geworden, durch das Findelkind, das sie gemeinsam großgezogen hatten. Doch in jedem Fall waren sie zu einer Familie zusammengewachsen, die es nicht zuließ, dass jemand aus ihrer Mitte verloren ging.

Mit einem kaum hörbaren Seufzer zog er Indi an sich und vergrub das Gesicht in ihren Haaren. Wie eine Mischung aus Erinnerung und Traum streiften die gestrigen Ereignisse durch seine Gedanken. Die Stille nach der Musik, tausend Hände, die Geschenkpapier einsammelten, Ismael mit dem Staubsauger. Und dann heißes Duschwasser, Indis nackter Körper an seiner Haut. Das Wasser lief von oben, aber sie saßen in der Badewanne, ineinander verschlungen und überall Küsse, Hände, Atmen zwischen Wasser, nackter Haut und Luft. Danach die Wärme im Bett, noch immer ihre Hände, und dazwischen Schlaf, Dunkelheit, wie die Unendlichkeit im Nichts.

Es war schön gewesen, einfach nur bei ihr zu sein. Sie beide hatten nicht mehr gewollt als endlose Küsse und jenes glückliche Gefühl, das tief und träge durch ihre Körper floss.

Wieder klingelte es an der Tür, weitere Stimmen füllten die Wohnung.

Indi erwachte in seinen Armen. Er hörte es an der Art, wie sie die Luft anhielt, an dem Lächeln, das den Klang ihres Atems veränderte. Mit geschlossenen Augen drehte sie sich zu ihm. Ihre Lippen suchten sein Gesicht, ihre Hände fanden seinen Körper und flüsterten über seine Haut. Nur kurz stand er auf, schloss die Schlafzimmertür ab und kehrte zu Indi zurück.

Langsam und intensiv kam die Lust. Wie die Flut an einem weiten Strand, die Stunden brauchte, um zu steigen.

Im Wohnzimmer nebenan sprachen Menschen durcheinander, doch hier, im gedämpften Tageslicht, das durch den Vorhang drang, waren sie ganz für sich. Nur ihre Blicke und Küsse, ihre Hände, die sich ineinander verschränkten. Und dazwischen ein Gedanke: Familie. Eines Tages würden sie eine Familie sein. Mit weiteren Kindern, die in dieser Hausgemeinschaft aufwuchsen. Es würde nicht jetzt geschehen, nicht morgen und nicht, solange ihre Probleme ungelöst waren. Aber dann.

Als sie das Schlafzimmer verließen, duftete es in der Wohnung nach Kaffee und frisch Gebackenem, nach Spiegelei und geröstetem Brot. Überall saßen Nachbarn und unterhielten sich. Sie alle begrüßten René und Indi, aber niemand machte großes Aufhebens darum. In der Küche warteten ein frischer Käsekuchen und ein ganzes Blech mit Baklava – und Felix, der soeben eine neue Ladung Rührei briet.

Zum ersten Mal seit langem verspürte René Hunger. Auch Indi stürzte sich auf Rührei und geröstetes Pfannenbrot und drapierte noch ein Stückchen Baklava daneben.

Während René den Teller an den Küchentisch trug, klingelte sein Handy.

Es waren seine Eltern. Auch mit ihnen hatte er seit drei Monaten nicht mehr gesprochen. Wann immer sie angerufen hatten, hatte er es ignoriert. Mit etwas Glück wussten sie inzwischen, dass er diese Zeiten brauchte, um seine Gedanken und Gefühle zu ordnen.

Doch heute nahm er das Gespräch an. Er richtete ein entschuldigendes Lächeln an Indi und Felix, nahm seinen Teller und verschwand in Indis Schlafzimmer. Nach anfänglichem Zögern erzählte er seinen Eltern von den letzten Monaten, von seiner vergeblichen Suche nach den Kindern und seiner Unruhe, mit der er niemanden belasten wollte. Den Konflikt mit Marei und Lilja sparte er vorsichtshalber aus. Seine Eltern machten sich ohnehin schon genug Sorgen.

Am Ende des Gespräches lud er sie ein, sich ins Auto zu setzen und vorbeizukommen. Mit etwas Glück würden sie sogar ihre Enkelin kennenlernen, erklärte er, ohne es voreilig zu versprechen.

Als er das Schlafzimmer verließ, war es in der Wohnung noch voller geworden. Immer mehr Menschen kamen, von denen er einige nicht einmal kannte. Inzwischen waren es nicht nur die Nachbarn und Indis Freunde – es kamen auch die Freunde der Nachbarn und die weiter entfernten Familienmitglieder, offenbar all jene Menschen, mit denen sie sich sonst auch an Weihnachten getroffen hätten.

Es war die Fülle des Lebens, die sich wie ein Verband über den Restschmerz in seinem Herzen legte, der frohe Lärm und das

Gefühl allumfassender Liebe. Die Stimmen der Gäste summten und murmelten, im Hintergrund lief leise Musik, und die Kinder bauten ihre Geschenke im Sternenzimmer auf.

Er wünschte, Lilja wäre hier.

Und dann, als er auf der Suche nach Indi in den vorderen Flur kam, standen sie plötzlich vor ihm: Lilja und Marei. In Winterjacken und mit rot gefrorenen Wangen.

»Papa!« Lilja wirbelte auf ihn zu und warf ihn beinahe um. Er hob sie hoch und hielt sie fest, musste aufpassen, sie nicht zu zerdrücken, weil die Liebe so überwältigend wurde.

Über ihre Schulter fiel sein Blick auf Indi. Zusammen mit Miguel und Judith stand sie in der Küche. Mit einem Lächeln registrierte sie, dass Lilja und Marei tatsächlich gekommen waren. *Siehst du?*, machten ihre Lippen. Kurz erschienen die Grübchen in ihren Wangen, ehe sie sich wieder an Miguel wandte.

Lilja lehnte sich auf seinem Arm zurück, wuschelte durch seine Haare und tastete mit den Fingern über seine Wange. »Bist du jetzt nicht mehr traurig?«

Unter ihren Händen formte sich ein Lächeln. »Ich denke, es geht wieder«, sagte er.

Lilja umarmte ihn noch einmal, rutschte dann hinunter und fasste nach seiner Hand.

»Bist du Lilja?« Mariyam war hinter ihm in der Wohnzimmertür aufgetaucht. Eine Gruppe von Mädchen drängelte sich hinter ihr. »Willst du mitspielen? Wir brauchen noch ein Mädchen. Sonst sind die Jungs in der Überzahl.«

Lilja grinste, rupfte die Klettverschlüsse ihrer Winterstiefel auf und ließ die Jacke von den Schultern rutschen. In der nächsten Sekunde zogen die Mädchen sie Richtung Sternenzimmer.

»Lilja!« Empört rief Marei ihr nach: »Deine Jacke!« Doch

es war zu spät. Mit einem genervten Seufzen wollte Marei sich bücken.

René kam ihr zuvor. Schnell hob er Liljas Sachen auf und verstaute sie an der Garderobe.

Marei trug noch immer Mantel und Stiefel. Etwas ratlos sah sie ihn an. Nur ihr Ausdruck war anders als sonst, nicht kühl und überheblich, sondern seltsam verloren.

Plötzlich erkannte er, was Indi gestern behauptet hatte. In Mareis Augen schimmerte jenes Stück restliche Verliebtheit, mit dem sie um ihn trauerte. »Danke für die Einladung.«

»Willst du dich nicht ausziehen?« Demonstrativ streckte er die Arme aus, um ihr den Mantel abzunehmen. Wie in einer lange geprobten Choreografie folgte Marei der Geste, schälte sich aus dem Mantel und zog die Stiefel aus, während René die Jacke aufhängte.

Danach standen sie genauso ratlos voreinander wie zuvor.

»Dein Anwalt ist ein bissiger Hund«, begann Marei plötzlich.

Im ersten Moment war es, als wollte sie einen Streit vom Zaun brechen. René war versucht, etwas Patziges zu erwidern. Vielleicht den Stundensatz seines Anwalts nennen oder die sensationellen Fälle, die er schon gewonnen hatte.

Erst dann bemerkte er ihr anerkennendes Lächeln. Hieß das, sie hatte ihre Bemerkung als Kompliment gemeint?

»Eigentlich mag ich keine bissigen Hunde«, erklärte er. »Aber du hast mir keine Wahl gelassen.«

Etwas in ihrer Miene veränderte sich. Auf einmal wirkte sie, als würde sie das Spiel nicht mehr mögen, das sie selbst begonnen hatte. Vielleicht, weil ihre Gewinnchancen immer kleiner wurden. Oder hatte sie doch Skrupel bekommen?

In jedem Fall hatte Indi recht. Er musste den ersten Schritt machen, um die Sache zu deeskalieren. Die Worte dazu zogen ihm seit gestern Abend durch den Kopf. Rasch schaute er sich nach weiteren Zuhörern um, aber wie durch ein Wunder war der Flur gerade verwaist.

»Ich weiß nicht, ob ich dir das jemals gesagt habe«, begann er leise. »Aber es tut mir leid. Ich hab so viele Fehler gemacht und so viele Dinge getan, die ich bereue. Aber das mit euch bereue ich am meisten. Ich hätte damals nicht einfach verschwinden sollen, auch nicht als du mich vor die Tür gesetzt hast. Ich hätte erkennen müssen, dass das ein Hilferuf war, und darüber hätten wir reden sollen, vernünftig reden und uns irgendwie einigen.«

Mareis Augen hatten sich geweitet, erinnerten an ein Reh, das wie erstarrt dem Autoscheinwerfer entgegenblickte.

Vermutlich wäre ihre Beziehung so oder so in die Brüche gegangen. Aber der Abschied hätte nicht so hart und nicht so kompromisslos sein dürfen. »Ich hätte bei Liljas Geburt dabei sein sollen. Und danach hätte ich mir Zeit lassen müssen, um sie kennenzulernen. Wenn ich das getan hätte, wäre ich niemals in Syrien gelandet.« Für einen Moment kämpfte seine Stimme gegen das Zittern und gegen die Tränen. Nur mit einem tiefen Atemzug fand er Kraft für die nächsten Sätze. »Aber stattdessen hab ich euch beide im Stich gelassen. Weil ich dachte, dass ich diese Welt, in der so viele Menschen sinnlos sterben, irgendwie retten muss. Aber am Ende hab ich nur mein eigenes Leben geopfert. Es tut mir leid, Marei.« Er bemühte sich nicht länger, die Tränen zurückzuhalten. »Nachdem ich euch verloren hatte, dachte ich, ich müsste für andere Kinder da sein. Um es irgendwie wiedergutzumachen und weil ich wusste, dass man die Kinder retten muss, um die Welt zu retten. Aber ich war zu klein für diese Aufgabe.«

Marei trat einen Schritt auf ihn zu. Ihre Lippen bewegten sich.

Doch er war noch nicht fertig. »Damals hab ich die falsche Entscheidung getroffen. Aber jetzt bin ich wieder hier. Du hast recht. Ich bin nicht ganz unbeschadet aus der Sache rausgekommen. Mein Trauma kann ich nicht verleugnen. Und ich will es auch gar nicht, weil es ein Teil von mir ist, mit dem ich klarkommen muss. Aber ich bin Liljas Vater. Ich liebe sie, und sie liebt mich. Genauso, wie sie dich liebt. Und diese Liebe ist wichtig. Sie ist das Wichtigste, was ein Mensch hat. Deshalb dürfen wir nicht zulassen, dass Lilja ein Teil ihrer Liebe gestohlen wird. Denn sie wird jeden Fetzen davon brauchen, um in dieser Welt ein starker Mensch zu sein.« Die Worte verhedderten sich zwischen den Tränen. Womöglich war er selbst das Reh, drauf und dran, im grellen Licht des Autoscheinwerfers zu sterben. Nur eine Sache wollte er noch sagen: »Deshalb müssen wir gute Eltern sein. Du und ich. Wir müssen zusammen gute Eltern sein.«

»René …« Mit einem einzigen Schritt war Marei bei ihm. Ohne Vorwarnung umarmte sie ihn. Eine Sekunde lang strauchelten sie beide. Dann hielten sie sich gegenseitig fest.

Und plötzlich liebte er sie wieder. Nicht so wie damals, und nicht so wie Indi. Aber dieses eine Stück verbliebener Liebe war Teil von ihnen beiden.

Im nächsten Moment ertönte Kichern und Poltern aus dem Wohnzimmer. Die Kinder stürmten um die Ecke und ließen sie auseinanderfahren. Lilja war unter ihnen. Während die anderen ins Treppenhaus rannten, blieb sie atemlos stehen. »Wir bauen jetzt Cems Eisenbahn im Sternenzimmer auf. Dafür müssen wir alles hochholen. Mama? Bleiben wir noch so lange?«

Für eine winzige Sekunde schien Marei zu zögern. Dann legte sie die Hand auf Liljas Kopf. »Solange du willst, Kätzchen.«

Lilja jubelte, fasste kurz nach Renés Hand und rannte dann hinter den anderen Kindern her.

Das Schweigen danach fühlte sich sonderbar an. Ein vorsichtiges Lächeln huschte über Mareis Gesicht.

René räusperte sich und deutete in die Küche. »Wir haben Kuchen und Baklava, möchtest du?«

Verlegen zuckte Marei mit den Schultern. »Warum nicht.«

Hastig wischte er die Tränen von seinen Wangen, führte sie in die Küche und deutete auf das Gebäck. Doch dann wusste er nicht weiter. Wie zur Hölle sollte er seine Exfreundin bei dieser Party unterbringen?

Mehr durch Zufall begegnete er Judiths Blick. Sie stand noch immer mit Indi und Miguel zusammen. Dennoch begriff sie seine Notlage sofort. Sie stellte ihre Kaffeetasse zur Seite und ging mit einem breiten Lächeln auf Marei zu. »Hey, du musst Marei sein. Ich bin Judith. Wir haben nicht nur Kuchen, es ist auch noch massenhaft von gestern da. Ich hab *alles* probiert. Ich kann dir sagen, was am besten schmeckt.« Damit lachte sie, fasste Marei an der Schulter und erklärte das Büfett.

René trat einen Schritt zurück. Dieses kurze Gespräch hatte alles von ihm gefordert. Alle Beherrschung, alle Diplomatie, alle Konzentration, um nicht im entscheidenden Moment den Faden zu verlieren. Oder die Fassung. Jetzt wäre er am liebsten allein gewesen. Wollte nachdenken. Ruhe finden.

Doch die Party ging weiter. Im Flur tauchten die Kinder mit den Kisten voller Eisenbahnschienen auf und besprachen, was sie wo aufbauen wollten. Im Vorbeigehen fasste Lilja ihn erneut an der Hand. »Komm mit!«

Und so folgte er seiner Tochter ins Sternenzimmer. Die Kinder bestimmten, dass er mitspielen sollte, und schließlich bauten sie stundenlang an einer Märklin-Eisenbahn, die das ganze Sternenzimmer durchkreuzte. Als alles fertig war, erfanden sie Geschichten von Menschen, die mit der Eisenbahn reisten, und hin und wieder entgleiste die Bahn in einem tragischen Zugunglück.

Für René gab es nichts Schöneres, als mit den Kindern zu spielen – und nichts Schlimmeres, als zu wissen, wie viele andere Kinder ihre Kindheit für immer verloren hatten.

Doch die Momente, in denen sein Weltschmerz überhandnahm, blieben kurz. Für den größten Teil des Tages war er einfach nur glücklich.

Draußen war es schon längst dunkel geworden, als plötzlich seine Eltern in der Tür des Sternenzimmers standen. René hatte schon beinahe vergessen, dass sie kommen wollten. Jetzt stupste er Lilja an und wies auf die beiden strahlenden Leute. Nur mit wenigen Worten erklärte er, wer sie waren.

»Meine Großeltern?« Lilja erhob sich auf die Füße und wirkte für eine Sekunde ratlos. Dann erschien ein breites Grinsen auf ihrem Gesicht, und sie sah zwischen René und seinen Eltern hin und her, als hätte sie überraschend ein Geschenk bekommen. »Meine Großeltern!«, wiederholte sie und sprang über die Eisenbahn hinweg zur Tür.

Marianne und Jean-Pierre beugten sich zu ihr hinab, letzterer ächzte leise wegen seines Rückens. Doch sein Lächeln blieb davon unberührt.

»Wir haben noch etwas für dich zu Weihnachten«, murmelte Marianne und reichte ihrer Enkelin ein Päckchen.

Lilja nahm es strahlend entgegen, aber ihr Blick huschte weiterhin zwischen ihren Großeltern hin und her. »Wollt ihr mitspielen?«, fragte sie dann. »Leider gab es gerade einen schrecklichen Unfall. Aber zum Glück ist niemand gestorben. Jetzt müssen die Schienen repariert werden.« Sie deutete auf die umgestürzten Waggons.

»Oh«, machte Renés Mutter.

Aber auf dem Gesicht seines Vaters erschien ein breites Lächeln, das Liljas Strahlen erstaunlich ähnlich sah. »Eine Eisenbahn. *Mon Dieu.* Wer ist der Lokführer? Gibt es schon eine Untersuchungskommission für das Unglück?«

René hatte sich inzwischen ebenfalls erhoben. Er begrüßte seine Eltern mit einem Küsschen rechts und links, klopfte dann seinem Vater auf die Schulter und überließ ihnen das Feld mit ihrer Enkelin.

Als René in den vorderen Teil der Wohnung zurückkehrte, war die Musik lauter geworden. Ismael legte wieder auf, und die ersten Gäste begannen zu tanzen. Aus der ruhigen Nachmittagsfeier wurde allmählich wieder eine Party. Auch Marei schien sich zurechtzufinden. Mal saß sie zusammen mit Susanne und Gitti am Wohnzimmertisch, dann unterhielt sie sich mit Miguel und Felix, und schließlich tanzte sie, lange und selbstverloren, bis es fast den Anschein hatte, als hätte die Hausgemeinschaft sie als neues Mitglied aufgenommen.

Es war schön, sie so zu sehen – es war eine Spur von Hoffnung. Vielleicht würde diese Geschichte doch noch ein gutes Ende finden.

Irgendwann stellte René fest, dass Indi verschwunden war. Erst als er noch einmal alle Räume durchsucht hatte, fand er sie auf dem Balkon. Hier draußen war es kalt. In eine Decke gehüllt saß Indi auf der Bank. Als sie ihn entdeckte, lüftete sie die Decke und deutete stumm auf den Platz an ihrer Seite.

René setzte sich neben sie. Sie zogen die Decke um ihre Körper und kuschelten sich in eine enge Umarmung.

Indi hatte die Lichterketten auf dem Balkon ausgeschaltet. Nur die Sterne glitzerten am Himmel, und durch die Fenster leuchtete das Licht ihrer Lampen. Vom Balkon aus waren beide Hoffassaden des L-förmigen Hauses zu sehen. Alle Wohnungen, in denen die anderen lebten, die nun bei ihrer Party tanzten.

Während Indi und er für eine gefühlte Ewigkeit aneinanderlehnten und in die Sterne schauten, kehrte das Gefühl vom Morgen zu René zurück. Dies hier war der richtige Ort, und die richtigen Menschen, um einen neuen Versuch zu wagen: ankommen, Frieden finden. Familie.

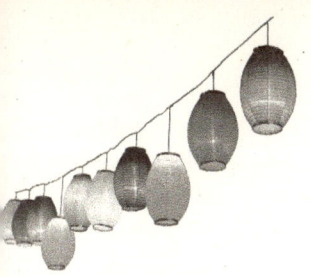

Epilog

Nur eine Woche nach Neujahr lag ein Brief vom Gericht im Postkasten am Maybachufer. Der Antrag auf Ausschluss des Umgangsrechts war von der Antragstellerin zurückgezogen worden. Als René Lasalle den Brief öffnete und vorlas, ging die Erleichterung wie eine Welle durch seinen Körper. Dass Marei Ahrens ihn als Vater anerkannte und ihm das gemeinsame Sorgerecht für ihre Tochter Lilja Ahrens zugestand, schrieb ihr Anwalt in einem zweiten Brief zwei Wochen später.

Zur selben Zeit wechselte der Mietvertrag des Ladengeschäfts im Haus am Maybachufer von Jusuf Mutlu auf Indica Lumina Stern. Noch acht weitere Wochen verbrachten sie gemeinsam im Schutt der Baustelle, ehe alle Stromleitungen verlegt, alle Wände verputzt und alle Böden geschliffen waren. In wechselnder Besetzung bekamen sie Hilfe von den restlichen Bewohnern, bis der Laden in einem satt schimmernden Kupferton gestrichen war und von tausendundeiner Lampe bevölkert wurde. Im hinteren Teil befand sich die Werkstatt, in der Indica Lumina Stern und René Lasalle von nun an arbeiten würden. Hier standen Werkbänke und die Nähmaschine, der Brennofen und etliche Regale, in denen sich Puppen, Tassen und andere Gegenstände sammelten, während sie darauf warteten, in neuem Licht zu erstrahlen.

Doch das Highlight war der neue Durchbruch zum Hinterhof. Mit dem Mietvertrag erwarb Indica Lumina Stern auch die dauerhaften Nutzungsrechte am Hof, und so verwandelte er sich in ein Gesamtkunstwerk aus Lichtinstallationen und beleuchteten Skulpturen, die für immer dortbleiben sollten.

Doch die neuen Porträts, die René Lasalle im Holz verewigte, waren keine Abbilder des Krieges mehr. Von nun an zeigte er die Gesichter der Überlebenden: Hamsa und Nadira, die er in Frankreich wiederfand, ihre Mutter Fedja und die jüngeren Geschwister, die erstaunlich groß geworden waren. Er traf sich mit Freunden und Bekannten, die dem Krieg entkommen waren, zeigte auch sie mit ihren körperlichen und seelischen Narben – und dennoch mit Gesichtern, in denen Liebe und Erleichterung zu erkennen waren. Und Indica Lumina Stern schmückte die Skulpturen mit ihrem Licht, in dem die Hoffnung eines neuen Anfangs leuchtete.

Jeden Monat, wenn sie im Hof ihr Lichterfest feierten, kamen ein oder zwei Skulpturen hinzu, und schließlich, bei einem ganz besonderen Lichterfest Anfang Juli, genau ein Jahr nach ihrem Kennenlernen, kam ein Kunstwerk hinzu, dessen Bedeutung nur sie beide kannten. Am Abend vor dem Fest kletterten sie mit einer langen Leiter in die Esche und brachten ein Objekt daran an, das von weitem aussah wie ein beleuchtetes Nest. Alle Besucher würden es für genau das halten, ebenso wie die Nachbarn, wenn sie aus dem Fenster sahen.

Was wirklich darin lag, wussten nur Indi und René. Es war eine winzige Babyskulptur, nicht einmal so groß wie ein zusammengerolltes Eichhörnchen. Ihr Gesicht wirkte zart und friedlich, ein schlafendes kleines Mädchen mit geschlossenen Augen. Doch es war nicht irgendein Kind. Seine Züge erschienen wohlvertraut und gleichzeitig nie da gewesen, ein Hauch von Indi, ein Hauch von Matthias.

Nika Stern, das Mädchen, das nie geboren wurde. Hier oben in der Esche schlief sie in ihrem eigenen Himmel. Sterne schimmerten über dem Nest, und selbst wenn alle anderen Lichter im Hof erloschen – jener Sternenhimmel würde Nacht für Nacht für sie leuchten.

Am Abend darauf feierten sie das größte Lichterfest seit langem. Offiziell war es die Eröffnung ihrer Ausstellung, mit Gästen aus nah und fern. Alle Menschen, die René porträtiert hatte, kamen, um sich selbst zu betrachten. Selbst Hamsa und Nadira waren aus Frankreich angereist. Dazu Familie und Freunde und viele Kinder, in deren Mitte auch Lilja schon lange einen Platz gefunden hatte. Bis spät in die Nacht tranken sie Gittis Bowle und selbstgepressten Apfelsaft, aßen Gegrilltes von Jusuf und Murat und tanzten unter dem Sternenregen, der von der Esche auf sie herabfiel.

Zwischen alldem kniete die alte Annegret auf einer Mandala-Decke und legte Tarotkarten. Ein jeder sollte wissen, was die Zukunft für ihn bereithielt, und niemand konnte ihrer Weissagung entkommen.

So kam es, dass die Sternenfee und der Narr in jener Nacht eine strahlende Botschaft erhielten: Schon bald, in neun oder zehn oder maximal zwölf Monaten würde im Haus am Maybachufer ein neuer Stern das Licht der Welt erblicken, ein kleines Mädchen mit dunkelblauen Augen, die ganz sicher einmal braun werden würden – oder grün – oder beides. Sie würde ein Kind sein, in dessen Wurzeln sich die ganze Welt vereinte. Und sie würde in einem Schloss aus Licht und in einem Universum aus Liebe aufwachsen, das ihre Eltern – und mit ihnen die ganze Nachbarschaft – für sie geschaffen hatten.

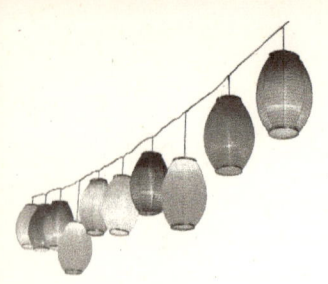

Nachwort

Von der ersten Idee für einen Roman bis zum fertig gedruckten Buch dauert es in der Regel mehrere Jahre. Normalerweise hat das wenig Einfluss auf die Geschichte oder die Art, wie ich sie erzähle. Bei »Sterne über Berlin« war das ein wenig anders. Als ich 2019 die erste Idee zu dem Buch hatte, war unsere Welt, und damit auch die Welt, auf der diese Geschichte basiert, eine andere. Als ich Ende 2020 einen Vertrag für das Projekt bekam, hatte sich dies schon grundlegend gewandelt. Unsere Welt steckte mitten in einer Pandemie, und das Schreiben eines »zeitgenössischen« Romans stellte mich plötzlich vor eine nie gekannte Frage: Soll dieses Buch vor, während oder nach Corona spielen? »Während Corona« hätte eine vollkommen andere Geschichte hervorgebracht, also konnte ich diese Option von vorneherein ausschließen. Ich war dann lange hin- und hergerissen, ob ich die Geschichte »vor Corona« spielen lasse oder ob ich es wage, sie in einer Welt »nach Corona« anzusiedeln, ohne zu wissen, wie diese aussehen wird. Ich habe mich schließlich für das Jahr 2017 entschieden, und rückblickend bin ich enorm froh darüber. Denn Renés und Indis Geschichte im Jahr 2022 wäre wohl eine vollkommen andere gewesen.

Gegen Ende 2021 hatte ich die erste Fassung des Romans fertig, sie ging ins Lektorat, kam mit Überarbeitungsvorschlägen zu mir zurück, es wurde 2022 – und plötzlich kam Russlands Angriff auf die Ukraine. Meine Konzentration war dahin, weil ich plötzlich nur noch den Flüchtlingen helfen wollte. Es folgten Wochen, in denen ich kaum noch schrieb.

Stattdessen veränderte diese Zeit noch einmal meinen Blick auf den Roman. Eine Erzählung aus dem Jahr 2017 stammte plötzlich aus einer »vorherigen Welt«, und trotzdem könnte Indis und Renés Geschichte kaum aktueller sein. Während ich das Manuskript überarbeitete, verspürte ich den Drang, den Krieg und seine psychischen Folgen möglichst realistisch und ausführlich darzustellen. Doch als Zwischenergebnis hatte ich eine Manuskriptfassung, die viel zu drastisch war. Renés Vergangenheit und sein Trauma führten Indi und ihn an einen Abgrund, aus dem es kaum noch einen Ausweg gab. Diese Fassung des Romans war zwar auf ihre Weise gut gelungen und realistisch, allerdings auch ziemlich schwer verträglich und ein Happy-End für die Liebesgeschichte schien kaum möglich zu sein.

Weil ich aber wollte, dass meine Leser:innen die Geschichte gerne lesen, entschied ich mich, alles noch einmal umzubauen. Meine größte Erkenntnis lag schließlich darin, dass ich nur Renés Vergangenheit entschärfen musste, damit es ihm in der Gegenwart besser geht. Ich brauchte nur ein paar Erlebnisse aus seiner Vergangenheit zu streichen, um auch sein Trauma abzumildern.

In diesem Moment habe ich mir gewünscht, man könnte das auch bei echten Menschen tun: ihre schlimmen Erlebnisse im Nachhinein löschen, damit es ihnen besser geht. Aber im wirklichen Leben haben wir diese Möglichkeit nicht. Wir können nur auf uns und unsere Mitmenschen achten, damit schreckliche Dinge gar nicht erst geschehen. Und vor allem müssen wir auf die Kinder achten, denn sie werden jeden Fetzen von unserer Liebe brauchen, um diese Welt zu einem besseren Ort zu machen.

Daniela Aring, 24. Februar 2023